Ursula Flajs

Prosecco~Wellen

Roman

Umschlaggestaltung, Illustration: Ursula Flajs
Korrektorat: tredition GmbH

Verlag und Druck:
tredition GmbH, Halenreie 40-44, 22359 Hamburg

ISBN
Paperback: 978-3-347-24331-6
Hardcover: 978-3-347-24332-3
e-Book: 978-3-347-24333-0

Die Autorin verweist darauf, dass in diesem Buch auch die österreichische Rechtschreibung zum Tragen kommt und einige der beschriebenen Schauplätze und Institutionen frei erfunden sind.

Für all die wunderbaren Frauen, die mich in meinem Leben
begleitet, gelehrt, unterstützt und inspiriert haben.
Und für den einen wundervollen Mann.

Für Helmut

Ich beobachte gerne Menschen,
mache mir Gedanken darüber, was sie wohl denken und fühlen,
warum sie handeln wie sie handeln.
Dennoch sind alle in diesem Roman beschriebenen Charaktere
meiner unerschöpflichen Fantasie entsprungen.

Prolog

Und scheinbar wie aus dem Nichts sickerte ein verdrängtes Bild in ihr Bewusstsein. Mit einer jähen Erkenntnis schnellte sie von der Bank in die Höhe. Sie keuchte entsetzt auf, flüchtete aus dem Schuppen und warf die Tür hinter sich zu. Es kümmerte sie nicht, dass sie noch nicht abgeschlossen hatte.

Während sie durch den Garten zum Haus hastete, hörte sie nicht das Rauschen der alten Tannen, die das Lied des Frühsommerwindes sangen. Sie sah nicht die freche Amsel, die hüpfend ihren Weg kreuzte, und roch nicht die würzigen Aromen aus dem Kräutergarten, die eine Brise zu ihr herüberwehte. Ihre Sinne standen unter Betäubung – anders als die Erinnerungen, die sich gnadenlos aus einem Winkel ihres Unterbewusstseins zurück an die Oberfläche kämpften.

Chorprobe I

„Halleluuuuujaaaaa …“

„Mensch, Lilli, brüll nicht so! Du klingst, als wärst du ein Reintreiber auf dem Rummelplatz!“ Melanie zupfte genervt an den Saiten ihrer Gitarre, bereute es aber umgehend. „Autsch! Ich glaub, ich krieg wieder einen Riss auf der Kuppe! Bin froh, dass ich nächste Woche beim A-cappella-Wettbewerb nicht spielen muss.“ Sie tauchte ihren Daumen in das Glas mit Prosecco und steckte ihn in den Mund: „Desinfizieren“, nuschelte sie in die Runde.

„Ich glaub, das nennt sich eher betäuben“, kicherte Sandra in ihr Glas.

„Wieso kreisch ich? Du hast doch gesagt, zum Schluss müssen wir anschwellen!“, beschwerte sich Lilli.

Melanie schnaubte: „Zwischen Anschwellen und Kreischen ist aber ein Unterschied! Du hast von Natur aus eine laute Stimme. Sing einfach leiser, dann klingt's schöner.“

„Aber …“ Lillis Erwiderung wurde von einem „Plopp“ unterbrochen. Emma schenkte aus einer neuen Flasche Prosecco nach.

„Bitte nicht so voll! Ich muss noch fahren“, sagte Marie. Sie wirkte heute abwesend und streifte eine undisziplinierte Haarsträhne hinter ihr Ohr zurück.

Nachdem sich alle mit einem Schluck Prosecco gestärkt hatten, spielte Melanie die ersten Takte, bevor die Freundinnen das Lied anstimmten.

„Now I`ve heard there was a secret chord, that David played and it pleased the …“

Auf einmal, als wären vier Batterien gleichzeitig leer gelaufen, verstummte eine Stimme nach der anderen, bis nur noch ein bestürztes Schweigen über dem Tisch hing. Alle Augenpaare waren auf Marie gerichtet, die nicht mitgesungen hatte. Sie hielt sich die Hände vors Gesicht und ein dumpfes Schluchzen drang zwischen ihren Fingern hervor. Das Ticken der alten Kaminuhr mischte sich mit Maries Weinkrampf, während über dem Tisch fassungslose Blicke getauscht wurden. Und wahrscheinlich, weil ausnahmsweise keine ihrer Freundinnen einen Ton herausbrachte, berichtete Marie mit erstickter Stimme, was sie eigentlich niemandem erzählen wollte.

„Johannes … hat … w…w…will mich … verlassen! Er hat es mir heute ge… gesagt, er übernachtet bei einem Freund!“ Marie schniefte und kramte in ihrer Prada-Handtasche nach einem Taschentuch. Dann schnäuzte sie sich alles andere als damenhaft.

„Was? Wie? Verlassen! Warum?“ Obwohl ihre übliche Redegewandtheit zu wünschen übrig ließ, fand Lilli noch vor den anderen, die mit offenen Mündern auf Marie starrten, ihre Sprache wieder.

„Johannes meint, wir hätten uns entfremdet, und er will eine Auszeit, damit wir uns beide Gedanken darüber machen können, wie es weitergehen soll.“ Marie hatte sich wieder gefangen und versuchte, ihre verbliebene Würde mit einer aufrechten Sitzposition zu untermauern.

„Eine Auszeit nehmen! Aber wovon?“, hakte Lilli nach.

„Wir sind jetzt fünfzehn Jahre zusammen! Da lebt man sich schon mal auseinander!“ Marie schaute trotzig auf ihre ungebundene Freundin.

„Jaaa, aber warum?“ Lilli ließ sich nicht so leicht einschüchtern. Sie hob ihre Augenbrauen und blickte vielsagend in die Runde.

Marie kräuselte die Lippen und schnippte einen imaginären Fusel von ihrer eleganten Bluse. „Du glaubst, er hat eine andere?“ Ihre Stimme klang eisig. Sie konnte in den Gesichtern ihrer Freundinnen lesen, dass jede von ihnen den gleichen Gedanken hegte.

„Nein! Das glaube ich nicht!“, stieß Marie hervor. Sie hatte alles, was ein Mann sich nur wünschen konnte: gutes Aussehen, Stilsicherheit, gute Umgangsformen. Warum sollte er eine andere wollen?

Marie fixierte die Tischplatte, als wären Tarotkarten darauf ausgebreitet. „Es wird sich wieder einrenken!“ Ihre Worte klangen wie eine Beschwörung und der Ausdruck auf ihrem Gesicht verriet, dass das Thema für sie erledigt war. Marie tupfte ihre Augenwinkel ein letztes Mal ab, dann steckte sie das feuchte Taschentuch wieder ein.

Ihre Freundinnen warfen sich ratlose Blicke zu, aber keine sprach aus, an was alle dachten. Die Ehe des scheinbar perfekten Johannes und seiner ebenso perfekten Marie war allen suspekt.

Emma fasste sich als Erste wieder: „Aber dann ist die Reise nach Hamburg ja genau das Richtige. Das tut dir gut – du wirst sehen.“ Ihre

Stimme holte alle aus den Grübeleien. „Ja, Marie, wir lassen es uns gut gehen." Melanie hob aufmunternd ihr Glas. „Lass ihn doch, den Scheißkerl!", wagte Lilli zu sagen und prostete Marie zu. „Dort gibt es sicher ganz tolle Männer!", war Sandra zuversichtlich.

Während alle aus ihren Gläsern tranken, wurde die schlürfende Stille durch ein hohles Krächzen unterbrochen: „Emma! Aufs Klo ...!"

Vier mitfühlende Augenpaare richteten sich augenblicklich auf Emma, die aufsprang, eine Taste auf dem Babyfon drückte und rief: „Mama, ich komm sofort!" Das Gerät stand wie ein Fremdkörper auf der antiken Anrichte.

„Tut mir leid! Bin gleich wieder da, Mädels." Emma huschte hinaus.

„Wäh! Grausig! Ich könnte das nicht! Und dann noch in diesem Befehlston!" Lilli blickte angewidert in die Runde.

„Ihre Mama ist dement, Lilli! Sie weiß wahrscheinlich nicht mal, wo sie ist. Aber es ist gut, dass sie noch Emmas Namen kennt", erklärte Sandra, die erfahrene Krankenschwester. Aber auch sie war dankbar, wenn betreuungsintensive Patienten, so wie Emmas Mutter, wieder in ihre vertraute Umgebung entlassen wurden.

„Ja, und es haben auch nicht alle so ein Honigleben wie ...", wagte Melanie anzumerken, bevor sie demütig auf Lillis Ausbruch wartete.

„Du meinst, wie ich? Ja, ich habe keinen Mann und keine Kinder, um die ich mich kümmern muss, aber dafür eine depressive Mutter, das ist doch auch was!" Sie funkelte Melanie empört an.

„Tut mir leid, Lilli, aber heute war zu Hause wieder die Hölle los! Max wollte partout nicht mit seinem blöden Computerspiel aufhören und Simone hat Manuel den Laufpass gegeben, obwohl sie immer noch in ihn verliebt ist. Sie hat die ganze Zeit geheult! Es ist so anstrengend, wenn Jakob einmal nicht da ist." Melanie seufzte und war froh, dass ihr Mann selten in die Zentrale von der Bank reisen musste, in der er arbeitete. Sie hob entschuldigend ihr Glas.

Lillis empörter Ausdruck verschwand: „Na gut! Trinken wir auf jede Menge Spaß in Hamburg, den können wir alle gut gebrauchen!"

Als Emma bald darauf wieder zurückkam, öffnete sie eine weitere Flasche Prosecco und die Freundinnen stießen zuversichtlich auf eine schöne Chorreise an.

Sie ließ sich beschwipst auf das Bett fallen. Es war spät geworden, aber sie war noch nicht müde. Durch das geöffnete Fenster strömte kühle Nachtluft ins Zimmer. Der Mond zauberte tanzende Schatten an die Wand, als der Wind durch die Zweige der alten Eiche vor dem Fenster fuhr.

Ihr war heiß, obwohl sie nackt war. Der Alkohol trieb ihr den Schweiß aus allen Poren. Sie warf die Bettdecke zur Seite und blickte auf ihre feuchten Schenkel, die hell im Mondlicht schimmerten.

Während sie seine Nummer wählte, schoben sich die Finger der anderen Hand an die pulsierende Stelle zwischen ihren Beinen. Ihre Lust ließ ihr keinen Platz für ein schlechtes Gewissen.

Und als hätte er auf ihren Anruf gewartet, nahm er sofort ab.

„Johannes, ich bin's."

„Ja, meine Süße."

„Ich hab Sehnsucht nach dir. Magst du noch kommen?"

„Sicher, ich komm garantiert noch!" Er lachte heiser: „... bis gleich."

Brian Air

Der April, der seinem Namen alle Ehre machte, meinte es nicht gut mit den Freundinnen. Als sie in Friedrichshafen durchs Gate ins Freie traten, verwandelte ein launiger Föhn ihre gestylten Frisuren zu Vogelnestern und die ersten Regentropfen spendeten ihren Segen dazu.

„Warum hat dieser blöde Flughafen keine überdachten Gangways?" Lilli musste trotz olympiareifem Sprint vom Gate bis zum Flugzeug wie alle anderen Gäste am unteren Ende der Zugangstreppe warten, bis sie an der Reihe war. Sie funkelte den schuldlosen Sicherheitsbeamten böse an. Dieser war mit schwierigen Fluggästen bestens vertraut und quittierte Lillis Feindseligkeit mit einem schiefen Lächeln.

„Lilli, er kann doch nichts dafür!", murmelte Sandra über Lillis Schulter hinweg und versuchte mit einem entschuldigenden Blick, den geduldigen Mann vom friedlichen Naturell seiner Fluggäste zu überzeugen.

„Macht doch nichts, das bisschen Regen. Bis Hamburg sind wir wieder trocken." Emmas Naturlocken bauschten sich zu einem nostalgischen Afrolook auf.

„Genau! Was soll das Gemecker? Jetzt fängt unser Urlaub an!" Melanie wollte sich die Reise nicht verderben lassen und ging in Gedanken bereits die Getränkekarte an Bord durch.

Marie, die neben ihr stand, hielt sich würdevoll aus der Diskussion heraus und wartete trotz inzwischen heftigem Regenfall, bis sie an der Reihe war.

Der altgediente Spruch „Zeit ist Geld" musste vom Gründer der Brian Air stammen. Kaum hatten die letzten Passagiere die Boeing betreten, wurden sie von den Flugbegleitern bereits auf ihre Plätze gescheucht. Und sie mussten hilflos zusehen, wie ihnen die Gepäckstücke entrissen und in die Ablagefächer über ihren Köpfen gestopft wurden. Lilli hatte ihre Geldtasche im Handkoffer vergessen und wurde zurechtgewiesen, als sie noch einmal aufstand.

„Madam, please sit down! We will take off in a few minutes!", wies ein Flugbegleiter sie zurecht.

Man konnte Lilli ansehen, was sie von der Rüge hielt, doch Melanie drückte ihre Freundin in den Sitz und zischte: „Sei bloß still, sonst bekommen wir später nichts zu trinken!" Lilli verdrehte ihre Augen: „Du wirst schon nicht verdursten!"

„Mein Opa hat immer gesagt: ‚Durst ist schlimmer als Heimweh!' Obwohl – an Heimweh leide ich im Moment auch nicht." Melanie zog kichernd die Getränkekarte aus der Tasche am Vordersitz. Gemeinsam mit Lilli studierte sie die Auswahl.

Emma saß direkt vor Lilli. Sie blickte durch das mit Regentropfen gesprenkelte Fenster in den grauen Himmel. Auch wenn es geschneit hätte, nichts konnte ihre Vorfreude trüben. Sie wollte nur einmal alles hinter sich lassen. Hoffentlich hatte Frau Hagen mit ihrer Mutter keine Probleme!

Marie, die neben Emma saß, starrte Löcher in die Luft. Emma legte die Hand auf den Arm ihrer Freundin: „Geht's dir gut?" Marie zuckte zusammen, bevor sie mit zittriger Stimme antwortete: „Danke. Mir geht's gut." Ihre geröteten Augen sagten jedoch etwas anderes. Emma streichelte den Arm ihrer Freundin.

„Bye bye, Friedrichshafen! Yuhuuu!", schmetterte Melanie, als das Flugzeug langsam losrollte. Sie erntete den mitleidigen Blick einer Passagierin jenseits des Mittelgangs. So viel Enthusiasmus war bei Vielfliegern nicht üblich. Doch das tat Melanies Freude keinen Abbruch: „Sollen wir uns was zu trinken bestellen?"

„Ja, Melanie, sobald das Personal wieder Zeit hat, bestellen wir." Lilli linste über Melanies Brüste hinweg zur anderen Seite, um die schweigsame Sandra zu beobachten, deren Aufmerksamkeit anderweitig beansprucht wurde.

Ein sehr britisch anmutender Flugbegleiter mit rötlichen Haaren und Sommersprossen kam eilig den Gang entlang, um vermutlich etwas Wichtiges im hinteren Teil des Flugzeugs zu erledigen. Sandra fixierte ihn mit ihrem Blick. Als der Mann ihre Sitzreihe passierte, legte sie ein Bein über das andere, sodass ihr kurzer Rock noch höher rutschte.

Lilli schnaubte: „Also, Sandra! Du stehst auf Prinz Harry?"

„Ich weiß nicht, was du meinst!" Sandra zuckte ungerührt die Schultern und schwenkte ihren Kopf, damit sie auch die Rückenansicht des Flugbegleiters begutachten konnte. Ihren geweiteten Augen nach fiel das Urteil positiv aus.

Marie hatte den Wortwechsel auf der hinteren Sitzreihe mitbekommen und schüttelte stumm ihren Kopf. Sie fragte sich nicht zum ersten Mal, wie Sandra und sie Schwestern sein konnten.

Nachdem das Flugzeug seine Reisehöhe erreicht hatte, wurde Melanie ungeduldig. „So, jetzt könnte mal jemand auftauchen und die Bestellungen aufnehmen! Ich hab geglaubt, diese Fluggesellschaften legen Wert auf konsumierende Gäste."

„Melanie, man könnte denken, du hast Entzugserscheinungen." Lilli deutete auf eine Passagierin, die mit hochgezogenen Augenbrauen zu ihnen herübersah.

Aber Melanie zuckte nur mit den Achseln: „Und? Mir egal! Ich will Spaß!"

Der große Wunsch nach Getränken einiger Passagiere musste bis zur Crew vorgedrungen sein. Denn bald darauf schob Prinz Harry mit einer blonden Kollegin den heißersehnten Getränkewagen durch den Gang.

„Und was möchtet ihr? Ich bezahle! Die erste Runde geht auf mich!" Melanie fuchtelte mit der Getränkekarte zwischen Maries und Emmas Sitz herum. Da die beiden unentschlossen mit ihren Schultern zuckten, entschied Melanie: „Also gut, fünf Mal Prosecco!" Der Flugbegleiter schenkte ihnen ein erfreutes Lächeln und bediente sie mit geschulten Handgriffen: „That costs 35 Euros, Madam, please!"

Melanie schlug ein ordentliches Trinkgeld drauf und bezahlte ohne mit der Wimper zu zucken. Prinz Harry bedankte sich mit einem royalen Lächeln.

„Melanie, das ist aber teuer." Emma guckte zwischen den Sitzen hindurch nach hinten und hob dankbar das Plastikglas. „Auf dich!" Mit zustimmendem Gemurmel streckten alle die Hände über ihren Köpfen zusammen: „Zum Wohl, Mädels!" Melanie grinste: „Was soll's? Das Geld kommt ohnehin von Jakobs Konto." Dann nahm sie einen kräftigen Schluck.

Gut eineinhalb Stunden und zwei Runden Prosecco später landete das Flugzeug in Hamburg. Sandra trödelte beim Aussteigen und bedachte den rothaarigen Flugbegleiter mit einem: „Thank you so much!" Lilli schubste sie unsanft: „Sandra, du blockierst hier alles. Los raus!"

Sandra ließ sich von Lillis Kommentar nicht beeindrucken. Dafür dankte Prinz Harry Lilli mit einem: „I hope you've enjoyed the flight."

Im Terminal schickte Melanie eine Nachricht an ihre Familie, auch die anderen waren mit ihren Handys beschäftigt.

„So, jetzt wissen alle, dass Brian Air uns nicht mit dem Schleudersitz frühzeitig von Bord geschafft hat. Auf zur S-Bahn!", trieb Melanie ihre Freundinnen an. Melanie, Lilli und Sandra gingen voraus, während Emma sich bei Marie einhängte, die konzentriert auf ihr Telefon starrte. „Alles okay?"

Marie blickte kurz auf. „Ich habe Johannes Bescheid gegeben. Schließlich sind wir verheiratet!", sagte sie mit Nachdruck. Emma drückte Maries Arm und schenkte ihr ein aufmunterndes Lächeln, dann folgten sie ihren Freundinnen.

Eine Viertelstunde später saß das Quintett in der S-Bahn und ließ die Hamburger Vorstadt am Fenster vorbeiziehen. Melanie, Lilli, Emma und Sandra saßen sich gegenüber, Marie belegte die 4er-Sitzgruppe nebenan allein. Sie blickte aus dem Fenster, ohne die Landschaft zu sehen, das Geplauder ihrer Freundinnen nahm sie wie durch einen Schalldämpfer wahr. Ihre Gedanken kreisten um den Abschied von Johannes am Morgen.

„So, ich muss dann los", hatte Johannes gesagt. Er war vorbeigekommen, um seinen Tennisschläger zu holen, und Marie hatte den Eindruck gehabt, er sei überrascht, sie hier noch zu sehen. Sie bot ihm einen Kaffee an, den er im Stehen trank. Johannes stellte die leere Tasse in den Geschirrspüler. Sie hatte seine Ordentlichkeit immer gemocht.

Marie saß auf einem der Chromstahlhocker an der Theke und fragte in ihre Tasse: „So früh schon unterwegs heute?"

Johannes zerrte an seinem ohnehin perfekten Krawattenknoten: „Ich habe Interessenten für die Weißenstein-Villa. Da möchte ich rechtzeitig vor Ort sein. Ich wünsche dir eine schöne Reise!" Aber er rührte sich nicht von der Stelle und hielt sich mit beiden Händen an der Marmorarbeitsplatte fest – so, als hätte er Angst.

Wie lächerlich! Er musste doch wissen, dass sie niemals eine Szene machen würde. Maries Magen zog sich zusammen. Mit geschlossenen

Augen atmete sie tief durch die Nase ein und blies die Luft langsam wieder aus den Lungen. Dann öffnete sie ihre Lider und sah Johannes direkt in die Augen – nicht fragend, sondern klar und offen. Sein Blick war distanziert, als würde er eine mäßig interessante Immobilie betrachten. Marie war gekränkt. Sie wusste, dass sie heute gut aussah – so wie immer! Sie trug eine schmal geschnittene dunkelblaue Hose, die ihre langen Beine gut zur Geltung brachten. Dazu eine weiße Bluse mit einem locker gebundenen Schal im weiß-blau-roten Paisley-Muster. Ihr langes dunkles Haar hatte sie im Nacken zusammengebunden. Früher hatte Johannes sie bewundert. Als ‚sein schönstes Objekt' hatte er sie oft bezeichnet. Sie war eine Frau, die bei Geschäftsessen redegewandt und elegant an seiner Seite geblieben war und ihn bei seiner Karriere unterstützt hatte.

Marie hätte nicht sagen können, was sie mehr schmerzte: Sein offensichtliches Desinteresse oder die Tatsache, dass er nicht mehr da sein würde, wenn sie zurückkam. Und ohne lange zu überlegen, rutschten die Worte aus ihrem Mund: „Soll ich hierbleiben? Soll ich nicht nach Hamburg fahren?" *Oh, Gott – was sag ich da?* Marie schluckte ihre Reue hinunter.

Johannes Blick wechselte von distanziert zu mitleidig, was sie noch mehr beschämte.

„Es tut mir leid, Marie. Ich werde am Wochenende meine restlichen Sachen packen und am Sonntagabend ausgezogen sein, wenn du zurückkommst." Johannes presste seine Lippen zusammen.

Seltsam! Marie konnte sich nicht daran erinnern, ihm gesagt zu haben, wann sie wieder zurückkam.

„Ich muss jetzt los. Mach's gut!" Johannes flüchtete mit einem letzten schiefen Lächeln aus der Küche.

Marie hörte, wie die Wohnungstür ins Schloss fiel. Ihr Blick blieb an der kalten Marmorarbeitsplatte haften, an die sich Johannes vorhin gelehnt hatte. Es fühlte sich an, als läge ihr Herz darauf.

„Marie, Marie …!" Die Worte kamen von weit her. Eine Stimme rettete Marie aus ihren düsteren Gedanken. Emma musterte sie fragend, doch sie schüttelte ihren Kopf. Auch die Augen der anderen Freundinnen ruhten mitleidig auf ihr, was sie als demütigend empfand.

„Wie heißt nochmal das Hotel, in dem wir heute Abend auftreten?“, versuchte Marie, ihre Freundinnen abzulenken.

„Zur goldenen Welle!“ Melanie zog einen Brief aus ihrer Handtasche und las ihn nicht zum ersten Mal vor:

Sehr geehrte Mitglieder des Prosecco-Chors,

wir freuen uns, Ihnen mitteilen zu dürfen, dass Sie zu den sechs auserwählten Chören gehören, die sich um den Titel der A-cappella-Königinnen messen dürfen. Die Vorentscheidung findet am Donnerstag, den 24. April, um 20.00 Uhr im Ballsaal des Hotels Zur goldenen Welle statt. Wir bitten Sie, sich pünktlich bis 18.00 Uhr dort einzufinden, damit Sie sich auf Ihren Auftritt vorbereiten können. Beiliegend übersenden wir Ihnen Informationen für den weiteren Ablauf des Wettbewerbs.
Wir freuen uns auf Ihr Kommen!

Mit freundlichen Grüßen
Franco Monetta, Redaktion: Singspuren
RHM – Radio Hamburg Musikwelle

Melanie hatte von dem Wettbewerb im Internet gelesen und ihren Chor zur Teilnahme überredet. Die Freundinnen sangen seit zwanzig Jahren zusammen, sie wurden vorwiegend für Hochzeiten oder Taufen gebucht. Wobei sich die Anzahl der Auftritte in Grenzen hielt, da der Chor seine Engagements ausschließlich über Mundpropaganda erhielt. Der Auftritt in Hamburg versprach, eine aufregende Erfahrung zu werden.

Da Melanie den Chor üblicherweise mit ihrer Gitarre begleitete, war der A-cappella-Auftritt eine Herausforderung. Doch offensichtlich entsprachen sie den Vorstellungen des Sendeteams. Denn bald nach der geforderten Videobewerbung waren sie vom Sender zur Teilnahme eingeladen worden. Den Gewinnern winkten eine professionelle Studioaufnahme sowie die Ausstrahlung im RHM-Sender. Melanie hatte ihre Freundinnen im Laufe der letzten Wochen mit einem straffen Probenplan zu gesanglichen Höchstleistungen angetrieben.

„Warum machen sie den Wettbewerb nicht im Sendergebäude?", rätselte die Chorleiterin, während sie in einen Schokokeks biss und die offene Packung einladend in die Runde hielt. Sie dachte an den heimischen Radiosender Ländlefunk, der immer wieder mit Veranstaltungen im Publikumssaal lockte.

„Wahrscheinlich haben sie dort nicht genug Platz. Die Amsel findet ja auch nicht im Studio statt!", stellte Lilli fest.

Die Amsel war ein musikalischer Wettbewerb, bei dem die lokalen Bands im Vorarlberger Dialekt sangen. Die Veranstaltung fand immer auf einer großen Bühne im Freien statt.

„Im Hotel wird es sicher schöner sein!", meinte Emma zuversichtlich und griff nach einem Keks. Sie verspürte ohnehin keinen Drang, im hohen Norden auf einer zugigen Bühne zu singen.

„Wo wohnen wir noch mal? Im Hotel Rote Schwalbe, oder?", fragte Melanie und beförderte die Keksbrösel von ihrem Shirt auf den Boden.

„Hotel Rote Möwe im Stadtteil St. David", erklärte Lilli und verschränkte die Arme vor ihrem Körper, um der lockenden Kekspackung zu widerstehen. Sie hatte den Flug und das Hotel organisiert.

„Ist das nicht ein Rotlichtviertel?", fragte Melanie, wobei sie sich verschluckte und von Lilli mit einem Trommelwirbel auf ihrem Rücken gerettet wurde. Als Melanie sich wieder beruhigt hatte, stellte Lilli grinsend klar: „Ja und? Du willst doch auch einmal nach St. Pauli – dort geht sicher noch mehr ‚die Post ab'! Und wir müssen auf jeden Fall unser Sightseeing-Programm durchziehen! Wer weiß, wann wir wieder mal hierher kommen?"

„Aber erst holen wir uns den Titel der A-cappella-Königinnen!" Melanie spülte ein letztes Räuspern mit einem Schluck aus ihrer Wasserflasche hinunter. Dann reckte sie sich in eine aufrechte Position und forderte spontan: „Also Mädels, auf geht's! Wir singen jetzt *Only you.*"

„Hier im Zug?" Marie blickte sich unsicher im gut besetzten Zugabteil um, während die anderen bereits auf Melanies Kommando warteten.

„Warum nicht? Das ist doch eine gute Übung für heute Abend." Melanie kramte nach ihrer Stimmgabel und hob die Hände wie ein

Dirigent. Dann summte sie den ersten Ton und alle stimmten in das Lied ein: „Badadada, Badadada, Badadada, Badadada …"

Nach dem letzten „Badadada" war es, bis auf das Rauschen des Zuges, im ganzen Abteil mucksmäuschenstill. Dann begannen zwei ältere Herren im Businessanzug, zu applaudieren, bald stimmten weitere Fahrgäste ein. Dazwischen waren sogar ein paar „Bravo"-Rufe zu hören. Melanie stand auf und verbeugte sich dankend, bis Lilli sie am Saum ihres Trenchcoats wieder auf den Sitz zog. Doch Melanies Busen schien um eine Körbchengröße gewachsen zu sein. Sie verkündete: „Na, das war doch schon was, Mädels! Ich bin stolz auf euch!"

Als sich der Zug dem Hauptbahnhof näherte, sammelten die Freundinnen ihr Gepäck ein und machten sich für den Ausstieg bereit. Die älteren Herren im Anzug schoben ihre Trolleys vorbei. Der Größere der beiden, vom Typ: Sky Du Mont, bemerkte dabei: „Das war wirklich ein Ohrenschmaus, meine Damen. Planen Sie einen Auftritt oder soll es nur ein wenig Straßenmusik werden?"

Sein Tonfall klang durchaus respektvoll, doch Lilli schnaubte entrüstet: „Also bitte! Straßenmusik! Was denken Sie von uns? Wir fahren zum Wettbewerb der A-cappella-Königinnen!"

„Verzeihung, gnädige Frau! Ich wollte Ihnen nicht zu nahe treten!" Sky Du Mont verbeugte sich wie ein Butler und schenkte Lilli ein schelmisches Lächeln, bevor er das Abteil verließ.

„Und die ‚Gnädige' kann er sich auch schenken." Lilli schnappte sich ihren Blazer vom Haken.

„Aber der war doch ganz nett, sei nicht immer so angriffslustig!" Sandra zog ihre kurze Lederjacke an und hängte sich ihre Handtasche quer über die Brust.

„Ich bin nicht angriffslustig!", knurrte Lilli.

Melanie grinste: „Nein, überhaupt nicht!" Sie schubste Lilli vor sich her, die anderen folgten ihnen. Auf dem Bahnsteig waren sie aber nur noch zu viert.

„Wo ist Emma?" Lilli drehte sich suchend im Kreis. Dann schaute sie durch das Zugfenster in das Abteil zurück. Dort saß Emma mit dem Handy in der Hand und tippte darauf herum. Lilli trommelte ans

Fenster: „Emma, was machst du? Komm raus! Oder willst du wieder zurück zum Flughafen fahren?“

Emma stolperte mit roten Wangen aus dem Zug und stammelte: „Oh, entschuldigt! Ich habe gerade eine Nachricht von Frau Hagen bekommen! Sie wollte nur etwas wegen Mama wissen.“

„Gut, dass du Frau Hagen hast!“ Sandra tätschelte den Rücken ihrer Freundin, bis die Sorgenfalte auf Emmas Stirn verschwand.

Rote Möwe

Melanie wollte am Hauptbahnhof erst noch ein Ankunftsgläschen nehmen und musste davon überzeugt werden, dass es dafür schönere Plätze gab. Als die fünf Frauen endlich in der U-Bahn saßen, diskutierten Lilli und Marie darüber, ob sich heute noch eine Shoppingrunde ergeben könnte.

„Am Jungfernstieg soll es tolle Geschäfte geben. Das ist ein Tipp von meiner Chefin“, erklärte Lilli.

„Ja, das habe ich auch gehört.“ Marie stand neben ihren Freundinnen, die sich zusammengesetzt hatten. Sie fand öffentliche Verkehrsmittel unhygienisch. Man wusste nie, wer hier schon gesessen hatte. Wenn es kälter gewesen wäre, hätte Marie Handschuhe getragen, um die Haltestangen nicht mit bloßen Händen berühren zu müssen. Sie war froh, dass sich Desinfektionstücher in ihrer Tasche befanden.

Melanie saß neben der stehenden Marie auf der Sitzbank: „Bis wir im Hotel sind, ist es bereits Mittag! Sollen wir nicht zuerst etwas essen gehen und danach die Gegend erkunden?“

„Also ich bin dafür, dass wir unser Gepäck auf die Zimmer bringen und gleich zu den Landungsbrücken gehen. Ich liebe das Meer!“ Emma blickte verträumt auf die vorbeizischenden Wände des U-Bahn-Tunnels.

„Dort ist die Elbe, du Träumerchen.“ Melanie lehnte sich an Emma. „Aber irgendwann fließt sie dann auch ins Meer“, fügte sie versöhnlich hinzu.

Das Hotel Rote Möwe lag in einer umtriebigen Straße. Die Freundinnen schoben ihre Trolleys über den Gehweg und wurden von taxierenden Blicken verfolgt. Anbieterinnen des leichten Gewerbes posierten hier wie in einem Spalier. Mit scheinbar gelangweilten Blicken verfolgten sie das offensichtlich unerwünschte Quintett.

„Wie peinlich, Lilli! Was für eine Gegend hast du denn ausgesucht?“ Marie schob sich ihre Sonnenbrille ins Gesicht, obwohl der Himmel bewölkt war.

„Auf allgemeinen Wunsch eine günstige mit einem akzeptablen Hotel. Und wir sind in Hamburg! Marie, du wirst noch ganz andere Sachen zu sehen bekommen!“, stellte Lilli klar.

Emma zog ihren Koffer wie in Trance hinter sich her, ihre Augen waren staunend auf die Schaufenster entlang des Gehwegs gerichtet. Grelle Neonplakate und blinkende Anzeigen versprachen Spaß für alle nur erdenklichen sexuellen Neigungen.

Sandra murmelte Emma begeistert ins Ohr: „Ein Wahnsinn! Man hört und liest überall davon, aber glauben kann man es erst, wenn man es mit eigenen Augen sieht!“ Sie blieb an einer schwarz abgeklebten Auslage mit der roten Aufschrift: Bondage Angels live stehen: „Was soll das sein?“

„Das will ich gar nicht wissen“, bemerkte Lilli altklug und schubste die grinsende Sandra weiter, während Emma einen verstohlenen Blick zurückwarf.

„Da ist es!“ Melanie deutete auf ein bescheidenes Schild mit der Aufschrift: Hotel Rote Möwe, welches über einem schmalen Eingang hing.

„Wo?“ Sandras Blick wanderte über die Häuserfront und suchte nach weiteren Anzeichen dafür, dass sich hier ein Hotel befand.

„Na, hier ist der Eingang – und da ist eine Klingel. Wir müssen wohl läuten, damit man uns reinlässt.“ Lilli fragte sich gerade, ob sie bei der Hotelwahl nicht sorgfältiger hätte sein sollen, doch die Bewertungen im Internet waren gut gewesen. Tapfer drückte sie den Knopf. An der Decke über dem Eingang blinkte das rote Licht einer Überwachungskamera.

„Sie wünsen?“ Eine blecherne Stimme tönte aus einem Kästchen neben der Klingel.

„Wir haben auf Lilli Hammer Zimmer reserviert, fünf Personen“, antwortete Lilli.

Die blecherne Stimme sagte: „Ja lichtig, bitte tleten Sie ain.“ Mit einem Surren öffnete sich die schwere Eingangstür.

Das Innere des Hotels entpuppte sich als angenehme Überraschung. Trotz Teppichläufern roch es weder muffig noch abgestanden. Ein frühlingsfrischer Jasminduft geleitete die Freundinnen über ein weiß getünchtes Stiegenhaus in den ersten Stock, wo sich die Rezeption befand.

Dort saß ein kleiner asiatischer Mann am Empfangstresen. Er trug einen schwarzen Anzug mit roten Paspeln am Revers. „Helzlich willkommen!“, sagte Mr. Fu Chang, so stand es auf seinem Namensschild. „Hatten Sie eine gute Leise, meine Damen?“

Melanie räusperte sich, während Lilli näselnd erwiderte: „Danke, wir sind wohlauf“, als würde sie an der Rezeption eines Luxushotels stehen. Marie verdrehte schmunzelnd ihre Augen und betrachtete die Bilder an den Wänden. Zarte Geishas in farbig leuchtenden Gewändern fächelten sich anmutig zu. Marie hätte niemals so auffällige Farben getragen, aber zu diesen zarten, puppenhaften Persönchen passten die bunten Gewänder. Sie überlegte, ob sie Johannes gefallen würden. Marie hatte eigentlich nie infrage gestellt, dass sie das Maß aller Dinge für ihren Mann war.

„Ganz schön bunt, oder?“ Melanies Blick war dem von Marie gefolgt. „Wir haben die Schlüssel. Komm!“

Der Miniaturlift bot nur Platz für drei Personen.

„Also, Mädels, wie machen wir es? Wir haben ein Dreibett- und ein Zweibettzimmer!“ Lillis Frage war rhetorisch, denn Melanie, Lilli und Sandra teilten sich immer ein Zimmer, während Marie und Emma das andere nahmen. Also quetschten sich zuerst drei Freundinnen in den Lift und ruckelten in die dritte Etage.

„Gut, dass wir so gedrängt stehen“, meinte Melanie, als der Lift ruckartig stehen blieb und ihre Knie einknickten, „sonst würden wir jetzt alle am Boden liegen.“

Dafür fanden die hellen Zimmer großen Anklang bei den Freundinnen.

„Toll!“, zeigte sich Lilli begeistert, als sie durch die hohen Fenster auf die Straße blickte, „falls uns langweilig wird, können wir uns ja das Treiben da unten ansehen.“

„Ich hoffe nicht, dass es so weit kommt.“ Melanie warf sich samt ihren Schuhen auf das Doppelbett und streckte ihre Arme und Beine von sich. „Ah, herrlich! Wow! Da ist sogar Stuck an der Decke!“

Lillis Stimme hallte aus dem Bad: „Alles schön sauber! Ich muss mal …“

Sandra warf ihre Handtasche auf das zusätzliche Einzelbett. An der Zimmertür klopfte es. Marie und Emma rauschten herein. „Tolles Hotel! Gute Wahl, Lilli!“, lobten beide.

„Danke! Weiß ich doch!“, tönte es aus dem Bad.

Melanie rappelte sich wieder vom Bett hoch und blickte erwartungsvoll in die Runde: „Und jetzt? Gehen wir was trinken?" Sandra und Emma nickten. Marie schlug vor, zu den Landungsbrücken zu fahren und dort ein nettes Restaurant zu suchen.

„Genau! Wir haben ja ein paar Stunden Zeit, bis wir uns wieder aufbrezeln müssen." Lilli gesellte sich, in eine Parfümwolke gehüllt, dazu und rief: „Auf geht's!"

Die grauen Wolken hatten sich fast verzogen. Erste Sonnenstrahlen wärmten gegen eine von Norden her wehende Brise an. Der riesige äthiopische Frachter, der gerade vorbeigeschleppt wurde, pflügte das dunkle Wasser und ließ diagonale Wellen ans Ufer schwappen.

Emma hätte am liebsten ihre Schuhe ausgezogen, sich hinunter auf das Holz der Landungsbrücken gesetzt und die Füße über dem Wasser baumeln lassen. Marie, die neben ihr stand, blickte einer Möwe nach, die mit einem kleinen Fisch im Schnabel vor ihren kreischenden Artgenossen floh. Sandra und Lilli lehnten nebeneinander am Holzgeländer der Aussichtsplattform und hielten ihre Gesichter mit geschlossenen Augen in die Sonne. Einzig Melanie scannte mit einem Radarblick die Umgebung ab. Er blieb an einer Reihe von Restaurants hängen, die auf den Landungsbrücken standen. „Schaut! Da unten können wir einkehren und fast am Wasser sitzen!", rief sie.

„Ja, Melanie, jetzt wird es wirklich höchste Zeit für was Flüssiges!", neckte Lilli sie und hakte sich zwischen Melanie und Sandra ein. Gemeinsam steuerten sie auf Melanies Wunschziel zu. Marie und Emma schlenderten hinterher.

Auf dem Weg zu den Landungsbrücken hinunter kamen sie an einem Mädchen vorbei, dass sich sitzend an das Geländer der Holztreppe lehnte. Die Freundinnen ignorierten es, weil sie das Mädchen für eine Bettlerin hielten. Nur Lilli blickte zurück. *Die bettelt doch gar nicht – sie sieht nur traurig aus.* Trotz einem Funken schlechten Gewissens lief Lilli weiter. Melanie steuerte zielstrebig auf ein Fischrestaurant mit Terrasse im Freien zu und ersparte somit dem davor stehenden Gastwerber die Arbeit.

„Hier ist es gut. Es ist auch nicht windig. Super!" Melanie warf sich in den ersten Sessel und zog sofort eine Getränkekarte von der Mitte des Tisches an sich. „Hmmm, Hafenwelle, ein Cocktail ähnlich dem Long Island Ice Tea. Das klingt spannend!"

„Ich würde eher sagen, dass klingt mörderisch! Also ich trinke höchstens etwas Verdünntes." Lilli zog eine Speisekarte zu sich heran. „Und ein Krabbenbrötchen nehme ich auch."

Melanie konnte von ihren Freundinnen zu einer entschärften alkoholischen Variante überredet werden. Darum bestellten sie neben einem Imbiss nur Weißweinschorle für alle. Nachdem sie sich gestärkt hatten, fragte Melanie: „Wie sieht das weitere Programm aus?" Sie schaute dabei bewundernd auf die glitzernde Elbe und lehnte sich mit wohlig gefülltem Bauch in ihren Sessel.

„Wir hätten noch Zeit für eine Hafenrundfahrt", meinte Lilli.

„Klingt gut, das würde mir gefallen." Emmas Blick glitt über die Flotte an Ausflugsschiffen, die sich am Ufer entlang reihte.

„Ja, auf dem dort wär es schön!" Sandra deutete auf einen blau gestrichenen Raddampfer, der sich wohl vom Mississippi hierher verirrt hatte.

„Das wird nichts mehr", bemerkte Marie, denn der blaue Dampfer ließ in diesem Moment ein lang gezogenes Tuten ertönen und die Schaufeln setzten sich in Bewegung.

Sie entschieden sich für ein kleineres Schiff, das mit einladender Partymusik punktete. Sandra war bereits davor mit dem attraktiven Matrosen, der wohl Kunden anlocken sollte, ins Gespräch gekommen. Sie winkte die anderen heran.

„Das ist Dimitri", stellte Sandra vor, „er arbeitet hier, bis er wieder eine Heuer auf einem Frachter bekommt." Sie bekundete ihre Kenntnisse von der ‚christlichen Seefahrt', indem sie Dimitri eine baldige Anstellung vorhersagte.

Lilli schubste Sandra. „Los, weiter, Olive, Popeye hat noch Arbeit."

Sandra schenkte Dimitri ein strahlendes Lächeln, bevor sie unter Lillis Drängeln aufs Schiff stieg. „Ich weiß nicht, wieso du es immer so eilig hast", protestierte sie. „Wie willst du da jemals einen Mann kennenlernen?"

Lilli verdrehte die Augen und schnauzte Sandra an: „Also ich muss mich ja nicht an jeden hängen, der mir über den Weg läuft." Als Sandra empört zu einer Erwiderung ansetzte, stellte sich Emma zwischen die beiden, legte jeweils einen Arm um sie und sang: „All we are saying, is give peace a chance." Das war eine Art Codewortzeile, die bei Zwistigkeiten zum Einsatz kam, seit die Freundinnen den Song *Give Peace a Chance* kurioserweise für eine Hochzeit einstudieren mussten. Und es funktionierte meistens – so auch diesmal. Lilli und Sandra grinsten sich wieder versöhnlich an. Danach gesellten sich die drei zu Melanie und Marie, die bereits an einem Tisch unter Deck saßen.

Der Matrose Dimitri war offensichtlich auch der Schiffskellner, denn kurz darauf salutierte er am Tisch und fragte in gebrochenem Deutsch: „Meine Damen, darf was bringen?" Natürlich durfte er. Während die anderen auf Alkohol verzichteten und einen Cappuccino bestellten, wollte Melanie endlich die allseits gegenwärtige Hafenwelle probieren.

Dimitri bedachte Sandra mit einem Augenzwinkern, bevor er den Tisch wieder verließ. „Ich finde diesen russischen Akzent so anziehend", gab Sandra zu. Lilli nahm Melanie kritisch ins Visier: „Du weißt schon, dass wir heute noch einen Auftritt haben?"

„Ich weiß, wie viel ich vertrage!" Melanie blickte trotzig aus dem Fenster. Die anderen schwiegen verlegen. „Ihr wisst nicht, wie das ist: Immer nur zu Hause herumzulungern, hinter den Kindern herzuräumen und den Gatten zu bekochen. Da braucht man einfach mal ein bisschen Spaß und Ablenkung", klagte Melanie resigniert.

Lilli bereute ihre unüberlegten Worte: „Entschuldige, Melanie. Ich wollte nicht auf dir rumhacken." Sie bedachte Melanie solange mit ihrem treuherzigen Bitte-verzeih-mir-Dackelblick, bis diese zu kichern begann.

„Warum suchst du dir nicht eine Arbeit?" Lilli war klar, dass sie sich auf dünnes Eis begab, aber sie war der Ansicht, eine gute Freundin sollte auch die Wahrheit sagen dürfen.

„Was soll ich denn tun? Ich habe ja keine abgeschlossene Ausbildung! Mit einem abgebrochenen Musikstudium kommt man zu keinem Job. Aber was soll's! Jetzt genießen wir unsere Reise." Melanie fegte das Thema vom Tisch. Dimitri kam ihr mit seinem vollen Tablett gerade gelegen.

Später begaben sich die Freundinnen aufs freie Oberdeck. Unter vielen „Ohs" und „Ahs" bewunderten sie die vorbeiziehenden Sehenswürdigkeiten. Am meisten Anklang fand die Elbphilharmonie mit den gebogenen Luxusfenstern und die Speicherstadt.

„Also der Michel würde auch zum Pflichtprogramm gehören", versuchte Marie, ihre Freundinnen zu überzeugen.

„Ich weiß nicht, wir haben doch in Vorarlberg mehr als genug Kirchen." Sandra schaute wenig begeistert auf den dunklen Turm und verschwand mit einem: „Ich muss mal", im Unterdeck.

Lilli blickte ihr wissend nach und sprach aus, was die anderen dachten: „Ich schätze, Dimitri hat schon gepunktet."

Da Sandra längere Zeit nicht mehr auftauchte und es draußen zu kalt wurde, stiegen sie wieder ins warme Unterdeck. Dort saß Sandra mit lasziv übereinandergeschlagenen Beinen und unterhielt sich angeregt mit Dimitri, der sich vornübergebeugt stehend mit den Händen am Tisch abstützte und an Sandras Lippen hing. Hinsetzen durfte er sich vermutlich nicht. Marie blieb unvermittelt stehen und sagte: „Ich muss noch mal an die frische Luft!" Dem fragenden Blick ihrer Freundinnen entgegnete sie: „Danke, ich bin gern allein", und verschwand über die Treppe nach oben.

Draußen lehnte sich Marie an die Reling, schlang die Arme um sich und atmete die kühle Aprilbrise ein. Sie sinnierte darüber, warum Sandra ihr so auf die Nerven ging. Ihre jüngere Schwester verbreitete meist gute Laune und wirkte so sorglos, wie sie es schon als Kind gewesen war. Marie erinnerte sich noch an Sandras freudiges Gekreische, wenn sie auf den Knien ihres Vaters hatte reiten dürfen oder er sie mit den Händen in die Luft geworfen hatte. Marie war sich sicher, niemals vor Freude gekreischt zu haben. Johannes hatte sie einmal geneckt: „Du bist eine Eisprinzessin. Zeigst nur deine kalte Spitze. Komm, lass mich darunter sehen!" Dann hatte er lustvoll an ihrem Ohrläppchen geknabbert. Marie war es immer zuwider gewesen, wenn Johannes seine Begierde so deutlich gezeigt hatte. Auch beim Sex – gerade beim Sex! Ihr war es am liebsten, wenn es dabei dunkel war und schnell ging. So konnte Johannes nicht bemerken, dass sie keinen Spaß daran hatte.

Es dauerte länger als geplant, bis sie wieder im Hotel ankamen, weil Lilli unterwegs einen Abstecher in eine Boutique hatte machen wollen und ihre ohnehin üppige Garderobe um ein gelbes Cocktailkleid bereichert hatte.

„Wir müssen heute Abend Eindruck machen!“, erklärte sie ihren Freundinnen. „Du lässt uns alle daneben verblassen“, neckte Emma Lilli und strich sich mit den Händen über ihre runden Hüften.

Alle scharten sich im größeren Dreibettzimmer, um sich gemeinsam „aufzubrezeln“, wie sich Melanie ausdrückte. „Gott, ich sehe aus wie Obelix, der Gallier!“, klagte sie, als sie sich im großen Wandspiegel betrachtete. Mit ihrer beachtlichen Körpergröße von einhundertachtundachtzig Zentimetern hatte sie sich niemals anfreunden können.

„Unsinn!“ Lilli zupfte den Saum von Melanies pflaumenblauem Kleid in die Länge und stellte sich hinter sie. „Sieh nur, die A-Linie und diese Länge passen perfekt zu deiner Figur. Dein Körper hat die Form einer Birne. Und die Farbe passt super zu deinen grauen Augen.“ Im Hintergrund hörten sie Sandra lachen: „Und was für ein Obst bin dann ich?“

„Also ein Früchtchen bist du ganz sicher“, stellte Lilli grinsend klar. „Aber ernsthaft, klein und zart wie du bist, kannst du fast alles tragen. Das Kleid steht dir übrigens gut“, lobte sie Sandras enges hellblaues Kleid, „obwohl du für diese Kleiderlänge langsam doch zu alt bist.“ Diese Anmerkung konnte sich Lilli nicht verkneifen.

„Was soll das heißen, zu alt? Solange ich es mir leisten kann, trage ich kurze Kleider!“ Sandra blickte stolz auf ihre schlanken Beine, die in hohen Pumps endeten.

„Recht hast du!“, bestätigte Emma und jammerte: „Ich hätte gerne so eine Figur! Ich wurde im falschen Jahrhundert geboren. Rubens wäre mir mit seinem Pinsel nachgelaufen.“ Erst als ihre Freundinnen in schallendes Gelächter ausbrachen, wurde sich Emma bewusst, was sie soeben gesagt hatte und ein Hauch von Rosa überzog ihre Wangen.

„Ach, Emma, wir haben doch alle unsere Problemzonen.“ Dass Maries gutgemeinter Trost unglaubwürdig war, entging keiner ihrer Freundinnen.

Emma starrte auf Maries tadellose Figur, die in einem dunkelblauen Etuikleid sehr gut zur Geltung kam. „Wo bitte, hast du denn eine

Problemzone?" Man hörte selten klagende Worte von Emma. Marie murmelte verdutzt etwas von: „… zu schmale Hüften und krumme Zehen."

„Du jammerst wirklich auf hohem Niveau!" Lillis Blick wanderte über Maries perfekte Erscheinung. Dann zupfte sie an Emmas lavendelfarbigem Wickelkleid herum. „Übrigens, du siehst sehr gut aus. Die Farbe passt prima zu deinen himmelblauen Augen!" Emma strahlte dankbar, immerhin hatte sie das Kleid auf Lillis Empfehlung hin gekauft.

„Du bist jetzt die Einzige, die nicht in einer Beerenfarbe gekleidet ist!", stellte Melanie fest. Lilli stach in ihrem gelben Modell aus der farblich harmonisch gekleideten Runde heraus. „Wie ein Kanarienvogel", fügte Melanie frech hinzu, obwohl sie ahnte, dass ihr dafür ein Rüffel drohte.

Erstaunlicherweise blieb Lilli diesmal gelassen: „Weißt du, Melanie, wenn wir alle im gleichen Farbton kommen, sieht das zwar einheitlich aus, aber wir wollen ja einen bleibenden Eindruck hinterlassen. Und außerdem macht es mir nichts aus, im Mittelpunkt zu stehen!", fügte sie selbstbewusst hinzu. Lillis Ehrlichkeit war entwaffnend.

Als sie gemeinsam an Mr. Fu Changs Tresen vorbeistöckelten, schenkte dieser dem eleganten Quintett ein erfreutes Lächeln. „Wünse ainen sönen Abend, die Damen!"

Vor dem Hotel wartete bereits das zuvor georderte Großraumtaxi, da sie sich aus zwei Gründen gegen die U-Bahn entschieden hatten. Erstens wollte keine der Freundinnen aufgedonnert durch die Flaniermeile von St. David laufen. „Ich hab schon einen Job!", hatte Lilli verkündet. Und zweitens fanden die Freundinnen, dass eine Ankunft im Taxi vor dem Hotel glamouröser wirkte.

Zur goldenen Welle

Das Hotel war ein stilvolles Gebäude, das sich in eine prachtvolle Backsteinhäuserzeile reihte. Kurz vor achtzehn Uhr fuhr das Taxi vor dem Hoteleingang vor.

„Sieht historisch aus", bemerkte Sandra. Da sich ihr Wissen über Baukunst auf ‚gefallen' oder ‚nicht gefallen' beschränkte, fügte sie hinzu: „Ich meine, es sieht alt und edel aus."

Lilli blickte suchend umher. „Hier deutet aber gar nichts auf einen Wettbewerb hin!", meinte sie stirnrunzelnd. Auch ihre Freundinnen sahen sich enttäuscht um. Keine Plakate, kein livriertes Empfangspersonal, kein roter Teppich und keine Fotografen waren zu sehen.

„Sind wir hier schon richtig?" Emma blickte an dem hohen Bau nach oben, als erwarte sie, wenigstens an einem der Fenster einen lauernden Papparazzo zu entdecken.

„Ich glaube, wir müssen uns damit abfinden, dass hier heute kein gesellschaftliches Ereignis stattfindet", verkündete Marie nüchtern. Sie übernahm würdevoll die Führung, indem sie durch die gläserne Eingangstür voranschritt.

Die Eingangshalle war groß und versprühte einen altehrwürdigen Charme. Rötliche Marmorsäulen, gesäumt von goldenem Stuck, stützten die hohe Decke. Elegante Sofas und Chintz-Sessel standen auf gediegenen Perserteppichen, der Empfangstresen war aus glänzendem Mahagoni.

„Mich würde es nicht wundern, wenn plötzlich ein Filmteam auftauchen würde, um die Neuauflage eines Agatha-Christie-Klassikers zu drehen." Melanie war wie ihre Freundinnen schwer beeindruckt.

Nun eilte auch ein livrierter Page herbei und entschuldigte sich mehrfach, dass er den Damen nicht die Tür geöffnet habe. Die Ladys nahmen die Entschuldigung gnädig zur Kenntnis und gaben dem Pagen, auf dessen Namensschild: George stand, die Chance, sich zu rehabilitieren, indem sie ihn baten, sie zum Saal für den A-cappella-Königinnen-Wettbewerb zu geleiten.

Boy George brachte sie über Marmorstufen einen Halbstock höher und stellte sie einem gedrungen wirkenden Mann im Nadelstreifenanzug vor. Dieser trug einen dunklen Schnauzbart, seine ebenfalls dunklen Haare waren wie ein Baldachin über die kahle Stirn frisiert.

„Gefärbt!“, tuschelte Lilli von hinten in Melanies Ohr.

„Guten Tag, meine Damen, der Prosecco-Chor – vermute ich da richtig?“ Ein Nicken der Damenrunde bestätigte seine Vermutung. „Da dürfen wir uns ja auf einen spritzigen Auftritt freuen“, fügte Mister Baldachin mit einem anzüglichen Grinsen hinzu.

Lilli schnaubte und murmelte etwas, dass nach „Idiot“ klang. Dafür musste sie einen Fußtritt von Melanie einstecken. Aber Mister Baldachin schien nichts bemerkt zu haben.

„Ich bin Franco Monetta von der Redaktion Singspuren. Herzlich willkommen!“ Franco Monetta verbeugte sich und gab den Blick auf eine kreisrunde Stelle am Hinterkopf frei, für die der Haarbaldachin nicht mehr ausgereicht hatte.

„Guten Tag, Herr Monetta.“ Lilli übernahm heute nicht nur farblich das Zepter. „Wo können wir uns einsingen?“

„Ein Raum am Ende des Flurs steht für Sie bereit“, erklärte Franco Monetta. „Aber zuerst erkläre ich Ihnen noch den Ablauf. Bitte folgen Sie mir in den Ballsaal!“

Der Saal war nicht sonderlich groß, aber ebenso elegant wie die Eingangshalle. Gegenüber der Eingangsflügeltür befand sich eine Bühne, welche beidseitig von einem dunkelroten Vorhang gerahmt wurde. Davor standen mehrere Stuhlreihen, die für etwa zweihundert Personen Platz boten. Hinter den Sitzplätzen befand sich ein Podest mit vier Stühlen für die Jury.

„Unsere Fachjury besteht aus Harry Bert, der Ihnen wohl bekannt sein wird, sowie Frau Therese Mosswald, eine Professorin am Musikkonservatorium, dann noch einem Kollegen aus unserer Redaktion, Herr Reto Geser, und mir“, erklärte ihnen Franco Monetta.

„Wer ist Harry Bert?“, zischte Lilli Melanie zu – jedoch nicht leise genug.

„Sie kennen Harry Bert nicht! Sicher, es ist schon ein paar Jahre her, aber *Der Junge mit der Mandoline* und *Möwengeflüster* sollten Ihnen bekannt sein. Insbesondere, weil Sie auch nicht mehr zur jüngsten Generation gehören!“, scherzte er grinsend. Der Scherz kam bei Lilli allerdings nicht gut an. „Es tut mir leid, aber dieser Sänger ist bei uns in Österreich unbekannt und ..." Ein weiterer Tritt von Melanie ließ sie verstummen. Lilli wurde bewusst, dass es vielleicht unklug war, ein Jurymitglied vor den Kopf zu stoßen. „Vielleicht sind wir doch schon zu alt", fügte sie selbstaufopfernd hinzu.

Herr Monetta lächelte säuerlich: „Das kann ich mir nicht vorstellen, Harry Bert feiert nächstes Jahr seinen siebzigsten Geburtstag. Aber wenn Sie meinen …", er grinste süffisant.

Melanie streifte Lilli mit einem wütenden Seitenblick, als Franco Monetta sie hinter die Bühne geleitete. Emma und Sandra folgten schweigend, während Marie würdevoll hinterher schritt.

„Sie werden als dritter Chor an die Reihe kommen. Spätestens um viertel vor acht sollten Sie sich hier bereithalten. Welche …? Moment! Ja, hier habe ich die Liste. Ihr erstes Lied ist *Only You* – eine gute Wahl, das hat auch Chor Nummer 4 gewählt. Da kann die Jury gut einen Vergleich anstellen. Dann *Just the way you are,* ist zwar nicht so bekannt, aber ich bin darauf gespannt. Haben Sie noch Fragen?"

„Danke, Herr Monetta. Wir werden uns jetzt vorbereiten." Melanie schenkte ihm ihr schönstes Lächeln und schubste Lilli unsanft vor sich her.

„Was hast du dir dabei gedacht?", schimpfte sie, als sie die Tür zum Proberaum zugeworfen hatte.

„Kennst du Harry Bert?" Angriff war die beste Verteidigung – Lilli wusste selbst, dass sie nicht gerade diplomatisch gewesen war.

„Nein! Aber ist ja auch egal, oder? Es wäre nicht schlecht, wenn du mal nachdenken würdest, bevor du redest!", keifte Melanie.

„Du bist einfach unge…!" Lillis Protest wurde unterbrochen.

„Mädels, *Give Peace a Chance*." Emma schritt wieder einmal schlichtend zwischen die Streitenden ein. Melanie und Lilli verstummten, aber die Spannung zwischen den beiden Frauen war noch immer spürbar. Sandra hielt sich zurück, Marie stellte hingegen gelassen fest: „Ich finde, wir sollten das Ganze nicht so ernst nehmen. So wie es aussieht, wird das hier keine spektakuläre Show. Vermutlich sind wir nur das Animationsprogramm für die Hotelgäste. Aber machen wir das Beste daraus. Wir sind hier, um eine schöne Zeit zu haben, und das ist die Hauptsache oder etwa nicht?"

Bei Maries Worten löste sich die Spannung. Emma und Sandra umarmten Marie dankbar. Lilli und Melanie blickten sich reuevoll an und stürzten sich ebenfalls auf Marie. Nach einem ausgiebigen Gruppenknuddeln holte Melanie alle auf den Boden der Tatsachen zurück: „Los, Mädels, einsingen! Zeigen wir denen, was der Prosecco-Chor draufhat!"

Nach dem Einsingen machte sich trotz Melanies Anfeuerungsparole eine allgemeine Nervosität breit.

„Verdammt, warum bin ich nur so zappelig?" Melanie zerrte am Ausschnitt ihres Kleides wie an einer imaginären Krawatte und fixierte das Getränkeangebot auf dem Tisch. „Die hätten ruhig was Anständiges zum Trinken herstellen können!", maulte sie und schenkte sich aus dem Wasserkrug ein.

„Hinterher lassen wir es krachen. Versprochen!" Lilli trippelte nicht minder nervös im Zimmer umher und klopfte sich mit der Faust auf die Brust. Sandra und Emma saßen blass auf zwei Stühlen. Sie sahen aus, als warteten sie auf ein Strafkommando. Einzig Marie wirkte ruhig und entspannt. Sie hatte die Fingerkuppen aneinandergelegt und summte vor sich hin. „Disziplin ist alles!" Die oft gepredigten Worte ihrer Mutter hallten in ihren Ohren.

„Hört ihr?" Lilli lief an die seitliche Zimmerwand und legte ihr Ohr daran. „Da singen sich auch welche ein!" Jetzt waren deutlich Frauenstimmen zu hören, die *Don't worry, be happy* schmetterten.

Melanies Kampfgeist erwachte wieder: „Los, Mädels, das können wir besser! Nochmals von vorn!"

Nach gefühlt fünf Minuten klopfte es an der Tür.

„Meine Damen, es ist Zeit!" Franco Monetta steckte den Kopf herein und fuchtelte mit den Händen. Die Freundinnen strafften ihre Schultern, als sie ihm im Gänsemarsch folgten.

Hinter der Bühne tummelten sich scharenweise schick gekleidete Frauen, die sich summend oder flüsternd auf ihren Auftritt vorbereiteten. Franco Monetta hüpfte zwischen ihnen umher wie ein Hahn, der in seinem Hühnerharem Inventur machte. „So, meine Damen, ich muss jetzt auf meinen Juryplatz! Die Reihenfolge sollte klar sein. Alles

Weitere übernimmt jetzt mein Kollege Jens Eriksen." Er deutete auf einen großen breitschultrigen Mann mit schulterlangen Haaren und verschwand winkend durch die Menge.

Jens Eriksen übernahm gelassen das Kommando. Er musste weder hüpfen noch schreien, da er alle durch seine Körpergröße überragte. „Als Erstes kommt der Chor Singschwalben dran. Bitte folgen Sie mir!" Eine Gruppe von Frauen Ende zwanzig versammelte sich vor Jens Eriksen. Sie trugen dunkelblaue knielange Röcke und weiße Blusen mit blauen Punkten. Die Haare hatten alle mit einer weißen Schleife zusammengebunden.

„Wie ein Schülerchor!", flüsterte Lilli naserümpfend in Maries Ohr.

Marie lächelte selbstsicher: „Wir sind eindeutig eleganter!" Die Singschwalben strömten an dem dunkelroten Vorhang vorbei auf die Bühne und der einsetzende Applaus verriet, dass sich der kleine Saal gefüllt hatte.

Während Jens Eriksen hinter der Bühne seinen Zeigefinger an die Lippen hob und damit das letzte Geflüster zum Verstummen brachte, trällerten die Singschwalben los. Melanies stummes Augenrollen verriet, dass sie von der Darbietung nicht sonderlich beeindruckt war. Ihre Freundinnen teilten ihre Meinung. Melanie drehte ihren Kopf, um zu sehen, wie die anderen Sängerinnen auf diese Leistung reagierten. Ihr Blick blieb an Jens Eriksen hängen, der sie grinsend beobachtete. Melanie grinste zurück. Es war wirklich witzig, denn sie beide waren die Größten unter der wartenden Menschenschar. Er zwinkerte ihr zu und Melanie spürte, wie sie rot wurde. Verlegen senkte sie den Blick auf ihre Schuhspitzen.

Nach einem weiteren Auftritt eines Chores, den Melanie mit kräuselnden Lippen als „gefahrlos" einstufte, war der Prosecco-Chor an der Reihe. Die Freundinnen schritten mit erhobenem Haupt auf die Bühne, lächelten unter dem aufmunternden Applaus der Gäste und begannen nach Melanies Zeichen für den Einsatz mit ihrem Gesang.

Als der letzte Ton verklang, wussten sie, dass ihre Darbietung umwerfend gewesen sein musste, denn tosender Applaus schwappte auf die Bühne. Die Sängerinnen verbeugten sich mit strahlenden Gesichtern. Lillis Blick wanderte zum Jurypodest. Harry Bert musste wohl der grauhaarige Mann sein, der mit der selbstsicheren Ausstrahlung eines erfolgreichen Künstlers am Jurytisch saß. Sie schenkte ihm ein strahlendes Lächeln und hoffte, dass Franco Monetta ihre aufmüpfigen Kommentare für sich behalten hatte.

„Los, Lilli! Wir sind fertig!" Melanie hakte sich bei Lilli unter. Mit einem letzten Winken folgten sie Sandra, Emma und Marie, die bereits hinter dem Vorhang verschwunden waren.

„Na, das ist doch super gelaufen!" Melanie und Lilli gesellten sich zu ihren wartenden Freundinnen, denen die Erleichterung anzusehen war. Ein pantomimisches „Juhuuu" von Emma und eine freudig hüpfende Sandra sprachen für sich. Marie strahlte mit den anderen um die Wette und alle umarmten sich stürmisch.

„Eine reife Leistung!", flüsterte eine männliche Stimme in Melanies Ohr. Jens Eriksen war von hinten an sie herangetreten. Als sie sich umdrehte, hob er beide Daumen in die Höhe.

„Danke!", hauchte Melanie und senkte züchtig ihre Augenlider. Jens Eriksen schenkte ihr ein freches Grinsen, bevor er den nächsten Chor auf der Bühne ankündigte. Die Singing Ladys zeigten sich ebenfalls siegeswillig. Der Chor bestand aus sechs hübschen Frauen um die dreißig, die ihren Gesang mit einer hüftschwungreichen Choreografie aufpeppten.

„Sie wissen, wie man punktet", flüsterte Lilli beeindruckt. „Salsa tanzen und sie klingen auch nicht schlecht."

„Gesungen haben wir besser! Wenn alles korrekt abläuft, müssten wir ins Finale kommen!", konterte Melanie. „Falls nicht, ist das sowieso nur ein Pseudo-Wettbewerb!"

Melanie sollte Recht behalten. Nach dem letzten Auftritt versammelten sich alle Chöre auf der Bühne. Franco Monetta bahnte sich zwischen den Frauen seinen Weg nach vorne.

„Meine sehr geehrten Damen! Danke für ihre Darbietungen, die wirklich eine großartige Qualität boten …" Er führte einen ausufernden Monolog, während die angesprochenen Damen auf der Bühne ungeduldig warteten.

„Nun sag schon …" Melanies Gebet wurde erhört.

„Und die drei Finalisten um den Titel der A-cappella-Königinnen siiind …" Ein nervenzehrender Trommelwirbel übertönte jedes andere

Geräusch, bevor er abrupt verstummte und Franco Monetta rief: „Die Singschwalben, der Prosecco-Chor und die Singing Ladys!"

Ein Jubelgeschrei erfüllte den Saal, wobei der Prosecco-Chor nicht minder enthusiastisch hüpfte wie die rund zehn Jahre jüngeren Konkurrentinnen. Franco Monetta informierte das Publikum noch über das Finale am folgenden Samstag, doch auf der Bühne hörte ihm niemand zu – zumindest nicht der Prosecco-Chor.

„So, jetzt lasst uns feiern!" Lilli hakte sich bei Marie unter, die ungewohnt aufgekratzt wirkte. Sandra, Emma und Melanie lagen sich in den Armen und kicherten ausgelassen.

„Jaaa – jetzt brauche ich was zu trinken!" Melanie zog ihre Freundinnen von der Bühne.

„Sollen wir hier …?" Sandra sah sich im langsam sich leerenden Saal um.

„Nein! Ich habe im Lust-auf-mehr reserviert! Schon vergessen?" Lilli hatte den Tipp aus einem Internetforum. Ein anspruchsvolles Lokal mit prickelnder Atmosphäre – das klang genau richtig! Es lag in einer Seitenstraße an der Reeperbahn und hatte gute Bewertungen bekommen.

„Auf geht's!" Melanie schob ihre Freundinnen in Richtung Ausgang und erhaschte dabei noch einen anzüglichen Seitenblick von Jens Eriksen.

Lust-auf-mehr

Als der Taxifahrer seine quirlige Fracht vor dem Lokal ablud, meinte er grinsend: „Viel Spaß meine Damen – aber nicht zu viel!“

„Frechheit! Was glaubt der denn, wer wir sind?“, rief Lilli dem davonfahrenden Taxi hinterher.

Das Lust-auf-mehr wurde von zahllosen Lämpchen beleuchtet und strahlte in weihnachtlicher Atmosphäre in die dunkle Aprilnacht. Selbst auf den großen Topfpflanzen im Eingangsbereich funkelten Lichtergirlanden. Vor dem Lokal luden Holztische die kälteresistenten und rauchenden Gäste mit warmen Decken zum Sitzen ein.

„Wir sitzen aber drinnen?“ Sandra bibberte in ihrem kurzen Kleidchen.

„Nein, wir sitzen draußen und sehen zu, wie du langsam blau anläufst“, scherzte Lilli, bevor sie den Eingang ansteuerte.

Im Lokal erwartete die Freundinnen erotische Opulenz. Prüde Gemüter waren hier am falschen Ort. Auf großen Gemälden an den Wänden tummelten sich Heerscharen von nackten Männern und Frauen. Von den Künstlern waren sie mit großzügigen männlichen und weiblichen Attributen ausgestattet worden. Sie vollzogen zu zweit oder in Gruppen den Geschlechtsakt, wobei in den meisten Werken die Protagonisten mit einem gewissen akrobatischen Talent ausgezeichnet waren.

„Wow!“ Lillis und Melanies gleichzeitigem Ausruf folgte Gekicher. Sandra stimmte ein, während Emmas Wangen sich wieder mal färbten. Marie zog es vor, die samtgepolsterten Stühle und die dunkel glänzenden Holztische interessiert zu betrachten. Aber auch in der Dekoration wurde das stilistische Ambiente konsequent umgesetzt. Die golden bemalten Nippsachen auf den Tischen stellten ebenfalls freudig kopulierende Pärchen dar.

„Wie im Puff!“ Lillis Mutmaßung wurde von einem großen Mann in schwarzer Livree unterbrochen, der die Neuankömmlinge begrüßte.

„Guten Tag, meine Damen, haben Sie reserviert?“

Lilli nannte gelassen ihren Namen, als wäre sie ein Stammgast. Der Platzanweiser manövrierte die Frauen durch das verwinkelte Lokal an ihren Tisch. Hier wurden sie von einem goldlackierten Trio begrüßt, das sich in ekstatischer Manier auf dem Tisch vergnügte.

„Mann, wie soll man sich da auf das Essen konzentrieren?“ Melanie schob sich auf die Sitzbank und griff mutig nach der Skulptur. „Das sieht anstrengend aus!“, bekundete sie ihren Respekt. Sie begutachtete die von Kerzenschein beleuchtete Skulptur von allen Seiten.

„Meint ihr, das hier ist wirklich ein Puff?“ Sandra senkte ihre Stimme und blickte sich neugierig im gut besuchten Lokal um.

„Nein, das ist ein Restaurant! Wobei – vielleicht haben die im oberen Stockwerk ein paar Zimmer für Gäste, die es vor lauter Wollust nicht mehr bis nach Hause schaffen?“ Lilli musterte die anderen Gäste. Viele Tische waren mit Männerrunden besetzt, in den kleinen Nischen am Fenster saßen vereinzelt Paare.

„So wie es aussieht, haben wir die große Auswahl!“ Sandra blickte sich interessiert im männerdominierten Lokal um. „Wie ihr wollt“, meinte Melanie und griff nach der Getränkekarte, „mich gelüstet es nach etwas anderem.“

Während sie die Auswahl studierten, starrte Marie in Gedanken versunken auf die Karte. Die offensiv-erotische Atmosphäre des Restaurants erinnerte sie an ihren letzten Geburtstag, als Johannes sie zur Feier des Tages in ein edles Restaurant ausgeführt hatte.

Marie hatte sich sorgfältig angezogen: ein elegantes dunkelrotes Kleid und High Heels. Johannes sah ihr beim Ankleiden zu, und obwohl es ihr unangenehm war, genoss sie seine offensichtliche Bewunderung.

Später, beim Abendessen, genossen sie Jakobsmuscheln mit Trüffelcreme, dazu tranken sie einen köstlichen Chardonnay. Nach dem Essen spürte Marie, wie Johannes Hand unter der überhängenden Tischdecke verborgen über ihre Schenkel wanderte. Trotzdem befürchtete sie, jemand könnte etwas bemerken. Aber sie ließ ihn gewähren, bis er seine Finger in ihr Höschen schob. Marie zuckte zusammen und tadelte ihren Mann mit einem eisigen Blick. Johannes zog seine Hand zurück und wirkte, als ob er geschlagen worden wäre. Die schöne Stimmung des Abends war zerstört. Sie verließen das Restaurant bald darauf und Johannes versuchte später nicht, Marie zum Sex zu überreden.

Klapperndes Besteck und klirrende Gläser holten Marie in die Gegenwart zurück. Ihr Blick war noch immer auf die Speisekarte geheftet, deren Inhalt sie erst jetzt wahrnahm. „Wisst ihr schon, was ihr nehmt?“ Marie hatte kaum Appetit.

„Ja! Ich werde ein Steak essen, mit Kartoffeln und Brokkoli. Ich bin hungrig!“, antwortete Melanie.

„Ich möchte diesen Salat mit Hühnchen“, sagte Sandra. „Seht mal, der heißt: Fifty Shades of Green.“ Marie schloss sich Sandras Wahl an, während Lilli und Emma das Heiße Dreieck der Begierde wählten. Das war eine Gemüsepfanne mit Schweinelendchen in Soße. Dazu bestellten sie Wein und eine Runde des Hausaperitifs Feuchtgebiete.

Nach dem Dessert: Sündige Versuchung in Schokolade und einer weiteren Flasche Wein, die Melanie zur Hälfte allein geleert hatte, wurden die Freundinnen plötzlich von einer tiefen Stimme überrascht.

„Hallo, die hübschen Damen! Haben Sie das Lust-auf-mehr entdeckt?“ Jens Eriksens große Gestalt beugte sich über den Tisch.

„Oh, Sie sind auch hier!“ Sandra musterte den langhaarigen Hünen.

Aber Jens Eriksen Aufmerksamkeit galt Melanie, die er direkt ansprach: „Und gefällt es Ihnen hier?“ Seine Augen wanderten von der Angesprochenen zu dem schamlosen Trio auf dem Tisch und wieder zurück. Melanie war sprachlos, was selten vorkam.

Doch Lilli antwortete schlagfertig: „Ist mal was Neues. Solche Lokale gibt es bei uns nicht!“

„Ja, die Reeperbahn hat schon manch unschuldiges Gemüt verführt!“ Jens Eriksen grinste unverhohlen.

„Aber Landeier sind wir auch keine!“, stellte Lilli klar.

„Ich wollte Sie nicht beleidigen!“ Gespielt griff er sich entschuldigend an die Brust und verbeugte sich demütig. „Haben die Damen später schon was vor oder darf ich Sie zu einem Gläschen einladen? Ich kenne eine nette Bar in der Nähe.“

„Ist das überhaupt erlaubt?“ Marie blickte stirnrunzelnd auf den großen Mann. „Sie gehören schließlich zum Organisationsteam!“

Jens Eriksen streckte sich: „Das stimmt! Aber ich bin kein Mitglied der Jury! Ohne die Veranstaltung abwerten zu wollen, es handelt sich hier ja nicht um den Eurovision Song Contest.“ Das kollektive Schulterstraffen der Tischrunde veranlasste Jens Eriksen dazu, hinzuzufügen: „Außerdem möchte ich Ihnen sagen, dass Sie ein ausgezeichneter Chor sind! Sie vermitteln einen tollen Gesamteindruck mit perfekt harmonierenden Stimmen!“ Die empörten Schultern sanken wieder nach unten, dafür hoben sich die Brustkörbe. „Ich muss jetzt zu meiner Tischgesellschaft und komme später noch einmal vorbei. Sie können es sich inzwischen überlegen.“ Er zog einen imaginären Hut, zwinkerte Melanie zu und entschwand.

Fünf fragende Augenpaare schwenkten in der Runde umher.

„Sollen wir wirklich mitgehen?“ Lilli wandte sich an Melanie.

„Ich weiß nicht. Er ist ja ganz nett und wir sind schließlich zu fünft!“ Melanies Blick suchte den von Marie.

„Nun, ins Hotel wollen wir sowieso noch nicht. Und er kennt sich hier immerhin aus.“ Maries Bereitschaft, ein unvorhersehbares Abenteuer einzugehen, ließ ihre Freundinnen aufhorchen.

„Ich würde gern mitgehen“, stellte Sandra klar.

„Emma?“ Lillis Frage schreckte Emma auf, deren Blick an der liebestollen Skulptur auf dem Tisch geruht hatte. Sie wirkte ertappt und stammelte: „Was? Ach ja, gehen wir doch mit. Wie Melanie sagt, wir sind ja zu fünft!“

Eine gute Stunde später führte Jens Erikson die Freundinnen über die Reeperbahn. „Nur zu Fuß bekommt man den besten Überblick!“, betonte er.

Ihr Begleiter übertrieb nicht. Überall stöckelten Prostituierte über den Gehweg und boten ihre Dienste an. Nein, nicht den Freundinnen, Jens Eriksen war das begehrte Ziel. Dieser gesellte sich bald zu Melanie und fragte: „Darf ich mich einhängen?“

Melanie schmunzelte: „Haben Sie Angst?“

„Nein, aber wir kommen dann schneller voran.“ Er schob seinen Arm unter den ihren und drückte sich eng an sie. Melanie nahm wahr, wie sein Arm ihre Brust berührte. Sie wollte ihn zuerst von sich schieben, aber es fühlte sich nicht unangenehm an, zumal er es nicht einmal zu bemerken schien.

„Du meine Güte, da weiß man gar nicht, wo man hinschauen soll, oder doch eher wegschauen?“ Lillis aufgerissene Augen wanderten an einem großen Gebäude hoch, das wie ein Kaufhaus aussah und in dessen farbig beleuchteten Schaufenstern Sexarbeiterinnen ihre Dienste anboten.

„Das ist der Love-Store, der ist noch ziemlich neu hier“, erklärte Jens Eriksen.

„Und waren Sie auch schon mal drin?“ Lilli konnte sich nicht zurückhalten.

„Dazu möchte ich nichts sagen.“ Jens Eriksens Antwort sprach für sich.

Emma, Sandra und Marie liefen schweigsam hinter den anderen her. Wobei Marie ihren Blick hauptsächlich auf Jens Eriksens Rücken heftete. Am liebsten wäre sie zurück ins Hotel gegangen. Es war ihr alles zu viel: der Lärm aus den Lokalen und die Gier im Blick der Männer, die ihnen entgegenkamen. Überall nur ein Thema: Sex! Plakativ und grob drangen die Eindrücke in Marie ein und hinterließen nur Ekel und Abscheu.

„Marie! Schau mal!“ Sandra zupfte an ihrem Arm und deutete auf einen Sexshop, der mit überdimensionalen Dildos in allen Farben warb. „Bitte, was soll man damit machen?“ Marie antwortete nicht, sie hätte sich am liebsten in Luft aufgelöst. Sandra hatte inzwischen eine andere Attraktion entdeckt und hielt sich an Emma.

„Das ist aber sexy Wäsche, Emma!“ Sandra deutete auf ein pinkfarbenes transparentes BH- und Stringtanga-Set. Emma schien sich in einer Art Trance zu befinden: „Hm …, ja, sehr schön. Aber ich könnte sowas nicht tragen“, fügte sie geknickt hinzu.

„Ich weiß nicht, was du immer hast! Viele Männer stehen auf kurvige Frauen. Du hast wenigstens einen Busen. Nicht so kleine Brüstchen wie ich.“ Sandra drückte Emmas Arm. „Sollen wir mal hineingehen?“

Ihr Vorschlag wurde von Melanie abgewürgt. „Shoppen können wir morgen!“, rief sie.

Kurz darauf bog die aus Jens Eriksen und Melanie bestehende Vorhut in eine Seitengasse ab. Vor einem violett beleuchteten Eingang blieben die beiden stehen. „Bitte, Ladys, das Lilas Caprice.“ Jens Eriksen hielt einladend die Tür auf.

Die Bar mit dem klingenden Namen entpuppte sich als pseudoelegant. Die kleinen Bistrotische waren aus billigem Resopal, die gepolsterten Stühle abgewetzt. Aber die angenehme Lounge-Musik und die lila Beleuchtung täuschten gekonnt Eleganz vor. Das Publikum bestand aus einigen Paaren, die sich eng nebeneinander sitzend ins Ohr flüsterten, und einzelnen Gästen, welche die Neuankömmlinge neugierig oder abschätzend musterten.

Jens Eriksen begrüßte den Barkeeper mit einem Winken. Er war hier wohl Stammgast. Dann steuerte er einen runden Tisch in der Ecke an. Die Freundinnen folgten ihm, Jens Eriksen quetschte sich schließlich zwischen Melanie und Lilli. „Was möchte Sie trinken? Die Runde geht auf mich!“, rief er.

Sie einigten sich auf die von Melanie wärmstens empfohlene Hafenwelle. „Die merkt man wenigstens!“ Sie griff als Erste nach einem Glas, als der Kellner die Getränke servierte.

Jens Eriksen lächelte anerkennend und hielt sein Glas an das ihre: „Ich mag Frauen, die was vertragen.“ Melanie war sich nicht sicher, ob sie das als Kompliment auffassen sollte, aber sie schwamm bereits in einem beträchtlichen Promillelevel und grinste ihn verschwörerisch an. „Ich würde sagen, wir sollten langsam zum ‚Du‘ übergehen. Ich heiße Melanie!“, bot sie ihm an.

„Freut mich, Melanie – ich bin Jens!“

Nach fröhlichem Gläserklirren waren alle beim „Du“ angekommen und Jens spendierte eine zweite Runde Hafenwelle. Marie lehnte zwar ab, wurde aber ignoriert. Also bestellte sie sich eine Flasche Mineralwasser und ließ die Hafenwelle stehen. Ihre Freundinnen unterhielten sich lachend mit Jens, doch Marie beobachtete die anderen Gäste in der Bar.

Das Paar am Nischentisch saß eng nebeneinander. Der Mann hatte einen Arm um die Frau gelegt und streichelte ihren Hals, während die andere Hand auf ihrem Schenkel lag. Maries Mundwinkel zogen sich nach unten. Sie fand öffentlich zur Schau gestellte Intimität abstoßend.

Marie erinnerte sich an die Worte ihrer Mutter, die sich ihr eingeprägt hatten. Sie war noch ein Teenager gewesen und mit ihrer Mutter durch den Stadtpark gelaufen. Dabei hatten sie ein junges Pärchen gesehen, das alles um sich vergessend auf einer Bank knutschte.

„Marie, ich will nicht, dass du jemals so etwas in der Öffentlichkeit machst! Das ist unangebracht und gehört sich nicht! Wenn du älter bist, dann wirst du es verstehen. Jemand, der dich kennt, könnte dich dabei sehen! Jugendsünden holen einen immer ein!“, schärfte ihr ihre Mutter ein. Die dreizehnjährige Marie fragte sich, ob wohl ihre Mutter Erfahrungen mit Jugendsünden gemacht hatte. Ihre Mutter, die den Ehemann nicht aus dem Haus ließ, bevor sie seinen Krawattenknoten geprüft hatte. Die stets tadellos gekleidet war, jede Woche zum Friseur ging und das Haus niemals ohne Make-up verließ. Die nur ausgewählte nützliche Kontakte pflegte und ihrem Gatten den Rücken stärkte, damit er sich bis in die Chefetage eines großen Bauunternehmens hocharbeiten konnte. Nein – Maries Mutter war über jeden Tadel erhaben!

Marie hatte sich stets bemüht, den Erwartungen ihrer Mutter gerecht werden. Was würde sie dazu sagen, wenn sie wüsste, dass der geschätzte Schwiegersohn ihre Tochter verlassen hatte? *Sie würde sagen, dass ich versagt habe,* war sich Marie sicher.

Lautstarkes Gelächter holte Marie in die Bar zurück. Offensichtlich hatte eine weitere Runde Hafenwelle den Tisch erreicht, Melanie hatte inzwischen sogar Maries verschmähtem Drink den Garaus gemacht. Emma und Sandra klammerten sich aneinander und schüttelten sich vor Lachen über eine Anekdote von Jens, die Marie verpasst hatte. Melanie und Lilli steckten die Köpfe mit Jens zusammen und prusteten in ihre Gläser.

„Nein, wirklich!“, kreischte Melanie, „und sie hat nicht gemerkt, dasch … das Fenster offen stand.“ Sie hickste unvermittelt und stemmte sich vom Tisch auf. „Ich glaub, ich musch aufs Klo!“

„Ich geh mit!“ Lilli warf Marie einen Ich-seh-mal-nach-dem-Rechten-Blick zu und hakte sich bei Melanie unter, die mit ordentlichem Seegang die Toilette ansteuerte.

„Mädchen, du solltest langsam die Hafenwellen-Bremse ziehen, bevor du noch ins Koma fällst!“ Lilli schubste Melanie in die Kabine und zog sich vor dem Spiegel ihre Lippen nach.

„Ich weiß nicht, was du immer hast! Ich will doch nur Spaß!“ Melanies Stimme dröhnte durch den gefliesten Raum.

„Ich habe auch gern Spaß, aber du trinkst, als gäbe es kein Morgen." Lilli prüfte ihr Make-up und zupfte an den Haaren. „Außerdem muss ich aufpassen, damit du nicht von Jens abgeschleppt wirst."

„Was? Abgeschleppt …? Spinnst du?" Melanie schwankte aus der Kabine und klammerte sich an das Waschbecken. Lilli hielt Melanie von hinten fest, damit sie sich die Hände waschen konnte.

„Bist du blind?" Lilli zog ihre Augenbrauen in die Höhe und blickte an Melanies Schulter vorbei auf das gemeinsame Spiegelbild: „Oder willst du es nur nicht sehen? Jens steht auf dich!"

„Was? Nein!" Melanie wirkte ehrlich überrascht: „Wieso soll er auf Obelix stehen, wenn lauter tolle Hasen am Tisch sitzen?"

„Jetzt hör mal auf! Warum machst du dich immer selbst runter? Der Typ steht auf dich! Das merkt doch jeder, nur du nicht!" Melanie starrte auf Lilli, der Zweifel stand ihr ins Gesicht geschrieben. „Als Nächstes trinkst du Mineralwasser! Das ist ein Befehl!" Lilli fixierte ihre Freundin mit einem strengen Blick.

Als die beiden an den Tisch zurückkamen, beglich Jens gerade die Rechnung und die anderen erhoben sich. Bevor Melanie ihre Enttäuschung zeigen konnte, erklärte Jens: „Ich habe gedacht, wir ziehen noch weiter. Ich kenne eine tolle Tanzbar!"

„Ja, ich will tanzen!" Sandra schwang ihre Hüften.

Emma ließ sich von Sandras guter Laune anstecken. „Warum nicht? Es ist ja erst … Eins? Wo ist nur die Zeit geblieben?", stellte sie fest.

„Ich weiß nicht. Ich glaube, für heute reicht es. Wir möchten morgen doch einiges unternehmen und proben sollten wir auch!" Marie hatte schon lange genug und sehnte sich nach ihrem Bett.

„Jetzt sei keine Spaßbremse. Schlafen kannst du zu Hause wieder!" Melanie rempelte Marie unsanft an, worauf sie einen entrüsteten Blick erntete.

„Komm, Marie, halten wir noch ein Stündchen durch. Sonst jammert uns Melanie bis in alle Ewigkeit die Ohren voll", aus Lilli sprach die Erfahrung.

„Genau, das mache ich!" Melanie hängte sich bei Jens ein. „Und außerdem haben wir ausgemacht, dass wir zusammenbleiben. Alle für eine – eine für alle. Wie bei den Muschketieren …", lallte Melanie.

„Ja, und du trinkst jetzt Wasser, sonst zieh ich mein Schwert!" Lilli füllte Wasser in das leere Longdrink-Glas ihrer Freundin und hielt es ihr an die Lippen. Melanie trank es mit sichtlicher Verachtung in einem Zug leer. Danach dirigierte Jens seinen Harem unter den enttäuschten Blicken aller anwesenden Singlemänner aus der Bar und lotste ihn durchs nächtliche St. Pauli.

Tanzhütte

Die Reeperbahn vibrierte in ungebremster Feierlaune der Besucher. Ausgelassene Nachtschwärmer bevölkerten die Gehwege, ein reger Personenverkehr bewegte sich durch die Sexshops und Stripteaselokale.

Jens steuerte das Quintett zielstrebig durch die lustvollen Verlockungen und hatte sich, zur eigenen Sicherheit, wie er scherzhaft behauptete, wieder eng bei Melanie eingehängt. Nach einer großen Kreuzung bog er in eine Seitenstraße ein, in der sich viele Lokale befanden, vor denen Gastwerber um Kundschaft buhlten. Für jede sexuelle Neigung schien es eine vielfältige Auswahl zu geben.

„Darf ich vorstellen: Die große Freiheit!“ Jens breitete seine langen Arme aus wie die Jesus-Statue in Rio de Janeiro.

„Große Freiheit – das klingt gut!“ Melanies bescheidene Wasserkur hatte ihrer Stimmung keinen Abbruch getan. „Wo hinein?“

„Hier in die Tanzhütte!“ Jens steuerte einen aus rohem Holz gezimmerten Eingang an und wurde von einer jungen Frau im minikurzen Dirndl freudig begrüßt.

„Hallo, Jens, wie geht's?“, gurrte sie und klimperte mit ihren falschen Wimpern.

„Habe grad ein paar anspruchsvolle Damen in Begleitung. Wir machen eine private Führung“, erklärte er.

Die Mini-Dirndl-Maid lächelte wissend. „Ja, dann sind Sie hier genau richtig! Bitteschön!“, sie führte die Gruppe ins Innere des Lokals.

Empfangen wurden sie von einer laut schmetternden Liveband, die gerade *Atemlos* zum Besten gab. „Ich kann das Lied nicht mehr hören“, beschwerte sich Melanie und sang gleich darauf den Refrain mit. „Macht trotzdem süchtig“, kicherte sie, als die Band zum Finale anhob.

Jens schien hier ebenfalls Stammgast zu sein. Vom Kellner wurden sie zu einem erhöht stehenden Tisch geführt, der einen guten Ausblick auf das Geschehen im Lokal bot. Als alle Platz genommen hatten, sprang Sandra plötzlich wieder auf und schrie quer durch die Tanzbar: „Dimitri, Dimitri!“

Mitten aus dem Gewirr von Gästen schlängelte sich ein blonder Schopf bis an ihren Tisch durch. Dimitri baute sich im engen Muskelshirt vor ihnen auf und begrüßte Sandra überschwänglich: „Hallo, Schönheit! Was für Zufall … Freu mich dich sehen!"

Sie warf sich in seine Arme, als hätte er gerade um ihre Hand angehalten. Jens beäugte den männlichen Konkurrenten misstrauisch, wurde aber von der Pflicht enthoben, ihn an den Tisch einladen zu müssen, weil Dimitri Sandra umgehend auf die Tanzfläche zog. Die Band spielte *Du bist nicht allein* und die beiden drehten sich eng umschlungen zu Roy Blacks Schnulze.

„Unglaublich!" Lilli schüttelte den Kopf und beobachtete, wie Sandra selig in Dimitris Armen hing. „Das wird wieder Schwerarbeit, sie ins Hotel zu bringen."

„Die Hübsche ist ja wohl erwachsen genug", bemerkte Jens trocken.

Lilli bedachte ihn mit einem zweifelnden Blick: „Das wäre sie schon! Aber leider verfällt sie bei Männern, die ihr gefallen, in den Teenagermodus." Doch Lilli wollte nicht schlecht über Sandra reden. Deshalb übersah sie Jens fragenden Blick und beobachtete stattdessen das Treiben im Lokal.

Offensichtlich war die Tanzhütte ein Ort für das Publikum der Ü-40-Generation. Die Gäste schmiegten sich im dämmrigen Licht der Beleuchtung aneinander und tanzten oder knutschten in den als kleine Hütten gestalteten Sitznischen. Das Lokal war mit Holzbalken, Geweihen von irgendwelchen armen Tieren und mit Plastik-Edelweiß-Sträußen geschmückt. Auf die Wände hatten die Dekorateure Pärchen in Dirndl und Lederhosen gemalt. Die ganze Einrichtung versprühte dezentfreien alpinen Charme.

„Fast wie bei euch zu Hause, nicht?", ließ Jens verlauten, der Lillis Blick gefolgt war. Lilli verdrehte nur mitleidig ihre Augen. Sie empfand kein Bedürfnis, über den weit verbreiteten Irrglauben zu diskutieren, dass in Österreich immer alle jodelnd und in Dirndl-und-Lederhose unterwegs seien.

„Hütte hin – Alpen her, ich will jetzt was zu trinken!" Melanie setzte ihre Prioritäten. Jens orderte für sich und Melanie die bewährte Hafenwelle. Emma, Lilli und Marie genehmigten sich hingegen alkoholfreie Cocktails. Sandra stillte ihren Durst auf der Tanzfläche offenbar an Dimitris Hals.

Als die Band *Mexican Girl* spielte, flüsterte Jens in Melanies Ohr: „Darf ich bitten?“

Melanie stammelte überrascht: „Jaaa, sicher, gerne.“

Jens erhob sich und zog die schwankende Melanie sicher auf die Tanzfläche.

„Na super“, seufzte Lilli, „jetzt haben wir zwei, auf die wir aufpassen müssen.“

„Ich finde es nett, wenn man zum Tanzen aufgefordert wird. Lass ihnen doch den Spaß.“ Emma beobachtete die tanzenden Pärchen. Jens hatte seine langen Arme fest um Melanie geschlungen. Erst wollte sie ihn auf Abstand halten, aber da sie Mühe hatte, das Gleichgewicht zu halten, tolerierte sie seinen festen Griff. Sie spürte die Muskeln seines Oberarms an ihrem Rücken und eine harte Stelle unterhalb seines Gürtels, die sich an ihr Schambein drückte. *Ist es das, was ich denke?* In einem ersten Impuls wollte sich Melanie von Jens lösen, aber irgendwie fühlte sie sich auch geschmeichelt. Sie fragte sich, wann sie das letzte Mal so mit Jakob getanzt hatte. Sie wusste es nicht mehr.

Melanie erinnerte sich plötzlich an eine unangenehme Situation, als sie vor Jahren auf einem Zeltfest in ihrem Heimatdorf von einem Unbekannten aufgefordert worden war. Sie hatte sich zu ihrer stattlichen Größe erhoben und sogleich den erschrockenen Ausdruck des Mannes wahrgenommen. Er hatte tapfer einen Tanz mit Blick auf Melanies Hals durchgehalten und sie danach schnell an ihren Tisch zurückgebracht. Jens war größer als sie, kräftig gebaut und muskulös – so, wie sich Melanie einen kanadischen Holzfäller vorstellte. Sie drehte sich in seinen starken Armen, roch eine Mischung aus feuchter Haut und herbem Deo und verscheuchte alle aufkommenden Gewissensbisse.

„Ich würde gerne ins Hotel gehen.“ Maries Blick schweifte zuerst gelangweilt über die umschlungenen Paare auf der Tanzfläche, dann blieb er an Lilli heften.

„Da könnte es Widerstand geben.“ Lilli unterdrückte ein Gähnen und deutete auf Sandra, die, alles um sich herum vergessend, an Dimitri klebte.

„Ich finde das so nervig! Warum müssen wir unbedingt alle zusammenbleiben?", beschwerte sich Marie. Sie war müde und hatte genug von dem Partygetümmel, für das sie auch sonst nichts übrig hatte. „Es reicht doch, wenn zwei oder drei von uns zusammen sind. Möchtest du noch bleiben, Emma? Emma ...?"

Emma blickte erschrocken von ihrem Handy hoch. „Ähm ... Ja, ihr könnt ruhig gehen, wenn ihr wollt. Ich halte die Stellung und passe auf Melanie und Sandra auf."

„Bist du sicher?"

„Ich bin kein Baby, Lilli! Ich kann auf mich und andere aufpassen!" Emmas Stimme klang bestimmend. Sie blickte ihrer Freundin fest in die Augen.

„Entschuldige, aber klar doch." Lilli beugte sich reumütig hinunter und drückte ihre Freundin dankbar.

Marie küsste Emma auf die Wange. „Gut, dann gehen wir!"

Die beiden erhoben sich und steuerten im Zick-Zack auf die Tanzfläche, um sich von ihren tanzwütigen Freundinnen zu verabschieden.

Melanie und Sandra nahmen deren Abschied gelassen zur Kenntnis. Melanie brabbelte zwar noch etwas von: „Spaßbremsen", aber dann ließ sie sich wieder von Jens im Kreis wiegen. Und Sandra begnügte sich mit einem schwachen Nicken, bevor ihr Gesicht wieder an Dimitris Schulter sank.

Marie und Lilli schlüpften durch das übervolle Lokal ins Freie.

„Ah, tut das gut!" Marie sog die kühle Nachtluft ein. Der erfrischende Moment wurde jedoch von einer herannahenden lärmenden Männertruppe gestört.

„Hallo, ihr Süßen!", lallte ein junger Mann in Lederjacke, der kaum zwanzig Jahre alt war. „Die sind ja wirklich hübsch, die beiden! Naja, vielleicht nicht mehr ganz jung. Aber Spaß könnten wir trotzdem haben!", meinte ein anderer, woraufhin er von seinen Kumpels ein heftiges Gelächter erntete.

„Nein, danke! Verzieht euch zu Mama!" Lilli zerrte die angewidert blickende Marie durch die kurzzeitig sprachlose Gruppe. Sie entfernten sich rasch. Lautes Gejohle und ein paar unflätige Bemerkungen verfolgten die beiden, bis sie um die nächste Ecke bogen.

„Bin ich froh, dass ich keine Kinder habe!", schimpfte Lilli.

Marie sagte nichts. Sie hatte sich früher Kinder gewünscht, Marie war aber einfach nicht schwanger geworden und dies trotz Hormonbehandlungen. Der behandelnde Arzt hatte gemeint, es gebe weder bei Johannes noch bei Marie eine physische Ursache dafür. Sie hatte ihre Kinderlosigkeit als Versagen empfunden, aber sich irgendwann geweigert, weitere Prozeduren über sich ergehen zu lassen. Sie fragte sich, ob Johannes bei ihr geblieben wäre, wenn sie Kinder bekommen hätten.

„So, und jetzt nehmen wir ein Taxi!" Lilli unterbrach Maries zermürbenden Gedankenfluss. Sie schauten in beide Fahrbahnrichtungen, aber alle Taxis, die unterwegs waren, schienen besetzt zu sein.

„Kommt sicher bald ein freies." Lilli positionierte sich zuversichtlich am Rand des Gehsteigs. In diesem Moment bemerkte sie ein junges Mädchen, das ein paar Meter entfernt auf dem Boden hinter einem Verteilerkasten kauerte. Die langen Haare fielen ihr wie ein Vorhang vor das Gesicht. Das Mädchen hatte ihre Arme um die Knie geschlungen und wippte vor und zurück. *Sieht nicht wie eine Prostituierte aus.* Irgendwie kam Lilli die Gestalt bekannt vor. Das war doch das Mädchen, das sie heute bei den Landungsbrücken gesehen hatte.

Sie trat auf die kauernde Gestalt zu, während Marie stehen blieb. „Hallo, du! Geht's dir gut?" Das Mädchen hob den Kopf. Lilli blickte entsetzt auf ein blutunterlaufenes geschwollenes Auge in einem traurigen Gesicht.

Das Mädchen wischte sich schniefend die Nase am Ärmel ihres Parkas ab. „Seh ich so aus?" Ihre Stimme klang weinerlich, dennoch blickte sie trotzig auf die beiden schick gekleideten Frauen.

„Kein Grund, frech zu sein!" Lilli starrte finster zurück.

„Tut mir leid, aber sonst fragt niemand, wie es mir geht und …" Die restlichen Worte des Mädchens gingen in einem Schluchzen unter.

Lilli kramte in ihrer Handtasche herum, bevor sie sich niederkniete: „Wie heißt du denn?" Sie reichte der Weinenden ein Papiertaschentuch und berührte mit der Hand ihre Schulter. „Laura, ich heiße Laura!" Das Mädchen schnäuzte kräftig in das Taschentuch.

„Können wir dir helfen? Du brauchst vielleicht einen Arzt." Lilli streifte Marie, die wie angewurzelt daneben stand, mit einem fragenden

Blick. Marie zuckte mit den Achseln. Lilli schüttelte ihren Kopf, sie konnte nicht weitergehen, als ob nichts passiert wäre.

Laura hatte von der stummen Unterhaltung nichts mitbekommen. „Mir kann niemand helfen."

„Sag das nicht! Zum Resignieren bist du noch zu jung!", sagte Lilli stirnrunzelnd. „Wo bist du Zuhause? Sollen wir dich heimbringen? Wie alt bist du überhaupt?"

„Ich bin … achtzehn! Ich muss nicht nach Hause – ich will nicht!" Laura begann wieder zu weinen und vergrub ihr Gesicht zwischen den Knien. Lilli griff mit der Hand unter Lauras Achsel und zog sanft daran. „Komm, steh erst einmal auf. Auf dem kalten Boden zu sitzen ist nicht gesund."

Laura erhob sich zögerlich. Sie war klein, höchstens einen Meter sechzig groß, und sehr dünn. Ihre schmalen Beine steckten in einer verschmutzten Röhrenjeans, die Füße in Turnschuhen mit Tigermuster. Unter dem Parka trug sie einen dicken Strickpullover. Im hellen Licht der Straßenbeleuchtung sah Lilli, dass sich hinter der hässlichen Verletzung ein hübsches Mädchen verbarg.

„Was machen wir jetzt mit dir? Sollen wir dich zur Polizei bringen?" Lilli beschloss, Lauras Grenzen auszuloten.

„Nein, keine Bullen! Die können mir auch nicht helfen!", rief Laura.

„Dafür wär die Polizei aber da", meinte Lilli. „Wer kann dir dann helfen?"

Aber auch diese Frage führte zu nichts, denn Laura schluchzte wieder in das durchnässte Taschentuch. Lilli war ratlos und suchte den Blick ihrer Freundin. Marie zuckte wieder mit den Achseln. Was sollten sie mit einem Mädchen tun, das sich nicht helfen lassen wollte? Außerdem bekam sie kalte Füße. Sie wollte endlich zurück ins Hotel.

Da bemerkte Lilli ein herannahendes freies Taxi. Sie hob ihre Hand, das Auto blieb stehen.

Lilli überlegte nicht lange. „Willst du mitfahren?"

Laura schien es ähnlich zu gehen. Sie nickte weinend und setzte sich zu Lilli auf den Rücksitz. Marie war bereits auf der anderen Seite eingestiegen. Lilli nannte dem Fahrer den Namen des Hotels, als ihre Freundin sie stupste.

Marie flüsterte in Lillis Ohr: „Und was sollen wir jetzt mit ihr machen?"

„Weiß ich auch nicht", flüsterte ihre Freundin zurück, „aber was hätten wir sonst tun sollen?"

Marie schwieg.

Erst als sie im Hotel ankamen, fragte sich Lilli, was wohl der Nachtportier von diesem neuen Gast halten würde. Nachdem ihnen Einlass gewährt wurde, mussten sich Lilli und Marie erst am Fuße der Treppe beraten. Laura war ihnen wie ein Hündchen hinterhergetrabt und blickte nun vertrauensselig auf Lilli.

„Sie kann bei uns schlafen! Wir haben ein zusätzliches Sofa im Zimmer", schlug Lilli vor.

„Ob der Portier das zulässt?", antwortete Marie zweifelnd.

„Warum nicht? Ich bezahle dafür!" Lilli scheuchte die unsicher tappende Laura voran. „Los, gehen wir!"

Gemeinsam stiegen sie über die Treppe in Richtung Rezeption. Mr. Fu Chang hatte bereits Feierabend. Stattdessen saß ein untersetzter Kollege mit legerer Kleidung hinter der Rezeption. Er blickte den späten Gästen aufmerksam über den Rand seiner Lesebrille entgegen. Mit einem Stirnrunzeln blieb sein Blick auf der angeschlagenen Laura hängen.

„Guten Abend! Würden Sie mir bitte Ihre Zimmernummer und Namen nennen!", sagte der Portier bestimmt. Leider fehlte ihm Mr. Fu Changs entzückender Akzent.

„Ich bin Lilli Hammer und das ist Marie Gradenstein. Wir belegen mit unseren Freundinnen die Zimmer Nummer 303 und 305. Und ich möchte heute Nacht einen weiteren Gast auf dem Sofa in meinem Zimmer übernachten lassen. Selbstverständlich bezahle ich dafür!" Lilli begegnete dem kritischen Blick des Portiers entschlossen.

„Ähm …" Der Nachtportier hatte offensichtlich Hemmungen, Lillis Gesuch abzulehnen, denn Laura wirkte, abgesehen von ihrem zerschundenen Äußeren, ungefährlich. „Nun, es ist zwar nicht üblich, aber wenn es Ihr Wunsch ist, werde ich den zusätzlichen Gast auf Zimmer 303 buchen."

Er tippte etwas auf der Computertastatur. „Ihren Namen, bitte!" Sein Röntgenblick war auf Laura gerichtet.

„Laura … ähm … Müller", log Laura untalentiert. Lilli verbuchte dies als positives Zeichen. Der Portier tippte den Namen, wie Lilli erleichtert feststellte, ohne mit der Wimper zu zucken, ein.

„Gut, dann wünsche ich den Damen eine erholsame Nacht." Damit entließ er die drei mit einem strengen Blick in die Nachtruhe.

Marie und Lilli verabschiedeten sich höflich, Laura nuschelte: „Nacht."

Sie stiegen in den dritten Stock und blieben vor Zimmer 305 stehen.

„Ich geh dann." Marie deutete gähnend auf ihre Zimmertür. „Kommst du klar?", fragte sie pflichtbewusst ihre Freundin. „Aber sicher, schlaf nur." Lilli tätschelte beruhigend Maries Arm, bevor sie Laura den Flur weiter bis zur nächsten Tür schob. Sie schloss auf und winkte einladend. Laura schlich schüchtern ins Zimmer.

„Schön", offenbar dachte Laura, dass ein Kompliment für ihre nächtliche Herberge angebracht war.

„Ja, es ist warm und trocken", stimmte Lilli zwinkernd zu. Sie zog die Schublade einer Kommode auf. „Hier hast du ein langes T-Shirt zum Schlafen. Dort ist das Bad. Ein Kissen und eine Decke habe ich im Schrank gesehen." Lilli öffnete die Schranktür und fand, wonach sie suchte. Sie legte beides auf das Sofa und ihr Blick blieb daran hängen. Es war relativ kurz, in der Mitte hing es ein wenig durch.

Laura war Lillis Blick gefolgt. „Das passt schon! Ich habe schon auf schlechteren Plätzen geschlafen", bemerkte sie. Lilli glaubte ihr aufs Wort. Sie trat näher an Laura heran und begutachtete ihr verletztes Auge.

„Ich habe eine Salbe, die kannst du rund um das Auge auftragen. Gut, dass es keine offene Wunde ist. Du wirst ‚schöne' Farben bekommen, bis alles wieder abgeheilt ist", meinte Lilli. Laura zuckte mit den Achseln, als wollte sie sagen, sie habe schon Schlimmeres erlebt. Auch das glaubte Lilli ihr.

Während Laura im Bad war, tippte Lilli Nachrichten an ihre nachtschwärmenden Freundinnen, damit sie vorgewarnt waren, wenn sie später ins Zimmer kamen. Lilli erhielt keine Antwort. Sicher feierten sie noch ab.

Nachdem Laura frisch geduscht und in Lillis Shirt aus dem Bad kam, schlüpfte sie sofort unter die warme Decke auf dem Sofa. „Danke …“, hauchte sie, bevor auch Lilli ins Bad ging.

Als Lilli wieder zurückkam, hatte sich Laura wie eine Katze eingerollt und schlief tief. Nur das lange Haar schaute unter der Decke hervor und hing über den Rand des Sofas.

Lilli legte sich in ihr Bett, sie betrachtete das eingewickelte Bündel nachdenklich. Auch wenn sie keine Ahnung hatte, wie das Ganze weitergehen würde, war sich Lilli sicher, das Richtige getan zu haben. Sie löschte das Licht und schlief augenblicklich ein.

Katzenjammer I

Obwohl sie darauf gewettet hätte, ihre Freundinnen zu hören, bekam Lilli nichts von deren Rückkehr mit. Als sie am Morgen die Augen öffnete und verschlafen nach ihrem Handy langte, lag die schnarchende Melanie neben ihr im Bett. Eine säuerliche Alkoholfahne umwehte sie. Es war bereits neun Uhr und Laura lag nach wie vor zusammengerollt auf dem Sofa. Doch Sandras Einzelbett stand unberührt an der Wand.

„Verdammt!", schnaubte Lilli und schüttelte Melanie unsanft.

„Was? Nein …!", protestierte Melanie und versuchte, sich die Decke über den Kopf zu ziehen. Aber Lilli kannte keine Gnade. Sie lieferte sich mit Melanie einen Zweikampf um die Decke und holte ihre Freundin endgültig aus dem Schlummerland.

„Wach auf, du Schlafmütze! Wo ist Sandra?"

„Was? Wo? Ah …!" Melanie krächzte und blickte durch verquollene Augenschlitze in Lillis Richtung. Sie sah jämmerlich aus. Lilli verspürte Lust, ihr das direkt unter die Nase zu reiben.

„Wo ist Sandra!", polterte Lilli noch mal.

„Bei Dimitri!" Melanie tat, als wäre das die selbstverständlichste Sache der Welt.

„Warum hast du das zugelassen? Du weißt doch, wie Sandra ist! Womöglich ist sie schon auf einem Mädchenhändlerschiff unterwegs in Richtung Afrika oder auf dem Weg nach Russland, um dort zu heiraten!" Lilli übertrieb absichtlich, weil sie dem unbändigen Drang nachgab, ihre verkaterte Freundin zu reizen.

„Mensch, Lilli, Mädchenhändler? Heiraten? Sandra ist über vierzig! Da kann sie wohl selbst entscheiden, was sie tun will", tappte Melanie in die Falle. Sie verzog ihr Gesicht und griff sich an den Kopf. „Auuuweh … ich brauche Alka Seltzer!" Melanie stemmte sich aus dem Bett und stakste in Richtung Bad, dabei hielt sie eine Hand über ihre lichtempfindlichen Augen.

Lilli starrte ihr wütend nach. Sie griff nach ihrem Handy und wählte Emmas Nummer. Nach einer halben Minute hörte sie Emmas verschlafene Stimme: „Lilli? Morgen, was ist?"

„Wo ist Sandra? Und warum hast du sie nicht aufgehalten?" Lilli war in Fahrt.

„Sie wollte nicht mit uns ins Hotel! Ich hab's versucht, aber sie wurde richtig zornig und hat gesagt, dass sie selbst entscheiden könne", verteidigte sich Emma. „Hast du sie telefonisch nicht erreicht?"

Lilli griff sich an die Stirn: „Oh, nein! Entschuldige, Emma! Das mach ich sofort!" Schnell wählte sie Sandras Nummer. Diesmal musste sie länger warten. Eine gut gelaunte Sandra kicherte in Lillis Ohr, während im Hintergrund eine Männerstimme irgendwelche russischen Koseworte gurrte.

„Guten Morgen, Lilli. Was gibt's?"

Lilli sagte erst nichts. Ihre Wut verpuffte angesichts der Tatsache, dass es Sandra offenbar bestens ging. Trotzdem blaffte sie: „Danke, Sandra, mir geht es jetzt auch gut! Jetzt, da ich weiß, dass du noch lebst!"

„Ach, Lilli, mach mal halblang! Mir geht es super! Ohhhh … Dimitri, warte …" Sandra keuchte kurz auf: „Äh, Lilli, ich bleibe noch ein bisschen. Ich melde mich später und …" Der Rest von Sandras Worten ging in einem überraschten Aufstöhnen unter, bevor die Verbindung unterbrochen wurde.

Lilli blickte entrüstet auf ihr Handy. Dann warf sie es auf den Nachttisch. Ihr Blick fiel auf das Sofa, wo ein blaues Augenpaar über dem Rand der Decke hervorguckte. Sie hatte das Mädchen in der Hektik ganz vergessen.

„Guten Morgen, Laura. Hab ich dich geweckt? Sieht schon besser aus, dein Auge." Lilli schwang sich aus dem Bett und trat an das Sofa. „Wie geht es dir?"

„Danke, gut", piepste Laura und blickte in Richtung Bad. Dort hörte man das Wasser rauschen und eine laute Stimme *Atemlos* schmettern.

„Die Singdrossel ist Melanie und in dem unbenützten Bett hätte Sandra schlafen sollen. Aber wie du vielleicht mitbekommen hast, hat sie woanders genächtigt", klärte Lilli ihren Schützling auf. Laura nickte und zog die Decke enger um ihren Körper. Lilli setzte sich an den Rand des Sofas, wobei sie tief einsank. „Hast du überhaupt schlafen können?", fragte sie behutsam das zierliche Mädchen.

„Ja, danke, gut. Sogar sehr gut!" Laura brachte ein Lächeln zustande und blickte vertrauensvoll auf Lilli.

Die Tür zum Bad wurde aufgerissen. Melanie rauschte wohlduftend und in ein weißes Handtuch gehüllt ins Zimmer. Dann blieb sie abrupt stehen und starrte auf Laura. „Wer bist denn du?" Ihr Blick wanderte von Laura zu Lilli und wieder zurück. Offensichtlich hatte sie die nächtliche Mitteilung von Lilli noch nicht gelesen oder sie hatte die Nachricht vergessen.

„Das ist Laura", erklärte Lilli. „Marie und ich haben sie gestern Abend aufgelesen. Ich habe ihr angeboten, bei uns zu übernachten."

Melanie fixierte zuerst Laura, dann wechselte sie einen stirnrunzelnden Blick mit Lilli. „Soso, hallo, Laura, ich bin Melanie." Sie nickte der eingeschüchterten Laura zu.

„Möchtest du jetzt ins Bad, Laura?", fragte Lilli, während sie sich erhob. Laura nickte brav, krabbelte aus dem Hängesofa und huschte ins Bad. Danach klärte Lilli Melanie über die Ereignisse der vergangenen Nacht auf.

„Du nimmst irgendein fremdes Mädchen von der Straße mit? Vielleicht sucht sie jemand? Sie ist doch noch so jung!" Melanie blickte vorwurfsvoll.

„Sie sagt, sie ist achtzehn!", verteidigte sich Lilli.

„Ja, man merkt schon, dass du keine Kinder hast. Sie ist höchstens sechzehn!" Melanie verdrehte ihre Augen.

„Ich glaube nicht, dass sie mit ihrem Ausweis herausgerückt wäre, wenn ich das verlangt hätte!" Lilli war genervt. „Ich hab spontan reagiert! Ich konnte doch dieses Häufchen Elend nicht allein auf der Reeperbahn sitzen lassen!" Sie starrte herausfordernd auf ihre Freundin.

Melanies Mutterinstinkt weckte andere Bedenken: „Sicher, du hast richtig gehandelt, aber vielleicht sucht ihre Mutter nach ihr?" Melanie überkam plötzlich das dringende Bedürfnis, ihre eigenen Kinder anzurufen. Aber am Freitagvormittag waren Max und Simone in der Schule.

„Ich werde sie ein wenig ausfragen, wenn sie wieder herauskommt!" Melanie bedachte die geschlossene Tür mit einem Röntgenblick.

„Nein, lieber nicht! Sonst sagt sie gar nichts mehr oder haut bloß ab." Lilli war gegenüber Melanies Verhörmethoden misstrauisch.

„Lass nur, ich bin schließlich Mutter! Ich weiß schon, wie das geht!“ Melanie schleuderte ihr Handtuch aufs Bett und bückte sich zu ihrem Koffer auf dem Boden, um nach Unterwäsche zu stöbern. Sie hatte sich nicht die Mühe gemacht, ihn auszupacken.

Lilli musste grinsen, als sie einen uneingeschränkten Blick auf Melanies nacktes Hinterteil und noch mehr sehen durfte. Daraufhin kramte Lilli ebenfalls in ihren Sachen. Sie fischte nach ihrer Lieblingsjeans und einem weißen Designer-Shirt. Melanie trug inzwischen eine schmale schwarze Stretchhose und zog sich eine schwarz-weiß gemusterte Tunika über den Kopf. Lilli beobachtete, wie ihre Freundin große weiße Perlen in ihre Ohrlöcher steckte und ein passendes Armband überstreifte. Lilli fand, dass Melanie aus ihrem Typ das Beste machte.

Dann fiel Lilli ein, was sie noch wissen wollte. „Erzähl mal!“, forderte sie. „Wie war es gestern? Seid ihr noch lange geblieben?“

Melanie wirkte überrumpelt. Sie stammelte: „War noch super … viel Spaß …“, und musste auf einmal dringend etwas aus den Tiefen ihrer Handtasche fischen. Trotz des Ablenkungsmanövers registrierte Lilli die hektischen Flecken auf Melanies Gesicht. Sie grinste: „So, du Teenager! Und wie war es mit Jens?“

„Wir haben nur ein bisschen getanzt und noch was getrunken.“ Melanie blickte trotzig. „Weißt du, ich bin auch erwachsen!“

Lilli tätschelte besänftigend Melanies Schulter: „Weiß ich doch! Ich wollt dich nur ein bisschen …“ Sie verstummte, weil Laura gerade aus dem Bad kam.

Das Mädchen hatte ein Handtuch um sich geschlungen wie zuvor Melanie, nur bei ihr reichte es weit bis über die Knie. Sie schlich über den Teppichboden und hob ihre Kleidung auf, um ebenso leise wieder im Bad zu verschwinden.

„Brauchst du was Frisches zum Anziehen, Laura?“, rief Lilli ihr nach.

„Nein, danke!“, tönte es verhalten durch die geschlossene Tür.

Nach wenigen Minuten kam Laura fertig angezogen wieder heraus. Allem Anschein nach fluchtbereit, wollte sie in ihre Jacke schlüpfen, als Melanie ihr Vorhaben umsetzte. „Komm her, Laura, setz dich erst mal!“ Sie hatte sich auf das kleine Sofa sinken lassen, das nun noch bedenklicher durchhing. Trotzdem klopfte Melanie mit der Hand auf die Sitzfläche. Laura blieb nichts anders übrig, als sich neben sie zu quetschen. Sie musste sich schräg halten, um nicht mit ihrem Körper auf Melanie zu rutschen.

Melanie schien das nicht zu bemerken. Sie musterte Lauras Gesicht und legte sanft ihre Finger neben das verletzte Auge: „Wer hat dir das angetan?" Ihre Stimme war streng und umsichtig zugleich. Lilli bewunderte sie dafür. Laura öffnete den Mund, schloss ihn aber gleich wieder. Lilli musste an einen Fisch im Aquarium denken. Doch Melanie gab nicht nach: „Na, sag schon, Laura! Von selbst ist das nicht gekommen." Sie intensivierte ihren forschenden Blick.

„Es … es war Jürgen! Der Scheißkerl! Ich hab ihm gesagt, er soll mich in Ruhe lassen. Da hat er mich angeschrien und gesagt, ich sei auch nur eine Schlampe wie meine Mutter und ich soll mich nicht so anstellen. Dann ist er auf mich zugekommen und ich habe eine Bierflasche nach ihm geworfen. Und dann hat er zugeschlagen … ins Gesicht und ich hab nach der alten Stehlampe gegriffen und sie ihm entgegengeschleudert … und dann waren überall Scherben. Ich bin abgehauen und ich hab nicht gewusst, wohin, weil Mama kann mir auch nicht helfen …, weil sie ein Junkie ist, und ich bin den ganzen Tag herumgelaufen, nie lang an einem Ort geblieben, damit mich Jürgen nicht findet … und ich hab gedacht, auf der Reeperbahn sind die ganze Nacht Leute unterwegs, da wird mir nichts passieren ... und dann hat sie mich gefunden!" Mit einem Aufschluchzen deutete Laura auf Lilli. Gleichzeitig gab sie den Sicherheitsabstand neben Melanie auf und sank in ihre fürsorglich ausgebreiteten Arme.

„Sch…sch…sch…" Melanie wiegte sie wie ein Baby und streichelte über ihr Haar.

Lilli keuchte aufgebracht: „So ein Arsch und was ist das für eine Mutter, die ihr Kind nicht beschützt? Wir sollten sofort die Polizei informieren und …!"

Doch Lillis Tirade wurde von Laura unterbrochen: „Nein! Keine Polizei! Dann muss Mama ins Gefängnis und ich muss in ein Pflegeheim!" Laura brach ab, weil ihr bewusst wurde, dass sie zugegeben hatte, mit ihrer Altersangabe gelogen zu haben.

„Kleine, glaubst du, ich habe dir die achtzehn Jahre abgenommen?", stellte Melanie klar. „Wie alt bist du denn wirklich?"

„Sechzehn …“, gestand Laura kleinlaut.

„Egal, wie alt sie ist! Wir können doch nicht einfach nichts tun!“ Lilli trommelte mit den Fingern zornig auf den Nachttisch.

Bevor Melanie antworten konnte, wurde sie von einem Klopfen an der Tür unterbrochen. Lilli öffnete und ließ Marie, gefolgt von Emma, eintreten.

„Guten Morgen, alles in Ordnung?“ Marie blickte sich fragend um.

„Jaaa … so weit ...“ Melanie schob Laura etwas von sich, strich ihr das tränenfeuchte Haar aus der Stirn und sagte: „Geh und wasch dir das Gesicht, danach gehen wir frühstücken.“ Laura nickte brav und verschwand mit einem unsicheren Seitenblick auf die zwei Neuankömmlinge im Bad. Melanie nützte die Gelegenheit, um Marie und Emma zu berichten, was sie von Laura erfahren hatte.

„Die arme Kleine!“, sagte Emma voller Mitleid.

„Glaubt ihr, es stimmt, was sie sagt?“ Marie hatte Bedenken.

„Warum sollte sie uns was vorlügen?“ Lilli schüttelte ihren Kopf. „Sie hat erst nicht mitkommen wollen und jemand muss sie schließlich geschlagen haben!“

„Ja, aber was jetzt?“, hob Marie an, „was sollen wir mit ihr machen? Hast du dir das schon überlegt?“

„Nein, Marie, ich hab keine Ahnung und keinen Plan!“ Lilli klang genervt, weil sie ahnte, dass ihr noch Diskussionen bevorstanden. Dafür hakte sie bei Maries Achillessehne nach: „Und? Hast du schon was von deiner Schwester gehört?“

„Emma hat mich schon aufgeklärt“, erwiderte Marie kühl. Das musste man ihr lassen: So schnell brachte sie nichts aus ihrer Ruhe.

Lilli bereute ihren Kommentar ohnehin und erklärte versöhnlich: „Ich habe bereits mit Sandra telefoniert. Sie ist mit Dimitri zusammen und kommt später.“

„Natürlich.“ Marie blickte gelassen auf ihre schön manikürten Fingernägel.

„Hauptsache, es geht ihr gut“, fand Emma versöhnliche Worte.

„Jetzt lasst uns erst mal frühstücken und dann überlegen wir weiter. Ich könnte ein ganzes Spanferkel verdrücken!“ Melanies Appetit nach einer durchzechten Nacht war legendär.

„Ich hoffe, dass es auch etwas anderes gibt“, meinte Marie lakonisch.

Melanie ignorierte Marie und rief in Richtung Badezimmer: „Laura? Alles okay? Komm, wir gehen frühstücken!“

Die Tür öffnete sich und Laura schlüpfte heraus: „Bin schon da!“ Sie hatte sich die Haare zu einem Pferdeschwanz zusammengebunden und machte, abgesehen von ihrem rot umrandeten Auge, einen ganz passablen Eindruck. Melanie legte einen Arm um Lauras Schulter und erklärte dem verwundert dreinblickenden Mädchen: „Na dann los, das Spanferkel wartet!“

Frühstücksei

Der helle Frühstücksraum lag im ersten Stock des Hotels. Hohe schmale Jugendstilfenster und ein Fischgrätparkett harmonierten mit geschwungenen Korbsesseln. Riesige weiße Lampions an der Decke, die als Beleuchtung dienten, rundeten das elegante Ambiente ab.

„Oh, wie schön", zeigte sich Emma erfreut. Die nacheinander eintretenden Freundinnen teilten ihre Begeisterung. Melanie stürmte mit Laura im Schlepptau dem einladenden Buffet entgegen, während sich die anderen nach einem Platz umsahen.

„Wir nehmen den", entschied Lilli und steuerte auf einen großen Ecktisch zu, „dann haben wir genug Platz, falls sich Sandra doch noch von Dimitri losreißen kann."

Nach einigen Minuten hatten sich alle mit gefüllten Tellern um den Tisch versammelt. Melanie kaute an einem dick mit Schinken und Käse belegten Brot. Marie, die neben ihr saß, knabberte an einer Scheibe Toast. Emma aß ihr Müsli und Lilli bestrich ihr Croissant mit Marmelade. Die sichtlich hungrige Laura verschlang ein Käsebrot und löffelte nebenher ein Frühstücksei.

„Ich hole noch was." Melanie ging gerade zum Buffet, als Sandra in den Frühstücksraum rauschte. „Guten Morgen!" Sie strahlte und fing Melanie mit einer spontanen Umarmung ab. „Hast du gut geschlafen?"

„Haha ... ja, sicher! Ich hab super geschlafen! Und du? Bist du überhaupt zum Schlafen gekommen?", fragte Melanie zwinkernd.

„Ach jaaa, ein bisschen …", gurrte Sandra und steuerte auf den Tisch in der Ecke zu. „Hallo, Mädels!", warf sie fröhlich in die Runde, bis ihr Blick an Laura hängen blieb. „Und wer bist du?" Laura duckte sich ein wenig.

„Das ist Laura", übernahm Lilli die Vorstellung, „wir frühstücken zuerst, danach klären wir dich auf."

Sandra nahm die Erklärung gelassen auf, sie nickte der stummen Laura zu: „Hallo, ich bin Sandra." Dann schlenderte sie zum Buffet und schäkerte mit Melanie vor dem Toaster.

„Was für ein sorgloses Gemüt." Lillis Blick folgte Sandra, während sie einen Schluck Kaffee trank.

„Was für ein sonniges Gemüt", bemerkte Emma und rührte gedankenverloren in ihrem Müsli.

„Als gäbe es kein Morgen", meinte Marie.

Laura sagte nichts. Sie verschlang eine weitere Scheibe Brot und trank ein Glas Milch leer, dabei behielt sie die Tischrunde im Auge. Als Sandra und Melanie mit vollen Tellern vom Buffet zurückkehrten, erhob sich Laura. Sie murmelte: „Muss mal aufs Klo." Dann huschte sie aus dem Frühstücksraum.

Sandra wartete, bis die Tür hinter Laura zugefallen war, bevor sie fragte: „Und? Was ist mit der Kleinen?" Lilli erzählte von den nächtlichen Ereignissen und was Laura ihnen am Morgen anvertraut hatte. „Das arme Ding! Aber was wollt ihr jetzt mit ihr machen? Sie wird doch sicher gesucht." Sandra dachte an ihren Sohn Lukas, der bei seinem Vater lebte und etwas jünger als Laura war.

„Ich weiß nicht … Wenn ihre Mutter drogensüchtig ist und sie keine Geschwister hat? Aber vielleicht sucht dieser Jürgen nach ihr …" Melanie rieb sich nachdenklich das Kinn.

„Aber gerade der sollte sie nicht finden!" Lilli sprach aus, was allen im Kopf herumspukte.

„Vielleicht fragen wir Laura, was sie tun möchte." Emmas sinnvoller Vorschlag erntete Zustimmung.

Marie fand, es sei an der Zeit, das Thema zu wechseln: „Und wie sieht heute unser Programm aus? Wir müssen nochmals proben, wollen uns die Stadt ansehen und shoppen gehen."

„Stimmt, Marie! Wir sollten uns unsere Reisepläne nicht durcheinanderwirbeln lassen." Melanie streichelte ihren vollen Bauch und überlegte, ob noch ein Joghurt darin Platz hätte. Sie entschied sich für ein Erdbeer-Joghurt. Nachdem sie den Becher ausgelöffelt hatte, blickte sie stirnrunzelnd in Richtung Ausgang: „Wo bleibt eigentlich Laura? Sie braucht aber lange auf dem Klo." Im nächsten Moment klopfte sie sich mit der flachen Hand auf die Stirn und rief: „Verdammt! Sie ist sicher abgehauen!" In den Gesichtern ihrer Freundinnen sah Melanie ihre Vermutung bestätigt.

Mit einem Satz war sie auf den Beinen und stürmte, gefolgt von Lilli, aus dem Raum. Sie kamen an der Rezeption vorbei, wo wieder der freundliche Mr. Fu Chang im Dienst war. „Schönen guten Molgen!"

„Ja danke, Ihnen auch!“, erwiderte Melanie hektisch. „Können Sie uns sagen, wo die Toilette ist?“

Mr. Fu Chang deutete lächelnd auf ein gut sichtbares WC-Schild am anderen Ende des Flurs. Melanie und Lilli liefen bereits los, als Mr. Fu Chang anmerkte: „Falls Sie Ihlen Übelnachtungsgast suchen, das Mädchen hat volhin das Hotel vellassen.“ Mr. Fu Chang war entweder ein Hellseher oder verfügte eher über viel Berufserfahrung. Melanie und Lilli schenkten ihm ein hastiges: „Danke“, bevor sie über die Treppe ins Erdgeschoss rannten. Dort rissen sie die Eingangstür auf und suchten die Straße in beide Richtungen nach einem Anzeichen von Laura ab. Doch außer patrouillierenden Damen des leichten Gewerbes und ein paar interessierten Kunden entdeckten sie keine Spur von ihrem Schützling.

„Verdammt!“ Melanie stampfte mit dem Fuß: „Ich hätte wissen müssen, dass sie davonrennt, sobald sie eine Chance dazu bekommt!“

„Was hätten wir tun sollen, Melanie? Mit ihr aufs Klo gehen? Dann hätte Laura eine andere Gelegenheit genützt.“ Lilli legte eine Hand auf Melanies Arm: „Komm, gehen wir wieder rein. Die anderen warten sicher.“

Mit einem letzten suchenden Blick und einem resignierten Seufzen wandte sich Melanie wieder dem Eingang zu. Mr. Fu Chang hatte die Szene wohl durch die Überwachungskamera mitverfolgt, denn mit einem Surren öffnete sich die Eingangstür unaufgefordert.

„Alles in Oldnung, meine Damen?“ Mr. Fu Chang erwartete sie mit einem besorgten Gesichtsausdruck. *Er denkt wohl, Laura hat etwas geklaut,* dachte Lilli und sagte beschwichtigend: „Ja, danke! Alles ist in Ordnung! Wir wollten uns nur verabschieden.“ Mr. Fu Changs Erleichterung war deutlich zu erkennen. Ermittelnde Polizeibeamte in einem Hotel waren in Zeiten von Onlinebewertungen keine erstrebenswerte Sache.

Melanie und Lilli begaben sich wieder in den Frühstücksraum, wo ihre Freundinnen bereits mit fragenden Gesichtern warteten.

„Laura ist weg“, erklärte Melanie mit traurigem Blick.

„Mr. Fu Chang hat sie weggehen sehen“, fügte Lilli hinzu.

„Das arme Ding! Hoffentlich geht es ihr gut“, meinte Emma besorgt.

„Wohl kaum", sagte Melanie. Sie nahm sich vor, ihren Kindern gleich Nachrichten zu schicken, auch wenn sie noch in der Schule waren.

„Sie wird schon einen Weg finden", meinte Sandra zuversichtlich.

„Stimmt, Sandra!" Marie war ausnahmsweise einmal einer Meinung mit ihrer Schwester. „Außerdem können wir nichts tun. Wir wissen nur ihren Vornamen und ihr Alter. Falls beides überhaupt stimmt! Was sollen wir machen? Zur Polizei gehen, dort einen halben Tag verbringen, um schließlich zu hören, dass man mit unseren spärlichen Informationen nichts anfangen kann?" Marie blickte in vier aufmerksame Augenpaare, als sie zu einem für sie ungewohnten Plädoyer anhob: „Das hier ist unsere Chorreise! Wir wollten doch Spaß haben und vielleicht einen Wettbewerb gewinnen! Wir wollten eine Auszeit vom Alltag haben …" Maries leidenschaftliche Rede endete mit einem erstickten Laut.

Für ein paar Sekunden herrschte betroffenes Schweigen. Marie räusperte sich und blinzelte heftig. Dann beugte sie sich über ihre Teetasse und rührte konzentriert darin herum. Emma fasste sich als Erste wieder: „Marie, du hast recht. Wir können uns nicht um alles kümmern."

„Ja, Marie, wir haben schon genug für das Mädchen getan", fügte Lilli kleinlaut hinzu.

„Vielleicht kriegt sie es ja allein auf die Reihe." Melanie versteckte ihre Zweifel hinter einem heftigen Nicken. Doch Marie antwortete nicht. Sie rührte weiter in ihrem Tee und fixierte den Tassenboden, als könne sie die Zukunft darin lesen. Nach einem stummen und doch beredten Blick in die Runde meinte Lilli: „Nun, Mädels! Wie sieht es aus? Gehen wir zuerst shoppen! Hamburg hat tolle Spielzeugfachgeschäfte!"

Lilli sammelte begeistert Barbiepuppen und sämtliches Zubehör. In ihrem Elternhaus, in dem sie mit ihrer Mutter wohnte, war ein ganzer Raum mit allem gefüllt, was sie seit Kindertagen zusammengetragen hatte.

„Klingt gut, und nebenher sehen wir uns die Stadt an." Melanie, die sonst gerne über Lillis Sammelleidenschaft spottete, verkniff sich heute einen Kommentar.

„Ja, gehen wir shoppen!“ Sandra nahm den letzten Schluck aus ihrer Tasse, bevor sie hinzufügte: „Aber ich treffe mich später noch mit Dimitri.“

Melanie und Lilli schwiegen ausnahmsweise, Emma nickte kaum merklich. Alle warteten, was Marie dazu sagen würde. Doch Marie blickte wieder beherrscht in die erwartungsvollen Gesichter ihrer Freundinnen und sagte: „Ja, gehen wir los!“

Bevor die Freundinnen aufbrachen, erledigten sie noch ihre Telefonate. Melanie ließ sich von Jakob versichern, dass es ihrer Familie gut ging. Emma sprach mit der Pflegerin ihrer Mutter, Sandra turtelte mit Dimitri und Lilli beauftragte ihre Mutter damit, nachzusehen, ob die Barbie Catherine das blaue oder das grüne Ballkleid der limitierten Edition besaß. Nur Marie telefonierte nicht, sie tippte abwesend auf ihrem Handydisplay herum.

Die Frauen verließen unter Mr. Fu Changs Begleitwünschen das Hotel: „Haben Sie einen sönen Tag, meine Damen. Bis spätel."

Es war zwar erst elf Uhr, aber auf der Straße herrschte bereits reges Treiben. Während das Quintett im Slalom über den Gehweg lief – die dort stationierten Damen dachten nicht daran, auszuweichen – lockten die grell beleuchteten Schaufenster mit Erotikutensilien aller Art.

Melanie, Lilli und Sandra betrachteten kichernd die ausgestellten Dildos und die minimalistische Reizwäsche für spezielle Gelegenheiten. Marie blieb auf Abstand, sie begutachtete stattdessen die Giebel der umliegenden Gebäude. Emma hingegen fixierte staunend die Auslagen.

„Was macht man damit?" Emma zeigte auf einen gigantischen schwarzen Dildo, dessen Spitze mit Noppen bestückt war, sodass er wie ein mittelalterlicher Morgenstern aussah.

„Wohl keine Feinde abwehren", lachte Melanie und schubste Emma neckend an, „was glaubst du wohl?"

„Ich möchte mir nicht vorstellen, wie sich das Ding anfühlt." Lilli verzog ihr Gesicht.

„Die Bedürfnisse sind eben unterschiedlich", meldete sich Sandra wissend. Emma starrte Sandra großäugig an: „Du meinst … du und Dimitri?"

„Nein, wir nicht! Ich mein ja nur allgemein", stellte Sandra klar.

„Sollen wir mal hineingehen? Emma würde ein bisschen ‚Aufklärung' guttun", lautete Melanies ironischer Kommentar. Sie wartete nicht lange auf Zustimmung, sondern drückte bereits die Eingangstür auf.

„Muss das sein?“ Marie, die bisher geschwiegen hatte, seufzte hörbar.

„Sei kein Spaßverderber, Marie! Das wird lustig!“ Lilli schob Marie vor sich her in den Laden.

Das Geschäft empfing sie mit farbwechselnder Beleuchtung und lautem Technosound. Hinter der Kasse stand ein Mädchen mit grünen und blauen Haaren, die mit ihrem Kopf zum Rhythmus der Musik wippte, was auch als Begrüßung interpretiert werden konnte. Neben dem Eingang standen ein paar Wühltische mit überquellendem Inhalt. Bunte Stringtangas, Federboas und Gesichtsmasken wetteiferten um Aufmerksamkeit. Melanie zog mit ihrem Zeigefinger einen roten Satinstring in der Größe eines Ansecktüchleins in die Höhe und klagte: „Bitte, welcher Hintern passt da hinein?“

„Der Hintern muss ja nicht hinein“, erklärte Lilli weise. „Das ist ja das Gute an Strings, die passen fast jeder.“

„Aber nur, weil man sie anbekommt, heißt das noch lange nicht, dass es auch gut aussieht!“ Melanie warf den Tanga naserümpfend auf den Haufen zurück und wandte sich den figurneutralen Gesichtsmasken zu.

Emma schlenderte inzwischen mit großen Augen durch die Regale und blieb an einer Wand stehen, an der verschiedene Peitschen hingen sowie andere Utensilien, auf die sie sich keinen Reim machen konnte. Sie berührte eine schwarzglänzende Gerte, an deren Ende schmale Lederriemen befestigt waren. Emma spürte, wie sich die Härchen an ihrem Arm aufrichteten. Neben der Gerte hing ein Lederhalsband, das mit Metalldornen bestückt war. Mit ihren Fingern streichelte sie die kalten Spitzen, wobei sich ihre Brustwarzen unerwartet aufrichteten. Sie hörte Schritte hinter sich und zog hastig ihre Finger zurück.

„Na, Emma, schon was gefunden?“ Melanie war hinter ihrer Freundin aufgetaucht und griff nach dem Lederband, das diese gerade berührt hatte.

„Äh, nein, ich schau mich nur um“, stammelte Emma verlegen.

„Aber hallo“, kicherte Melanie, „du stehst am Regal für Fortgeschrittene!“

„Sei nicht so fies!“ Lilli legte schützend ihren Arm um Emma.

„Reg dich ab! Ich hab nur Spaß gemacht oder, Emma?", rechtfertigte sich Melanie.

Ihre gutmütige Freundin nickte: „Aber ja."

„Seid ihr fertig? Ich würde gerne noch etwas von der Stadt sehen!" Marie war die ganze Zeit mit dem Ausdruck einer Marmorstatue in der Mitte des Geschäfts stehen geblieben.

„Wir haben es gleich", beschwichtigte Sandra, die ein schwarzes Nichts aus Spitze im Arm hielt.

„Zeig her!", forderte Melanie.

Sandra präsentierte ein transparentes Babydoll. „Man muss die Männer ja bei Laune halten", erklärte sie ungeniert.

„Genau! Besonders, wenn man sie nicht mal vierundzwanzig Stunden kennt", spottete Lilli.

Sandra zuckte unbekümmert ihre Schultern. Marie drehte sich plötzlich auf dem Absatz um und verließ das Geschäft.

„Los, Mädels, zahlt bitte! Ich kümmere mich um Marie!" Emma trieb ihre Freundinnen in Richtung Kasse.

Lilli kaufte eine blaue Federboa: „Kann man im Fasching anziehen." Melanie eine silberne Maske: „Sonst passt eh' nichts." Und Sandra die durchsichtige Reizwäsche.

Emma gesellte sich inzwischen zu Marie vor das Geschäft. Sie hakte sich fürsorglich bei ihrer Freundin unter: „Geht's dir gut?"

„Ja, danke! Manchmal geht mir Sandra so auf die Nerven! Mit ihrem Männerverbrauch könnte sie sich genauso gut hier an die Straße stellen. Sie sollte sich besser mehr um ihren Sohn kümmern!" Marie klang bitter. Emma blickte erstaunt auf. So untergriffig hatte sich Marie noch nie über ihre Schwester geäußert. Soweit Emma es beurteilen konnte, kümmerte sich Sandra liebevoll um ihren Sohn, auch wenn er nicht bei ihr lebte.

„Du weißt ja, dass sie Rainer das Sorgerecht überlassen hat, weil es Lukas' Wunsch war, bei seinem Vater zu leben. Aber Sandra sieht ihn regelmäßig, sie vermisst ihren Sohn sicher oft", verteidigte Emma ihre Freundin. „Man kann nie wissen, was in einem Menschen vorgeht!" Ihr Blick verlor sich im weiten Himmel. Marie dagegen heftete ihre Augen auf den Asphalt.

„Da sind wir!“ Melanie holte beide aus ihren Gedanken. „Ich hab Durst! Wie wär's mit einem Alsterwasser?“

„Alsterwasser?“, rätselte Emma.

„Bier mit Limo gemischt“, klärte Melanie auf.

„Schon wieder Alkohol?“ Lilli gesellte sich mit Sandra zu ihren Freundinnen.

„Was heißt schon wieder? Es ist bald Mittag, zum Essen passt Alsterwasser wunderbar!“ Melanie blickte sich suchend um.

„Aber in dieser Gegend will ich nicht essen!“, entschied Lilli.

Sie einigten sich darauf, mit der U-Bahn wiederum zu den Landungsbrücken zu fahren.

Eine frische Brise wehte über das Elbufer und trieb sie fröstelnd voran. Da Melanies Durst keine lange Suche zuließ, wählten sie wieder ein Touristenrestaurant an den Landungsbrücken und nahmen drinnen Platz, weil Sandra mit ihrem kurzen Röckchen nicht im Freien sitzen wollte.

„Warum trägst du bei dem Wetter einen Minirock? Wir sind hier nicht im Süden!“, beschwerte sich Melanie, die lieber draußen gesessen wäre. Sie liebte es, den vorbeigleitenden Schiffen zuzusehen, die für sie den Duft grenzenloser Freiheit mit sich zogen.

„Weil ich kann!“, erwiderte Sandra selbstbewusst.

„Danke, ich habs verstanden!“ Melanie ließ sich auf einen Sessel fallen und zog die Getränkekarte an sich.

„Tut mir leid, so hab ich es nicht gemeint.“ Sandra lächelte versöhnlich.

„Aber so ist es!“

Melanie hatte keine Illusionen über ihr Aussehen. Sie erinnerte sich noch an den Spitznamen, den ihr ein paar Mitschüler verpasst hatten: „Mellie-Tower!“ Dabei war sie nicht übermäßig dick, sondern nur sehr groß und dementsprechend kräftig gebaut.

Ihr Vater hatte Melanie schon in jungen Jahren vorgeschlagen, dass sie im Sport Karriere machen solle, entweder in einer Frauenfußballmannschaft oder bei den Wurfdisziplinen der Leichtathletik. Doch Melanie hielt Sport für eine unnötige Anstrengung und widmete sich lieber der Musik.

„Freundinnen?“ Emma legte ihre Hand flach auf die Tischmitte.

„Freundinnen!“, klang es im Chor, als die anderen ebenfalls ihre Hände über die von Emma legten.

Dieses Ritual praktizierten die Freundinnen seit ihrer Chorgründung vor über zwanzig Jahren. Sie kannten sich aus der Zeit am Gymnasium, wo sie bereits gemeinsam im Schulchor gesungen hatten, später hatten sie sich aber aus den Augen verloren.

Marie arbeitete nach der Matura in einer Notariatskanzlei; Sandra absolvierte ihr Krankenpflegediplom; Lilli begeisterte sich seit jeher für Mode und nahm das Jobangebot einer Boutique an; Emma erledigte Büroarbeiten für die Tischlerei ihres Stiefvaters und Melanie brach ihr Musikstudium ab, weil sie mit zwanzig Jahren Mutter wurde und ihre Jugendliebe Jakob heiratete.

Melanie liebte ihre Familie, aber sie haderte mit der unerfüllten Sehnsucht nach einer musikalischen Herausforderung. Darum schwebte ihr schon lange die Gründung eines kleinen Chors vor. Sie traf Emma und Lilli im Foyer des Bregenzer Festspielhauses wieder, wo sie das Konzert des Oratorienchors besuchten, der *O Fortuna* zum Besten gab. Sie sprachen über die schöne gemeinsame Schulzeit und Melanie erzählte von ihren Chorplänen. Die ruhige Emma freute sich auf Abwechslung. Die quirlige Lilli begeisterte sich immer für Neues, sie war es auch, die ihrer ehemaligen Schulfreundin Marie von Melanies Plänen erzählte. Marie war Kundin in der Boutique, in der Lilli arbeitete. Da Melanie fünf Sängerinnen für die Idealbesetzung hielt, lud sie auch Maries Schwester Sandra zum Mitsingen ein. Trotz der unterschiedlichen Temperamente und Lebenssituationen waren die Frauen ein gutes Team. Denn während der letzten zwanzig Jahre sangen sie nicht nur gemeinsam, sondern sie begleiteten einander auch durch Freud und Leid. Dabei lockerte der stets präsente Prosecco ihre Gesprächsbereitschaft, und das Getränk wurde einstimmig zum Chornamen bestimmt.

„Können wir jetzt endlich bestellen?“ Melanie winkte dem Kellner, der von einem anderen Tisch herübereilte.

„Moin, moin, die Damen. Was darf ich bringen?“

„Sehen wir so zerknautscht aus, dass sie uns zu Mittag mit ‚Guten Morgen' begrüßen müssen?", beschwerte sich Lilli.

„Nee, nee, das sagt man bei uns den ganzen Tag", lächelte der Kellner nachsichtig.

„Komm, ich spendiere dir etwas, Lilli! Damit du ein bisschen lockerer wirst." Melanie bestellte großzügig Alsterwasser für alle. „Wenn du weiter so rumpolterst, werfen sie uns noch aus Hamburg raus!", fügte sie hinzu, als der Kellner wieder gegangen war.

„Haben wir es nicht schön hier?" Emma versuchte, den Zündstoff aus dem Gespräch zu nehmen, sie blickte treuherzig in die Runde. Lilli und Melanie grinsten sich versöhnlich zu.

„Ich finde, wir sollten für heute einen Zeitplan machen, damit wir nicht irgendwo hängenbleiben." Marie kannte Melanies ausgeprägte Feierlaune und es widerstrebte ihr, den ganzen Tag von einem Lokal zum nächsten zu pilgern.

„Also, ich würde vorschlagen, zuerst gehen wir shoppen. Ich möchte in das Spielzeugfachgeschäft beim Jungfernstieg, dann könnten wir vielleicht noch das Elbufer erkunden und in Richtung Övelgönne laufen. Dort soll es sehr schön sein. Was meint ihr?" Lilli wollte die Zeit ebenfalls nicht nur in Lokalen verbringen.

„Klingt gut, aber ich habe keine Lust, den ganzen Tag rumzulaufen, sonst bin ich am Abend erschöpft!" Melanies Freude an Bewegung hielt sich in Grenzen. Außerdem hatte Jens ihr eine besondere Reeperbahntour vorgeschlagen, die sie ihren Freundinnen noch schmackhaft machen wollte.

Lilli verdrehte die Augen: „Mensch, Melanie, sei nicht so faul!", und duckte sich in gespielter Angst. Doch Melanie verzichtete auf eine bissige Antwort. Stattdessen erzählte sie von der Tour.

„Was sieht man sich da an?", wollte Emma wissen.

„Man erfährt alles Wissenswerte über die Geschichte der Reeperbahn, zugleich werden einige Lokale, Klubs und berühmte Plätze besichtigt. Soll sehr unterhaltsam sein!"

Emma nickte begeistert und schielte zu Marie, der man deutlich ansah, was sie von diesem Vorschlag hielt. „Nicht schon wieder in so eine widerliche Gegend", beschwerte sie sich.

„Aber wenn wir schon mal hier sind", traute sich Emma einzuwerfen.

„Wer sagt denn, dass alle mitkommen müssen!", beteiligte sich Sandra das erste Mal an dem Gespräch. Davor hatte sie die ganze Zeit Nachrichten in ihr Handy getippt.

„Wo du hinwillst, das können wir uns schon vorstellen!", stichelte Lilli. „Muss Dimitri nicht arbeiten?"

„Nein! Er hat sich heute freigenommen", erklärte Sandra, „und er schreibt, dass er etwas Wichtiges mit mir besprechen möchte!" Sie betrachtete ihr Handydisplay liebevoll.

Melanie sah, dass Sandra ein Foto von Dimitri als Hintergrundbild gespeichert hatte. Sie runzelte ihre Stirn. „Das geht alles so schnell bei dir! Du kennst ihn doch gar nicht!"

„Ich weiß genug!", erwiderte Sandra bestimmt. „Er hat mir von seiner Familie in Weißrussland erzählt. Er arbeitet in Deutschland, weil er hier mehr Geld verdienen kann und damit seine Eltern und Großeltern zu Hause unterstützt. Die haben dort ein schweres Leben! Für eine gute medizinische Versorgung muss man extra bezahlen. Ohne Schmiergeld geht gar nichts, die Politiker sind sowieso alle korrupt. Abgesehen davon kann niemand steuern, in wen und wie schnell man sich verliebt!", schloss sie ihre leidenschaftliche Rede. Ihre Freundinnen schauten betreten oder besorgt drein. Dass Sandra bereits von Liebe sprach, gab allen zu denken.

Marie fand überraschenderweise zustimmende Worte für ihre Schwester: „Genau, Sandra! Ich bin auch dafür, dass jeder den Abend verbringen kann, wie er will!" Sie verschwieg, dass sie allein im Hotelzimmer bleiben wollte, um ein ungestörtes Telefonat mit Johannes führen zu können.

„Na gut, wie ihr wollt", lenkte Melanie ein und wandte sich an Emma: „Und du? Gehst du mit auf die Tour?"

Emmas ursprüngliche Begeisterung war Unsicherheit gewichen. Sie blickte fragend auf Marie und wartete darauf, dass ihre Freundin vielleicht einen anderen Vorschlag machen würde. Aber Marie dachte nicht daran. Sie nickte Emma aufmunternd zu: „Geh nur." Darauf hatte Emma eigentlich gehofft, sie strahlte in Vorfreude.

Nachmittagsmarathon

Nach dem Essen und einem Kümmelschnaps – Melanie bestand auf diese Hamburger Spezialität – spazierten die Freundinnen an der Elbe entlang in Richtung Övelgönne. Der Strom, auf dem viele Ausflugsboote und Schlepper fuhren, floss träge vorbei und spiegelte den grauen Aprilhimmel wider.

„Mir gefallen die klaren Flüsse zu Hause besser." Lilli schaute ins trübe Wasser.

„Nach Regenfällen sind sie auch keine Schönheit", meinte Melanie.

„Ich finde die Elbe großartig!" Emma blickte sehnsüchtig hinter einem riesigen Frachter her, der unter brasilianischer Flagge fuhr. Sie stellte sich vor, wie es wäre, auf ihm über endlose Wellen durch den weiten Ozean zu gleiten. In diese Vorstellung schob sich das Bild eines faltigen Gesichts mit papierhäutigen Händen, die sich ihr entgegenstreckten. Emma schloss seufzend die Augen und schüttelte ihren Kopf, aber das Bild hing wie eine Spinnwebe in ihrem Gedächtnis.

Marie, die hinter Emma lief, schaute dem Frachter ebenfalls nach. Sie überlegte, wie es wohl wäre, einfach wegzufahren – fort von all den Erwartungen.

„Man gibt nicht gleich auf, wenn es einmal in einer Beziehung nicht so rund läuft, Marie! Eine Ehefrau muss ihre Aufgaben erfüllen und ein Paar sollte zusammenbleiben!" Die Worte ihrer Mutter erdrückten jeglichen Fluchtgedanken.

Ihre Mutter hatte sich offensichtlich daran gehalten. Im Gegensatz zu Maries Vater, der vor ein paar Jahren wegen einer Affäre für einige Monate von zu Hause ausgezogen war. Um sich über seine Gefühle klar zu werden, wie er sagte. Dasselbe hatte Johannes gesagt, fiel ihr plötzlich ein.

Marie hatte nie erlebt, dass ihre Mutter die Geduld oder die Beherrschung verloren hatte. Ihre Mutter machte weiter, als wäre nichts geschehen, und sprach nie mit ihren Töchtern darüber, wie es in ihrem Inneren aussah. Sie hatte ihre Mutter dafür bewundert, und letztendlich schien es die richtige Strategie zu sein, denn Maries Vater kehrte wieder nach Hause zurück. In ihrem Elternhaus verlief daraufhin alles wie zuvor. Abgesehen davon, dass Maries Mutter zehn Kilo abgenommen hatte, schien sich nichts verändert zu haben.

Ich muss nur durchhalten! Und sie durfte den Kontakt zu Johannes nicht abbrechen lassen, ihm keinen Druck machen, damit er erkannte, was er an ihr hatte. Außerdem hatte ihr Mann sie ja nicht wegen einer anderen Frau verlassen! *Oder vielleicht doch?*

„Marie! Marie! Was machst du da?“ Lillis schrille Rufe drangen an Maries Ohr, während sie gleichzeitig ein Zerren an ihrem rechten Arm spürte. Marie blickte erschrocken auf die dunkle Elbe hinunter. Sie befand sich an der Kante der Uferbefestigung. Die Spitzen ihrer Stiefel standen bereits über den Rand hinaus. Marie zuckte zurück. Sie blickte in Lillis schreckgeweitete Augen und die entsetzten Gesichter ihrer Freundinnen.

„Was machst du da?“, wiederholte Lilli und zog immer noch an Maries Arm.

Marie schüttelte Lillis Hand ungeduldig ab und zupfte ihren Jackenärmel gerade. „Mein Gott, Lilli! Was werde ich wohl machen?“ Sie rollte theatralisch mit den Augen, bevor sie ihre Freundinnen der Reihe nach ansah. „Ich war nur in Gedanken und habe nicht aufgepasst!“

„Ich weiß nicht, ob wir dich heute Abend allein lassen können?“ Lilli sprach Bedenken aus, die nicht nur ihr durch den Kopf geisterten.

„Also wirklich, Lilli! Bleib am Boden! Ich hatte sicher nicht die Absicht, mir etwas anzutun! Abgesehen davon kann ich schwimmen!“ Sie stampfte, wenig damenhaft, mit einem Fuß auf den Boden. Erstaunt über Maries ungewohnt heftige Reaktion kreuzten sich die Blicke ihrer Freundinnen.

„Ist schon gut! Das wissen wir doch!“ Melanie klopfte Marie als Zeichen ihres Vertrauens kräftig auf die Schulter, während die anderen zustimmend nickten.

„Wenn du möchtest, bleibe ich heute Abend trotzdem bei dir“, bot Emma vorsichtig an.

„Nein! Bitte! Glaubt es mir einfach! Ich will heute Abend lieber allein bleiben!“ Noch deutlicher konnte Marie nicht werden. Sie lief weiter, die anderen trotteten ihr nach. Verstohlene Blicke huschten umher, aber kein Laut war zu hören.

Ein paar Minuten lang herrschte Schweigen. Alle hingen ihren eigenen Gedanken nach, die vielleicht auch dieselben waren. Bis sie auf ein schönes Lokal mit Tischen im Freien stießen, welches das Unvermeidliche auslöste.

„Schaut mal: Elbklippe – das klingt sehr vielversprechend! Hier machen wir Pause! Wir machen ja keinen Nachmittagsmarathon!", rief Melanie. Sie steuerte begeistert auf die gut besuchte Terrasse zu, ihre Freundinnen liefen ergeben hinter ihr her.

„Sandra, hier gibt es Decken!" Melanie hielt grinsend eine flauschige Acryldecke in die Höhe.

„Ja, fein", versicherte Sandra, „aber ich treffe mich gleich mit Dimitri! Wir sind in einer halben Stunde beim Museumshafen verabredet. Von hier aus schaffe ich es noch pünktlich." Melanie und Lilli verzichteten auf einen Kommentar, die Sache mit Marie hing noch wie ein loser Ziegel auf dem Dach.

„Aber vergiss nicht, dass wir heute Abend proben müssen! Um sieben treffen wir uns im Hotel!" Melanie hatte wieder ihren strengen Ich-bin-die-Chorleiterin-Blick.

„Klar doch, das schaff ich bestimmt." Sandra winkte in die Runde und lief summend davon.

„Und wehe, du kommst nicht!", donnerte Melanie hinter Sandra her. Die Köpfe der anderen Gäste wandten sich der Quelle des Geschreis zu.

„Setz dich! Bitte!" Sogar Lilli war sich bewusst, dass sie auffielen wie ein lärmender Haufen Halbwüchsige. Melanie ließ sich achselzuckend auf einem Sessel nieder und studierte ungerührt die Getränkekarte. Marie nahm scheinbar gelassen Platz und ignorierte die Blicke der Gäste um sie herum, während Emma sich vorstellte, sie wäre unsichtbar.

Nach einigen Minuten durchbrach Lilli das Schweigen: „Was meint ihr zu einem Grog? Bei diesen Temperaturen wäre das genau das Richtige!" Sie zog ihre Decke enger um die Hüften.

„Klingt super!", antwortete Melanie begeistert.

„Ja, warum nicht?", meinte Emma, die das Getränk nicht kannte.

Marie schloss sich ihnen ergeben an: „Dann probieren wir eben einen Grog."

Als sie an dem heißen Getränk nippten und ihre Hände an den Bechern wärmten, sprach Melanie aus, was alle beschäftigte.

„Was haltet ihr eigentlich von Dimitri?"

„Er wirkt ja nett. Aber ich finde, Sandra geht das wie immer viel zu schnell an."

Lilli war früher öfter mit Sandra unterwegs gewesen. Sandra war unkompliziert und man konnte Spaß mit ihr haben. Aber ihre ständige Suche nach einem Flirt war nicht nur Lilli auf die Nerven gegangen. Egal, wo sie waren, Sandra suchte zuerst die Umgebung nach dem reizvollsten Mann ab, um ihn dann zu umgarnen. Natürlich hatte Sandra meistens Erfolg damit. Sie war sehr attraktiv, und viele Lokale waren voll mit Typen, die auf der Suche nach einem One-Night-Stand waren. Obwohl Sandra behauptete, nur nach dem ‚einen Prinzen' zu suchen.

„Hast du keine Angst, dir eine ansteckende Krankheit zu holen?", traute sich Lilli einmal zu fragen. „Was glaubst du denn? Wofür hältst du mich?", hatte Sandra gekontert, „ich bin Krankenschwester! Ich weiß, wie ich mich schützen muss!"

Doch Lilli distanzierte sich außerhalb des Chors mehr und mehr von Sandra, da ihre anderen Freundinnen mit der ‚Bienenkönigin' nicht mehr ausgehen wollten. „Ich komme mir vor, wie eine Arbeiterbiene, die ihre Königin umschwirren darf, während sie sich hofieren lässt!", hatte sich Lillis Freundin Tina einmal beschwert, weil Sandra stets die Aufmerksamkeit aller akzeptablen Männer auf sich zog.

„Sie ist erwachsen", nahm Emma Sandra nun in Schutz, „solange sie damit glücklich ist, ist das ihre Sache."

„Sicher, aber irgendwann wird sie auf die Nase fallen", unkte Melanie und erntete dafür einen tadelnden Blick von Emma.

„Ich finde das gemein! Lasst sie doch! Es ist ihr Leben!", verteidigte Emma ihre abwesende Freundin.

„Ja, aber manchmal betrifft es auch das Leben von anderen." Marie hatte sich aus der Diskussion heraushalten wollen, weil sie das umtriebige Liebesleben ihrer Schwester verabscheute. Sie ahnte, dass Sandra auch vor verheirateten Männern keinen Halt machte. Die Worte waren ihr herausgerutscht. Peinlich berührt starrte Marie in ihren Grogbecher.

Melanie fand, dass es höchste Zeit für ein neues Thema war. Trübsal blasen hätte sie auch zu Hause können. „Wie seht ihr unsere Chancen?", warf sie fröhlich in die Runde. „Ich meine, beim Wettbewerb!", fügte sie hinzu, als sie die ratlosen Blicke ihrer Freundinnen bemerkte, die dem abrupten Themenwechsel nicht so schnell folgen konnten.

„Gut, sehr gut sogar! Wir müssen uns nicht verstecken. Wir sind super!" Lilli reckte ihr Kinn selbstbewusst in die Höhe.

„Naja, die Singing Ladys haben mitunter einen optischen Vorteil", wägte Melanie ab und fügte in einer Eingebung hinzu, „aber wir könnten Sandra dazu überreden, Franco Monetta schöne Augen zu machen und sich mal auf Harry Berts Schoß zu setzen."

„Gute Idee", kicherte Lilli, während Emma nur sanft lächelte und sich loyal eines Kommentars enthielt.

„Wir können sie ja mal fragen", schmunzelte nun auch Marie, die ungemütliche Stimmung löste sich auf.

Obwohl Melanie, nachdem die Gläser geleert waren, gerne noch eine Runde Grog bestellt hätte, bestand Marie darauf, weiter in Richtung Övelgönne zu laufen.

Ein feuchter Sandstreifen säumte das Elbufer. Hundebesitzer warfen ihren Lieblingen Stöckchen und warm angezogene Spaziergänger schlenderten am Strand entlang. Höher gelegen, jenseits der Straße, blitzten die Fronten anmutiger Villen zwischen altem Baumbestand durch.

Maries Gedanken wanderten wieder einmal zu Johannes. Sie wusste, wie begeistert er bei diesem Anblick gewesen wäre. „Das sind Immobilien, die Millionen wert sind", hätte er gesagt und darüber spekuliert, wie viel Provision man bei einem Verkauf einstreichen könnte. Noch vor ein paar Jahren hatte Johannes Marie versichert, dass sie einmal in so einem imposanten Haus leben würden. Jedenfalls solange sie noch an die Erfüllung ihres Kinderwunsches glaubten. *Hätten wir Kinder adoptieren sollen?* Sie hatten nie darüber gesprochen. Vielleicht war das ein Zeichen, dass der gemeinsame Kinderwunsch doch nicht so groß gewesen war?

„Wie süß! Wie im Bilderbuch!" Lillis begeisterte Stimme schob sich in Maries Gedanken.

„Ich kann mir nicht vorstellen, wie diese großen Hamburger darin Platz haben sollen?“, rätselte Melanie, als sie einen kleinen Garten betrachtete, der sich zwischen Gehweg und Elbufer befand. „Ich würde Platzangst bekommen!“

In dem Gärtchen standen ein Miniaturleuchtturm und ein Segelschiff auf einer blaugemalten Fläche. Umrahmt wurde die Szene von einem winzigen mit Buschwindröschen gesprenkelten Rasen. „Das ist doch nur für die Touristen“, war Lilli sich sicher, „oder hättest du Freude daran, dich in einem Garten aufzuhalten, an dem unzählige Schaulustige vorbeilaufen?“

Emma bekam von dem Gespräch nichts mit. Sie lehnte sich an den Gartenzaun und betrachtete entzückt das Ensemble. Wie hell und friedlich das Gärtchen aussah!

Sie dachte an das riesige Grundstück, auf dem die Villa ihres verstorbenen Stiefvaters stand. Der große Garten, dicht bestanden mit alten Bäumen, glich einem Wald. Sie würde gerne ein paar Bäume fällen lassen, damit mehr Licht auf das düstere Grundstück fiel. Und den versteckten Pavillon, der unter Denkmalschutz stand, würde Emma am liebsten abreißen lassen. Aber ihre Mutter strahlte immer, wenn Emma mit ihr zwischen den großen Bäumen spazierte. Sie trichterte ihrer Tochter schon seit Kindertagen ein: „Die Bäume müssen hier bleiben! Die hat der Urgroßvater von Ernst schon gepflanzt.“

Marie blickte versonnen über den kleinen Garten hinaus aufs Wasser. Eine Jolle kreuzte leicht auf der Elbe. Marie kam der letzte Urlaub mit Johannes in den Sinn. Sie hatten ein Segelboot gechartert und waren die italienische Riviera entlanggesegelt. Tagsüber glitten sie über das tiefblaue Meer und abends bewunderten sie an Deck bei einem Glas Rotwein die traumhaften Sonnenuntergänge.

Einmal versuchte Johannes, sie im Freien zu verführen. „Marie, es ist dunkel! Es sieht uns doch niemand“, hatte er der widerstrebenden Marie heiser ins Ohr geflüstert. Er versuchte, mit seiner Hand an ihre intimste Stelle unter dem Bikini zu gelangen. Marie bemerkte seine Erektion und wusste, dass er sich nichts sehnlicher wünschte, als auf der Stelle mit ihr Sex zu haben. Doch Marie konnte sich nicht entspannen. Sie stellte sich vor, wie sie von einem Fremden, von einem anderen Boot oder vom Ufer aus mit einem Fernrohr beobachtet werden könnten. „Nein! Ich will nicht hier!“

Marie hatte Johannes abgeschüttelt und war unter Deck gestiegen. Dann wartete sie darauf, dass Johannes ihr in die Kabine folgen würde. Sie nahm sich vor, diesmal besonders laut zu stöhnen, weil er das immer als Bestätigung dafür brauchte, dass es ihr ebenfalls Spaß machte. Doch Johannes hatte offensichtlich die Lust am Sex verloren, denn er folgte ihr nicht. Marie war dann irgendwann eingeschlafen. Von diesem Abend an hatte sich die romantische Stimmung an Bord verflüchtigt. Zwei Tage später mussten sie wieder nach Hause reisen, beide verloren niemals ein Wort über das Geschehen.

„Ich mag nicht mehr weiterlaufen!“, beschwerte sich Melanie.

„Stimmt, es ist mir auch schon aufgefallen, dass keine Kneipe in der Nähe ist“, spottete Lilli.

Da Marie und Emma ebenfalls nicht mehr Weiterlaufen wollten, machten sie sich auf den Rückweg. Obwohl Melanie nörgelnd meinte, man könnte auch ein Taxi nehmen, wurde sie von ihren Freundinnen zu einem Fußmarsch angetrieben. Dafür bestand sie auf einen Zwischenstopp in der Elbklippe. „Ich lade euch ein!“, gab sie sich großzügig.

„Wenn das so weitergeht, muss ich zu Hause eine Entziehungskur machen“, meinte Lilli später, als sie an ihrem wärmenden Grog nippte.

Emma tätschelte beruhigend ihren Arm: „Nein, dafür bist du viel zu stark! Du würdest niemals abhängig werden!“

„Ich weiß!“, gab sich Lilli selbstbewusst. Doch gleich darauf schnitt Lilli ein Thema an, über das sie nur ungern sprach: „Ich bin schon froh, dass ich keine depressiven Tendenzen habe, so wie meine Mama.“

Begonnen hatte alles damit, dass sich Lillis Vater von ihrer Mutter getrennt hatte. Er hatte für eine große Handelskette gearbeitet und war beruflich oft in den Filialen der anderen Bundesländer unterwegs gewesen. Als er ihrer Mutter gestanden hatte, dass er sich in eine andere Frau verliebt hatte, war diese ausgerastet. Lilli war damals zehn Jahre alt gewesen und hatte die Auseinandersetzung ihrer Eltern miterlebt, ohne dass sie es bemerkten.

Lilli verstand nicht alles, was ihre Mutter ihrem Vater entgegenschleuderte, aber als sie schrie: „Du wirst dich noch wundern! Ich werde dafür sorgen, dass meine Tochter nie vergisst, was du für ein mieser Vater bist!", wurde Lilli bewusst, dass die Welt, die sie bisher gekannt hatte, für immer verloren war. Sie hatte ihren Vater über alles geliebt. Er zog jedoch nach Wien, heiratete die andere Frau und gründete eine neue Familie.

Lilli sah ihn nur noch selten. Ihr Vater besuchte sie in Vorarlberg, aber diese Treffen standen unter keinem guten Stern, da Lilli hinterher immer das Stimmungstief ihrer Mutter ertragen musste. Auch auf Besuche in Wien verzichtete Lilli irgendwann. Ihr Vater verwöhnte sie stattdessen mit Geschenken, die er ihr auch schickte, ohne dass es einen besonderen Anlass dafür gab. Lillis umfangreiche Barbie-Sammlung hatte zum größten Teil ihr Vater finanziert.

„Kannst du deine Mutter nicht zu einem Psychiatrieaufenthalt überreden?", wagte Marie zu fragen, „euer Hausarzt würde dich sicher unterstützen. Und eine gute Therapie würde ihr vielleicht helfen?" Marie konnte sich nicht vorstellen, ein Leben wie Lilli zu führen.

„Nein!", sagte Lilli bestimmt. „Ich würde sie nicht gegen ihren Willen in eine Klinik einweisen lassen! Das würde ihr den Rest geben! Mama hat schon genug durchgemacht."

„Du aber auch", lag Melanie auf den Lippen, doch sie schwieg, als sie Emmas bedrückten Ausdruck wahrnahm. Die beiden Freundinnen hatten wirklich ein schweres Los mit ihren Müttern.

Obwohl sie gerne noch einen Grog getrunken hätte, fand Melanie, dass es Zeit war, die Elbklippe zu verlassen. Irgendwie war die Stimmung wieder gekippt. *Das ist ja wie auf einer Trauerfeier.*

„Zeit zum Shoppen, Mädels!", rief Melanie und erhob sich.

Shoppingmania

Als sie bei den ‚Tempeln der Kauflust' am Jungfernstieg ankamen, verstreuten sich die Freundinnen in verschiedene Richtungen.

Emma wollte sich nach einem Mitbringsel für ihre Mutter umsehen und steuerte ein Geschäft mit Deko- und Geschenkartikeln an. Sie überlegte, was ihrer Mutter gefallen könnte, während sie durch den Laden streifte. In einem Regal stapelten sich verschieden große Schachteln, die mit Blumenmotiven aus Garn beklebt waren. Ihre Mutter hatte früher leidenschaftlich gerne Gobelins gestickt. Emmas Elternhaus war mit diesen aufwändigen Bildern geschmückt gewesen. Ihr Vater hatte jedes Mal gelacht, wenn er einen weiteren Nagel in die Wand schlagen musste, und hatte gemeint, dass seine ‚stickwütige' Frau nicht aufhören würde, bis die Garnindustrie bankrott sei.

Als Emmas Vater starb, musste das Haus verkauft werden. In der kleinen Wohnung, die sie danach bezogen, war kein Platz für alle Bilder. Ihre Mutter verkaufte die meisten Gobelins auf dem Trödelmarkt und hörte auf, zu sticken. Vielleicht auch aus dem Grund, weil Emmas Vater die Bilder nicht mehr aufhängen würde. Zwei Jahre nach dem Tod von Emmas Vaters traf ihre Mutter den Tischler Ernst wieder, den sie aus ihrer Jugendzeit kannte. Die beiden waren im selben Dorf aufgewachsen. Ernst war gerade Witwer geworden, seine Ehe war kinderlos geblieben. Emmas Mutter war erst Mitte dreißig, eine Witwe mit einem Kind, die gerade so über die Runden kam. Er war ein gut situierter Mann, der einen Tischlereibetrieb besaß und in einer Villa lebte. Und er wollte sie heiraten, ihrer Tochter ein neues Zuhause geben. Auf eine bessere Partie hätte ihre Mutter nicht hoffen können.

Eine Szene, an die sich Emma ungern erinnerte, die sich aber bei ihr eingeprägt hatte, fiel ihr wieder ein. Ihr Stiefvater stand am Tag seiner Hochzeit gemeinsam mit Emma im Freien, sie warteten darauf, dass ihre Mutter im Hochzeitskleid aus dem Haus kam. Der zukünftige Mann ihrer Mutter streichelte Emmas üppige Locken und flüsterte: „Wenn ich zwanzig Jahre jünger wäre und du zehn Jahre älter wärst, würde ich dich heiraten", und zwinkerte ihr zu. Emma lachte verlegen und entzog sich seiner Berührung. Aber sie spürte intuitiv, dass diese Worte nicht angebracht waren. Sie war froh, als sich andere Hochzeitsgäste zu ihrem Stiefvater gesellten. Sie hatte mit niemandem darüber gesprochen und dieses Erlebnis für sich behalten – so wie vieles andere auch.

Gedankenverloren strich Emma über das bunt bestickte Motiv. Sie drehte die Schachtel um, dort stand: Made in China. Was konnte man für 7,95 Euro denn anderes erwarten? Aber sie war sich sicher, dass ihrer Mutter das Blumenmotiv gefallen würde. Emma hoffte, dass das Geschenk sie vielleicht an die glückliche Zeit mit ihrem ersten Mann erinnern würde.

Marie schlenderte durch das italienische Dessousgeschäft. Sie strich über ein Negligé aus Seide und bewunderte das edle Design. Sie hatte beschlossen, etwas Verführerisches zu kaufen, denn sie wollte Johannes wieder nach Hause locken. Je mehr sie darüber nachdachte, umso weniger konnte sie sich ein Leben ohne ihn vorstellen. Er musste einfach wieder zu ihr zurückkehren!

„Kann ich Ihnen helfen?" Eine hübsche junge Verkäuferin war an Marie herangetreten. Sie trug einen engen schwarzen Rock und eine weiße tief ausgeschnittene Bluse, die ihren straffen Busen perfekt zur Geltung brachte.

„Danke, ich weiß noch nicht, was ich möchte." Marie blickte unschlüssig über die große Auswahl an Wäsche.

„Suchen Sie etwas für einen bestimmten Anlass?" Die Verkäuferin lächelte.

„Nein, nein", antwortete Marie etwas zu hastig.

„Bitte sehen Sie sich in Ruhe um und sagen Sie Bescheid, wenn ich Ihnen helfen darf." Mit einem aufmunternden Nicken entfernte sich die Verkäuferin, um Strümpfe auf einem Tisch zu sortieren.

Eine angenehme Verkäuferin, fand Marie. Sie konnte es nicht ausstehen, wenn sie in einem Geschäft vom Personal belagert wurde.

Marie trug immer hochwertige, aber zweckmäßige Wäsche. Vielleicht sollte sie etwas Transparentes kaufen, so wie Sandra? Beide Schwestern hatten eine sportliche Figur: schmale Hüften, schlanke Beine und kleine Brüste. Marie war jedoch größer als Sandra. Marie konnte alles tragen. Sie wusste, dass sie eine Modelfigur hatte, sie tat auch viel dafür. Sie machte drei Mal in der Woche Fitnesstraining, achtete auf ihre Ernährung und aß abends normalerweise nichts. Wenn Marie an den Alkoholkonsum dachte, der sich dieses Wochenende wahrscheinlich noch steigern würde, würde sie in der nächsten Woche eine strenge Diät einhalten müssen. Sie betrachtete ein cognacfarbenes Höschen-BH-Set aus transparenter Spitze. Marie nahm das aufreizende Ensemble in die Hand und stellte sich vor, was Johannes dazu sagen würde. Oder würde ihm etwas Schwarzes besser gefallen? Sie fand diese Farbe eher vulgär. Johannes wäre wahrscheinlich alles recht, weil er sie noch nie in einer so verführerischen Wäsche gesehen hatte.

„Dazu hätten wir auch passende Strumpfhalter." Die Verkäuferin war wieder herangetreten und präsentierte ein zartes Modell mit kleinen Satinschleifen. Marie fühlte sich für einen Augenblick ertappt und räusperte sich verlegen. Dann nickte sie anerkennend: „Oh, ja, das ist sehr schön! Das Ensemble möchte ich anprobieren." *Wenn nicht jetzt – wann dann? Zeit für was Neues,* motivierte sie sich.

„Gerne! Welche Größe darf ich Ihnen heraussuchen?"

Lilli sah sich in dem Spielwarengeschäft um. Vielleicht fand sie etwas Neues für ihre Barbie-Sammlung. Obwohl sie viel online erstand, gab es nichts Schöneres für Lilli, als in einem Fachgeschäft zu stöbern und das eine oder andere in die Hand zu nehmen.

Der Laden hatte eine große Auswahl an Barbie-Bekleidung. Lilli durchsuchte das Ballkleidersortiment und entdeckte darunter ein Brautkleid. An einem schulterfreien Silbertop war ein pompöser Volantrock mit Glitzersteinen angebracht. Dazu gab es einen ausladenden weißen Hut aus Tüll. *Wie reizend!* Sie besaß bereits fünf Brautkleider, aber dieses hier fehlte in ihrer Sammlung. Ihre Barbie Teresa würde darin umwerfend aussehen! Lilli freute sich schon darauf, die ganze Hochzeitsgesellschaft einzukleiden. Ihre Mutter hatte einmal gespottet: „Lilli! Willst du nicht selbst mal heiraten, anstatt ständig mit deinen Puppen Hochzeit zu spielen?"

„Würdest du noch einmal heiraten?", hatte Lilli, zynischer als beabsichtigt, erwidert. Ihre Mutter war zusammengezuckt. Dann sagte sie schlicht: „Ich habe deinen Vater geliebt!" Das war das Netteste gewesen, was sie seit Langem über Lillis Vater gesagt hatte.

Ihre Mutter kritisierte oft, dass sie so viel Geld für ihre ‚Spielereien' ausgab. Doch Lilli ließ sich von ihrer Barbie-Leidenschaft nicht abbringen. Sie musste keine Miete bezahlen und kam mit ihrem Verdienst gut zurecht. Obwohl Lilli keinen lukrativen Job hatte, konnte sie Geld für Dinge ausgeben, die sie glücklich machten: Kleidung, Barbies und Ausgehen.

Melanie streifte durch ein Sportbekleidungsgeschäft. An einem Kleiderständer hingen Markenshirts im Abverkauf. *Perfekt!* Sie schnappte sich ein blaues Shirt in XL für Jakob und eines in der Größe L für ihren dreizehnjährigen Sohn Max. Oder sollte sie beide Shirts in XL nehmen? Max trug gerne übergroße Kleidung, wie es bei Jugendlichen derzeit modern war. Melanie musste sich oft beherrschen, um die Schlabberhosen ihres Sohnes nicht mit einem Ruck nach oben zu ziehen, wenn er sie halb über sein Gesäß rutschen ließ. Sie überlegte kurz, dann nahm sie das zweite Shirt auch in Größe XL. Falls es Max zu groß war, konnte sie es selbst anziehen. Herrenshirts standen ihr sowieso besser, sie hatten wenigstens die richtige Länge!

Nach dem Bezahlen begab sich Melanie in eine Parfümerie. Sie ging ungern einkaufen. *Von mir haben sie das nicht,* war sich Melanie sicher, als sie sich ihre achtzehn- und zwanzigjährige Töchter vorstellte, die ganze Tage beim Shoppen verbrachten. Sie griff nach zwei kleinen Parfumflakons und eilte zur Kasse. Danach stand sie unschlüssig im weitläufigen Eingangsbereich des Kaufhauses herum und blickte in die vorbeiströmenden Gesichter. Die meisten Besucher machten einen gehetzten oder gelangweilten Eindruck. *Shopping kann nicht glücklich machen,* war sie überzeugt.

Melanie empfand kein Bedürfnis, im Gebäude zu warten, bis ihre Freundinnen fertig waren. Sie trat ins Freie und sog die frische Luft tief in ihre Lungen. Die Regenwolken hatten sich verzogen, stattdessen zogen ein paar Schäfchenwolken über den blauen Himmel. Menschenmassen strömten den Jungfernstieg entlang, während auf der Binnenalster ein paar Bootsbesitzer ihre ‚große Freiheit' genossen.

Als Melanie ans Ufer schlenderte, hörte sie Gitarrenklänge. Sie gesellte sich zu den Schaulustigen, die sich um einen Straßenkünstler scharten. Ein junger bärtiger Mann mit langen Haaren und speckiger

Kleidung zupfte auf einer ramponierten Gitarre. Sein Gitarrenspiel war großartig! Mit geschlossenen Augen und entrücktem Gesichtsausdruck spielte er *Hotel California.* Melanie lauschte versunken der Melodie. Sie schloss ebenfalls ihre Augen, während sie im Takt mitwippte und das Gesicht in die Sonne hielt. Erst als das Handy in ihrer Tasche vibrierte, bemerkte Melanie die Tränen, die über ihre Wangen rollten.

„Ja!", sie wischte über ihr feuchtes Gesicht.

„Was heißt hier – Ja? Wo bist du?", brüllte Lilli zurück.

„Na, wo denn? In Hamburg!", konterte Melanie dankbar, weil Lilli mit ihrem Anruf ihre Traurigkeit verscheuchte.

„Ha, ha, ha … du warst schon witziger", meinte ihre Freundin, obwohl sie lachte.

„Ich bin hier, hier am Jungfernstieg!" Melanie winkte über die Menschenmenge hinweg in Richtung des Kaufhauses. „Hier ist ein Straßenmusiker, der super Gitarre spielt!"

„Ja! Ich sehe dich!" rief Lilli. „Wir kommen!"

Bepackt mit Einkaufstüten liefen die Freundinnen den Gitarrenklängen entgegen.

„Hört sich nicht schlecht an." Lilli schob sich, dicht gefolgt von Emma, durch die Menge nach vorne. „Hey!" Lilli zupfte an Melanies Ärmel. „Das klingt ja wirklich gut!" Sie schaute an ihrer Freundin vorbei auf den Gitarrenspieler, der auf einem grünen Seesack saß. „Sein Können sieht man ihm nicht an", meinte Lilli, auch Emma hörte beeindruckt zu.

„Wo ist Marie?" Melanie blickte suchend umher. Sie entdeckte Marie am Ufer der Binnenalster. „Jetzt steht sie schon wieder am Wasser", sagte Lilli augenrollend. Sie erntete einen rügenden Blick von Emma, die sich sogleich aus der Menge schob und in Richtung Marie lief.

Melanie und Lilli lauschten weiter den Gitarrenkünsten des Straßenmusikers, bis er zu einem grandiosen Finale anhob und sich mit einer Verbeugung für die Spenden bedankte. Melanie, die großzügig einen Zehneuroschein in die Mütze fallen ließ, erntete ein extra Lächeln. „Seit wann spielst du?", fragte sie den jungen Mann.

„Schon immer", antwortete er in gebrochenem Deutsch. „Kann nix anderes." Er grinste Melanie an.

„Du könntest als Profimusiker arbeiten“, riet ihm Melanie.

„Bin doch Profi! Schau!“ Der Musiker breitete seine Arme aus und deutete auf die sich zerstreuende Menge. Als Melanie den entspannt-glasigen Ausdruck in seinen Augen sah, sagte sie nichts mehr.

„Tja, mit einem Tütchen kann man es sich auch fein machen“, murmelte Lilli wissend in Melanies Ohr.

„Halt die Klappe!“, zischte Melanie, obwohl sie dasselbe gedacht hatte.

Falls der junge Mann etwas von ihrem Getuschel mitbekam, ließ er es sich nicht anmerken. Lilli spendete zwei Euro, dann zog sie Melanie mit sich fort. „Komm, gehen wir zu Marie.“

„Ja, und dann müssen wir zuerst was trinken!“ Melanie ließ an ihrer Entschlossenheit keinen Zweifel.

Schwanengesang I

In einem kleinen Café unter den Alsterarkaden begutachteten die Freundinnen ihre Shoppingausbeute. Marie wollte ihren Wäschekauf zuerst nicht herzeigen, doch Lilli zerrte gnadenlos an der eleganten Papiertüte mit dem Aufdruck: Belladonna-Lingerie.

„Los! Raus damit!", befahl sie.

„Jaaa … hier …" Marie gab sich geschlagen und präsentierte ihr Reizwäsche-Ensemble. Sie erntete entzückten Beifall, stopfte ihren Einkauf jedoch hastig wieder in die Tüte, als sie die neugierigen Blicke der Gäste am Nebentisch bemerkte.

„Da will wohl jemand in die Offensive gehen!", sagte Lilli. Sie bereute ihre taktlosen Worte aber umgehend. „Ich meine, du wirst sicher wunderschön darin aussehen", versuchte sie ihren Fauxpas auszumerzen.

„Das weiß ich!" Marie schlug ihre Beine übereinander und würdigte Lilli keines Blickes.

„Ich könnte so was nie tragen." Emma schaute wehmütig auf die Dessoustüte.

„Du bist nicht die Einzige." Melanie leerte ihr Glas mit Weißweinschorle und winkte dem Kellner. „Ich würde aussehen wie eine Dragqueen."

„Hier tun sich ja ungeahnte Karrieremöglichkeiten für dich auf", grinste Lilli.

Doch Melanie war inzwischen mit einer weiteren Getränkebestellung beschäftigt und verzichtete auf eine Erwiderung.

„Sollten wir nicht langsam zum Hotel fahren und proben?" Marie hatte genug – vom Alkohol, vom Shopping und von Lillis verzichtbaren Kommentaren.

„Jetzt hetz doch nicht so, Marie! Wir haben noch Zeit." Melanie nahm einen ordentlichen Schluck von ihrem zweiten Getränk.

„Stimmt, wir sollten das Proben nicht vergessen", erklärte sich Emma mit Marie solidarisch. Lilli nickte zustimmend.

„Das wird niemand vergessen, Emma!" Melanie blickte ärgerlich auf ihre Freundinnen. „Warum seid ihr auf einmal so ungemütlich?"

„Wir sind nicht ungemütlich! Aber in unserem Alter braucht man gelegentlich Erholung zwischendurch." Lilli zwinkerte Melanie zu.

„Ja, du alte Frau!", konterte Melanie und trank ihr Glas mit einem Zug leer. „Also dann! Auf geht's, Mädels!"

Nachdem sie mit Mr. Fu Chang gesprochen hatten – er versicherte ihnen, dass es kein Problem sei, wenn um diese Zeit A-cappella-Gesänge aus ihrem Hotelzimmer zu hören waren, und dass er benachbarte Gäste informieren würde – versuchte Melanie, Sandra, die noch nicht von ihrem Date mit Dimitri zurück war, zu erreichen.

„Hab nichts anderes erwartet!", schimpfte Melanie mit ihrem schuldlosen Handy, aus dem nur ein „Tut … Tut" zu hören war.

„Sie wird schon noch auftauchen", verteidigte Emma ihre abwesende Freundin, was von Lilli mit einem Augenrollen quittiert wurde.

„Dann singen wir ohne sie." Marie schürzte ungeduldig ihre Lippen.

Da ihnen nichts anders übrig blieb, stellten sie sich auf und sangen nach ein paar Stimmübungen ihr Repertoire durch.

„Emma, sing nicht: Just the way you aaare – du darfst den Ton nicht so lang halten, und Lilli, wie oft soll ich dir noch sagen, dass du nicht brüllen musst? Du bist laut genug!" Nach ein paar Korrekturen war Melanie endlich zufrieden. „Gut, damit können wir gewinnen!", meinte sie zuversichtlich.

Eine Stunde später waren die Frauen ausgehbereit. Emma trug einen engen dunklen Rock und eine luftige Chiffonbluse, durch die ihr schwarzer BH durchschimmerte. Die rotblonden Haare hatte sie locker hochgesteckt. Ein paar vorwitzige Locken umrahmten ihr Gesicht mit den blauen Augen und den Wangengrübchen.

„Wow, Emma, du siehst sehr sexy aus!", bewunderte Lilli ihre Freundin.

„Meinst du nicht, dass man meinen Bauch sieht?" Emma saß auf dem Sofa und versuchte, über ihre Brust hinab die Rundung um ihre Körpermitte zu sehen.

„Glaub mir, Emma, kein Mann wird auf etwas anderes als deinen Busen schauen!", war sich Lilli sicher. Emma strahlte dankbar.

„Melanie, bist du endlich fertig?" Lilli pochte an die Badezimmertür, hinter der sich Melanie seit einer Viertelstunde verschanzt hatte.

„Jaaa, ich komm gleich!", dröhnte es lautstark heraus.

„Was dauert denn so lange? Soll ich dir helfen?" Lilli war wie immer die Schnellste. Sie hatte sich stilsicher in eine glänzende khakifarbene Hose und ein raffiniertes schwarzes Oberteil ohne Ärmel gehüllt. Dazu trug sie einen auffallenden Armreif, goldene Creolen baumelten unter ihren geglätteten Haaren hervor.

Die Tür wurde aufgerissen und Melanie stapfte aus dem Bad: „Wir haben noch genug Zeit!", beschwerte sie sich bei Lilli. „Es sind nicht alle mit idealem Aussehen gesegnet!"

„Wie kommst du auf so einen Blödsinn?" Lilli musterte ihre Freundin von Kopf bis Fuß. „Du siehst großartig aus!"

„Meinst du wirklich?" Melanie blickte zweifelnd auf ihre schwarze schmale Hose und die rotgemusterte Tunika mit dem tiefen Ausschnitt. Am Hals trug sie eine große Statement-Kette, ihr kurzer Bob fiel ihr locker ins Gesicht.

„Ja, glaubs mir! Verwende noch eine intensivere Farbe für deine Lippen." Lilli kramte in ihrer Handtasche und hielt Melanie einen leuchtendroten Lippenstift hin. „Mach schon!", befahl sie. „Das wird das Tüpfelchen auf dem ‚i'." Melanie folgte Lillis Befehl und betrachtete sich danach kritisch im Spiegel. Sie fand, sie sah ganz passabel aus. Dann wandte sie sich an Emma: „Und Marie will wirklich nicht mit?"

„Nein!", versicherte Emma. „Ich wollte sie nochmals überreden, aber sie hat gesagt, dass sie ein wenig Zeit für sich braucht."

„So hab ich mir unsere Reise nicht vorgestellt." Melanie verzog enttäuscht ihre Mundwinkel. „Marie hockt allein im Hotelzimmer und Sandra vergnügt sich irgendwo mit einem russischen Matrosen!"

„Sind alle erwachsen", stellte Lilli klar, „auf geht's!"

Der übliche Slalom auf dem Gehsteig wurde durch eine erhöhte Kundenfrequenz erschwert. Denn außer den Prostituierten waren etliche Freier auf dem Weg. Die Freundinnen mussten oftmals auf die Straße ausweichen, weil der Weg von den angriffslustig blickenden Damen des leichten Gewerbes blockiert wurde.

„Hey! Was soll das? Wir haben nicht vor, euch Konkurrenz zu machen!“, schimpfte Lilli, als eine stämmige Frau im roten Minirock sie anrempelte.

„Verzieh dich, du Schnalle!“, zischte die Prostituierte und machte einen drohenden Schritt auf sie zu. Für einen Augenblick blieb Lilli aufgestachelt stehen, doch Melanie schubste sie unsanft weiter.

„Sorry“, murmelte Melanie in Richtung der Bordsteinschwalbe, während Emma den beiden eingeschüchtert folgte. „Was ist los mit dir?“, schnauzte sie, nachdem sie ein paar Meter weitergelaufen waren und versetzte Lilli einen Ellbogenstoß.

„Aua!“ Lilli rieb sich empört die Rippen. „Warum …?“

„Ich bin nicht dein Bodyguard! Nur für den Fall, dass du glaubst, Mellie-Tower würde dich verteidigen!“, polterte Melanie.

„Ich habe nie so was von dir erwartet!“, beschwerte sich Lilli.

„Was bleibt mir den anderes übrig, wenn du Dumpfbacke deinen Mund nicht halten kannst!“, schimpfte Melanie.

„Nenn mich nicht Dumpfbacke!“, rief Lilli aufgebracht und stemmte ihre Hände in die Hüften. Wie zwei Kampfhühner starrten sie einander an. Emma stand hilflos daneben. Sie senkte beschämt den Kopf, weil die Prostituierten in Hörweite mit schadenfrohen Blicken den streitenden Frauen zusahen. Also stellte sich Emma tapfer zwischen ihre beiden Freundinnen: „Hey! *Give Peace a Chance*!“ Es dauerte eine Weile, bis die Codeworte zu Melanie und Lilli vordrangen. Als wache sie aus einem Albtraum auf, schüttelte Melanie ihren Kopf und blickte sich beschämt um. Lilli schien es ähnlich zu ergehen. Sie stieß einen Stoßseufzer aus, dann blickte sie reumütig auf ihre große Freundin.

„Tut mir leid, Melanie! Ich hab mich treiben lassen.“ Lilli zog eine bedauernde Schnute.

„So wie immer!“, betonte Melanie ungnädig. Doch sie schob ihre Freundin sanft weiter. Emma atmete erleichtert durch und hakte sich zwischen den beiden ein. Das umstehende Publikum wandte sich enttäuscht wieder ab, als das Trio kichernd in Richtung U-Bahn entschwand.

Jens erwartete sie beim Ausgang der U-Bahn-Station St. Pauli. „Was für eine Augenweide du bist!“, raunte er Melanie zu. Lilli und Sandra schenkte er ein beiläufiges Nicken. „Aber wenn ich mich nicht täusche, wart ihr vorher zu fünft?“

„Nein, da irrst du dich nicht!“, erklärte Melanie, „Marie will einen langweiligen Abend im Hotelzimmer verbringen. Und wir können froh sein, wenn Sandra nicht schon auf dem Weg nach Weißrussland ist.“ Jens sah sie verständnislos an, deshalb fügte Melanie hinzu: „Sie ist mit Dimitri unterwegs.“

„Hoffentlich weiß das Mädel, was es tut!“, meinte Jens.

„Das Mädel ist über vierzig und unbelehrbar.“ Melanie zuckte mit den Schultern.

„Nun, das soll uns nicht den Abend verderben!“ Jens schob seinen Arm bei Melanie unter, die sich das widerstandslos gefallen ließ. „Wir müssen über die Straße! Treffpunkt ist vor dem Wonnepool“, rief er.

Lilli kicherte: „Wie bitte?“

„Vor dem Wonnepool!“, wiederholte Jens und drückte Melanies Arm fester an sich. Eine Hitzewelle breitete sich in Melanie aus, sie ließ sich die Haare vor ihr Gesicht fallen. „Das ist ein Etablissement für Singles und Paare, mit Sauna und Whirlpool. Dort kann man sich nach Lust und Laune gegenseitig verwöhnen!“, klärte Jens seine Begleitung auf. Er legte seinen Arm um Melanie. Er konnte das machen, ohne seine Schulter heben zu müssen, und drückte sie eng an sich, sodass ihr Busen an seine harte Brust gequetscht wurde. Einen Augenblick lang überlegte Melanie, sich zu befreien. Doch sie hatte sich selten in ihrem Leben so gefühlt – klein und beschützt.

„Ist das ein Swingerklub?“, hörte Melanie Lilli fragen.

„Ja, so in der Art, ist noch ganz neu! Es ist aber auch professionelles Personal da und man kann hier übernachten. Wie gesagt: nach Lust und Laune!“, erklärte Jens und grinste Melanie unverschämt an.

Emma starrte mit offenem Mund auf das rot beleuchtete Gebäude. Lilli schubste ihre Freundin mit einem selbstzufriedenen Grinsen: „Ich habe es ja gesagt, wir werden noch einiges zu sehen bekommen.“

Emma wurde von einer Antwort enthoben, da Jens auf eine Gruppe deutete, die sich vor dem Wonnepool versammelt hatte: „Ich sehe Riesen-Lars – das ist unser Tourguide!“ Er steuerte auf die bunt zusammengewürfelte Ansammlung zu, die aus etwa einem Duzend Personen bestand und rief dröhnend: „Hallo, Riesen-Lars!“

„Hey, Jens!“ Ein riesiger Mann mit rotblonden Haaren hob winkend seinen Arm. „Na, da hast du aber ’nen reizenden Harem dabei!“, brüllte er, sämtliche Köpfe drehten sich zu den Neuankömmlingen um.

Lilli reckte trotzig ihr Kinn und funkelte den riesigen Lars an: „Sie meinen wohl unseren Bodyguard Jens!“

„Sicher, meine scharfzüngige Schöne“, beschwichtigte Riesen-Lars.

Melanie hatte sich aus Jens Umarmung gelöst, sie blickte finster auf den Tourguide. Was quasselte dieser Idiot bloß? *Ich bin schließlich verheiratet,* fiel Melanie ein, obwohl sie gleichzeitig versuchte, diese Tatsache zu ignorieren.

Emma musterte den Hünen verstohlen, doch Riesen-Lars zwinkerte ihr wissend zu. Und er blickte schamlos auf ihren aufreizend verhüllten Busen, der aus der offenen Jacke ragte. Emma senkte verlegen den Blick, aber tief in ihr kribbelte etwas wohlig.

„Nun denn, meine Herrschaften, starten wir! Also hier sind wir mitten auf der Reeperbahn und …“ Während Riesen-Lars seine Gruppe informierte, blickte Emma versonnen auf den Wonnepool. Sie stellte sich vor, wie es drinnen aussah und was sich dort gerade abspielte.

Emma war kein unbedarftes Pflänzchen, auch wenn ihre Freundinnen sie gerne so hinstellten. Aber mit Männern hatte sie wenig Erfahrung.

Ihr Stiefvater hatte ihr nicht erlaubt, auszugehen, bis sie achtzehn war. Und Emma hatte erst mit zwanzig ihre Jungfräulichkeit verloren – auf einer Party in einem Gartenhäuschen, das von Robert, so hieß ihr Erster, aufgebrochen worden war. Doch Emma hatte sich nicht hingegeben, weil sie unbedingt Lust darauf gehabt hatte, sondern weil sie endlich ihre Unschuld verlieren wollte. Die Männer, mit denen sie danach ausging, wurden meist von ihrem dominanten Stiefvater vergrault, für den keiner gut genug für ‚seine‘ Emma zu sein schien.

Als sie Micha kennenlernte, glaubte Emma, er sei der Mann fürs Leben. Micha kam aus dem Osten von Deutschland, war als Wandergeselle unterwegs und arbeitete als Tischler im Betrieb ihres Stiefvaters. Sie trafen sich heimlich, da Emma wusste, dass ihr Stiefvater die Beziehung zu einem Angestellten nicht geduldet hätte. Als ihr Stiefvater sie beim Küssen ertappte, warf er Micha raus und drohte Emma, die andeutete, mit ihm fortgehen zu wollen, dass sie nicht mehr zurückkommen müsse, falls die Beziehung mit Micha scheitern würde.

„Wir leben in einem sicheren Hafen!", hatte ihre Mutter eindringlich auf Emma eingeredet, als sie sich weinend Rat holen wollte. „Dein Stiefvater hat uns aufgenommen und wir haben alles, was wir brauchen. Uns geht es gut! Du kennst Micha doch viel zu wenig und weißt nicht, was dich erwartet, wenn du mit ihm fortgehst."

Emma trennte sich von Micha. Doch seine letzten Worte vergaß sie nie: „Du solltest dich abnabeln! Werde endlich erwachsen und lebe dein eigenes Leben!" Aber Emma hatte zu viel Angst davor. Irgendwann gab sie es auf, sich mit Männern zu treffen, weil sie die Missbilligung ihres Stiefvaters und die stumme Furcht ihrer Mutter nicht ertragen konnte.

Dann erkrankte ihre Mutter an Demenz, Emmas freie Zeit schrumpfte. Ihr Stiefvater stellte eine neue Hilfe für das Büro ein und Emma übernahm auf seinen Wunsch hin die Betreuung und Pflege ihrer Mutter. Vor ein paar Jahren verstarb ihr Stiefvater. Von dem Erlös der verkauften Tischlerei und mit dem Pflegegeld konnten beide leben. Aber Emma war gebunden. Sie lebte in einem antiken Käfig und versuchte, die Geister der Vergangenheit zu verscheuchen.

„Emma! Wo bleibst du?"

Lillis Rufe weckten Emma aus ihrer Zeitreise. Sie verharrte noch vor dem Wonnepool, die Gruppe war inzwischen weitergelaufen. „Ich komm schon." Sie hastete den anderen hinterher.

Riesen-Lars grinste ihr anzüglich entgegen: „Na, meine Schöne? Ich garantier es – heute wird es noch heißer!" Emma errötete zum x-ten Mal, bevor Lilli schützend den Arm um ihre Freundin legte und Riesen-Lars mit einem bösen Blick strafte. Dieser nuschelte etwas, das klang wie: „Medusenblick." Aber Lilli blieb bewusst still. Sie hatte noch die peinliche Situation auf dem Gehsteig vor Augen und wollte Melanie, die scheinbar an Jens Arm angeklebt war, nicht den Abend verderben.

Riesen-Lars erzählte Geschichten von Bierflaschen werfenden Bordsteinrivalinnen und Messerstechereien zwischen konkurrierenden Zuhältern. Er zeigte ihnen die Schauplätze und ließ eine Schnapsflasche kreisen, aus der trinken konnte, wer wollte.

Lilli ließ die Flasche vorübergehen, da sie Fieberblasen bekam, wenn sie sich vor etwas ekelte. Melanie, die gerne eingekehrt wäre, nahm einen kräftigen Schluck, während Jens ihr beeindruckt den Rücken tätschelte. Emma grauste es vor Schnaps, aber sie nippte tapfer an der Flasche und verzog schaudernd ihr Gesicht.

„So, meine Herrschaften! Jetzt geht's ans Eingemachte!", klärte Riesen-Lars seine Reeperbahn-Schäfchen auf, als sie vor einer Holzwand zu stehen kamen. „Wir müssen uns jetzt aufteilen! Hinter dieser Wand ist die Herbertstraße, die ist für Frauen tabu!", verkündete er dröhnend. „Ich habe folgenden Vorschlag: die Damen kommen mit mir. Wir werden einen spannenden Klub besichtigen, dort etwas trinken und sicher Spaß haben. Die Männer gehen allein durch die Herbertstraße. Wir treffen uns in einer Stunde am hinteren Ende der Straße wieder."

Ein paar Männer, die einheitliche Jacken mit dem Aufdruck: Kegelbrüder Alberthausen trugen, schubsten sich gegenseitig grinsend. Bei den anwesenden Paaren gab es Getuschel und Diskussionen. Eine junge Frau zankte mit ihrem Partner, weil sie nicht einsehen wollte, warum man für die kurze Strecke eine Stunde benötigte.

„Jetzt ist Toleranz angesagt, meine Damen! Gönnt euren Männern doch mal was! Ein bisschen Appetit für die Nacht holen, gegessen wird dann zu Hause!", bellte Riesen-Lars in die Runde.

Lilli war neugierig, sie hörte nicht, was Riesen-Lars sonst noch erzählte. Sie fand es eigenartig, dass sie nicht hinter die Holzwand gehen durfte. So schlenderte sie langsam zu dem schmalen Durchgang, hinter dem sich die Straße verbarg und schaute hindurch. Wumm! Mit einem kräftigen Stoß, begleitet von unflätigen Worten, wurde Lilli von einer aufreizend gekleideten Frau mit exotischem Aussehen zurück hinter die Wand befördert. Sie war erschrocken und sprachlos – was zusammen selten vorkam. Die Umstehenden sahen sie teils belustigt, teils mitfühlend an.

„Was habe ich gesagt? Kein Zutritt für Frauen!“, rief Riesen-Lars der erbleichten Lilli zu.

„Das ist ja gemeingefährlich“, brachte Lilli über ihre Lippen. Doch Riesen-Lars ignorierte sie. Stattdessen bearbeitete er die unschlüssigen Männer: „Man kann doch was trinken in der Herbertstraße! Ist nicht verboten! Oder wollt ihr brav mit euren Frauen mittrotten?“

Riesen-Lars wusste, wie man Männer im wahrsten Sinn des Wortes bei den Eiern packte. Nach ein paar gemurmelten Schwüren trennte sich die Gruppe nach Geschlechtern auf. Jens schenkte der verdutzten Melanie ein schnelles Küsschen auf die Wange, bevor er ebenfalls hinter der Holzwand verschwand. Riesen-Lars blieb als einziger Mann bei den Frauen. „Ich muss meine Mädels doch beschützen!“, und er klopfte sich lachend mit der Faust auf die Brust: „Mir nach, meine Schönen!“

Die weibliche Karawane trottete hinter Riesen-Lars das Trottoir entlang. Lilli hatte sich von ihrem Schreck wieder erholt und zwickte Melanie in den Arm: „Na, du! Sind wir jetzt schon beim Küssen angelangt?“

Doch Melanie antwortete nur verächtlich: „Also, Lilli, ein harmloses Wangenbussi ist kein Küssen!“

„Ja, aber ein Anfang“, lästerte Lilli weiter.

„Ich weiß selbst, dass ich verheiratet bin!“, stellte Melanie klar, falls Lilli ihr deswegen auf die Nerven ging.

„Ich will dir keine Vorhaltungen machen und …“, verteidigte sich Lilli. Was sie sonst noch sagen wollte, ging in Riesen-Lars lautstarker Ankündigung unter: „So, da wären wir!“ Er deutete auf ein Gebäude, welches auf der anderen Seite der schmalen Gasse stand und seine Verputzschäden unter einem blutroten Anstrich tarnte. Die Fenster waren mit undurchdringlichen Gardinen verhangen, der Eingang von schwarz bemaltem Stuck umrahmt. Auf der dunklen Eingangstür prangte ein Griff aus Metall, der offensichtlich einen erigierten Penis darstellen sollte. Über dem Türstock hing ein Schild, auf dem: Zur Folterlust stand. Ein Raunen ging durch Riesen-Lars’ Gefolge. Einige der anwesenden Frauen kicherten, als sie den frivolen Türgriff sahen. Ein paar andere riefen „Wäää“ oder „Uiii“. Riesen-Lars war sichtlich stolz auf die Reaktionen seiner weiblichen Gruppe. Er schritt mit einem dröhnenden „Moin Moin!“ in das Gebäude voran.

Drinnen herrschte eine düstere Atmosphäre. Es war so dunkel, dass Emma auf Melanie prallte, weil diese plötzlich stehen geblieben war.

„Entschuldige, Melanie!“ Emma rieb sich die schmerzende Nase.

„Nichts passiert. Aber hier ist es dunkel wie in einer Höhle“, stellte Melanie fest.

„Eher wie in einer Hölle“, bemerkte Lilli schaudernd.

Langsam gewöhnten sich ihre Augen an die spärliche Beleuchtung und sie sahen auf der linken Seite eine Theke mit Hockern. Dahinter stand eine Barfrau mit hellblondem Haar. Sie trug eine schwarze Nietenkorsage, die ihren Busen so weit nach oben drückte, dass er jeden Moment herauszuspringen drohte. Sie lächelte den Neuankömmlingen einladend entgegen wie eine Marktverkäuferin hinter dem Gemüsestand. „Herzlich willkommen, meine Damen! Was darf es sein?“

„Sie können zuerst etwas trinken und dann eine Besichtigung machen oder umgekehrt. Wie Sie wollen!“, klärte Riesen-Lars die murmelnde Frauengruppe auf. Denn erst jetzt konnte man weitere Details des Etablissements erkennen, die für einigen Gesprächsstoff sorgten.

Lilli schubste Melanie und deutete auf einen riesigen Käfig, der in der Mitte des hohen Raumes von der Decke hing und knapp über dem Boden baumelte. Im Käfig waren Ledergurte angebracht. An den Wänden hingen düstere Gemälde, auf denen Männer und Frauen zu sehen waren, die sich bei Fesselspielen lustvoll quälten. In einer Ecke lehnte ein hochgestellter, mit rotem Lackleder ausgelegter Sarg, der ebenfalls mit Arm- und Fußfesseln versehen war. Ganz hinten im Raum befand sich eine schmale Treppe, die nach oben führte. Am Treppengeländer waren Ketten und Handschellen befestigt.

„Halleluja, das ist eine Bude!“, raunte Lilli in Melanies Ohr.

„Meinst du, der wird auch benutzt?“, fragte Melanie leise und deutete sich gruselnd auf den Sarg. Leider sprach sie nicht leise genug. Denn Riesen-Lars stand grinsend hinter den beiden. „Darauf könnt ihr wetten! Oben gibt’s noch mehr zu sehen! Das hier ist ein Sadomasoklub! Während der Führungen sind keine praktizierenden Kunden da. Später jedoch …" Er schaute zu Emma, die irgendwie benommen wirkte.

„Wir werden uns allein umsehen!", sagte Lilli selbstbewusst und stellte sich neben Emma.

„Aber sicher! Wie Sie wollen, schöne Frau!" Riesen-Lars zuckte mit den Schultern. Er trat an die Theke, um sich mit der Barfrau zu unterhalten.

Einige aus der Gruppe waren bereits im oberen Stockwerk. Von dort hörte man Gekicher und erstaunte Ausrufe. Melanie, Lilli und Emma stiegen ebenfalls über die recht schmale steile Treppe nach oben.

„Genau richtig, um sich den Hals zu brechen!", kritisierte Lilli naserümpfend.

„Ich könnte nicht runterfallen, ist kein Platz dafür!", war sich Melanie sicher.

Doch die Einzige, der die Treppe wirklich hätte gefährlich werden können, war Emma. Sie drehte ständig den Kopf in alle Richtungen und hatte kein Auge für ihre Füße. Emma wusste nicht, ob sie angewidert oder fasziniert sein sollte. Oben angekommen bewegte sie sich hinter den anderen durch die verschiedenen Räume.

Melanie und Lilli zogen plaudernd weiter, doch Emma verharrte in einem Zimmer, in dem ein großes Metallbett stand. Auf einer schwarzen Kommode lagen neben riesigen Dildos Gegenstände, bei denen sie keine Vorstellung davon hatte, was man damit tun könnte. An einer Wand hingen Peitschen und Ledergurte, die mit verschiedenen großen Metalldornen besetzt waren. Ein Teil in Emma war entsetzt, aber ein anderer Teil war erregt, was Emma noch mehr verunsicherte. Sie stellte sich vor, wie sie auf dem Bett lag und wartete … Doch worauf? Ein heftiges Verlangen durchströmte Emma. Beschämt verließ sie den Raum – das hier war abartig! *Ich bin doch nicht pervers?*

Lautes Gekreische ihrer Freundinnen führte Emma in den nächsten Raum. Dieser war ähnlich wie eine gynäkologische Praxis eingerichtet. Neben dem Untersuchungsstuhl, an dem man die Beine festbinden konnte, lagen verschieden große Spekula auf einem Regal.

„Also ich möchte wissen, wem so etwas Spaß macht", rätselte Lilli angewidert.

„Ja, ich auch. Ich bin jedes Mal froh, wenn ich es hinter mir habe, einmal im Jahr zum Frauenarzt reicht." Melanie schüttelte sich.

„Oh ..., ja ...", sagte Emma lahm.

Lilli musterte Emma, die einen eigenartigen Ausdruck auf ihrem Gesicht hatte. „Sag bloß, das reizt dich?", fragte Lilli. Sie kicherte, um die Scherzhaftigkeit ihrer Frage zu unterstreichen.

„Nein, nein. Was denkst du denn?" Emmas Entrüstung klang halbherzig. Sie drehte sich um und verließ das Zimmer.

„Ich glaub, wir kennen unsere Emma nicht richtig", raunte Lilli Melanie zu.

„Lass sie doch in Ruhe!", verteidigte Melanie ihre Freundin. „Höchste Zeit, dass Emma was Neues sieht und erlebt. Die Arme ist doch ständig gefordert mit ihrer Mutter. Ist doch klar, dass das hier ein Riesenabenteuer für sie ist. Sei nicht so fies!"

Melanie ging aus dem Raum und ließ eine nachdenkliche Lilli zurück. Als Lilli ihren Moment der Reue erfolgreich verarbeitet hatte, folgte sie den anderen.

Nachdem die Freundinnen alles inspiziert hatten – eine mittelalterliche Folterkammer, in der sich Melanie für ein Foto in die eiserne Jungfrau stellte; eine Gruft mit einem offenen Sarkophag, in den Lilli frech ein Bein hielt, und einem Zimmer, dessen Wände mit allerlei Märchenfiguren in unzüchtigen Posen bemalt waren –, kehrten sie wieder über die steile Treppe in die Bar zurück. Offensichtlich waren sie die Letzten, denn sämtliche Augen waren auf sie gerichtet, als sie sich wieder zu ihrer Gruppe gesellten.

„Wir haben es überlebt", beteuerte Melanie der wartenden Menge, „und wir haben Durst!" Melanie bestellte eine Hafenwelle. „Ich brauche jetzt was Starkes!"

Emma und Lilli begnügten sich mit Weißweinschorle. „Die Nacht ist noch jung", betonte Lilli, Emma nippte stumm an ihrem Glas.

„Wann treffen wir uns wieder mit den anderen?", wagte eine junge Frau Riesen-Lars zu fragen. Sie blickte demonstrativ auf ihre Armbanduhr.

„Bald! Bald meine Damen! Jetzt trinken wir erst gemütlich aus. Die Männer sollen doch auch ihren Spaß haben!“ Der Hüne grinste ungeniert.

Man konnte der jungen Frau ansehen, dass ihr genau das Sorgen bereitete. Doch Riesen-Lars leerte gemütlich sein Bierglas und orderte unbeschwert ein neues.

Nachdem er das zweite Glas halb ausgetrunken hatte, erzählte er ein paar Anekdoten, die er angeblich selbst erlebt hatte. Von den Mädchen, deren Zuhälter er gewesen war, von Konkurrenten, die er hatte kaltstellen müssen und von einer Riesenprügelei vor der Davidwache, wo auch ein paar Polizisten was abbekommen hatten.

Wenn das alles wahr ist, müsste er normalerweise im Gefängnis sitzen, war sich Melanie sicher. An Lillis gerunzelter Stirn erkannte sie, dass ihre Freundin den gleichen Gedanken hegte. Emma hing gespannt an Riesen-Lars Lippen. Melanie fragte sich, ob sie sich täuschte, weil sie so etwas wie Bewunderung in Emmas Blick sah. *Ich glaube, wir kennen Emma wirklich nicht richtig.* Melanie würde ihre Freundin bei Gelegenheit einmal einem Verhör unterziehen.

Nachdem mehrere Frauen nun zum Aufbruch drängten, musste sich Riesen-Lars wohl oder übel erheben. Melanie leerte die zweite Hafenwelle in einem Zug und lief ihren Freundinnen nach.

„Ahhh! Die frische Luft tut gut!“ Melanie nahm im Freien einen tiefen Atemzug, ein paar Motorräder rauschten vorbei.

„Frische Luft, ja sicher“, stänkerte Lilli und blickte auf die blauen Dunstfahnen der Zweiräder. Trotzdem war sie froh, der Höllengrotte entkommen zu sein. Emma stakste gedankenverloren hinter ihren Freundinnen her.

„So, jetzt noch hier um die Ecke und ...“, dröhnte Riesen-Lars, „da sind sie ja schon, die Männer!“

Die Männer erwarteten sie bereits am anderen Ende der auch hier mit einem Bretterverschlag abgetrennten Herbertstraße. Die meisten hatten ein Grinsen im Gesicht, ein paar wirkten verlegen. Aber Jens stand selbstbewusst vorne und winkte Melanie zu: „Wie hat es euch gefallen?“

„Das war vielleicht eine Bude!“, ließ Melanie verlauten. „Wie war es bei euch?“

„Nichts Neues!", gab Jens gelassen zu.

Melanie war sprachlos. Sie war sich nicht sicher, ob Jens nur Spaß machte oder ob er seinen Kommentar ernst meinte. Aber sie ging von der zweiten Möglichkeit aus. *Was für ein frecher Sack!* Doch wenn Melanie ehrlich war, musste sie sich eingestehen, dass sie Jens für seine Direktheit bewunderte.

Die Kurzzeit-Strohwitwen gesellten sich wieder zu ihren Männern. Während ein paar mit ihren Partnern schäkerten, zankte sich die junge Frau, die zuvor zum Aufbruch gedrängt hatte, mit ihrem Freund. Worte wie „niveaulos" und „abartig" prasselten auf den jungen Mann ein, der genervt in den dunklen Himmel starrte. Daraufhin ließ sie ihn mit einem wütenden Schnauben stehen und lief grußlos davon. Nach einem entschuldigenden Blick in die Runde folgte der junge Mann seiner Freundin, beide waren bald im Menschengetümmel verschwunden.

„Also dann, meine Herrschaften!" Riesen-Lars klatschte ungerührt in die Hände. „Jetzt mal zum Ehrenkodex. Kein Mann erzählt hier seiner Frau, was in der Herbertstraße passiert ist!" Das zustimmende Nicken vonseiten der Männer und die gemurmelten Einwände der Frauen ignorierte Riesen-Lars gleichermaßen. Stattdessen hob er seinen Arm, obwohl das bei seiner Größe nicht notwendig gewesen wäre, und zeigte mit ihm nach vorne. „Alles mir nach! Auf geht's zur Großen Freiheit!"

„Aber da waren wir gestern schon", meckerte Lilli.

„Da gibt es noch mehr Lokale!" Melanie lief bereitwillig hinter Riesen-Lars her, Jens legte seinen Arm um ihre Schultern. Lilli folgte ihnen mit gelangweiltem Blick und Emma tappte schweigsam hinterher.

Die Große Freiheit empfing sie mit Lärm und Getümmel. Ganze Menschenhorden waren unterwegs: eine singende Frauenpolterabendrunde in lila Tutus; eine Gruppe Männer, auf deren T-Shirts: Letzte Nacht in Freiheit stand, und die Krawatten mit einem Totenkopfmotiv umgehängt hatte; eine weitere Sightseeing-Truppe, die von einem Travestiekünstler angeführt wurde, der es in seinen Plateauschuhen locker mit Riesen-Lars' Größe aufnehmen konnte und eine grölende Männermeute, die Shirts mit der Aufschrift: Feuerwehr brennt durch trugen.

„Wir gehen jetzt in die Heiße Grotte", verkündete Riesen-Lars. Er deutete auf ein blinkendes Neonschild, das über einem höhlenähnlich gestalteten Eingang hing.

„Schon wieder so ein Loch!", maulte Lilli.

„Dieses Loch hat Tradition! Es gehört zu den ältesten Lokalen in der Gegend!", verteidigte er die Bar und musterte Lilli kopfschüttelnd, als wäre sie eine Kulturbanausin. Lilli zuckte gleichgültig mit den Achseln. Sie schob Emma, deren Augen an dem halbnackten Reintreiber im Lendenschurz hingen, vor sich her in die Heiße Grotte. Melanie ließ sich widerstandslos von Jens führen und freute sich bereits auf das nächste Getränk.

Im Inneren des Lokals war die Hölle los. Es war brechend voll und lautstarke Partymusik dröhnte den Neuankömmlingen entgegen. Von der Decke hingen stalaktitähnliche Gebilde, die ebenso wie das gesamte Lokal in rotes Licht getaucht waren.

„Hier dürfte man keinen Stier reinlassen!", brüllte Melanie. Jens drückte sich an sie, als wäre er geschubst worden, und raunte ihr ins Ohr: „Der ist schon da!" Melanie war so erstaunt, dass es ihr kurz die Sprache verschlug. Doch sie badete bereits in alkoholgetränkter Feierstimmung, also ignorierte sie Jens' Bemerkung und fragte bloß: „Hafenwelle?"

„Gute Idee!" Jens setzte seine stattliche Größe ein, um sich mit Melanie gemeinsam in Richtung Bar vorzuarbeiten, wo er zwei Hocker eroberte.

Inzwischen hatte Riesen-Lars seine restlichen Schäfchen an den letzten freien Tisch geführt, auf dem ein Reserviert-Schild stand. Als alle Platz nahmen, setzte sich Lilli neben Emma, doch der Tourguide quetschte sich mit einem rhetorischen „Na, ihr Süßen, darf ich?" zwischen die beiden. „Muss das sein?", nörgelte Lilli. Doch Riesen-Lars machte sich nicht die Mühe, zu antworten. Stattdessen winkte er der Kellnerin.

Melanie und Jens tranken inzwischen an der Bar ihre Hafenwelle. Sie steckten die Köpfe zusammen, um sich trotz des Lärms unterhalten zu können. Jens erzählte von der Band, in der er Gitarrist war. „Wir spielen Rock und alles, was uns Spaß macht. Wir sind viel unterwegs, treten bei Festivals auf, machen Gigs in Lokalen und sind bei größeren Konzerten schon als Vorgruppe aufgetreten.“ Melanie hing mit einer Mischung aus Ehrfurcht und Wehmut an seinen Lippen: „Wow, toll!“

„Und du hast nie daran gedacht, mit Musik weiterzumachen?“, fragte Jens.

„Doch, am Anfang schon.“ Melanie starrte in ihr Glas. „Aber das hätte nicht funktioniert! Meine Mutter hat klargestellt, dass sie nicht auf meine Kleinen aufpasst, damit ich wieder aufs Musikkonservatorium kann.“ Sie erinnerte sich an ihre mahnenden Worte: „Du hast sie in die Welt gesetzt, also kümmere dich auch um deine Kinder!“

„Als meine Mädchen in den Kindergarten und die Schule gekommen sind, habe ich nochmal mit dem Gedanken gespielt, aber dann bin ich wieder schwanger geworden. Und das war es dann! Irgendwann ist halt die Luft raus. Und jetzt bin ich sowieso im Teelichtalter“, fügte Melanie resigniert hinzu.

„Du bist was?“ Jens prustete beinahe den Schluck Hafenwelle über Melanie, den er gerade genommen hatte.

„Na, im Teelichtalter! Das ist das Alter, wo man mit schummriger Teelichtbeleuchtung einfach besser aussieht“, klärte Melanie ihn auf, wobei sie ein Schmunzeln nicht unterdrücken konnte. Jens lachte laut auf, nahm Melanie aber gleich wieder ins Visier.

„Aber du bist eine sehr attraktive Frau und du bist im besten Alter! Wer sagt denn, dass du nicht mehr durchstarten kannst? Gib deine Träume nicht auf!“ Jens leidenschaftlicher Apell war Balsam für Melanies Seele. Sein Blick ruhte in ihren grauen Augen. Sie war schon lange nicht mehr so angeblickt worden.

Melanie liebte Jakob, aber das Prickeln in ihrer Beziehung war verschwunden. Ihr Sexleben hatte einen obligatorischen Charakter wie die Samstagsabendshows im Fernsehen. Ihre Gespräche drehten sich meist um die Kinder, das Haus oder was es im Garten zu tun gab. Es war schön, mit jemandem zu reden, der ihre Träume wahrnahm, der sie ermutigte. Und als Jens sich vorbeugte, um Melanie zu küssen, wich sie nicht zurück. Sie verscheuchte ihre letzten Bedenken und gab sich dem wundervollen Gefühl hin, begehrenswert zu sein.

Super-GAU in St. Pauli

Marie starrte auf ihr Handydisplay. Es war bereits zweiundzwanzig Uhr. Sie lag auf dem Bett, nachdem sie zuvor stundenlang auf dem unbequemen Sessel neben der Kommode gesessen hatte. Marie spielte zuerst mit dem Gedanken, sich in die kleine Hotelbar zu setzen, aber sie wollte nicht für eine Frau auf Männerfang gehalten werden.

Als ihre Freundinnen aufgebrochen waren, hatte Marie Johannes eine Nachricht geschrieben, bis jetzt aber noch keine Antwort bekommen. Er arbeitete am Abend oft länger, auch am Freitag, aber um diese Zeit müsste er längst fertig sein. Warum antwortete Johannes nicht? *Sonst reagiert er auch auf jeden Piepser seines Handys,* ärgerte sich Marie.

Sie hatte lange überlegt, was sie schreiben sollte: „Wie geht es dir? Gibt es was Neues wegen der Weißenstein-Villa? Bist du schon ausgezogen? Oder: Warum hast du mich verlassen? Hast du vergessen, was du mir auf unserer Hochzeit versprochen hast? Ich werde dich glücklich machen und bis an mein Lebensende lieben!"

Die Hochzeit war Maries glücklichster Tag in ihrem bisherigen Leben gewesen. Mit zweihundert Gästen feierten sie an einem beliebten Ort für den gehobenen Anspruch: im Palast von Hohenberg. Marie trug ein schmal geschnittenes italienisches Designerkleid aus elfenbeinfarbener Spitze. Sie sah umwerfend aus. Die sechs Brautjungfern umrahmten die Braut in eleganten bordeauxroten Satinkleidern.

„Marie, ich bin so stolz auf dich! Du siehst aus wie eine Königin!", waren die ersten Worte ihrer Mutter nach der Trauung gewesen. Ihr Vater drückte sie an sich und flüsterte: „Ich wünsche dir von ganzem Herzen, dass du glücklich wirst, meine Tochter!" Sie fand die Worte ihres Vaters merkwürdig, denn sie war doch schon glücklich. Johannes hatte Marie stolz seinen Arbeitskollegen und seinem Chef vorgestellt, der große Stücke auf seinen ‚besten Mann' hielt. „Mit dieser Frau wirst du es weit bringen!", hörte sie ihn sagen, als er Johannes gratulierte.

Marie schwebte den ganzen Tag über wie auf Wolken. Auch am Abend, als die Hochzeitsgesellschaft ausgelassener wurde, ließ sie nicht zu, dass etwas ihren Freudentag trübte.

Sandra flirtete hemmungslos mit einem Kollegen von Johannes. Marie bekam mit, wie dieser dem frisch angetrauten Ehemann zuraunte: „Also wenn deine Braut auch so eine heiße Nummer ist, kannst du dich freuen!" Worauf Johannes, der schon einiges getrunken hatte, ihm etwas Unverständliches ins Ohr lallte. Der Kumpel klopfte grinsend auf Johannes Schulter: „Kann man alles anlernen."

Eine Zeit lang blieb der Sessel ihres Vaters an der Tafel leer und eine der Brautjungfern fehlte beim Werfen des Brautstraußes. Aber ihre Mutter bemühte sich darum, die Gäste zu unterhalten, bis ihr Vater nach einer halben Stunde wieder auftauchte. Marie versuchte, den eisigen Blick zu ignorieren, den ihre Mutter ihrem Vater zuwarf, bevor sie wieder strahlend in die Menge lächelte.

Auch Marie behielt den ganzen Abend über ihre Haltung. Sie trank wenig und plauderte mit allen Gästen. Sie verhielt sich würdevoll – wie eine Königin.

Vor ein paar Stunden hatte Marie den Mut gefasst, Johannes zu schreiben, was ihr wirklich am Herzen lag: „Lass uns noch einmal darüber reden! Ich könnte früher nach Hause kommen! Soll ich schauen, ob ich morgen einen Flug bekomme? In Liebe, Marie."

Die Nachricht enthielt die Aufforderung, dass Johannes heute noch antworten sollte. Leichte Gewissensbisse wegen des verpassten Finalauftrittes verdrängte Marie. Ihre Freundinnen mussten ohne sie singen, ihre Ehe war wichtiger!

Vielleicht hat Johannes die Weißenstein-Villa verkauft und feiert mit seinen Kollegen den erfolgreichen Abschluss? Vielleicht würde er Marie in Ruhe antworten, wenn er wieder zu Hause war? Sie war sich sicher, dass es so sein musste!

Marie beschloss, in der Zwischenzeit zu duschen. Sie nahm das Handy mit ins Bad und bemühte sich, ihre Abendtoilette so schnell wie möglich zu erledigen. Dann schlüpfte sie in ihrem Satinpyjama unter die Decke. Das Handy deponierte sie in Griffweite neben sich. Marie starrte darauf, bis ihre Lider schwer wurden und sie in einen unruhigen traumlosen Schlaf glitt.

Mozarts kleine Nachtmusik weckte sie. *Johannes!* Sie war sofort hellwach, tastete nach dem Telefon und blickte auf das Display, es war drei Uhr morgens. Aber es war nicht Johannes.

„Lilli …?", krächzte Marie.

„Du musst sofort nachschauen, ob Melanie in ihrem Zimmer ist! Und ist Emma bei dir? Die sind beide verschwunden!" Lillis Stimme klang panisch.

Marie rappelte sich benommen hoch, als ihre Freundin hastig schilderte: „Ich weiß nicht, wann sie weg sind! Ich war mit ein paar Leuten auf der Tanzfläche, wir haben vielleicht eine halbe Stunde getanzt. Als ich zurück zum Tisch kam, war Emma weg, ebenso wie Riesen-Lars. Und Melanie, die vorher mit Jens an der Bar gewesen ist, auch. Ich habe zuerst gedacht, sie sind mit den Typen zum Rauchen hinausgegangen. Nach einer Weile hab ich nachgeschaut, aber draußen war niemand. Habe von beiden keine Nachricht bekommen und sie reagieren nicht auf meine Anrufe! So ein Scheiß!" Lilli brüllte nun.

„Jetzt beruhige dich, Lilli!" Marie machte das Licht an, doch Emmas Bett war unberührt. Sie beschloss, schnell im Zimmer ihrer Freundinnen nachzusehen, bevor Lilli hysterisch wurde.

„Ich klopfe nebenan!", sagte Marie und schlüpfte in ihre Flipflops. „Und wer ist denn Riesen-Lars?"

Marie streifte hastig ihre Jacke über. Auch wenn es mitten in der Nacht war, wollte sie keinesfalls nur im Pyjama durch den Flur laufen. Lillis Panik ging ihr nahe. Von der üblichen Selbstsicherheit ihrer temperamentvollen Freundin war gerade nichts zu spüren gewesen, und Lillis Beschreibung von diesem Riesen-Lars ließ nichts Gutes erahnen.

Sie eilte durch den Flur zum nächsten Zimmer. Unschlüssig stand Marie vor der Tür, sie legte ihr Ohr daran. Sollte sie anklopfen? Um diese Zeit? Zögernd tat sie es, aber hinter der Tür war kein Laut zu hören. Marie überlegte kurz, dann lief sie über die Treppe in den ersten Stock zur Rezeption.

Heute war wieder der Kollege von Mr. Fu Chang im Dienst. Er blickte Marie fragend entgegen: „Was kann ich für Sie tun, meine Dame?"

„Ähm …, ich brauche Ihre Hilfe“, stammelte Marie. Sie tadelte sich innerlich für ihre Unbeholfenheit. Auf keinen Fall wollte sie preisgeben, wie unangenehm ihr die Situation war. Sie gab sich beherrscht: „Ich würde gerne wissen, ob meine Freundinnen von Zimmer 303 bereits zurück sind. Ich kann sie telefonisch nicht erreichen. Könnten Sie bitte nachsehen?“

Der Nachtportier hob kaum merklich seine Augenbrauen: „Ich habe, seit ich im Dienst bin, keine von den Damen aus diesem Zimmer kommen oder gehen gesehen.“

Aha, wir sind bereits bestens bekannt. Seine überhebliche Art ärgerte sie. Deshalb hakte sie nach, obwohl sie die Antwort ahnte. „Aber möglicherweise haben Sie die Damen übersehen?“

„Ich kann Ihnen versichern, dass dies nicht der Fall ist.“ Der Nachtportier lächelte säuerlich.

Arroganter Kerl! Marie wünschte sich Mr. Fu Chang herbei. „Könnten Sie bitte nachsehen? Ich möchte nicht laut klopfen müssen, sonst wachen noch die anderen Gäste auf!“ Marie zog nun ihrerseits die Augenbrauen nach oben. Bei einem guten Portier hätte sie nicht darum betteln müssen!

„Nun ja, das wird vermutlich besser sein.“ Der Nachtportier erhob sich endlich und verschwand im Hinterzimmer. Mit einem klimpernden Schlüsselbund kam er wieder zurück. „Bitte sehr, nach Ihnen.“ Gnädig ließ er Marie, die in ihrem Pyjama ausnahmsweise gerne darauf verzichtet hätte, den Vortritt.

Als sie vor Zimmer 303 stehen blieben, klopfte der Portier kurz an. Nachdem keine Antwort kam, sperrte er die Tür auf. Doch wie Marie befürchtet hatte, herrschte in dem Hotelzimmer gähnende Leere. Auch der Nachtportier schien nicht überrascht zu sein. Er wartete auf Maries stummes Nicken, dann schloss er die Zimmertür wieder ab: „Kann ich sonst noch etwas für Sie tun?“

„Nein, danke!“ Marie drehte sich grußlos um und zog sich in ihr Zimmer zurück. Sie wählte Lillis Nummer.

„Ja, Marie! Und?“, stieß ihre Freundin hervor.

„Lilli, das Zimmer ist leer“, erklärte Marie mit zaghafter Stimme.

„Ich sitze im Taxi und bin in zehn Minuten im Hotel!“ Lilli klang wieder beherrscht. Marie brachte nur ein klägliches: „Hm …“, hervor.

Lilli war beunruhigter, als sie es zugegeben hätte. Es nützte jedoch niemandem, wenn sie auch noch die Nerven verlor. Aber wo waren Melanie und Emma? Nein, wo waren drei ihrer Freundinnen? Denn erst jetzt fiel ihr auf, dass sie seit dem Nachmittag auch von Sandra nichts mehr gehört hatte.

Ich fass es nicht – so was rücksichtsloses, verdrängte Lilli in Gedanken ihre Sorgen, bevor sie eilig den Fahrer bezahlte und aus dem Taxi stieg. Sie hastete über den Gehweg, da bemerkte sie eine Gestalt, die in einer dunklen Ecke auf dem Boden neben dem Hoteleingang kauerte. Lilli drückte schnell die Türglocke, um eingelassen zu werden, als die Person den Kopf hob. Ein tränennasses Gesicht blickte ihr entgegen.

„Laura …?“

Rotes Karussell

Melanie wachte auf. Sie schluckte trocken, ihre Zunge fühlte sich pelzig an. Der helle Schimmer hinter ihren geschlossenen Augenlidern sagte ihr, dass es bereits hell war. Ein rotes Karussell drehte sich in ihrem Kopf und der Rücken tat ihr weh. Melanie wollte sich in eine bequemere Position drehen, doch eine Welle der Übelkeit ließ sie verharren. *Oh, Mann, ist mir schlecht!*

„Wäää …", mit großer Anstrengung hob Melanie die Augenlider und blinzelte gegen die Helligkeit an, bis sie ihre Umgebung wahrnehmen konnte, die ihr vollkommen fremd war. *Wo bin ich?*

Melanie rätselte, wie sie hierhergekommen war. In ihrem Kopf dämmerte es vage: die Heiße Grotte. Sie erinnerte sich an Jens, der sie geküsst hatte, an zumindest drei, vier … oder mehr Gläser Hafenwelle, und dann an nichts mehr.

Ihr war kalt. Melanie zog die Steppdecke höher, sie spürte, dass sie darunter nackt war. *Nackt? Verdammt, was hab ich getan?* Aber auch wenn sich das Geschehen der letzten Nacht in einer nebulösen Gedächtnislücke verborgen hielt, war ihr klar, was sie getan haben musste. Mühsam rappelte Melanie sich auf, bis sie an der Bettkante saß. Eine weitere Welle der Übelkeit stieg in ihr hoch. Sie atmete sich eisern durch. Als es ihr besser ging, zog Melanie fröstelnd die Bettdecke um ihre Schultern.

Ihr Blick fiel auf eine dunkel bemalte Wand, die mit verschiedenen Postern behängt war: The Doors, The Rolling Stones, Queen und ein paar Bands, die Melanie nicht kannte. Darunter standen einige sorgfältig in Halterungen aufgestellte Gitarren. Sie sahen wertvoll aus. Natürlich konnte das nur die Wohnung von Jens sein. Aber wo war Jens? Melanie stöhnte. Wenn sie sich nur an etwas erinnern könnte – an irgendetwas!

Sie musste dringend auf die Toilette. Melanie stemmte sich aus dem Bett und erspähte ihre Kleidung, die ordentlich gestapelt auf einem Sessel lag. Ihre Handtasche hing an der Lehne. *Wie aufmerksam! Das war sicher nicht ich.* Melanie musste grinsen. Ihre Kopfschmerzen reagierten verstärkt auf diese Bewegung.

Während sie nach ihrer Unterwäsche in dem Kleiderbündel suchte, bemerkte sie, wie etwas Feuchtes über die Innenseite ihrer Schenkel rann. Melanie ahnte, was das bedeutete. *Ohne Kondom? Scheiße! Wo ist dieser Trottel?* „Jens? Jens …?“ Ihre Stimme klang grauenvoll, Melanie räusperte sich. Sie lauschte, aber sie hörte keinen Laut – sie war wohl allein in der Wohnung.

Nackt, mit ihrer Kleidung unter dem Arm, stakste Melanie in den kleinen Flur. Auf der ersten Tür links klebte ein Post-it: „Hier sind Bad und WC – die Handtücher sind frisch, Jens.☺“

Diese fürsorglichen Worte gaben ihr den Rest. Melanie lehnte sich mit ihrem schweren Kopf an die Tür und ließ ihren Tränen freien Lauf. Sie hatte Jakob betrogen! Und sie war so betrunken gewesen, dass sie sich an nichts mehr erinnern konnte. Vielleicht war es das, was ihr am meisten leid tat? Sie zwang sich, mit dem Weinen aufzuhören.

Wenig später entspannte sie sich unter dem heißen Duschwasser. *Wenn ich schon fremdgehe, wüsste ich gerne, ob es sich auch gelohnt hat,* dachte Melanie trotzig. Als sie sich einseifte, stellte sie sich vor, was in der letzten Nacht in dem fremden Bett passiert war.

Nachdem Melanie sich angezogen hatte, trieb der Hunger sie in die kleine Küche. Auf dem dunkel gebeizten Küchentisch lag neben einem Papiersack mit frischem Gebäck ein weiterer Zettel: „Frühstück im Kühlschrank, Kaffeeautomat gefüllt – bediene dich. Muss in den Sender, Vorbereitungen für heute Abend! Wir sehen uns, Jens.☺“ Darunter hatte er seine Handynummer notiert. Melanie starrte auf die Zahlen, bis ihr der Zettel wegen einer plötzlichen Eingebung entglitt.

Oje, die Mädels machen sich sicher Sorgen!

Melanie rannte zurück ins Schlafzimmer. Sie kramte in ihrer Tasche nach dem Handy, das auf lautlos gestellt war. Natürlich – zahlreiche Anrufe und Nachrichten von Lilli waren eingegangen. In den ersten schrieb sie noch, dass sie sich Sorgen machte, in der letzten bezeichnete sie Melanie als blöde Kuh.

Jakob hatte ebenfalls eine Nachricht geschickt: „Guten Morgen! Wie geht’s meiner Singdrossel?“ Melanie spürte einen Stich in der Herzgegend, sie wählte jedoch zuerst Lillis Nummer.

„Na endlich!“, schnaubte Lilli in den Hörer und polterte gleich weiter. „Was denkst du dir eigentlich? Wir haben uns Sorgen gemacht! Wo warst du? Wo bist du jetzt? Was glaubst du denn …?“

„Wenn du mal den Mund halten würdest, könnte ich es dir erklären!“, brüllte Melanie zurück.

„Dann sprich!“, keifte Lilli.

„Es tut mir sehr leid, Lilli, dass ihr euch Sorgen gemacht habt!“, sagte Melanie beschwichtigend. Sie beschloss, die erfrischende Dusche zu unterschlagen. „Ich bin gerade erst aufgewacht und weiß nicht mehr, wie ich hierhergekommen bin“, erklärte sie ihrer Freundin.

„Wo bist du denn?“

„In Jens’ Wohnung“, gestand Melanie kleinlaut.

„Aha … soso …“, Lilli schnaubte hörbar. „Klar, wo auch sonst?“ Nach einer Schweigesekunde bohrte sie weiter: „Dann weißt du auch nicht, wo Emma ist?“

„Was? Emma ist weg?“, fragte Melanie verblüfft.

„Ja, unsere Emma.“ Obwohl Lillis Stimme resigniert klang, machte sie sich wohl große Sorgen. „Ich bringe Riesen-Lars um, wenn er ihr etwas getan hat!“, bellte sie wütend ins Telefon, bevor sie auflegte.

Melanie verschlang ein Croissant und spülte es mit einer Tasse Kaffee hinunter, bevor sie sich auf den Weg machte. Ihr Blutzucker nahm es ihr übel, wenn sie morgens nichts aß. Sie fühlte sich danach trotz der Ungewissheit über Emmas Verbleib, ihres bedenklichen Blackouts und der Gewissensbisse wegen Jakob wieder besser.

Sie hatte Jens einen Zettel hinterlassen: „Danke für alles, Melanie (ohne Smiley).“

Danach schrieb sie eine Nachricht an Jakob, um ihn vorsorglich von einem Anruf abzuhalten: „Wir haben lange geschlafen ☺ und machen uns gleich auf den Weg. Wir müssen vor dem Auftritt heute Abend noch einiges erledigen. Ich melde mich später! Küsschen, Melanie.“

Als sie vor die Tür trat, wurde ihr bewusst, dass sie keine Ahnung hatte, wo sie war. Doch am Ende der Straße, etwa hundert Meter entfernt, konnte sie ein U-Bahn-Zeichen erkennen. Melanie musste nur einmal umsteigen, bis sie die richtige Linie zum Hotel nehmen konnte.

Sie stürmte durch die belebte Straße in Richtung Hotel Rote Möwe. Die Damen des leichten Gewerbes machten angesichts ihres Kampfamazonenblicks freiwillig Platz.

Im Hotel angekommen rannte sie keuchend an der Rezeption vorbei. Dabei nahm sie beschämt wahr, wie Mr. Fu Chang ihr erleichtert nachrief: „Oh, wie schön, Sie zu sehen!"

Sie eilte über die Treppe in den dritten Stock und klopfte dort an ihre Zimmertür. „Ich bins! Mach auf, Lilli!"

Ihre zornfunkelnde Freundin riss die Tür auf. „Wie schön! Unser Groupie ist da!", gab Lilli spöttisch von sich.

Melanie gönnte ihr den Spott. Sie verzichtete auf eine Erwiderung, nicht nur, weil sie außer Atem war. „Ist Emma … schon aufgetaucht?", hechelte sie. Lilli verzichtete auf weitere Tiraden und schüttelte nur stumm ihren Kopf. Erst jetzt fiel Melanies Blick auf das Sofa. Laura saß darauf und blickte ihr dackeläugig entgegen. Daneben starrte Marie, erschreckend bleich, vor sich hin.

Noch mehr Probleme, dachte Melanie, während sich ihr Atem langsam wieder beruhigte. Doch nun prasselte alles, was ihr Sorgen bereitete, auf sie ein: sie hatte Jakob betrogen, Emma war verschwunden, das Sorgenkind Laura war aufgetaucht und Marie schien wieder ihr Ehedrama zu wälzen. *Und wo ist eigentlich Sandra?* Irgendwie war alles plötzlich zu viel! Ohne Vorwarnung schlug Melanie die Hände vor ihr Gesicht. Sie ließ sich, von einem Weinkrampf geschüttelt, auf den Fußboden sinken.

Bestürzt blickten alle auf Melanie, bis Marie aufsprang, an ihre Seite glitt und wimmernd den Kopf auf ihre Schultern legte: „Johannes meldet sich nicht mehr – es ist vorbeeeiii …" Nun schluchzten beide hemmungslos im Duett.

Einen wunderbaren Augenblick lang verspürte Lilli den Drang, über diese theatralische Szene zu lachen. Doch sie widerstand der Verlockung, bückte sich, umarmte ihre Freundinnen und klopfte ihnen abwechselnd auf die Schultern: „Sch, sch …, Mädels, das wird schon wieder."

Laura blieb still auf dem Sofa sitzen. Sie beobachtete das Geschehen mit großen Augen und überlegte, ob sie sich nicht besser davonschleichen sollte.

Emma streckte sich wohlig unter der warmen Decke, sie horchte mit geschlossenen Augen. Nein! Niemand rief nach ihr und kein Babyfon krächzte. Sie war aufgewacht, weil sie sich ausgeschlafen fühlte.

Langsam dämmerte Emma, dass sie nicht zu Hause in ihrem Bett lag. Als sie vorsichtig ihre Augen öffnete, bemerkte sie, dass sie nicht allein war. Neben ihr lag schlafend – Riesen-Lars. Sein nackter Oberkörper mit den rotblonden Brusthaaren hob und senkte sich unter seinem Atem. Das Laken war ab der Hüfte zur Seite gerutscht, sein unbedecktes muskulöses Bein lag wie ein Baumstamm neben Emma.

Sie riss die Augen auf und öffnete ihren Mund zu einem gehauchten: „Oooh …" *Wie? Was?*

Eine Flut von Eindrücken spülte Emmas Überraschung fort: die Heiße Grotte – dass Riesen-Lars seine große Hand unter dem Tisch auf ihren Schenkel gelegt hatte, und als sie sich nicht gewehrt hatte, er seine Hand nach oben zwischen ihre Beine wandern gelassen hatte –, dass Emma immer erregter wurde –, dass sie Lilli nicht mehr sehen konnte und Melanie mit Jens verschwunden war –, dass Riesen-Lars vorschlug, sie könnten in den Wonnepool gehen –, dass Emma dort, abgeschreckt und fasziniert zugleich, Paare beim Sex beobachten konnte –, dass Riesen-Lars anbot, ein Zimmer zu nehmen und Emma erst halbherzig ablehnte –, dass er meinte, sie könnten auch nur etwas trinken und sehen, wie es weiterlaufen würde –, dass Emma sich nicht wehrte, als Riesen-Lars, kaum dass er die Zimmertür zugeworfen hatte, sie auf das Bett warf und ihr die Kleider vom Leib zerrte –, dass sie stumm schrie, als Riesen-Lars seine Hose abstreifte und Emma sah, dass sein erigierter Penis seinem Namen alle Ehre machte –, dass sie bewegungslos auf dem Bett liegen blieb, bis er sein Kondom übergestreift hatte und mit voller Wucht in Emma eindrang – und dass sie diesmal laut aufschrie, aber nicht vor Schmerz, sondern vor purer Lust.

Emma keuchte bei der Erinnerung an das intensivste erotische Erlebnis ihres Lebens auf. Jede Zelle ihres Körpers schien zu vibrieren und ihre Schamlippen pochten sehnsuchtsvoll. Emmas Augen wanderten zu dem Penis, der sich deutlich unter dem Laken abzeichnete. Sie sah zu, wie er wuchs. Emma hob den Blick. Riesen-Lars hatte die Augen zu Schlitzen geöffnet, er beobachtete sie wie ein Raubtier vor dem Sprung.

Und ohne ein Wort erhob er sich, riss Emma die Decke vom Körper und warf sie auf den Bauch, sodass sie mit ihrem Gesicht auf dem Kissen lag. Emma hörte das Reißen der Kondomverpackung. Dann spürte sie, wie Riesen-Lars mit beiden Händen ihre Hüften anhob und mit einem Aufbrüllen, dem ersten Laut, seit der Hüne wach war, in sie eindrang.

Wenig später lag Emma noch immer auf dem Bauch und vergrub ihr Gesicht im Kissen. Obwohl ihre Vagina brannte, gurrte Emmas ganzer Körper vor Wonne. Neben sich hörte sie, wie sich der Atem von Riesen-Lars langsam beruhigte.

„Du bist echt ein geiles Ding!“, waren die ersten Worte, die er an diesem Morgen von sich gab. Emma blieb mit dem Gesicht im Kissen liegen, ihr wäre lieber gewesen, Riesen-Lars würde nicht reden. „Du könntest für mich arbeiten! Natürlich nicht auf der Straße, dafür bist du zu schade!“

Emma hob ungläubig ihr Gesicht aus dem Kissen und starrte Riesen-Lars an. *Hat er den Verstand verloren?*

Doch Riesen-Lars meinte es ernst, er witterte ein gutes Geschäft. „Du könntest richtig Kohle machen! Du hast eine geile Figur, da ist alles dran. Und trotzdem wirkst du unschuldig, auch wenn du nicht mehr die Jüngste bist. Aber du bist genau die Richtige für Macker, die auf den weichen mütterlichen Typ stehen! Glaub mir, da gibt es mehr von, als du denken würdest!“

Erst jetzt registrierte er Emmas ungläubig aufgerissene Augen.

„Was denn? Du stehst doch drauf! Sowas merk ich sofort! Stell dir vor, du könntest damit Geld verdienen. Da musst du einen Monat in einem Büro hocken, was du in ein paar Nächten mit Sex verdienen kannst!“

Emma hatte Riesen-Lars nichts von ihrem Privatleben erzählt. Dass sie in einem Büro arbeiten würde, hatte er sich selbst zusammengereimt. „Du hast nicht alle Tassen im Schrank, ich bin keine Hure!“, brachte Emma empört hervor. Sie sprang aus dem Bett, suchte ihre verstreute Wäsche zusammen und lief ins Badezimmer. Der Hüne blickte ihr verdutzt nach.

Als Emma wieder fertig angekleidet aus dem Bad trat, war Riesen-Lars bereits in seine Hose geschlüpft, er knöpfte sein Hemd zu. Sie würdigte ihn keines Blickes und streifte ihre Schuhe über. Emma schnappte sich ihre Jacke und lief zur Tür, als Riesen-Lars sagte: „Hey, jetzt sei nicht beleidigt, war nur ein Vorschlag! Ich wusste ja nicht, wie du dazu stehst“, und er fügte mit einem ordinären Grinsen hinzu, „vielleicht könnten wir trotzdem wieder mal ficken?“

Emma, die bereits die Türklinke in der Hand hielt, zögerte einen Moment, bevor sie grußlos das Zimmer verließ.

Vor dem Gebäude blieb Emma stehen. Sie atmete tief durch und ignorierte die abschätzigen Blicke der Männer, die an ihr vorbeistreiften. Emma kam es vor, als wäre aus ihr ein anderer Mensch geworden. Als würde sie sich selbst nicht kennen. Als wäre sie sich fremd. Nein –, als gäbe es zwei Emmas.

Benommen lief sie in Richtung U-Bahn. Die frische Morgenluft kühlte ihre Sinne und allmählich hörte das Karussell in ihrem Kopf auf, sich zu drehen. Sie wollte sich jetzt nicht mehr mit der letzten Nacht befassen, doch Emma war sich bewusst, dass sie keine Sekunde davon bereute.

„Endlich, Emma!“, empfing Lilli ihre Freundin, nachdem sie die Tür geöffnet hatte. „Wo warst du? Wir haben schon daran gedacht, die Polizei einzuschalten!“ Sie zerrte Emma ins Zimmer und musterte sie: „Du siehst merkwürdig aus! Geht’s dir gut?“

„Sicher! Mir geht es gut.“ Emma hatte sich auf dem Weg ins Hotel überlegt, was sie ihren Freundinnen erzählen sollte. Sie konnte unmöglich die Wahrheit sagen. Emma war nicht gut im Schwindeln, dennoch präsentierte sie ihre schnell zusammengereimte Geschichte. „Ich habe euch nicht mehr gesehen, also bin ich mit ein paar Frauen aus unserer Tourgruppe weitergezogen“, erklärte Emma vage.

„Wohin?“, so leicht ließ sich Lilli nicht abspeisen.

„In irgendeine Bar auf der Reeperbahn, ich weiß nicht mehr, wo. Dann hat eine der Frauen gesagt, dass sie in der Nähe wohne und es günstiger sei, zu Hause zu feiern. Also sind wir zusammen dorthin gegangen. Wir haben ziemlich viel getrunken –, ich durfte auf dem Sofa schlafen.“

Lilli hatte selten eine lahmere Geschichte gehört und diese passte so gar nicht zu Emma. „Und du hättest nicht antworten können auf meine Anrufe oder Nachrichten? Ich habe mir Sorgen gemacht!" Die offensichtliche Lügenstory machte sie wütend.

„Es tut mir leid", gab sich Emma zerknirscht, „mein Akku war leer und ich weiß eure Telefonnummern nicht auswendig."

Emmas Ausrede war fantasielos, aber irgendwie plausibel. Trotzdem spürte Lilli, wie sich das Bedürfnis, Emma beschützen zu müssen, in Luft auflöste. Melanie und Marie, die auf dem Sofa saßen, hatten den Wortwechsel stumm mitverfolgt.

Die sehen auch mitgenommen aus, dachte Emma, als sie einen Blick auf die beiden warf. „Was habt ihr? Wie geht es euch?" Sie wollte nicht mehr im Mittelpunkt stehen.

„Danke, es geht", antwortete Melanie und murmelte etwas „von einer harten Nacht", woraufhin Lilli unüberhörbar schnaubte. Marie nickte zustimmend, gab aber keine Erklärung ab.

Da ihre Freundinnen sich mundfaul gaben, übernahm Lilli wieder das Gespräch. „Wir haben Zuwachs bekommen", erklärte sie der verdutzten Emma, „Laura ist wieder da!" Sie bemerkte Emmas Blick, der durch das Zimmer schweifte, und fügte hinzu: „Sie ist grad auf dem Klo. Laura wird vermutlich denken, sie wäre besser zu Hause geblieben, nachdem sie all die Dramen hier miterleben durfte."

Emma wusste nicht, welche Dramen Lilli meinte, aber sie beschloss, lieber keine schlafenden Hunde zu wecken und verkniff sich die Frage. Stattdessen fragte Emma: „Seit wann ist sie da? Und warum?"

„Seit gestern Nacht! Sie ist vor dem Hotel herumgelungert, als ich angekommen bin. Und der Grund ist der Gleiche wie schon vorgestern. Sie hat sich wohl gedacht, besser bei einer verrückten Truppe unterkommen, als niemanden zu haben, der einem hilft", sagte Lilli. Sie ließ dem Sarkasmus in ihrer Stimme freien Lauf.

„Was machen wir jetzt mir ihr? Sie wird doch sicher von ihrer Mutter gesucht!" Emma sprach aus, was allen längst im Kopf herumschwirrte.

„Das wissen wir nicht, aber wenn wir Laura unter Druck setzen, haut sie bloß wieder ab! Es ist besser, sie bleibt vorerst hier, bei uns ist sie wenigstens in Sicherheit.“

Als hätte sie auf das Stichwort gewartet, schlüpfte Laura aus dem Bad heraus. „Hallo ...“, piepste sie in Richtung Emma.

„Hallo!“ Emma lächelte sie aufmunternd an, dachte jedoch: *Du armes Würmchen! Manche Menschen sollten besser keine Kinder in die Welt setzen.*

Lilli, Melanie und Marie hatten bereits Krisenrat gehalten und alle wussten keine andere Lösung, als Laura vorerst Unterschlupf zu gewähren. Melanie hatte vorgeschlagen, Laura am nächsten Tag, bevor sie zum Flughafen fuhren, nach Hause zu bringen und sich ihre Mutter vorzuknöpfen. Aber vor Laura gaben sie ihre Absichten nicht preis. Abgesehen davon mussten die Freundinnen zuerst die Adresse aus ihr herausbekommen.

Was ist bloß aus unserem fröhlichen Chorausflug geworden? Der Gedanke huschte durch mehrere Köpfe im Raum.

Die trüben Überlegungen stoben auseinander, als die Zimmertür aufgerissen wurde und eine gut gelaunte Sandra hereinwehte: „Dobraj ranicy, ihr Hübschen!“

Glückstag?

„Na wenigstens sind jetzt alle Schäfchen wieder im Stall“, kommentierte Lilli Sandras Auftritt lapidar.

„Wie bitte?“, fragte Sandra beiläufig. Denn eigentlich war sie nicht an der Antwort interessiert, stattdessen wollte sie lieber ihre Neuigkeit loswerden.

„Das sollen dir die anderen erzählen“, erwiderte Lilli, die keine Lust auf weitere Erklärungen hatte. Mit einem Seufzer warf sie sich auf ihr Bett. Auch die anderen machten nicht den Eindruck, als wollten sie große Erklärungen abgeben, und dass Laura wieder da war, nahm Sandra ungerührt zur Kenntnis.

Eindeutig – Hirntod durch Liebestaumel. Lilli gähnte augenrollend zur Decke.

„Gut, dann erzähl ich jetzt mal.“ Sandra setzte sich auf Lillis Bettkante und strahlte begeistert in die Runde. „Ich werde Dimitri dabei unterstützen, ein Transportunternehmen zu gründen!“ Sandra wartete auf die Reaktionen ihrer Freundinnen, aber alle starrten sie nur verständnislos an. Sie ließ sich nicht beirren und berichtete weiter: „Dimitri hat in Weißrussland einen Bruder, der für eine Spedition arbeitet. Aber als Angestellter wird man dort nur ausgebeutet. Dimitri spart schon lange für einen eigenen Lastwagen, doch es reicht noch nicht. Wenn er genug Geld hat, kann er sich mit seinem Bruder selbstständig machen. Darum helfe ich ihm!“

„Du willst ihm einen Lkw kaufen?“ Lilli schwang sich wieder auf, sie starrte ungläubig auf ihre Freundin. „Weißt du, was so ein Ding kostet?“ *Stehst du unter Sexdrogen?* Nur mit äußerster Mühe konnte Lilli verhindern, diese Vermutung laut auszusprechen.

„Selbstverständlich keinen neuen Lastwagen! Aber gebrauchte kann man in Weißrussland günstig kaufen. Für zirka 35.000 Euro bekommt man schon etwas Ordentliches“, erklärte Sandra, als wäre der Lkw-Handel ihr Spezialgebiet.

„Du willst Dimitri einen Lastwagen für 35.000 Euro kaufen?“ Melanie hatte ihre Stimme wiedergefunden, Marie schüttelte nur fassungslos den Kopf.

„Natürlich hat Dimitri schon einiges angespart. Ich unterstütze ihn nur dabei.“ Wie viel Dimitri gespart hatte und wie groß ihr eigener finanzieller Beitrag war, verschwieg Sandra.

Für einige Minuten herrschte Schweigen, die einzelnen Gedanken hüpften jedoch betroffen umher.

Ich wusste es, Dimitri vögelt ihr das Hirn raus! Lilli schüttelte ihren Kopf.

Melanie starrte an die Decke. *Die Drehbuchautoren von Seifenopern würden bei unseren Geschichten vor Neid erblassen.*

Und ich hab geglaubt, peinlicher geht es nicht mehr! Maries Blick war auf den Boden geheftet.

Emma spielte mit ihrem Ohrring. *Es ist besser, wenn man sich nie verliebt.*

Ich weiß nicht, was die haben, dachte Laura. *Wenn man schon Geld hat, kann man doch damit machen, was man will!*

Sandra bestätigte unbewusst Lauras Gedanken. „Ich mache natürlich keine Schulden. Ich habe das Geld in den letzten Jahren gespart, und wenn das Geschäft läuft, bekomm ich es wieder zurück!“

„Und wie soll das mit euch beiden funktionieren, wenn Dimitri in Weißrussland mit dem Lastwagen ‚rumgurkt‘?“ Lillis Einwand war berechtigt.

„Er wird Transporte nach Österreich durchführen. Er hat ein paar Kontakte in Tirol und möchte sich Geschäftspartner in Vorarlberg suchen. Der Mann von meiner Arbeitskollegin arbeitet bei einer Spedition. Da kann ich sicher was vermitteln“, gab sich Sandra zuversichtlich.

„Und welche Sicherheiten bekommst du von Dimitri?“ Melanie fand, dass Sandra mehr als nur leichtsinnig war.

„Oh, Melanie! Manchmal muss man einfach Vertrauen haben“, sagte Sandra schlicht, aber ihr eiserner Blick stellte klar, dass sie darüber nicht weiter diskutieren wollte.

Eigentlich sollte man nur sich selbst trauen. Emma stand dennoch auf und streckte Sandra ihre Arme entgegen. „Hut ab, Sandra! Ich freue mich, dass du so glücklich bist! Alles Gute euch beiden!“

Dankbar erhob sich Sandra, sie umarmte Emma. Lilli blieb sitzen und tätschelte Sandras Hintern, der sich auf ihrer Augenhöhe befand, wobei sie einen vielsagenden Blick in Richtung Melanie und Marie warf.

„Wir müssen nicht immer einer Meinung sein. Die Gedanken sind frei!", verkündete Melanie, die wieder Spaß in den Gesichtern ihrer Freundinnen sehen wollte. Marie antwortete mit einem gleichgültigen Schulterzucken.

Melanie wandte sich an Laura: „Und du? Was machen wir jetzt mit dir?"

Laura sah sie treuherzig an: „Ich weiß nicht? Egal, nur nicht nach Hause …"

Melanie hatte sich vom Sofa erhoben und drückte Laura, die auf dem Sessel kauerte, an ihre Hüften. „Du bleibst erst mal bei uns und morgen überlegen wir gemeinsam, was wir machen. Bist du sicher, dass deine Mama dich nicht sucht?"

„Ja, ganz sicher nicht! Ich übernachte öfters bei einer Freundin oder so …", stammelte Laura wenig überzeugend. Offensichtlich fand sie ihre Aussage selbst zu vage, denn sie fügte hinzu: „Mama ist sowieso nicht der mütterliche Typ."

Über Lauras Kopf hinweg blickte Melanie in die Gesichter ihrer Freundinnen, in denen sich gleichzeitig Belustigung und Erschütterung über Lauras altklugen Kommentar zeigte. Melanie drückte Laura noch enger an sich. Obwohl Laura eingequetscht wirkte, verharrte sie zutraulich an ihrer Seite. *Gott, wie schrecklich! Was muss das Kind mitgemacht haben, dass es so einen Spruch von sich gibt?* Melanie blickte zu Lilli, die mit einem ratlosen Schulterzucken antwortete.

Dann folgte Lilli einer plötzlichen Eingebung und kramte in der Einkaufstüte, die seit dem Vortag neben ihrem Bett stand. Sie hatte genug von der gedrückten Stimmung im Raum und hoffte, dass Laura ein Fan von Barbiepuppen war. „Schau mal, Laura, was ich gestern gekauft habe." Sie präsentierte ihre Einkäufe.

Laura griff nach dem glitzernden Hochzeitskleid: „Oh, wie schön! Ich habe auch ein paar Barbies zu Hause. Ähm … die sind schon ziemlich alt", fügte sie hastig hinzu. Vermutlich aus Angst, die Freundinnen könnten sie für noch jünger halten.

„Ich habe ein ganzes Zimmer voller Barbie-Sachen!", erklärte Lilli dem staunenden Mädchen. „Inzwischen habe ich über dreihundert

Barbies und jede Menge Zubehör: Häuser, Autos, Kutschen, Kleidung und so weiter ..."

Laura war beeindruckt: „Wow! Hast du so viele Töchter?"

Lilli lachte ungeniert. „Nein, ich hab keine Kinder. Alles gehört mir! Ich sammle Barbiepuppen, seit ich ein kleines Mädchen war. Manche Leute tragen Porzellanfigürchen oder Vasen zusammen. Ich sammle Barbies!"

Laura konnte sich nicht vorstellen, wie viel Geld so eine Sammlung gekostet haben musste. Ihre Mutter hatte die Spielsachen immer im Secondhandladen gekauft. „Das geht eh' bloß kaputt!", hatte sie ihrer Tochter prophezeit. Laura besaß noch ein paar alte Barbies, mit denen sie heimlich spielte, weil ihre Mutter sonst spottete: „Du bist kein Kind mehr!" Laura strich mit ihren kleinen Fingern über das prachtvolle Brautkleid und stellte sich ihre abgewetzte Barbie mit den verfilzten Haaren darin vor.

Lillis Augen waren Lauras Bewegung gefolgt. Sie bekam plötzlich das Gefühl, sie sähe sich selbst zu. Hastig wandte sie sich ab und kramte weiter in ihrer Einkaufstüte, damit niemand sah, dass Tränen der Rührung unter ihren Lidern brannten.

„Wie sieht es aus, Mädels?" Melanie fand es wieder an der Zeit, Prioritäten zu setzen. Sie blickte fragend in die Runde. „Habt ihr nicht auch Hunger?"

Die Freundinnen beschlossen, in eine kleine Pizzeria zu gehen, die sie beim Vorbeilaufen am Ende der Straße gesehen hatten.

Entgegen ihrem schwachen Protest durfte Laura nicht allein im Hotel bleiben. Melanie meinte, dass Laura an die frische Luft müsse und etwas Nahrhaftes für ihre mageren Rippen brauche. Die Frauen liefen die belebte Straße entlang. Melanie legte den Arm schützend um Lauras Schultern. Sie funkelte jeden Mann finster an, der es wagte, einen Blick auf das Mädchen zu werfen.

Als sie sich in der Pizzeria einen großen Tisch ausgesucht hatten, gab Lilli die Bestellung in italienischer Sprache auf, was der Kellner mit einem verständnislosen Blick quittierte. „Typisch, diese Albaner, die sich als Italiener ausgeben", nörgelte sie leise. Dennoch knabberten eine halbe Stunde später fast alle an den Ecken einer Familienpizza. Nur Marie begnügte sich mit einem Salat Caprese.

„Mmhhh …," bemerkte Melanie kauend. „Die Albaner machen aber gute Pizza." Sie nötigte Laura, die behauptete, keinen Hunger zu haben, ein Stück zu nehmen, und beobachtete zufrieden, wie das Mädchen es hinunterschlang. *Ich habs doch gewusst!* Melanie tätschelte Lauras Rücken.

Sandra, die in ihrem kurzen Röckchen dafür sorgte, dass gleich zwei Kellner regelmäßig den Tisch umschwirrten, fand die ruhige Stimmung am Tisch ungewöhnlich. „Und?", fragte Sandra in die Runde, nachdem sie einen Schluck Wasser genommen hatte, „wie war die Reeperbahntour gestern Abend?"

Melanie nahm einen riesigen Bissen von ihrer Pizza und kaute mit entschuldigendem Schulterzucken. Emma kramte hektisch in ihrer Handtasche herum. Marie, die gelassen in ihrem Salat stocherte, antwortete gnädig: „Ich weiß es nicht. Ich bin im Hotel geblieben, aber es soll lustig gewesen sein." Lilli half der immer noch beschäftigten Emma und der kauenden Melanie aus, indem sie von der eindrücklichen Tour erzählte, ohne das Verschwinden der beiden zu erwähnen.

„Das klingt nach einem aufregenden Abend", meinte Sandra. Sie wartete auf weitere Schilderungen von Melanie oder Emma, doch ihre Freundinnen schwiegen beharrlich. Sie wandte sich wieder an die gesprächigere Lilli: „Und wann seit ihr ins Bett gegangen?"

Lilli wurde einer Antwort enthoben, weil Melanie sich an einem weiteren Bissen so heftig verschluckte, dass sie einen Hustenanfall erlitt und Lilli ihr helfend auf den Rücken klopfen musste.

„Danke …", krächzte Melanie.

„Irgendwann, ziemlich spät", antwortete Lilli beiläufig nach ihrer Rettungsaktion.

Sandra fand die Stimmung zwar merkwürdig, aber sie vermutete, dass ihre Freundinnen verkatert waren und Emmas Wangen aus demselben Grund rosa leuchteten.

Laura saß still in der Runde und hörte dem Gespräch verwundert zu. *Alte Leute können komisch sein. Warum sagen sie nicht einfach die Wahrheit?* Sie dachte an ihre Freundin Gina, die wusste, wo Laura jetzt war, nachdem sie die letzte Nacht bei ihr geschlafen hatte.

Der gestrige Abend war als Gesprächsthema scheinbar ausgereizt, weshalb Sandra fragte: „Was steht heute noch auf dem Plan?"

Melanie hatte ihren Brocken endlich geschluckt. „Zuerst müssen wir noch mal proben", nahm sie das unverfängliche Thema dankbar auf. Sie feuerte dennoch hinterher: „Du warst gestern ja nicht dabei!", bevor sie wieder an ihrer Pizza knabberte.

„Das tut mir leid! Ich musste wegen des Geldtransfers einige Telefonate führen. Das Ganze hat länger gedauert, als ich erwartet habe. Dann haben Dimitri und ich gefeiert …", erklärte Sandra gleichmütig.

Melanies Mund klappte auf und gewährte einen unappetitlichen Anblick auf den halbzerkauten Bissen in ihrem Mund: „Was …?

Sie wurde von Lilli abgewürgt, die ohnehin dieselbe Frage beschäftigte: „Dann hast du das Geld schon überwiesen?" Sie klang bestürzt. Lilli hatte gehofft, dass Sandra zur Vernunft kommen würde, sobald sie wieder etwas Abstand zu dem Mann hatte, der derzeit mit ihrer Libido Salsa tanzte.

„Normalerweise müsste ich das persönlich machen, aber ich kenne meinen Finanzberater gut. Er hat einen unbürokratischen Transfer organisieren können", berichtete Sandra.

Während Lilli überlegte, was „gut kennen" bei Sandra wohl bedeuten könnte, ergriff Melanie das Wort: „Du meinst, Dimitri hat das Geld schon?"

„Ja! Wir haben den Betrag heute Morgen bei einer Poststelle abgeholt. Dimitri ist schon nach Weißrussland unterwegs, die Banken dort verlangen horrende Transfergebühren, darum hat er es lieber in bar mitgenommen", erzählte Sandra gelassen.

Melanie war fassungslos, Lilli wirkte geschockt und Emma starrte ungläubig auf ihre Freundin. Nur Marie sprach aus, was allen durch den Kopf ging: „Sandra, du bist verrückt!"

„Vielleicht bin ich das", gab Sandra zu, „aber ich habe einfach auf mein Herz gehört. Ich vertraue Dimitri und ich weiß, dass das zwischen uns etwas Besonderes ist! Auch wenn ihr es nicht verstehen könnt, er macht mich glücklich und ich mag ihn sehr." Sandras freimütiges Geständnis nahm ihren Freundinnen den Wind aus den Segeln. Melanie dachte an ihren Blackout-Sex mit Jens, Emma an ihre verborgenen Gelüste, Lilli an ihre sündteure Barbiepuppensammlung und

Marie konnte sich nicht erinnern, wann sie das letzte Mal „Ich liebe dich!“ zu Johannes gesagt hatte.

Als Melanie spontan ihre Hand auf die Tischmitte legte, dauerte es nur wenige Sekunden, bis die Hände ihrer Freundinnen folgten und ein mehrstimmiges „Freundinnen!“ durch die Albanerpizzeria hallte.

Schwanengesang II

Nach dem Essen pilgerten sie wieder ins Hotel zurück. In der Gegend waren sie inzwischen bekannt, denn einige der Prostituierten machten gnädig Platz, damit die Frauen vorbeilaufen konnten. *Endlich haben sie begriffen, dass wir ihnen keine Konkurrenz machen wollen.* Melanie seufzte erleichtert. Obwohl sie bei genauerer Betrachtung nicht sicher war, ob das stimmte.

Mr. Fu Chang war noch im Dienst. „Bin elfleut, die Damen zu sehen!", begrüßte er seine Gäste herzlich.

„Danke, das können wir nur zurückgeben", bestätigte Lilli charmant. Sie hoffte, dass er sie nicht auf die nächtliche Suchaktion ansprach, über die ihn sein Kollege sicher informiert hatte. Aber Mr. Fu Chang war ein Gentleman.

Zu Melanies Nachfrage, ob eine Gesangsprobe auch um diese Zeit erlaubt sei, versicherte Mr. Fu Chang: „Natüllich – kein Ploblem! Del nebenan wohnende Hell hat sich schon intelessielt, wel die Damen sind."

„Ah, ja", antwortete Lilli verhalten und beschloss, nicht weiter darauf einzugehen. Es waren schon genügend Männer im Spiel, die den Chorausflug zu einer Seifenoper machten. Ihre Freundinnen schienen ähnlich zu denken, denn alle strebten eilig in Richtung Treppenhaus, während Mr. Fu Chang ihnen lächelnd nachwinkte.

Nach ein paar Aufwärmübungen sangen sie ihr Programm zweimal durch, wobei Laura ehrfürchtig zuhörte. Sie sagte: „Wow, ihr klingt wirklich gut!"

„Klar! Das tun wir!", bestätigte Melanie und unterstrich das Ergebnis mit einem Daumen hoch für ihre Freundinnen. „Wir haben noch Zeit und müssen erst in zwei Stunden wieder beim Wettbewerb sein." Melanie gähnte. „Ich möchte mich ein wenig hinlegen, bevor wir aufbrechen. Was haltet ihr von einem Schönheitsschläfchen?" Die Frage war rhetorisch, denn alle hatten Nachholbedarf und waren dankbar für diesen Vorschlag.

Nachdem Marie und Emma in ihr Zimmer gegangen waren, Laura sich auf das Sofa und Sandra sich in ihr Einzelbett gelegt hatten, schlüpften Melanie und Lilli einander zugewandt in das Doppelbett.

„Was für ein Dilemma …", flüsterte Lilli.

„Was meinst du? Laura? Sandra? Emma? Marie? Mich …?", flüsterte Melanie zurück.

„Alles ein bisschen viel, nicht?", gähnte Lilli.

„Jaaa …", hauchte Melanie und sank dank pizzageschwängerter Müdigkeit ins Land der Träume.

Melanie zupfte *El Condor Pasa* auf ihrer Westerngitarre und hörte in der Nähe das Echo einer E-Gitarre. Sie erblickte Jens, der mit seiner Gibson Les Paul neben ihr saß. Er grinste sie an und formte mit seinen Lippen einen Kussmund. Melanie kicherte, sie schickte ein Küsschen zurück.

Beide saßen im rotgoldenen Licht der tief stehenden Sonne, am Rand eines weiten Canyons. Melanie fühlte sich unendlich frei und hätte ewig so weiterspielen können.

Plötzlich fiel ein dunkler Schatten über die beiden. Ein riesiger Vogel – Melanie vermutete, dass es ein Condor sein musste – warf seinen Schatten über die Idylle. Der gewaltige Flügelschlag des Vogels zerzauste Melanies Haare und hämmerte laut in ihren Ohren. Das Glücksgefühl verebbte. Melanie blickte hilfesuchend zu Jens, doch der war verschwunden. Stattdessen flatterte der Condor an Melanies Seite und hob zu einem klagenden Schrei an. Er hatte Jakobs Gesicht.

„Uaaahhh …!" Melanie raufte mit den Flügeln des Condors, damit endlich das dröhnende Hämmern aufhören würde.

„Au! Spinnst du? Schlag mich nicht, Melanie! Wach auf, wir haben verschlafen!" Eine empörte Stimme riss Melanie aus ihrem Albtraum. Die Stimme gehörte Lilli, die unsanft an ihrer Schulter rüttelte. Melanie blinzelte. Sie sah, wie Lilli aus dem Bett sprang und in Richtung Zimmertür taumelte. Als sie die Tür aufriss, hörte auch das Hämmern in Melanies Kopf auf.

„Was ist los bei euch?" Marie rauschte in ihrem blauen Etuikleid, gefolgt von Emma, die ebenfalls ausgehfertig war, ins Zimmer. „Das Taxi wartet unten schon!"

„Oje, wir haben verschlafen", widerholte Lilli das Offensichtliche. „Wie spät ist es?"

„In einer halben Stunde müssen wir beim Wettbewerb sein!" Marie blickte tadelnd auf ihre zerknitterten Freundinnen. Lillis Haare standen zerzaust ab und Melanie wischte sich ihren Sabber aus dem Mundwinkel.

Stöhnend rappelte sich Melanie aus dem Bett. „Ich hatte einen Albtraum! Wäääh …" Sie schüttelte sich bei der Erinnerung an den Riesenvogel.

Laura und Sandra blinzelten ebenfalls benommen unter ihren Decken hervor, sie gähnten herzhaft. Doch Lilli war am schnellsten von null auf hundert und übernahm das Kommando: „Los! Sandra, du gehst rüber ins Bad von Marie und Emma! Melanie, ab in unser Bad! Ich ziehe mich inzwischen an, dann tauschen wir! Und Laura ist sowieso gleich fertig!"

Protestlos, weil Widerstand zu viel Mühe gekostet hätte, folgte Melanie Lillis Befehl, wobei sie ein gemurmeltes „Feldwebel" nicht unterdrücken konnte. Sandra schnappte sich ihre Kleider, den Kosmetikbeutel und rauschte mit Maries Zimmerschlüssel aus dem Raum.

Laura, die in ihren Klamotten geschlafen hatte, verkündete: „Bin schon fertig!", und band ihren Pferdeschwanz neu zusammen. Inzwischen war ihr klar, dass man sie nicht alleinlassen würde, aber sie freute sich auf diesen Ausflug. Laura sah keine Gefahr, dass sie jemand erkennen könnte, ihre Mutter sah sich nicht einmal Musiksendungen im TV an.

„Das ist der Vorteil, wenn man jung ist! In unserem Alter kann man ohne Make-up nirgendwo mehr hingehen", meinte Lilli, nachdem sie in ihr Kanarienvogelkleid geschlüpft war. „Aber in dem muffigen Pulli kannst du nicht mitgehen", stellte sie dennoch fest, als sie Laura musterte. „Sandra leiht dir sicher ein Oberteil. Die Kleidung von ihr passt dir am ehesten."

Melanie hatte sich in Rekordtempo frisch gemacht, sie stürmte wohlduftend aus dem Bad. „Wie im Barockzeitalter – mit Parfum einsprühen, anstatt sich zu waschen!", gab sie Lilli, die nun ins Bad eilte, auf ihren Weg mit.

Zehn Minuten später hastete das Sextett aus dem Gebäude und bestieg das wartende Großraumtaxi. Laura trug jetzt eine seidige rosafarbene Bluse, die Sandra ihr geliehen hatte.

Vor dem Hotel Zur goldenen Welle stoben alle fluchtartig aus dem Taxi, sodass der Fahrer spöttisch anmerkte: „Aber zahlen wollt ihr schon?“

„Nein, nicht unbedingt!“, gab Melanie zurück, als sie ihm den dank seiner Wartezeit horrenden Betrag zuwarf. Dann rannte sie ihren Freundinnen hinterher.

In der Hotellobby bremste ein reges Gedränge die rennende Gruppe ab und sie mussten sich erst einen Weg bahnen. Als sie endlich hinter der Bühne eintrafen, empfing sie ein aufgeregter Franco Monetta: „Endlich, meine Damen! Sie sind zu spät! Das geht nicht, wir haben einen fixen Ablauf und müssen uns auf Sie verlassen können!“ Er blickte alle der Reihe nach tadelnd an. „Da ist aber jemand dazugekommen“, stellte Franco Monetta fest, als seine Augen an Laura hängen blieben.

„Sie singt nicht mit!“, erklärte Lilli und fügte sicherheitshalber hinzu: „Sie ist eine Nichte von mir. Ich möchte, dass sie in der Nähe bleibt!“

„Ähm …, gut, kleines Fräulein“, meinte Franco Monetta händeringend, „aber bitte, stehen Sie nicht im Weg herum und stören Sie den Ablauf nicht!“

„Ja …“, hauchte Laura ehrfürchtig.

Melanies Blick schweifte inzwischen umher, aber sie konnte Jens nirgends entdecken. *Vielleicht ist er nicht da?* Seine Nachricht fiel ihr ein: „Bis heute Abend!“ Die Stimme der Vernunft sagte Melanie, dass es besser wäre, wenn sie ihn nicht mehr sehen würde, doch sie wusste gleichzeitig, dass sie sich nichts sehnlicher wünschte.

Franco Monetta scheuchte den Prosecco-Chor zum Einsingen in das letzte freie Probezimmer. Widerstrebend folgte Melanie ihren Freundinnen, während ihre Augen weiter die Umgebung nach Jens absuchten. Im Probezimmer musste sich Melanie zuerst sammeln, bevor sie ihr Amt als Chorleiterin ausüben konnte.

Sie waren kaum fertig mit ihrem Gesang, als jemand an die Tür hämmerte und eine tiefe Stimme rief: „Es ist Zeit!“

Melanies Herz machte einen Hüpfer, es pochte schneller. *Jens!* Da sie wie angewurzelt stehen blieb, öffnete Lilli die Tür. Im Türrahmen stand Melanies Objekt der Begierde – breitschultrig und ungeniert grinsend.

Nach einer verhaltenen Begrüßung verließen die Freundinnen im Gänsemarsch den Raum. Nur Melanie hielt sich zurück. Sie wartete, bis die anderen außer Sicht waren, dann ergab sie sich Jens' Blick, der sich glühend in ihren Augen versenkte. Als Melanie mit letzter Selbstbeherrschung an dem großen Mann vorbeischlüpfen wollte, hielt er sie mit einem Arm zurück. Er drückte sie an den Türrahmen und küsste sie abrupt.

In einem ersten Impuls wollte Melanie ihn abwehren. Doch das Bedürfnis verschwand ebenso schnell, wie es gekommen war, und sie erwiderte den Kuss mit derselben Leidenschaft. Jens hielt sie mit seinen Armen gefangen, aber ihre Zungen tanzten Tango. Melanies ganzer Körper loderte, alle Bedenken verbrannten und pure Begierde erfüllte sie. *So muss es letzte Nacht gewesen sein!* Sie wünschte sich, Jens würde sie ins Zimmer zurückdrängen und mit allem beglücken, an was sie sich nicht mehr erinnern konnte.

„Jaaa …", keuchte Melanie, als Jens die Hände unter ihren Po schob und sie an seine Hüften drückte. Sie spürte seine harte Erektion an ihrem Venushügel reiben.

„Melanie?" Maries klare Stimme klatschte wie ein Kübel Eiswasser über die lustvolle Szene.

Jens ließ Melanie abrupt los, und wich einen Schritt in den Raum zurück, ohne aufzublicken. Sie ließ sein Shirt widerwillig zwischen ihren Fingern hindurchgleiten, zerrte aufgelöst an ihrem Kleid herum und registrierte Maries enttäuschten Gesichtsausdruck. Melanie erwiderte ihren Blick trotzig, doch sie schämte sich. Nicht, weil ihre Freundin sie ertappt hatte, sondern weil sie sich wünschte, Marie würde wieder verschwinden und sie mit Jens alleinlassen. Irgendwo in Melanie wurde eine rote Fahne hochgehoben: *Jetzt reiß dich zusammen!* Sie zuckte wie ein Fisch auf dem Trockenen.

„Du solltest kommen, wir sind gleich dran." Maries Stimme klang gleichmütig, sie blieb stehen und wartete.

Es kostete Melanie unendlich große Mühe, sich zu bewegen. Dann endlich stapfte sie an Marie vorbei, als wäre sie ein ferngesteuerter

Zinnsoldat. Melanie bemerkte nicht, wie Jens von Marie mit einem eisigen Blick bestraft wurde.

Und sie hörte nicht mehr Maries Vorwurf: „Sie ist verheiratet!"

Und sie hörte nicht mehr Jens Erwiderung: „Sie ist erwachsen!"

Der Auftritt war ein Desaster. Im Nachhinein hätte niemand mehr sagen können, woran es genau lag.

Vielleicht daran, dass Melanie trotz Stimmgabel den falschen Ton vorgab oder dass sie alle Einsätze verpatzte. Oder daran, dass Maries Sopranstimme versagte und sie stattdessen wie eine Heulboje klang. Oder daran, dass Emma Riesen-Lars im Publikum entdeckte und bei *Only you* völlig aus dem Takt geriet. Oder daran, dass Sandra dem Drama nichts entgegensetzen konnte, weil sie vor Unsicherheit so leise sang, dass ihre Stimme kaum noch zu hören war.

An Lilli lag es sicher nicht! Sie war, wenn man es so nennen wollte, die ‚Rampensau' des Abends und gab ihr Bestes, um die gesangliche Disharmonie des Chores auszugleichen. Sie trällerte wie eine Nachtigall und versuchte, die Ehre des Prosecco-Chors zu retten. Doch umsonst. *Wie ein elegischer Trauergesang,* dachte Lilli nach dem letzten Ton erschüttert. *Wir sollten uns auf Beerdigungen spezialisieren.*

Der höfliche Applaus fiel entsprechend kläglich aus, Franco Monetta rang sichtlich um passende Worte: „Ja, das war interessant …", stammelte er und ließ sich zu einem „manchmal läuft es nicht so, wie geplant" hinreißen, sodass auch die musikalisch Unerfahrenen im Publikum den Flop mitbekamen.

Die Freundinnen flohen beschämt von der Bühne, wichen den hämischen Blicken des nächsten Chores aus und fanden erst in ihrem Proberaum Zuflucht. Doch nicht lange.

„Was war denn das?", schimpfte Lilli mit ihren Chor-Freundinnen, kaum dass sie die Tür hinter der eingeschüchterten Laura zugeschlagen hatte. „Wozu haben wir geprobt? Dafür hätten wir nicht nach Hamburg kommen müssen! Wir können uns ja nirgends mehr blicken lassen!"

Dass sich die anderen nicht an ihrer Tirade beteiligten, machte Lilli noch wütender. Sie blickte ihre Freundinnen der Reihe nach finster an, bevor sie ihnen entgegenschleuderte: „Ihr mit eurer Vögelei – wie ein Haufen hormongesteuerter Teenager!"

Drei Köpfe duckten sich unter Lillis Worten, nur Marie reckte sich empört in die Höhe. „Jetzt mach mal eine Pause, Lilli!", beschwerte sie sich. „Du braucht nicht alle in einen Topf zu werfen!"

„Ich weiß schon, Marie, du bist zu prüde zum Vögeln! Aber vermutlich die Einzige, der hemmungsloser Sex gut tun würde …" Peng!!! Die Worte schossen aus Lillis Mund. Sie schienen wie in Zeitlupe in der Luft zu schweben, bevor sie Marie trafen. Lilli bereute ihren unüberlegten Ausbruch sofort, entsetzt machte sie einen Schritt auf ihre Freundin zu. Doch Marie hob abwehrend die Hände. Sie drehte sich auf dem Absatz um, griff nach ihren Sachen und verließ wortlos den Raum.

Die darauffolgende Stille war so laut, dass Emma das dringende Bedürfnis überkam, ihre Ohren zuzuhalten.

Lilli stand mit bleichem Gesicht da: „Das wollte ich nicht! Es tut mir so leid!" Hilfesuchend wandte sie sich an Melanie. Aber ihre Freundin klopfte ihr nicht beruhigend auf die Schulter, sondern bedachte sie nur mit einem Das-musste-ja-mal-so-kommen-Blick. Sandra stand stumm neben Laura, die wippend auf einem Sessel saß und ihre Arme um die angezogenen Knie geschlungen hatte.

„Ich sollte ihr nachgehen", krächzte Lilli.

„Ich glaube, du solltest mal gar nichts machen. Halt einfach den Mund! Und kümmere dich um Laura." Melanie schnappte sich ihren Mantel und verließ ebenfalls das Zimmer.

Emma betrachtete Lilli mitleidig, aber sie war zu aufgewühlt, um ihre Freundin zu trösten. Sie schlich mit einem kurzen „Bis später …" hinaus.

Lilli blieb mit hängenden Armen stehen. Als sie in Sandras mitfühlende Augen sah, brachen alle Dämme. Die Tränen kullerten wie aus geöffneten Schleusen über ihre Wangen. Lilli wischte mit den Händen über ihr Gesicht, weshalb sich ihr Make-up zu einer grotesken Maske verwandelte. Laura musste an einen Zombie denken und duckte sich gruselnd. Sandra legte die Arme um ihre schluchzende Freundin.

Nachtlauf

Melanie lief ziellos durch die Straßen. Zuvor hatte sie erfolglos beim Hoteleingang nach Marie Ausschau gehalten, aber sie vermutete, dass ihre Freundin eines der wartenden Taxis genommen hatte und auf dem Weg zum Hotel Rote Möwe war. Sie hatte überlegt, ebenfalls dorthin zu fahren. Doch sie war noch eingeschnappt, weil Marie den aufregenden Moment mit Jens unterbrochen hatte. Natürlich wusste Melanie, dass sie sonst von jemand anderem gestört worden wären, aber es beruhigte sie, auf Marie sauer sein zu können.

Melanie sog die kühle Nachtluft in ihre Lungen. Sie spürte, wie sie mit jedem Schritt ruhiger wurde und den schmachvollen Auftritt hinter sich ließ. Das Klappern ihrer Absätze hallte von den Wänden der Hausfassaden. Melanie war allein auf der Straße, sie musste in einem Viertel mit Bürogebäuden sein, weil es hinter den Fenstern dunkel war. Einheitliche Backsteinmauern reihten sich hier im Licht der Straßenbeleuchtung. Gelegentlich fuhr ein Auto langsam vorbei, doch Melanie lief gelassen weiter.

Sie hatte keine Angst davor, im Dunkeln allein auf der Straße zu sein. Sie konnte sich nicht erinnern, dass sie jemals um sich Angst gehabt hätte. Seit ihrer Kindheit hörte sie: „Melanie ist groß und stark, die kann auf sich selbst aufpassen!“ In der Schule war sie immer die Größte gewesen, größer als die Jungs in ihrer Klasse. Sie war Mellie-Tower! Sie hatte den Spitznamen ihrer Mitschüler gehasst und sich oft mit Fußtritten dagegen gewehrt. Wie gerne wäre sie klein und zart gewesen. Dann lernte sie Jakob kennen. Den sanften liebenswerten Jakob, der oft seinen Kopf auf ihre Schultern oder an ihren Busen legte, sodass Melanie sich manchmal wie seine Beschützerin vorkam.

Als sie an eine Kreuzung kam, bemerkte Melanie auf der gegenüberliegenden Straßenseite das einladende Leuchten eines Schildes. Matrosengrotte stand dort in roter Schrift und warmes Licht aus einigen Fenstern strahlte in die kalte Nacht. *Die haben sicher Hafenwelle!* Melanie lief zielstrebig über die Straße.

Marie packte ihren Handkoffer. Natürlich war es zu früh, weil der Heimflug erst am Sonntagabend gehen würde, doch sie musste sich beschäftigen. Zu Hause würde sie jetzt auf dem Crosstrainer stehen. Das war die beste Stressbewältigung für sie und gleichzeitig tat sie etwas für ihre Figur.

Sorgfältig legte sie alle Kleidungsstücke zusammen, die sie nicht mehr brauchen würde. Mit dem kleinen Fusselroller entfernte sie ein paar einzelne Fasern. Marie wusste, dass das unnötig war, weil sie zu Hause ohnehin alles waschen würde, egal ob sie es getragen hatte oder nicht, aber so blieb der Koffer sauber.

Ihre Gedanken schweiften immer wieder ab zu der hässlichen Szene mit Lilli, deren Worte Marie mehr verletzt hatten, als sie es jemals zugeben würde. Wie konnte Lilli nur so grob sein? Sollte Marie sich aufführen wie Melanie oder Emma? Oder gar wie Sandra? So benahmen sich anständige Frauen nicht, auch wenn Sandra und Emma ungebunden waren.

Bin ich prüde? Bin ich frigide?

Marie erinnerte sich an verletzende Worte von Johannes, die er ihr an den Kopf geworfen hatte, als er spätabends betrunken von einem Geschäftsessen nach Hause gekommen war. Er kroch zu Marie ins Bett und wollte mit ihr schlafen. Doch Marie fand seine Alkoholfahne und seinen Zustand abstoßend, also schubste sie ihn von sich.

„Marie, sei nicht so prüde! Du bist eine frigide Frau!“, hatte Johannes protestierend gelallt. Er schlief kurz darauf ein und schnarchte, während Marie mit Tränen in den Augen neben ihm lag. Am nächsten Tag entschuldigte er sich reumütig, aber tief in ihrem Inneren hatte Marie ihm nie verziehen. *Vielleicht, weil es stimmt?*

Emma lief hinter der Bühne vorbei und hörte den Gesang der Singing Ladys. Doch es war ihr einerlei, ob sie gut oder schlecht klangen. Sie konnte weder Melanie noch Marie sehen. Das hatte sie auch nicht erwartet, denn die beiden waren sicher schon auf dem Weg zurück ins Hotel.

Als Emma durch den breiten Flur ging, der am Konzertsaal vorbeiführte, schielte sie durch die offen stehenden Flügeltüren hinein. Ihr Blick glitt von hinten über die Publikumsreihen.

„Suchst du mich?“

Sie zuckte ertappt zusammen. Die bekannte raue Stimme war ganz nah an ihrem Ohr, ein heißer Lufthauch streifte ihren Nacken. Emma drehte sich langsam um. Riesen-Lars stand scheinbar gelassen vor ihr, er ließ in der rechten Hand einen Zimmerschlüssel baumeln. Doch sein Raubtierblick war alles andere als gelassen und wanderte zu ihrem tiefem Ausschnitt.

Emmas Mund öffnete sich, sie strich unbewusst mit der Zunge über ihre Lippen und musste schlucken, damit ihr der Speichel nicht aus dem Mund lief. Sie verbot sich, zu denken! Emma wollte wieder erleben, was sie in der letzten Nacht erlebt hatte.

Darum folgte sie Riesen-Lars wortlos, als er vor ihr her zum Aufzug schritt.

Sandra tätschelte Lillis Rücken: „Sch, sch, das wird schon wieder." Sie kramte in ihrer Handtasche nach einem Papiertaschentuch und reichte es ihrer Freundin.

„Neeein …", schluchzte Lilli, bevor sie in das Taschentuch trompetete. „Auch wenn es stimmt, ich hätte das nicht zu Marie sagen dürfen. Sie kann ja nichts dafür, dass sie … so ist."

„Ja", meinte Sandra einsilbig, obwohl sie gerne erzählt hätte, wie oft sie Maries abschätzige Haltung ihr gegenüber gespürt hatte. Das beherrschte ihre Schwester gut – jemandem das Gefühl zu vermitteln, dass sein Verhalten unmöglich war.

Marie war wie eine jüngere Version ihrer Mutter, mit dem Unterschied, dass diese ihre Ansichten unverblümt äußerte: „Sandra, lach nicht so laut, das machen anständige Mädchen nicht! Sandra, das Kleid ist viel zu kurz! Was? Du hast schon wieder einen neuen Freund?" Wenn ihr Vater nicht gewesen wäre, der seine jüngere Tochter stets als „meine kleine Prinzessin" bezeichnete, hätte Sandra wohl Minderwertigkeitskomplexe bekommen. Ihr Vater kritisierte sie nie und half ihr, wenn sie Unterstützung brauchte.

Als Sandra und Rainer sich hatten scheiden lassen, hatte sie ihm das gemeinsame Haus überlassen, weil es neben Rainers Elternhaus gestanden hatte. Ihr Ex-Mann hatte das Sorgerecht für Lukas bekommen und Sandra musste als Abgleich keinen Unterhalt für ihren Sohn bezahlen. Ihr Vater kaufte daraufhin eine kleine Wohnung, in der Sandra kostenlos wohnen konnte. Sie musste nur für die Nebenkosten aufkommen. Die kleine Wohnanlage lag in der noblen Villengegend, in der auch Emma lebte.

„Eine Immobilie ist immer eine gute Wertanlage“, hatte er ihr erklärt.

Sandra arbeitete seit ihrer Ausbildungszeit als Krankenschwester, sie verdiente gut. Außerdem übernahm sie viele Nachtdienste, weshalb sie sich eine ordentliche Summe ansparen konnte – das Geld, das sie Dimitri geliehen hatte.

Nachdem Lilli sich beruhigt hatte, wollte Sandra wissen, was sie am Vorabend verpasst hatte. „Was war eigentlich gestern Abend los? Was ist passiert?“

Lilli berichtete ihr alles, was es zu erzählen gab. Doch für Emmas armseliges Lügenmärchen hatte sie auch keine Erklärung. Sandra war verblüfft. Gut, dass sich zwischen Melanie und Jens etwas anbahnte, war niemandem verborgen geblieben. Dass es Johannes mit seiner Auszeit ernst meinte und er nicht so schnell zurückkehren würde, war auch zu erwarten gewesen. Aber die Sache mit Emma?

„Emma ist einfach verschwunden?“, wiederholte Sandra Lillis Worte. „Sie hat nicht erzählt, wo sie war?“

„Nein! Außer ihrer lahmen Ausrede hat sie nichts erzählt! Wir waren alle ratlos.“ Lilli stürzte sich dankbar auf das Thema, um sich von ihrem schlechten Gewissen abzulenken. „Ich meine, wenn sie einen One-Night-Stand hatte, kann sie es doch zugeben. Sie betrügt ja niemanden. Wer sollte etwas dagegen haben? Ich würde es ihr gönnen.“ Sie fand ohnehin, dass Emma wie eine Nonne lebte.

„Ist schon merkwürdig, es kann nur etwas sein, was sie auf keinen Fall erzählen möchte!“, kombinierte Sandra das Offensichtliche. Was das wohl war?

„Vielleicht ist sie lesbisch?“ Lilli hatte wieder zu ihrer unverhohlenen Spontanität zurückgefunden.

„Meinst du? Das kann ich mir nicht vorstellen! Sie war doch eine Zeit lang mit diesem Tischler zusammen, der sie dann verlassen hat.“ Sandra konnte sich noch gut an die niedergeschlagene Emma erinnern.

„Das wäre nicht das erste Mal, dass jemand erst später darauf kommt, was er für Vorlieben hat!“, lautete Lillis freudscher Beitrag. „Vielleicht outet sie sich noch?“ Sie klang begeistert und stellte es sich interessant vor, eine lesbische Freundin zu haben.

„Bitte halte dich mit deiner Vermutung besser zurück.“ Sandra musste ihre Freundin bremsen, bevor diese später mit einer weiteren unbedachten Äußerung das nächste Drama auslösen würde.

Ihr Blick fiel auf Laura, die mit angezogenen Beinen auf einem Sessel kauerte. *Arme Kleine – du wärst zu Hause vielleicht besser aufgehoben.* Sandras Gedanken wanderten zu ihrem Sohn Lukas, der sich dazu entschieden hatte, bei seinem Vater zu leben. Viele Menschen in ihrem Umfeld hatten versucht, ihr deswegen ein schlechtes Gewissen einzureden. „Ein Kind gehört zu seiner Mutter! Wie kannst du nur nachgeben?“, hatte ihre Mutter geklagt. Auch Marie und ihre Chor-Freundinnen äußerten sich kritisch, weil Sandra Lukas' Wunsch nachgab, anstatt um ihren Sohn zu kämpfen.

Es war eine harte Zeit für Sandra gewesen. Sie hatte sich wie eine Rabenmutter und Versagerin gefühlt. Aber was hätte sie tun sollen? Rainer war ausgerastet, als er von ihrer Affäre mit einem Assistenzarzt erfahren hatte, und Lukas war so enttäuscht gewesen, dass er lange Zeit nicht mehr mit seiner Mutter reden wollte. Doch Sandra wusste, dass Lukas bei seinem Vater gut aufgehoben war, und Rainer liebte seinen Sohn über alles. Irgendwann hatte sich ihr Verhältnis zu Lukas wieder normalisiert, er verbrachte jetzt jedes zweite Wochenende bei seiner Mutter.

Auch Lilli schien Lauras Anwesenheit wieder zu bemerken und meinte: „Na, Kleine, du denkst sicher: vom Regen in die Traufe.“ Sie beugte sich zu Laura und strich ihr eine Strähne aus dem Gesicht. „Komm, wir fahren zurück in unser Hotel.“

Der Oberkörper der Frau hing schief über dem Tresen.

„Dieser blöde Barhocker, da sitzt man wie auf einer Schaukel ...“ Sie nahm den letzten Schluck von einem weiteren Glas Hafenwelle und nuschelte dem Barkeeper entgegen: „Noch mal dasselbe!“

Der freute sich zwar, wenn seine Gäste teure Drinks bestellten, war aber nicht scharf darauf, dass jemand seinen Bartresen vollkotzte. Zudem war die Frau nicht gerade eine Gazelle, die man leicht anheben konnte, wenn sie umkippte.

Der Barkeeper hatte bald durchschaut, dass die Frau sich nur volllaufen lassen, aber nicht abgeschleppt werden wollte. Er machte seinen Job schon lange genug. Anfangs versuchten noch ein paar Typen in der Bar, bei ihr zu landen: „Hallo schöne Frau, darf ich dich einladen“ oder: „So allein, Süße?“

Die Große hatte alle Angebote abgelehnt. „Danke, hab schon genug Probleme!“

Der Barkeeper wäre dankbar gewesen, wenn sie sich auf einen Kerl eingelassen hätte. Dann würde ihm erspart bleiben, was er unausweichlich auf sich zukommen sah. Er blickte in ihre glasigen Augen. „Bist du sicher, dass du noch was verträgst, Süße? Ich glaub, ich ruf lieber ein Taxi! Schlaf dich aus, morgen sieht alles anders aus“, riet er seinem lallenden Gast.

„Nein! Nix sieht morgen besser aus! Ist dasselbe Drama wie heute!“, maulte die Betrunkene.

„Wo wohnst du denn? In einem Hotel? Sag mir die Adresse, ich ruf dir ein Taxi.“ Der Barkeeper gab nicht auf, Hafenwelle war verdammt harter Tobak.

Die Frau warf ihm einen wütenden Blick zu: „Wenn ich nix mehr krieg, dann geh ich halt woanders hin!“

Das wäre dem Barkeeper ohnehin am liebsten gewesen, aber leider kam ihre Entscheidung zu spät. Die Frau wollte sich vom Tresen wegschieben, damit sie aufstehen konnte. Sie verhakte sich jedoch mit den Beinen in den Fußstützen des Barhockers und kippte samt diesem um. Wumm! Mit einem lauten Poltern stürzte die Frau zu Boden, sie blieb dort regungslos liegen.

„Na, super!“, rief der Barkeeper genervt und lief um den Tresen herum.

Als Lilli und Sandra, gefolgt von Laura, ihr Hotelzimmer betraten, wartete ein leerer Raum auf sie. „Wo ist Melanie?“ Lilli blickte verwundert zu Sandra, die nur ihre Augenbrauen hob. Sie fragte kleinlaut: „Schaust du nach, ob sie bei Marie ist?“

„Sicher“, meinte Sandra achselzuckend, sie wählte die Nummer ihrer Schwester.

Marie nahm sofort ab und blaffte für alle gut hörbar: „Ja? Was ist?“

„Hallo, Marie.“ Sandra unterdrückte ihren Unmut: „Ist Melanie bei dir?“

Lilli beobachtete gespannt ihre Freundin, während diese stirnrunzelnd ihrer Schwester zuhörte. „Nicht, aha … und Emma? Auch nicht! Danke, Ma…“ Sandras Stimme brach ab, sie blickte pikiert auf ihr Handy.

Dass Marie einfach aufgelegt hatte, kümmerte Lilli im Augenblick aber nicht. „Was? Beide sind nicht da!“, rief sie. „Nicht schon wieder!“

Katzenjammer II

Es klingelte. Lilli schreckte aus ihrem unruhigen Schlaf und tastete zuerst mit der Hand auf das Bett neben ihr, das immer noch leer war. Dann fischte sie nach ihrem Handy auf dem Nachttisch. Sie starrte auf die unbekannte Nummer, bevor sie den Anruf mit einem mulmigen Gefühl entgegennahm.

„Ja …", sie rappelte sich zögernd hoch.

„Guten Abend, sind Sie Frau Lilli?", fragte eine amtlich klingende Männerstimme.

Normalerweise hätte sie über „Frau Lilli" gelacht, aber eine kalte Woge schlug in ihrem Magen einen Purzelbaum. „Ja …" Sie hielt den Atem an.

„Hier ist die Polizeidienststelle Hamburg-Mitte – Kommissar Müller. Wir kontaktieren Sie, weil die weibliche Person keine Notfallnummer gespeichert hat und Sie die letzte Anruferin sind, die vor einigen Stunden ihre Nummer gewählt hat."

In Lillis Kopf hallten die Worte des Polizisten, als wäre er ein großer Lautsprecher. Am liebsten hätte sie das Telefon weggeworfen und sich unter der Bettdecke verkrochen. Doch der Hörer klebte irgendwie an ihrem Ohr fest.

Inzwischen waren auch Laura und Sandra aufgewacht. Eine von beiden hatte das Licht angeschaltet, mit bleichen Gesichtern starrten sie auf Lilli.

„Was ist mit Melanie?", fragte sie automatisch. Ihre Stimme klang fremd, so als würde eine andere Frau reden.

„Die weibliche Person, zirka Mitte vierzig, knapp 190 Zentimeter groß, kinnlanges dunkles Haar, heißt Melanie?", fragte der Polizist. Vor Lillis geistigem Auge las er die Frage von einem Fahndungszettel ab.

„Ja, Melanie ist meine Freundin! Wir sind wegen eines Gesangswettbewerbes in Hamburg", erklärte Lilli, wobei sich ihre Angst langsam in Ungeduld verwandelte. *Nun sag schon,* drängte sie in Gedanken. *Das Hinauszögern macht es auch nicht besser!* Eine innere Stimme sagte Lilli aber auch: Wenn was Schlimmes passiert wäre, hätte die Polizei ihr Handy geortet und persönlich an der Tür geklopft, nicht bloß angerufen! Schließlich sah sie jeden Sonntag Tatort im TV.

„Ihre Freundin ist gestürzt, sie befindet sich derzeit in der Notaufnahme im Krankenhaus. Wir können noch nichts Genaues sagen, da sie bei der Einlieferung bewusstlos war", erklärte der Polizist endlich.

Lillis Gedanken überschlugen sich: „Hatte sie einen Unfall auf der Straße?"

„Nein, es ist wohl in einer Bar passiert." Weitere Details verschwieg der Polizist.

Lilli entspannte sich bereits nach dem Wort „Bar" wieder. Sie konnte sich gut vorstellen, wie ihre Freundin dort verunglückt war. Melanie war sicher vom Barhocker gefallen. „In welchem Krankenhaus ist sie?", fragte Lilli beinahe erleichtert und deutete mit dem Daumen nach oben hinzu den beiden beunruhigt dreinblickenden Gesichtern.

Melanie erwachte. Ihr Kopf hämmerte schmerzhaft, sie hob stöhnend den Arm, weil sie ihre geschlossenen Augen vor dem grellen Licht über sich abschirmen wollte. „Au!" Sie hielt in der Bewegung inne. Irgendetwas hatte sie in den Unterarm gestochen. Als sie blinzelnd die Augenlider hob, sah sie ein transparentes Kabel, das an ihrem Arm hing.

Melanies Augen gewöhnten sich an das helle Licht, und sie nahm langsam ihre Umgebung wahr. „Wo zum Teufel …?" *Wo bin ich?*

Die Helligkeit kam von einem großen eckigen Lichtbalken an der Decke. Melanie befand sich nicht in ihrem Hotelzimmer, sondern sie lag in einem Bett mit Schutzgittern auf beiden Seiten. Das Kabel an ihrer Hand führte zu einem metallenen Ständer, an dem ein Beutel mit einer klaren Flüssigkeit hing. Sie drehte vorsichtig ihren schmerzenden Kopf und erblickte neben sich ein weiteres Bett, das leer war.

Ich bin im Krankenhaus! Die Erkenntnis traf Melanie mit einem Schlag, das Pochen in ihrem Kopf steigerte sich. „Hallo! Hilfe?", rief sie mit krächzender Stimme. Dann bemerkte sie den roten Knopf an einem überhängenden Bügel in Greifweite. Melanie drückte darauf.

Sekunden später öffnete sich die Tür und eine hellgrün gekleidete Schwester trat schwungvoll herein. „Hallo, Sie sind wach! Sehr gut! Wie geht's Ihnen?"

Die fröhliche Stimme der Schwester dröhnte in Melanies Kopf. „Ahhh … Warum bin ich im Krankenhaus?“, stammelte sie hilflos.

„Sie erinnern sich nicht? Sie wissen nicht, was passiert ist?“ Die Schwester blickte besorgt auf ihre Patientin.

Melanie schüttelte reflexartig den Kopf und zuckte zusammen. Dann piepste sie: „Nein …“, bevor ihre Augen feucht wurden.

„Ganz ruhig sch… sch…“ Die Schwester zauberte ein Papiertüchlein von irgendwoher und reichte es Melanie. „Ich hole jetzt den Arzt!“ Nach einem prüfenden Blick auf den Flüssigkeitsbeutel eilte sie aus dem Zimmer.

Über Melanies Wangen rollten warme Tränen. Sie hob die kabelfreie Hand, um sich vorsichtig die Nase zu putzen. „Auuu …“, das Schnäuzen tat ebenfalls weh.

Zwischen Melanies Beinen zog es unangenehm. Sie sah seitlich an ihrem Bett einen großen Beutel, halb voll mit gelber Flüssigkeit hängen. *Oh, Gott, ich habe einen Katheder!* Melanie tat sich unendlich leid. Warum war sie im Krankenhaus? Sie wusste, dass sie in Hamburg war: die Chorreise, der Wettbewerb, Jens, der Auftritt, der Streit, sie allein auf der Straße – und dann war da nichts mehr. *Was ist passiert? Wissen es die Mädels schon? Weiß es Jakob schon?*

Der Arzt unterbrach Melanies Grübeleien, als er ins Zimmer rauschte. „Hallo! Gut, dass Sie wieder bei Bewusstsein sind!“

Er erklärte Melanie, dass sie außer einer leichten Gehirnerschütterung und ein paar Abschürfungen keine ernsthaften Verletzungen habe. Doch er zeigte sich besorgt über Melanies Gedächtnislücke. Er fragte nach, ob sie sich an irgendwelche Einzelheiten in der Bar erinnern könne, was Melanie aber verneinte. Der Arzt leuchtete ihr mit einem grellen Licht in die Augen und fragte anschließend nach den unterschiedlichsten Dingen. Ob sie das aktuelle Datum wisse, ob sie verheiratet sei, wie ihr Mann heiße, wie viele Kinder sie habe und warum sie in Hamburg sei. Melanie konnte alle Fragen beantworten.

„Vermutlich Teilamnesie durch das Hirntrauma“, diagnostizierte der Arzt. „Es kann ein paar Tage dauern, bis die Erinnerung wieder da ist. Natürlich kommt dazu der hohe Promilleanteil im Blut! Das muss Ihnen im Moment aber keine Sorgen machen, sie werden gut durchgespült.“

Melanie war dankbar, dass der Arzt darauf verzichtete, ihr Vorhaltungen wegen des hohen Alkoholkonsums zu machen. Und ihr fiel die Nacht mit Jens ein, die sich ihrem Gedächtnis ebenfalls entzogen hatte, doch sie erzählte dem Arzt nichts davon. Dennoch war Melanie sich sicher, dass sie die Ereignisse in der ominösen Bar gerne dem ‚Gott des Vergessens' geopfert hatte.

„Falls Sie Ihren Mann anrufen wollen, Ihr Telefon liegt auf dem Nachttisch. Die Schwester kann Ihnen behilflich sein", bot der Arzt an.

Gott bewahre, dachte Melanie und fragte stattdessen: „Wie spät ist es eigentlich?"

„Es ist viertel nach fünf am Morgen. Sie sind seit drei Stunden hier. Gut, dass Sie so schnell aufgewacht sind", meinte der Arzt und fügte hinzu, „aber wir werden Sie heute zur Beobachtung hierbehalten!"

„Nein, das geht nicht! Mein Rückflug geht heute Abend!", erwiderte Melanie panisch.

„Davon rate ich Ihnen ab!" Der Arzt betrachtete sie stirnrunzelnd. „Jetzt schlafen Sie erst einmal aus. Soll Ihnen die Schwester etwas zur Beruhigung geben?"

Mit einem Schlag fielen Melanie ihre Freundinnen wieder ein. Ob sie vermisst wurde? *Nein, die werden vermuten, dass ich wieder bei Jens bin!*

Plötzlich empfand Melanie nur noch unendliche Müdigkeit, sie wollte einfach an nichts mehr denken müssen. Sie bat den besorgt blickenden Arzt: „Ich hätte gerne etwas zum Einschlafen."

Eine Stimme quasselte pausenlos.

Jetzt halt endlich mal deinen Schnabel! Melanie versuchte, mit einer Handbewegung die Quelle des Lärms zu verscheuchen wie einen lästigen Fliegenschwarm.

„Sie schläft schon so lange! Sie müsste längst wach sein. Ich möchte wissen, wie es ihr geht", schnatterte Lilli. „Haben Sie gesehen, sie hat gerade ihre Hand bewegt! Sie wacht auf!"

„Meine Güte, Lilli, du könntest eine Tote auferwecken", beschwerte sich Melanie schlaftrunken, sie blinzelte durch ihre Wimpern.

Lilli stand mit den Händen an ihren Hüften am Krankenbett und blickte selbstgefällig auf die Krankenschwester, die neben ihr stand. Diese antwortete ihr mit einem Das-ist-ja-kein-Wunder-Blick.

„Wie geht es dir?", fragte Lilli und musterte Melanie kritisch.

„Bis du mich geweckt hast, war alles wunderbar!", übertrieb Melanie. Doch sie spürte, dass es ihr tatsächlich besser ging. Das Hämmern in ihrem Kopf war verschwunden, aber ihr war noch ein wenig schwindelig.

„Wie geht es Ihnen?", wollte die Krankenschwester wissen. „Deutlich besser?"

„Ja, danke. Ich glaub das Schlimmste habe ich hinter mir." Melanie wollte sich aufsetzen, doch die Nadel in ihrem Arm ziepte. „Autsch!"

„Die Infusion ist gleich fertig. Der Arzt hat gesagt, wir können sie abhängen, sobald es Ihnen besser geht. Der Katheder wird später gezogen", erklärte die Schwester.

„Wie spät ist es?" Melanie griff nach ihrem Telefon und erschrak. Es war bereits Nachmittag! Sie stellte ihr Handy hastig auf Empfang, woraufhin einige entgangene Anrufe und Nachrichten eintrudelten: von Lilli und Jakob! „Oje!", keuchte Melanie: „Ich muss Jakob anrufen! Wann geht der Flug, Lilli? Ich muss mich sofort anziehen!" Ein heftiges Pochen in ihrem Kopf zwang sie, sich wieder hinzulegen. Sie griff sich stöhnend an die Stirn.

„Sie sollten jetzt Ruhe halten und sich nicht anstrengen! Eine Gehirnerschütterung muss man ernst nehmen! Ich hole den Arzt!" Mit einem vorwurfsvollen Blick auf Lilli verließ die Schwester das Zimmer.

Lilli blieb unbeeindruckt, sie wandte sich an ihre Freundin: „Keine Panik, Melanie, der Flug geht erst um acht am Abend! Aber, Mensch, was machst du denn für Sachen? Kannst du dich an etwas erinnern? Ich habe der Schwester vorgeflunkert, dass ich deinen Mann informiert habe, sonst hätte sie das vermutlich selbst gemacht."

„Nein, Lilli, das hätte sie nicht getan! Ich kann selbst entscheiden, was ich tun und lassen will! Ich will nicht, dass Jakob etwas davon erfährt! Ich will, dass die Schläuche rauskommen und ich will nach Hause fliegen! Die sollen mir ein paar Schmerztabletten geben! Und nein, ich erinnere mich nicht an den Sturz oder wo ich war! Ist das Verhör jetzt beendet? Und hoffentlich krieg ich bald was gegen meine

Schmerzen … nein, ich darf jetzt nicht weinen." Melanie hielt sich wimmernd die Hände vor ihr Gesicht.

Lilli streichelte besorgt Melanies Arm und verkniff sich einen weiteren Kommentar.

Eine halbe Stunde später öffnete sich vorsichtig die Tür, Sandra schaute herein. Als sie sah, dass Melanie wach war, betrat sie mit Laura den Raum. Beide waren in die Cafeteria gegangen, weil die Krankenschwester gegen zu viel Besuch auf einmal ein Veto eingelegt hatte und Lilli unbedingt an Melanies Bett Krankenwache halten wollte.

Als Begrüßung formte Lilli mit dem Zeigefinger ein: „Sch…", an ihren Mund. Die Schwester hatte Melanie inzwischen eine Schmerztablette gegeben und angekündigt, dass der Arzt bald den Katheder entfernen würde.

„Wo sind Marie und Emma?" Melanie ignorierte Lillis Krankenwärterblick und wandte sich an Sandra. Die Tablette wirkte bereits, sie fühlte sich besser.

„Marie wollte nicht mitkommen, aber sie lässt dir gute Besserung ausrichten und dass wir uns am Flughafen treffen. Emma schickt dir einen lieben Gruß. Sie hat auch gesagt, dass zu viel Besuch nicht gut für dich ist."

Emma war erst am Vormittag wieder aufgetaucht, mit einem merkwürdig gelösten Gesichtsausdruck, sodass Sandra vermutete, dass sie eine tolle Nacht mit-wem-auch-immer hinter sich hatte. Aber sie hoffte gleichzeitig, dass keine Drogen im Spiel waren, und beschloss, ihre Bedenken für sich zu behalten. Sandra trat an Melanies Krankenbett, begutachtete den Inhalt des Katheders und tätschelte mit einem aufmunternden Lächeln die Hand ihrer Freundin.

Als Melanies Blick auf Laura fiel, dämmerte ihr ein weiteres ungelöstes Problem. *Oh, Gott, die Kleine!* Aber sie konnte sich jetzt unmöglich um Laura kümmern, das musste Lilli übernehmen.

„Laura, bist du so nett und holst mir bitte etwas Süßes aus der Cafeteria? Vielleicht haben sie dort Schokolade?"

Laura, die neben Lilli stand, nickte unschlüssig.

„Lilli, gib ihr etwas Geld!", forderte Melanie.

Ihre Freundin beschwerte sich nicht, sie zog einen Zehneuroschein aus dem Portemonnaie. Lilli gab Laura das Geld, die scheinbar froh über den Auftrag war und eilig aus dem Zimmer huschte.

„Du musst dich um Laura kümmern, Lilli!“, befahl Melanie.

Lilli zuckte überrumpelt zusammen: „Was? Ich? Aber wie? Ich kenn mich nicht aus mit Kindern!“

„Erstens ist sie kein kleines Kind mehr und zweitens hast du sie aufgelesen. Lass dir was einfallen! Du musst sie auf jeden Fall nach Hause bringen! Ich möchte sicher sein können, dass sie bei ihrer Mutter ist, wenn wir nach Hause fliegen. Bis der Arzt den Katheder entfernt hat und mich entlässt, wird die Zeit knapp genug, dass ich es noch rechtzeitig zum Flughafen schaffe. Jemand muss meine Sachen zusammenpacken, das machst du, Sandra! Du kommst mich dann abholen und wir fahren direkt vom Krankenhaus zum Flughafen“, ordnete Melanie an.

Eine beruhigende Nachricht an Jakob hatte sie bereits abgeschickt: „Tut mir leid, dass ich nichts von mir habe hören lassen, aber wir sind alle ziemlich verkatert und müssen zusehen, dass wir bis zum Abflug wieder fit sind! Haben leider nicht gewonnen ☹ und uns mit (hier fügte Melanie sämtliche Getränkesymbole ein) getröstet. Bis später – ich freu mich auf dich!☺“

Das sollte vorerst genügen, sie würde Jakob später anrufen. Melanie wollte mit ihrem Mann am Telefon sprechen, bevor sie in seine treuen braunen Augen blicken und ihm irgendwelche Lügengeschichten erzählen musste.

Lillis Herz klopfte aufgeregt, als sie mit Sandra und Laura das Krankenhaus verließ. Sie überlegte hin und her, wie sie Laura zu ihrer Mutter bringen konnte. Da die Zeit knapp wurde, beschloss sie, ihren Schützling ohne Umschweife mit den Tatsachen zu konfrontieren. Sie hielt Laura, die Sandra in die U-Bahn-Station folgen wollte, am Arm fest und sagte: „Laura, du gehst nicht mit uns ins Hotel zurück! Wir fahren jetzt zu deiner Mutter!“

Das Mädchen zuckte zusammen und starrte Lilli entsetzt an.

Sandra, die froh war, dass sie nur Melanies Koffer packen musste, winkte kurz und verschwand mit einem: „Alles Gute!“, über die Treppe in die U-Bahn-Station.

„Wo wohnst du?“, fragte Lilli mit strengem Blick.

Laura sah aus, als wolle sie jeden Moment die Flucht ergreifen.

„Falls du abhauen willst, warne ich dich, ich bin verdammt schnell!“ Lilli verschränkte die Hände vor ihrer Brust: „Sag schon, wo geht’s lang?“

In Lauras Gesicht war abzulesen, dass sie fieberhaft nach einer Ausrede suchte. Sie stammelte: „Ähm … ich geh nicht nach Hause.“

„Doch, das tust du!“, befahl Lilli gnadenlos. „Und du zeigst mir jetzt, wo es lang geht!“

Laura presste die Lippen aufeinander, sie erwiderte Lillis Blick trotzig.

Das nützt dir nichts! „Ich kann auch die Polizei anrufen!“, drohte sie dem Mädchen.

Lauras Pressmund formte sich zu einem erstaunten: „Oh!“

„Genau! Nun sag schon, wohin müssen wir?“, bellte Lilli, obwohl sie langsam ein schlechtes Gewissen bekam.

Wenn Laura Lilli besser gekannt hätte, wäre sie jetzt in Tränen ausgebrochen und hätte damit Lillis Entschlossenheit ins Wanken gebracht. Stattdessen zeigten deren Verhörmethoden ihre Wirkung, denn das Mädchen rückte kleinlaut mit der Adresse heraus. Lilli winkte einem Taxifahrer, der gerade Krankenhausbesucher entließ. „Geht schneller!“, sagte sie und schubste Laura vor sich her zu dem wartenden Auto.

Während der Fahrt schwiegen beide. Laura starrte in ihren Schoß. Sie bereute, dass sie nicht fortgelaufen war, als Melanie sie zum Schokoladekaufen geschickt hatte. Doch sie wollte so lange wie möglich mit den irgendwie verrückten, aber hilfsbereiten Frauen zusammenbleiben, bevor sie sich überlegen musste, was sie nach deren Abreise tun würde. *Das hab ich nun davon!*

Lilli betrachtete inzwischen die trostlose Gegend, die an ihrem Fenster vorbeizog. Hohe unattraktive Plattenbauten säumten die Straße. Ein paar schmächtige Bäume, die gedrängt auf einem schmalen Grünstreifen wuchsen, waren der einzige Lichtblick.

Vor einem Hochhaus, auf dessen Fassade ein Graffitibanause „Fuck you“ gesprüht hatte, blieb das Taxi stehen. Lilli bezahlte den Fahrer, während Laura ausstieg. Dann verharrten beide auf dem Gehweg, bis das Auto weggefahren war.

„Hier?“, fragte Lilli, obwohl sie die Adresse bereits kontrolliert hatte.

„Ja, hier. Danke und tschüss!“ Laura sputete zum Eingang, aber so leicht entkam sie Lilli nicht.

„Ich gehe mit hinauf!“ Lilli ignorierte Lauras erschrockenen Blick. Sie trat an die Haustür, um die Namensschilder zu studieren. „Welche Klingel muss ich drücken?“

Melanie saß auf dem Duschsessel und ließ das warme Wasser über ihren Rücken laufen. Sie hatte sich geweigert, im Beisein einer Pflegerin zu duschen. Stattdessen stand Sandra, die Melanies Gepäck gebracht hatte, vor der angelehnten Tür Wache.

„Ist alles in Ordnung?", fragte Sandra im Minutentakt, bereit, ihrer Freundin jederzeit zu helfen.

„Wenn du nicht dauernd fragen würdest, wäre ich viel schneller", gab Melanie zurück.

Also beschränkte sich Sandra darauf, ihre Ohren zu spitzen und auf die Geräusche aus dem Waschraum zu hören.

Melanie ging es wieder besser. Der Arzt hatte, nachdem ihre Freundinnen und Laura gegangen waren, den Katheder gezogen. Eine halbe Stunde später konnte sie zum ersten Mal Harn auf der Toilette ausscheiden, und als die Schwester das Ergebnis begutachtet hatte, kam der Arzt mit den Entlassungspapieren.

„Sie verlassen das Krankenhaus gegen meine Empfehlung!", erklärte ihr der Mediziner, er betrachtete Melanie mit ernstem Blick. „Und ich rate Ihnen davon ab, heute eine Flugreise zu machen! In jedem Fall sollten Sie zu Hause Ihren Arzt aufsuchen und sich bei akuten Beschwerden sofort in ein Krankenhaus begeben!"

Melanie unterzeichnete die Papiere mit entschlossener Miene. „Ja, danke, ich habe Sie verstanden!"

Als der Arzt das Zimmer verlassen hatte und Melanie darauf wartete, dass Sandra kam, stand ihr eine weitere Hürde bevor. Sie starrte auf ihr Handy und überlegte, was sie ihrem Mann erzählen sollte. Jakob war kein misstrauischer Mensch. Wenn Melanie spät in der Nacht von einer Chorprobe nach Hause kam oder mit ihren Freundinnen ausging, stellte er am nächsten Tag keine Fragen. Er begnügte sich mit dem, was Melanie von sich aus erzählte.

Jens Gesicht schob sich in Melanies Gedanken. Wo er wohl war? Ob er eine der anderen Frauen vom Wettbewerb abgeschleppt hatte? Vielleicht eine aus dem Siegerchor, als eine Art Zusatzpreis? *Ein Ritt auf dem tollsten Hengst hinter der Bühne!* Melanie schämte sich für den gehässigen Gedanken. Seit dem erotischen Zwischenspiel vor dem Auftritt hatte sie Jens nicht mehr gesehen. Irgendwo müsste sie den Zettel mit seiner Telefonnummer haben. *Ob er meine Nummer hat?* Melanie konnte sich nicht daran erinnern, ihm ihre Nummer gegeben zu haben.

Sie schob die Gedanken an Jens beiseite und atmete tief durch. Dann wählte sie Jakobs Nummer, er meldete sich sofort.

„Hallo, mein Schatz! Wie geht's meiner Singdrossel?" Jakobs fröhliche Stimme legte sich warm um Melanies Herz. Sie schloss ihre Augen und stellte sich sein vertrauensseliges Gesicht vor. Melanie musste sich zusammennehmen, damit sie nicht in Tränen ausbrach.

„Hallo, Liebster! Ich denke, dass Schlimmste habe ich hinter mir. Wie du hören kannst, hab ich gesanglich alles gegeben", hatte Melanie das Krächzen in ihrer Stimme erklärt. Dann berichtete sie ihrem Mann einsilbig vom Ablauf des Wettbewerbs, bis Jakob meinte, sie solle lieber ihre Stimme schonen und ihm zu Hause alles erzählen.

Melanies Laune sank bei dieser Erinnerung trotz des aufmunternden warmen Wassers wieder in den Keller. Sie tat sich unendlich leid.

„Jetzt reicht es aber! Ich helfe dir beim Abtrocknen, sonst verpassen wir noch das Flugzeug", unterbrach Sandra die ‚Selbstmitleidsdusche' ihrer Freundin.

Emma saß neben Marie auf einer Bank in der Nähe des Check-in-Schalters. Seit sie hier warteten, hatten sie kaum ein Wort miteinander gesprochen. Das ging schon den ganzen Tag so.

Als Emma am Vormittag im Hotelzimmer aufgetaucht war, hatte Marie sie knapp begrüßt: „Hallo, ich geh frühstücken", und sich ein „Du willst dich sicher frischmachen" nicht verkneifen können, bevor sie aus dem Raum gerauscht war.

Doch Emma hatte bereits geduscht. Sie spürte noch die kalten Fliesen an ihrem Rücken, als Riesen-Lars sie mit seinem Körper an die Duschwand gedrückt und sich heftig in sie gebohrt hatte. Sie hatte ihre Beine um seine Hüften geschlungen, damit sie nicht nach unten rutschte und hielt sich mit einer Hand an der Duschstange fest. Doch Riesen-Lars war stark genug. Er stemmte sie mit seinem kräftigen Körper an die Wand. Und Emma erwartete, dass die Fliesen an ihrem nackten Rücken in tausend Stücke zerbrechen würden, als ihr Inneres in einer Flutwelle aus Lust explodiert war.

Sie hatte nicht viel geschlafen. Emma wusste nicht einmal mehr, wie oft Riesen-Lars in sie eingedrungen war. Sie wunderte sich nicht über sein Stehvermögen, denn ihr war klar, dass er Potenzpillen nahm.

Emma kam es vor, als wären alle Dämme in ihrem Körper gebrochen. All die Schutzdämme ihres Gewissens, die ihr zuflüsterten: „Sowas tut man nicht … das ist nicht gut für dich …“, und die sie warnten: „Wohin soll das führen?“ Ihr Körper hatte sich selbstständig gemacht, sich geholt, was er bisher nicht vermisst hatte und was er möglicherweise nie mehr bekommen würde.

Sie sprachen kaum miteinander, Emma wollte sich sowieso nicht unterhalten. Riesen-Lars beschränkte sich darauf, ihre weiblichen Attribute mit obszönen Ausdrücken zu bezeichnen und Kommandos zu geben wie: „Heb deinen Hintern! Dreh dich um und bück dich!“

Am Morgen, nach dem Sex in der Dusche, hatte sich Riesen-Lars erschöpft hingelegt, er war sofort eingeschlafen. Emma duschte sich noch einmal und zuckte zusammen, weil die Waschlotion auf ihren wunden Schamlippen brannte. Sie sann einen kuriosen Moment lang darüber nach, ob sich ihre Vagina in den letzten Stunden geweitet hatte.

Als sie aus dem Bad kam, schnarchte Riesen-Lars noch immer. Sie zog sich rasch an und verließ leise das Hotelzimmer. Emma wollte kein weiteres Mal das Angebot bekommen, als Prostituierte zu arbeiten.

Nun saß sie mit Marie am Flughafen und wartete auf die anderen. Lilli hatte ihr beim Frühstück von Melanies nächtlichem Unfall berichtet. Doch sie hatte sich außerstande gefühlt, ihre Freundin im Spital zu besuchen. Es war einfacher, Maries schweigende Verachtung zu ertragen, als sich den unausweichlichen Fragen von Lilli stellen zu müssen.

Sie liefen durch das muffig riechende Treppenhaus nach oben. Ihre Absätze klapperten auf den gescheckten Steinfliesen im Stil der 70er-Jahre. Im dritten Stock blieben sie vor einer Wohnungstür mit dem Namensschild: Huber stehen. Lilli nickte Laura, die ihre Hände hinter dem Rücken verschränkt hielt, zu. Ins Haus waren sie von einem anderen Bewohner gelassen worden, weil niemand auf das Drücken der Türglocke reagiert hatte. *Ich muss wissen, dass Laura gut aufgehoben ist!*

„Jetzt mach schon, du wohnst hier! Keine Angst, ich bin ja bei dir!" Lilli schubste Laura, obwohl ihr eigenes Herz aufgeregt klopfte. *Was ist, wenn dieser gewalttätige Freund da ist?*

Laura klingelte zögernd. Gespannt warteten sie darauf, dass sich die Tür öffnete. Doch es rührte sich nichts. Nun drückte Lilli mehrmals hintereinander den Klingelknopf. Ein „knät, knät" war gut zu hören, doch niemand machte auf. Lilli bemerkte Lauras hoffnungsvollen Blick und wusste, dass das Mädchen sich wünschte, die Tür bliebe geschlossen.

„Hast du keinen Schlüssel?", fragte Lilli sinnloserweise, denn sie war sich sicher, dass Laura nicht freiwillig damit herausrücken würde.

Wie erwartet schüttelte Laura den Kopf: „Nein, ich hab keinen Schlüssel. Ich geh immer zu meiner Freundin Gina, bis Mama kommt." Lauras Erleichterung war unüberhörbar.

Lilli überlegte, ob sie Laura durchsuchen sollte. Sie stellte sich jedoch vor, wie es aussehen würde, wenn sie bei einem Handgemenge mit Laura von einem Nachbar beobachtet wurde. *Verdammt! Was soll ich jetzt machen?* Sie konnte nicht stundenlang hier warten! Lilli wollte die Klingel erneut drücken, als sie ein helles Aufblitzen hinter dem Türspion wahrnahm. *Ich hab's doch gewusst!*

Lilli pochte mit der flachen Hand an die Tür: „Hallo, Frau Huber! Ich weiß, dass Sie da sind! Ich stehe hier mit Ihrer Tochter Laura! Machen Sie bitte die Tür auf!"

Sie hörten das Umdrehen des Schlüssels im Schloss, bevor sich die Tür einen Spaltbreit öffnete. Eine Frau mit verschlafenen Augen und zerzausten Haaren starrte Lilli entgegen. „He! Was soll das? Mach nicht so einen Lärm!" Dann fiel ihr Blick auf Laura: „Laura? Kommst du auch wieder mal heim! Du Streunerin …" Ihre Mutter hielt die Tür jedoch weiter nur einen spaltbreit geöffnet.

Lilli wurde wütend: „Genau! Das ist Ihr Kind, Frau Huber! Das Sie seit ein paar Tagen nicht mehr gesehen haben! Würden Sie vielleicht so freundlich sein und uns hineinlassen?" Lauras Mutter musterte Lilli argwöhnisch, gab aber endlich die Tür frei, um die beiden einzulassen.

In dem dunklen Flur roch es nach kaltem Rauch. Lilli rümpfte die Nase. *Noch nie was von Lüften gehört?* Sie folgte der Frau in einen kleinen

Wohnraum, während Laura hinterhertappte, als wäre sie auch nur eine Besucherin.

Lilli sah ein schmuddeliges blaues Sofa, auf dem einige Kissen und eine zusammengeknüllte Decke lagen. Offensichtlich hatte die Frau darauf geschlafen. Auf dem fleckigen Glastisch davor standen ein voller Aschenbecher, eine offene Zigarettenschachtel und ein paar leere Bierflaschen. Bei diesem Anblick presste Lilli ihre Lippen zusammen, damit sie nichts Unüberlegtes sagte. Sie musterte die Frau.

Lauras Mutter war jünger als Lilli und vermutlich einmal hübsch gewesen. Sie sah Laura sehr ähnlich. Dieselbe Haarfarbe, die blauen Augen, die kleine zarte Statur. Aber Lauras Mutter hatte bläuliche Ringe unter den ruhelosen Augen und ein bleiches wächsernes Gesicht. *So sieht wohl ein Junkie aus!*

„Und jetzt? Was gibt's?“, fragte die Frau. Sie ließ sich auf das Sofa fallen und blickte mit hochgezogenen Augenbrauen auf Lilli, während sie sich eine Zigarette anzündete. Ihre Hände zitterten. Laura lehnte sich an den Türstock und musterte ihre Turnschuhe, als würde sie sich langweilen.

Darum legte Lilli los: „Ich heiße Lilli Hammer und habe Laura Donnerstagnacht auf der Reeperbahn gefunden: verletzt, weinend und verzweifelt! Da sie nicht sagen wollte, wo sie wohnt, und vorgab, bereits achtzehn zu sein, haben meine Freundinnen und ich sie in unserem Hotelzimmer übernachten lassen.“

Die Augen von Lauras Mutter wanderten zu dem gelbviolett gefärbten Auge ihrer Tochter, doch sie rauchte wortlos weiter.

Lilli hätte die Frau am liebsten vom Sofa gezerrt und kräftig durchgeschüttelt. Sie atmete tief durch, bevor sie weitersprach: „Laura hat uns erzählt, dass sie von Ihrem Lebenspartner geschlagen worden ist.“

Endlich reagierte Lauras Mutter: „Jürgen ist nicht mein Lebenspartner!“, sagte sie verächtlich.

„Das mag sein, wie es ist. Aber er hat Laura bedroht und geschlagen! Was sagen Sie dazu?“ Lilli funkelte die Frau an.

Lauras Mutter starrte ins Leere, als sie antwortete: „Er ist weg.“

„Er ist weg?“ Laura sagte zum ersten Mal etwas, seit sie in der Wohnung war.

„Ja, er ist weg! Hat noch das letzte Geld mitgehen lassen, dann ist er abgehauen, der Scheißkerl!" Lauras Mutter drückte die halbgerauchte Zigarette aus, lehnte sich mit verschränkten Armen zurück und blickte herausfordernd auf Lilli. „Dann wäre das wohl geklärt", meinte sie lakonisch. Sie schlug die Beine umständlich übereinander und musterte Lillis Kleidung.

Lilli grübelte. Sie hatte kein Vertrauen zu dieser labilen Frau, obwohl sie ihr glaubte, dass der grässliche Jürgen nicht mehr hier wohnte.

„Gut, dann machen wir es so. Laura, ich gebe dir meine Telefonnummer. Du kannst mich jederzeit anrufen, wenn du Probleme hast. Du musst es mir versprechen! Ich weiß, dass ich weit weg bin, aber ich tue, was ich kann, wenn du Hilfe brauchst! Falls dieser Jürgen wieder auftaucht und dir was tun will, melde dich bei mir – jederzeit!" Lilli fragte sich gerade, wer da aus ihr sprach, aber sie wusste, dass sie jedes Wort ernst meinte. Ihr Blick war fest auf Laura gerichtet: „Vielleicht magst du mich in den Ferien besuchen kommen? Ich würde dir ein Flug- oder Zugticket bezahlen." Das Angebot war Lilli wie von selbst herausgerutscht, sie bemerkte das Aufleuchten in Lauras Augen.

In Lauras Mutter erwachte wohl eine Art Mutterinstinkt, sie erhob sich vom Sofa. „Was glauben Sie eigentlich, wer Sie sind? Laura ist mein Kind und sie tut nichts ohne meine Erlaubnis …" Bei den letzten Worten brach ihre Stimme verlegen ab.

Lilli überlegte kurz, bevor sie sagte: „Laura, gehst du bitte hinaus! Ich möchte mit deiner Mutter allein sprechen." Das Mädchen streifte ihre Mutter mit einem unsicheren Blick, dann verließ sie den Raum und zog die Tür hinter sich zu.

Während Lilli die Frau vor sich betrachtete, empfand sie beinahe Mitleid, doch sie musste Klartext reden: „Wenn Sie Lauras Mutter sind, dann verhalten Sie sich auch so! Welche Mutter lässt ihr Kind tagelang herumirren, ohne zu wissen, wo es ist? Welche Mutter lässt zu, dass der Freund sich an ihrer Tochter vergreifen will und sie schlägt? Denken Sie daran, dass man Ihnen Laura wegnehmen könnte, Sie würden auch kein Kindergeld mehr bekommen!" Lilli registrierte, dass sie den richtigen Nerv getroffen hatte, die Augen der Frau weiteten sich erschrocken.

Und Lilli erzählte, was nur ausgewählte Menschen wussten: „Meine Mutter ist depressiv! Ich habe schwere Zeiten hinter mir und weiß nicht, was noch kommt! Aber trotz allem hab ich immer gewusst, dass meine Mutter mich liebt, dass sie alles für mich tun und mich beschützen würde." Das stimmte nicht ganz, denn die Depression bestimmte meist das Handeln ihrer Mutter. Aber Lilli war sich sicher, dass ihre Mutter sie bedingungslos liebte.

Der Gesichtsausdruck von Lauras Mutter hatte sich verändert. Sie betrachtete Lilli mit einer Mischung aus Neugier und Bewunderung. Eine Zeit lang sahen sich die beiden Frauen wortlos an.

Dann sah Lilli auf ihre Uhr: „Es wird Zeit, ich muss jetzt gehen!" Sie griff nach der Türklinke, als die Frau vor ihr leise sagte: „Danke, ich liebe mein Kind auch."

„Das glaube ich Ihnen", Lilli seufzte. „Ich verabschiede mich noch von Laura. Alles Gute, auf Wiedersehen." Sie verließ den Raum.

Am Ende des schmalen Flurs stand eine Tür offen. Lilli betrat den kleinen Raum, der Lauras Zimmer sein musste. Das Mädchen saß mit einem Teddybär im Arm auf ihrem Bett. Die Wände waren mit Postern von Musikbands behangen, die Lilli nicht kannte. Dazwischen hingen Zeichnungen von Fantasiefiguren: Drachen, Monster, ein Tigerkopf, in dessen aufgerissenem Maul ein kleines Mädchen kauerte. *Hier muss mir ein Psychologe nichts erklären,* dachte sie traurig.

Lilli trat näher an ein Bild heran, auf dem ein geflügeltes feenähnliches Wesen über ein wildes Gewässer flog. Die Bleistiftzeichnung war, wie alle anderen Motive, sehr detailreich und fein ausgeführt. „Das sind beeindruckende Zeichnungen. Hast du sie selbst gemacht?"

„Ja …", hauchte Laura. Sie wippte mit ihrem Oberkörper und drückte den verwaschenen Teddybären an sich.

Lilli setzte sich neben Laura auf das Bett. Sie verspürte das schmerzhafte Bedürfnis, die Kleine von hier fortzubringen, und schluckte einen Kloß hinunter: „Hast du etwas zum Schreiben?"

Das Mädchen rappelte sich hoch und begab sich zu dem kleinen Schreibtisch, der in der Ecke stand. Laura öffnete eine mit Stiften und Blöcken gefüllte Schublade. Sie fischte nach zwei Blättern und einem roten Stift. Beide tauschten ihre Kontaktdaten aus. Natürlich hätten sie diese auch in ihre Handys tippen können, aber irgendwie war das Geschriebene wie ein Versprechen.

Lilli umarmte Laura zum Abschied: „Halt die Ohren steif und lass dir nichts gefallen! Und ruf mich an, wenn du Hilfe brauchst!" Ihr Schützling erwiderte die Umarmung, bis Lilli sich sanft löste: „Ich muss jetzt leider gehen."

Schweren Herzens winkte Lilli dem Mädchen ein letztes Mal zu, bevor sie mit dem Kloß im Magen aus der Wohnung stürmte. Als sie die Treppe hinunterlief, sah sie vor ihrem geistigen Auge immer noch Lauras trauriges Gesicht. Lilli konnte sich das erste Mal in ihrem Leben vorstellen, wie sich eine Mutter fühlen musste, wenn sie ihr Kind im Ungewissen zurückließ.

Flugstille

Der Heimflug der Freundinnen verlief beinahe wortlos. Ein älteres Ehepaar, welches die lustige Frauentruppe bereits auf dem Flug nach Hamburg beobachtet und sich auf eine unterhaltsame Rückreise gefreut hatte, fragte sich enttäuscht, was wohl passiert sein mochte.

„Vermutlich stark verkatert", sagte der Mann zu seiner Frau, wobei diese eher auf „Zickenkrieg" tippte. Leider boten die fünf Frauen zu beiden Vermutungen keinen interessanten Wortwechsel, weshalb das Ehepaar weiter in der Bordzeitschrift blätterte.

Marie, die neben Emma am Fenster saß, blickte auf vereinzelte Lichtinseln hinunter, die durch die schwarze Wolkendecke blitzten. Sie hatte ihren Kopf an die Kabinenverkleidung gelehnt und war in Gedanken bereits zu Hause. Obwohl sie ahnte, dass dort eine leere Wohnung wartete, stellte sie sich vor, wie es wäre, wenn Johannes sie mit einem Blumenstrauß und einem Glas Wein empfangen würde.

Marie bereute das Wochenende in Hamburg zutiefst. Wäre sie doch zu Hause geblieben! Dann hätte sie versuchen können, ihre Ehe zu retten. Johannes hätte sich einem Gespräch stellen müssen und nicht in Ruhe ausziehen können. Diese Reise hatte für alle außer Dramen und Zwistigkeiten nichts gebracht.

Marie seufzte, sie schaute zu Emma, die ebenfalls gedankenverloren vor sich hinstarrte. Ihr Blick haftete auf der Rückseite des Vordersitzes, und Marie war sich sicher, dass sie nicht wissen wollte, an was ihre Freundin gerade dachte oder wo sie in den letzten zwei Nächten gewesen war.

Die Flugbegleiter kamen mit dem Getränkewagen, doch außer Melanie wollte keine der Freundinnen etwas trinken: „Bitte ein stilles Wasser." Sie suchte in ihrer Handtasche nach einer Schmerztablette und schluckte sie stöhnend.

„Wie geht es dir?", fragte Lilli leise.

„Danke, es geht schon. Ich habe wieder ein leichtes Ziehen im Kopf und nehme besser etwas, bevor es schlimmer wird", flüsterte

Melanie zurück. Sie lehnte ihren Kopf nach hinten und schloss die Augen.

Lilli drückte ihre Hand. Dann blickte sie auf die andere Seite zu Sandra, die entspannt in einer Zeitschrift blätterte. Obwohl heute ein sehr attraktiver Flugbegleiter im Dienst war, seinem Karamellteint nach musste er indischer Abstammung sein, schenkte ihre Freundin dem Mann keine Beachtung. *Dimitri hat sie wirklich ins Herz getroffen!* Lilli belohnte Sandra, die nichts davon bemerkte, mit einem liebevollen Lächeln.

Dann wanderten ihre Gedanken wieder zu Laura, Lillis Lächeln löste sich auf. *Wie es ihr wohl geht? Hoffentlich taucht der grässliche Jürgen nicht wieder auf!* Lillis Stirn legte sich in Falten, als sie darüber nachgrübelte, wie die Zukunft des Mädchens aussehen würde.

Das Flugzeug befand sich im Sinkflug und würde in einer Viertelstunde landen. Melanie betete mit geschlossenen Augen. Sie betete, dass Jakob nichts bemerken würde. Sie betete, dass die wieder aufgeflammten Kopfschmerzen sich endlich auflösten und dass alles, was sie Jakob nicht erzählen konnte, bald aus ihrem Gedächtnis verschwunden war. So wie die Geschehnisse, an die sie noch immer keine Erinnerung hatte. Melanie wünschte sich, sie könnte weiterleben, als wäre sie niemals in Hamburg gewesen.

Jakob würde sie vom Flughafen abholen, weil er nicht warten wollte, bis sie von Marie nach Hause gebracht wurde. „Miss you so much!", hatte er geschrieben und damit einen weiteren Stein auf Melanies zentnerschweres Gewissen gelegt.

Emma starrte auf den blauen Schutzüberzug des Vordersitzes. Er war mit Druckknöpfen befestigt, damit er nicht wegrutschen konnte. *Wie praktisch, man kann ihn abnehmen und reinigen.* Emma stellte sich vor, es gäbe einen Überzug, den sie über ihr Leben ziehen könnte. Dann hätte sie die Erlebnisse mit Riesen-Lars nach ihrer Reise einfach abstreifen und sich davon reinwaschen können.

Sandra steckte die Zeitschrift wieder zurück und blickte versonnen an die Decke. Sie dachte daran, wie Dimitri sie mit seinen großen Händen gestreichelt und ihr dabei: „Printsessa", ins Ohr geflüstert hatte. Als „Prinzessin" war Sandra früher oft von ihrem Vater bezeichnet worden. Aber davon hatte sie Dimitri nichts erzählt. Er wusste nicht viel von ihrem Leben, nur dass sie geschieden und Marie ihre Schwester war. Was er wohl sagen würde, wenn er wüsste, dass sie einen Sohn hatte, der bei seinem Vater lebte? „Russen haben einen ausgeprägten Familiensinn", glaubte Sandra einmal gehört zu haben. Ob er sie dann noch seine „Printsessa" nennen würde?

Sandra verscheuchte die unliebsamen Überlegungen. Sie schenkte ihre Aufmerksamkeit dem dunkelhaarigen Flugbegleiter, der gerade den Gang entlangkam und nachsah, ob alle Gäste ihren Gurt für die Landung geschlossen hatten.

Sehr attraktiv! Sandra schenkte dem jungen Mann ein Lächeln.

Am Flughafen in Friedrichshafen wurden die Freundinnen wieder von Nieselregen empfangen. Doch diesmal trotteten sie gemächlich zur Ankunftshalle. Selbst Lilli ignorierte die Regentropfen, die über ihr Gesicht rollten. Da sie nur Handgepäck dabeihatten, konnten sie gleich den Ausgang ansteuern.

Melanie erblickte Jakob bereits durch die Glastüren, er winkte ihr aufgeregt zu. Sie schluckte einen Kloß hinunter, versuchte, das Pochen in ihrem Kopf zu ignorieren, und winkte ebenfalls. Als ihr Mann sie danach stürmisch umarmte, konnte Melanie nur mit Mühe die Tränen zurückhalten.

„Hallo, mein Schatz!" Jakob küsste sie und murmelte ihr ins Ohr: „Schön, dass du wieder da bist." Die anderen hielten sich dezent zurück, bis Jakob sich wieder von Melanie gelöst hatte. Er grüßte fröhlich in die Runde: „Na, wie war eure Reise?"

Für einen Augenblick herrschte betretenes Schweigen. Melanie hoffte, dass Jakob sich nicht darüber wundern würde, denn er bezeichnete ihre Freundinnen sonst gerne als „Schnatterchor".

Lilli sammelte sich als Erste wieder: „Es war super! Leider haben wir den Wettbewerb nicht gewonnen, es wurden natürlich ein paar junge Hühner zum Siegerchor gewählt." Sie plauderte munter weiter, wobei ihr einfiel, dass sie nicht wusste, wer eigentlich gewonnen hatte.

Melanie schenkte Lilli ein dankbares Lächeln.

„Ich denke, wir sollten langsam losfahren.“ Marie hielt ihren Autoschlüssel in die Höhe und unterdrückte ein Gähnen.

Niemand widersprach. Melanie umarmte ihre Freundinnen der Reihe nach und flüsterte ein „Danke“ in jedes Ohr, bevor diese zum Langzeitparkplatz des Flughafens liefen. Dann folgte sie ihrem Mann zu seinem Wagen.

Auf der Heimfahrt ließ sich Melanie von Jakob ausführlich berichten, wie es Max bei seinem gestrigen Fußballspiel ergangen war. Die Fahrt dauerte nur vierzig Minuten, aber sie bombardierte Jakob weiter mit Fragen: „Wann ist Alexandra heute gefahren? Hat sich Simone wieder mit Manuel versöhnt? Was hat deine Mutter heute für euch gekocht?“

Jakob beantwortete alles bereitwillig, bemerkte aber nach der halben Fahrzeit: „Jetzt habe ich die ganze Zeit geredet! Ich würde gerne wissen, wie es in Hamburg war.“

Melanie erzählte von den Chorauftritten, wobei sie das musikalische Fiasko beim Finale verschwieg. Stattdessen erzählte sie von dem noblen Hotel, der Jury und dem quirligen Franco Monetta. Die Hafenrundfahrt und den Spaziergang nach Övelgönne schmückte sie ebenfalls aus, sodass keine Zeit für die Schilderungen der nächtlichen Aktivitäten blieb, weil sie bereits zu Hause angekommen waren.

Sie begrüßte ihre beiden Jüngsten und zog die Geschenke aus dem Koffer. Alexandra war bereits am Nachmittag zur Uni nach Innsbruck gefahren. Simone freute sich über das Parfum und Max zog kurz das neue T-Shirt an, bevor er ins Bett musste, weil es schon nach zehn war.

Endlich stand Melanie unter der Dusche. Als Jakob sie dabei durch die transparente Trennwand beobachtete, während er seine Zähne putzte, ahnte Melanie, dass er heute noch mehr erwartete.

Jakob gurgelte mit Mundwasser nach und trug sein Deodorant auf. Melanie konnte seine Vorfreude auf Sex in Form einer Beule erkennen, die deutlich auf seiner Boxershorts zu sehen war. Er bedachte seine Frau mit einem vielsagenden Blick, bevor er das Bad verließ. Melanie trocknete sich seufzend ab und verzichtete darauf, in ihren Pyjama zu schlüpfen. Sie schluckte schnell eine weitere Schmerztablette, dann folgte sie ihrem Mann ins Schlafzimmer.

Nachtwache

Sandra stellte ihren Handkoffer im Flur ab, die kleine Wohnung war behaglich warm. Sie streifte ihre Schuhe von den Füßen und ging zum Kühlschrank, weil sie hungrig war. Sandra nahm sich eine Karotte und schlenderte knabbernd ins Wohnzimmer.

Mit angezogenen Beinen setzte sie sich auf das Sofa, in der einen Hand die Karotte, in der anderen Hand ihr Handy. Sie checkte die eingegangenen Nachrichten – von Dimitri war nichts dabei. Sandra hatte heute Morgen noch mit ihm telefoniert und er meinte, dass er auf seiner Fahrt nach Weißrussland nicht immer eine Telefonverbindung haben würde. Sandras Vater hatte ein Bild vom Golfplatz geschickt, auf dem er, wie er schrieb, heute einen halben Marathon hingelegt hatte. Sie fragte sich, ob er mit ihrer Mutter dort gewesen war. Vermutlich nicht, sonst hätte er sicher ein gemeinsames Bild geschickt.

Danach öffnete sie die Statusleiste der Nachrichten-App. Lukas hatte ein Foto eingestellt, auf dem er mit seinem Vater beim Angeln am Seeufer stand. Sandra hatte ihm am Vortag ein paar Bilder von Hamburg geschickt: von einem riesigen japanischen Frachter und von einem schönen Segelschiff aus Holz, aber ihr Sohn hatte nicht darauf reagiert. Sie seufzte. Manchmal haderte Lukas noch mit ihrer Schuld an der Scheidung seiner Eltern. Sie konnte sich zwar mit Rainer darauf einigen, die Trennung nicht auf dem Rücken ihres Sohnes auszutragen, doch Lukas hatte seinen eigenen Kopf. *Vielleicht wird es besser, wenn die Pubertät vorbei ist,* dachte Sandra hoffnungsvoll, bevor sie die anderen Nachrichten las.

Lillis Mutter schlief im Wohnzimmer. Auf dem Sofatisch standen ein Teller mit einem angebissenen belegten Brötchen und ein halb volles Wasserglas. Ein paar Zeitschriften waren über den Tisch verstreut. Ihre Mutter war noch angekleidet, sie schnarchte, die Sofadecke lag auf dem Boden. Lilli trug den Teller in die Küche und sah sich um. Auf dem Abwasch stand das schmutzige Geschirr des ganzen Wochenendes, dafür war der Geschirrspüler voll mit sauberem Geschirr. Lilli räumte ihn aus und füllte ihn erneut. Dann wischte sie die Arbeitsflächen und das Waschbecken sauber.

Gähnend begab sie sich wieder ins Wohnzimmer, ihre Mutter schnarchte noch immer. Lilli hob die Decke vom Boden auf, legte sie über ihre Mutter und drückte ihr einen Kuss auf die Wange. Sie löschte das Licht, zog die Wohnzimmertür hinter sich zu.

Später, nachdem sie geduscht und ihren Pyjama angezogen hatte, betrat Lilli mit den Einkäufen aus Hamburg ihr Barbie-Zimmer. Sie setzte sich auf das kleine pinkfarbene Sofa, das seit ihrer Kindheit hier stand, und packte ihre neuen Schätze aus.

Teresa sah umwerfend in dem neuen Brautkleid aus. Lilli setzte sie in die Kutsche und gruppierte einige Hochzeitsgäste um sie herum, Ken lehnte an einem der Pferde. Es gab für ihn keinen Platz in der Kutsche, weil Teresas Brautkleid zu ausladend war. Lilli betrachtete zufrieden ihr Werk. Dann legte sie sich auf das kleine Sofa, ließ die Füße über die Lehne baumeln und griff nach ihrem Handy.

Emma winkte Frau Hagen nach, bis die roten Rücklichter ihres Wagens hinter der Gartenmauer verschwunden waren. Sie schloss die schwere Eingangstür ab und ging zurück in die Küche. Dort hatte sie mit Frau Hagen zuvor einen Espresso getrunken. Emma räumte die Tassen in den Geschirrspüler und war wieder einmal dankbar, dass sie sich eine gelegentliche Betreuungshilfe für ihre Mutter leisten konnte.

Ihre Mutter schlief bereits. Frau Hagen hatte ihr um acht Uhr eine Schlaftablette gegeben, damit Emma heute Nacht durchschlafen konnte.

Sie löschte das Licht in der Küche und schlenderte durch den breiten Flur ins Wohnzimmer. Das alte Parkett knarrte unter ihren Füßen. Mit einem Seufzer ließ sie sich in den alten Ohrensessel fallen und legte ihre müden Beine auf den Hocker davor. Das Handy lag neben ihr auf dem kleinen runden Rosenholztisch. Emma blickte darauf und rätselte erneut.

Wieso kennt er meine Telefonnummer? Als sie die Mitteilung von einem unbekannten Absender erhalten hatte, hatte Emma, bevor sie den Inhalt gelesen hatte, geahnt, dass sie von Riesen-Lars sein würde. *Aber natürlich!* Sie griff nach ihrem Handy, durchsuchte die Gesprächsprotokolle und fand ihre Vermutung bestätigt. Samstagnacht, als Emma während des Sexmarathons in einen Erschöpfungsschlaf gefallen war, hatte Riesen-Lars mit ihrem Handy sein eigenes angewählt und so Emmas Telefonnummer erhalten.

Riesen-Lars schrieb, wie aufregend Emma sei, dass er schon lange nicht mehr so scharf auf eine Frau gewesen sei und dass sie sich melden solle, wenn sie wieder einmal nach Hamburg komme. Er würde es ihr dann besorgen, bis sie nicht mehr laufen könne, und er schlug vor, er könne sie auch mal telefonisch ‚flachlegen'.

Emma bewunderte Riesen-Lars für sein Selbstvertrauen, weil er nicht um den heißen Brei herumredete. Sie lehnte sich in die weiche Polsterung des Lehnstuhls zurück und tippte in ihr Handy.

Marie betrat die Wohnung. Obwohl sie wusste, dass Johannes nicht da sein würde, traf sie die dunkle Stille wie ein Schlag. Sie blieb einige Minuten reglos im Flur stehen, bevor sie ihre Stiefel abstreifte und sorgfältig in das Schuhzimmer stellte.

Eigentlich war es eine Abstellkammer. Auf der einen Seite stand ein Schrank für Reinigungsutensilien, Staubsauger und Besen, auf der anderen Seite ein deckenhohes Regal für Schuhe. Marie hatte darauf bestanden, in den fensterlosen Raum eine Lüftung einbauen zu lassen. Anfangs hatte Johannes über ihren sensiblen Geruchssinn gespottet, doch hinterher meinte er, dass so ein Einbau den Wert ihrer Immobilie erhöhen würde.

Maries Blick wanderte über die halb leeren Regale. Es lagen nur noch Johannes' warme Winterboots neben ein paar alten Sneakers darauf. Sie wandte sich mit einem Ruck ab und lief ins Schlafzimmer, wo sie in den begehbaren Schrank hinter dem Boxspringbett trat. Auch hier fehlten die meisten Kleidungsstücke auf Johannes' Seite. Nur die warmen Wintersachen und ein paar alte T-Shirts hatte er zurückgelassen. Sie griff nach seiner grünen Daunenjacke, zog sie vom Kleiderbügel und krallte ihre Finger in das weiche Material.

Marie glitt langsam zu Boden, begann haltlos zu schluchzen und drückte ihr Gesicht in die Jacke. Und es war ihr gleichgültig, als sie die schwarzen Abdrücke ihrer Wimpertusche auf dem Designerteil sah.

Sie gähnte lautlos, ohne dass Johannes etwas bemerkte. Warum hatte sie sich überreden lassen? Sie hatte ihm nur geschrieben, dass sie wieder zu Hause war, und wollte gerade schlafen gehen, als Johannes anrief. Er bettelte: „Ich hab dich so vermisst, Süße! Ich komm nur kurz vorbei."

Nun hechelte er in ihr Ohr, während sein Körper sich auf und ab bewegte. Sie stöhnte laut, presste ihre Scheide zusammen, damit er schneller kam. Johannes keuchte laut auf. Er schob eine Hand unter ihr Gesäß und steigerte sein Tempo.

Sie blickte durch das Fenster. Es war windstill, die knorrigen Zweige der nachtschwarzen Eiche standen leblos ab. Als Johannes nach ein paar heftigen Stößen über ihr zusammensackte, wünschte sie sich, in der unerreichbaren Krone des Baumes zu sitzen.

Morgenlärm

Melanie räumte das Frühstücksgeschirr in den Spüler, es war bereits halb zehn. Jakob war heute später zur Arbeit gefahren, weil er in der Nacht zu einem Feuerwehreinsatz hatte fahren müssen.

Als Melanie am Vorabend zu Jakob ins Bett gekrochen war und sich unter seinen leidenschaftlichen Berührungen geöffnet hatte, war sein Piepser angegangen.

„Verdammt, ausgerechnet jetzt!" Jakob hatte Melanie widerstrebend losgelassen und nach dem Gerät auf seinem Nachtisch gelangt. „Vielleicht ist es nur ein Testalarm", hatte er hoffnungsvoll geseufzt. Doch es war ein Großbrand – ein Bauernhof samt Stall stand in Flammen. Jakob war aus dem Bett gesprungen und hastig in seine Kleidung geschlüpft. Mit einem hastigen Kuss auf die Wange ließ er sie allein zurück.

Melanie wusste, dass sie Jakob vor dem nächsten Vormittag nicht mehr sehen würde. Wenn er von einem nächtlichen Feuerwehreinsatz nach Hause kam, schlief er immer auf dem Schlafsofa in seinem Büro neben der Garage. Dort konnte er in Ruhe ausschlafen, während seine Familie morgens durchs Haus lärmte.

Nun waren die Kinder seit Stunden aus dem Haus und ihr Mann war gerade zur Arbeit gefahren. Gähnend hatte er Melanie erzählt, dass er den Einsatzort um fünf verlassen habe, damit er noch ein paar Stunden schlafen konnte, bevor er um elf für einen wichtigen Kundentermin in der Bank sein musste.

Jakob hatte Melanie zum Abschied an sich gedrückt, ihren Po getätschelt und ihr ins Ohr geraunt: „Das holen wir heute Abend nach."

Sie musste unwillkürlich schmunzeln, als sie an die Feuerwehrbegeisterung ihres Mannes dachte. Die meisten seiner Kumpels waren in handwerklichen Berufen tätig. Ein Bankangestellter bei der freiwilligen Feuerwehr war nicht alltäglich. Doch Jakob wollte schon als Kind Feuerwehrmann werden. Dass er in die Fußstapfen seines Vaters getreten war und Darlehen an Großkunden vergab, hatte Jakob nicht daran gehindert, sich seinen Kindheitstraum zu erfüllen. Die Feuerwehrkollegen schätzten sein besonnenes Verhalten in kritischen Situationen und dass seine Bank immer wieder großzügige Spenden gab.

Melanie rieb die Arbeitsflächen trocken, sie blickte dabei aus dem Fenster. In ihrem großen Vorgarten blühten Hyazinthen und Narzissen in einem breiten ringförmigen Beet rund um den altersschwachen Baum, von dem sie sich nicht trennen konnte. Gänseblümchen und Primeln tummelten sich blühfreudig im gesamten Rasen.

Heuer war der Winter lange geblieben. Im März hatte es noch einmal geschneit und die Frühlingsblüher ließen sich Zeit. Aber in der warmen Aprilsonne spross nun alles geballt in üppiger Farbenpracht aus dem frischen Grün. Von ihrem Küchenfenster aus konnte Melanie häufig Spaziergänger beobachten, die über den Holzzaun blickten und ihr katalogverdächtiges Blumenensemble bewunderten. *Ich sollte eine Kasse aufstellen – einmal schauen kostet einen Euro!* Doch sie gestand sich ein, dass sie stolz auf ihren Garten war und sich über die Anerkennung freute.

Melanie blickte sich in der Küche um, alles war aufgeräumt und sauber. Max hatte heute den ganzen Tag Schule, er würde nicht vor fünf nach Hause kommen, Simone kam mittags nie heim, weil das Gymnasium, das sie besuchte, in der nächsten Stadt lag, und Jakob hatte ein Geschäftsessen. Melanie konnte sich mit dem Kochen Zeit lassen oder erst am Abend kochen. Das war eine gute Idee – sie würde sich heute einen freien Tag gönnen!

Am Morgen hatte Melanie noch ein leichtes Ziehen im Kopf gespürt, aber nach einer Tasse Kaffee war es wieder verschwunden. *Gut, das wär überstanden!* Zumindest das mit der Gehirnerschütterung …

Von ihren Freundinnen hatte sie noch nichts gehört. Alle waren jetzt bei der Arbeit und Emma kümmerte sich um ihre Mutter. Ob Marie noch sauer auf Lilli war? Wie es wohl Laura ging? Lilli hatte Melanie im Flugzeug von ihrem Gespräch mit Lauras Mutter berichtet, die Situation schien vorerst stabil zu sein. Aber Melanie erinnerte sich nicht mehr an alles, was ihre Freundin gesagt hatte. Sie war von den Schmerztabletten benebelt gewesen.

Melanie überlegte, bald eine Probe anzusetzen, damit sie mit ihrem Chor eine Hamburg-Nachbesprechung machen konnte. Vielleicht gab es bis dahin etwas Neues von Sandras Dimitri und Emma rückte mit dem Geheimnis ihres nächtlichen Verbleibs raus.

Ihre Gedanken wanderten wieder zu Jens. Sie konnte sich noch immer nicht an die Nacht mit ihm erinnern. Aber seine eindringlichen Worte hatten sich in Melanie eingenistet: „Gib deine Träume nicht auf!“

So ein Schwachsinn, dachte Melanie frustriert. Wie sollte sie das alles unter einen Hut bringen: Haushalt, Kinder, Jakob, den Garten und eine Ausbildung zu machen? Sie wusste, wie viel Zeit ein Studium beanspruchte. Als Melanie am Musikkonservatorium gewesen war, hatte sie jeden Tag stundenlang geübt. Sie hatte zu Hause nichts Großartiges tun müssen, außer ihr eigenes Zimmer aufzuräumen. Ihre Mutter hatte sich um alles gekümmert – so wie es Melanie jetzt auch tat.

Melanie vertrieb ihre unerquicklichen Gedanken mit einem Seufzen, als sie zwei ältere Frauen bemerkte, die vor ihrer Blumenwiese stehen geblieben waren. Sie beobachtete, wie die beiden sich entzückt über den Holzzaun lehnten und Melanies Werk bewunderten, bevor sie weiter spazierten.

Und jetzt? Soll ich den Fernseher einschalten? Sie schlenderte unentschlossen ins Wohnzimmer. Melanie zögerte einen Augenblick, dann öffnete sie die Hausbar. Ihr Blick streifte über die großzügige Auswahl an Spirituosen. Melanie holte ihr Tablet und recherchierte, welche Zutaten in eine Hafenwelle gehörten.

Als das Getränk fertig gemixt war, setzte sie sich auf das Sofa und schaltete den Fernseher ein, um sich Sex and the City anzusehen. Melanie blickte auf das gefüllte 4-cl-Glas. Dabei kamen ihr die Worte in den Sinn, die ihr Doktor ‚Neunmalklug‘ mitgegeben hatte, bevor er sie gestern entlassen hatte. „Sie sollten sich zu Hause gründlich untersuchen lassen, Frau Schindler – Ihre Leberwerte sind zu hoch! Es könnte sich um einen kurzzeitig erhöhten Wert handeln, aber Sie dürfen das nicht auf die leichte Schulter nehmen!“

Melanie wischte die Worte aus ihrem Kopf. Sie hob das Glas und prostete Mister Big zu, der gerade mit Carrie in einem noblen Restaurant dinierte. Dann nahm sie einen kräftigen Schluck.

Sandra nippte an ihrem Kaffee, während sie die neuesten Nachrichten auf ihrem Handy checkte. *Wieder nichts von Dimitri!* Sie war enttäuscht. In Hamburg hatte der jüngere Mann sie umschwärmt, und wenn sie nicht zusammen waren, hatte er ihr ständig Nachrichten geschickt: „Meine Printsessa, fehlst mir sehr, möchte dich lieben!"

Sie hatte seine Aufmerksamkeit genossen und die erotischen Stunden mit ihm waren fantastisch gewesen. *Liebe ich ihn?* Sandra war sich nicht sicher, ob es echte Liebe war. Den einzigen Menschen, den sie bedingungslos liebte, war ihr Sohn. Aber Sandra mochte Dimitri sehr, sie glaubte an ihn. Sonst hätte sie ihm nicht ihre ganzen Ersparnisse gegeben.

Doch jetzt herrschte Funkstille. Vielleicht waren die Telefontarife in Weißrussland so hoch, dass Dimitri sich erst wieder melden würde, wenn es Neuigkeiten wegen des Lkw gab? Sandra besaß kein misstrauisches Naturell und auf keinen Fall würde sie Dimitri mit Anrufen oder Nachrichten bombardieren. Das hatte sie noch bei keinem Mann gemacht!

„Noch Kaffee?"

Sandra schreckte hoch, ihre Arbeitskollegin Renate blickte sie fragend an. „Ähm … nein, danke!"

„Du hast noch nichts von Hamburg erzählt", sagte Renate. Sie blickte verstohlen zu ihren Kolleginnen rund um den Tisch.

Am Vormittag vor der Visite trafen sich die Schwestern immer zum gemeinsamen Frühstück im Dienstzimmer. Die fünfzehnminütige Pause stand ihnen laut Vertrag zu, obwohl sie meist länger dauerte. Manchmal gesellte sich auch ein Assistenzarzt dazu. Aber heute waren die Kolleginnen unter sich, weil Doktor Lässinger vom Stationsarzt gerufen worden war.

„Komm, erzähl! Wenn der Lässinger mit dem Hallstein zurückkommt, ist unsere Pause vorbei!"

Renate wartete begierig auf Sandras Erzählungen von Hamburg. Sie selbst ging selten auf Reisen. Renate hatte Angst vor dem Fliegen, sie begnügte sich mit Busreisen zu näheren Zielen. Außerdem war sie von ihrer attraktiven und selbstbewussten Kollegin fasziniert. Renate wäre gerne wie Sandra, deren Männerverschleiß legendär war. Einige ihrer Kolleginnen hätten darauf gewettet, dass Sandra mit jedem akzeptablen Mann der Belegschaft geschlafen hatte, der ihr jemals über den Weg gelaufen war. Doch das tat Sandras Beliebtheit keinen Abbruch.

Sie arbeitete professionell und war meist bereit, einzuspringen, wenn jemand ausfiel oder den Dienst tauschen wollte.

„Es war toll! Hamburg ist eine sehenswerte Stadt. Echt schön, die Elbe und die Speicherstadt, und auf der Reeperbahn geht natürlich die Post ab."

Sandras Beschreibung war enttäuschend, das hätte Renate auch in jedem Internetforum nachlesen können. Sie lechzte nach pikanten Details. „Ja, und? Wie war's auf der Reeperbahn? Hast du jemanden kennengelernt?", traute sich Renate zu fragen, ihre Kolleginnen Kati und Manu beugten sich wissbegierig über den Tisch.

„Wir haben viele Leute beim Wettbewerb kennengelernt ", meinte Sandra vage.

Renate war unzufrieden, offenbar wollte Sandra nicht mehr preisgeben. Wobei man zugeben musste, dass Sandra niemals über ihr Liebesleben sprach. Meist waren nur Gerüchte über sie im Umlauf: Von jemandem, der jemanden kannte, der etwas gesehen oder gehört hatte.

Das Einzige, was Renate selbst bezeugen hätte können, war eine denkwürdige Situation, die sie beobachtet hatte. Sie hatte ins Lager gehen wollen, um Verbandsmaterial nachzufüllen, aber sie kam nicht in den Raum, weil dieser offenbar von innen abgeschlossen war. Als sich nach Renates beharrlichem Anklopfen endlich die Tür öffnete, schlüpfte Sandra mit einem jungen Assistenzarzt heraus und behauptete, das Schloss habe geklemmt. Doch die beiden wirkten erhitzt und Sandras Haare waren zerzaust. Außerdem war ihr Arbeitskittel falsch zugeknöpft gewesen.

Von da an glaubte Renate allen Gerüchten, die es um ihre Kollegin gab. Doch sie gestand sich ein, dass sie Sandra um ihr reges Liebesleben beneidete. Renate fand es ungerecht, dass sie niemals solche Dinge erlebte, wie man sie in Greys Anatomy laufend zu sehen bekam. Bei Renate zu Hause warteten nur der Fernseher, Knabbergebäck und ihre Perserkatze Lola.

Renates müßige Gedanken wurden unterbrochen, als der Stationsarzt Doktor Hallstein, gefolgt von Doktor Lässinger, ins Dienstzimmer rauschte. „Gibt es noch Kaffee?", blaffte der Stationsarzt grußlos in die Tischrunde. Er war arrogant und unhöflich, aber ein gefragter Chirurg.

„Aber sicher, ich schenke Ihnen ein!“ Renate bediente den Stationsarzt unterwürfig.

Sandra schnappte sich inzwischen das Blutdruckmessgerät und die Messtabellen, dann verließ sie das Dienstzimmer.

„Frau Meister! Ich brauche die Werte von Frau Winkelberger aus Zimmer 431 als Erstes. Kommen Sie ins Arztzimmer, wenn Sie fertig sind!“, gab Doktor Hallstein Sandra mit auf den Weg, bevor er Milch in seinen Kaffee leerte.

Aha, reimte Renate sich zusammen. *Der nächste Kandidat?* Sie freute sich darauf, das Gerücht beim Essen in der Kantine ‚unters Volk‘ zu bringen.

Abendruhe

Lilli öffnete gähnend die Haustür, sie ließ einen anstrengenden Arbeitstag hinter sich.

Ihre Kolleginnen hatten es letzte Woche nicht mehr geschafft, alle Neuanlieferungen einzuräumen, und heute war wieder Ware eingetroffen. Die Boutique wurde von Kundinnen gestürmt, die sich mit neuer Sommergarderobe eindecken wollten, und sie musste mit ihrer Kollegin Michaela alles bewältigen, weil das Lehrmädchen in der Schule war. Lilli freute sich auf einen gemütlichen Abend, am besten in ihrem Barbie-Zimmer.

Der Flur war dunkel, es war kein Geräusch zu hören. Sie hängte ihre Tasche an die Garderobe, streifte die Schuhe ab. „Mama?", rief sie, aber es kam keine Antwort. Lilli öffnete die Tür zum Wohnzimmer und schaltete das Licht an.

Ihre Mutter lag auf dem Sofa und hielt sich schützend die Hände vor die Augen: „Ahhh … Lilli, mach das Licht wieder aus, es blendet."

Lilli blickte angewidert auf die Szene, die sich ihr bot. Ihre Mutter trug noch ihren Pyjama, die Haare klebten seitlich an ihrem Kopf fest. Auf dem Wohnzimmertisch standen ein Teller mit einem angetrockneten Marmeladebrot und eine halb volle Kaffeetasse. „Mama – warum hast du nicht geduscht und deine Haare gewaschen? Das hast du mir am Morgen versprochen!" Lilli schnappte sich das schmutzige Geschirr und brachte es in die angrenzende Küche. „Und du wolltest heute die Küche aufräumen! Wie sieht es denn hier aus?", schimpfte sie durch den Türspalt.

„Jetzt mach nicht so ein Theater", klagte ihre Mutter, als Lilli mit einem Wischtuch zurückkam.

Sie säuberte den Wohnzimmertisch und öffnete das Fenster, um frische Abendluft einzulassen. Danach setzte sie sich zu ihrer Mutter. „Was ist denn los?" Solche Auswüchse hatten immer einen besonderen Grund, Lilli kannte ihre Mutter gut genug.

„Dein Vater hat geschrieben! Er ist Großvater geworden!" Ihre Mutter spuckte die Worte förmlich aus.

Lilli zuckte zusammen, sie musterte das Gesicht ihrer Mutter, auf dem sich eine Mischung aus Trotz und Selbstmitleid spiegelte. Sie wusste, dass ihre Halbschwester Marlene, die Lilli noch nie persönlich getroffen hatte, Mutter geworden war. *Das Kind muss inzwischen acht Monate alt sein.* Ihr Vater hatte es erzählt, als sie ihre Chefin zu der Modepräsentation eines neuen Designers in Wien begleiten durfte.

Das Treffen mit ihrem Vater war nicht geplant gewesen. Lilli hatte ihn schon seit Jahren nicht mehr gesehen und ignorierte zuerst das Bedürfnis, ihn anzurufen. Doch am Abend vor ihrer Heimreise, als sie im Hotelzimmer die Reisetasche packte, schickte sie ihm spontan eine Nachricht. Die Antwort ihres Vaters traf kaum eine Minute später ein. Sie hatten sich kurz darauf in einem Restaurant getroffen. Sie sah ihrem Vater an, wie sehr er sich freute, seine Tochter wiederzusehen. Er umarmte Lilli herzlich und sagte ihr, wie schön sie aussehe. Und er erzählte ihr beim Essen, dass er Großvater geworden sei.

Diese Neuigkeit war wie ein Schlag für Lilli, obwohl sie sich nicht erklären konnte, woran es genau lag. Ihr Vater bemerkte den abrupten Stimmungswechsel seiner Tochter und schwenkte schnell zu einem anderen Thema.

Hinterher tat es Lilli leid, dass sie sich so kindisch verhalten hatte, aber sie war zu stolz gewesen, um ihn noch einmal auf die Neuigkeit anzusprechen. Da sie ihrer Mutter ohnehin nichts von dem Treffen erzählen konnte, wanderte die Neuigkeit irgendwo in ihr Gedächtnisarchiv. Lilli und ihr Vater schrieben sich gelegentlich Nachrichten. Aber niemals Briefe, weil sie nicht wollte, dass ihre Mutter diese zu Gesicht bekam.

Warum hat er jetzt einen Brief geschrieben?

„Wo ist der Brief?“ Lillis Blick bohrte sich in das einst schöne, nun durch die Medikamente aufgedunsene Gesicht.

Ihre Mutter seufzte, zog mit spitzen Fingern ein Kuvert zwischen den Sofakissen heraus und ließ es auf den Tisch fallen. Lilli schluckte einen scharfen Kommentar hinunter und nahm den Brief an sich. Auf der Rückseite sah sie den Adressstempel ihres Vaters. Sie öffnete das Kuvert, darin lag eine Geburtsanzeige. Auf einem rosafarbenen Billet klebte das Bild eines süßen Babys, das im Stil von *Anne Geddes* wie ein Gänseblümchen drapiert worden war. Darunter stand mit geschwungener roségoldener Schrift:

Ich heiße Lena-Karina und bin der ganze Stolz
von meiner Mama Marlene und meinem Papa Leonhard.

Die glänzende Schrift verschwamm vor Lillis Augen, ihr zweiter Vorname war ebenfalls Karina. Sie hätte die Karte am liebsten an ihr Herz gedrückt, stattdessen schob sie das Billet sorgsam ins Kuvert zurück und deponierte den Brief auf dem Wohnzimmertisch.

Lilli räusperte sich, bevor sie sagte: „Das ist eine sehr schöne Karte. Ich finde es nett von Papa, dass er einen Brief schickt und nicht nur anruft.“ Als sie den abweisenden Ausdruck ihrer Mutter sah, fügte sie hinzu: „Das Leben geht weiter, Mama …“

„Für manche schon!“, meinte ihre Mutter bitter. „Und warum hat das Kind deinen zweiten Vornamen bekommen? Was soll das?“

Lilli war unendlich müde, sie verspürte keine Lust, irgendetwas darauf zu erwidern.

Ihre Mutter setzte zu einer weiteren Klage an: „Weißt du, ich wäre auch gerne Oma geworden …“

Sie hörte diese Worte nicht zum ersten Mal. Immer wieder hatte ihre Mutter ihr vorgepredigt: „Warum suchst du dir nicht einen Mann und gründest eine Familie? Du bist doch hübsch und wirst einmal ein Haus erben!“

Es war nicht so, dass Lilli keine Möglichkeiten gehabt hätte. Es gab Männer, die sich eine feste Beziehung mit ihr gewünscht hätten. Aber sie bekam jedes Mal kalte Füße, wenn es ernst wurde. „Jetzt bin ich zu alt für Kinder, Mama.“ Lilli war dankbar für das gute Argument.

„Ja, ich weiß! Wie praktisch“, ihre Mutter kannte es bereits. Sie erhob sich mühsam, nahm die zerknüllte Decke mit sich und murmelte beim hinausstaksen: „Ich gehe unter die Dusche und fülle die Waschmaschine an.“

Gott sei Dank!

Sie blieb ein paar Minuten auf dem Sofa sitzen, ihr Blick ruhte auf dem rosafarbenen Kuvert vor ihr. Lilli nahm es an sich, begab sich damit in ihr eigenes Reich im oberen Stockwerk und öffnete die Tür zu ihrem Barbie-Zimmer. Teresas Hochzeitsgesellschaft verweilte noch immer am selben Platz. Sie trat an das Bücherregal, wo neben ihren Kinderbüchern ein altes Barbie-Poesiealbum stand, in dem sich viele ihrer Jugendfreundinnen verewigt hatten. Sie holte die rosafarbene Karte aus dem Kuvert und klebte sie auf eine der leeren Seiten.

Dann griff Lilli nach ihrem Handy, um Laura eine Nachricht zu senden.

„Doch, Mama! Du musst sie tragen!“ Emma rang mit ihrer Mutter, die sich von der Toilette hochgestemmt, die frische Einlage aus der Unterhose gezogen und sie auf den Boden geschleudert hatte.

„Nein! Das will ich nicht!“ Ihre Mutter schlug mit beiden Fäusten auf Emma ein, sodass diese zurückweichen musste, um nicht verletzt zu werden. Das war nicht das erste Mal, dass die alte Frau handgreiflich wurde, aber es kam in letzter Zeit häufiger vor.

Emma seufzte, sie bemühte sich mit größter Anstrengung um einen ruhigen Tonfall: „Mama, damit kannst du ruhig durchschlafen und musst in der Nacht nicht aufstehen!“

„Nein! Ich bin kein Kind!“ Die alte Frau hatte aufgehört, mit den Händen zu rudern, starrte aber immer noch zornig auf ihre Tochter.

„Gut, dann halt nicht!“, gab sich Emma geschlagen. Sie würde am nächsten Tag wieder das Bett frisch machen müssen, falls ihre Mutter nicht rief, wenn sie in der Nacht auf die Toilette musste. Auf der Matratze lag zwar eine wasserfeste Auflage, aber das Laken, die Decke und die Wäsche mussten jedes Mal in die Waschmaschine. Ihre Mutter besaß genügend Wechselkleidung und es war ausreichend Bettwäsche vorhanden, doch dieser unnötige Arbeitsaufwand nervte Emma. Sie schlief unruhig, wenn sie wusste, dass ihre Mutter keine Einlage trug.

Emma musste endlich einen Versuch mit den Pantys machen, die eine Mitarbeiterin vom Krankenpflegeverein vorgeschlagen hatte. Bei dem Inkontinenzschutz war eine Einlage in ein Höschen eingearbeitet, die sogenannten Pantys waren angeblich sehr komfortabel. Ihre Mutter lehnte jedoch alles Neue erst einmal ab, und Emma sah eine kräftezehrende Überzeugungsarbeit auf sich zukommen.

Die alte Frau bückte sich umständlich, um ihre Unterhose nach oben zu ziehen, dabei kam sie aus dem Gleichgewicht. Emma musste sie stützen, damit sie nicht hinfiel. „Komm, Mama, ich helfe dir.“ Ihre Mutter mochte keine hektischen Bewegungen. Emma zog die Unterhose behutsam nach oben und warf vorher einen prüfenden Blick auf den Po. Die Toilettenbrille hatte, obwohl sie nicht lange darauf gesessen war, einen roten Abdruck hinterlassen.

„Mama, ich creme dich vorher noch ein, ja …?“ Emma griff nach der Pflegesalbe auf dem Waschtisch, rieb damit geübt über die Rötungen.

„Genug jetzt!“ Die alte Frau zerrte die Unterhose endgültig nach oben und ließ ihr Nachthemd darüber fallen.

„Möchtest du noch ins Wohnzimmer gehen und fernsehen? Es kommt eine Ratesendung“, fragte Emma hoffnungsvoll. Wenn ihre Mutter abends fernsah, schlief sie am nächsten Morgen länger.

„Warum?“ Die alte Frau musterte sie argwöhnisch.

Manchmal überkam Emma der Gedanke, dass ihre Mutter genau wusste, warum sie etwas vorschlug. Aber es gab auch die traurigen Momente, in denen sie ihre Tochter nicht mehr erkannte. Erst gestern hatte sie Emma für die längst verstorbene Tante Katharina gehalten. „Du bist so frech, Kati! Du kannst machen, was du willst, und Mama schimpft nie mit dir! Ich hasse dich!“ Sie hatte ihre Tochter angespuckt und einen Teller mit Suppe nach ihr geworfen. Emma war dankbar, dass sie ihr die Mahlzeiten schon länger in einem schönen Geschirr aus Kunststoff servierte.

Es gab Situationen, in denen Emma klar war, warum ihre Mutter aggressiv reagierte, wie bei Eingriffen in ihre Intimsphäre. Aber manchmal wurde sie Opfer irgendeiner tiefen Wut, die ohne erkennbaren Grund aus ihrer Mutter herauswollte.

Emma senkte den Blick und sagte resigniert: „Du kannst natürlich schlafen gehen, wann du willst. Ich habe nur gefragt.“

Plötzlich klang die alte Frau müde: „Ja, ich möchte schlafen.“ Sie hob ihre Arme, als wolle sie diese um ihre Tochter legen, ließ sie aber wieder kraftlos sinken.

Emma führte ihre Mutter ins Schlafzimmer und half ihr, sich an den Bettrand zu setzen. Dann lief sie spontan ins Bad, um eine Tablette aus dem Apothekerschrank zu holen. Emma schenkte ein Glas Wasser ein. „Schluck das bitte, Mama, damit kannst du gut schlafen.“

Und ich vielleicht auch wieder mal! Emma hoffte, dass ihre Mutter die Tablette nicht ablehnen würde. Doch die alte Frau schluckte sie und trank etwas Wasser, ohne die Augen von ihrer Tochter zu nehmen. „So, jetzt hast du Ruhe von mir."

Emma schwieg – diese unerwartet klaren Momente schmerzten manchmal wie Messerstiche.

Sie half ihrer Mutter, sich hinzulegen, und breitete die Decke über sie. Emma küsste ihre Wange. „Gute Nacht, Mama", dimmte das Licht der Stehlampe herunter und verließ leise das Schlafzimmer.

Eine Stunde später lag Emma in ihrem Pyjama auf dem Sofa, sie beschäftigte sich mit ihrem Handy. Im Fernseher lief eine Quizshow, aber sie sah nicht hin. Emma hatte den Apparat nur eingeschaltet, weil sie die Stille des Hauses heute unerträglich fand und das Plappern im Hintergrund ihr das Gefühl vermittelte, sie hätte Gesellschaft.

Sie las die Nachricht von Melanie. Für Donnerstag lud ihre Freundin zu einer Chorprobe ein und wollte wissen, ob der Termin allen passen würde. Emma musste zwar erst Frau Hagen fragen, aber sie schrieb zuversichtlich: „Passt. Super!", und schickte den Emoji Daumen hoch mit. Die Abende mit ihren Freundinnen waren immer eine Wohltat: singen, lachen, sich unterhalten und manches vergessen.

Emma scrollte durch ihre Kontakte und blieb bei „R" hängen, sie hatte die Nummer von Riesen-Lars gespeichert. Sie blickte auf das Fernsehbild und überlegte, ob der ehemalige Skirennläufer, der jetzt als Moderator arbeitete, auch so muskulöse Schenkel wie Riesen-Lars hatte.

Eine Zeit lang beobachtete sie den attraktiven Mann im Fernseher. Dann tippte sie eine Nachricht in ihr Handy und wartete. Wie erhofft kam wenige Minuten später eine Antwort. Sie las die Zeilen und spürte, wie eine Woge der Erregung alles andere aus ihrem Kopf verscheuchte.

Marie nahm einen Schluck aus ihrer Teetasse. Sie beobachtete ihre Mutter, die beim Wasserkocher stand und ihre Tasse neu auffüllte. Maries Mutter war Mitte sechzig, man sah ihr das Alter aber nicht an. In der hellen schmalen Hose und dem kupferfarbenen Garnpulli hätte man sie von hinten auch für eine viel jüngere Frau halten können. Das angegraute Haar hatte sie in ein helles Aschblond färben lassen, der modische Kurzhaarschnitt betonte ihre attraktiven Gesichtszüge.

„Wo wohnt Johannes jetzt?", fragte sie ihre Tochter, wobei ihre Mundwinkel kaum merklich nach unten wanderten.

„Ich weiß es nicht, er hat nur von einem Freund gesprochen." Marie wunderte sich selbst, warum sie nicht nachgefragt hatte.

„Und er hat sich noch nicht bei dir gemeldet?" Ihre Mutter setzte sich wieder an den Tisch und zog die Stirn in Falten.

„Nein! Er wollte ja eine Auszeit! Da wird er sich nicht nach ein paar Tagen wieder melden." Marie empfand es als entwürdigend, sich rechtfertigen zu müssen.

„Das ist kein Grund! Er ist immer noch dein Ehemann und sollte wissen wollen, wie du mit der neuen Situation zurechtkommst!"

Marie lag auf der Zunge, zu fragen, ob sich ihr Vater auch nach dem Befinden ihrer Mutter erkundigt hatte, als die beiden eine Zeit lang getrennt gelebt hatten. Doch sie verkniff sich die Frage, da sie von ihrer Mutter offensichtlich kein mitfühlendes Verständnis erwarten konnte. Sie wollte dieses schmerzhafte Thema nicht weiter wälzen.

„Sandra hat in Hamburg einen Weißrussen kennengelernt und ihm ihr ganzes Erspartes gegeben!", platzte es aus Marie heraus. Ihr war klar, dass sie ihre Schwester als Ablenkungsköder benutzte. Aber Sandra schien es ohnehin gleichgültig zu sein, was andere von ihr dachten. Maries Vorstoß hatte die gewünschte Wirkung.

„Wie bitte?" Ihre Mutter starrte sie ungläubig an.

„Sandra hat einen Weißrussen kennengelernt und ihm 35.000 Euro gegeben, damit er sich einen Lkw kaufen und ein Transportunternehmen gründen kann", wiederholte Marie.

„Sie hat diesen Mann sicher schon vorher gekannt", versuchte Maries Mutter, das Verhalten ihrer jüngeren Tochter zu begründen.

„Nein, Mama! Sie hat ihn erst in Hamburg kennengelernt! Ich war dabei!" *Warum versucht sie, Sandras Verhalten zu erklären?* Sonst klagte sie auch ständig über das ungehörige Gebaren ihrer jüngeren Tochter! Marie war gekränkt. Aus irgendeinem Grund schien heute sie die ‚Buh-Karte' gezogen zu haben.

„Nun, die Frage ist berechtigt, meine ich. Ich weiß, dass deine Schwester ein allzu leichtfertiges Beziehungsleben führt, aber sie scheint finanziell alles im Griff zu haben, und ich kann mir nicht vorstellen, dass sie ihr Geld unüberlegt einem Fremden gibt."

Marie war nicht nur überrascht, sondern auch gekränkt. *Seit wann nimmt Mama Sandra in Schutz?* Sie ließ sich hinreißen: „Pah! Gute Finanzen zu haben, ist keine Leistung, wenn einem der Vater dauernd unter die Arme greift …", und verstummte verlegen. Sie wusste nicht, ob ihre Mutter darüber informiert war, dass ihrem Vater die Wohnung gehörte, in der Sandra lebte. Marie hatte davon auch nur erfahren, weil die Immobilienfirma, in der Johannes arbeitete, den Verkauf abgewickelt hatte.

Ihre Mutter musterte sie mit einem rügenden Blick: „Ich finde es ungeheuerlich, dass du solche Geschichten über deinen Vater erzählst!"

„Und ich finde es ungeheuerlich, wie blind du bist oder sein willst!" Marie zuckte vor ihren eigenen Worten zurück. Warum verhielt sie sich heute wie der größte Elefant im Porzellanladen?

„Ich denke, es ist Zeit, dass du gehst." Die Stimme ihrer Mutter klang beherrscht, doch ihr eisiger Gesichtsausdruck hätte jedes Tropengewässer abgekühlt.

„Mama, ich wollte nicht …" Marie hob hilflos die Hände.

Sie wurde von ihrer Mutter mit einem Wink unterbrochen: „Ja, ich weiß! Ich möchte trotzdem, dass du gehst."

Marie blickte in das undurchdringliche Gesicht und ahnte, dass sie jetzt nur noch auf Granit beißen würde. Sie griff nach ihrer Handtasche und murmelte leise: „Bis bald, Mama …", bevor sie das Haus ihrer Eltern verließ.

Als sie in ihrem Auto saß, atmete Marie ein paarmal tief durch, bis sie sich wieder gesammelt hatte. Dann suchte sie nach ihrem Handy und sah, dass von Melanie eine Nachricht eingegangen war. Ihre Freundin lud zu einer Chorprobe ein. Marie überlegte spontan, abzusagen. Sie war noch eingeschnappt wegen Lillis beleidigender Worte nach dem Gesangdesaster in Hamburg. Obwohl sie etliche „Tut mir leid"-Nachrichten von Lilli bekommen hatte, wollte sie die vorlaute Freundin noch eine Weile zappeln lassen. *Strafe muss sein!*

Marie starrte reglos auf ihr Elternhaus. Wer selbst im Glashaus mit Steinen warf, sollte andere nicht verurteilen.

Sie tippte ihre Zusage an Melanie.

Chorprobe II

Melanie freute sich, weil alle ihre Freundinnen zugesagt hatten. Die erste Chorprobe nach der Hamburgreise würde am Abend bei ihr stattfinden. Jakob ging zu einer Feuerwehrsitzung, Simone traf sich mit Freunden im Kino und Max war happy, da er heute das Fernsehprogramm allein bestimmen konnte. Er hatte bereits klargestellt, dass er den Ton entsprechend laut einstellen musste, damit er nicht von den Gesängen und dem Gelächter aus dem Esszimmer gestört wurde.

Summend schob Melanie den Einkaufswagen durch die Getränkeabteilung des Supermarktes und grübelte über all die Themen nach, die seit Hamburg ‚in der Schwebe' hingen. Sie hatte sich vorgenommen, aus Emma herauszukitzeln, was sie in den Nächten in Hamburg getrieben hatte. Lilli konnte hoffentlich Gutes von Laura berichten, Sandra mit Neuigkeiten über Dimitri aufwarten und die Verstimmung zwischen Marie und Lilli sollte sich wieder einrenken.

Zwei Kartons mit Prosecco hatte Melanie bereits eingeladen, sie griff noch nach Wodka, Gin, Tequila und weißem Rum. Zum Schluss suchte sie alle Lebensmittel zusammen, die sie sonst noch brauchte. Als Melanie die Getränke auf das Laufband legte, wurde sie von der Kassiererin freudig begrüßt: „Oh, hallo! Wieder mal eine Party?"

Sie war sicher, dass die freundliche Angestellte keine Hintergedanken hegte, trotzdem beschloss Melanie, das nächste Mal woanders einzukaufen. Es war ein Vorteil, dass es in dieser Gegend geradezu eine Invasion an Lebensmittelgeschäften gab. „Ja, wir haben oft Gäste, und Alkohol hält ja ewig", erklärte Melanie der Frau vorsichtshalber. Dann gab sie vor, in Eile zu sein. Sie stürmte aus dem Geschäft, bevor die Kassiererin auf die Idee kam, weitere Fragen zu stellen. Manchmal wünschte sich Melanie, sie würde in einer anonymen Großstadt leben.

Zu Hause tauschte sie den Wodka mit der leeren Flasche in der Hausbar und lagerte den Prosecco im Weinkeller ein. Mit den anderen Spirituosen im Arm betrat Melanie den Waschraum.

In einer Ecke hinter den Schmutzwäschekörben stand ein unauffälliger Kunststoffbehälter, auf dem eine alte Wolldecke lag. Melanie warf die Decke zur Seite und hob den Deckel an. Sie deponierte die Getränke samt der leeren Wodkaflasche in dem Behälter. Das Leergut würde Melanie bei der nächsten Gelegenheit im Glascontainer entsorgen. Danach tarnte sie alles wieder mit Deckel und Decke.

Melanie praktizierte dieses Versteckspiel schon länger. Sie fand, dass Jakob nicht wissen musste, wie viel Alkohol im Haus war oder wie viel Melanie davon verbrauchte. Dennoch war sie nicht der Meinung, etwas Verbotenes zu tun. Es war schließlich ihre Angelegenheit, wie sie die langweiligen Tage in ihrem Leben überbrückte.

„Prost zusammen!" Mit einem fröhlichen Klirren wurde die Chorprobe eingeläutet.

Melanie hatte die Gläser gefüllt, sobald sie Maries Auto in der Einfahrt gesehen hatte. Gleich darauf trudelten auch die anderen Freundinnen der Reihe nach ein. Nun saßen sie um den großen Esstisch herum. Außer den Gläsern mit Prosecco war er mit reichlich Knabbergebäck, Obst und Süßigkeiten gedeckt.

„Jeden Abend dürfte ich das nicht machen, da könnte man mich bald rollen." Emma griff nach einem Schokolädchen, packte es aus und lutschte genüsslich daran.

„Alles eine Sache der Disziplin", meinte Marie, die an ihrem Prosecco nippte und nicht zugreifen würde.

„Dann bin ich wohl undiszipliniert." Aber Emma war nicht gekränkt. Sie nahm eine Handvoll Kartoffelchips und dachte darüber nach, wie lustvoll mangelnde Disziplin sein konnte.

„Jede, wie sie will und mag." Lilli pickte nach einer Traube, sie äugte zu Marie. Ihre Freundin war als Letzte eingetroffen und hatte alle mit einem pauschalen: „Hallo zusammen", begrüßt. Also wusste sie nicht, ob Marie noch schmollte, und wartete gespannt auf deren Reaktion. Doch Maries Blick blieb unergründlich.

„Genau! Das mein ich auch!" Melanie spülte ein paar Erdnüsse mit Prosecco hinunter, bevor sie fragte: „Und, Sandra? Gibt es was Neues von Dimitri?"

„Nein, noch nichts", antwortete Sandra einsilbig, während sie mit ihrem Armband spielte.

„Das macht dir keine Sorgen?", führte Melanie das Verhör weiter.

„Nein, eigentlich nicht. Sobald Dimitri eine Gelegenheit dazu hat, wird er sich melden. Seine Familie wohnt abgeschieden auf dem Land, dort gibt es keinen Handyempfang“, erklärte Sandra gelassen.

Melanie schielte zu Lilli, die nur mit ihren Schultern zuckte. Marie machte sich nicht einmal die Mühe, ihre Augen zu verdrehen, und Emma nuckelte gedankenverloren an ihrem Prosecco. Melanie hatte keine Ahnung von den Kommunikationsmöglichkeiten in Weißrussland, aber Sandras Erklärung war einfach lächerlich. *Was soll's, offensichtlich will sie glauben, was sie uns erzählt.*

Das Thema Dimitri war eine Sackgasse, darum wandte sich Melanie an Lilli: „Was gibt es Neues von Laura?“

„Ich habe gestern mit ihr telefoniert. Wir schreiben uns jeden Tag! Scheinbar ist alles im grünen Bereich. Dieser Jürgen ist nicht mehr aufgetaucht und ihre Mutter möchte einen Drogenentzug machen.“ Lillis Blick verriet, dass sie an dem Vorsatz von Lauras Mutter zweifelte.

„Und wie geht es jetzt weiter?“, fragte Melanie. Sie verjagte ihr schlechtes Gewissen, weil sie sich nicht selbst um die Kleine gekümmert hatte, mit einem kräftigen Schluck Prosecco. Doch es beruhigte sie, dass Lilli sich mit vollem Einsatz dieser Aufgabe widmete.

„Laura war bis vor ein paar Monaten noch auf dem Gymnasium. Sie ist ein kluges Köpfchen und hat eine künstlerische Begabung! Aber sie hat die Schule abgebrochen, nachdem dieser Jürgen eingezogen ist. Sie hatte keine Ruhe mehr zum Lernen, ist dann meistens herumgestreunt und wollte sich so wenig wie möglich in der Wohnung aufhalten. Nun sucht sie nach einer Lehrstelle, damit sie wenigstens eine Ausbildung hat. Sie will Geld verdienen, ihre Mutter ist schon länger arbeitslos. Schade, dass es der Frau scheinbar egal ist, ob ihr Kind weiter zur Schule geht.“ Lilli blickte wehmütig vor sich hin.

Es herrschte betroffenes Schweigen in der Runde. Dann lächelte Melanie ihrer Freundin aufmunternd entgegen: „Aber es ist gut, dass sie jetzt jemanden hat, dem sie nicht egal ist!“

Lillis Brustkorb schwoll förmlich an: „Ja! Es macht mir richtig Freude, mich um Laura zu kümmern!“ Und in einer plötzlichen Eingebung verkündete sie: „Übrigens, ich bin jetzt offiziell Tante geworden!“

„Ja, und …?“, fragte Melanie verwundert, weil Lilli diese Tatsache bereits vor Monaten erwähnt hatte, ihre Freundin jedoch nie den Eindruck vermittelt hatte, als wolle sie darüber reden. Die neue Familie ihres Vaters schien für sie nicht wirklich zu existieren.

„Ich habe die Geburtsanzeige per Post bekommen und Mama hat den Brief aufgemacht.“ Lilli registrierte die mitleidigen Gesichter ihrer Freundinnen. Aber sie wollte kein Mitleid, darum erzählte sie weiter: „Sie heißt Lena-Karina. Sie hat denselben zweiten Vornamen wie ich!“

„Das ist aber sehr lieb, so eine aufmerksame Schwester.“ Marie beteiligte sich das erste Mal an dem Gespräch.

Lilli hätte sich mehr über Maries Worte gefreut, wenn sie nicht bemerkt hätte, wie Marie bei diesen Worten einen vielsagenden Seitenblick auf Sandra warf. Sie blickte enttäuscht zu Marie. Sie hatte sich vorgenommen, sich vor ihren Freundinnen bei Marie zu entschuldigen, doch im Moment verspürte sie kein Verlangen danach, es zu tun.

„Ja, das ist sehr geschwisterlich, so sollte es sein!“, streute Sandra noch ihren Pfeffer auf Maries Kommentar.

Eine unangenehme Spannung schwebte plötzlich im Raum. Marie und Sandra, die einander gegenüber saßen, blickten stoisch vor sich auf die Tischplatte. Melanie stellte verblüfft fest, dass sogar ein Fremder jetzt hätte erkennen können, dass die beiden Schwestern waren.

Nachdem keine weiteren verbalen Querschläge mehr folgten, räusperte sich Emma, um ein neues Thema anzuschlagen: „Mama hat gestern zum ersten Mal eine Inkontinenz-Panty beim Schlafen getragen. Und es hat funktioniert! Sie hat durchgeschlafen und das Bett ist trocken geblieben. Ich weiß nicht mehr, wann ich das letzte Mal am Morgen so erholt aufgewacht bin!“

Die Spannung verflog augenblicklich und alle widmeten sich dankbar der guten Neuigkeit. „Super, Emma, das freut mich für dich!“ Lilli drückte Emma, die neben ihr saß, an sich.

„Wunderbar, ich freu mich auch mit dir!“ Marie schenkte Emma ein Lächeln.

„Darauf müssen wir anstoßen!“ Melanie hatte bereits nachgeschenkt.

„Toll, Emma, auf dich!“ Sandra prostete ihrer Freundin zu.

Nach der dritten Flasche Prosecco wurde die Stimmung ausgelassener, die Liedermappen lagen unbeachtet auf der Seite. Melanies Gitarre schlummerte in der Halterung und ihre Besitzerin wagte anzusprechen, was sie schon den ganzen Abend beschäftigte: „Apropos durchschlafen. Emma, möchtest du uns nicht erzählen, was du in den zwei Nächten in Hamburg getrieben hast?", forderte Melanie mit hörbarem Zungenschlag.

Überrumpelt von dem unerwarteten Vorstoß färbten sich Emmas vom Prosecco angehauchte Wangen in ein tiefes Rot.

„Ich hab's euch doch schon erzählt." Sie runzelte konzentriert ihre Stirn. „Ich war mit ein paar Leuten zusammen, die ich in der Bar kennengelernt habe und … ähm …" Emmas ertappter Blick enttarnte ihre Geschichte endgültig als Lügenmärchen.

„Jaja, so ein Blödsinn!" Melanie fixierte ihre Freundin wie ein Vampir, der seine nächste Mahlzeit im Visier hatte. „Wenn du gestehst, was du gemacht hast, dann gesteh ich, wasch … ups … was ich gemacht habe."

„Was willst du uns denn erzählen? Du erinnerst dich doch an nichts?" Lilli torpedierte das nicht durchdachte Manöver.

Melanie bedankte sich bei ihr mit einem Kannst-du-nicht-deine-Klappe-halten-Blick und beteuerte: „Ich würde es euch schon erzählen, wenn ich mich an was erinnern könnte!"

Lilli schnaubte über dieses leere Versprechen, verkniff sich aber vorsorglich einen Kommentar, stattdessen schubste sie Emma: „Nun erzähl schon! Wir sind doch deine Freundinnen …"

Obwohl Emma sich vorgenommen hatte, niemals etwas über die beiden Nächte preiszugeben, zeigte der Alkohol auch bei ihr seine Wirkung. Sie spielte mit dem Stiel ihres Sektglases, als sie gestand: „Ich war mit Riesen-Lars zusammen."

Wumm! Vier fassungslos starrende Gesichter fixierten Emma, die ihr Geständnis augenblicklich bereute. Sie fühlte sich, als würde sie nackt am Tisch sitzen. *Hätte ich bloß nichts gesagt!*

Sandra und Marie wussten über Riesen-Lars zwar nur, was ihnen Lilli und Melanie erzählt hatten, doch sie waren ebenso sprachlos wie ihre Freundinnen, weil Emma sich mit diesem offenkundigen Zuhälter eingelassen hatte.

„Was! Hab ichs doch gewusst, dass dieser räudige Kerl sich an dich ranmacht!" Lilli warf ihren letzten Rest Zurückhaltung über Bord, während Melanies Hirn noch mit der Verarbeitung des Gehörten beschäftigt war. Sie starrte Emma mit offenem Mund an.

Marie sagte enttäuscht: „Oh, Emma! Wie konntest du nur? Mit so einem Mann?"

Sandra musterte Emma erstaunt, sie schwieg aber, während Melanie endlich ein: „Oh Gott!", hervorbrachte.

Emmas Beschämung verwandelte sich in Trotz, bevor sie zu einer Verteidigungsrede anhob: „Ihr könnt das nicht verstehen! Ich bin immer angebunden und opfere die Freiheit für meine Mutter! Manchmal kommt es mir vor, als wäre mein Leben ein einziger Pilgerweg. Und manchmal fühle ich mich, als wäre ich lebendig begraben! In einem riesigen Mausoleum ...!" Ihre Stimme brach erstickt ab.

Nun blickten alle bestürzt auf ihre Freundin, weil diese noch nie so offen über ihre Lebenssituation gesprochen hatte. Eine verlegene Stille breitete sich aus, niemand fand passende Worte.

Die entfesselte Emma fuhr fort: „Ich hab das nicht geplant! Es ist einfach passiert! Am Anfang war es, als ob ich einer anderen Frau zusehen würde. Aber ich hab mich so lebendig gefühlt wie noch nie in meinem Leben. Als würde etwas explodieren, was in mir geschlummert hat. Es war wie eine innere Supernova!"

Keine der Freundinnen rührte sich. Maries Blick war undefinierbar, Sandras Augen ruhten in ihrem Sektglas, Lilli studierte interessiert Emmas Profil und Melanie blickte bedauernd ins Leere. Eine innere Supernova! Genauso hatte sie sich die Nacht mit Jens vorgestellt. *Wenn ich mich nur daran erinnern könnte ...*

Emma fasste sich wieder, sie verschränkte die Arme vor ihrer Brust, bevor sie sagte: „Es ist mir gleich, wenn ihr mich nicht verstehen könnt, aber ich bereue keine Minute davon!"

Ihre Freundinnen wechselten stumm ein paar Blicke, als Lilli sprach: „Ich will dich nicht verurteilen, Emma, und es tut mir leid, wenn ich dich gekränkt habe. Ich habe nur gedacht, dass du zu schade für diesen Typen bist." Auf eine Abfuhr gefasst legte sie vorsichtig die Hand auf den Arm ihrer Freundin.

Emmas Protesthaltung verflog ebenso schnell, wie sie gekommen war. Sie fing unvermittelt an zu lachen und gestand: „Er wollte, dass ich für ihn als Prostituierte arbeite!"

„Was???", stießen Melanie und Lilli gleichzeitig hervor.

„Jetzt bin ich aber neugierig auf Details", wagte Lilli zu fragen.

Sandra wartete bereits gespannt, während Marie noch stumm über den Rand ihres Glases auf Emma schaute.

„Ja, Emma! Komm, erzähl mal!", forderte Melanie begeistert. Sie entkorkte eine neue Flasche Prosecco, um den Tisch kehrte erwartungsvolle Stille ein.

Es kam Emma sehr gelegen, dass sie eines noch peinlicheren Geständnisses enthoben wurde, weil in diesem Moment die Tür aufschwang und Melanies Mann seinen Kopf hereinsteckte.

Jakob registrierte die ungewohnte Stille im Raum. „Hallo, meine Hübschen! So ruhig heute? Noch bei den Details zur Gesangschoreografie?" Und er hatte nicht die blasseste Ahnung, warum ‚seine' Hübschen in ausgelassenes Gelächter ausbrachen.

Geheimnisse

Endlich lag Marie in ihrem Bett. Als Melanies Mann sich von der Chorrunde verabschiedet hatte, sangen die Freundinnen noch ein paar Lieder, und Marie war dankbar darüber, weil das unappetitliche Thema, über das die anderen Emma aushorchen wollten, nicht mehr angesprochen wurde.

Es war bereits nach Mitternacht, Marie ahnte, dass sie die fehlende Nachtruhe morgen bereuen würde – sie fand, man sah es ihrem Teint an, wenn sie zu wenig schlief. Unter der Woche stand sie immer um sechs Uhr auf, führte ihre Morgengymnastik durch und nahm sich ausreichend Zeit für Haare und Make-up. Ihr Frühstück bestand aus einem Espresso mit einem Glas Wasser.

Johannes war immer so lange wie möglich im Bett geblieben, er hatte sich oft beschwert: „Marie bleib liegen, es ist noch so früh. Sei nicht so ungemütlich." Am Anfang ihrer Beziehung war Marie manchmal wieder zu Johannes gekrochen. Sie ertrug seine Morgenerektion, obwohl ihr diese Berührung zuwider war. Doch irgendwann war die Zeit des Kuschelns vorbei gewesen und Marie absolvierte ihr Morgenprogramm, während ihr Mann im Bett weiter döste.

Ist das ein Grund, warum Johannes mich verlassen hat? Marie konnte nie verbergen, dass der Beischlaf nur ein notweniges Übel für sie war. Zu Beginn ihrer Beziehung empfand sie den Beischlaf noch als Kompliment an ihre Attraktivität. Doch Marie war immer ein Rätsel geblieben, warum manche Frauen Sex so aufregend fanden. Und warum alle so besessen von diesem ominösen Orgasmus waren. *Vielleicht empfinde ich anders als andere Frauen?*

Eine Zeit lang hatte sie sich in einem Internetblog ausgetauscht. Frauenlust – Frauenfrust nannte sich die Plattform. Sie wollte wissen, was sie falsch machte, da Johannes offensichtlich mehr von ihr erwartete. Aber Marie ekelte sich davor, irgendwelches Sexspielzeug in sich einzuführen. Und sie wollte nicht zu einer Therapeutin gehen oder sich ihren Freundinnen anvertrauen – beides wäre für Marie nicht infrage gekommen.

Nur einmal hatte sie sich, ohne es zu planen, selbst erforscht. Die Frauen in dem Internetforum priesen das als Selbsterfahrungsmethode an.

Johannes war wegen eines geschäftlichen Abendtermins unterwegs gewesen und Marie hatte sich ein ausgedehntes Ölbad gegönnt. Während sie sich im warmen Wasser entspannte, streichelte sie mit dem öligen Waschlappen zufrieden über ihren perfekten Körper. Unbewusst wanderte sie mit der Hand zwischen die Beine und rieb sanft über ihre Schamlippen. Maries Brustwarzen richteten sich erregt auf, ein unbekanntes wohliges Sehnen schlich durch ihren Körper. Und sie wünschte sich, Johannes würde früher nach Hause kommen.

Zum Abtrocknen setzte Marie sich auf den Badhocker. In aufflammender Neugier griff sie nach dem Kosmetikspiegel, spreizte ihre Beine und stellte die Füße auf den Hocker. Sie betrachtete ihren Intimbereich im Spiegel. Die Schamlippen traten wulstig hervor, ihre Klitoris glänzte wie ein dunkelrotes Kügelchen. Marie sah den Eingang ihrer Vagina, öliges Wasser sickerte daraus hervor. Sie war fasziniert und abgestoßen zugleich. *Und das ist schön? Das soll erotisch sein?* Marie konnte das nicht nachvollziehen, fand, dass ihre Scham unordentlich aussah. Die Scham – was für ein passendes Wort! Ihre Erregung verflog. Sie hatte ihr Nachthemd übergestreift, war zu Bett gegangen und in einen unruhigen Schlaf gesunken.

Marie seufzte, heute wälzte sie sich wieder ruhelos in den Laken. Emmas unglaubliches Geständnis spukte ihr im Kopf herum. Sie kannte diesen Riesen-Lars nicht, aber nach Lillis Schilderungen zu schließen musste er ein widerlicher ordinärer Mann sein.

Sie hatte durchaus Verständnis für Emmas Situation, weil sich ihre Freundin angebunden und manchmal allein fühlte. Doch warum suchte sie sich keinen Partner? Emma war attraktiv – nach Maries Ansicht zu mollig – aber sie hatte ein hübsches Gesicht und schönes gelocktes Haar. Sie war eine gute Partie, würde einmal die Villa ihres Stiefvaters erben. Warum ließ Emma sich mit einem Zuhälter ein und schwärmte davon, als hätte sie eine Erleuchtung gehabt?

Eine innere Supernova – was sollte das sein? Sie wälzte sich auf die andere Seite, starrte auf das leere Bett neben sich. Marie rätselte, wo Johannes jetzt wohnte. Sie hatte ihn seit ihrer Abreise weder gesehen noch etwas von ihm gehört, und sie verbot sich, ihm weitere Mitteilungen zu schicken, nachdem er ihren verzweifelten Ruf aus Hamburg ignoriert hatte.

Mutter hat recht – das ist einfach unerhört, dachte Marie in aufwallendem Zorn, *schließlich sind wir noch verheiratet!* Johannes konnte nicht ewig untertauchen, die Wohnung gehörte ihnen beiden. *Ich kann die Wohnung allein nicht finanzieren, er wird sich einem Gespräch stellen müssen!*

Trotz aller Vorsätze nahm Marie sich vor, ihren Mann am nächsten Tag in einer Nachricht darauf hinzuweisen. Vor diesem Thema konnte sich Johannes nicht drücken!

Ihre Gedanken schwirrten zu der kleinen komfortablen Wohnung, in der Sandra lebte. Ob ihr Vater Marie auch eine Wohnung kaufen würde? Eigentlich wäre es nur fair! Aber sie war nie der Liebling ihres Vaters gewesen, und offiziell wusste sie nichts von der Immobilie, die ihrem Vater gehörte.

Johannes war das Geheimnis entschlüpft, als sie nach längerer Zeit wieder einmal miteinander geschlafen hatten. Er war den ganzen Abend um sie herumgeschwänzelt: „Du siehst heute so verführerisch aus, Marie." Also ließ sie sich von ihrem Mann, während er ihren Körper bewunderte, entkleiden. Sie wollte es schnell hinter sich bringen. Er küsste sie flüchtig, drang schnell in sie ein. Als er nach einer ewiglangen Zeit – Marie hatte sich inzwischen überlegt, welche neuen Schlafzimmervorhänge sie kaufen könnte – endlich fertig war, schmiegte er sich wieder an sie.

Da sie befürchtete, er würde erneut Lust bekommen, erzählte Marie ihm zur Ablenkung, dass ihre Mutter sich Sorgen um die Ausgaben ihres Vaters machen würde, weil er einen größeren Betrag investiert hatte, ohne ihr Genaueres mitzuteilen. Daraufhin ließ sich der befriedigte Johannes dazu hinreißen, Marie zu erzählen, dass die Wohnung, in der Sandra lebte, von ihrem Vater gekauft worden war.

Marie konnte verstehen, dass Sandra nach ihrer Scheidung Unterstützung benötigte. Rainer bewohnte mit Lukas das gemeinsam angeschaffte Haus und Sandra brauchte eine neue Unterkunft. *Papa, vielleicht musst du deiner zweiten Tochter bald unter die Arme greifen – auch wenn sie nicht dein Liebling ist!*

Trotz der gewälzten Probleme sank Marie irgendwann in einen unruhigen Schlaf. Sie träumte von einer düsteren Schlucht mit feuchten glatten Felswänden, in die sie gefallen war. Doch so sehr sich Marie auch abmühte, sie konnte sich nirgends festhalten, um aus der Schlucht zu gelangen.

Sandra checkte die eingegangenen Mitteilungen. Wieder nichts! Warum antwortete Dimitri nicht? Ganz so unbekümmert, wie ihre Freundinnen glaubten, war sie nicht. Dimitri musste doch eine Möglichkeit finden, sich zu melden, auch wenn er in einer abgelegenen Gegend in Weißrussland lebte.

Sandra legte ihre Stirn in Falten. *Hat er mich belogen?* Dabei sorgte sie sich nicht unbedingt um ihr Geld. Vielmehr beschäftigte sie die Frage, ob Dimitri ihr etwas vorgemacht hatte, als er ihr versicherte, er wäre verrückt nach ihr und könne es kaum erwarten, sie wiederzusehen. Sandra liebte das Flirten, das Gefühl, umworben zu sein und begehrt zu werden. Nein, sie brauchte es! Wahrscheinlich hatte sie darum begonnen, ihren Mann zu betrügen. Sandra schweifte in Gedanken einige Jahre zurück, zu der Zeit, als ihre Affäre mit Simon begonnen hatte.

Der umwerfend aussehende Assistenzarzt Doktor Simon Artweg war der neue Liebling aller Schwestern gewesen. Er hatte schwarzgelockte Haare, blaue Augen, eine große sportliche Statur und war sehr charmant. Sämtliche Kolleginnen von Sandra machten dem Arzt schöne Augen und rissen sich darum, im dienlich zu sein. Obwohl Sandra das Haremsgehabe ihrer Kolleginnen lächerlich fand, erwachte in ihr eine Art Kampfgeist. Sie hätte nicht erklären können, warum, aber in ihrem Kopf setzte sich eine verzehrende Überzeugung fest: *Ich werde ihn bekommen! Mich wird er wollen!*

Sie setzte alles daran, den attraktiven Arzt zu erobern. Wenn Doktor Artweg im Dienst war, ließ Sandra bei ihrer Arbeitskleidung einen Knopf mehr offen, als nötig gewesen wäre, und sie beugte sich beim Assistieren weit vor, damit er ihren Spitzen-BH sehen konnte. Sie blondierte ihre Haare heller und verwendete einen Eyeliner, um ihre blauen Augen besser zur Geltung zu bringen. Und sie trug ein verführerisches Parfum auf, dessen Duft er nicht entkommen konnte, wenn sie bei einer Behandlung nah nebeneinanderstanden. Sandra schenkte dem jungen Arzt keine offensichtliche Aufmerksamkeit, aber sie war immer zur richtigen Zeit am richtigen Ort. Sie umgarnte ihn wie eine Sirene.

In der Nacht, in der alles begann, musste sie Doktor Artweg, der Bereitschaft hatte, zu Hilfe rufen, weil ein Patient akute Herzprobleme bekam. Nachdem der Mann wieder stabil war, tranken sie im Dienstzimmer zusammen einen Kaffee. Sie unterhielten sich über seine zeitintensive Ausbildung und wie schwierig es war, nebenher eine Beziehung zu führen.

„Linda hat das Alleinsein nicht ausgehalten, sie hat letzten Monat Schluss gemacht. Jetzt hab ich kein Privatleben mehr“, gestand der Arzt und warf einen beiläufigen Blick auf ihr Dekolleté.

Sandra nickte verständnisvoll, sie wusste, was er damit meinte. Sie versenkte ihren Blick in seine tiefblauen Augen und beugte sich zu dem Stresshelferleinkistchen mitten auf dem Tisch, aus dem sich jeder bedienen konnte, der Heißhunger auf Süßes verspürte. Ihre Brust berührte dabei seinen Arm.

Als ein elektrisierendes Kribbeln durch ihren Körper fuhr, las sie in den Augen des Arztes, dass er ähnlich empfand. Und Sandra ahnte, dass sie gewonnen hatte. Während sie nah vor dem jungen Mann verharrte, fischte sie nach einer Praline. Sie wickelte die Süßigkeit aus und steckte sie in seinen Mund.

„Als Trostpflaster … und ich heiße Sandra.“ Sie spürte, wie er an ihrem Finger lutschte.

„Simon …“, brachte Doktor Artweg noch hervor, dann ging alles ganz schnell.

Simon kickte die Tür des Dienstzimmers mit seinem Fuß zu. Er hob die zarte Sandra mit einem Ruck auf den Tisch und wischte die Süßigkeitenkiste mit seinem Arm fort. Der Inhalt prasselte wie Hagel auf den Fußboden. Simon saugte sich gierig an Sandras Mund fest, die Schokolade vermischte sich wollüstig in ihren Mündern. Er riss die Druckknöpfe an Sandras Oberteil auseinander, hakte ihren BH auf und leckte mit seinen schokosüßen Lippen ihre Brustwarzen. Sie half ihm, ihre Arbeitshose und den Slip vom Körper zu zerren. Bevor Simon seine Hose zu Boden gleiten ließ, zauberte er ein Kondom hervor, das er sich geübt überstreifte. Sandra schrie auf, als er in sie eindrang, und es war ihr egal, ob sie von jemandem gehört wurde. Der harte Untergrund des Tisches ließ ihre Lust bei jedem Stoß höher schwellen, bis sie gemeinsam zum Höhepunkt kamen.

Von da an trafen sich Simon und Sandra im Krankenhaus, so oft es möglich war. Während der gemeinsamen Nachtdienste im Dienstzimmer oder in einem leeren Krankenzimmer, manchmal auch in einem Lager. Oder Simon kam nachts für einen Quickie vorbei, wenn er nicht arbeiten musste.

Doch sie lehnte es ab, sich mit dem Arzt außerhalb des Krankenhauses zu treffen. „Ich bin verheiratet, wir leben in der Provinz! Ich möchte nicht, dass mein Mann davon erfährt!"

Sandra blieb diesem Vorsatz treu, bis zu dem Abend, an dem die Weihnachtsfeier der Station stattfand. Das feuchtfröhliche Fest wurde in einem abgelegenen Gutshof gefeiert, von wo aus die Gäste in bereitgestellten Sammeltaxis heimfahren konnten.

Es war bereits spät, Sandra langweilte sich, weil sie dem üblichen Getratsche ihrer Kolleginnen zuhören musste. Aufhorchen ließen sie die Gespräche erst, als alle rätselten, mit wem der begehrte Doktor Artweg wohl eine Affäre hatte.

Eine der Schwestern hatte dem Frauenschwarm ‚zufällig' über die Schulter geschaut, als er vor ein paar Tagen im Dienstzimmer eine eindeutige Nachricht versendete: „Zieh dein Höschen aus – ich komme!" Leider musste die Schwester gleich darauf dem Stationsarzt assistieren und konnte Doktor Artweg nicht nachspionieren.

Sandra amüsierte sich bei den Spekulationen um sie herum, nickte hin und wieder, gab jedoch keinen Kommentar ab. Sie warf einen verstohlenen Blick hinüber zu dem Ärztetisch, an dem auch Simon saß, und beobachtete, wie er in sein Handy tippte. Eilig griff sie nach ihrem Telefon. Simon schrieb: „In 10 min, hinter dem Hof ist ein Heustadel."

Als Sandra sich kurz darauf aus dem Gutshof stahl, fiel ihr nicht auf, dass ihr Mann auf dem Parkplatz davor in seinem Auto saß. Rainer war nach einem Treffen mit Freunden hier vorbeigekommen und wollte fragen, ob sie mit ihm nach Hause fahren wollte. Bevor er ihre Nummer wählen konnte, sah er, wie seine Frau eilig aus dem Eingang des Gebäudes trat und um die nächste Ecke huschte. Rainer wollte

Sandra zurufen, als er einen Mann sah, der seiner Frau folgte. Er schwieg verdutzt und starrte verständnislos in die Dunkelheit, in der die beiden verschwunden waren.

Sein Herz begann wild zu pochen, in seinem Bauch zog sich etwas unangenehm zusammen. Irgendwo in Rainer schrillte eine Alarmglocke. Ein innerer Antrieb jedoch zwang ihn, sich in Bewegung zu setzen. Als er die unbeleuchtete Rückseite des Hofes erreichte, fiel sein Blick sofort auf Sandra, die in ihrem hellen Kleid leicht auszumachen war. Er beobachtete, wie der Mann die Hände auf die Hüften seiner Frau legte und sie vor sich her durch das Tor eines abseits stehenden Stadels schob. Rainer konnte Sandra kichern hören.

Wie in Trance – weil er bereits ahnte, was ihn erwarten würde – stakste Rainer langsam zu dem Holzstadel. Er verharrte einige Minuten reglos vor dem Tor. Ausgelassenes Gelächter und Partymusik drangen gedämpft durch die Fenster des Gutshofs herüber. Es hörte sich an, als würden ihn die feiernden Menschen verhöhnen. Rainer zögerte, doch seine Hand öffnete automatisch das Tor und er sah, wovor er sich bereits gefürchtet hatte.

Der Mann saß mit heruntergelassenen Hosen auf einem mit seinem Sakko abgedeckten Heuballen. Sandra hatte ihr kurzes Kleid bis über die Hüften hochgeschoben und sich rittlings auf den Schoß des Mannes gesetzt. Sie wippte rhythmisch auf und ab.

„Du bist der beste Hengst! Jaaa, besorg es mir!“ Die Stimme seiner Frau klang fremd. Hätte er nur ihre Stimme gehört, hätte er Sandra nicht erkannt, doch Rainers Augen sahen gnadenlos, was sein Leben für immer verändern würde. Sie wanderten über den Rücken seiner Frau zu ihrem nackten Gesäß, er war immer verrückt nach ihrem kleinen festen Po gewesen.

„Und du bist die geilste Stute – ich kann einfach nicht genug von dir bekommen“, keuchte der Mann, er krallte seine Hände in Sandras Pobacken.

Die beiden bemerkten ihn nicht. Sie vögelten weiter, während Rainers Augen Sandras hüpfendem Hintern folgten. Bis seinem Mund ein seltsamer Laut entwich. Es hörte sich an, als wäre er von einem Pfeil in die Brust getroffen worden. Der erstickte Schrei war nicht laut, aber ein kalter Windstoß, der hinter Rainer durch das Tor stob, wehte das Geräusch in den Stadel.

Die beiden auf dem Heuballen hielten erschrocken in ihrer Bewegung inne und starrten in die Dunkelheit. Als Sandra ihren Mann erkannte, rief sie entsetzt: „Rainer …?

Doch ihr Mann hatte genug gesehen. Er wandte sich ab, ließ das Tor zufallen. Rainer rannte zu seinem Auto und fuhr fort, ohne einen Blick zurückzuwerfen – für immer.

Bei dem hässlichen Streit, den sie später führten, warf Rainer seiner Frau vor, dass sie ihn sicher schon länger betrügen würde. Sandra stritt es nicht ab und erklärte: „Es tut mir so leid, dass ich dir weh getan habe. Das wollte ich nicht“, sie sagte jedoch nicht, dass sie ihre Affäre bereuen würde.

Rainer konnte ihr nicht verzeihen – ihre Ehe war am Ende.

Obwohl Lukas erst zehn Jahre alt gewesen war, bestand Rainer darauf, dass er den Grund für die Trennung seiner Eltern erfuhr. Und als es um das Thema Sorgerecht ging, gab seine Mutter sich geschlagen, als Lukas erklärte, bei seinem Vater bleiben zu wollen.

Dass sie von ihrem Mann ertappt worden waren, ging Simon ebenso nahe wie Sandra. Sie trafen sich nicht mehr. Und nachdem er seine Assistenzzeit auf der Station beendet hatte, wechselte Simon für den nächsten Turnus in ein anderes Krankenhaus.

Sandra bewegte ihren Finger ungestüm über das Handy – als könnte sie damit die Erinnerung an die schmerzhafteste Zeit in ihrem Leben fortwischen. Sie tippte eine Nachricht an Dimitri. Sandra wollte sich nicht vorstellen, dass der junge Mann sie nur benutzt hatte, um an ihr Geld zu kommen. Schließlich hatte sie ihm ihre Unterstützung von sich aus angeboten. Sie würde nicht daran zweifeln, dass er sich nach ihr sehnte.

Fragen und Antworten

Lilli las die Nachricht noch einmal: „Hallo, Lilli! Ich habe eine Lehrstelle bekommen.☺ Ich darf bei Münze anfangen, das ist ein Diskonter. Ich kann bis Herbst als ungelernte Kraft arbeiten, und wenn die Berufsschule losgeht, mit der Lehre anfangen. Jürgen hat gestern mit Mama telefoniert. Ich weiß es, weil ich Mamas Handy gecheckt habe, als sie geschlafen hat. Hoffentlich kommt er nicht wieder! LG Laura."

Verdammt, dass hoffe ich auch! Diese Junkie-Mutter war nicht gut für das Mädchen, sie war wie eine tickende Zeitbombe. Aber was sollte sie machen? Lilli überlegte nicht lange, bevor sie lostippte: „Hallo, Laura! Kannst du mir die Handynummer von deiner Mama geben? Ich werde einmal Klartext mit ihr reden!" Sie zögerte, bevor sie die Nachricht abschickte. War der Vorstoß zu riskant? Vielleicht reagierte Lauras Mutter damit, dass sie ihrer Tochter den Umgang mit Lilli verbot. *Nein, ich glaube, die versteht nur die Hammermethode!*

Mit schwierigen Müttern kannte sich Lilli bestens aus. Heute Morgen hatte sie wieder eine entnervende Diskussion mit ihrer Mutter geführt. Sie wusste, dass es mit der Geburtsanzeige über sein Enkelkind zusammenhing, die ihr Vater geschickt hatte. Ihre Mutter hatte über seine Untreue, das Verlassen seiner ersten Familie lamentiert und aufgebracht reagiert, als Lilli ihren Vater in Schutz genommen hatte. „Ach so, du bist jetzt auf der Seite deines Vaters!"

„Was heißt, auf Vaters Seite?", gab Lilli zurück. „Ich bin auf niemandes Seite! Kannst du die alten Geschichten nicht endlich vergessen?"

„Vergessen? Er hat uns beide im Stich gelassen! Ich musste dich allein aufziehen!"

„Papa hätte gerne mehr Zeit mit mir verbracht! Er hat oft gefragt, ob ich ihn besuchen komme! Aber du hast jedes Mal ein solches Theater gemacht, dass ich darauf verzichtet habe!"

„So eine Frechheit! Da opfert man das ganze Leben für sein Kind und das ist der Dank!" Ihre Mutter änderte daraufhin die Taktik – sie lief weinend aus dem Raum.

Lilli hatte sich Zeit gelassen, bevor sie ihr gefolgt war.

Wie lange höre ich mir jetzt schon ihre Klagen an? Sie hatte Jahre gebraucht, um ihre Kindheit aus einem anderen Blickwinkel betrachten zu können. Lilli war eine Zeit lang heimlich zu einer Therapeutin gegangen. Sie hatte gelernt, die Verantwortung an ihre Mutter abzugeben, zumindest theoretisch. Und sie hatte gelernt, dass nicht alle Schuld bei ihrem Vater lag.

Aber ihre Mutter kochte alles immer wieder auf und Lilli tappte jedes Mal in dieselbe Falle. *Hört das denn nie auf?* Vielleicht hätte sie früher widersprechen sollen, anstatt sich den Launen ihrer Mutter zu beugen? Lilli griff sich ärgerlich an die Stirn, ihr Finger schwebte über der ‚Senden'-Taste. Warum machte sie sich Gedanken darüber, was sie hätte anders machen sollen? *Ich war das Kind – ich bin die Tochter!*

Lilli schob ihre uferlosen Gedanken beiseite. Jetzt ging es wieder um ein Kind, das glaubte, für seine Mutter verantwortlich zu sein! Laura sollte es besser haben! *Ja! Klartext reden – das passt!* Sie drückte auf ‚Senden'.

Ihr Blick fiel auf das Cabrio, mit dem Ken und Teresa auf Hochzeitsreise waren. Es wurde Zeit, dass die beiden nach Hause kamen! Lilli zog ihnen die Pyjamas an und legte sie in das Himmelbett im oberen Stockwerk ihres Barbie-Hauses. Obwohl es bei den steifen Puppen schwierig war, drückte sie das Pärchen nebeneinander in die Löffelchenstellung. Sie überlegte, welches Geschlecht das erste Kind der beiden haben sollte. *Ich muss noch eine kleine Chelsea kaufen.*

Melanie unterdrückte ein Gähnen. Ihre Nachbarin Waltraud war mit einem Teller Apfelkuchenstückchen vor der Haustür gestanden. Melanie blieb nichts anderes übrig, als sie eintreten zu lassen und ihr einen Kaffee anzubieten.

Waltraud war das, was man eine ‚Paradenachbarin' nennen konnte. Sie war hilfsbereit, brachte immer wieder was Selbstgebackenes vorbei (so wie heute), engagierte sich ehrenamtlich in der Gemeinde (half beim Schmücken der Kirche und beim Organisieren von Wohltätigkeitsbasaren) und wusste alles Wissenswerte über die Nachbarschaft.

„Weißt du es schon, Melanie? Die Resi Leitner hat ihren Andi rausgeworfen, er hat sie mit einer anderen betrogen!", erzählte Waltraud begeistert, bevor sie einen Schluck Kaffee nahm.

Melanie warf ein pflichtschuldiges: „Ach, nein! Wirklich?“, ein, obwohl sie die Neuigkeit nicht überraschte. Besagter Andi war ein dorfbekannter Möchtegern-Frauenheld und es war nur eine Frage der Zeit gewesen, bis Resi der Geduldsfaden riss.

Beim letzten Feuerwehrball hatte dieser Andi sogar versucht, Melanie anzubaggern. Als der alkoholisierte Mann von hinten in ihr Ohr gelallt hatte: „Mellie-Tower, du hast mir schon immer gut gefallen“, hatte sie ihm einen ordentlichen Rempler mit dem Ellbogen versetzt und ihm garantiert, dass er eine Taufe mit dem Inhalt seiner Bierflasche bekommen würde, wenn er nicht sofort verschwinden würde. Daraufhin war ihr ehemaliger Schulkollege maulend abgezogen, um sich ein willigeres Opfer zu suchen.

Melanie war sowieso ein Rätsel, wer außer Resi Gefallen an dem kleinen Gnom finden konnte.

„Er hat etwas mit der Ingrid vom Würstelstand beim Rathaus! Du bist doch auch mit ihr in die Schule gegangen, nicht? Meine Cousine Beate wohnt im selben Block. Sie hat letzte Woche gesehen, wie er in der Nacht aus ihrer Wohnung geschlichen ist. Ich finde, es ist eine Schande! Resi ist eine anständige Frau und er lässt sich mit diesem Flittchen ein.“

„Hmmm …“ Melanie mochte nicht über die arme Ingrid lästern. Die Frau arbeitete schon seit Ewigkeiten in dem Würstelstand, hatte die Ehe mit dem gewalttätigen Fritz überstanden – der lag nach einer Leberzirrhose unter der Erde – und war immer ein graues Mäuschen gewesen. Also alles andere als ein Flittchen. Resi war selbst schuld, wenn sie einen Dorfcasanova wie diesen Andi geheiratet hatte.

Melanie blickte apathisch auf Waltraud, die unbeirrt weiterplauderte und den mutmaßlichen Ehebruch mit detaillierten Beobachtungen ihrer Cousine Beate ergänzte. Sie hoffte, dass Waltraud bald genug von ihrem einseitigen Monolog bekam, und dachte sehnsüchtig an die Hausbar, wo sie vor einer halben Stunde die Zutaten für ihren Longdrink-Favoriten Hafenwelle aufgefüllt hatte.

Tatsächlich war Waltraud von ihrer heute einsilbigen Nachbarin enttäuscht. Was war bloß mit Melanie los? Ob sie Probleme hatte? Vielleicht Eheprobleme? Aber sie hatte noch nie etwas Schlechtes über Jakob gesagt. Aber man wusste ja nie … „Du hast noch nichts von deiner Reise nach Hamburg erzählt.“ Waltraud schwenkte zu einem, wie sie hoffte, ergiebigeren Gesprächsthema über.

„Es war toll, Hamburg ist sehr interessant“, ließ Melanie verlauten und stierte müde in Waltrauds wissbegieriges Gesicht.

„Ja, und? Wie ist es beim Wettbewerb gelaufen?“, hakte Waltraud nach. Sie wurde es langsam leid, jedes Wort aus Melanie herauskitzeln zu müssen.

„Ist leider nichts geworden, wir haben den Sieg knapp verfehlt“, log Melanie. „Ein Chor mit hübschen jungen Sängerinnen hat selbstverständlich gewonnen“, fügte sie selbstaufopfernd hinzu.

„Es ist überall das Gleiche, alles nur Schiebung!“, nickte Waltraud verständnisvoll. „Apropos Schiebung! Hast du schon gehört, dass Margit heuer die Sommerdekoration im Altarbereich übernimmt? Jahrelang habe ich das gemacht, aber bei der letzten Sitzung wurde es Margit angetragen. Angeblich wird nun immer abgewechselt. So ein Blödsinn! Als wenn ich nicht wüsste, dass Margit die beste Freundin von Lore ist!“ Lore war die Leiterin des Frauenvereins, der sich unter anderem um die Dekoration der Kirche kümmerte.

Melanie dämmerte langsam, warum sie heute Waltrauds ausgeprägtes Mitteilungsbedürfnis über sich ergehen lassen musste. „Das ist wirklich schade, Waltraud, aber bei der Adventdekoration dürfen sicher alle wieder mithelfen.“

„Ja, falls Lore das nicht auch ändert ... Die Welt ist einfach undankbar!“ Waltraud blickte nach Zustimmung heischend.

Doch Melanies Geduld war am Ende. Wenn sie jetzt keinen Schlussstrich unter Waltrauds Gequatsche zog, würde der ganze Inhalt der Hausbar nicht ausreichen, um ihre gute Laune wieder herzustellen. „Waltraud, es tut mir leid, aber ich muss jetzt noch mal weg. Ich muss einkaufen!“, stoppte sie die unendlichen Geschichten ihrer Nachbarin.

„Aber ja! Warum hast du das nicht schon früher gesagt? Und ich halte dich auf …“ Waltraud erhob sich und wirkte etwas eingeschnappt, was Melanie jedoch gleichgültig war. Sie hatte ihrer Nachbarin schon genügend Zeit geopfert.

Als Waltraud endlich das Haus verlassen hatte, entfleuchte Melanie ein Stoßseufzer der Erleichterung. Sie lief ins Wohnzimmer, öffnete die Hausbar und griff nach der Wodkaflasche. Melanie hatte keine

Lust, sich einen aufwändigen Longdrink zu mixen. Nachdem sie den Verschluss entfernt hatte, hob sie die Flasche an ihre Lippen und trank zügig ein paar große Schlucke. Der Alkohol brannte sich seinen Weg durch die Speiseröhre bis in den Magen.

Nach wenigen Minuten breitete sich von Kopf bis Fuß eine Hitzewelle in ihr aus. Mit der Wodkaflasche in der Hand schlenderte sie zum Sofa und ließ sich darauf nieder. Während eine wohlige Wärme ihren Körper einlullte, surfte Melanie im Internet und googelte den Namen von Jens.

Emma spazierte mit ihrer Mutter durch den Garten, es war ein milder Frühlingstag. Über ihren Köpfen blinkte die Sonne durch das dichte Astwerk wie eine Discokugel. In den alten Bäumen brüteten unzählige Vögel, die mit ihrem verliebten Gezwitscher die Luft erfüllten, alles roch nach Hoffnung. Der Frühling war Emmas liebste Jahreszeit, aber das parkähnliche Grundstück war unüberschaubar – es gab zu viele dunkle Plätze hier.

Ihre Mutter war gerne draußen, sie hatte die klarsten Momente in diesem Garten. „Da, Vergissmeinnicht …“ Emmas Mutter deutete entzückt auf ein paar winzige blaue Blüten, die sich an einer lichten Stelle ihren Platz erobert hatten. Sie bückte sich ohne Vorwarnung und kam dabei ins Straucheln.

Emma fing sie ab, ihre Wirbelsäule beschwerte sich knackend. „Autsch!“, stöhnte sie, umklammerte aber weiter den Arm ihrer Mutter.

Sie hatte sich erst gestern Abend den Rücken verrenkt, weil sie sich wieder einem Ringkampf hatte stellen müssen. Nachdem ihre Mutter den neuen Inkontinenzschutz ein paar Tage lang toleriert hatte, lehnte sie ihn plötzlich wieder ab.

„Ich zieh keine Winterunterhose im Bett an!“, hatte sich ihre Mutter beschwert und wütend mit den Armen gefuchtelt, während Emma versuchte, auszuweichen.

„Das ist keine Winterunterhose, Mama! Damit kannst du in der Nacht durchschlafen. Du musst nicht aufstehen, wenn du aufs Klo willst.“

„Und? Dann steh ich halt auf!“

Emma hatte entnervt aufgegeben. In der Nacht musste sie dafür zweimal aufstehen und ihre Mutter hastig auf den Toilettenstuhl hieven, damit kein Malheur passierte. Der Körper der alten Frau wurde zunehmend steifer, Emmas Rücken reagierte mit Schmerzen auf die Überbelastung.

„Bück dich nicht, Mama! Wenn du hinfällst, bring ich dich nicht mehr hoch!" Sie hielt ihre Mutter zurück, weil sie sich wieder nach den Vergissmeinnichtblüten bücken wollte.

„Au! Du tust mir weh, Kati!", schimpfte ihre Mutter. „Wenn du nicht loslässt, sag ichs Mama."

„Ich will dir doch nur helfen", sagte Emma leise und verfluchte innerlich das Schreckgespenst mit dem Namen Demenz.

„Komm, Mama, wir gehen zum Pavillon." Sie mied normalerweise diesen Bau im hintersten Teil des Gartens, aber ihre Mutter fand dort meist zur Realität zurück.

„Jaaa ..." Die alte Frau vergaß die Blumen, sie ließ sich bereitwillig mitführen. Gemeinsam trotteten sie bis zu der abseits gelegenen Stelle, wo eine hohe Steinmauer das Grundstück abgrenzte.

Im Halbdunkel der Bäume stand der verwitterte Pavillon. Der kreisrunde Sandsteinbau war mit Efeuranken überwuchert und bis auf den Pfad von dichtem Strauchwerk umgeben. Der Verputz blätterte an vielen Stellen ab, schwarzer Schimmel zog als dunkle Schlieren über die Fassade. Während ihre Mutter immer zielstrebiger lief, spürte Emma, wie sie bei jedem Schritt gegen einen inneren Widerstand ankämpfen musste.

„Ernst mag den Pavillon!" Die alte Frau stützte sich an einer den Eingang flankierenden Säulen ab, erklomm die zwei Stufen und schob sich durch die offen stehende Holztür in den runden Raum. Die Tür und die Holzläden waren erst von Emmas Stiefvater eingesetzt worden. Der Pavillon war ursprünglich offen gewesen.

„Warum ist die Tür nicht zu?", fragte ihre Mutter, als sie das Laub auf dem Boden bemerkte.

Emma ließ die Tür immer offen stehen. Es war ihr gleichgültig, ob sich irgendwelche Tiere in dem Steinbau einnisteten. „Damit frische Luft hereinkommt", erklärte sie. Natürlich hätte es auch gereicht, einen

Laden zu öffnen, aber Emma hoffte, dass ihre Mutter diese Tatsache übersah.

„Ah ja, aber das Laub?", gab die alte Frau zu bedenken.

„Das Laub ist für die Igel da", erklärte sie ohne zu zögern. Emmas Mutter war immer tierlieb gewesen.

„Ah ja …", wiederholte ihre Mutter. Sie schlurfte zu der steinernen Bank, die den Raum säumte, setzte sich mit der Hilfe ihrer Tochter darauf und hob den Blick zu der gewölbten Decke. „Schön, die Malerei …"

Emma sagte nichts, sie kannte die verblassten Malereien an der Decke. Auf dem Sofa liegend, dass früher hier gestanden und irgendwann verschwunden war, hatte sie die ganze Decke auf einmal betrachten können.

Das Fresko zeigte ein paar Engel, die einen blauen Teich umschwirrten. Darin badete eine nackte Frau und Seerosen mit dichten Blättern zierten die Oberfläche des Wassers. Ein kleiner Hund saß auf dem Kleiderhaufen am Teichrand, er bellte offensichtlich. Hinter einem Baum lugte ein Mann hervor, der die arglos Badende beobachtete.

Emmas Nackenhaare stellten sich auf. Sie fröstelte, ihr Magen zog sich unangenehm zusammen. Als eine plötzliche Welle der Übelkeit in ihr hochstieg, sprang sie mit einem Satz ins Freie und übergab sich auf den moosigen Waldboden.

Nachdem sie erbrochen hatte, trat ihre Mutter unerwartet an sie heran. Emma war zu aufgewühlt, um sich zu wundern, wie ihre Mutter, ohne zu stolpern, aus dem Pavillon gekommen war.

„Bist du schwanger?", fragte die alte Frau, während sie ihr die Haare aus dem Gesicht strich.

„Nein, nein! Um Gottes willen!" Emma richtete sich auf. Das hätte ihr noch gefehlt!

„Ich hab mich oft übergeben müssen, als ich mit dir schwanger war", wurde sie von ihrer Mutter aufgeklärt.

„Nein! Ich hab vielleicht nur was Falsches gegessen." Die Übelkeit war abgeklungen, doch Emma ergriff die Chance, diesen Ort verlassen zu können. „Ich glaube, ich sollte mich hinlegen …"

Ihre Mutter nickte, sie legte fürsorglich einen Arm um die Mitte ihrer Tochter, als wolle sie diese beim Laufen stützen. Emma war gerührt, sie schlang ebenfalls einen Arm um die Taille ihrer Mutter. Gemeinsam schoben sie sich über den unebenen Boden zurück zum Haus.

Eine Stunde später lag Emma auf ihrem Bett und nutzte die Gelegenheit, sich ebenfalls auszuruhen, während ihre Mutter den Mittagsschlaf machte. Sie blickte auf die Stuckdecke in ihrem Zimmer, folgte den sanft geschwungenen Linien, die sich endlos im Kreis wanden – wie der Kreislauf des Lebens.

„Bist du schwanger?" Die Worte ihrer Mutter hallten in Emmas Kopf nach.

Habe ich mir jemals Kinder gewünscht? Nein! Sie hatte sich vorgestellt, einmal einen Mann zu heiraten, der sie von hier wegbrachte, mit dem sie woanders glücklich sein würde. Ein Kind war niemals in ihrer Vorstellung vorgekommen. Sie wollte sich nicht um ein hilfsbedürftiges Wesen kümmern müssen, bis es endlich erwachsen war und sein eigenes Leben führen konnte.

Führe ich mein eigenes Leben? Emma grübelte nicht zum ersten Mal ergebnislos darüber nach. Aber wer konnte schon machen, was er wollte? Sie dachte an einen Kalenderspruch, den sie einmal gelesen hatte: „Mach dich selbst glücklich!"

Aber wie? Wann war sie zuletzt wirklich glücklich gewesen? In Hamburg?

Emma hätte nicht sagen können, ob die Nächte mit Riesen-Lars sie glücklich gemacht hatten, doch sie fühlte sich seither lebendiger als jemals zuvor in ihrem Leben.

Marie blickte auf ihre Uhr, es war gleich sieben. Johannes hatte geschrieben, dass er um diese Zeit kommen würde. Sie war aufgeregt und überprüfte im Badezimmerspiegel nochmals ihre Erscheinung.

Das lange dunkle Haar umrahmte glänzend ihr Gesicht. Zuerst wollte Marie es zusammenbinden, aber Johannes hatte es immer gemocht, wenn sie es offen trug. Sie hatte nur wenig Make-up aufgelegt, Wimpertusche und eine schimmernde Lippenpflege. Marie trug eine Jeans zu einem einfachen T-Shirt mit dem Aufdruck eines bekannten Labels. Johannes sollte nicht denken, dass sie sich extra für ihn zurechtgemacht hatte, auch wenn es so war. Sie war zufrieden mit sich.

Es läutete – Marie zuckte zusammen! Hatte sie erwartet, dass er die Tür mit seinem Schlüssel öffnen würde? Nein! Sie ließ sich einen Moment Zeit, bevor sie sich zum Eingang begab und die Tür öffnete.

Ihr Mann stand mit einem nervösen Lächeln vor ihr. „Hallo, Marie."

Er sah gut aus, viel besser, als sie erwartet hatte. Viel besser, als sie es sich gewünscht hätte.

„Hallo, Johannes." Sie trat einen Schritt zurück. „Komm doch rein." Irgendwie hatte Marie erwartet, dass er sie umarmen oder küssen würde, doch er schlüpfte nur an ihr vorbei in die Wohnung. Sie schloss die Tür hinter ihm.

Maries Augen folgten Johannes Blick, der über die geschmackvolle Einrichtung wanderte und über den weißen Garderobenschrank und die polierten dunklen Steinfliesen auf dem Boden glitt.

Er hat die Wohnung vermisst! Maries Herz klopfte hoffnungsvoll.

Johannes streifte die Schuhe ab und schritt auf die Küche zu. Marie hatte gehofft, dass er das Wohnzimmer ansteuern würde. Dort hatte sie ein paar Kerzen angezündet, die das elegante dunkle Rot des Ledersofas unterstrichen. Die Küche war kühler eingerichtet: Edelstahlgeräte, lackierte Schränke und eine anthrazitfarbene Designersitzgruppe. Er setzte sich.

Marie unterdrückte ihren aufwallenden Ärger. Johannes benahm sich zwar, als wäre er noch hier zu Hause, aber nicht so, als wäre er ihr Ehemann.

„Möchtest du etwas trinken? Ein Glas Wasser oder einen Wein?" Sie bemühte sich, nicht aufdringlich zu wirken.

„Danke, ein Glas Wasser reicht mir."

Marie füllte zwei Gläser, stellte sie auf den Tisch und setzte sich ihrem Mann gegenüber. Johannes griff nach seinem Glas, er nippte ein paarmal verlegen daran.

Einfach lächerlich, fand Marie. Aus irgendeinem Grund machte sie seine Nervosität wütend.

„Du siehst gut aus." Johannes Worte schwebten wie eine leere Floskel durch den Raum. In seinem Blick erkannte sie, dass ihm offenbar nichts anderes eingefallen war.

„Danke“, sagte Marie beiläufig, obwohl es in ihrem Inneren zu köcheln begann. Sie blickte ihrem Mann abwartend entgegen – sie würde ihm nicht helfen.

Zum gleichen Schluss schien Johannes auch gekommen zu sein. Er seufzte, bevor er meinte: „Wir müssen über die Finanzen reden.“

Selbstverständlich! Was sonst! Darum hatte sie ihm ja geschrieben! Marie spürte, wie sie immer wütender wurde, doch sie blieb weiter mit unbewegter Miene sitzen. Sich nichts anmerken zu lassen, beherrschte sie gut.

„Ich schlage vor, dass wir uns die Kosten teilen, bis wir wissen, wie es weitergeht. Die Rückzahlung, die Betriebskosten und …“ Johannes war jetzt ganz in seinem Element. Er erläuterte, wie er sich die Kostenaufteilung vorstellte, nahm sein Handy als Rechenhilfe zur Hand und tippte darauf herum.

Und wann wissen wir, wie es mit uns weitergeht? Die Wut in Maries Bauch schwoll weiter an. Sie sagte: „Auch wenn ich von allem nur die Hälfte zahlen muss, komme ich auf Dauer nicht über die Runden. Ich kann mir die Wohnung allein nicht leisten!“

Johannes blickte sie ungeduldig an: „Das wird ja nur vorübergehend sein! Bis wir die Wohnung zu einem guten Preis verkauft haben und …“

Er will nicht mehr zurückkommen! Die Erkenntnis traf Marie mit einem Schlag. Ein Teil von ihr hatte immer noch gehofft, dass Johannes es sich anders überlegen würde: wenn er sein Zuhause wiedersah, wenn er seine Frau wiedersah.

Über Maries brodelnde Wut legte sich eine eisige Kälte. Johannes blaue Augen kamen ihr plötzlich vor wie zwei Eiswürfel, die man in ein Glas mit heißem Wasser warf. Die Eiswürfel lösten sich jedoch nicht auf – das Wasser gefror ebenfalls, so wie Maries Blut in diesem Moment.

Nachtgeflüster

Johannes war enttäuscht – sie hatte den ganzen Tag nicht geantwortet! Warum? Ihretwegen war er bei Marie ausgezogen! Gut, vielleicht war sie nicht der einzige Grund gewesen. Die Beziehung mit Marie klappte schon lange nicht mehr.

Sie hatte entsetzt reagiert, als er es ihr erzählte: „Warum tust du das? Warum verlässt du Marie?" Es lag ihm auf der Zunge, zu sagen: „Wegen dir!", aber er wollte nicht riskieren, dass sie sich unter Druck gesetzt fühlte.

Sie hatte sich seit ihrer Reise nach Hamburg verändert, seither war er nur einmal bei ihr gewesen. Vorher hatte er wenigstens noch mit Marie schlafen können, wenn sie ihn mal rangelassen hatte. Aber jetzt saß er ganz auf dem Trockenen.

Marie hatte heute Abend sehr verführerisch ausgesehen. Würde er noch bei ihr wohnen, hätte er versucht, sie zu verführen. Es wäre ihm heute gleichgültig gewesen, wenn sie nur teilnahmslos dagelegen wäre. Aber seine Frau hätte sich falsche Hoffnungen gemacht und er wollte sich endgültig von ihr trennen. Er war sich sicher, dass Marie sich niemals ändern würde – sie mochte einfach keinen Sex.

Oh, Mann, ich bin so geil! Er dachte an das letzte Mal, als sie aus Hamburg zurückgekommen war, und er sie noch zu einem Treffen überreden konnte. Sein Kopf zwischen ihren weichen Schenkeln, die zarte Haut an seinen Wangen. Der Geruch ihrer feuchten Schamlippen, mit denen seine Zunge spielen durfte. Etwas, das Marie niemals zugelassen hatte.

Sein erigierter Penis pochte gegen die Naht im Schritt seiner Jeans. Johannes checkte noch einmal seine Nachrichten – immer noch keine Antwort! Frustriert suchte er nach einem Video im Internet, bevor er den Reißverschluss seiner Hose öffnete.

Sandra blickte strahlend auf ihr Handydisplay. *Endlich!* Dimitri schrieb: „Hallo, Printsessa, hab Lkw gekauft, viel unterwegs letzte Zeit, darum nicht schreiben. Mache Fahrt mit neuem Lkw! Komme vielleicht nächste Woche, schreibe, wenn da bin, meine Schöne, meine Liebe!"

Sie lächelte triumphierend, während sie die Worte las, und übersah die plumpe Ausrede, warum er sich bisher nicht gemeldet hatte.

Hab ichs doch gewusst, dass er nicht mit dem Geld abgehauen ist! Sandra kannte ihre Wirkung auf Männer. Sie liebte das Flirten, das Spiel des Eroberns, die Erotik von Blicken. Aber sie gab keinem Mann das Gefühl, zu klammern. Männer mochten so etwas nicht, zumindest nicht die Männer, mit denen Sandra zusammen sein wollte. Vielleicht hatte es für manche nicht den Anschein –, aber sie war wählerisch. Sandra gab sich nicht mit jedem Mann ab!

Sie erinnerte sich an die Vorhaltungen ihrer Mutter, als sie noch zu Hause gewohnt hatte: „Sandra, wenn du dich mit jedem einlässt, wird dich nie ein angesehener Mann heiraten wollen. Du bekommst einen schlechten Ruf und das fällt auf die ganze Familie zurück!"

Als Sandra nicht darauf reagiert hatte, hatte ihre Mutter weiter gepredigt: „Willst du, dass man dich für ein Flittchen hält?"

Daraufhin war Sandra zornig geworden: „Ich bin kein Flittchen! Und ich lasse mich nicht mit JEDEM ein!" *Nur weil du prüde bist, müssen nicht alle so sein!* Aber Sandra hatte sich davor gehütet, diesen Gedanken auszusprechen. Und sie wusste schon damals, dass ihr Vater ihrer Mutter untreu war. *Kein Wunder!*

Erwartete sie von einem Mann, dass er treu war? Sandra hätte darauf nicht antworten können. Sie war sich nur sicher, dass Rainer immer treu gewesen war. Er hatte ihr das Gefühl von unerschütterlicher Loyalität vermittelt. Rainer war ein Mann, auf den sich eine Frau verlassen konnte. Sandra hatte das geschätzt, aber sie konnte nicht auf Dauer treu bleiben.

Sie dachte kurz nach, bevor sie dem jungen Russen antwortete. Sandra wollte ihm ihre Anschrift noch nicht geben, damit er nicht vor ihrer Haustür stand, wenn Lukas gerade da war. Also schrieb sie: „Ich freue mich sehr auf dich, mein Geliebter! Ruf an, wenn du im Land bist, wir machen dann einen Treffpunkt aus! Deine Prinzessin.☺"

Lilli kam müde nach Hause. Seit zwei Tagen gab es in der Boutique die Zwanzig-Prozent-auf-alles-Rabattaktion. Es war so viel los gewesen, dass sie keine richtige Pause machen konnte und ihr Brötchen im Dienstzimmer hinunterschlingen musste.

Sie kühlte ihre brennenden Fußsohlen auf dem kalten Fliesenboden im Flur und nahm sich vor, endlich Schuhe mit ergonomischen Einlagen für die Arbeit zu kaufen. Früher war sie sogar in High Heels im Laden gestanden, inzwischen würde Lilli am liebsten nur noch Sneakers tragen.

„Mama, ich bin da!", kündigte Lilli sich an, während sie in Richtung Küche tappte, doch der Raum war leer. Sie öffnete den Kühlschrank und holte einen Apfelsaft heraus. Ein Glas von dem süßen Fruchtsaft gönnte sie sich jeden Abend. Sie mischte das kühle Getränk mit Leitungswasser und trank ein paar große Schlucke.

„Mama, wo bist du?" Lilli schlenderte mit dem Glas in der Hand ins Wohnzimmer, aber hier herrschte ebenfalls gähnende Leere.

„Mama?"

Seltsam! Ihre Mutter lag meist vor dem Fernseher, wenn Lilli nach Hause kam. Nur bei schönem Wetter saß sie manchmal im Garten, aber heute nieselte es draußen ungemütlich. *Wo bist du?*

Sie stellte das Glas auf dem Wohnzimmertisch ab, verließ den Raum und lief besorgt bis zum Ende des Flurs, wo sich das Schlafzimmer ihrer Mutter befand. Lilli öffnete die Tür. Die Luft im Zimmer roch abgestanden, und sie hörte ein leises Schluchzen. Lilli drückte den Lichtschalter. Ihre Mutter lag zusammengerollt unter der Bettdecke und wimmerte in ihr Kopfkissen.

Lilli unterdrückte ein Seufzen, bevor sie fragte: „Mama, was ist los?" Widerstrebend trat sie an das Bett, doch ihre Mutter antwortete nicht und schnüffelte bloß weiter. „Was ist jetzt schon wieder los, Mama?" Sie konnte nicht verhindern, dass ihre Stimme ungeduldig klang. Lilli hatte sich auf einen entspannten Abend gefreut.

Endlich hob ihre Mutter den Kopf und blickte ihr mit verquollenen Augen entgegen. „Wie einfühlsam! Wenn es dich nicht interessiert, wie es mir geht, musst du nicht fragen", klagte sie.

„Entschuldige, Mama, ich bin heute einfach nur fertig." Doch am liebsten hätte Lilli gesagt: „Es nervt, wenn ich nach einem anstrengenden Tag von einer weinerlichen Mutter empfangen werde, die mich ebenfalls auslaugt!", aber sie schwieg.

„Ich weiß, ich bin eine Belastung …" Ihre Mutter kannte die Wahrheit ohnehin.

„Nein, das bist du nicht! Ich bin nur müde." Lilli wollte sich auf keine kräftezehrende Diskussion einlassen, stattdessen fragte sie ein weiteres Mal: „Was ist los, Mama?"

Endlich warf ihre Mutter die Bettdecke zur Seite und setzte sich auf, sie trug einen schmuddeligen Jogginganzug. Lilli fand es abstoßend, sie so ungepflegt zu sehen. Früher war ihre Mutter modebewusst und attraktiv gewesen, in den letzten Jahren jedoch ließ sie sich immer mehr gehen. Das einst schöne Gesicht war aufgedunsen, sie hatte zwar kaum Falten, aber die gespannte wächserne Haut sah ungesund aus. Ihr Hausarzt meinte, dass das von den Medikamenten komme, riet aber von einer Umstellung ab.

„Dein Vater hat heute angerufen!" Lillis Mutter feuerte die Worte geradezu von sich.

Lilli war überrascht. *Warum tut er das? Er weiß doch, wie Mama ist!* Vielleicht hätte sie ihm sagen sollen, wie sie auf die Geburtsanzeige von Lena-Karina reagiert hatte. Sie fragte: „Was wollte …," und obwohl sie es besser wusste, siegte ihr Trotz, „… Papa?"

„Dein PAPA hat freundlicherweise gefragt, wie es mir geht. Er hat ankündigt, dass er mit seiner Tochter und seinem Enkelkind demnächst nach Vorarlberg kommt, um sich mit dir zu treffen."

Selbst der verächtliche Ton ihrer Mutter konnte das freudig-spontane Herzklopfen Lillis nicht verhindern. *Aber warum ruft er Mama an?* Sie hätte es nicht erfahren müssen.

Als hätte sie die Gedanken ihrer Tochter erraten, sprach ihre Mutter weiter: „Er hat gesagt, er möchte es mir persönlich mitteilen, weil er mich nicht übergehen will, wir wären schließlich erwachsene Leute. Jetzt weiß ich endlich, dass ich erwachsen bin! Und er hat gemeint, wir könnten vielleicht einmal zusammen einen Kaffee trinken, aber ich habe dankend abgelehnt."

Lilli ignorierte die letzte Bemerkung ebenso wie ihre heruntergezogenen Mundwinkel. *Wann kommt er?* Doch sie behielt diese Frage für sich, weil sie sich keine weiteren schnippischen Kommentare anhören wollte. Es war Zeit, das Thema zu wechseln, darum fragte sie: „Hast du schon etwas gegessen? Ich könnte dir etwas herrichten, vielleicht ein belegtes Brot?" Lilli hoffte, dass ihre Mutter „Nein" sagen würde, denn sie konnte es kaum erwarten, nach oben zu gehen und ihren Vater anzurufen.

„Nein, danke, ich habe keinen Hunger. Geh nur!" Mit einem Ausdruck voller Selbstmitleid sank die Frau wieder in das Kopfkissen zurück.

Lilli wandte sich um, damit ihre Mutter die Erleichterung nicht von ihrem Gesicht ablesen konnte: „Also dann …", und floh aus dem Schlafzimmer.

„Hallo Papa, ich bins!" Lilli saß auf dem pinkfarbenen Sofa in ihrem Barbie-Zimmer. Sie hielt das Telefon in der einen Hand, während sie mit den Fingern der anderen Hand am Saum des lilafarbenen Ballonrockes von Barbie Sarina herumzupfte.

„Hallo, meine Tochter! Wie schön, dass du anrufst!" Der erfreute Tonfall ihres Vaters war wie Balsam für Lilli. Sie schloss die Augen, stellte sich sein attraktives faltiges Gesicht mit den graumelierten Haaren vor. Ihr Vater war ein schöner Mann. Sie fand, dass sie ganz nach ihm kam.

„Du hast heute leider bei Mama angerufen …" Lilli wusste nicht, wie sie ihm sonst mitteilen sollte, was ihr auf dem Herzen lag.

„Ich fand es fair, sie zu informieren. War wohl keine gute Idee von mir …", stellte er bedauernd fest.

„Ist nicht so schlimm, sie wird sich wieder beruhigen." Lilli würde sich dieses Gespräch nicht verderben lassen.

„Ich hätte es nicht tun sollen! Jetzt darfst du meinen unüberlegten Anruf ausbaden", er klang schuldbewusst.

Lillis Augen wurden feucht: „Nicht so schlimm, ich bin das schon gewohnt", sie schwenkte schnell zu einer ablenkenden Frage um: „Wie geht es Marlene und meiner süßen Nichte?"

Ihr Vater nahm den Faden gerne auf: „Es geht beiden prächtig! Die Kleine ist so süß, sie lächelt dauernd und ist ein richtiger Wonneproppen. Und sie sieht aus wie du in dem Alter", fügte er leise hinzu.

Eine stille Träne kullerte über Lillis Wange, es fühlte sich an, als hätten seine Worte ihre Seele gestreichelt. Sie schluckte, bevor sie weitersprach: „Ihr wollt mich besuchen kommen? Wann …?"

Er räusperte sich und klang ebenfalls gerührt: „Ich habe nächste Woche geschäftlich in Bregenz zu tun und habe Marlene gefragt, ob sie mich begleiten möchte, damit ihr euch kennenlernen könnt. Sie war gleich begeistert von meinem Vorschlag!“

Ihr Herz schlug einen Purzelbaum. Ein kleiner Teufel in Lilli fragte zwar, wie oft ihr Vater in den letzten Jahren in der Gegend gewesen war, ohne sie zu besuchen. Sie stellte sich jedoch vor, wie sie ihre Halbschwester und ihre Nichte umarmte und hielt dem kleinen Teufel das Bild vor die Nase.

„Oh, wie schön! Und wann kommt ihr?“

„Am Mittwochnachmittag, ich habe um vier einen Termin. Wir könnten uns später zum Abendessen treffen oder am Donnerstag zu Mittag? Am Nachmittag müssen wir wieder abreisen, weil ich am Freitag ein wichtiges Meeting in Wien habe und Marlene mit der Kleinen nicht zu spät nach Hause kommen möchte.“

„Am Donnerstag habe ich sowieso frei! Ich werde mich darum kümmern, dass ich am Mittwoch früher aus der Boutique rauskomme, dann kann ich mich um die beiden kümmern, wenn du deinen Termin hast.“ Sie würde eine Arbeitskollegin bitten, für sie einzuspringen.

„Das wäre wunderbar! Danke, Lilli, ich freu mich!“

Lilli hörte am anderen Ende der Leitung eine weibliche Stimme im Hintergrund, die rief: „Ich bin wieder da, Liebling!“ Offenbar war seine Frau Anneliese nach Hause gekommen.

„Gut, ich melde mich noch bei dir. Bis dann, Papa!“

„Bis dann, mein Schatz, machs gut!“

Als sie aufgelegt hatte, spürte sie, wie sich zu der einen stillen Träne weitere gesellten. Eine feuchte Spur sickerte über ihre Wange und tropfte salzig auf Lillis Bluse.

Morgenstille

Er blickte besorgt auf seine schlafende Frau hinunter. *Hat Melanie ein Alkoholproblem?*

Jakob hatte versucht, es zu ignorieren: Dass aus Melanies Mund manchmal eine säuerliche Alkoholfahne wehte, die auch von ihren geliebten Kaugummis nicht überdeckt wurde, und dass in der Hausbar von einem Tag auf den anderen halb leere Flaschen standen, die zuvor voll gewesen waren, obwohl, so viel er wusste, kein Besuch da gewesen war.

Als er gestern Abend früher als üblich nach Hause kam, hatte er nach Melanie gerufen. Jakob hörte sie in der Waschküche rumoren und nahm das Geklimper von Flaschen wahr, bevor er in den Raum trat. Drinnen sah er seine Frau hektisch in einem Wäschekorb herumwühlen.

Melanie sah kaum auf, als er sie begrüßte: „Ich komme gleich, Schatz! Ich muss noch schnell die Waschmaschine anfüllen." Und Jakob wunderte sich, dass er nirgendwo eine leere Flasche entdecken konnte.

Später gab sie ihm mit einem stark nach Minze riechenden Kaugummi im Mund einen Kuss. Seine Frau wirkte aufgekratzt, und sie plauderte ohne Unterlass, während sie das Essen aufwärmte.

Als sich die Kinder nach dem Abendbrot wieder in ihre Zimmer verzogen, war Melanie ins Bad gehuscht und hatte sich ausgiebig die Zähne geputzt. Das tat sie normalerweise erst, bevor sie zu Bett ging.

Jakob fragte seine Frau besorgt: „Alles in Ordnung, Melanie?" Sie antwortete mit einer seltsam erhöhten Stimme: „Aber ja, Was soll denn nicht in Ordnung sein?"

Dann hatte sich Melanie beinahe überfallartig an seinen Körper gedrückt und ihm in den Schritt gegriffen. Er war überrascht gewesen, als sie ihn ins Schlafzimmer bugsierte, denn normalerweise hatten sie um diese Uhrzeit keinen Sex, weil die Kinder noch wach waren.

Melanie wirkte wie entfesselt. Sie sperrte hastig die Schlafzimmertür ab, streifte sich ihre Kleidung vom Leib, bevor sie ihn lasziv mit einem Finger an den Lippen fragte: „Hast du keine Lust?"

Obwohl Jakob von Melanies unerwartetem Sexhunger überrumpelt worden war, regte sich seine Libido bei ihrem nackten Anblick – selbstverständlich hatte er Lust! Als seine Frau keuchend auf ihm ritt und er gierig an ihren Brustwarzen saugte, war alles ausgelöscht, was ihn zuvor beschäftigt hatte. Jakob genoss dieses unerwartete Geschenk, er schwebte mit Melanie im Himmel der Wollust.

Später lagen sie verschwitzt nebeneinander.

„Ich hoffe, die Kinder haben uns nicht gehört", kicherte Melanie, sie küsste seine Schulter, ihr Arm lag auf seiner Brust.

„Inzwischen sollten sie wissen, dass Mama und Papa nicht platonisch zusammenleben", murmelte Jakob befriedigt. Kurz darauf waren sie eingeschlafen.

Hat Melanie ein Alkoholproblem?

Jakob hatte ein schlechtes Gewissen, weil er darüber nachdachte, während die Frau, die er liebte und die ihn letzte Nacht glücklich gemacht hatte, ahnungslos neben ihm schnarchte. Es hatte ihn nie gestört, dass Melanie das tat.

Aber hat Melanie ein Alkoholproblem?

In ihrer Familie war es üblich, mit Gästen ein Glas Wein oder Bier zu trinken. Melanie und er feierten gerne.

Ab wann hat man ein Alkoholproblem? Wenn man allein trinkt?

Doch warum sollte sie das tun? Melanie führte doch ein glückliches Leben: Sie hatte eine gesunde Familie und ein schönes Heim, sie musste nicht jeden Cent umdrehen und nicht arbeiten gehen. Jakob blickte sorgenvoll auf seine schlafende Frau. War sie unglücklich? Manchmal fragte er sich, ob die frühe Mutterschaft und der Verzicht auf das Musikstudium ein zu großes Opfer für Melanie gewesen waren. Aber sie hatte nie darüber geklagt oder sich beschwert – sie war sicher glücklich!

Jakob streifte zärtlich eine dunkle Haarsträhne aus Melanies Gesicht und wischte schmunzelnd die feuchte Sabberspur aus ihrem offenen Mundwinkel. Seine Frau regte sich, sie blinzelte und fragte gähnend: „Du bist schon wach? Wie spät ist es?"

Jakob schmiegte sich an seine nackte Frau: „Es ist erst halb sechs, wir sind gestern früh eingeschlafen. Erinnerst du dich?" Er streichelte ihre Hüften, seine Morgenerektion klopfte an ihre Schenkel.

„Da ist ja schon jemand einsatzbereit", murmelte Melanie schlaftrunken. „Ich bin aber noch nicht wach."

„Das macht mir nichts aus, wenn du noch schläfrig bist. Macht es dir etwas aus?" Jakob knabberte erregt an Melanies Ohrläppchen, seine Hände wanderten über ihren Körper.

„Ein Quickie? Ja, mach nur …" Melanie ließ sich auf den Rücken gleiten und öffnete bereitwillig ihre Beine.

Während Jakob sich auf seine Frau legte, verscheuchte er die letzten sorgenvollen Gedanken – jetzt war nicht die Zeit dafür.

Emma wachte früh auf, obwohl sie erst spät eingeschlafen war. Dennoch fühlte sie sich erholt und entspannt. Nicht nur, weil ihre Mutter gestern Abend das Inkontinenzhöschen wieder toleriert hatte.

„Mama, das ist sehr praktisch, ich trage auch so eines!", hatte Emma gelogen.

Die alte Frau blickte sie zuerst skeptisch an, bevor sie das Höschen mit Emmas Unterstützung nach oben zog: „Ja, wenn du auch …"

Da ihre Mutter aber keine Ruhe fand, immer wieder aufstand und nach „Mama" fragte, verabreichte Emma ihr eine Schlaftablette. Sie hielt ihre Hand, bis sie eingeschlafen war.

Später schaltete Emma den Fernseher in ihrem Zimmer ein und zappte durch die Sender, während sie auf dem Bett lag. Sie blieb bei einem alten Filmklassiker hängen. Doris Day tanzte in einem glitzernden weißen Kleid vor einem Orchester und strahlte hinauf zu Rock Hudson, der sie fest an sich drückte.

Emma wäre gerne wieder mal ausgegangen, vielleicht in die Paradise-Lounge. Es war Freitagabend, da veranstalteten die Klubbetreiber eine beliebte Ü-30-Party, wobei die meisten Besucher weit über vierzig und viele über fünfzig waren. Emma war schon dort gewesen, hatte allein getanzt und ein Glas Wein getrunken. Natürlich wurde sie zum Tanzen aufgefordert, aber sie bewegte sich am liebsten ohne Partner im Rhythmus der Musik.

Doch es wäre zu spät gewesen, um Frau Hagen herzubitten. Was würde sie von Emma denken, wenn sie um diese Zeit noch ausgehen wollte? Und ihre Mutter unbeaufsichtigt zu lassen, kam nicht infrage.

Das Risiko, dass sie trotz einer Schlaftablette aufwachte und aus dem Bett stieg, war zu groß. Alles Mögliche könnte passieren!

Emma seufzte, schaltete den Ton des Fernsehers aus und beobachtete, wie Rock Hudson Doris Day einen leidenschaftlichen Kuss gab. Sie liebte diese alten Filme, in denen die Frauen von den Männern beharrlich umworben wurden. Obwohl das Rock Hudson in Wirklichkeit eher bei einem Mann gemacht hätte.

Sie beobachtete die stumme Kussszene, das Ticken des Weckers auf dem Nachttisch bezeugte das Vorrücken der Zeit. *Wie meine Zeit verrinnt!* Emma griff sich an die Ohren, als wolle sie damit das Ticken zum Verstummen bringen. Sie schüttelte den Kopf. *Warum hab ich eigentlich den Ton des Fernsehers ausgeschaltet? Ach ja!* Sie griff nach dem Handy und checkte ihre Nachrichten.

In den Chor-Chat hatte Sandra ein paar Bilder von der Reise nach Hamburg eingestellt: die Freundinnen an den Landungsbrücken und bei der Hafenrundfahrt; ein Selfie im Lust-auf-mehr und eins von der ersten Nacht auf der Reeperbahn – als alle noch zusammen waren. Vom Wettbewerb im Hotel Zur goldenen Welle hatte sie keines gesendet. Kein Wunder, es wollte niemand an den blamablen Auftritt erinnert werden.

Emma schrieb: „Die göttlichen Fünf auf Tour.☺"

Marie merkte an: „Eine denkwürdige Reise?"

Lilli antwortete darauf: „Sei keine Mieseliesel!☺"

Dass Marie auf Lillis „Mieseliesel" nicht mehr reagierte, bereitete Emma Sorgen. Sie wünschte sich, alles wäre wieder wie früher und die Unstimmigkeit zwischen Marie und Lilli würde sich legen. Zur Ablenkung stöberte Emma in ihrer Namensliste und blieb nicht zufällig bei dem einen Kontakt hängen, der in letzter Zeit durch ihren Kopf geisterte.

Sie tippte spontan: „Hallo, wie geht's?", und war überrascht, als wenige Minuten später eine Antwort kam: „Hallo, Prachtweib! Was machst du?"

Emma überlegte, dann schrieb sie die Wahrheit: „Mir ist langweilig."

Riesen-Lars antwortete: „Wenn du hier wärst, würde ich dir die Langeweile schon austreiben, aber zur Not geht's auch anders … Hast du LUST?"

In Emmas Unterleib zog es sehnsüchtig. *Warum nicht?* Sie schrieb: „Ja!", und stellte ihr Handy auf Lautsprecher.

Riesen-Lars war kein raffinierter Sprachkünstler, seine Ausdrücke waren obszön und bildhaft. Aber er steigerte Emmas Erregung, bis sie sich selbst erlösende Befriedigung verschaffen konnte. Riesen-Lars kam gleichzeitig zum Höhepunkt.

Danach meinte er: „Wenn du hier bei mit wärst, könntest du garantiert eine Woche lang nicht mehr laufen! Bis bald, Prachtweib!"

Jetzt, am frühen Morgen, lag Emma in ihrem Bett und dachte an dieses unerwartet lustvolle Erlebnis. Die Erinnerung daran beschleunigte ihren Puls. Sie musste Riesen-Lars zugestehen, dass er sein Talent als dominanter Liebhaber auch verbal zum Ausdruck bringen konnte. Emma schob eine Hand zwischen ihre Schenkel. Erregt streichelte sie ihre Klitoris und wünschte sich nichts sehnlicher, als wieder in Hamburg zu sein und alles, was Riesen-Lars gestern detailreich beschrieben hatte, mit ihm gemeinsam zu erleben.

„Emma! Emma!" Das Babyfon auf dem Nachttisch krächzte.

Wusch! Sie fühlte sich, als wäre sie mit einem kalten Wasserschwall übergossen worden. Emma wimmerte frustriert. *Oh, nein, Mama! Warum jetzt schon?* Benommen kroch sie aus ihrem Bett. Die Erregung war verflogen und hinterließ nur eine feuchte Spur auf ihrem Handrücken, die Emma im Bad eilig abwusch.

Das ungestillte Verlangen verfolgte sie, als sie über die Treppe nach unten lief. Es setzte sich beleidigt in eine Ecke, um auf die nächstbeste Gelegenheit zu hoffen.

Marie nahm einen tiefen Atemzug, bevor sie auf die Klingel neben der wuchtigen Eingangstür drückte. Als sie beim Heranfahren Sandras Auto vor dem Haus gesehen hatte, wollte ein Teil von ihr das Lenkrad wieder herumreißen, doch das kam natürlich nicht infrage. Offensichtlich schwebte ihrer Mutter ein nostalgisches Familienmittagsessen vor, da sie beide Töchter für diesen Sonntag eingeladen hatte.

Die Haustür schwang auf, Maries Vater stand elegant in Hemd und Krawatte gekleidet im Eingang: „Hallo, Marie! Komm doch rein." Er wartete, bis sie eingetreten war, dann küsste er ihre Wangen.

„Hallo, Papa!" Marie streifte den Mantel ab und reichte ihn an ihren Vater weiter, der das Teil ordentlich über einen Kleiderbügel der geräumigen Besuchergarderobe hängte. *Das hätte Johannes auch gemacht.* Marie fragte sich, ob sie ihn jemals aus ihren Gedanken verscheuchen können würde.

„Du siehst sehr hübsch aus, Marie!"

Sie freute sich über das Kompliment ihres Vaters, obwohl es seine Standardbegrüßung war. Marie hätte es nicht ertragen, wenn sie den Eindruck vermitteln würde, sie ließe sich gehen, seit Johannes ausgezogen war. Sie trug ein eisblaues Jerseykleid, das sich an ihren schlanken Körper schmiegte, und beigefarbene Pumps, die ihre ohnehin langen Beine noch mehr streckten. Ihr Haar hatte sie hochgesteckt, an den Ohren baumelten die großen Akoyaperlen, die sie von ihrem Vater zum achtzehnten Geburtstag bekommen hatte.

„Schön wie immer, so ist meine Marie."

Seine beiläufige Anmerkung dämpfte ihre Freude.

„Sandra ist auch schon da. Wie geht es dir? Aber was frag ich da? Sicher geht es dir gut – so wie du aussiehst." Ihr Vater plapperte sonst nicht so viel, er wirkte verlegen.

Gerade du müsstest wissen, wie es mir geht! Nein, genaugenommen müsste es meine Mutter wissen! „Danke, gut", antwortete sie einsilbig auf die Frage, die keine sein sollte. *Was erwartet er? Dass ich hier im Flur mein Herz ausschütte?*

Ihr Vater verstummte, vermutlich war ihm bewusst geworden, wie taktlos seine Floskeln waren. Er ließ Marie den Vortritt und berührte wie zum Trost ihre Schulter, bevor beide hintereinander das Esszimmer betraten.

„Grüß dich, Marie! Schön, dass du da bist", bekleidet mit der obligatorischen weißen Sonntagsschürze kam ihre Mutter herbeigeeilt. Sie umarmte ihre Tochter flüchtig, dann entschwand sie wieder in die Küche.

Sie hatte nie verstanden, warum ihre Mutter mit einer Schürze kochte, Marie fand das antiquiert. Auch wollte die Frau des Hauses keine Unterstützung in der Küche oder beim Servieren des Essens. „Die Küche ist das Revier der Ehefrau", hatte sie ihren Mädchen immer gepredigt. Früher stand ihrer Mutter eine Haushaltshilfe zur Seite, seit einigen Jahren jedoch erledigte sie alle Arbeiten selbst. Marie fragte sich gelegentlich, ob das vielleicht finanzielle Gründe hatte.

Ihr Blick huschte zu Sandra, die bereits an dem stilvoll gedeckten Tisch saß und mit einem undefinierbaren Gesichtsausdruck grüßte: „Hallo, Marie."

„Hallo, Sandra." Sie setzte sich ihrer Schwester gegenüber an die Tafel. Ein Fremder hätte die beiden vermutlich für entfernte Bekannte gehalten. Da Marie sich nicht berufen fühlte, das einsetzende Schweigen zu brechen, musterte sie das alte Tafelgeschirr mit dem Goldrand, das noch von ihrer Großmutter stammte.

Der Herr des Hauses nahm ebenfalls Platz. Er hüstelte und rieb sich, sichtlich um Lockerheit bemüht, seine Hände. „Jetzt freu ich mich aber auf die Kochkünste meiner Frau."

Für einen kurzen Moment trafen sich Sandras und Maries Blicke, in denen sich das Amüsieren über diese gekünstelte Szene widerspiegelte. Der Augenblick verflüchtigte sich so schnell, wie er gekommen war.

„Was gibt es eigentlich Feines?", durchbrach Sandra das Schweigen.

„Ich glaube, einen Rostbraten." Ihr Vater spähte durch die halb offene Schiebetür in Richtung Küche, als könnte er von seinem Platz aus auf den Herd sehen.

Die Tischrunde atmete erleichtert auf, als die Köchin mit einer großen Platte in den Händen und ohne Schürze aus der Küche kam. Sie stellte den appetitlich angerichteten Rostbraten samt Beilagen auf die Mitte des Tisches. Garniert mit Gemüse und Petersilie sah das Gericht aus, als wäre es einem Rezeptbuch entstiegen.

„Das duftet wunderbar, Dagmar!“, bedankte sich der Gatte, als seine Frau ihm eine große Portion schöpfte. Die drei weiblichen Familienmitglieder begnügten sich mit kleinen Portionen. Schweigsam aßen sie das Mahl. Marie vermisste einmal mehr ihren Mann, der sich bei Tisch immer angeregt mit ihrem Vater unterhalten hatte. *Schon wieder Johannes!*

Nach dem Essen schenkte das Familienoberhaupt vier Gläser Portwein ein und hob das Glas: „Auf die perfekte Köchin!“ Die Gemahlin quittierte das Lob mit einem noblen Nicken, auf ihren Lippen erschien ein zurückhaltendes Lächeln.

Meine Eltern könnten in der britischen Upperclass leben, ohne aufzufallen. Marie wunderte sich, welche Gedanken ihr heute durch den Kopf huschten, da sie ja in diesem Sittengemälde aufgewachsen war.

„Und wie geht es dir, Sandra?“ Maries Vater schenkte sich ein zweites Glas Portwein ein und wandte sich an seine jüngere Tochter.

„Danke, mir geht's gut. Ich bekomme bald Besuch – von Dimitri.“ Obwohl Sandra beiläufig gesprochen hatte, warfen sich umgehend drei Augenpaare auf sie.

Der Hausherr leerte das Glas in einem Zug. „Von dem Mann, den du in Hamburg kennengelernt hast?“, fragte seine Frau, als wolle sie sichergehen, richtig gehört zu haben.

„Ja, genau, Dimitri trifft im Laufe der kommenden Woche ein!“ Sandra lehnte sich scheinbar entspannt in den Sessel zurück, aber ihr Blick war herausfordernd. Während ihre Worte bedeutungsschwanger im Raum schwebten, gestand Marie sich ein, dass sie ihre jüngere Schwester für deren Mut bewunderte.

Doch die Dame des Hauses würde niemals eine aufreibende Diskussion am Mittagstisch beginnen. Sie hob kaum merklich ihre Augenbrauen und zupfte am Saum des makellosen Tischtuchs herum, bevor sie sagte: „Ach ja? Das ist dann wohl schön für dich ...“

Wow – das kannst du prima, Mama! Vor Maries geistigem Auge blitzte jedoch gnadenlos das eigene Spiegelbild auf.

„Lernen wir den Mann einmal kennen? Er könnte mit uns vielleicht nächsten Sonntag zu Mittag essen?“ Dank eines weiteren geleerten Glases Portwein lächelte Maries Vater sorglos in die Runde.

Sandra musterte ihren Vater ungläubig. Natürlich wusste sie, dass seine leichtfertige Einladung an der Wirkung des Alkohols lag. Aber so portweinselig konnte er unmöglich sein, um nicht zu bemerken, wie absurd der Vorschlag war. Seine Frau schien den gleichen Gedanken zu hegen, sie fixierte ihren Mann, als wolle sie ihm das Glas entreißen.

In Maries Innerem machte sich eine eigenartige Empfindung breit. Irgendetwas wurlte in ihrem Bauch herum, und ihr Herz hämmerte ärgerlich gegen die Rippen. Es kam ihr vor, als wäre ein Monster in ihrem Körper gefangen, dass nach einem Fluchtweg suchte.

„Ich weiß nicht … ähm … wie lange Dimitri da bleibt …", brabbelte Sandra verlegen, und man sah ihr an, wie peinlich diese Situation für sie war.

Was soll das? Wir sitzen hier wie zwei Teenager, die sich vor dem Urteil ihrer Eltern fürchten! Mit unerbittlicher Klarheit jedoch erkannte Marie: *Wir sind zwei Erwachsene, die sich vor dem Urteil ihrer Eltern fürchten!* Ohne Vorwarnung fand das Monster in Marie einen Ausgang. Sie wurde plötzlich so wütend, dass sie unwillkürlich schnaubte und mit beiden Händen flach auf den Tisch klopfte.

Und wahrscheinlich zum ersten Mal in ihrem Leben ergriff Marie spontan für ihre Schwester Partei. „Was soll das? Wir sind keine Kinder mehr! Sandra ist kein Kind mehr, wenn sie euch diesen Mann vorstellen will, wird sie das tun! Wenn nicht, ist das ihre Entscheidung!"

Drei überraschte Gesichter starrten auf Marie. Während ihre Mutter missbilligend die Nase rümpfte, begnügte sich ihr Vater mit einer hochgezogenen Augenbraue. Sandra fuhr sich irritiert über das Haar. Was war in ihre stets beherrschte Schwester gefahren, die locker eine Anstellung als Zofe in jedem Königshaus bekommen hätte?

Dann trafen sich die Blicke der Schwestern mitten über dem Tisch und die Zeit schien stillzustehen. Es war, als sähen sich die beiden zum ersten Mal – als würden sie einander endlich erkennen. Sandras Herz füllte sich mit Wärme. Es fühlte sich an, als würde es heimkehren und im gleichen Takt wie das ihrer Schwester schlagen. Marie kam es vor, als wäre ein innerlicher Panzer aufgebrochen, pure Freude strömte ungehindert in sie ein.

Vielleicht war es gut, dass es dem Hausherrn und seiner Gattin die Sprache verschlagen hatte. Ihre Mutter erhob sich mit einem eisernen

Gesichtsausdruck, um den Tisch abzuräumen, ihr Vater stierte mit abwesendem Blick auf sein Portweinglas. Beide bemerkten nichts von diesem bedeutsamen Augenblick für ihre Töchter.

Marie und Sandra verständigten sich mit stummen Blicken. Und es war offensichtlich, dass ihre Eltern erleichtert waren, als sich die beiden kurz darauf verabschiedeten. Mit ein paar gemurmelten Abschiedsfloskeln flüchteten die Schwestern aus dem elterlichen Haus.

Als sie vor ihren Autos standen, schlug Sandra zaghaft vor: „Hast du Zeit? Gehen wir noch irgendwo einen Kaffee trinken?“ Sie hatte Angst, die möglicherweise fragile Stimmung zwischen ihr und Marie könnte sich wieder auflösen.

Ihre Schwester schien denselben Gedanken zu hegen: „Gute Idee! Wohin sollen wir gehen?“ Marie überlegte, welches Café dafür infrage käme.

„Wir gehen zu mir!“, entschied Sandra spontan. Sie hatte das Bedürfnis nach einem ruhigen Gesprächsrahmen, und ihr fiel kein geeigneterer Ort ein.

„Oh, ja, gerne“, freute sich Marie. Sie war noch nie in Sandras Wohnung gewesen. Als Sandra mit Rainer verheiratet gewesen war, hatten sich die Paare gelegentlich besucht, aber nach der Scheidung war der lose Kontakt der Schwestern noch weniger geworden.

Marie folgte Sandras Wagen. Der Weg führte in den noblen Stadtteil, in dem auch Emma lebte. Vor einer schmucken kleinen Wohnanlage winkte ihre Schwester sie zu einem Parkplatz, bevor sie ihr Fahrzeug in die Tiefgarage lenkte.

Sie stellte ihr Auto ab und wartete vor dem Hauseingang. *Wie hübsch,* dachte Marie, als sie die gläserne Haustür mit der metallenen Applikation eines Einhorns betrachtete. Ein Boden aus Marmorfliesen und blaue Säulenthujen, die den Eingang flankierten, rundeten das edle Ambiente ab. Marie blickte sich um – dies war die einzige Wohnanlage in der Gegend. Sonst sah sie nur prachtvolle Herrenhäuser, die in gepflegten Gärten standen.

„Komm doch rein!“ Sandra hatte die Haustür geöffnet und winkte einladend. Sie stiegen über die Treppe in das oberste Geschoss des zweistöckigen Baus.

Sandra schloss eine der zwei Wohnungstüren in dem Stockwerk auf und ließ Marie vorangehen. Die Wohnung war klein, aber durchdacht geschnitten. Der schmale Flur war mit einem raffiniert eingebauten Garderobenschrank versehen, der den Durchgang freihielt. Zu dem moccafarbigen Fußboden harmonierten die cremeweißen Wände perfekt, ein eleganter Wandspiegel weitete den kleinen Raum. In einer Bodenvase hatte Sandra künstliche weiße Orchideen mit ein paar Zweigen kombiniert.

Sehr stilvoll, das würde mir auch gefallen. Auch die restliche Einrichtung war ganz nach Maries Geschmack. Helle Möbel mit dezenten Farbnuancen an den Wänden versprühten zeitlose Eleganz. In den Wohnräumen zierte ein dunkles Nussholzparkett die Fußböden.

„Du hast es sehr schön hier!", sagte Marie beeindruckt. Sie verscheuchte einen schalen Gedanken, weil vermutlich ihr Vater das meiste hier finanziert hatte.

„Danke! Aber ich gebe zu, dass ich mich bei der Gestaltung an deiner Wohnung orientiert habe. Die hat mir immer gut gefallen", gestand Sandra mit einem offenen Lächeln.

Marie freute sich still. *Warum habe ich nie bemerkt, dass wir ähnlich ticken?*

Und Sandra dachte: *Warum habe ich verdrängt, dass meine Schwester immer mein Vorbild war?*

„Ich mach uns Kaffee." Sandra huschte in die Küche.

Marie trat inzwischen ans Fenster und bewunderte die Aussicht. Auf dem Grundstück der Anlage wurzelte ein alter Baum, der schon hier gestanden sein musste, bevor die Wohnanlage erbaut worden war. Dahinter konnte man auf die Ausläufer des Alpennordrands sehen. Helle Felswände bildeten einen starken Kontrast zu den dunkelgrünen Tannen, die sich an die Flanken des Gebirges schmiegten. Eine hoch gelegene Alphütte duckte sich über einem Grasbuckel, der mit kleinen hellen Punkten gesprenkelt war. Marie konnte die darauf weidenden Kühe erkennen.

„Bin wieder da." Sandra kam mit einem Silbertablett zurück, auf dem zwei Tassen Kaffee, Milch, Zucker und ein dekorativer Teller mit Keksen platziert waren. Marie schmunzelte unwillkürlich, Sandra hatte wohl mehr von ihrer Mutter übernommen, als ihr bewusst war. Als hätte sie die Gedanken ihrer Schwester erraten, lachte Sandra: „Diese verdammten Gene wird man einfach nicht los."

Marie stimmte in ihr Lachen ein: „Genau, es gibt kein Entkommen. Wir sind erblich vorbelastet."

Sie setzten sich auf das gemütliche Sofa. Sandra stellte alles auf den Sofatisch und widerstand der Versuchung, das Tablett wegzuräumen, wie es ihre Mutter getan hätte. Sie lehnte es achtlos an ein Tischbein. Die Schwestern rührten schweigsam in ihren Tassen. Aber nicht aus Verlegenheit, sondern weil beide diese wunderbar entspannte Atmosphäre auskosten wollten.

Nach einer Weile sprach Sandra aus, was die ganze Zeit über auf ihren Lippen gelegen war: „Danke, Marie! Danke, dass du mich verteidigt hast! Ich habe mich viel zu sehr daran gewöhnt, dass ich Mama nichts recht machen kann und ständig von ihr kritisiert werde. Und daran, dass unser Vater mit seiner ignoranten Art mehr Schaden angerichtet hat, als ihm jemals bewusst werden wird. Deine Worte bedeuten mir sehr viel!"

Marie war gerührt, ein solches Geständnis hatte sie von ihrer Schwester nicht erwartet. Auch nicht, dass diese die Beziehung ihrer Eltern gnadenlos durchschaute. *Weil ich Sandra nur mit meinem eingeschränkten Blickwinkel wahrgenommen habe – wie selbstgefällig ich doch bin.*

„Ich weiß eigentlich nicht, was vorhin passiert ist ..." Marie suchte nach passenden Worten. „Nein, ich weiß schon was passiert ist! Mein ganzes Leben lang habe ich nie infrage gestellt, dass unsere Mutter immer das Richtige sagt und tut! Ich wollte mein Leben gestalten wie sie, habe immer geglaubt, ich bin besser als alle anderen! Heute habe ich zum ersten Mal diese verlogene, heuchlerische Wahrheit über die Beziehung unserer Eltern vor Augen gehabt – und die Wahrheit über meine Ehe erkannt …"

Maries Stimme brach bei den letzten Worten krächzend ab, sie ließ den erlösenden Tränen freien Lauf, die ungebremst über ihre Wangen flossen. Die Augen ihrer Schwester schwammen ebenfalls im Salzwasser und mit einem Aufschluchzen fielen sich die beiden in die Arme. Sandras Wimperntusche verschmierte die Schultern von Maries Kleid, während deren Tränen auf Sandras Rücken tropften und dort schwarze Spuren hinterließen. Sie bemerkten es nicht.

Marie kam es vor, als hätte sie nicht nur eine verschollene Freundin, sondern sich selbst wiedergefunden, und Sandra hoffte, dass sie endlich den verständnisvollen Menschen im Arm hielt, nachdem sie sich immer gesehnt hatte.

Sandra drückte ihre Schwester zum Abschied innig. Sie winkte Maries Auto nach, bis es um die nächste Kurve verschwand.

Nachdem die beiden den ganzen Nachmittag lang abwechselnd geredet, gelacht und geweint hatten, fühlte sich Sandra erschöpft, aber auch befreit. Als wäre sie einen dunklen Schatten losgeworden, der unbemerkt ihr Leben getrübt hatte.

Ihr war bewusst, welches Bild andere von ihr hatten: Sie war die unbekümmerte Sandra, mit der man Spaß haben konnte. Die wusste, was Frauen von ihr dachten und was Männer von ihr erwarteten, die sich nahm, was sie wollte. Sie hatte ihre unliebsame Seite verdrängt und ihr Image gepflegt, bis sie nicht mehr spürte, wie es ihr wirklich ging. *Das ist ja das reinste Psychokonstrukt,* ging es Sandra durch den Kopf. *Gut, dass niemand meine Gedanken hören kann –, sonst würde mir vermutlich der nächste Psychiater nachrennen.* Sandra war jedoch auch bewusst, dass sie sich niemals in ihrem Leben objektiver gesehen hatte.

Lilli plagten Gewissensbisse. Aus Vorfreude über den anstehenden Besuch ihres Vaters hatte sie ihren Schützling in Hamburg ganz vergessen. Nicht unbedingt vergessen, aber sie hatte das Thema Laura in einem entlegenen Kämmerchen ihres Gehirns deponiert.

Gestern hatte sie mit ihrer Mutter einen Ausflug an den See gemacht und sie danach zum Mittagessen im Seerestaurant eingeladen. Lilli verspürte das Bedürfnis, ihr diese Freude zu machen, weil sie ihrer Mutter vorenthielt, wann das Treffen mit ihrem Vater stattfinden würde. Am Samstagabend war sie wieder einmal mit ein paar vernachlässigten Freunden ausgegangen und spät nachts heimgekommen. Erst jetzt, am Sonntagabend, wanderten ihre Gedanken schuldbewusst zu Laura, wobei ihr einfiel, dass sie nicht auf Lillis letzte Nachricht geantwortet hatte.

Sie tippte eifrig auf ihr Handydisplay: „Hallo, Laura! Verzeih, dass ich mich so lange nicht gemeldet habe, ich hatte viel um die Ohren. Alles gut bei dir?" Lilli hoffte, dass Laura ihr Telefon, wie offensichtlich alle Teenager heutzutage, ständig in Griffweite hatte. Ihre Hoffnung wurde erfüllt.

„Hallo! Danke, es geht schon …"

Lilli stutzte. Es geht schon? Das klang nicht gut! „Was heißt das? Es geht schon? Ich bin nicht mehr sechzehn, du musst mir das schon genauer erklären!" Sie schmückte ihre Zeilen mit lustigen Smileys, um das Mädchen aus der Reserve zu locken, dennoch musste sie längere Zeit auf eine Antwort warten.

„Mama trifft sich wieder mit Jürgen! Hab ihr Handy gecheckt. Ich glaub, sie kriegt Drogen von ihm, aber in der Wohnung ist er nicht mehr aufgetaucht. Und ich fange nächste Woche bei Münze an."

Lilli dachte nach. Wenn sich Lauras Mutter außerhalb der Wohnung mit diesem Jürgen traf, sollte dem Mädchen keine direkte Gefahr drohen. Sie schickte ein stummes Stoßgebet zum Himmel, bevor sie schrieb: „Freust du dich aufs Arbeiten?"

„Jaaa … Ich muss schließlich Geld verdienen, damit ich mir irgendwann eine eigene Wohnung leisten kann."

Eine Sechzehnjährige sollte sich nicht um eine eigene Wohnung kümmern müssen, stellte Lilli traurig fest. Es war klar, dass Laura nur aus der Not heraus diesen Job annahm, nicht weil es ihr Traum war. Vor ihrem geistigen Auge sah sie wieder Lauras kunstvolle Zeichnungen. Das Mädchen würde niemals die Chance bekommen, ihr Talent als Künstlerin weiterzuentwickeln.

Lillis Blick glitt über die vollgestellten Regale in ihrem Barbie-Reich, sie überschlug das kleine Vermögen, welches die Sammlung bisher gekostet haben mochte. Gnadenlos schrumpfte Lillis kostspielige Leidenschaft zu absoluter Bedeutungslosigkeit. Ihr Kopf sank beschämt zwischen die Schultern.

Gefühlte Minuten starrte Lilli vor sich hin, bevor eine fantastische Idee unaufhaltsam vor ihrem geistigen Auge heranreifte. Sie tippte aufgeregt: „Laura, du bist so tapfer! Ich bin unglaublich stolz auf dich! Ich hab da eine Idee … und ich melde mich, sobald ich weiß, ob mein Plan aufgehen wird!" Lillis Herz schlug übermütige Purzelbäume.

Das Mädchen ließ sich mit der Antwort Zeit: „Oh! Ich glaub, mir hat noch niemand gesagt, dass er stolz auf mich ist … Danke!"

Unwirsch schluckte Lilli ihre aufsteigende Rührung weg, aber die Erkenntnis sickerte wie klares Wasser aus einer Quelle: *Ich bin jetzt Lauras Patin!* Sie schickte ein paar Winke-Smileys mit Herzchen an ihr Patenkind in Hamburg, bevor sie sich für Recherchen im Internet an ihr Notebook setzte.

Melanie blickte seufzend in die geleerte Kaffeetasse. Sie wünschte, es wäre schon Abend, weil sie dann ein Gläschen Wein verlangen könnte, ohne dass es zu früh dafür wäre.

Es war Sonntagnachmittag, sie saß mit Jakob und Max bei ihren Eltern im Esszimmer. Ihr Vater erzählte gerade, dass er ein neues Ehrenamt übernommen hatte, er half beim Balltraining der U-10-Fußballmannschaft. Seit er in Pension war, suchte er ständig nach neuen Aufgaben. Ihre Mutter hatte ihr in der Küche zugeflüstert: „Ich bin dankbar, wenn dein Vater beschäftigt ist, anstatt mir im Weg herumzustehen. Und er schleppt aus dem Baumarkt laufend neue Werkzeuge und Geräte an, wenn ihm langweilig ist."

Sie hatte Verständnis für ihre Mutter. Melanie stellte sich vor, wie es sein würde, wenn Jakob im Ruhestand wäre. Sie könnte am Nachmittag nicht ungestört auf dem Sofa liegen, sich gemütlich Sitcoms im Fernsehen ansehen und dazu ein paar Drinks gönnen. Doch Jakob musste noch mindestens zwanzig Jahre arbeiten. Sie war dem neuen Pensionssystem dankbar und verscheuchte einen Anflug von schlechtem Gewissen.

Melanie lauschte weiter den Ausführungen ihres Vaters. Er erklärte Jakob und seinem Enkel, wie das optimale Balltraining auszusehen hatte. Max spielte bereits in der Jugendauswahl, er hing interessiert an den Lippen seines Großvaters.

Simone hatte vor wenigen Minuten ihren Kaffee hinuntergestürzt und sich aus dem Staub gemacht. Ihre On-off-Beziehung mit Manuel ging scheinbar in die nächste Runde, weil sie sich mit ihm treffen wollte. Und Alexandra war bereits auf dem Weg in die Uni. Melanie beneidete ihre Töchter dafür, nicht herumzusitzen und warten zu müssen, bis endlich ‚Happy Hour' war.

Sie half, das Kaffeegeschirr in die Küche zu tragen, setzte sich an den kleinen Frühstückstisch und beobachtete, wie ihre Mutter herumhantierte. Melanies Mutter konnte nie lange am Tisch sitzen bleiben oder entspannt plaudern. Sie vermittelte ständig den Eindruck, als würden dringende Arbeiten auf sie warten, und wenn sie dann Platz nahm, zappelte sie ruhelos am Tisch herum.

Melanie war nie wie ihre Mutter gewesen. Sie unterhielt sich gerne in einer fröhlichen Runde und hatte kein Problem damit, einen Gast aufstehen zu lassen, um etwas aus der Küche zu holen oder den Tisch abzuräumen. Melanie wollte nie eine perfekte Hausfrau sein, sie putzte nur, wenn es sich nicht vermeiden ließ. Trotzdem war ihr Haushalt nicht ungepflegt, Melanie war einfach nicht pingelig. *Zu Tode geputzt ist auch gestorben – das passiert mir sicher nicht,* dachte sie zufrieden.

„Mama, kann ich irgendwas tun?" Melanie wusste, dass die Frage nicht viel Sinn hatte, weil ihre Mutter sich ungern helfen ließ. Aber sie befürchtete, in eine Art Wachkoma zu fallen, falls sie noch länger untätig herumsaß.

„Ja, danke! Du könntest aus dem Kühlschrank im Keller den verpackten Aufschnitt und die Essiggurken aus dem Vorratsregal holen."

„Mach ich gerne." Melanie erhob sich dankbar.

Als sie über das Treppenhaus in den Keller stieg, rief ihr ihre Mutter zu, dass sie auch noch Käse mitbringen solle. Melanie schmunzelte einmal mehr über das undurchschaubare Lebensmittelaufbewahrungssystem ihrer Eltern. Eigentlich hätte alles, was man für einen Zweipersonenhaushalt benötigte, im Kühlschrank in der Küche Platz gehabt, aber ihre Mutter benutzte das große Gerät im Keller nur für bestimmte Lebensmittel und ließ sich von niemandem davon überzeugen, dass zwei jeweils halb leere Kühlschranke nicht ökonomisch waren.

Melanie betrat das Kellerabteil, ihre Augen wanderten zu dem Getränkevorrat, der eine ganze Wand in dem Raum einnahm. Ein gut gefülltes deckenhohes Weinregal stand neben einem offenen Holzschrank, dessen Einlagebretter mit Spirituosen aus aller Welt bestückt waren. Die meisten Getränke hatten ihre Eltern aus dem Urlaub mitgebracht, sie hielten nichts von unnützen Nippsachen. „Den Alkohol kann man wenigstens mal brauchen." Sie waren großzügige Gastgeber, doch Melanies Vater trank am liebsten Bier und ihre Mutter gönnte sich höchstens mal ein Glas Wein, weshalb die alkoholischen Vorräte ständig anwuchsen.

Die beiden könnten jederzeit eine Kellerbar aufmachen. Melanie musterte die dekorativen Tequila-Flaschen, Weinbände in edler Verpackung und zahlreichen Schnäpse. Ihr Blick fiel auf eine halb leere Whiskeyflasche. Normalerweise befanden sich geöffnete Flaschen in der Hausbar ihrer Eltern, aber diese hier war aus irgendeinem Grund wieder im Keller gelandet.

Sie hob die Flasche aus dem Regal, öffnete den Verschluss, schnupperte an dem Getränk und trank spontan ein paar kräftige Schlucke. Melanie blieb mit geschlossenen Augen stehen, bis sich das scharfe Brennen in ihrer Speiseröhre in ein warmes Kribbeln verwandelte. Sie drückte den Stöpsel wieder auf die Flasche und stellte sie an ihren Platz zurück.

Melanie sah sich um. Sie griff nach dem Apfel, der zuoberst auf der Lagerobstkiste lag und nahm einen Bissen von der saftigen Frucht. Dann holte sie die Lebensmittel aus dem Kühlschrank, bevor sie wieder nach oben lief.

„Wo bleibst du denn?“, fragte ihre Mutter, als Melanie kauend die Küche betrat. „Oh, du hast dir einen Apfel genommen, das sind unsere eigenen Jonagold. Die sind gut, nicht wahr?“

Melanie nickte, sie schluckte ihren Bissen hinunter. Ihr Körper fühlte sich herrlich leicht an, als sie vorschlug: „Mama, soll ich noch mehr Äpfel holen? Vielleicht möchten die anderen auch einen essen?“

„Das ist eine gute Idee, danke, mein Schatz!“

Die Worte ihrer Mutter hallten in Melanie nach, während sie gutgelaunt über die Treppe in den Keller zurückhüpfte.

Emma freute sich, weil Melanie über den Chor-Chat angefragt hatte, ob die Mädels nicht wieder eine Chorprobe machen könnten, auch wenn es keinen konkreten Anlass zum Singen gab. Emma lud daraufhin alle ein, am kommenden Donnerstagabend zu ihr zu kommen. Dann brauchte sie keine Betreuung für ihre Mutter.

Nacheinander trudelten die Antworten ihrer Freudinnen ein:

Sandra – rotbackiger Smiley: „Super, Emma, ich freu mich drauf! Vielleicht kann ich schon Neues von Dimitri berichten.“

Marie – freudiger Smiley: „Danke, Emma, ich komme gern, schön, dass wir uns wiedersehen.“

Lilli – winkender Smiley: „Perfekt! Ich treffe mich mit meinem Vater, Marlene und der kleinen Lena-Karina. Da gibt's sicher viel zu erzählen!“

Melanie – drohender Zeigefinger: „Oje, ich seh es schon vor mir: wir werden wieder keinen Ton singen. Aber ich warne euch, ich nehme meine Gitarre mit!“

Lilli – kichernder Smiley: „Du mit deinen zahnlosen Warnungen, die Gitarre ist sowieso nur ein Alibi.“

Emma – rotbackiger Smiley: „Super, Mädels! Ich freu mich auf euch, egal ob wir singen oder nur quatschen, Prosecco ist genügend da.“

Nachdem der Mitteilungsfluss wieder abgeebbt war, begab sie sich zu ihrer Mutter ins Wohnzimmer. Die alte Frau saß im Lehnstuhl und blätterte in einem Album, das Emma ihr zuvor hingelegt hatte. Den Tipp, dieses Fotoalbum zusammenzustellen, hatte sie von der Mitarbeiterin des Krankenpflegevereins bekommen. Ihre Mutter erkannte die meisten Personen auf den Bildern, las die Beschriftung vor und erzählte oft Geschichten dazu.

Die erfahrene Schwester Mathilde kam zweimal pro Woche, badete ihre Mutter und richtete die Medikamente her. Sie stand Emma mit Rat und Tat zur Seite und hatte ihr auch zu einer Betreuungshilfe geraten. „Sie sollten sich nicht mit Ihrer Mutter vergraben, Sie sind eine Frau in den besten Jahren. Nehmen Sie einen Betreuungsdienst in Anspruch."

Daraufhin hatte Emma mit dem mobilen Hilfsdienst Kontakt aufgenommen und Frau Hagen als gelegentliche Betreuerin für ihre Mutter engagiert. Die geduldige Frau entlastete sie, damit sie in Ruhe einkaufen oder mal ausgehen konnte.

Am Anfang, als ihre Mutter die ersten Symptome für eine Demenz zeigte, hatte Emma die Aufgabe, die auf sie zukam, auf die leichte Schulter genommen. Sie hatte sich darauf gefreut, das Leben einer Vollzeit-Hausfrau führen zu können. Aber Emma war bald auf dem Boden der Tatsachen gelandet. Das Leben mit ihrer pflegebedürftigen Mutter schränkte sie mehr ein, als sie jemals erwartet hätte. Sie führte ein Leben, das von der Krankheit ihrer Mutter bestimmt wurde.

Sie hatte darüber nachgedacht, eine ausländische Pflegerin einzustellen. Es gab viele Agenturen, die 24-Stunden-Pflegepersonal vermittelten. Aber sie hätte sich wieder eine Arbeit suchen müssen, um die zusätzlichen Kosten finanzieren zu können, und mit wechselnden fremden Frauen zusammengelebt.

„Da ist Ernst, vor dem Antrag ..."

Die Stimme ihrer Mutter holte Emma in die Realität zurück. Sie beugte sich über das Album, betrachtete das Bild, auf das ihre Mutter zeigte. Eine hübsche Frau, klein, mit üppigen Rundungen, rotblonden Locken und blauen Augen. Emma hatte ihr ganzes Leben lang gehört, dass sie ein Ebenbild ihrer Mutter war.

Ihr verstorbener Stiefvater Ernst stand daneben, war einen Kopf größer und hatte seinen Arm besitzergreifend um die Schultern ihrer Mutter gelegt. Er hatte den Blick gesenkt, Emma war sicher, dass er in das Dekolleté seiner zukünftigen Frau sah. Sie atmete sich durch die unangenehme Empfindung hindurch, dass dieses Bild in ihr auslöste.

„Ja, Mama, du warst eine sehr schöne Frau." Emma zwang sich dazu, diese Zeitreise mitzumachen.

„Jaaa … Ernst sagt immer, ich bin schön und …" Ihre Mutter kicherte verlegen, wie ein unschuldiges Mädchen, das ihrer Freundin vom ersten Verehrer erzählte. Die Tochter wollte davon nichts hören. Sie runzelte die Stirn, unterdrückte aber ein Seufzen, weil die alte Frau ihr Gefühlsleben viel zu leicht durchschaute. „Er ist wie ein Zuchtstier! Er will jeden Tag, manchmal brennt mir unten alles ..."

Emma zuckte angeekelt zurück. *Oh, nein, Mama! Bitte erzähl mir das nicht!* Solche intimen Details ihres Ehelebens hatte ihre Mutter noch nie von sich gegeben. Schwester Mathilde hatte ihr bereits erklärt, dass die demente Frau ein enthemmtes Verhalten zeigen könnte, wenn der Frontallappen des Gehirns betroffen war. Ein klammes Gefühl breitete sich in Emmas Magen aus. Sie hoffte, dass das Geständnis ihrer Mutter eine Ausnahme war und die entsetzliche Prophezeiung der Krankenschwester nicht eintraf. Emma atmete ein paarmal tief durch, ihre Mutter musterte sie mit einem fragenden Blick.

„Ist dir schlecht? Bist du schwanger? Ich wundere mich, dass ich nicht schwanger werde, wo Ernst doch immer …"

Emma würgte die weiteren Worte ihrer Mutter ab: „Nein! Nein, Mama, ich bin nicht schwanger!" Die alte Frau zuckte bedauernd mit den Schultern, während ihre Tochter versuchte, die Balance wiederzufinden.

Emma langte nach dem Album und blätterte ein paar Seiten weiter. Auf einem der Fotos war sie mit ihrer Mutter abgebildet. Es stammte von einem Urlaub bei Verwandten in Salzburg. Beide saßen in einem Ruderboot und winkten in die Kamera. „Schau da, Mama."

„Oh, ja. ‚Der Wolfgangsee'", las ihre Mutter vor, bevor sie sagte, „du warst immer meine Lieblingsschwester." Sie deutete strahlend auf das Bild.

Emma war dankbar, dass das Gespräch endlich eine andere Richtung nahm. Sie konnte besser damit leben, für die verstorbene Tante Kati gehalten zu werden, als sich widerliche Details vom Liebesleben ihrer Mutter anhören zu müssen. Und sie nahm sich vor, sämtliche Aufnahmen, auf denen ihr Stiefvater zu sehen war, aus dem Album zu entfernen.

Abendstille

Zum ersten Mal, seit Johannes sie verlassen hatte, fühlte Marie sich nicht einsam, wenn sie allein in ihrer Wohnung war. Natürlich beschäftigte sie die Trennung von ihrem Mann noch immer, aber seit den klärenden und berührenden Gesprächen mit ihrer Schwester am Nachmittag schwelgte sie in einer nie empfundenen Glückseligkeit.

Marie hatte nicht viele Freunde, eigentlich waren die Frauen des Chors ihre einzigen Freundinnen, auch eine sogenannte Busenfreundin hatte sie nie vermisst. Doch jetzt, da sie ihrer Schwester nähergekommen war als jemals zuvor, wusste Marie, wie wertvoll eine freundschaftliche Beziehung war. Und dass ihre überhebliche Einstellung keinen Raum gelassen hatte, um zu erkennen, wie ähnlich sie und Sandra empfanden.

Aber am meisten erstaunte Marie, dass sie im Grunde die gleichen verborgenen Visionen teilten: Beide wünschten sich, ein unabhängiges Leben zu führen –, sich selbst genug zu sein – und ihr Glück nicht von anderen Menschen abhängig zu machen. Sandra hatte zugegeben, dass sie die Aufmerksamkeit der Männer brauchte, mit denen sie sich einließ, und dass die Wohnung, in der sie lebte, ihrem Vater gehörte. Marie hatte gestanden, wie abhängig sie vom Lob ihrer Mutter war und dass Johannes Wertschätzung ihrem Leben Sinn gegeben hatte.

Nun hatte Marie bekommen, was sie nie vermisst hatte – eine Busenfreundin. Dass diese gleichzeitig ihre Schwester war, machte sie umso glücklicher.

Die beiden hatten sich für ein Abendessen in ein paar Tagen verabredet und planten, demnächst gemeinsam shoppen zu gehen. Sandra schlug vor, die Boutique zu besuchen, in der Lilli arbeitete. Als sie Maries Zögern bemerkte, riet sie ihrer Schwester, die in Ungnade gefallene Freundin direkt anzusprechen, anstatt ihren Groll weiter zu hegen.

„Sag ihr, was du fühlst, Marie! Lilli tickt anders als du, jeder Mensch tickt anders, gib ihr eine Chance!“

„Ja, ich weiß, aber ich fand ihre Worte einfach unverschämt …“

„Lilli ist sehr direkt, sie überschreitet manchmal die Grenzen. Aber sie ist eine gute Freundin und würde dir jederzeit zur Seite stehen, wenn du sie brauchst."

Marie ließ die Worte ihrer Schwester erneut auf sich wirken. Wenn sie ehrlich war, musste sie zugeben, dass nicht die Grobheit in Lillis Worten sie verletzt hatte, sondern deren Wahrheit. *Es stimmt leider, ich bin prüde!* Nach diesem ernüchternden Gedanken verspürte Marie den Drang, sich abzulenken. Sie überlegte, was sie mit diesem frühen Abend noch anfangen könnte.

Ich mache ein Cross-Training und schau mir dabei etwas im TV an. Sie wollte sich gerade erheben, als ihr Handy auf dem Wohnzimmertisch piepte. Marie griff danach und sah, dass Johannes eine Nachricht geschrieben hatte.

„Hallo, Marie! Darf ich heute noch vorbeikommen? Zum Reden? Ich glaube, das würde uns beiden guttun."

Ihr Herz begann, aufgeregt zu pochen. Was für ein wundervoller Tag! Zuerst hatte sie ihre Schwester ‚wiedergefunden' und jetzt meldete sich auch noch ihr Mann.

Schneller, als sie es normalerweise getan hätte, antwortete Marie: „Hallo, Johannes! Das ist eine gute Idee, du kannst gleich kommen!" Sie drückte auf ‚Senden' und lief sofort in ihr Schlafzimmer, um sich umzuziehen. Auf keinen Fall würde sie ihren Mann in einer Jogginghose empfangen. In ihrer Ankleide öffnete sie zuerst die Wäschekommode, um die in Hamburg gekauften Dessous herauszuholen.

Als es knapp fünfzehn Minuten später an der Wohnungstür klingelte, war Marie trotzdem erstaunt. Sie fragte sich, ob Johannes beim Senden der Nachricht bereits vor dem Haus geparkt und darauf gewartet hatte, bis er läuten konnte. Eilig lief sie zur Tür, sie hoffte, dass ihr die Vorfreude nicht ins Gesicht geschrieben stand.

„Hallo, Johannes, komm doch rein." Marie gab sich gelassen und bemühte sich, ihrem Mann ein unverbindliches Lächeln zu präsentieren.

„Hallo, Marie! Danke!" Johannes schlüpfte herein.

Ohne dass Marie genau hätte sagen können, woran es lag, spürte sie, dass ihr Mann etwas von seiner üblichen Selbstsicherheit verloren hatte. Vielleicht lag es daran, wie er Marie ansah – als hätte er Angst vor ihrer Reaktion. Oder es lag an seiner Unbeholfenheit. Johannes stand räuspernd vor der Garderobe und hielt seine Jacke unschlüssig im Arm, bis seine Frau ihm diese abnahm. Mit einem merkwürdigen Gefühl von Genugtuung winkte sie Johannes in Richtung Wohnzimmer, während sie seine Jacke aufhängte.

„Möchtest du etwas trinken?", fragte Marie, als sie sich zu ihrem Mann gesellte. Er hatte sich bereits auf seinen Stammplatz gesetzt.

„Ja, vielleicht ein Glas Wein, wenn du eine Flasche offen hast?"

„Hab ich! Was möchtest du – weiß oder rot?"

„Rot wäre fein, danke."

Marie schlenderte in die Küche und öffnete den Rotwein, der schon bereitstand. Im Kühlschrank wäre auch eine Flasche Weißwein gestanden. Mit zwei gefüllten Gläsern kam sie zurück, stellte eines vor Johannes ab und setzte sich neben ihn auf das Sofa.

Sie zog die Beine seitlich auf die Sitzfläche, um ihre vorgetäuschte Gelassenheit zu unterstreichen. Die enge Röhrenjeans kniff ungemütlich, aber Marie wollte nicht den Anschein erwecken, dass sie extra für Johannes posierte. Sie hob das Glas, nickte Johannes zu und nahm einen Schluck. Ihr Mann tat es ihr gleich. Eine Zeit lang sagten beide kein Wort, sie blickten auf die brennende Kerze, die unruhig auf dem Wohnzimmertisch flackerte.

„Ich habe einen Fehler gemacht, Marie." Johannes Stimme durchbrach die Stille.

Ihr Herz pochte heftiger, aber sie antwortete nicht und wartete scheinbar ruhig auf weitere Erklärungen.

Maries Gelassenheit irritierte ihn. Johannes hatte nicht erwartet, dass sie ihm gleich um den Hals fallen würde, aber sie wollte doch, dass er zurückkam. Oder? Er nippte unsicher an seinem Glas, bevor er weitersprach: „Ich habe einen Fehler gemacht, als ich dich verlassen habe, Marie! Mir ist bewusst geworden, wie sehr du mir fehlst. Ich wollte ja diese Auszeit, damit ich Klarheit über meine Gefühle bekomme … und ich möchte wieder zurückkommen."

Eigentlich hätte Marie Luftsprünge machen sollen, sich in seine Arme werfen und ihm gestehen sollen, wie froh sie war, dass er wieder zurückkam. Doch aus irgendeinem Grund saß Marie immer noch da und wartete. *Worauf?* Es fiel ihr nicht ein. Oder doch? *Es fehlt etwas!*

Und als hätte er ihre Gedanken erraten, sagte Johannes: „Ich liebe dich!“

Es wäre Marie lieber gewesen, er hätte ihr diesen Liebesbeweis schon früher gegeben. Ganz klar stand die Absicht der Worte in seinen Augen. Sie dachte aber auch daran, wie unglücklich sie gewesen war, als er sie verlassen hatte, und sie sich nichts sehnlicher als diesen Moment erfleht hatte.

Marie registrierte Johannes bittenden Blick, hob ihr Weinglas und sagte: „Dann … komm zurück.“

Sandra saß in ihrer kleinen Küche, aß einen Apfel und las die Nachricht von Dimitri noch einmal: „Hallo, Printsessa! Komm morgen Abend zu dir, bin jetzt in Ungarn. Freu mich sehr, möchte küssen und lieben dich.“

Sie war glücklich: Dass Dimitri sein Wort gehalten hatte und nicht mit ihrem Geld verschwunden war, dass alle anderen mit ihren Unkenrufen falsch lagen und dass ihre eigenen Bedenken sich in Luft auflösen konnten.

Sandra hatte keine Vorstellung davon, wie sich das Ganze weiter entwickeln würde. Es gab viel Ungewisses in der Beziehung zu Dimitri, wie die Distanz ihrer Wohnorte und ob der Altersunterschied ein Problem werden könnte. Dennoch nahm der junge Mann in ihrem Herzen einen besonderen Platz ein. Er weckte eine Art Abenteuerlust in ihr, eine Leichtigkeit, die sie schon lange nicht mehr empfunden hatte.

Und es kam Sandra gelegen, dass Dimitri bereits morgen eintraf. Lukas würde das kommende Wochenende bei ihr verbringen und es kam nicht infrage, dass die beiden sich begegneten. Sie hatte ihr Liebesleben immer vor ihrem Sohn verborgen gehalten, hätte Dimitri versetzt, wenn er am Samstag oder Sonntag eingetroffen wäre. Und falls ihr Liebhaber länger in der Gegend blieb, würde er das Wochenende allein verbringen müssen.

Seit Lukas bei seinem Vater lebte, war für Sandra die gemeinsame Zeit mit ihm noch kostbarer geworden. Sie begleitete ihn zu Fußballspielen und unternahm mit ihm Fahrradtouren. Im Sommer schwammen sie im Bodensee oder sie paddelten mit einem Schlauchboot am Ufer entlang. Wenn Lukas bei ihr war, stellte sie alles andere zurück.

Es gab aber noch einen weiteren Grund, warum Sandra heute so glücklich war. Der Nachmittag mit Marie war wundervoll gewesen, und sie empfand die neue Nähe zu ihrer Schwester wie einen Wendepunkt in ihrem Leben.

Sandra fragte sich, was sie bisher am meisten belastet hatte: Maries offensichtliche Abneigung ihr gegenüber, die ewigen Vorwürfe ihrer Mutter oder die Missbilligung ihrer Freundinnen. Genaugenommen war der Grund unwesentlich, weil irgendetwas in ihr davon überzeugt war, sie hätte diese Herabsetzung verdient – wegen den Verfehlungen gegenüber ihrem Ex-Mann und ihrem Sohn. Dass Marie nun als Freundin in ihr Leben getreten war, kam ihr wie eine Absolution vor. Als wäre eine große Schuld von ihren Schultern genommen worden.

Mit einem Grinsen im Gesicht schrieb Sandra ihrem jungen Liebhaber: „Hallo, mein schöner Weißrusse, ich freu mich auch auf dich! Wir treffen uns bei der Autobahnraststätte in Dornberg, dort kannst du den Lastwagen abstellen. Ich hole dich mit dem Auto ab. Ruf mich an, wenn du da bist, mein Liebster. Ich küsse dich!"

Danach löschte sie in einem spontanen Entschluss ein paar Kontakte aus ihrem Smartphone.

Rosa Organza

Lilli holte den Geschenkkarton aus dem Schrank, öffnete den Deckel und hob die Schicht aus rosa Organza an, die sie vor langer Zeit gegen Polsterfolie getauscht hatte. Da lag sie in ihrer Verpackung: überschlank, mit blasser Haut, die blonden Stirnfransen gekräuselt, in ihrem schwarz-weiß gestreiften Badeanzug und schwarzen Pantöffelchen.

Für deine sechzig Jahre siehst du noch verdammt gut aus, nickte Lilli anerkennend. Die blonden Haare glänzten, das Make-up war makellos, die Barbiepuppe war wie neu. Lilli war stolz auf sich, weil sie der Versuchung widerstanden und die Puppe nie aus der Originalverpackung genommen hatte.

Sie erinnerte sich noch an den Tag, an dem sie die Barbie von ihrem Vater bekommen hatte. Es war beinahe dreißig Jahre her, doch Lilli kam es vor, als wäre es erst gestern gewesen. Ihr Vater hatte ein Paket zu ihrem Geburtstag geschickt, das offen auf dem Küchentisch lag, als sie von der Schule nach Hause kam.

Lilli war wütend auf ihre Mutter gewesen, weil sie das Paket geöffnet hatte und auch noch lästerte: „Typisch für deinen Vater, er denkt, er kann sich mit Geschenken aus seiner Verantwortung freikaufen."

Die Klagen schürten Lillis Wut, sie verteidigte ihren Vater: „Papa hat mich letzte Woche angerufen und mir gesagt, dass er nicht kommen kann, weil er viel Arbeit hat!" Sie griff nach der Geburtstagskarte, die mit einer pastellfarbenen Zuckergusstorte und glitzernden Herzen verziert war. Darin lag ein zusammengefalteter Brief:

Hallo, mein lieber Schatz!

Ich wünsche dir alles Liebe zu deinem 12. Geburtstag. Es tut mir sehr leid, dass ich nicht da bin, um dir selbst zu gratulieren. Aber ich verspreche dir, dass ich dich in den Sommerferien besuche, oder vielleicht möchtest du wieder einmal zu uns kommen? Da ich weiß, wie sehr du Barbiepuppen liebst, habe ich dir zu diesem Geburtstag eine ganz besondere geschenkt. Das ist die erste Barbiepuppe aus dem Jahr 1959 – sie ist noch originalverpackt! Also pass gut auf sie auf, sie ist sehr wertvoll und wird mit der Zeit noch wertvoller werden. Ich hoffe, du verbringst einen schönen Geburtstag! Ich sende dir einen dicken Kuss!

Dein dich liebender Papa

Lilli faltete den Brief vorsichtig zusammen, steckte ihn zurück in die Karte. Sie griff in den Karton und wickelte ihr Geschenk aus der Polsterfolie. Darin lag eine verpackte Barbie, die einen schwarz-weiß gestreiften altmodischen Badeanzug trug. Lilli war enttäuscht gewesen, weil ihr Vater eine alte Puppe gekauft hatte, wo es doch neue Barbies in bunten Bikinis gab. Und sie hätte lieber eine Barbie mit langen Haaren gehabt, die man frisieren konnte. Diese hier hatte eine komische Frisur und einen schwarzen Balken über den Augen statt Wimpern. Lilli packte die Barbie nicht aus, sondern wickelte sie wieder in die Polsterfolie ein und bettete das Päckchen in den Geschenkkarton zurück. Die Glückwunschkarte ihres Vaters legte sie behutsam oben drauf.

„Das ist ja ein schönes Geschenk für ein junges Mädchen – eine alte Puppe. Als wärst du eine Trödelsammlerin!"

Obwohl ihre Mutter aussprach, was Lilli teilweise durch den Kopf ging, hatte sie das Geschenk wie einen Schatz in ihr Zimmer getragen.

Eigentlich sollte ich Mama dafür danken.

Wenn ihre Mutter damals nicht so abfällig über diese alte Puppe gelästert hätte, wäre sie vermutlich bei den Sachen gelandet, die Lilli für die Spendenbox aussortiert hatte. So aber hatte sie die Barbie all die Jahre gehütet. Aus Trotz gegenüber den abfälligen Bemerkungen ihrer Mutter und weil es ihrem Vater wichtig war, dass sie gut darauf aufpasste.

Heute betrachtete sie die Barbiepuppe, die seit Jahrzehnten in einer Schachtel lag, mit anderen Augen. Bei Recherchen im Internet hatte Lilli gelesen, dass eine dieser Puppen für mehr als 24.000 Euro versteigert worden war! Selbstverständlich wusste sie, dass einige Barbie-Modelle bei Sammlern für viel Geld gehandelt wurden. Doch es hatte sie nicht interessiert, weil sie bisher nicht mit dem Gedanken gespielt hatte, sich von diesem besonderen Geschenk ihres Vaters zu trennen.

Warum soll die Puppe noch länger unbeachtet in einer Schachtel herumliegen, wenn ich vielleicht einen Haufen Geld für sie bekomme? Mit dem sie Laura unterstützen konnte! Lilli griff nach ihrem Handy und machte ein paar Aufnahmen von der verpackten Puppe. Danach surfte sie auf den Internetseiten verschiedener Auktionshäuser und rätselte, ob diese überhaupt an ihrer Barbie interessiert wären. Oder sollte sie es besser bei eBay versuchen? Doch sie riskierte ja nichts!

Später schickte Lilli ohne mit der Wimper zu zucken Mails an die bekanntesten Auktionshäuser: Lockerby's und Misties. *Wenn schon, denn schon! Mal schauen, ob sich wirklich jemand für meine alte Dame interessiert.*

Melanies Kopf brummte, und langsam dämmerte der gestrige Abend in ihr Gedächtnis zurück.

Zum Abendessen hatte ihr Vater endlich den ersehnten Wein eingeschenkt. Melanie trank einige Gläser des spritzigen Veltliners. Sie bot an, Nachschub und andere Vorräte aus dem Keller zu holen, wobei sie jedes Mal die Gelegenheit nützte, ein paar kräftige Schlucke aus der Whiskeyflasche zu nehmen.

Irgendwann war die Flasche plötzlich leer gewesen. Melanie wollte sie hinter ein paar anderen Spirituosen im Regal verstecken, dabei fiel eine volle Flasche zu Boden. Sie schob die Scherben mit ihrem Fuß unter das Regal und spülte das süßlich riechende Getränk – es handelte sich um einen Kirschlikör – mit einer Flasche Mineralwasser nach. Melanie baute darauf, dass der Boden aus getretenem Lehm und Erde das Gemisch aufsaugen würde.

Sie konnte sich daran erinnern, dass sie später vor lauter Lachen vom Sessel auf den Boden gerutscht war. Und dass ihre Eltern und Jakob sie mit einem eigenartigen Ausdruck gemustert hatten, aber vielleicht spielten ihr ihre Gedanken auch nur einen Streich. Als Jakob zum Aufbruch gedrängt hatte, hatte sie ihren Mann möglicherweise als „Langweiler" bezeichnet, sie hoffte jedoch, dass das auch nur ihrer verkaterten Fantasie entsprang. Von der Heimfahrt oder wie sie ins Bett gekommen war, wusste sie nichts mehr.

Melanie schielte auf den Wecker – es war bereits neun Uhr, also war sie inzwischen allein im Haus. Sie griff sich an den brummenden Kopf, ihre am Gaumen festklebende Zunge verlangte nach Wasser. Sie musste ohnehin aufstehen, heute war Montag, Melanies Putztag. An diesem Tag kam ihre Familie erst am Abend wieder nach Hause und sie erledigte all die Dinge, um die eine Hausfrau nicht herumkam. Melanie aß zu Mittag nur ein paar belegte Brötchen und kochte dafür am Abend ein warmes Essen.

Umständlich schälte sie sich aus ihrer Decke und stellte dabei fest, dass sie noch die Kleidung vom Vortag trug. Melanie riss ihren Kopf beschämt hoch und wartete am Bettrand sitzend, bis der Hubschrauber in ihrem Kopf aufhörte, sich zu drehen. Sie versuchte zu verdrängen, in welchem Zustand sie gewesen sein musste, weil ihr Mann sie samt Kleidung ins Bett verfrachtet hatte. Da es ihr nicht gelang, schlurfte sie ins Bad.

„Oh, mein Gott, ich schau furchtbar aus!“ Sie starrte geknickt auf ihr Spiegelbild.

Melanie öffnete den Schrank und war froh, als ihr Anblick mit der geöffneten Tür zur Seite schwang. Sie griff nach der Schachtel mit Alka Seltzer und löste zwei der Tabletten in einem Wasserglas auf. Als sie die sprudelnde Flüssigkeit trank, beschloss sie, später noch einkaufen zu gehen, da der Tablettenvorrat zur Neige ging.

Unter der prasselnden Regendusche konnte Melanie endlich die diffusen Erinnerungen an den Vorabend fortspülen. Während sie sich einseifte und mit dem Schwamm über ihren Körper fuhr, geisterte Jens wieder durch ihren Kopf. *Ob er noch an mich denkt?*

Sie war nicht so naiv, zu glauben, dass der Hamburger Musiker sich nach ihr verzehrte. Genauso wenig, wie Melanie sich nach ihm verzehrte. Es war sein Selbstbewusstsein, das einen bleibenden Eindruck bei ihr hinterlassen hatte, und die Zielstrebigkeit, mit der er verfolgte, wofür sein Herz brannte. Es waren Jens' Worte, die sich immer wieder in ihr Bewusstsein schoben. „Gib deine Träume nicht auf!“

Und wieder einmal wälzte Melanie die sinnlosen Überlegungen, ob ihr Leben heute anders aussehen würde, wenn sie nicht mit neunzehn schwanger geworden wäre.

„Gib deine Träume nicht auf!“

So ein Idiot! Sie schleuderte den Schwamm in das Ablagegitter.

Als Jakob an diesem Abend nach Hause kam, freute er sich schon auf das gemeinsame Essen mit seiner Familie, bei dem die Erwachsenen meist ein Glas Wein tranken. Auch wenn Jakob sich nicht vorstellen konnte, dass seine Frau nach dem gestrigen Abend wieder Lust auf Alkohol hatte.

Rückblickend war er immer noch schockiert darüber, wie betrunken sie gewesen war. Normalerweise merkte man Melanie kaum an, wenn sie ein paar Gläser getrunken hatte. Gestern war ihr Zungenschlag jedoch nicht zu überhören gewesen, und Melanies Eltern warfen sich verwunderte Blicke zu, als ihre Tochter nach einem Lachanfall kreischend vom Stuhl gekippt war. Jakob hatte daraufhin zum Aufbruch gedrängt.

Max, der nebenan im Wohnzimmer einen Marvelfilm angeschaut hatte, protestierte heftig, als ihn sein Vater aufforderte, das Gerät auszuschalten: „Warum gehn wir jetzt? Der Film ist grad so spannend!" Jakob war dankbar, dass Max scheinbar nichts vom Zustand seiner Mutter mitbekommen hatte –, er hoffte zumindest, dass es so war.

Kurz darauf fuhren sie los, Melanies Eltern winkten verhalten, seine Frau nickte während der Fahrt ein. Als sie zu Hause angekommen waren, forderte er seinen Sohn auf, sofort in sein Zimmer zu gehen. Max grummelte zwar vor sich hin, verschwand aber folgsam im Haus. Erst dann weckte Jakob Melanie auf, die im Autositz zusammengesunken war. Er zerrte sie mühsam ins Haus und schleppte sie über die Treppe ins Schlafzimmer. Als er sie auf das Bett hievte, riss ihn seine Frau an sich.

„Willst du noch ficken …", lallte sie ihm ins Ohr.

„Nein, schlaf dich aus." Jakob rappelte sich auf und deckte Melanie zu. Sie schnarchte sofort.

Sie schliefen oft miteinander, wenn seine Frau in weinseliger Laune war. Offensichtlich turnte sie der Alkohol an, und Jakob genoss es, wenn Melanie beim Sex die Führung übernahm. In diesem erschreckenden Zustand war sie aber alles andere als erotisch gewesen.

Als der Wecker am Morgen klingelte, schlief Melanie ungerührt weiter. Jakob hatte seine Frau nicht geweckt, damit sie sich von ihrer alkoholischen Entgleisung erholen konnte. Doch nun freute er sich auf das gemeinsame Abendessen.

„Hallo, Schatz, ich bin zu Hause!“ Er hängte seine Jacke an die Garderobe und streifte die Schuhe von den Füßen. Jakob wunderte sich, dass keine leckeren Kochdüfte in der Luft hingen. Sonst erriet er meistens, was es zu essen gab, bevor er die Küche betrat.

Er öffnete die Küchentür. Doch der Raum war leer und kein blubbernder Topf stand auf dem Herd. Die Küche sah aus, als wäre seit dem Morgen niemand darin gewesen. Seine Kaffeetasse, die er nach dem Frühstück ins Waschbecken gestellt hatte, befand sich noch darin, er sah Brotkrümel auf der Arbeitsfläche liegen.

Verwundert verließ er den Raum: „Melanie? Max?“

Das Wohnzimmer war ebenfalls leer und niemand antwortete auf seine Rufe. Ein ungutes Empfinden machte sich in Jakobs Bauchgegend breit, sein Herz begann, schneller zu schlagen. Er stürmte über die Treppe ins obere Stockwerk, riss die Tür zum Zimmer seines Sohnes auf.

Max lag mit Kopfhörern auf dem Bett und spielte auf seinem Handy. „Hey, Paps …“ Sein Sohn bedachte ihn mit einem abwesenden Seitenblick.

„Wo ist deine Mutter?“ Jakob klang, als wäre es die Aufgabe seines Sohnes, das zu wissen.

Max zog langsam eine Seite des Kopfhörers herunter: „Im Schlafzimmer, oder nicht?“, antwortete er mit hochgezogenen Augenbrauen. Sein Blick drückte aus, was er nicht laut auszusprechen gewagt hätte: „Hey, bleib cool!“ Er wusste aber auch, dass sein Vater solche Frechheiten nicht tolerierte. Darum fügte er schnell hinzu, bevor er einen Rüffel bekam: „Als ich nach Hause gekommen bin, ist Mama im Bett gelegen. Sie hat gesagt, es geht ihr nicht gut und sie möchte gerne liegen bleiben. Ich hab gefragt, ob ich ihr einen Tee machen soll, aber sie wollte nichts. Und ich hab ein paar Wurstbrote gegessen. Vor ein paar Minuten hab ich wieder nachgeschaut, aber Mama hat geschlafen.“ Er betrachtete seinen Vater nun mit dem Ich-hab-alles-gemacht-was-man-tun-muss-Blick.

Dieser trat an Max’ Bett, um seinem Sohn das Haar zu verstrubbeln: „Das hast du gut gemacht, ich schau jetzt nach Mama.“ Jakob schenkte ihm ein beruhigendes Lächeln, verließ den Raum und eilte zwei Türen weiter.

Als er das dunkle Schlafzimmer betrat, strömte ihm ein penetrant säuerlicher Geruch entgegen. *Warum riecht es noch immer nach Alkohol?* Das mulmige Gefühl in Jakobs Bauchgegend hob wieder an, und seine Hand wanderte zum Lichtschalter. Er zögerte kurz, bevor er darauf drückte, als hätte er Angst vor dem Anblick, der ihn erwarten würde. Doch es gab nichts Schockierendes zu sehen. Seine Frau hatte sich komplett unter der Bettdecke verkrochen, nur ihr dunkler Haarschopf lag wie ein Fächer auf dem Kissen.

„Melanie?" Jakob trat an das Bett und berührte sanft ihre Schulter, doch sie reagierte nicht. „Melanie?!" Er zog die Decke zurück, bis ihr Gesicht zum Vorschein kam. Feuchte Haarsträhnen klebten auf Melanies Wangen, der intensiv aufsteigender Alkoholdunst reizte Jakobs Nase.

Seine Frau regte sich. Mit einem schmatzenden Geräusch drehte sie ihr Gesicht ins Kissen und nuschelte: „Was ist …? Will schlafen."

„Melanie, was ist los? Es ist sechs Uhr am Abend! Warum liegst du im Bett? Bist du krank?" Jakob wusste nicht, ob er wütend oder besorgt sein sollte.

„Hm, jaaa … Ich bin krank."

Melanie drehte ihr Gesicht wieder aus dem Kissen und blickte zu ihrem Mann hoch. Sie sah erbärmlich aus! Ihre Augen waren verklebt, in beiden Mundwinkeln hingen krustige Sabberspuren und aus ihrem Rachen dampfte eine Alkoholfahne. Plötzlich überkam Jakob eine nie empfundene Abneigung gegenüber seiner Frau. *Was soll das? Warum trinkt sie so viel, dass sie wie eine Kranke im Bett liegen bleiben muss?*

Jakob atmete ein paarmal tief durch, bevor er fragte: „Hast du heute schon gegessen oder geduscht? Soll ich dir etwas bringen, kann ich dir irgendwie helfen?" Er bemühte sich um einen ruhigen Tonfall, obwohl er seine Frau am liebstem angeschrien hätte. Aber das würde jetzt nichts ändern, und Jakob wollte nicht, dass sein Sohn mitbekam, was mit seiner Mutter wirklich los war.

Melanie stöhnte, sie griff sich an den Kopf: „Nein, ich hab nix gegessen, hab keinen Hunger. Aber Durst."

„Ich hol dir Wasser!"

Er verließ das Schlafzimmer und betrat das angrenzende Bad. Jakob griff nach einem Glas beim Waschbecken, als er bemerkte, dass neben dem kleinen Abfallkübel auf dem Boden einige Papierstückchen lagen. Er bückte sich und fischte sie mit der Hand zusammen. Es waren die zusammengeknüllten Hüllen von Alka-Seltzer-Tabletten – mindestens acht Stück! So viel verbrauchte Jakob nicht einmal, wenn er mit seinen Kumpel den jährlichen Feuerwehrausflug machte. Und der dauerte jedes Mal vier Tage! Jakob warf den Abfall in den Kübel, erhob sich schwerfällig und fühlte sich plötzlich, als wäre eine schwere Last auf seinem Rücken gelandet. Er füllte das Glas mit Wasser und trug es ins Schlafzimmer.

Melanie hatte sich inzwischen an den Bettrand gesetzt, sie sah mit einem schiefen Lächeln zu ihm auf. Jakob sah, dass sie ungeschminkt war, also hatte sie heute das Haus noch nicht verlassen, und sie trug einen Jogginganzug. Seine Frau griff nach dem Wasserglas, trank mit gierigen Schlucken daraus. Das leere Glas stellte sie mit zitternden Händen auf den Nachttisch.

Jakobs Gehirn suchte nach einer Erklärung. Wenn Melanie krank war, trug sie im Bett einen Pyjama, und die Alkoholfahne vom Vorabend müsste sich längst verflüchtigt haben. Was hatte das zu bedeuten?

Mit einem Seufzer, vielleicht, weil er die Wahrheit nicht wissen wollte, setzte sich Jakob neben seine Frau auf das Bett und griff nach ihrer feuchten Hand. Er streichelte Melanies Handrücken. Sie hielt den Kopf gesenkt, sodass er ihr von herabhängenden Haaren verdecktes Gesicht nicht sehen konnte.

„Was ist los, Schatz?“ Seine Stimme klang sanft, aber bestimmt.

Melanie machte ein Geräusch, dass wie: „Hmmm…“, klang, schüttelte ihren Kopf. Dann schlug sie unvermittelt die Hände vors Gesicht und brach in Schluchzen aus.

Jakob war bestürzt, weil seine Frau ihren Tränen selten freien Lauf ließ. Er versuchte, sich daran zu erinnern, wann er sie zum letzten Mal weinen gesehen hatte. Vermutlich vor fünf Jahren, als Molly, die alte Tigerkatze, gestorben war.

Benommen strich er über Melanies Rücken: „Was hast du? Was ist los, Schatz?“

„Du verstehst das nicht.“ Sie holte schnüffelnd ein Päckchen Papiertaschentücher aus dem Nachttisch.

„Wenn du es mir erklärst, versteh ich es sicher." Behutsam strich er Melanies Haare zurück, dann wartete er, bis sie sich die Nase geputzt hatte.

Um den beklemmenden Druck loszuwerden, der sich auf ihn gelegt hatte, blies Jakob hörbar die Luft aus seinen Lungen, dennoch musste er diese Frage stellen: „Vielleicht kannst du mir erklären, warum du im Bett geblieben bist? Und warum du heute … getrunken hast?"

Seine Frau schüttelte wieder den Kopf: „Ich weiß es doch selbst nicht! Ich komm mir so blöd vor, ich hab doch alles …"

Jakob erwiderte nichts. *Was meint sie damit? Ist sie frustriert?*

Solche Frauen gab es doch nur in dieser komischen Serie, die Melanie so gerne sah – Desperate Housewives. Er konnte ohnehin nicht nachvollziehen, warum sich jemand diesen Schwachsinn freiwillig ansah. In Jakobs Vorstellung war das Dasein einer Hausfrau erstrebenswert: die Freiheit, sich den Tag selbst einteilen zu können und sich nicht dem Konkurrenzkampf unter Arbeitskollegen stellen zu müssen. Er zuckte verständnislos mit den Schultern.

Melanie bemerkte es nicht. Sie schien sich langsam wieder zu fangen, trocknete ihre nassen Wangen und schnäuzte noch einmal in ein Papiertaschentuch, bevor sie sagte: „Mach dir keine Sorgen, es ist nichts Schlimmes. Ich weiß auch nicht, warum ich heute getrunken habe. Aber ich krieg bald meine Tage. Ja, das muss der Grund sein! Heute Morgen, als ich aufgewacht bin, war ich so traurig. Ich hab daran gedacht, wie viel Spaß wir gestern bei Mama und Papa hatten. Da hab ich mir einfach einen Longdrink gemixt und später noch einen … Irgendwann bin ich ins Bett gegangen. Dann stand plötzlich Max an meinem Bett und ich hab natürlich behauptet, dass ich krank bin."

Gott sei Dank! Jakob spürte, wie sich das mulmige Gefühl in seinem Bauch auflöste. Das war eine Erklärung, mit der er leben konnte. *Genau – die prämenstruelle Phase!*

Erst vor Kurzem hatte Jakobs Feuerwehrkumpel Otto über seine Freundin Rosie geklagt, die sich wie eine unberechenbare Furie aufführen würde, bevor sie ihre Tage bekam, und abwechselnd weinte oder mit ihm stritt. Mit dieser Erklärung konnte Jakob gut leben, erleichtert drückte er seiner Frau einen Kuss auf die Wange. Er erhob sich. Leise Bedenken, nach denen es doch einen anderen Grund geben könnte, verdrängte er. Warum sollte man das Leben komplizierter machen, als es war, wenn es eine einfache Erklärung gab?

Ein fröhliches Rufen aus dem unteren Stockwerk kündigte Simones Heimkehr an. Jakob fragte: „Was meinst du? Soll ich uns was bei Luigis bestellen? Für dich deine Lieblingspizza?"

Melanie nickte automatisch.

„Super! Ich frag noch die Kinder, was sie möchten. Du kannst gemütlich duschen und später essen wir zusammen. Alles ist wieder gut, Süße!" Er streichelte flüchtig den Kopf seiner Frau und verließ erleichtert das Schlafzimmer.

Melanie vergrub wieder ihr Gesicht in den Händen, als er den Raum verlassen hatte.

Sehnsucht

Emma saß am Esszimmertisch, sie surfte mit ihrem Laptop im Internet, während ihre Mutter im Wohnzimmer nebenan fernsah. Es lief gerade Bezaubernde Jeannie – eine Serie, die ihre Mutter liebte. Es war ein Glück, dass sie gerne vor dem Fernseher saß und Emma sich in der Zeit anderweitig beschäftigen konnte.

Dennoch musste sie die Sendungen wohlüberlegt auswählen, weil nicht alles für ihre Mutter geeignet war. Vor ein paar Wochen hatte Emma bedenkenlos die alte Westernserie Bonanza laufen lassen. Doch nach wenigen Minuten kroch die alte Frau verängstigt unter den Tisch, weil die Cartwright Brüder sich einen heftigen Schusswechsel mit ein paar Pferdedieben lieferten, und schürfte sich dabei die Knie auf. Darum setzte Emma nun auf harmlose Serien. Bei der Bezaubernden Jeannie schwärmte ihre Mutter allenfalls vom dem stattlichen Larry Hagmann.

Sie hörte das Kichern der alten Frau durch die angelehnte Tür und legte entspannt die Beine auf den gegenüberstehenden Sessel. Emma scrollte über ihre Auswahl an Websites. Sie überflog die einzelnen Seiten, bis sie auf einer in Schwarz und Rot gestalteten Homepage mit dem Namen: Lustpalast hängen blieb.

Der Swingerklub pries sich als exklusives Etablissement für den gehobenen Anspruch und alle nur erdenklichen sexuellen Vorlieben an. Der Klub warb mit gesichtslosen erotischen Bildern: ein üppiger Frauenbusen in einem transparenten schwarzen BH; ein kleiner Busen mit Piercings in den Brustwarzen; ein schöner Frauenkörper in einem Stringtanga, der sich, eingekeilt zwischen zwei muskulösen Männerkörpern, auf roter Bettwäsche räkelte. Eine Collage an kopflosen Protagonisten in wollüstigen Posen.

Ob alle Männer, die dort hingehen, so gut gebaut sind?, fragte Emma sich, obwohl ihr klar war, dass diese Website natürlich mit Models warb.

Sie tippte auf den Button: Lustangebote. Der Swingerklub bot einen Saunabereich mit Whirlpool, transparente Spielnischen und Zimmer für private Entspannung an. SM-Anhänger konnten sich in einem eigenen Bereich vergnügen. Während sie die Abbildungen betrachtete, kribbelte es wohlig in Emma. Seit sie aus Hamburg zurück war, spukten ihr diese nahen Verlockungen durch den Kopf.

Warum seh ich mir das an? Ich geh da sowieso nicht hin!

Das benachbarte Schweizerland war für seine große Auswahl an Swingerklubs bekannt. Die aufgeschlossenen Eidgenossen machten Gerüchten zufolge gute Umsätze mit den eher konservativen Vorarlbergern, die ihre geheimen Gelüste mangels einer Alternative im eigenen Land über der Grenze ausleben mussten.

Die abgebildeten SM-Räume erinnerten Emma an den Klub auf der Reeperbahn: ein Metallbett mit Handschellen, Seile mit Schlingen, die von der Decke hingen, verschiedene kuriose Folterwerkzeuge. Alle Zimmer waren mit schweren roten Vorhängen, schwarzen Möbeln und riesigen Spiegeln ausgestattet. Emma spürte ein sehnsüchtiges Ziehen in ihrem Unterleib, sie führte eine Hand zwischen ihre Beine und rieb über den Stoff der Hose, unter dem ihre Schamlippen lustvoll anschwollen.

Gestern Abend, nachdem Emma sich wieder einmal ruhelos in ihrem Bett herumgewälzt hatte, schrieb sie an Riesen-Lars, erhielt aber keine Antwort. *Ist schon klar. Warum soll er sich bei Telefon-Sex vergnügen, wenn er mit echten Frauen schlafen kann?,* dachte sie frustriert und stellte sich vor, wie der Hüne andere Frauen beglückte, was ihre ungestillte Sehnsucht weiter angeheizt hatte.

Emma verscheuchte diese Erinnerung mit einem lauten Seufzen und surfte weiter auf der Homepage. Der Swingerklub lag in einer kleinen Stadt hinter der Grenze, nur zwanzig Autominuten von ihrem Wohnort entfernt. Der Eintritt kostete hundert Schweizer Franken, wobei Frauen ohne Begleitung am Singlefreitag freien Eintritt hatten. Sollte sie es wagen und hingehen? Aber wenn sie dort jemanden traf, den sie kannte? Doch dieses Risiko gingen ja alle ein, die den Klub besuchten. Ihr Blick blieb an ein paar Worten hängen, die mit großen Buchstaben auf der Homepage prangten: Alles kann – nichts muss!

Jetzt trau dich einfach!, forderte eine innere Stimme über Emmas Zweifel hinweg. Dann wusste sie wenigstens, wie es dort war, und musste sich nicht mehr mit ihrem Kopfkino herumschlagen. *Ich könnte am Freitagabend hingehen.* Emma benötigte Frau Hagens Dienste diese Woche sonst nur, damit sie einkaufen gehen konnte. Am Donnerstag musste die Betreuerin nicht kommen, weil die Chorprobe hier stattfand.

Emmas Herz klopfte aufgeregt, als ihr Plan Gestalt annahm, berauschende Visionen schoben sich vor die letzten Bedenken: etwas Unbekanntes riskieren, sich keinen Fragen stellen müssen, geheime Sehnsüchte stillen und grenzenlose Lust erleben.

Mit zitternden Fingern wählte sie die Nummer der Frau, die das alles ermöglichen konnte. „Hallo, Frau Hagen, ich bins, Emma. Wie geht es Ihnen? Gut! Ja, danke, uns auch. Ich wollte nachfragen, ob Sie am Freitagabend Zeit hätten, sich um Mama zu kümmern. Ja? Das ist toll! Ich möchte gerne mit ein paar Freunden tanzen gehen!“ Emmas Stimme überschlug sich vor Begeisterung. „Oh, danke, das ist aber nett, dass Sie das sagen. Ich glaube auch, dass mir das guttut.“

Nachdem Emma wieder aufgelegt hatte, spürte sie förmlich das breite Grinsen in ihrem Gesicht. Beschwingt hüpfte sie ins Wohnzimmer und umarmte spontan ihre Mutter, die bis zu den Knien gebeugt dasaß, als wolle sie in den Fernseher kriechen. Emma zog sie sanft an den Schultern in den Lehnstuhl zurück.

„Der Major wollte Jeannie verstecken, aber sie ist … sie ist …“ Ihre Mutter gestikulierte mit den Armen, weil sie nicht ausdrücken konnte, was sie sagen wollte.

„Ja, ich weiß, Mama.“ Emma strich zärtlich über die weißen Locken der alten Frau und folgte ihrem Blick, ohne das Geschehen auf dem Bildschirm wahrzunehmen.

Ich muss unbedingt neue Dessous kaufen!

Marie beobachtete einen jagenden hellen Schweif an der Zimmerdecke, den ein vorbeifahrendes Auto mit seinen Scheinwerfern dorthin warf. Sie konnte nicht schlafen und lauschte den gleichmäßigen Atemzügen ihres Mannes.

Wie erwartet war Johannes geblieben. Nach dem dritten Glas Wein war er näher an Marie herangerückt, hatte erst ihre Haare gestreichelt, dann ihr Gesicht. Er flüsterte ihr ins Ohr, wie wunderschön sie sei, und wanderte mit seinen Lippen vom Nacken bis zu ihrem Mund. Sie blieb reglos sitzen, registrierte seine Liebkosungen, erwiderte seine

Küsse und wartete darauf, dass irgendetwas in ihr: „Hurra", rief. Aber das erhoffte Jubelfeuerwerk blieb aus.

Johannes zog ihr das T-Shirt über den Kopf und hakte ihren BH auf, danach streifte er ihr die Jeans von den Beinen. Marie fand Sex auf dem Sofa unhygienisch – schließlich saßen manchmal auch andere Leute darauf. Aber sie wollte nichts einwenden, was Johannes' Stimmung zerstört hätte, und weil sie auf das Jubelfeuerwerk wartete! Vielleicht würde es explodieren, wenn Marie etwas tat, was sie normalerweise nicht machte. Das Sofa aus Leder konnte sie später wieder reinigen.

Maries Sinne waren vom Alkohol beduselt, und sie hoffte, der Wein würde sie lockerer machen. Denn sie wollte es nicht verpassen – das erlösende Jubelfeuerwerk, das leuchtend in den Himmel schrieb: „Alles ist gut – Johannes ist wieder da!"

Als er sich in Marie bewegte, empfand sie etwas Neues, ein unterschwellig-lustvoller Schauer kroch durch ihren Unterleib. Jetzt würde sich gleich das Jubelfeuerwerk ereignen oder die von Emma gepriesene Supernova. Marie hatte mit aufgerissenen Augen gewartet, dass irgendetwas Bombastisches geschehen würde, etwas, was sie bisher noch nicht erlebt hatte.

Aber Johannes war kurz darauf über ihr zusammengesackt. Der wohlige Schauer löste sich auf, ließ Marie enttäuscht zurück. Sie fühlte sich, als hätte sie etwas nicht bekommen, was ihr zustehen würde. Eine Belohnung dafür, weil sie Johannes wieder erlaubte, in ihr Leben zurückzukommen.

Er war auf ihr liegen geblieben, bis sich sein Atem wieder beruhigt hatte. Dann küsste er seine Frau und murmelte: „Das war toll, Marie." Johannes fragte nicht, wie es für sie gewesen war. Das hatte er nie getan.

Ohne ein weiteres Wort war er im Bad verschwunden, sie hörte das Wasser in der Dusche prasseln. Marie ärgerte sich darüber. *Er benimmt sich, als hätte er mich nie verlassen.*

Nun, am nächsten Morgen, lagen sie zusammen in ihrem Ehebett, wie sie es seit sie zusammenlebten gemacht hatten. Würde das Leben weiter verlaufen wie bisher? Plötzlich kamen Marie die aufwühlenden und klärenden Gespräche mit Sandra, die entstandene Nähe zu ihrer

Schwester, wie das Highlight der letzten Jahre vor. Als Johannes sich umdrehte und im Schlaf einen Arm über sie legte, hätte Marie ihn am liebsten von sich gestoßen.

Sandra kuschelte sich an Dimitri. Sie atmete seinen männlich-herben Duft ein und streichelte seine breite Brust. Dimitri hatte einen fantastischen Eigengeruch! Der Spruch „Jemanden gut riechen können" ging ihr durch den Kopf. Das traf auf Dimitri in jedem Fall zu, Sandra hätte sich nie mit einem Mann eingelassen, der nicht gut roch.

Leider hatte Rainer sich jedes Mal vorher duschen wollen, bevor sie miteinander schliefen. Das war nicht förderlich für ein spontanes Liebesleben, aber nach einigen Jahren als Ehepaar war ihr Sexleben ohnehin durch vorhersehbare Routine geprägt gewesen.

Sandra erinnerte sich an eine Wanderung, die sie einmal mit Rainer unternommen hatte. Sie waren stundenlang durch Vorarlbergs wunderschöne Bergwelt gewandert, die saftig grünen Wiesen, gesprenkelt mit Tausenden von Alpenblumen, hatten einen regelrechten Sinnesrausch in Sandra ausgelöst. Und sie empfand auf einmal ein unbändiges Verlangen, sich mit Rainer in all dieser Herrlichkeit zu lieben. Sandra hatte ihren Mann geküsst und wollte ihn verführen: „Na, mein Geliebter – willst du? Auf der Stelle, hier im Gras!"

Rainer jedoch schob sie verwundert von sich und schmetterte ihr Verlangen ab: „Hier? Nein, Sandra! Was denkst du dir? Ich bin total verschwitzt und jemand könnte uns dabei sehen. Warte, bis wir wieder zu Hause sind."

Sandra war zurückgezuckt. Sie fühlte sich, als hätte er sie als läufiges Hündchen bezeichnet, und jegliche Begierde löste sich im selben Augenblick auf.

Rückblickend waren möglicherweise Erlebnisse wie dieses der Grund, warum sie begonnen hatte, Rainer zu betrügen – die Sehnsucht nach einem aufregenden Liebesleben mit Männern, die kein Problem mit spontanem Sex hatten.

„Printsessa …", nuschelte Dimitri in Sandras Ohr, er zog sie fester an sich, sie spürte seinen harten Penis.

Oh, schon wieder! Ich hoffe, ich hab genug Gleitgel da. In der Nacht hatten sie sich zweimal leidenschaftlich geliebt, und jetzt regte sich bei ihrem

Liebhaber offensichtlich nicht nur eine Morgenlatte. Sandra genoss Dimitris Ausdauer, aber ihre Vagina fühlte sich überstrapaziert an. *Ich werde immer trockener,* dachte sie resigniert.

Sandra beschloss, den jungen Mann auf eine andere Art zu beglücken. Sie wanderte mit ihrer Hand über seinen Bauch bis zu seiner Erektion. Sandra massierte seinen Penis, bis er sich stöhnend und zuckend in ihre Hand ergoss. Sie hielt das Ejakulat fest umschlossen, damit die Bettdecke nicht noch fleckiger wurde, als sie es vermutlich schon war.

„Ohhh! Du machst so gutt, Printsessa." Dimitri, der während Sandras Verwöhnprogramm mit ihren Brüsten gespielt hatte, ließ sich erschöpft ins Kissen zurückfallen und schlief augenblicklich ein.

Er muss total fertig sein! Schließlich hatte er eine lange Fahrt und eine kurze Nacht hinter sich. Sie stand leise auf, sammelte die zwei in Papiertaschentücher eingewickelten Kondome vom Boden auf und begab sich ins Bad, um ausgiebig zu duschen. Danach würde sie ein amerikanisches Frühstück zubereiten.

„Frühstück, das Beste von Amerika!", hatte ihr Dimitri bereits in Hamburg erklärt. Er hielt nichts von den politischen Ambitionen der US-amerikanischen Führung. „Mischen sich immer ein, Welt hat auch existiert vor Amerika!"

Als Sandra die Pfanne für Eier und Speck aus dem Schrank holte, piepte ihr Handy – eine Mitteilung von Marie. Ihr Herz hüpfte wieder einmal aus Freude, weil sie sich mit ihrer Schwester ausgesöhnt hatte. Sie empfand dieses Glück wie einen kostbaren Schatz. Doch als sie die Nachricht las, wich die glückliche Empfindung einem unangenehmen Ziepen im Bauch.

Marie schrieb: „Johannes ist zurückgekommen! Wir werden es vermutlich noch einmal miteinander versuchen!"

Sandra starrte auf die Zeilen. *Was soll das bedeuten – vermutlich?* Sie überlegte eine Weile, bevor sie antwortete: „Und? Bist du glücklich darüber? Wie geht es dir?"

Es dauerte eine Weile, bis Marie auf die Fragen reagierte, und Sandra war nicht überrascht von dem, was ihre Schwester schrieb. „Ich hoffe, das Glücksgefühl kommt noch! Ich weiß, dass ich mir das gewünscht habe, aber irgendetwas ist anders. Vielleicht bin ich anders geworden?"

Sandra nahm sich Zeit mit ihrer Antwort. Sie tippte und löschte, bis sie endlich die richtigen Worte gefunden hatte: „Lass es langsam angehen, hör auf deinen Bauch! Was macht dich wirklich glücklich? Nur weil er zurück ist, muss das nicht bedeuten, dass du keine Alternativen hast. Du kannst dein Leben auch anders gestalten." Dennoch fragte sie sich, ob sie sich mit ihrem Rat nicht zu weit vorwagte.

Kurz darauf las sie mit einem erleichterten Aufatmen die Zeilen, die ihre Schwester mit Heerscharen von Herz-Smileys geschmückt hatte und die all ihre Bedenken zerstreute. „Danke, Sandra! Es ist sooo schön, eine Busenfreundin zu haben!"

Wunderland

Lilli checkte erwartungsvoll ihre Mails. Tatsächlich – von Lockerby`s in New York war eine Antwort im Posteingang!

Sie hatte sich tapfer mit ihren Schulenglischkenntnissen an dieses bekannte Auktionshaus in New York gewandt. Lilli ging davon aus, dass US-amerikanische Sammler mehr Geld für Spielzeug ausgaben, das im eigenen Land produziert worden war. Gut, möglicherweise wäre die Barbie auch interessant für den russischen Markt gewesen. Aber wenn sie an Sandras Dimitri dachte, zweifelte sie daran, dass es wirklich so viele reiche Russen gab, wie allerorts behauptet wurde. Sie gestand sich jedoch ein, dass ihr weltwirtschaftliches Allgemeinwissen eher auf niedrigem Niveau dahindümpelte und unbekannte Länder nur dann von Bedeutung waren, wenn sie dort Urlaub machen wollte.

Leute, die richtig viel Geld haben, kaufen sowieso in Auktionshäusern auf der ganzen Welt ein, war Lilli überzeugt.

Sie las die E-Mail mithilfe eines Onlineübersetzungsprogramms, und falls alles richtig übersetzt wurde, dann hatte Lockerby`s großes Interesse an ihrer Barbie. Das Auktionshaus verlangte nach detaillierten Abbildungen der Verpackung, insbesondere von der Rückseite, wo sich die Daten zu Hersteller, Produktnummer und anderen Kennzeichnungen befanden. Außerdem wollte Lockerby`s wissen, ob Lilli die Puppe zur Ansicht nach New York schicken könnte.

Aber die Vorstellung, ihre wertvolle Barbie einem Paketdienst anzuvertrauen, behagte Lilli nicht. Sie stellte sich vor, wie Mitarbeiter diverser Transportdienste in New York die an Lockerby`s adressierten Pakete öffneten, um nach wertvoller Hehlerware zu suchen. Vor Lillis geistigem Auge schlich ein diebischer Paketdienstfahrer mit ihrer Barbie unter der Jacke durch zwielichtige Stadtviertel, um sie am Schwarzmarkt zu verscherbeln. Ihr war klar, dass sie mit ihren Gangsterfantasien unzähligen Paketdienstfahrern unrecht tat, aber ihre Sorge, dass die wertvolle Barbie beim Transport verschwinden könnte, war einfach zu groß.

Doch wie sah die Alternative aus? Selbst hinfliegen – ob sich das wirklich lohnen würde? *Ich muss abklären, wie viel günstige Flüge nach New York kosten.*

Sie nahm sich vor, die ganze Angelegenheit in Ruhe zu überdenken und erst in ein paar Tagen eine Entscheidung zu treffen. Vorerst machte Lilli die gewünschten Aufnahmen von der Verpackung und fügte die Bilder in ihre Antwort an Lockerby`s ein. Die Frage mit der persönlichen Begutachtung des Exponats ließ sie offen.

„Lilli! Kommst du essen?" Die Stimme ihrer Mutter hallte durchs Treppenhaus.

Sie schob die angelehnte Tür neben ihrem Schreibtisch mit einem Bein auf und antwortete: „Ja, Mama, ich komme!" Ihre finanzielle Geheimwaffe deponierte sie wieder sorgfältig im Überkarton und verstaute das Ganze an seinem Platz im Schrank.

Bevor sie nach unten ging, stellte Lilli ihr Handy vorsichthalber auf lautlos. Sie erwartete einen Anruf ihres Vaters, der noch Bescheid geben wollte, zu welchem Zeitpunkt er am nächsten Tag mit Marlene und Lena-Karina eintreffen würde. Und Lilli wollte auf keinen Fall riskieren, dass er sich ausgerechnet dann meldete, wenn sie mit ihrer Mutter beim Abendessen war.

Obwohl ihre Mutter wusste, dass ihr Vater bald eintreffen würde, hatte Lilli für sich behalten, an welchem Tag das war. Ihre Mutter war dankenswerterweise zu stolz gewesen, um nachzufragen, weshalb Lilli ein Schwindeln erspart geblieben war, bei dem einzig ihre Vorfreude gelitten hätte.

Was sie nicht weiß, macht sie nicht heiß! Sie setzte sich an den Küchentisch und lobte beim Essen die Kochkünste ihrer Mutter heute mehr als sonst. Und zwar nur, weil sie die Vorarlberger Spezialität Riebel gerne aß, nicht, weil sie vielleicht ein schlechtes Gewissen hatte.

Jakob saß in seinem Arbeitszimmer vor dem Computer. Er klickte auf die Bewertungen der Hotelbuchungswebsite und las die Kommentare. Dieses Jahr war er zuständig für die Reiseplanung des nächsten Feuerwehrausflugs. Die Kollegen hatten sich für Prag entschieden und Jakob suchte nach einem Hotel in günstiger Lage. Was bedeutete, dass es in der Nähe zumindest ein paar Würstelbuden und Bars geben musste, damit die Truppe ohne lange Wege abfeiern und sich zwischendurch stärken konnte.

Jakob nahm den letzten Schluck aus seiner Flasche. Er überlegte, ob er sich noch ein zweites Bier gönnen sollte, da er vermutlich noch länger am Computer sitzen würde.

Max war beim Training und wurde anschließend vom Vater seines Freundes Samuel nach Hause gebracht – die ‚Sportväter' wechselten sich beim Befördern des fußballbegeisterten Nachwuchses ab. Simone war bei ihrer Freundin Franziska und seine Frau saß im Wohnzimmer vor dem Fernseher.

Melanie hatte zum Mittagessen Wiener Schnitzel mit Kartoffelsalat aufgetischt. Normalerweise gab es Schnitzel nur an Sonntagen und Jakob ahnte, dass sie damit von ihrer alkoholischen Entgleisung am Vortag ablenken wollte. Ihre Gespräche drehten sich um Belangloses. Melanie erzählte, dass Waltraud wieder mit dem neuesten Tratsch aufgewartet hatte und welche Arbeiten sie danach im Garten hatte erledigen müssen, und Jakob berichtete von den Umstrukturierungsplänen in seiner Abteilung und wie er mit der Suche nach einem passenden Hotel in Prag vorankam. Beide bemühten sich, Sorglosigkeit zu verbreiten, dennoch konnte Jakob das mulmige Gefühl nicht mehr loswerden, das ihn seit gestern verfolgte.

Als er in den Keller lief, um ein weiteres Bier zu holen, blieb er in einem unerwarteten Impuls vor dem Eingang zur Waschküche stehen. Er verharrte einen Augenblick vor der Tür, bevor er die Klinke drückte.

Weißt du, was du da tust? Warum machst du das? Obwohl eine innere Stimme Jakob zuflüsterte, dass er nicht sehen wollte, was er womöglich finden würde, durchquerte er den Raum und beugte sich zu den Waschkörben, in denen Melanie die Schmutzwäsche nach Farben sortierte. Hinter den Körben stand eine kleinere Plastiktonne. Jakob warf die Decke darauf zur Seite, hob den Deckel und starrte verwundert auf ein paar zerschlissene Geschirrtücher, die Melanie immer für Putzarbeiten aufhob.

Seine innere Stimme flüsterte nicht mehr, sie rief: „Lass es!", aber Jakob hob die Putztücher an und sah, wovor er sich gefürchtet hatte. Die Plastiktonne war mit leeren Rum-, Wodka- und Weinflaschen gefüllt – es standen mindestens acht Flaschen darin!

Oh, Gott! Melanie? So viel! Seit wann? Wie lange? Jakobs Gedanken überschlugen sich, er versuchte fieberhaft, sich an irgendwelche Auffälligkeiten bei seiner Frau zu erinnern. Wann, außer an den letzten zwei Abenden, war sie beschwipst oder betrunken gewesen? Und er wusste nicht, was ihm mehr Sorgen bereitete. Dass ihm darüber hinaus keine offensichtliche Betrunkenheit von Melanie in den Sinn kam oder dass sie scheinbar keine Anzeichen dafür zeigte.

„Scheiße!" Jakob erschrak über seine eigene Stimme, entsetzt ließ er die Putztücher wieder auf die leeren Flaschen fallen.

Sein Herz raste. *Verdammt, warum hab ich nichts mitbekommen – nein, warum hab ich es ignoriert?*

Er musste sich eingestehen, dass ihn die Situation nicht so sehr überraschen dürfte, wie sie es tat. Wenn er und Melanie in geselliger Runde etwas tranken, konsumierte sie immer mehr als alle anderen. Aber Jakob hatte sich daran gewöhnt, weil seine Frau groß und kräftig war und am meisten verkraften konnte. Doch hier ging es um etwas anderes – Melanie hatte heimlich getrunken. Auch wenn er lieber den Kopf in den Sand gesteckt hätte und irgendetwas in ihm hoffte: *Es ist sicher nicht so schlimm, wie du denkst*, sagte Jakob jede Faser seines Herzens, dass er es nicht mehr ignorieren konnte.

Er blickte auf seine Uhr, es war halb acht. Max kam nicht vor neun nach Hause und bei Simone würde es vermutlich noch später werden. Jakob warf die Putztücher wieder zur Seite, hob die glasklimpernde Tonne hinter den Wäschekörben hervor. Er trug den Behälter langsam durch den Keller und über die Treppe bis ins Erdgeschoss, als wäre er mit einer explosiven Fracht unterwegs.

Emma streifte zwischen den Regalen des Wäschefachgeschäftes hindurch. Sie war extra zwanzig Kilometer bis in die kleine Alpenstadt gefahren, damit sie nicht irgendwelchen Bekannten über den Weg lief.

Lächerlich, ärgerte sie sich, *warum soll ich mir keine neue Wäsche kaufen?* Bloß, dass sie sich keine normale Wäsche kaufen wollte, sondern etwas Aufreizendes.

Emma betrachtete ein zartblaues Spitzenensemble: ein knappes Höschen mit einem verstärkten Softschalen-BH. *Schön, aber nichts für mich. Bei meiner Oberweite brauche ich nichts, was den Busen noch größer wirken lässt!* Aber sie hatte auch nicht vor, ihr Speckbäuchlein in einem Zweiteiler zu präsentieren. Emma seufzte, vermutlich würde sie ohnehin einen Rückzieher machen. Sie schlenderte einen Gang weiter zu den schwarzen Dessous, in dieser Farbe stellte sie sich die passende Reizwäsche für den Swingerklub vor.

Nach einigen Anproben entschied sich Emma für eine über die Taille reichende schwarze Spitzenkorsage, die ihre Leibesmitte schlank zauberte, und ein dazu passendes Höschen. Beides war mit einem roten Stoffröschen vorne verziert, sodass sie sich darin fühlte wie eine Burlesque-Tänzerin. Dazu wählte sie halterlose schwarze Strümpfe mit Spitzenabschluss. Kurzentschlossen griff sie noch zu einem Satinkimono, den sie über ihrer Wäsche tragen wollte, bis sie wusste, wie freizügig sich die anderen Frauen in dem Klub präsentierten.

An der Kasse vermied Emma, darüber nachzudenken, wie viele Lebensmittel und Pflegeprodukte sie für den horrenden Rechnungsbetrag hätte kaufen können. Da sie keine Vorstellung hatte, welche Schuhe in dem Swingerklub üblich waren, erstand sie in einem Diskonter ein paar lächerliche Pantöffelchen um 12 Euro, die mit schwarzen Daunen und roten Glitzersteinen aufgepeppt waren.

Auf dem Heimweg legte Emma einen Zwischenstopp in einem Supermarkt ein. Sie kaufte sperrige Sachen, die man immer bevorraten konnte: Toilettenpapier, Küchenrollen, Teigwaren, Reis und Fruchtsaftpackungen. Einige Flaschen Prosecco wanderten ebenfalls in den Einkaufskorb, das Chorgetränk würde sie morgen Abend brauchen. Die zahlreichen Einkaufstüten dienten als Alibi für ihre lange Abwesenheit. Als sie die Säcke aus dem Auto lud, ließ Emma die edle Papiertasche mit den Dessous im Kofferraum liegen. Sie würde die Wäsche später holen, wenn Frau Hagen wieder fort war.

Die Betreuerin empfing sie an der Haustür und half die ‚nicht zensierte' Ausbeute von Emmas Einkauf ins Haus zu tragen. „Ah ja, Toilettenpapier ist zwar noch da, aber das sollte man immer vorrätig haben", meinte Frau Hagen und trug die WC-Papierpackungen zum Vorratsschrank im Bad.

Emma ärgerte sich über diese Bemerkung. *Was geht es sie an, wie viel WC-Papier im Haus ist?* Aber ihr war klar, dass sie nur mit ihrem eigenen Gewissen haderte. Frau Hagen hatte ihr schon oft zugeredet, dass sie mehr ausgehen und das Leben genießen sollte. Emma stellte sich vor, was die Betreuerin zu ihrem Vorhaben sagen würde, und musste unwillkürlich schmunzeln. Was für ein verrückter Gedanke!

„Also dann, bis Freitag. Wann soll ich da sein?“, fragte Frau Hagen, als sie sich an der Haustür verabschiedete.

Die Frage überrumpelte Emma, über die Uhrzeit hatte sie sich noch keine Gedanken gemacht. Sie wusste noch nicht einmal, ab wann der Klub geöffnet war. „Ähm … Vielleicht gehen meine Freundinnen und ich vor dem Tanzen noch essen. Reicht es, wenn ich Ihnen morgen Bescheid gebe?“

„Aber natürlich! Es freut mich, dass Sie wieder mal ausgehen!“ Sie winkte zum Abschied und entschwand mit ihrem Auto durch das Tor bei der Einfahrt.

Emma blickte nachdenklich über den verlassenen Kiesweg und entschied im selben Moment, dass sie den Swingerklub auf jeden Fall besuchen würde. *Auch wenn ich nach fünf Minuten wieder Reißaus nehme – ich muss dahin!*

Sie hatte mit dem Saubermachen des Sofas gewartet, bis Johannes vor einer halben Stunde aufgebrochen war. Marie rieb die gereinigte Sitzfläche mit einem Tuch trocken und dachte dabei an das Frühstück mit ihrem Mann.

Johannes hatte irgendwie aufgekratzt gewirkt. Er erzählte, welche Besichtigungstermine er heute noch wahrnehmen müsse, und bestritt den Hauptteil ihrer Unterhaltung. Marie ahnte, dass er mit seinen ausführlichen Schilderungen über das naheliegende Thema hinwegplaudern wollte – darüber, wann er wieder in seiner Wohnung einziehen würde. Sie täuschte Interesse vor, während sie an ihrem Espresso nippte. Marie kam sich vor wie eine Darstellerin in einer dieser Serien, die das Fernsehen bis zur Schmerzgrenze ausstrahlte und wo sich ständig dieselben vorhersehbaren Dramen ereigneten.

Noch vor einer Woche hätte sie von Johannes eine sofortige Entscheidung verlangt. Doch jetzt war sich Marie nicht mehr sicher, was sie sich für ihre Zukunft wünschte. Und mit erschreckender Gewissheit wurde ihr bewusst, dass der Gedanke, ihr Mann würde wieder zurückkehren, weder Glück noch Erleichterung in ihr auslösten.

Marie hatte sich zuvor ausgemalt, wie Johannes reumütig und mit Rosen im Arm zu ihr zurückkehren würde und wie sie ihrer Mutter von dem Erfolg berichten konnte. Beim Frühstück jedoch war sie erleichtert gewesen, dass Johannes das Thema nicht angesprochen hatte. Außerdem verspürte sie keinen Drang, ihre Mutter mit einer guten Nachricht zu belohnen, die diese vermutlich als Selbstverständlichkeit hingenommen hätte.

Das Sofa war trocken. Sie hängte das feuchte Wischtuch über die Trockenstange im Abstellraum. Danach schlenderte sie ins Schlafzimmer, um sich anzukleiden.

Heute musste Marie erst um zehn bei der Arbeit sein, da sie abends länger in der Kanzlei bleiben würde. Ihr Chef, Doktor Bereuter, führte am späten Nachmittag zwei Vorstellungsgespräche, sie sollte die beiden Kandidaten in Empfang nehmen und wieder verabschieden. Der Notar suchte einen Nachfolger, der ihn vorerst bei seinen Tätigkeiten unterstützte und eines Tages die Kanzlei übernehmen würde. Doktor Bereuter war Mitte sechzig, er plante, in absehbarer Zeit in den Ruhestand zu gehen. Marie konnte nur hoffen, dass der neue Notar ebenso professionell arbeiten und respektvoll agieren würde wie ihr jetziger Chef.

Sie zog sich sorgfältig an, ihr dunkelblaues Kostüm mit der weißen Schluppen-Bluse war das perfekte Outfit. Die Haare steckte sie zu einem Dutt hoch, und ein dezentes Make-up rundete ihr Erscheinungsbild ab. Marie betrachtete sich zufrieden im Spiegel.

„Eine Vorzeigefrau!“, würde Johannes jetzt sagen.

Sie widerstand dem unerwarteten Drang, ein paar Haarsträhnen aus ihrem ordentlichen Dutt zu ziehen.

Johannes drückte noch einmal die Türglocke. Er war sich sicher, dass sie zu Hause war – ihr Auto stand vor dem Haus! Nachdem sie nicht auf seine Nachrichten oder Anrufe reagiert hatte, beschloss er, spontan hierherzufahren. Obwohl sie vereinbart hatten, dass er nur nachts kommen konnte und sein Auto immer ein paar Straßen entfernt parken musste.

Johannes war verärgert und verstört. *Was ist los mit ihr?* Sie hatte ihre Treffen doch immer genossen, sie waren beide auf ihre Kosten gekommen. Er war schließlich mit Marie verheiratet – er wusste, wie sich eine Frau verhielt, wenn sie keinen Spaß am Sex hatte. Erst letzte Nacht konnte er es wieder deutlich spüren. Und er hatte seiner Frau gesagt, dass er wieder zu ihr zurückkehren wolle. Aber wollte er das wirklich?

Nein, eigentlich nicht! Wenn sich seine Geliebte für eine gemeinsame Zukunft mit ihm entschied, gab es kein Zurück in ein Eheleben mit Marie. Dennoch war Johannes nicht naiv. Ihm war bewusst, was ihnen beiden bevorstand – große Probleme auf mehreren Ebenen würden ihnen im Weg stehen. Aber er wäre bereit, sich all dem zu stellen, wenn sie es mit ihm gemeinsam durchstand.

Johannes drückte wieder auf die Klingel und behielt den Finger mehrere Sekunden auf dem Kopf. *Verdammt! Du kannst dich nicht ewig vor mir verstecken!*

Sandra und Dimitri spazierten Hand in Hand auf einem Pfad am Ufer des alten Rheins entlang, in dessen dunklem Wasser sich der verwachsene Auenwald widerspiegelte.

Nachdem Dimitri aufgewacht war, hatte Sandra ihn mit einem reichhaltigen Frühstück verwöhnt. Später wollte er sich die Füße vertreten. „Bin ganz steif von lange fahren“, hatte er erklärt, „möchte laufen, frische Luft tut gut.“

Das ruhige Gewässer plätscherte sanft ans Ufer, ein fürsorgliches Entenpärchen schwamm mit seinem flauschigen Nachwuchs vorbei. Irgendwo hatte Sandra einmal gehört, Enten blieben ein Leben lang bei ihrem Partner. *Warum nicht?*, dachte sie, wenn das gemeinsame Leben nicht langweilig wurde. Oder waren es doch die Möwen gewesen?

„Schön hier – ein Wunderland.“ Dimitri hob einen abgebrochenen Zweig vom Boden auf. Er schrieb damit Kreise in das moosgrüne Wasser, während er der Entenfamilie nachblickte.

Sandra steckte die Gummispitzen ihrer Sneakers gerade so tief ins Wasser, dass die Nässe nicht in die Schuhe eindringen konnte. Eine laue Brise aus Süden kündigte einen föhnigen Tag an, Sandras Locken wirbelten im Wind. Ein einzelnes braunes Ahornblatt, das der Herbst vergessen hatte, flog durch die Luft und landete auf seinem nassen Grab.

Sie spürte, wie sich Dimitris kräftige Arme von hinten um ihre Taille legten. Er zog Sandra eng an seinen Körper heran: „Printsessa", flüsterte er. Sein Gesicht versank in ihren Locken, er küsste ihren Hals. Ein wohliger Schauer durchströmte Sandra – vergessen war ihre strapazierte Vagina. Und ein Gedanke erglühte wie ein Schwelbrand in ihrem Kopf: ihr Liebhaber, der sich in Ekstase mit ihr auf dem waldigen Boden wälzte. Sie rieb erwartungsvoll ihren Po an seinen Oberschenkeln.

Doch der junge Mann tat nichts dergleichen, stattdessen sagte er leise: „Muss dir was sagen … Printsessa."

Irgendetwas in seinem Tonfall bremste Sandras Erregung, so, als hätte ein kühler Windhauch das eben noch laue Lüftchen vertrieben. Und sie war sich augenblicklich sicher, dass sie nicht hören wollte, was Dimitri ihr sagen musste.

„Ich hab Familie zu Hause, hab Frau und Kinder", stammelte der junge Mann und drückte sie fester an seinen Körper, sodass es sich anfühlte, als wäre sie in einem Schraubstock gefangen.

Sandra hielt den Atem an, sie versteifte sich in seinen Armen. *WAS?* Dimitris Geständnis zerschmetterte die schöne Stimmung, die sie bis eben noch wie ein Umhang eingehüllt hatte. Sie zerrte seine Arme von ihrem Körper und drehte sich fassungslos zu ihm um.

„Was? Und das fällt dir jetzt erst ein?" Sandras Gesicht war erbleicht. Sie starrte Dimitri ungläubig an, während sie nach der für sie einzig möglichen Erklärung suchte: „Und? Lebst du getrennt von deiner Frau? Willst du dich scheiden lassen?"

„Nein! Nein, hab drei kleine Kinder!" Er wirkte überrascht von ihrem heftigen Ausbruch. „Ich denken, du gewusst …", fügte er unsicher hinzu.

„Was soll ich gewusst haben? Woher soll ich es gewusst haben?" Sandra funkelte Dimitri an. Der föhnige Windhauch war zu einem ausgewachsenen Sturm geworden.

„Du keine unschuldige Frau, du geschieden! Du sicher schon Sex gehabt mit verheiratetem Mann", verteidigte sich Dimitri mit einem trotzigen Gesichtsausdruck.

Sandras Hand zuckte, sie hätte ihn am liebsten geohrfeigt. Aber irgendetwas hielt sie zurück, dämpfte ihre Wut und flüsterte ihr die ungeliebte Wahrheit ins Ohr: „Es stimmt!“ Viele der Männer, mit denen sie sich eingelassen hatte, waren liiert gewesen. Eine Affäre war unkomplizierter, wenn der Mann verheiratet war. Beiden war klar, woran sie waren, und bekamen, was sie wollten, ohne zu riskieren, dass unerwünschte Erwartungen geweckt wurden. Aber Sandra hatte sich von keinem dieser Männer eine längerfristige Beziehung erhofft und sie hätte keinem dieser Männer ihre Ersparnisse überlassen! Sie kam sich dumm und leichtsinnig vor! *Warum bin ich nur so bescheuert gewesen? Wegen des tollen Sex?*

In ihren Vorstellungen hatte sie eine aufregende Beziehung mit dem jüngeren Mann, sie wäre vielleicht einmal mit ihm nach Weißrussland gefahren und sie hätte ihr Geld zurückbekommen, sobald das Transportgeschäft gut lief. Es wäre die ideale Beziehung für Sandra gewesen, weil sie immer noch genügend Freiraum gehabt hätte. Natürlich hätte sie nicht erwartet, dass er ihr treu blieb, schon weil sie selbst wahrscheinlich mancher Versuchung erlegen wäre. Doch eine Familie passte nicht in dieses Arrangement und änderte die Voraussetzungen vollkommen. Sandra wollte mit dem Geld ihren jungen Geliebten unterstützen, nicht für seine Frau und Kinder in Weißrussland aufkommen!

Sie stieß ein wütendes Schnauben aus. Jetzt fühlte Sandra sich, wie es Lilli ihren Freundinnen in Hamburg vorgeworfen hatte: wie ein hormongesteuerter Teenager!

Was soll ich jetzt tun? Das Geld zurückverlangen? Aber er hat es bereits ausgegeben! In Dimitris Gesichtsausdruck konnte sie lesen, dass er mit denselben Gedanken beschäftigt war, und sein resigniertes Kopfschütteln bestätigte ihre Befürchtungen. Sandra versuchte, ihren Atem zu beruhigen, ihre wirbelnden Gedanken in ruhige Bahnen zu lenken. Sie war eine Optimistin – es gab immer eine Lösung! Aber mit einem Blick auf ihren belämmert dreinschauenden weißrussischen Liebhaber wusste Sandra aus tiefsten Herzen, dass sie diesmal einen hohen Preis zahlen musste.

Zauberland

Lilli spurtete zum Ausgang: „Tschüss, Luisa! Danke, dass du für mich einspringst!"

Sie winkte ihrer Kollegen zu und verließ das Gebäude. Nach den kühl klimatisierten Räumen der Boutique empfing Lilli nun eine angenehm warme Frühlingsbrise. *Super! Bei dem herrlichen Wetter kann ich mit den beiden einen Spaziergang machen.* Marlene hatte geschrieben, dass sie mit ihrer Tochter im Wellen-Kaffee an der Hafenmole auf Lilli warten würde.

Während sie durch die belebten Straßen zu ihrem Wagen eilte, fielen ihr die vielen glücklichen Gesichter der Menschen auf, die herumschlenderten oder in einem der zahlreichen Cafés im Freien saßen. Sie stellte sich vor, jeder Einzelne von ihnen würde sich mit ihr über das bevorstehende Treffen freuen.

Bei ihrem kleinen Auto angekommen öffnete Lilli zuerst das Klappdach. Bevor sie losfuhr, wählte sie auf der Playlist das Lieblingslied ihrer Kindheit. Sie ließ Adriano Celentano sechsmal *Azzurro* schmettern, bis sie den großen See-Parkplatz erreichte. Auch als Erwachsene tanzte Lilli jedes Mal zu diesem Lied, wenn es zu Hause im Regionalfunk lief. Sie wurde dabei in die Zeit zurückversetzt, in der ihr Vater „sein kleines Mädchen" im Kreis herumgeschwungen hatte.

Dermaßen aufgetankt parkte sie den Wagen in Sichtweite zum See und fütterte den Parkautomaten mit mehr Münzen, als nötig gewesen wären. *Eine kleine Spende an die Stadt Bregenz,* dachte Lilli großzügig. Heute sollten alle von ihrem Glücksgefühl profitieren. Sie eilte über die Uferpromenade in Richtung Wellen-Kaffee und konnte schon von Weitem erkennen, dass es gut besucht war. Ihre Augen wanderten über die besetzten Tische im Freien, bis sie eine winkende Hand entdeckte. Marlene war aufgestanden und strahlte ihr mit Lena-Karina auf dem Arm entgegen.

Lilli kannte ihre Halbschwester nur von Bildern und ihr war nicht entgangen, dass sie der zweiten Tochter ihres Vaters ähnlich sah. Doch jetzt kam es ihr vor, als würde sie ihre Zwillingsschwester sehen oder zumindest eine jüngere Ausgabe von sich. Sogar Marlenes modischer Haarschnitt ähnelte Lillis Frisur.

Sie schob sich zwischen den Tischen hindurch, rempelte dabei ein paar Gäste an und erntete entrüstete Blicke. Aber Lilli war es egal. Mit strahlendem Gesicht warf sie die Arme um Marlene und ihr Kind: „Wie schön, euch endlich zu sehen! Hallo, ihr zwei!"

Lena-Karina war von dieser stürmischen Umarmung weniger begeistert. Sie protestierte lautstark, ihre Mutter wippte die Kleine beruhigend.

„Hallo, Lilli, ich freu mich auch, dich zu sehen! Komm, setz dich doch!" Marlene deutete auf den freien Sessel am Tisch und nahm gleichzeitig Platz, um Lena-Karina auf ihren Knien zu schaukeln.

Als sie sich gesetzt hatten, gab es einen eigenartigen Moment der Stille, offenbar versuchten beide, diese neue Situation einzuordnen. Lilli bestellte bei der vorbeieilenden Kellnerin eine Tasse Kaffee. Dann schielte sie verstohlen zu Marlene, die auf ihr Kind hinunterblickte. Lilli stellte mit Ernüchterung fest, dass ihre beinahe Zwillingsschwester im Grunde genommen eine unbekannte Person für sie war. *Ich wollte doch so viel fragen und erzählen! Wo soll ich anfangen?* Sie war dankbar, als die Bedienung den Kaffee servierte und rührte in ihrer Tasse.

Die kleine Lena-Karina durchbrach die Stille. Sie wand sich auf den Knien ihrer Mutter, verzog das Gesichtchen und ließ ein lautes: „Bääääh…", ertönen. Scheinbar hatte sie genug von dem Geschaukel. Marlene setzte die Kleine in den Buggy und steckte ihr den Schnuller in den Mund. Lena-Karina nuckelte zwar daran, war aber nicht begeistert davon, im Buggy bleiben zu müssen. Sie ballte zornig ihre Fäustchen, spuckte den Schnuller aus und begann mit einem Quengel-Gesang.

Ihre Mutter hob das verschmähte Teil vom Boden auf und spülte es mit dem Inhalt einer Wasserflasche ab, die sie aus einer Tasche unter dem Buggy gezogen hatte. Danach befestigte Marlene eine bunte Plastikkette an dem Schnuller und klippte diese seitlich an den Buggy fest. Das war auch gut so, denn gleich darauf baumelte das Ganze wieder am Kinderwagen. Aber wenigstens hatte der Quengel-Gesang aufgehört, denn Lena-Karina fand Gefallen an dem Schnuller-rein-Schnuller-raus-Spuck-Spiel.

Marlene seufzte ein paarmal, als sie gebetsmühlenartig an der Kette zog und den Schnuller wieder in den Mund ihrer Tochter steckte: „Ja, so ist das, wenn man Kinder hat.“

Lilli fragte sich, ob Marlene eine Antwort erwartete, denn sie stand unter einer Art Realitätsschock und hätte gerade kein Wort herausgebracht. Sie war enttäuscht – so hatte sie sich dieses Treffen nicht vorgestellt. In ihren Wunschträumen hatte sie mit Marlene gemütlich Kaffee getrunken, sie hatten sich gegenseitig Komplimente über ihr gutes Aussehen gemacht und sich in der Frühlingssonne gesuhlt, während Lena-Karina ruhig in ihrem Kinderwagen geschlafen oder zufrieden die Umgebung beobachtet hätte. Doch jetzt saß Lilli neben dieser ‚fremden‘ Frau und beobachtete ein verzogenes Kind bei seinem erfolgreichen Aufmerksamkeitsfolterspiel. *Ja, so muss es wohl sein, wenn man Kinder hat.* Wobei eine kleine Welle der Erleichterung Lilli durchflutete, weil ihr diese Erfahrung erspart geblieben war.

Sie sammelte ihre verbliebene gute Laune zusammen, Lilli wollte sich diese bedeutsame Begegnung dennoch nicht verderben lassen. „Und wo wohnt ihr?“, fragte sie Marlene, als diese sich endlich einen Schluck von ihrem inzwischen kalten Kaffee gönnte, wobei sie nebenher Lena-Karinas Schnuller-rein-raus-Spiel weiter unterstützte.

„Wir wohnen im Seehotel“, ihre Halbschwester deutete mit der Hand auf eine Stelle, wo sich hinter Dutzenden Kastanienbäumen das besagte Hotel befand.

Natürlich kannte Lilli die noble Herberge. In Bregenz gab es nur ein Hotel, das direkt am See stand, es war das Teuerste der Stadt. Sie spürte einen leisen Stich, weil ihr Vater nur das Beste für seine jüngere Tochter und sein Enkelkind ausgewählt hatte. *Reiß dich zusammen, sei kein Neidhammel!*

„Wow! Es soll sehr schön da sein“, rang Lilli sich ab und lächelte tapfer.

„Ja, das ist es! Und es hat eine super Lage, wenn man mit dem Zug anreist.“ Marlene bückte sich wieder zu der Tasche unter dem Buggy. Sie zog eine Plastikdose heraus und entnahm ihr eine Biskotte, die sie Lena-Karina in das Händchen drückte. Die Kleine nuckelte augenblicklich daran.

„Ihr seid mit dem Zug gefahren?“

„Ja! Wenn Vater allein gereist wäre, hätte er das Auto genommen. Aber so eine lange Fahrt ist für Lena-Karina unzumutbar. Im Zug kann sie herumkrabbeln und für Papa ist es auch weniger anstrengend.“ Als Marlene den fragenden Blick ihres Gegenübers bemerkte, fügte sie hinzu: „Wir sind selbstverständlich erster Klasse gefahren.“

Aber klar doch! Lilli konnte nicht verhindern, dass nun doch ein wenig Eifersucht an ihr nagte. *Vater könnte mir auch mal ein Erste-Klasse-Ticket schicken!* Und plötzlich fühlte sie sich, als würde sie ein wenig schrumpfen. Ob vor Eifersucht oder aus Beschämung über die Eifersucht, hätte Lilli nicht sagen können. *Ich bin erbärmlich!*

„Und wie gefällt es dir hier?“ Lilli wehrte sich dagegen, doch sie konnte nicht verhindern, dass sich ihre gute Laune immer mehr verflüchtigte, aber ein kleiner böser Kobold in ihrem Kopf raunte ihr zu: „Selbst schuld ...“

„Es ist sehr schön hier! Der See hat etwas Besonderes und ich möchte morgen noch eine Schifffahrt machen – das hat uns beim letzten Mal auch gut gefallen.“

Lillis gute Laune ertränkte sich endgültig in den blauen Fluten des Bodensees. *Was? Sie war schon mal hier! Mit Papa? Und mir hat niemand was gesagt! Mich hat niemand besucht!*

Langsam schien auch Marlene aufzufallen, dass Lillis Lächeln einem verkrampften Ausdruck gewichen war und auf ihrer Stirn eine steile Falte prangte. „Ähm …, wir waren mit Mama hier. Das ist schon viele Jahre her! Papa hatte geschäftlich in Bregenz zu tun“, beeilte sich Marlene zu erklären. Man konnte ihr ansehen, dass sie es bereute, davon erzählt zu haben.

Lilli bemühte sich nicht mehr, gute Stimmung vorzutäuschen, sie wandte sich ab, blickte schweigend auf den Bodensee. Die Nachmittagssonne spiegelte sich in Tausenden glitzernden Punkten auf der gekräuselten Oberfläche, eine kitschige Postkartenidylle, die Lilli verhöhnte. Sie blinzelte ein paarmal und hätte sich kopfüber ins Wasser gestürzt, wenn sie damit den quälenden Kobold losgeworden wäre.

Lena-Karina war fertig mit ihrer Biskotte, die Reste der Zwischenmahlzeit klebten in ihrem Gesicht. Sie wand sich in ihrem Buggy, weil ihr offensichtlich wieder langweilig war. Marlene beugte sich über ihr

Kind und säuberte es mit einem aus der Babytasche gezauberten feuchten Tüchlein.

Das gab Lilli die Gelegenheit, ihre Fassung wiederzufinden: „Sollen wir bezahlen? Wir könnten noch etwas spazieren gehen, das würde Lena-Karina sicher gefallen."

„Eine gute Idee", Marlene hievte die Kleine wieder auf ihre Knie. „Ich bezahle!"

Doch Lilli hatte bereits die Geldbörse in der Hand: „Nein, lass nur, ich möchte dich einladen!"

Kurz darauf gelang es Marlene nur mit Mühe, die beleidigte Lena-Karina wieder in ihren Buggy zu setzen. Die Kleine hob zu einem neuerlichen Klagegeheul an und beruhigte sich erst wieder, als sie am See entlanggeschoben wurde. Während das Kind interessiert die vielen Möwen und Enten beobachtete, schlenderten die Halbschwestern schweigsam hinter dem Buggy her.

Ich wollte sie doch so viel fragen! Doch Lilli schien alle Fragen vergessen zu haben und ihr fiel nichts ein, was sie hätte erzählen können. Sie blickte nachdenklich in die, wie sie fand, plötzlich traurigen Gesichter der anderen Spaziergänger.

Melanie saß am Esstisch, sie starrte durch die geschlossene Terrassentür auf die jungen hellgrünen Blätter der alten Eiche. Das Sonnenlicht verfing sich im Laub, hinterließ leuchtende Punkte, die wie Glühwürmchen flirrten. Die zarten Dichternarzissen rahmten wie ein weißgelbes Band bunte gefüllte Tulpen ein, die üppig im Beet blühten. Sie hatte sich vorgenommen, heute im Garten zu arbeiten, das Wetter war herrlich. Ihr Garten war ein Zauberland.

Doch Melanie verharrte auf ihrem Sessel und es kam ihr vor, als hätte jemand ein starkes doppelseitiges Klebeband an ihrem Hintern angebracht. Reglos hörte sie dem Ticken der kleinen Uhr auf dem Regal mit den Kochbüchern zu: Ticktack, du hast ein Problem! Ticktack, du musst etwas unternehmen! Ticktack, so kann es nicht weitergehen!

Jakobs Worte hatten sich wie ein Mantra festgesetzt. Melanie wollte ihre Gedanken davon befreien, ihren Kopf schütteln, aber er bewegte sich nicht. Ihr Kopf blieb auf dem Hals fixiert wie ihr Hintern auf dem

Sessel. Trotzdem war es vernünftiger, wenn sie hier bewegungslos sitzen blieb. Wenn Melanie sich erhob, dann würde sie ins Wohnzimmer gehen und die Hausbar öffnen oder in den Weinkeller laufen. An der Bar würde sie sich einen Longdrink mixen und vorab aus den einzelnen Flaschen einen Schluck nehmen. Und im Keller würde sie einen Grünen Veltliner öffnen und die Flasche auf der Stelle leer trinken. Und weil Melanie all dies wusste, war es besser, wenn sie hier sitzen blieb und sich nicht bewegte.

Ihr Mann hatte sie gestern Abend überrumpelt. Melanie saß ahnungslos im Wohnzimmer und sah zu, wie Bree, die perfekte Hausfrau, gerade Muffins buk, um sie den neuen Nachbarn als Willkommensgeschenk zu bringen, als Jakob die Tür mit seinem Fuß aufstemmte und mit der Plastiktonne in den Händen hereinkam.

Melanie erkannte die Tonne sofort. *Verdammt, ich hätte sie gestern noch leeren sollen!*

Ihr Mann stellte die klimpernde Tonne auf den Boden. Er griff nach der Fernbedienung und schaltete den Fernseher aus. „Wir müssen reden, Melanie!“

Müssen wir das? Obwohl klar war, worum es ging, gelang es Melanie, einen erstaunten Gesichtsausdruck aufzusetzen.

„Komm schon, Melanie! Schau mich nicht an wie ein unschuldiges Mädchen, das im Beichtstuhl sitzt.“

Woher willst du wissen, wie das aussieht? Aber Melanie blieb stumm – sie hätte nicht gewusst, was sie darauf erwidern sollte.

„Jetzt mach es mir nicht so schwer, Melanie.“ Jakobs Stimme war sanfter geworden, er setzte sich neben sie auf das Sofa. „So kann das nicht weitergehen. Du hast ein Problem. Du musst etwas dagegen unternehmen.“ Er griff nach Melanies Hand, die leblos in ihrem Schoß lag und verschränkte seine Finger in ihre Finger.

Melanie blickte auf die beiden ineinander verschlungenen Hände und verspürte das dringende Bedürfnis, sich daraus zu befreien. Doch sie verharrte in der Umklammerung.

„Was kann ich tun? Wie kann ich dir helfen?“ Jakobs Stimme klang resigniert, ihre Teilnahmslosigkeit machte ihn mutlos. „Oder möchtest du vielleicht zu einem Therapeuten gehen?“ Ihr Mann gab nicht auf. „Das wäre vermutlich das Beste …“

Doch Melanie sagte noch immer nichts. Sie blickte weiter auf die verschlungenen Hände in ihrem Schoß, während sie an den Inhalt der Hausbar dachte.

„Es geht uns doch gut. Ich versteh dich nicht! Du hast doch alles: eine Familie, ein Haus, Freunde! Was stimmt nicht?“

Ich weiß es nicht! Vielleicht will ich was anderes haben? Doch außer einem tiefen Atemzug kam noch immer kein Laut über Melanies Lippen.

Jakob unterdrückte den Drang, seine Frau wachzurütteln, bevor er seufzend vorschlug: „Überleg dir bitte, was du tun willst, ich werde dich bei allem unterstützen.“

Doch Melanie schwieg beharrlich, und alles, was Jakob noch auf den Lippen gelegen war, blieb in seinem Mund stecken, bis er ebenfalls nur noch stumm auf ihre ineinander verkeilten Hände starrte.

Max, der kurz darauf von seinem Training nach Hause kam, sorgte ahnungslos dafür, dass seine Eltern die Stimmen wiederfanden, sie begrüßten ihren Sohn. Sein Vater fragte nach seinem Training, seine Mutter servierte ihm ein übrig gebliebenes Schnitzel vom Mittagessen. Doch bald darauf verabschiedete sie sich: „Ich bin so müde, ich geh schlafen.“ Melanie strich ihrem Sohn über den Kopf, schenkte Jakob ein schiefes Lächeln. Sie schleppte sich nach oben, streifte die Kleidung ab und schlüpfte in ihren Pyjama, ohne sich zu duschen. Als ihr Mann eine halbe Stunde später nach oben kam, schlief sie bereits.

Am nächsten Morgen frühstückte Jakob allein mit seinen Kindern. Er hatte Melanie nicht wecken wollen. Zumindest schien es so, als ob sie noch schlafen würde.

„Ist Mama wieder krank?“, wollte Max wissen, er kaute an einem Butterbrot.

„Wann war Mama krank?“ Simone blickte von ihrer Kaffeetasse auf.

„Es ist nichts Schlimmes, macht euch keine Gedanken! Sie fühlt sich bloß nicht wohl und möchte noch ein bisschen schlafen.“ Jakob bemühte sich um einen lockeren Tonfall.

Max schlürfte stumm seinen Kakao und Simone meinte: „Ich hab gehört, es macht wieder eine Grippewelle die Runde.“

Nachdem seine Kinder aufgebrochen waren, überlegte Jakob, ob er noch einmal nach seiner Frau sehen sollte. Aber er hatte ein anstrengendes Meeting vor sich und nicht das Verlangen, den unfruchtbaren Monolog vom Vortag weiterzuführen.

Melanie saß noch immer regungslos am Esstisch. Irgendwann heute Vormittag war sie aufgestanden, hatte ihre Kleidung vom Vortag angezogen und sich nach unten begeben. Sie hatte sich ohne Frühstück an den Tisch gesetzt und blickte seit mehr als eine Stunde durch die Glasscheibe in ihren schönen Garten.

Warum sollte sie diesen Platz verlassen? Es gab nur einen Grund!

Melanie löste sich endlich von ihrem Klebesessel und schleifte die Beine ins angrenzende Wohnzimmer. Es fühlte sich an, als steckten ihre Füße in zwei Betonklötzen.

Emma war immer noch aufgewühlt. Riesen-Lars hatte ihr am Morgen eine Nachricht geschickt. „Hallo, du heißes Weib! Ich reise nächsten Mittwoch in die Schweiz und werde durch Vorarlberg fahren. Treffen wir uns?“

Ihre Gedanken überschlugen sich. Sollte sie sich mit Riesen-Lars treffen? Hier im Haus kam nicht infrage. Aber wo sonst? Bei der Aussicht auf einen persönlichen ‚Infight‘ mit Riesen-Lars klopfte Emmas Herz erwartungsvoll. Sie schwankte ohnehin an ihrem Vorhaben, morgen Abend in den Swingerklub zu gehen.

Jedenfalls habe ich eine vorzeigbare Reizwäsche, dachte Emma zufrieden. Obwohl sie den Verdacht hegte, dass der Hamburger Hüne ihre neuen Dessous schlimmstenfalls zerreißen würde. Der Gedanke bereitete Emma einen wohligen Schauer, aber ihre neue Wäsche war für so einen Akt der Wollust zu teuer gewesen.

Bei ihrer Antwort beschloss sie, sich alle Optionen offen zu halten. „Das klingt vielversprechend, aber ich weiß noch nicht, ob ich es einrichten kann. Schreib mir, wenn du da bist. Ich gebe dir dann Bescheid, ob und wo wir uns treffen können.“ Emmas Finger zitterten, als sie auf ‚Senden‘ drückte.

Riesen-Lars antwortete unmittelbar darauf. „Mach ich! Wäre echt schade, wenn es nicht klappt. Ich garantiere dir, dass du sowas von ‚kommen' wirst!"

Nach diesem eindeutigen Versprechen überspülte Emma ein weiterer Erregungsschauer und sie konnte nur mit Mühe ihre Finger zurückhalten, die eine Zusage an Riesen-Lars tippen wollten. Dass in diesem Moment das Babyfon krächzte und ihre Mutter nach ihr rief, kam Emmas labiler Selbstbeherrschung zugute. Sie ließ das Handy absichtlich im Schlafzimmer liegen, damit sie nicht doch noch der Versuchung erlag.

Nun wartete Emma am Küchentisch darauf, dass ihre Mutter endlich weiteraß, während sie darüber nachgrübelte, ob sie in den Swingerklub gehen oder sich mit Riesen-Lars treffen sollte. *Oder beides? Oder keines von beidem?*

Sie hatte das übrige Geschnetzelte mit Kartoffelpüree vom Mittagessen aufgewärmt, aß selbst aber nichts davon. Emma hoffte, ihr Bauch würde möglicherweise flacher werden, wenn sie auf das Abendessen verzichtete. Abgesehen davon hatte der Prosecco, der heute bei der Chorprobe noch in Strömen fließen würde, schon genug Kalorien.

Ihre Mutter zog mit der Gabel tiefe Furchen ins Püree, die sich mit Fleischsoße füllten, bis der Inhalt auf dem Teller einem abstrakten Kunstwerk glich.

„Mama, spiel nicht mit dem Essen!" Emma griff nach dem Löffel, der neben dem Teller lag. Sie wollte ihn mit Püree füllen, aber die alte Frau stieß den Löffel mit ihrer Gabel zur Seite.

„Ich kann selbst essen!", protestierte sie und zog weitere Spuren durch ihre Speise.

„Du tust es aber nicht!" Obwohl Emma wusste, dass jede Diskussion sinnlos war, konnte sie ihren Unmut heute nicht zurückhalten.

Ihre Mutter hatte in den letzten Jahren immer weiter abgenommen, und der Hausarzt hatte Emma bei seinem letzten Hausbesuch geraten, dass die alte Frau das Gewicht nun halten solle. *Als wenn mir das nicht schon Sorgen bereiten würde,* dachte sie, und dass die alte Frau so schlank war, wie sie es selbst gerne wäre.

Emma kochte alles, was ihre Mutter immer gerne gegessen hatte. Weich gekochtes Fleisch mit Soßen, Gemüse und zu jedem Essen gab es grünen Salat, dennoch stocherte die alte Frau meist nur in ihrem Teller herum. Sie hatte auch den Vorschlag aufgenommen, überall Schälchen mit Knabbereien, Obst und Keksen zu verteilen, damit ihre Mutter zum Essen animiert wurde. Aber nachdem Emma verschmierte Schokoladenkekse im Wäscheschrank und verfaultes Obst hinten im Bücherregal entdeckt hatte, verzichtete sie darauf.

Emma blickte auf die Uhr, ihre Freundinnen würden bald eintreffen. *Oje, wenn sie nicht bald etwas isst, muss ich sie ohne Abendbrot ins Bett bringen.*

In einer plötzlichen Eingebung holte sie einen Teller samt Löffel aus dem Schrank und lud sich selbst eine Portion auf. Emma setzte sich, tauchte das Besteck in die Speise und führte den gefüllten Löffel an ihren Mund. „Guten Appetit, Mama!"

Es klappte – ihre Mutter begann ebenfalls, zu essen.

Emmas schlankes Bäuchlein musste warten.

Marie erhob sich, um die Tür des Empfangszimmers zu öffnen, obwohl es nicht nötig gewesen wäre. Denn sie hätte auch: „Bitte treten Sie ein!", sagen und sitzen bleiben können, aber sie fand es angemessener, ihrem vielleicht zukünftigen Chef höflich die Tür zu öffnen.

Draußen stand ein Mann mit mittlerer Statur, ohne bemerkenswertes Äußeres. Marie stufte Menschen gerne nach ihrem Aussehen ein, und von Doktor Manzer, so hieß der zweite Bewerber, hätte sie niemals angenommen, dass er ein Notar war. Er sah aus wie ein Verkäufer auf dem Gemüsemarkt, der zufällig einen Anzug trug. Der Mann war kaum größer als Marie, hatte schütteres Haar und zeigte einen Bauchansatz unter seinem vermutlich günstigen Sakko.

Marie hoffte inständig, dass die Qualifikationen von Doktor Manzer ebenso bescheiden waren wie sein Erscheinungsbild, und ihr Chef sich für den ersten Bewerber, Doktor Heinzl, entscheiden würde. Dieser hatte mit seiner großen schlanken Statur in seinem tadellosen Aufzug bereits Eindruck bei Marie hinterlassen.

Dennoch schenkte sie dem zweiten Bewerber ein höfliches Lächeln. „Guten Abend, Herr Doktor Manzer! Bitte treten Sie ein."

„Danke!" Der Mann stapfte in den Raum und setzte sich unaufgefordert auf einen bequemen Ledersessel, der für Besucher bereitstand.

Maries Augenbrauen zuckten pikiert in die Höhe, aber Doktor Manzer konnte es nicht bemerken, da er sich bereits über die Zeitschriften beugte, die auf dem gläsernen Beistelltisch lagen.

„Doktor Bereuter ist gleich für Sie bereit. Darf ich Ihnen eine Tasse Kaffee oder etwas anderes zu trinken anbieten?" Marie blieb eine zuvorkommende Sekretärin.

„Eine Tasse Kaffee klingt gut", sagte Doktor Manzer, ohne sie eines Blickes zu würdigen. Er lehnte sich in den Sessel zurück, schlug die ausgewählte Tageszeitung auf und verschwand mit seinem Kopf dahinter.

Unattraktiv und arrogant! Maries Urteil war gefallen.

Sie begab sich in die kleine Stehküche, stellte das Serviertablett zusammen, wobei sie ausnahmsweise kein Schokolädchen neben der Untertasse platzierte, und drückte auf den Kaffeeautomat.

Wenn mein Chef diesen Widerling einstellt, kündige ich! Mit einem Gefühl von tiefer Verachtung servierte Marie den Kaffee, bevor sie sich wieder hinter ihren Schreibtisch setzte. Um diese Zeit gab es kaum etwas zu tun. Sie hatte die letzten Akten bereits sortiert, keine E-Mails trafen mehr ein und Anrufe wurden auf den Anrufbeantworter umgeleitet. Ungeduldig verharrte sie vor ihrem Bildschirm, unterdrückte den Reiz, mit dem oberen ihrer übereinandergeschlagenen Beine zu wippen, bis Doktor Bereuter endlich bereit war, den zweiten Bewerber zu empfangen. Marie tippte auf ihrer Tastatur herum, um den Eindruck zu vermitteln, sie sei beschäftigt, während sie in Wahrheit Doktor Manzer musterte, der sich in seine Lektüre vertieft hatte.

Doktor Heinzl, der bereits vor einer Stunde gegangen war, war nervös auf dem Sessel herumgerutscht. Er warf dabei verstohlene Blicke auf Marie, die ihr nicht entgangen waren. Doktor Manzer jedoch wirkte so entspannt, als sitze er in seinem Wohnzimmer. Marie hätte es nicht gewundert, wenn er seine Füße auf den Beistelltisch gelegt hätte. Er schien ihre Anwesenheit vergessen zu haben. Den rechten Fuß hatte er quer über das linke Knie gelegt und er nippte immer wieder an seiner Kaffeetasse. Sie musterte seine Schuhe, die zwar deutliche Tragespuren aufwiesen, aber aus hochwertigem handgearbeitetem Leder waren. Marie kannte sich mit solchen Schuhen aus.

Während ihres letzten Italienurlaubs hatte sich Johannes ein solches Paar machen lassen und viel Geld dafür bezahlt. Er meinte, dass sein Aussehen die Wertigkeit der Immobilie widerspiegele, die er verkaufen wolle. Natürlich hatte sie ihm zugestimmt. Marie seufzte unbewusst, weil ihre Gedanken schon wieder um Johannes kreisten.

Ihren Blick gedankenverloren auf einen Schuh von Doktor Manzer geheftet, kaute sie an ihrem Schreibstift, bis sie bemerkte, dass er sie beobachtete. Das gleichzeitige Klingeln des Telefons weckte Marie endgültig aus ihrem Wachtraum. Ihr Stift fiel auf den Schreibtisch, sie spürte, wie ihre Wangen heiß wurden. Hastig nahm Marie den Hörer ab.

„Frau Gradenstein, bitte bringen Sie Herrn Doktor Manzer zu mir!"

Sie stammelte in den Hörer: „Ähm …, ja, Herr Doktor!"

Oh, Gott! Wie peinlich und unprofessionell! Marie registrierte ein spöttisches Grinsen auf Doktor Manzers Gesicht, bevor sie ihn zu ihrem Chef führte, und am liebsten hätte sie danach die Tür hinter dem arroganten Widerling zugeschlagen. *Gut, dass wir heute Abend Chorprobe haben!* Denn zum ersten Mal in ihrem Leben empfand Marie Vorfreude auf ein Glas Prosecco.

Chorprobe III

„Schlaf gut, Mama."

Emma strich behutsam über die Bettdecke, und gab ihrer Mutter einen Kuss auf die Wange, bevor sie leise das Schlafzimmer verließ. Sie hatte ihr eine halbe Schlaftablette gegeben, damit sie wenigstens solange durchschlief, bis die Chorprobe vorbei war. Und ihre Mutter trug eine Inkontinenz-Panty, die sie allerdings erst akzeptiert hatte, nachdem Emma selbst eine übergezogen und sich damit ihrer Mutter präsentiert hatte. Sie war dafür extra in ein Kleid geschlüpft, weil sie ihre Jeans nicht mehr über die Hüften ziehen konnte.

Als sie sich schmunzelnd im Spiegel betrachtete, bevor sie die Panty wieder auszog, kam Emma der merkwürdige Gedanke, ob es Menschen gab, die so etwas anziehend fanden? Denn inzwischen war ihr klar, dass es für jede Absonderlichkeit Anhänger gab.

Es gibt ja nichts, was es nicht gibt! Emma verwarf den Gedanken und zog einen pinkfarbenen Slip an. Sie trug nur bunte Wäsche, weil sie die meist mit Ausscheidungen verschmutzte weiße Unterwäsche ihrer Mutter extra waschen wollte. Emma schlüpfte in die Jeans, die nun wieder über ihre Rundungen passte, und lief ins Erdgeschoss, als das Läuten der Türglocke ihre erste Chorfreundin ankündigte.

Eine halbe Stunde später saß das Chor-Quintett vereint um den großen Tisch im Esszimmer und die erste Flasche Prosecco war bereits geleert worden. Doch aus irgendeinem Grund wollte sich die sonst übliche lockere Plauderstimmung heute nicht einstellen.

Emma blieb zurückhaltend, weil sie nicht aus Versehen ihren geplanten Swingerklubbesuch verraten wollte. Die entsetzten Gesichter ihrer Freundinnen, nachdem sie ihnen das mit Riesen-Lars gestanden hatte, prangten noch deutlich vor ihren Augen. Und dass sie sich nächste Woche möglicherweise mit ihm traf, war als Gesprächsstoff ebenso ungeeignet.

Marie war wortkarg, weil sie keine Fragen über Johannes beantworten wollte. Die zwiespältigen Überlegungen zu seiner Vielleicht-Rückkehr in ihr Leben beschäftigten sie ohnehin jede freie Minute. Welche Erwartungen ihre Mutter an sie knüpfte, hätte ausgiebig Gesprächsstoff geboten, doch Marie verspürte kein Bedürfnis, darüber zu reden.

Lilli empfand immer noch Beschämung wegen ihrer kindischen Eifersucht gegenüber Marlene, die das gestrige Wiedersehen und das heutige Essen mit ihrem Vater getrübt hatte. Sie befürchtete, vermutlich zu Recht, die Freundinnen würden ihre wahren Gefühle zwischen den ‚fröhlichen' Erzählungen erkennen.

Sandras Gedanken kreisten um Dimitri. Der junge Mann war heute wieder abgereist und hatte offen gelassen, wann sie ihr Geld zurückbekommen würde. Sie hatte keine Lust, sich den Wir-haben-gewusst-dass-es-so-kommt-Blicken der anderen auszusetzen.

Und Melanie stand noch unter dem Aufdeckungsschock, den Jakob ihr versetzt hatte. Sie schwamm seither auf einer Woge des Selbstmitleids. Heute Vormittag beim Kochen hatte sie den Rest der Rotweinflasche leer getrunken, nachdem sie ein Viertel davon für das Hühnchen in Weinsauce verwendet hatte. Melanie schwieg sicherheitshalber.

„Wie geht's deiner Mutter, Emma?" Sandra fiel beim besten Willen nichts anderes ein. *Jetzt sind wir schon beim Damenbridgeniveau angelangt.*

„Danke, es geht ihr gut. Ich hab ihr eine halbe Schlaftablette gegeben", antwortete Emma zögernd, weil sie gerade über diese voreilige Handlung nachgedacht hatte. Heute wäre ihr eine Störung durch ihre Mutter willkommen gewesen. Sie beeilte sich, eine neue Flasche Prosecco aus dem Kühlschrank zu holen, und schenkte ihren Freundinnen nach.

Als alle an ihren Gläsern nippten, fiel Lilli endlich ein unverfängliches Thema ein: „Ich habe von Lockerby`s in New York eine E-Mail bekommen! Die interessieren sich für meine alte Barbie!"

Dankbar stürzten sich ihre Freundinnen auf die Neuigkeit.

„Was für eine alte Barbie?", fragte Marie interessiert und vergaß, dass sie sich vorgenommen hatte, Lilli gegenüber noch ein wenig zu schmollen.

„Ich habe sie von meinem Vater als junges Mädchen geschenkt bekommen. Die Barbie ist aus der allerersten Serie, unbespielt und originalverpackt. Sie ist heiß begehrt auf dem Sammlermarkt, eine Rarität!"

„Und warum willst du sie verkaufen?" Melanie leerte ihr Glas zur Hälfte.

„Weil ich mit dem Erlös Laura helfen möchte! Damit sie wieder zur Schule gehen und das Abitur machen kann. Vielleicht hat sie dann eine Chance, die Kunstschule zu besuchen."

Lilli erntete überschwängliche, dennoch ehrlich gemeinte Bravo-du-bist-so-toll-und-die-Beste-Zurufe von ihren Freundinnen.

„Großartig, Lilli! Was glaubst du, wie viel du für die Barbie bekommst?", fragte Emma mit einem warmherzigen Blick.

„Das hängt davon ab, welche Interessenten es gibt und wie viel die ausgeben wollen! Ich hab irgendwo gelesen, dass eine aus derselben Serie um 24.000 Euro versteigert worden ist, und ich weiß nicht, ob die auch noch originalverpackt war!"

Jetzt war die Plauderhemmung der Chorrunde endgültig gebrochen. Alle beglückwünschten Lilli und redeten aufgeregt auf sie ein.

„Das ist ja ein Wahnsinn!"

„Find ich auch!"

„Wann wird sie versteigert?"

„Weiß ich noch nicht, die wollen die Puppe erst begutachten!"

„Was sagt deine Mutter dazu?"

„Die Hürde steht mir noch bevor!"

„Und? Fliegst du nach New York? Ich will mit!"

„Ha, ha, ha! Das war ja klar!"

In dem Durcheinander an Fragen und Antworten hörten die Freundinnen zuerst nicht, dass es an der Haustür geklingelt hatte.

Als Marie trotz des anhaltenden Geplauders ein wiederholtes Klingeln bemerkte, war Emma gerade in den Keller gelaufen, um weiteren Prosecco zu holen. Marie erhob sich und lief in den langen Flur, wo sie zuerst unschlüssig auf das Geklimper lauschte, das durch die offen stehende Kellertür zu hören war.

„Ich mach mal auf, Emma!", rief Marie hinunter.

„Ja, danke!", hallte es gedämpft aus den Tiefen des Weinkellers.

Marie begab sich an die wuchtige Haustür und öffnete sie, ohne einen Blick durch den Türspion zu werfen.

Vor ihr stand Johannes, der seine Frau großäugig anstarrte.

Was hatte er erwartet? Auch wenn das Auto seiner Frau nicht vor dem Haus stand, musste er damit rechnen, dass sie mit einer ihrer Freundinnen mitgefahren war.

Er war hergekommen, weil er wusste, dass die Chorprobe heute hier stattfand und Emma ihm nicht aus dem Weg gehen konnte, da ihre Freundinnen sich sicher gewundert hätten, wenn sie die Türglocke ignoriert hätte. Aber in seinem Plan war nicht vorgekommen, dass ausgerechnet Marie die Tür öffnen würde.

Es hatte ihn verrückt gemacht, dass Emma ihm ausgewichen war, sie nicht auf seine Anrufe und Nachrichten geantwortet hatte, sie ihn ignoriert hatte. Er wollte Emma beweisen, wie ernst ihm die Beziehung zu ihr war, indem er viel riskierte, und heute wäre der passende Zeitpunkt gewesen. Er wollte ihr sagen, dass er beschlossen hatte, sich endgültig von Marie zu trennen, damit er mit ihr zusammenleben konnte.

Doch nun stand ausgerechnet seine Noch-Ehefrau vor ihm und blickte ihn verwirrt an. Und Johannes fragte sich gerade, ob er den Verstand verloren hatte, weil er dieses fatale Risiko eingegangen war.

„Was machst du hier, Johannes? Ist etwas passiert?“ Marie konnte sich keinen anderen Grund vorstellen, warum ihr Mann vor dem Haus ihrer Freundin stand.

Johannes öffnete den Mund, aber es kam kein Laut heraus. Als hätte man den Ton eines Fernsehers abgeschaltet.

Marie hörte ein Geräusch hinter sich. Sie drehte sie um und bemerkte Emma, die mit zögernden Schritten herantrat. Irgendetwas im Blick ihrer Freundin irritierte sie.

Emma war erbleicht. Mit seltsam konzentrierten Bewegungen stellte sie die drei Flaschen Prosecco neben sich auf den Boden. Und mit einer noch seltsameren, monotonen Stimme fragte sie dasselbe wie Marie zuvor: „Was machst du hier?“

Marie kam es vor, als würde plötzlich die Zeit stillstehen. Nur ihr Herz schlug weiter, es pochte laut bis in ihre Ohren, während eine Erkenntnis unfassbar in ihr Bewusstsein sickerte – eine Erkenntnis, die grausam und deutlich vor ihren Augen stand.

Wie in Zeitlupe schwenkte Maries Blick von Emma zu Johannes. Und in den Augen der beiden konnte sie lesen, was sie sich in keinem Albtraum jemals hätte vorstellen können. Die Sekunden verrannen wie Stunden, ohne dass sich jemand bewegt oder etwas gesagt hätte.

Nach einer unendlich langen Minute kehrte Leben in Maries Körper zurück. Sie schnappte nach Luft, wandte sich ab und hastete durch den Flur ins Esszimmer.

Melanie, Lilli und Sandra, die sich gerade zuprosteten, blickten Marie verwundert entgegen.

„Du bist ja ganz blass“, stellte Melanie lallend fest.

„Was hast du?“, fragte Lilli.

„Was ist los, Marie?“ Sandra hatte ihr Glas abgestellt. Sie erhob sich und wollte auf ihre blasse Schwester zugehen.

Doch Marie bremste sie mit blecherner Stimme ab: „Bitte, nicht jetzt! Bitte!“

Sandra blieb ruckartig stehen. Marie schenkte ihrer Schwester ein gequältes Lächeln, griff nach der Handtasche, die sorglos am Sessel baumelte, und informierte Melanie, mit der sie hergefahren war: „Ich nehme ein Taxi.“

„Ähm …, jaaa … warum?“ Melanies Frage blieb unbeantwortet in der Luft hängen, weil Marie bereits aus dem Raum gestürmt war. Die verbliebenen Freundinnen sahen sich bestürzt an und zuckten ratlos mit den Schultern.

Im Flur schnappte sich Marie ihre Jacke vom Garderobenhaken, dann rauschte sie schnurgerade ins Freie. Ihrem Mann und ihrer Freundin, die den Eingang flankierten und offensichtlich unter Schock standen, gönnte sie keinen weiteren Blick. Marie kam es vor, als würde sie auf glühenden Kohlen laufen, während sie über den Zufahrtsweg davonschritt. Doch sie behielt ihren Kopf hoch erhoben und entschwand durch das Tor in die Nacht.

Nachtgewitter

Emma starrte fassungslos in die Dunkelheit, in der Marie verschwunden war, und es hätte sie nicht gewundert, wenn plötzlich ein heftiges Nachtgewitter niedergegangen wäre. Das hier war nicht nur ein Albtraum – es war ein Horrorszenario. Eine nie empfundene Wut baute sich übermächtig in Emma auf. Sie drehte sich zu Johannes um, holte aus und schlug mit der flachen Hand so hart in sein Gesicht, dass ihre Handfläche brannte. Sie hatte noch nie jemanden geschlagen.

„Bist du verrückt geworden? Warum kommst du hierher? Du hast sicher gewusst, dass heute Chorprobe ist! Was soll das?“ Emmas bleiche Gesichtsfarbe hatte zu fleckigem Rot gewechselt, ihre Stimme klang schrill wie eine Alarmanlage.

Johannes stand mit hängenden Armen da. Er war erschütterter über den Ausbruch seiner Geliebten als darüber, dass seine Frau jetzt alles wusste. Dieses unerwartete Zusammentreffen mit Marie enthob ihn des nervenzerrenden Geständnisses, welches er sich bereits ausgemalt hatte.

Er machte einen vorsichtigen Schritt auf Emma zu, doch diese hob abwehrend die Hände. „Emma …, Süße, ich wollte dich sehen. Du hast mir keine Wahl gelassen. Was hätte ich tun sollen? Du hast mir nicht mehr geantwortet! Du hast die Tür nicht aufgemacht, wenn ich geklingelt habe! Warum? Was ist los?“

Emma schüttelte den Kopf, weil Johannes offensichtlich noch immer nichts begriffen hatte: „Weil ich das alles nicht mehr wollte! Weil ich Marie nicht mehr betrügen wollte!“

„Aber ich will mich scheiden lassen, das mit Marie ist vorbei! Das ist mir endgültig klargeworden.“ Johannes wagte einen weiteren Schritt nach vorne, aber Emma wich zurück.

„So etwas habe ich nie von dir verlangt! Das habe ich nicht gewollt! Warum tust du das? Es war doch nur Sex!“ Ihre Stimme überschlug sich, als sie ihm entgegenschrie: „Jetzt hast du alles kaputt gemacht!“

Johannes starrte verständnislos auf Emma, er schüttelte seinen Kopf. *Was soll das heißen? Nur Sex?* Sicher, am Anfang war es ihm darum gegangen. Aber er hatte angenommen, dass Emma sofort: „Ja“, sagen würde, wenn er sich für sie entschied. Sie hatte doch sonst niemanden! Oder vielleicht doch? Der Verdacht traf Johannes mit voller Wucht. „Du hast einen anderen! Du brauchst mich nicht mehr! Genauso ist es!“, schrie er. Das war der einzige Grund, der einen Sinn ergab.

Emma nahm einen tiefen Atemzug, sie schüttelte resigniert ihren Kopf: „Was soll ich noch dazu sagen? Du begreifst es einfach nicht.“ Sie hob ihre Hände und schob Johannes, der sich überrumpelt nach hinten bewegte, ins Freie. Dann schlug sie ohne ein weiteres Wort die Tür vor seiner Nase zu.

Sie blieb vor dem geschlossenen Eingang stehen, schlang die Arme um ihren Körper und senkte ihr Kinn an die Brust. Aber die erlösenden Tränen wollten nicht kommen – sie stand unter Schock. *Und was kommt jetzt?* Bevor sie sich zögernd umdrehte, wusste Emma, welcher Anblick sie gleich erwarten würde.

Da standen sie, ihre verbliebenen Freundinnen, aufgereiht am Ende des langen Flurs. Und Emma las in ihren entsetzten Gesichtern, dass sie jedes Wort mitgehört hatten. Behutsam, so als könnte jede hektische Bewegung diesen fragilen Moment wie ein Kartenhaus zum Einstürzen bringen, bewegte sie sich auf die drei Frauen zu.

„Du hast eine Affäre mit Johannes?“ Sandra schleuderte ihr die Frage schonungslos entgegen.

„Ja …“, sagte Emma kleinlaut. *Was soll ich sonst sagen?*

„JA? Ist das alles?“ Sandras Stimme hallte wütend durch den Flur.

„Du verstehst das nicht! Ich hab es nicht darauf angelegt. Er ist gekommen, um eine Schätzung für das Haus zu machen und … da ist es einfach passiert. Ich war so einsam!“ Emma erkannte selbst, wie abgedroschen ihre Erklärung klang. Aber es war die Wahrheit.

„Ja, weil es keine anderen Männer gibt!“, antwortete Sandra verächtlich.

„Was hätte ich tun sollen? Mich auf die Straße stellen? Ich bin nicht so unabhängig wie ihr“, verteidigte sich Emma, sie suchte nach Verständnis in den verstörten Blicken ihrer anderen Freundinnen.

Doch Melanie und Lilli schien es nicht nur die Sprache, sondern auch die Bewegungsfähigkeit geraubt zu haben. Wie zwei Statuen standen sie hinter Sandra, die ihre Meinung aussprach: „So leicht kannst du es dir nicht machen! Es gibt Dating-Websites, wo man sich verabreden kann. Du hättest sicher jemanden gefunden, wenn du das gewollt hättest! Auch nur für Sex!"

„Ich bin nicht so ein Profi wie du!" Die Worte, die nur ihrer Verteidigung dienten, sprudelten ungewollt aus Emma heraus.

„Was willst du damit sagen?" Sandra funkelte zornig, sie verschränkte die Arme vor ihrer Brust.

Und als hätten sie endlich die Erlaubnis dazu bekommen, lösten sich Emmas Tränen und rollten ungehindert über ihre Wangen. „Ich will damit sagen, dass ich nicht gewusst habe, was mir fehlt, bis ich es bekommen habe …", mit einem lauten Schluchzen warf sie die Hände vor ihr Gesicht.

Der stürmische Wind in Sandras Segeln flaute ab. Melanie und Lilli standen noch wie versteinert da, während sich in ihren Köpfen Gedanken formten.

Und ich hab geglaubt, ich hab Probleme. Melanie stellte beschämt fest, dass sich ein Gefühl der Erleichterung in ihr breitmachte.

Was für ein Desaster, dachte Lilli. *Ich weiß, wieso ich mir keinen Liebhaber antue! Das gibt nur Ärger!*

Sandra kehrte der weinenden Emma den Rücken, schlüpfte an ihren Freundinnen vorbei ins Esszimmer und holte dort ihre Sachen: „Ich muss mich jetzt um Marie kümmern! Lilli, du nimmst Melanie mit, sie sollte ohnehin nicht mehr fahren!" Keine der beiden hätte gewagt, einen anderen Vorschlag zu machen. Und als Sandra die Hand ausstreckte, übergab Melanie ihr widerstandslos den eigenen Autoschlüssel.

Bevor Sandra das Haus verließ, wandte sie sich an ihre inzwischen schnüffelnde Freundin: „Und du kannst dir jetzt überlegen, wie du diesen Scherbenhaufen wieder wegbekommst! Das gehört auch dazu, Emma, alles hat seinen Preis!" Sandra war bewusst, dass sie keine Floskel in den Mund nahm – sie sprach aus Erfahrung.

Nachdem Sandra gegangen war, kehrte wieder Leben in Melanie und Lilli zurück. Sie machten sich zum Aufbruch bereit und verabschiedeten sich mit halbherzigen Trostworten.

„Emma, das wird schon wieder! Aber verdammt, warum ausgerechnet Johannes?! Nein, lass nur, du musst nichts mehr erklären …"

Der anfangs lustige Abend hätte nicht schlimmer enden können, Melanie wollte nur noch nach Hause. Sie drückte Emma kurz an sich, bevor sie das Haus verließ, und wartete draußen auf Lilli.

„Oje, Emma, was für ein Fiasko! Ich kann dir leider keinen Rat geben, du musst das selbst wieder hinkriegen. Aber denk daran, Freunde sind wertvoll!“ Mit dieser Ermahnung ließ Lilli ihre Freundin stehen und zog die Haustür hinter sich zu.

Während sie fröstelnd auf die geschlossene Tür starrte, fragte sich Emma, ab wann ihr Leben aus dem Ruder gelaufen war.

Nebelschwaden

Sandra deckte den Frühstückstisch. Sie hatte im Laden um die Ecke frische Croissants, Butter und Orangensaft besorgt, da Maries Kühlschrank nur mit Magermilch und Joghurt bestückt war. Ein Strauß mit roten Tulpen, den sie spontan gekauft hatte, überstrahlte als farbiges Highlight auf dem Esstisch das dezente Ambiente der Küche.

Sie war am Vorabend umgehend zu Maries Wohnung gefahren und dort eingetroffen, als diese gerade aus dem Taxi gestiegen war. Die Schwestern gingen wortlos ins Haus, Marie wirkte wie eine Schaufensterpuppe mit automatischem Antrieb. In der Wohnung nahm Sandra Marie in den Arm, und ihre Schwester ließ die Berührung scheinbar emotionslos über sich ergehen.

Sandra sagte: „Ich möchte dich nicht alleinlassen, ich werde auf dem Sofa übernachten. Okay?“ Marie nickte nur apathisch und verschwand im Schlafzimmer, um Bettzeug zu holen. Doch als sie das Sofa energisch mit einem Spannleintuch bezog, tropften stumme Tränen darauf. Marie versuchte, es vor ihrer Schwester zu verbergen.

Sandra fragte behutsam: „Möchtest du nicht reden?

„Nein! Bitte …“ Marie war mit einem hastig gemurmelten: „Gute Nacht“, in ihr Schlafzimmer geflüchtet.

Sandra blickte auf die Uhr, es war kurz vor sieben. Sie wusste nicht, wann ihre Schwester normalerweise aufstand, dennoch klopfte sie an Maries Schlafzimmertür. Als sie keine Antwort erhielt, drückte sie vorsichtig die Klinke.

„Marie …?“ Sandra tappte in den halb abgedunkelten Raum.

„Jaaa …“ Maries Stimme krächzte unter der Bettdecke hervor, ihr Gesicht kam zum Vorschein.

Sandra setzte sich auf die Bettkante. Sie musterte das bemitleidenswerte Gesicht ihrer Schwester, deren Wimpern salzverkrustet und Augenlider geschwollen waren.

„Wie geht es dir?“ Sandra fiel keine bessere, aber auch keine sinnvollere Frage ein.

„Es geht schon …“ Marie rappelte sich auf. „Danke, dass du dageblieben bist, aber es wäre wirklich nicht notwendig gewesen.“

Sandra unterbrach ihre Schwester schnaubend: „Jetzt komm mir bloß nicht mit ‚nicht notwendig'! Behandle mich nicht wie eine Krankenschwester, auch wenn ich eine bin! Ich bin deine Schwester! Schon vergessen? Da fragt man nicht, ob es notwendig ist, für den anderen da zu sein."

Ein Anflug von Trotz huschte über Maries Gesicht, doch als sie in Sandras entrüstete Mine blickte, verwandelte sich ihr Trotz in ein dankbares Lächeln. Ebenso schnell jedoch löste sich dieses Lächeln wieder auf. Marie verzog ihr Gesicht zu einer Grimasse der Verzweiflung und begann, hemmungslos zu schluchzen. Sandra streichelte schweigend den bebenden Rücken ihrer Schwester, bis sich endlich deren Zunge löste.

„Jo…Johannes ist so ein Mistkerl!", brach es aus Marie hervor. „Vor ein paar Tagen ist er wieder angekrochen gekommen und wir haben miteinander … und jetzt das … und dann Emma! Nie hätte ich das gedacht! Wie kann sie nur so hinterhältig sein? Sie hat immer so mitfühlend getan! Ich möchte mir gar nicht vorstellen, wie lange das schon so geht! Er hat mit MIR und mit IHR geschlafen!"

Bei ihrem letzten Satz war Maries Stimme zu einem Kreischen angeschwollen, bis sie erstickt abbrach. Sandra empfand Mitleid für ihre Schwester, war aber gleichzeitig froh darüber, dass diese endlich ihren Selbstbeherrschungspanzer lockerte und den unterdrückten Emotionen freien Lauf ließ. Schimpfworte wie „Mistkerl" waren, so viel Sandra sich erinnern konnte, noch nie über Maries Lippen gekommen. Sie hätte ihre Schwester am liebsten gelobt.

Aber Marie schien noch mehr zu beschäftigen, sie wirkte verlegen, als sie fragte: „Er hat mit uns beiden geschlafen. Was ist, wenn er mich mit irgendetwas angesteckt hat?"

Sandra hoffte, dass Johannes so vernünftig gewesen war und Kondome verwendet hatte. Sie dachte dabei an Emmas erotische Ausflüge mit diesem abgebrühten Riesen-Lars in Hamburg. Und sie hatte selbst erlebt, wie bei manchen Männern sämtliche Verstandsreserven in den unteren Körperregionen verpufften, wenn es zur Sache ging.

Dennoch tätschelte sie beruhigend Maries Rücken, als diese in ihr Taschentuch trompetete: „Geh zu deinem Gynäkologen und lass dich untersuchen, dann weißt du Bescheid." Sandra hatte sich trotz Vorsichtsmaßen schon auf HIV testen lassen. „Aber ich bin sicher, dass da nichts ist, weswegen du dir Sorgen machen musst", fügte sie hinzu. Falls es nicht so war, würden irgendwelche Bedenken ihrer Schwester jetzt auch nicht helfen.

Marie nickte erleichtert: „Gute Idee, das werde ich machen. Oh, Gott, ich sehe sicher scheußlich aus. Wie spät ist es eigentlich?" Mit einem entsetzten Blick auf den Wecker hüpfte sie aus dem Bett. „Ich muss in die Kanzlei!"

„Bist du sicher, dass du heute arbeiten willst? Ruf deinen Chef an und sag ihm, dass du krank bist", schlug Sandra vor.

Marie überlegte stirnrunzelnd, bevor sie entschied: „Nein! Ich bin nicht krank! Wenn ich zu Hause bleibe, grüble ich bloß den ganzen Tag herum. Es ist besser, wenn ich beschäftigt bin." Sie war bereits auf dem Weg ins Bad, als sie über die Schulter rief: „Hast du heute keinen Dienst?"

„Ich habe Nachtdienst", erklärte Sandra. „Ich werde nach dem Frühstück nach Hause fahren und mich hinlegen. Morgen Vormittag kann ich dann ausschlafen." Ihr Sohn kam Samstagnachmittag und blieb über das Wochenende bei ihr, sie wollte bis dahin wieder fit sein.

Nach einer schnellen Dusche hatte Marie sich einigermaßen gefasst, sie freute sich über den schön gedeckten Frühstückstisch und aß ausnahmsweise ein Croissant. Nebenbei kühlte sie die geschwollenen Augenlider mit einem Eiswürfelbeutel. In stummer Übereinkunft vermieden die Schwestern, sich weiter über das leidvolle Thema zu unterhalten. Es würde sich früh genug wieder aufdrängen.

Sandra verabschiedete sich bald darauf. Sie nahm Marie in den Arm: „Wenn du mich brauchst, ruf mich an! Ich bin jederzeit für dich da!"

„Danke, Schwesterherz!"

Als Marie wenig später mit ihrem Auto zur Arbeit fuhr, musste sie das Licht einschalten. Morgendliche Dunstschwaden hingen wie Fahnen über der feuchten Riedlandschaft, durch die ihr Weg führte.

Wie passend, dachte Marie mit einem schweren Gefühl auf ihrer Brust. *Trauerfahnen für die Beerdigung meiner Ehe.*

Lilli trug weitere weiße Blusen in Richtung Umkleidekabine. Ihre Kundin – die kritische Frau Kloser, eine Stammkundin der Boutique – war mit den ersten fünf Modellen, die sie ihr gebracht hatte, nicht zufrieden gewesen.

„Das tut nichts für mich!", hatte Frau Kloser bei jedem Teil geklagt.

Lilli wünschte sich, manche Frauen würden mehr auf ihren eigenen Geschmack vertrauen, statt Guidos Spruch aus Shopping-Queen nachzuplappern. Die Kundin war um die sechzig und hatte eine sportliche Figur. Jede der fünf Blusen hatte tadellos an ihr ausgesehen.

„Bitteschön, Frau Kloser! Hier habe ich noch zwei wunderschöne Modelle für Sie." Lilli reichte die Teile in die Umkleidekabine, betete innerlich, ihre Kundin würde sich endlich für eine der Blusen entscheiden.

Für gewöhnlich war sie eine geduldige Modeberaterin und wurde von ihren Arbeitskolleginnen gerne auf die schwierigen Fälle angesetzt. Denn Lilli konnte selbst die anstrengendsten Kundinnen ausdauernd beraten. Doch heute würde sie Frau Kloser am liebsten aus der Garderobe zerren, ihr sagen, sie solle verschwinden und sich erst wieder blicken lassen, wenn der Herbst ins Land gezogen war.

Als sie ungeduldig vor der Garderobe wartete, bis Frau Kloser sich erneut umgezogen hatte, ließ Lilli die letzten Tage vor ihrem geistigen Auge Revue passieren: den ernüchternden Nachmittag mit Marlene und Lena-Karina, das freudgehemmte Essen mit ihrem Vater und den schrecklichen Ausgang des gestrigen Abends bei Emma.

Auch wenn sie die aufgedeckte Affäre zwischen Johannes und Emma entsetzt und enttäuscht hatte, beschäftige Lilli das Zusammentreffen mit ihrem Vater weit mehr.

Nach dem verpatzten Nachmittag am See hatte sie sich am darauffolgenden Tag auf ein versöhnliches Essen mit ihrem Vater gefreut, doch die kleine Lena-Karina hatte wieder Regie geführt. Lilli hatte sich wie die Statistin in einer Heile-Welt-Familienserie gefühlt. Während des Essens konnte sie kaum ein Wort an ihren Vater richten, ohne dass ihre kleine Nichte das Gespräch unterbrach.

„Und wie war das Meeting gestern? Wie laufen die Geschäfte?" Lilli löffelte eine Minestrone und beobachtete, wie Lena-Karina, die auf einem Babystuhl zwischen ihrem Vater und Marlene saß, abwechselnd von den beiden gefüttert wurde.

„Das Meeting lief hervorragend! Wir haben gute Chancen, den Umsatz heuer … Nein, Lena-Karina! Nicht ausspucken, das tut man nicht! Willst du lieber Nudeln statt Gemüse? Hier ist eine feine Nudel. Mmmh … nein, nicht die Nudel ausspucken!“

Lillis Vater erhielt Unterstützung von Marlene: „Süße, hör auf deinen Opa! Das sind ganz feine Nudeln … mmmh …“ Sie wischte über Lena-Karinas soßenverschmierte Backen und sammelte mit der Serviette ein paar auf den Boden gefallene Essensreste auf. Ein aufmerksamer Kellner eilte herbei und half Marlene.

„Danke.“ Marlene nützte die Zeit, um eine Gabel voll von ihrem Salat zu essen.

„Es läuft also gut?“, schloss Lilli den angefangenen Satz ihres Vaters ab.

„Oh ..., ja, sehr gut. Tut mir leid! So ist das mit kleinen Kindern.“ Er bedachte Lilli mit einem entschuldigenden Lächeln, bevor er sich wieder über seine Enkeltochter beugte, die mittlerweile entdeckt hatte, wie wunderbar man Spaghetti in die Länge ziehen und zurückspicken lassen konnte. „Und wie geht es dir in deinem Job?“ Er löste den Blick von Lena-Karina, wandte sich an seine ältere Tochter.

„Danke, mir geht es gut! Der Job macht Spaß und …“ Lillis Antwort wurde von dem wütenden Geheul ihrer Nichte unterbrochen.

Marlene hatte Lena-Karina die Nudel weggenommen, da die weiße Tischdecke mittlerweile mit roten Soßenflecken übersät war, und die Kleine ließ sich das nicht widerstandslos gefallen. Während Marlene tröstende Worte an ihr Kind richtete, erhob sich der Großvater. „Komm, mein Schatz! Opa läuft mit dir herum, dann kann deine Mama in Ruhe essen. Wenn sie keinen Hunger hat, spielt sie nur noch mit dem Essen“, erklärte er Lilli und zog die Kleine aus dem Sitz. Lena-Karina stellte das Protestgeschrei ein. Sie ließ sich von ihrem Großvater durchs Restaurant bis zum Fenster tragen, wo er auf ein paar vorbeifliegende Möwen deutete.

„Papa ist ein wundervoller Opa.“ Marlenes dankbarer Blick war den beiden gefolgt.

Lillis Stimmung sank. *Nicht schon wieder! Bin ich tatsächlich eifersüchtig auf ein kleines Kind?*

Als die Hauptspeise serviert wurde, setzte sich der geduldige Großvater wieder. Lena-Karina sollte in ihrem Buggy ein wenig schlafen, aber sie dachte nicht daran. Darum trösteten und schunkelten ihre ‚Leibeigenen' sie abwechselnd, wobei Lilli nicht das geringste Bedürfnis verspürte, den beiden zu helfen. Stattdessen stocherte sie lustlos in ihrem Essen herum. Auf ein Dessert verzichteten alle, und der Gastgeber beglich eilig die Rechnung.

„Wir machen jetzt noch eine kleine Rundfahrt mit dem Schiff, bevor wir zum Zug müssen. Marlene wünscht sich das und Lena-Karina hat sicher Spaß daran. Du kommst doch auch mit?", er blickte hoffnungsvoll zu Lilli.

Sie hatte sich vorgenommen, mitzukommen, aber die Motivation dazu war ihr abhandengekommen. „Entschuldige, Papa, aber ich kann leider nicht! Ich muss heute noch einiges erledigen", schwindelte Lilli.

„Oh, ich hab angenommen, du würdest mit uns kommen. Das ist sehr schade!" Er wirkte ehrlich enttäuscht.

Zu spät! Das nächste Mal musst du allein kommen, dann können wir uns auch mal in Ruhe unterhalten! Und irgendetwas in Lilli drängte, zu erzählen, was ihr Vater eigentlich nie erfahren sollte: „Ich will die alte Barbie versteigern lassen! Bei Lockerby`s in New York!", platzte es aus Lilli heraus.

Jetzt galt ihr die ganze Aufmerksamkeit ihres Vater: „Die Wertvolle, die ich dir geschenkt habe? Die aus der ersten Serie?"

„Ja, die! Du hast ja geschrieben, dass sie einmal sehr wertvoll sein wird. Ich möchte mit dem Erlös ein junges Mädchen unterstützen – ein Mädchen, das ich in Hamburg kennengelernt habe, um das sich sonst niemand kümmert. Solche gibt es viele auf dieser Welt!" Lilli empfand eine boshafte Genugtuung bei dem betroffenen Ausdruck, den ihr Vater nun im Gesicht hatte. Selbst Marlene wandte sich von ihrem Kind ab und blickte irritiert auf ihre Halbschwester. Lilli versuchte, die lästige Stimme, die irgendwo in ihrem Kopf: „Schäm dich!", rief, zu ignorieren.

„Ja, aber natürlich, sie gehört ja dir! Du kannst damit machen, was du willst!", rang sich ihr Vater ab.

Alle waren dankbar, als Lena-Karina, die müde war, aber nicht schlafen wollte, mit ihrem Gejammer den Abschied beschleunigte. Lilli umarmte ihren traurig dreinblickenden Vater und ihre Halbschwester. Sie streichelte die kleine Hand ihrer Nichte, winkte allen ein letztes Mal zu, bevor sie eilig davonlief.

Als Lilli das Restaurant verlassen hatte, überfiel sie eine unendliche Traurigkeit. Sie war sofort nach Hause gefahren, hatte sich in ihrem Barbie-Zimmer auf das Sofa geworfen, geheult und sich bemitleidet.

„Es ist mir ein Rätsel, was für seltsame Blusen zurzeit modern sind! Die steht mir auch nicht!"

Die klagende Stimme der Kundin holte Lilli aus ihren deprimierenden Gedanken und für einen Augenblick wurde sie wieder an das Gejammer ihrer Nichte erinnert. Sie atmete ein paarmal tief durch, aber ihr aufgewühltes Inneres verweigerte, sich beruhigen zu lassen.

Mit einem kurz angebundenen: „Frau Kloser, ich muss jetzt leider in die Pause gehen, aber meine Kollegin wird sich um Sie kümmern!", verließ Lilli den Garderobenbereich, gab ihrer verdutzten Kollegin Michaela mit der Hand ein Zeichen und flüchtete aus dem Laden.

Lilli wusste, sie würde später Ärger bekommen, aber sie hielt das für weniger folgenschwer, als wenn sie Frau Kloser mit der nächsten abgelehnten Bluse gewürgt hätte.

Melanie trank einen kräftigen Schluck. Sie musste ihren Kopf stark zurücklehnen, weil die Flasche beinahe leer war, wollte aber auf ein Schnapsglas verzichten. Es war ohnehin überflüssig und sie hätte es von Hand abspülen müssen, damit Jakob das Glas nicht im Geschirrspüler entdecken konnte.

Sie wartete, bis sie die kribbelnde Hitzewelle spürte, die der Alkohol durch ihren Körper jagte. In diesen Momenten fühlte sie sich so richtig lebendig. Das war das Gute an den hochprozentigen Spirituosen: sie wirkten schneller. Beim Wein war es anderes, Melanie musste um einiges mehr trinken, bis all die trüben Gedanken aus ihrem Kopf gespült wurden.

Das Essen köchelte fertig auf dem Herd. Sie hatte Gulaschsuppe gemacht, Max liebte die klein geschnittenen Würstchen darin. Er hatte geschrieben, dass er früher nach Hause kam, weil ein Lehrer krank geworden war und die Turnstunde ausfiel. Melanie war stolz auf ihren Sohn. Ein anderer Junge hätte sich vielleicht herumgetrieben, anstatt seiner Mutter die Wahrheit zu sagen. Sie stellte die Schnapsflasche neben dem Herd ab und rührte im blubbernden Topf herum.

Ich muss die Temperatur zurückschalten, damit die Suppe nicht einkocht. Melanie bückte sich, weil die Herdanzeige vor ihren Augen verschwamm. Sie hielt sich schwankend an der Arbeitsplatte fest und fand das witzig: „Waschn los mit mir?"

Noch lustiger fand sie ihr Nuscheln. Melanie begann zu lachen und konnte nicht mehr damit aufhören, bis ihre Finger den Halt an der Arbeitsfläche verloren. Sie wollte sich drehen, um sich an einem der Frühstückshocker festzuhalten. Aber Melanie verlor das Gleichgewicht, sie ruderte mit den Armen und fegte dabei die Schnapsflasche auf den Boden. Die Flasche zerbarst mit lautem Klirren, sie fiel auf die Scherben. Melanie spürte ein paar schmerzhafte Stiche in ihrem Rücken und den Armen, bevor ihr Kopf mit einem dumpfen Schlag auf dem Fliesenboden aufschlug. Dann war alles schwarz.

„Mama! Ich bin da!"

Max streifte seine Sneakers von den Füßen und warf den Rucksack auf den Boden. Seine Jacke flog in weitem Bogen auf den Garderobenhaken zu. Leider verfehlte er den Haken, und sie rutschte zu seinen anderen Sachen auf den Boden. Max widerstand dem Impuls, die Jacke einfach dort liegen zu lassen und hängte sie achtlos über den Mantel seiner Mutter.

Er schnüffelte – es roch eigenartig. Es roch nach verbranntem Essen! Als ihm klar wurde, dass der Geruch aus der Küche kommen musste, schrillte ein hohes pfeifendes Geräusch durch das Haus. Der Feuermelder!

„Mama? Mama!"

Max stürmte in Richtung Küche. Er riss die Tür auf, beißender Qualm empfing ihn. Er überschlug, ob er zuerst den Feuerlöscher holen oder das Fenster öffnen sollte, als er halb verborgen hinter der Kochinsel eine Gestalt auf dem Boden liegen sah.

„Mama?" Widerstrebend trat er auf seine Mutter zu. Sie lag auf dem Rücken, ihr Kopf war zur Seite gedreht und eine Spur Erbrochenes hing aus ihrem Mundwinkel. Rote Flecken klebten um sie herum auf dem hellen Fliesenboden. Er sank hustend neben seiner Mutter auf die Knie, berührte sanft ihre Schulter und fragte ängstlich: „Mama?", aber sie rührte sich nicht. Max überwand den Anflug von Panik, der ihn zu lähmen drohte, griff nach seinem Handy und wählte den Notruf, bevor er das Fenster aufriss.

Emma zog ihre neue schwarze Wäsche an. Die lange Korsage hob ihren üppigen Busen noch mehr in die Höhe und formte aufreizende Kurven. Das Paar halterlose Strümpfe mit dem Spitzenabschluss saß gerade so eng, dass es nicht rutschte, ohne dabei ihre Schenkel einzuschneiden.

Bevor sie ihr schwarzes Wickelkleid überstreifte, schlüpfte sie in die neuen Pantöffelchen und betrachtete sich im Spiegel. Emma war sehr zufrieden mit ihrem Anblick – sie fand sich schön und sinnlich! Einen Augenblick lang überlegte sie, was Johannes zu den aufreizenden Dessous gesagt hätte. Sie verjagte den Gedanken mit einem lauten Seufzen. Emma hatte sich vorgenommen, weder an Johannes noch an Marie zu denken. *Dieser Abend gehört mir!*

Während der vergangenen Nacht war immer wieder Maries versteinertes Gesicht vor ihrem geistigen Auge aufgetaucht. Sie hatte sich ruhelos umhergewälzt, griff mehrmals nach ihrem Telefon, um eine Nachricht an Marie zu schicken. Aber ihr fielen keine Worte ein, die nicht banal oder abgedroschen geklungen hätten. Dass es ihr leid tat? Natürlich! Dass sie Marie nicht wehtun wollte? Selbstverständlich! Sie rang mit sich und entschied irgendwann, das Drama in einem Winkel ihres Gedächtnisses zu deponieren. Es würde sich ohnehin nicht auflösen.

Johannes hatte sie heute den ganzen Tag mit Anrufen und Nachrichten bombardiert. Sie ignorierte ihn, löschte seine Mitteilungen, ohne sie zu lesen. Emma wollte sich auch damit nicht beschäftigen. Darum musste sie sich ablenken – sie würde in den Swingerklub gehen!

Ihre Mutter war letzte Nacht, als die Wirkung der halben Schlaftablette nachgelassen hatte, wieder unruhig geworden. Dafür hatte sie heute einen langen Mittagsschlaf gehalten. Währenddessen, widmete sich Emma ihrer Schönheitspflege. Sie hatte ihre Beine und die Bikinizone enthaart, die Haare gewaschen, eine Gesichtsmaske aufgelegt, ihre Zehen- und Fingernägel lackiert.

Um fünf Uhr richtete Emma belegte Brote zum Abendessen her. Sie wollte nichts Warmes kochen, damit ihre frisch gewaschenen Haare keinen Essensgeruch aufnahmen. Ihre Mutter mochte belegte Brote. Die alte Frau stapelte die Auflagen von einem Brot zum anderen und aß nebenbei, worauf sie gerade Appetit hatte. Emma verzichtete aufs Essen, weil sie ihren Bauch nicht aufblähen wollte. Um sieben Uhr setzte sie ihre Mutter vor den Fernseher. Im dritten Programm lief wieder Bezaubernde Jeannie. Sie nützte die Zeit, um sich in ihrem Zimmer anzukleiden.

Emma steckte ein paar kleine Ohrstecker an. Der Gedanke, dass zu viel Schmuck in einem Swingerklub wohl wenig Sinn machen würde, ließ sie schmunzeln. Sie rollte den neuen Kimono zusammen und stopfte ihn mit den Pantöffelchen in ihre geräumige Handtasche. *Ob die anderen Frauen auch so große Taschen dabei haben?* Irgendwo musste man ja alles hineintun, was man brauchte. Emma lief in den Flur, lauschte nach unten. Ihre Mutter redete mit den Darstellern und lachte.

Sie eilte ins Bad, trug Make-up und Wimperntusche auf, betonte ihren Mund mit einem sinnlich roten Lippenstift. Emma zupfte an ihren springenden Locken und musterte ihr Spiegelbild. Ihr Anblick erinnerte sie an die erotischen Engel, die sich schamlos auf den Gemälden in dem Hamburger Restaurant vergnügt hatten.

„Mein Engelchen." Emma zuckte zusammen, als die heisere Männerstimme unerwartet durch ihr Ohr kroch. Eine Gänsehaut überzog explosionsartig ihre Arme, sie vertrieb die Stimme mit einem lauten: „NEIN!" Sie rieb ihre Arme glatt und straffte die Schultern, als es an der Haustür läutete.

Emma griff nach ihrer voluminösen Handtasche und lief über die Treppe ins Erdgeschoss, um die Tür zu öffnen. „Guten Abend, Frau Hagen! Bitte kommen Sie doch rein."

„Hallo, wie hübsch Sie heute aussehen!" Die Betreuerin musterte sie bewundernd von Kopf bis Fuß.

Was sie wohl sagen würde, wenn sie wüsste, wo ich hingehe?

„Also wenn Sie heute keinen Mann kennenlernen, dann weiß ich auch nicht." Frau Hagen blinzelte ihr schelmisch zu.

Jetzt bin ich froh, dass sie keine Gedanken lesen kann! Emma drehte sich verlegen um und ging voran ins Wohnzimmer, damit Frau Hagen ihre sicherlich rosa angehauchten Wangen nicht sehen konnte.

„Mama, schau mal, wer dich besuchen kommt." Sie berührte ihre Mutter am Oberarm, erhielt aber keine Antwort.

Die alte Frau war ins Fernsehprogramm vertieft und reagierte erst, nachdem die Betreuerin neben ihr Platz genommen hatte. „Jeannie hat gezaubert", erzählte sie Frau Hagen beiläufig, als ob diese schon die ganze Zeit neben ihr gesessen hätte.

„Ja, das kann sie gut", stimmte die Betreuerin zu und gab Emma mit einem Handzeichen zu verstehen, dass sie jetzt unbemerkt gehen könne.

Sie schlüpfte leise aus dem Wohnzimmer.

Aber erst, nachdem Emma die Haustür vorsichtig hinter sich zugezogen hatte und im Freien stand, spürte sie, wie aufgeregt das Herz in ihrer Brust klopfte. Sie atmete die feuchtkühle Luft langsam ein und aus, bis sie ruhiger wurde. Die Nebelschleier, die sich tagsüber aufgelöst hatten, packten den frühen Abend wieder in Watte ein. Alle Nachbarhäuser waren nur schemenhaft zu erahnen.

Perfekt, wie eine Tarnkappe! Jetzt oder nie! Es gab kein Zurück mehr! Und Emma übersah die dunkle Gestalt, die im Schatten an der Mauer neben der Einfahrt lehnte und sie beobachtete.

Aufgewacht

Als Emma mit ihrem Auto die Grenze passierte und von dem Zollbeamten durchgewinkt wurde, kam ihr der Gedanke, ob dieser vielleicht ahnte, was die schwarz gekleidete Frau mit den rot geschminkten Lippen im Schilde führte. *Ich habe Verfolgungswahn! Ich könnte ja auch ins Stadttheater St. Gallen fahren.*

Nachdem sie einige Kilometer auf der Schweizer Autobahn gefahren war, nahm sie die Ausfahrt, auf der die kleine Stadt Tann angekündigt wurde. Das Navi zeigte noch sieben Minuten Fahrzeit an. Emmas Herz galoppierte wieder. Sollte sie es wirklich wagen? Sie könnte auch wieder zurückfahren und auf die Ü-30-Party gehen. *Sei kein Frosch, Emma, sonst wird dich nie ein Prinz küssen!* Doch einen Prinzen suchte sie heute nicht!

Sie verscheuchte ihre Überlegungen und folgte weiter dem Navi, bis es verkündete: „Das Ziel befindet sich auf der rechten Straßenseite." Emma drosselte das Tempo, aber sie sah nur eine unauffällige Hecke. War sie hier wirklich richtig? *Was hast du erwartet? Blinkende Leuchttafeln vor dem Haus?*

Eine hohe Thujenhecke verdeckte den größten Teil eines großflächigen Gebäudes. Nur ein Pultdach und schmale Oberlichter, aus denen ein warmer Schimmer in die feuchte Nacht sickerte, waren zu erkennen. Emma ließ das Auto im Schritttempo neben der Hecke entlangrollen, bis sie die Einfahrt vor einem hohen Tor sah. Mit einem Stoßseufzer ließ sie ‚Dampf' von ihrem pochenden Herzen ab und lenkte den Wagen darauf zu. Vor dem geschlossenen Tor hielt sie an. Auf einer Säule, die links davor stand, blinkte eine rote Taste: „Bitte drücken!"

Emma ließ die Scheibe heruntergleiten, sie drückte auf den Knopf. Nach einem kurzen Klacken hörte sie eine weibliche Stimme: „Grüezi! Herzlich willkommen! Bitte fahren Sie in den Hof herein." Das Tor schob sich schwerfällig zur Seite. Während Emma anfuhr, bemerkte sie einen kleinen roten Punkt, der oben neben der Einfahrt ins Dunkel leuchtete. *Eine Überwachungskamera!*

Das Tor schloss sich hinter Emmas Auto wieder, sodass der Parkplatz von außen nicht einsehbar war. Sie parkte zwischen einem großen BMW mit Schweizer Kennzeichen und einem Mercedes mit Österreichischer Nummerntafel. Bevor sie ausstieg, setzte Emma einen, wie sie hoffte, gelassenen Ausdruck auf ihr Gesicht. Sie begab sich zu dem dezent beleuchteten Eingang.

Das Gebäude war früher wohl eine Produktions- oder Lagerhalle gewesen, aber außer der Form und Größe, ließ nichts mehr darauf schließen. An der Außenwand wuchsen in gleichmäßigen Abständen schmale Zypressen. Dazwischen strahlte das Licht aus eleganten Leuchten fächerförmig an die Fassade.

Vor dem Eingang wartete ein breitschultriger Türsteher im dunklen Anzug mit Krawatte. Er begrüßte sie mit einem höflichen: „Guten Abend“, und hielt ihr die Tür auf. Kein Grinsen oder Augenzwinkern, stellte Emma fest. Obwohl sie über ein wohlwollendes Mustern ihrer Erscheinung erleichtert gewesen wäre. *Man könnte annehmen, ich bin zu einem Dinner bei ‚Neureichs‘ eingeladen und der Butler hat mir gerade Einlass gewährt.*

Das Erste, was Emma beim Betreten des Gebäudes wahrnahm, war ein feiner ätherischer Duft. Ein wenig Moschus, aber auch Blütennuancen zauberten ein angenehmes Willkommen. Gedämpftes Licht erhellte den Eingangsbereich, zwei Stehlampen flankierten die in einem warmen Ockergelb gestrichenen Seitenwände, auf denen große Gemälde im Stil von Rubens hingen. Nur wiesen nicht alle darauf abgebildeten Frauen einen deutlich erhöhten BMI auf. Der Boden war mit dunklen Fliesen belegt und am Ende des breiten Raums stand eine Art Rezeptionstisch aus rötlichem Holz.

Dahinter wartete eine hübsche Frau, die Emma auf Mitte fünfzig schätzte. Die Empfangsdame hatte honigblond gefärbtes Haar und trug ein dunkles enges Kleid mit einem gerade so tiefen Ausschnitt, das es nicht vulgär wirkte. Sie lächelte ihr freundlich entgegen.

Emma war ein wenig überrascht. Was hatte sie erwartet? *Dass mich jemand in Unterwäsche empfängt?* Sie fragte sich einen verrückten Moment lang, ob sie vielleicht doch am falschen Ort gelandet war, und zuckte nervös mit den Augen umher. *Ich kann jederzeit gehen!*

„Grüezi, Herzlich willkommen in unserem Klub! Ich heiße Tanja. Sind Sie das erste Mal bei uns?“, fragte die Frau mit singendem Schweizer Dialekt.

„Ja, das erste Mal“, stammelte Emma erleichtert, weil sie offensichtlich im richtigen Etablissement gelandet war. „Ich wollte mir nur mal ansehen …, wie es hier so ist …“ *Halt die Klappe! Was wird sie jetzt von mir denken?* Ihre Bedenken waren jedoch überflüssig, denn die nette Empfangsdame war durch und durch ein Profi in ihrem Metier.

„Dann werde ich Ihnen gerne alles zeigen, damit Sie sich auskennen“, erklärte sie freundlich, so als wäre das Emmas erster Besuch in einem Fitnessklub. „Wie Sie vielleicht wissen, ist der Eintritt am Singlefreitag für Sie gratis. Hier ist ein Chip-Armband, darauf wird alles gebucht, was Sie konsumieren. Bevor Sie den Klub wieder verlassen, können Sie die Rechnung in bar, mit Kreditkarte oder mit Bankomatkarte bei mir begleichen. Ganz, wie Sie wollen!“

Emma konnte sich nicht vorstellen, dass hier jemand mit welcher Karte auch immer bezahlen würde, dennoch nickte sie brav. „Ja, danke“, und war dankbar, dass sie genügend Bargeld mitgenommen hatte. Sie betrachtete das gummiähnliche elastische Armband und schob es über ihr Handgelenk. Es lag angenehm auf der Haut.

„Bitte folgen Sie mir!“ Tanja lächelte aufmunternd und begab sich linkerhand des Empfangstisches zu einem schmalen Flur, den Emma bisher nicht bemerkt hatte. Rote Wandleuchten tauchten den Gang in ein schummriges Licht. Sie folgte der Empfangsdame bis zu der ersten Tür auf der linken Seite.

Die Frau öffnete sie und bat Emma einzutreten: „Das ist die Damengarderobe. Mit dem Chip können Sie auch Ihren Garderobenschrank öffnen und schließen. Besondere Wertsachen kann ich für Sie in unserem Tresor aufbewahren, wenn Sie das möchten.“

Emma schüttelte ihren Kopf. Das Teuerste, was sie dabei hatte, trug sie am Körper.

„Ab hier ist es im ganzen Haus untersagt, Straßenschuhe zu tragen. Viele unserer Gäste gehen gerne barfuß – wir haben überall eine Fußbodenheizung. Sie können natürlich auch mitgebrachte Schuhe tragen, wenn Sie das möchten. Oder falls Sie nichts dabei haben, können sie sich Einweghausschlappen nehmen.“ Tanja deutete auf einen geflochtenen Korb.

„Danke, ich habe mir Schuhe mitgebracht“, erklärte Emma und war beinahe stolz auf ihre Weitsicht.

„Schön! Dann lasse ich Sie jetzt allein. Durch diese Tür kommen Sie in den Klub. Wenn Sie möchten, zeige ich Ihnen dort später alles." Tanja blickte erwartungsvoll.

Emma schüttelte ihren Kopf. Sie musste sich erst einmal sammeln, bevor sie weitergehen konnte. Zudem wollte sie nicht herumgeführt werden wie das neue Pferdchen in der Manege. Tanja verabschiedete sich mit einem Lächeln und ließ sie allein.

Die Garderobe war heller beleuchtet als der Eingangsbereich und der Flur. Zweckmäßige Garderobenschränke reihten sich beidseitig in zwei Linien, dazwischen stand eine lange Sitzbank. An einer verspiegelten Wand waren Waschtische auf einer breiten Ablagefläche angebracht, davor warteten schlichte Hocker. Zwei Türen führten in den Duschbereich und zu den Toiletten. Es sah überall sehr sauber aus, ohne steril zu wirken.

An mehreren Stellen waren Tafeln mit den Klubregeln angebracht. Obwohl Emma sich bereits im Internet informiert hatte, überflog sie die Richtlinien: Wir wollen unser hohes Niveau behalten. Hygiene ist uns sehr wichtig. Keine benützte Kondome auf den Boden werfen. Ein „Nein" ist ein „Nein". Übermäßig alkoholisierte Personen müssen den Klub wieder verlassen. Handys bleiben in der Garderobe, und so weiter.

An der Tür, die Tanja als Eingang zum Klub bezeichnet hatte, befand sich der einzige Farbtupfen in dem Raum. Ein rotgerahmtes Schild, auf dem: Klub stand und auf dem sich ein nacktes Pärchen in detailverliebter Darstellung seiner Begierde hingab. Zum ersten Mal, seit sie das Gebäude betreten hatte, empfand Emma Erregung. Ihre Brustwarzen drückten sich sehnsuchtsvoll gegen die enge Korsage, eine pulsierende Woge der Lust durchströmte ihren Unterleib und sie wusste im selben Moment, dass sie keinen Rückzieher machen würde.

Zehn Minuten später war Emma bereit – zumindest theoretisch. In ihrer neuen Wäsche, die Pantöffelchen an den Füßen und dem locker gebundenen Kimono trat sie durch die lustversprechende Tür.

Es war anders, als sie erwartet hatte. In ihren Vorstellungen öffnete sich die Tür zu einem großen Saal und die Augen aller Anwesenden hätten sich umgehend auf sie gerichtet. Stattdessen stand sie wieder in einem Flur, der diesmal länger war und von dem mehrere Türen an beiden Seiten wegführten. Als Emma den Gang entlang lief, sah sie, dass einige der Türen einen Spaltbreit offen standen, und sich darin verschieden eingerichtete Liebeszimmer befanden. Sie erblickte auch das schwarze Metallbett mit den Handschellen, das sie auf der Webseite gesehen hatte.

Emma las ein paar der Schilder, die auf den Türen angebracht waren: Dschungel-Lust, Hütten-Gaudi, Heiße Praxis und erlebte ein Reeperbahn-Déjà-vu. Eine etwas breitere Tür war mit: Saunabereich beschriftet.

Sie lief bis zum Ende des Flurs, wo sich der Raum unerwartet zu einer Art Lounge weitete. Die Höhe der ehemaligen Halle war mit einem Baldachin aus Stoff gebrochen worden, der die darüber liegenden Oberlichter abschirmte und eine behagliche Atmosphäre schaffte. Der riesige Raum war in verschiedene Bereiche geteilt: eine große Bar neben dem Eingang, einige Tische mit bequemen Sesseln am hinteren Ende und eine Tanzfläche in der Mitte. Anschließend befanden sich Nischen mit teils geschlossenen Vorhängen, hinter denen Betten standen.

Sie blieb sprachlos stehen und wusste nicht, was sie am meisten faszinierte. War es das warme rötliche Licht, in den der gesamte Bereich eintauchte? War es der betörende Duft ätherischer Öle, den Emma bereits beim Eingang wahrgenommen hatte? Waren es die teils nur mit einer Boxershorts bekleideten Männer oder die Frauen in ihren aufreizenden Dessous, die an der Bar saßen, sich an den Tischen unterhielten oder tanzten und lachten, als befänden sie sich auf einer normalen Party? War es die rhythmische Salsamusik, die über allem ertönte?

Nein! Es waren die Bewegungen, die Emma hinter den halbtransparenten Vorhängen seitlich der großen Lounge wahrnahm! Es waren die Männer und Frauen, die sich auf den Betten dahinter hemmungslos ihrem Verlangen hingaben!

Emma war dankbar, dass das Licht im Raum rötlich schimmerte und niemand ihre glühenden Wangen bemerken konnte, und dass sie nicht wie befürchtet im Mittelpunkt der allgemeinen Aufmerksamkeit stand. Dennoch registrierte sie die musternden Blicke von einigen Männern, aber das wäre bei einer Ü-30-Party nicht anders gewesen. Sie musste bei ihrem Vergleich mit der Tanzveranstaltung unwillkürlich grinsen. Ein paar der anwesenden Männer erwiderten ihr Lächeln oder zwinkerten ihr zu.

Oh, Gott! Nicht so schnell! Jetzt lasst mich erst mal ankommen! Emma trippelte in ihren Pantöffelchen auf den erstbesten freien Barhocker zu und nahm Platz.

„Grüezi, schöne Frau! Was kann ich für Sie tun?" Die Stimme des Barmannes, der eine schwarze Hose und ein weißes bis zum Nabel offenes Hemd trug, klang respektvoll, er blickte Emma ohne eine Spur von Anzüglichkeit entgegen.

„Äh …, ja, ein Glas Prosecco, bitte."

Emma hoffte, dass das bewährte Chorgetränk sie lockerer machen würde, und nahm gleich einen kräftigen Schluck, nachdem der Barmann den Prosecco serviert hatte. Und sie wollte nicht die einzige verhüllte Frau ihm Raum sein, also löste sie den Gürtel ihres seidigen Kimonos und ließ ihn auseinanderfallen, sodass ihre neue Wäsche und die halterlosen Strümpfe zum Vorschein kamen. Dann trank sie ihr Prosecco-Glas leer.

Und jetzt? Was nun? Emma wagte einen Blick nach rechts. Zwei Hocker weiter saß ein älterer Mann in einer Shorts und einem halb offenen Hawaiihemd. Er hatte tiefschwarzes offensichtlich gefärbtes Haar, welches überhaupt nicht zu seinem faltigen solariengebräunten Gesicht passte. Er sah sie erwartungsvoll an, hob sein Glas.

Emma blickte, wie sie hoffte, nicht unhöflich über den älteren Mann hinweg und entdeckte am Ende der Bar eine große dunkelhaarige Gestalt, die sie irgendwie an Riesen-Lars erinnerte. Der Mann war attraktiver als der Hamburger Hüne, aber er hatte den gleichen selbstbewussten Blick und eine ähnliche Statur. Er starrte unverwandt auf Emma und sie konnte in seinem Blick lesen, an was er gerade dachte.

Huch! Sie öffnete überrascht die Lippen, bevor ein unkontrolliertes Keuchen ihren Mund verließ. Die Augen des Mannes blitzen auf. Es hätte Emma nicht gewundert, wenn er einen Satz über den Tresen genommen hätte und augenblicklich über sie hergefallen wäre.

Aber offensichtlich waren solche ‚Überfälle' hier nicht üblich. Der Mann löste sich von der Theke und pirschte auf Emma zu, ohne seinen Blick von ihr zu nehmen. Wie ein Löwe, der seine Beute fixierte, damit die Jagd erfolgreich blieb. Er trug eine Jeans, die locker an seinen Hüften saß, sein Oberkörper war nackt. Der Mann hatte keinen durchtrainierten Oberkörper, jedoch breite Schultern, muskulöse Arme und eine schöne gebräunte Haut. Ein paar Härchen kräuselten sich auf seiner Brust und unter seinem Nabel. Sie versäumten sich in einer schmalen Spur, die unter dem Bund seiner tief sitzenden Hose verschwand.

Emmas Herz raste, und sie zwang sich, dem großen Mann in die dunkel-glühenden Augen zu sehen.

„Hallo, ich heiße Frank! Darf ich mich zu dir setzen?" Frank besaß eine tiefe angenehme Stimme.

„Ja … bitte." Sie deutete mit zitternder Hand auf den Hocker neben ihr. *Jetzt reiß dich zusammen, du Angsthase!*

Frank setzte sich, er überragte sie um gut zwanzig Zentimeter, Emma schaute zu ihm hinauf: „Ich heiße … Anna." Sie ärgerte sich über den unsicheren Klang ihrer Stimme, und weil ihr der erfundene Name nicht mehr eingefallen war – Anastasia.

Er nickte, lächelte wissend. Ohne sie zu fragen, winkte Frank dem Barkeeper. Er bestellte ein weiteres Glas Prosecco und ein Glas Wein.

Emmas Blick wanderte derweil über seinen zum Kellner gebeugten Rücken hinweg zu einem der Betten hinter den Vorhängen. Sie konnte die Silhouette einer Frau erkennen, die mit gespreizten Beinen auf einem liegenden Mann saß. Die Frau bewegte sich rhythmisch auf und ab, während ein anderer Mann eng an ihrem Rücken im gleichen Takt mitwippte. Die Musik war laut und natürlich konnte man über diese Entfernung kein Geräusch hören, aber in Emmas Ohren stöhnte die Frau.

„Ich weiß, du hörst es wahrscheinlich oft, aber du bist wirklich eine sehr schöne verführerische Frau!"

Franks tiefe Stimme drang in sie ein, und brachte ihren nach Befriedigung lechzenden Körper zum Vibrieren. Emma senkte die Augen in den Schritt seiner Jeans, wo sich deutlich eine große Wölbung abzeichnete.

Sein Blick war dem ihren gefolgt. Er hob mit funkelnden Augen beide Gläser, und wollte ihr das Prosecco-Glas reichen. Doch Emma nahm ihm die Getränke aus der Hand, stellte sie wieder auf der Theke ab. Dann glitt sie wortlos vom Barhocker, und stöckelte quer über die Tanzfläche auf eines der freien Betten hinter den Vorhängen zu. Die laute Salsamusik übertönte sogar das Geräusch ihrer Pantöffelchen.

Und ohne sich umzudrehen, wusste sie, dass Frank ihr folgte.

Es war kurz vor Mitternacht, als Emma wieder in ihren Wagen stieg. Bevor sie den Motor startete, ließ ein leichter Schwindel sie am Steuer verharren. *Seltsam, ich habe kaum Alkohol getrunken.* Dennoch empfand sie kein Unbehagen, im Gegenteil, Emma fühlte sich, als schwebe sie in einer anderen Sphäre, und jede Zelle ihres Körpers kribbelte in gesättigter Wonne.

Kann das schlecht sein? Muss ich mich dafür schämen? „Nein!“, sagte sie sich. Die Reise nach Hamburg und Riesen-Lars hatten Emma eine unbekannte erotische Welt eröffnet. Aber die Freiheit sexueller Selbstbestimmung hatte sie am heutigen Abend zum allerersten Mal erlebt.

Später, nachdem sie sich mit Frank hinter dem Vorhang ekstatisch auf dem Bett gewälzt und ihre Lust hinausgeschrien hatte, saßen sie an einem kleinen Tisch im hinteren Bereich der Lounge. Frank trank Wein, Emma nippte an einem Wasser, als er fragte, ob sie am nächsten Freitag wiederkommen würde, aber sie ließ ein neuerliches Zusammentreffen offen. Beide sprachen kaum über Privates. Frank erzählte beiläufig von irgendwelchen Exportgeschäften, Emma von einer Pflegetätigkeit. Sie verschwieg jedoch, dass sie ihre Mutter zu Hause pflegte, und behielt für sich, wo sie lebte.

Eine Zeit lang beobachteten sie das freizügige Geschehen im Klub. Unter dem Tisch, wo ihre Oberschenkel sich berührten, schien die Haut zu glühen, aber sie behielten die Position bei, bis Frank Emma wortlos auf die Tanzfläche führte. Sie tanzten eng umschlungen zu der Filmmusik von Dirty Dancing, bevor ihre Wollust sie wieder in eine der Bettnischen zog.

Das hier war eine andere Welt – eine Welt, in der Emma ihren Alltag vergessen und ihre intimsten Bedürfnisse ausleben konnte. Doch sie wollte keine Verbindung zu ihrem privaten Leben schaffen, keine Abmachungen treffen. Obwohl sie Frank anziehend fand und heute nur mit ihm zusammen gewesen war, genoss Emma die anonyme

Freiheit, die der Klub bot. Sie allein würde bestimmen, wann und mit wem sie sich wieder einließ.

Bevor Emma den Wagen startete, fiel ihr ein, dass sie seit Betreten des Klubs nicht mehr auf ihr Handy gesehen hatte. *Verdammt! Hoffentlich hat Frau Hagen mit Mama keine Probleme gehabt!* Sie fischte nach dem Telefon in ihrer Handtasche.

In einer Schrecksekunde bemerkte sie auf dem Display einen Anruf in Abwesenheit und eine eingegangene Nachricht. Beides kam jedoch nicht von der Betreuerin ihrer Mutter, sondern von Sandra. Emma wusste, dass ihre Freundin heute im Nachdienst war.

Sie öffnete beunruhigt die Mitteilung.

„Wir haben bei der CT-Untersuchung keine weiteren Verletzungen entdeckt. Die Gehirnerschütterung sollte bald wieder abklingen, die Schnittverletzungen an den Armen und am Rücken sind schmerzhaft, aber harmlos. Schlimmstenfalls bleiben ein paar kleine Narben zurück."

Jakob atmete erleichtert durch. *Gott sei Dank nichts Ernstes!*

Doch der Arzt war noch nicht fertig. „Ihre Frau hatte bei der Einlieferung beinahe drei Promille im Blut – das ist im lebensbedrohlichen Bereich! Mit den Infusionen hat sich der Alkoholgehalt gesenkt und ihre Frau ist stabil. Wir behalten sie dennoch auf der Intensivstation, bis sie wieder bei Bewusstsein ist. Ein paar Laborwerte stehen noch aus …", er verzog seinen Mund. „Aber ich vermute, eine Therapie wäre ratsam."

Jakob ahnte, welche Art von Therapie Doktor Geiger andeutete. Wahrscheinlich wollte er erst die Katze aus dem Sack lassen, wenn die Testergebnisse da waren, weil es auch ein einmaliger Ausrutscher gewesen sein könnte. Jakob kannte die Wahrheit ohnehin, er konnte sie nicht einmal mehr vor sich selbst verleugnen! Er dankte dem Arzt, bevor dieser sich zum nächsten Patienten aufmachte, und blickte durch die Glasscheibe auf seine bewusstlose Frau.

An Melanies Arm hing eine Infusion, ein Kathederschlauch lugte unter der Bettdecke hervor. Sensoren zeichneten ihre Vitalwerte auf, die ein Monitor neben dem Bett anzeigte. Seine Frau sah erbärmlich aus, trotzdem empfand Jakob kein Mitleid. Und kein Verlangen danach, hineinzugehen und sie zu berühren. Zuerst musste er sich um seinen Sohn kümmern.

Max lümmelte im Wartebereich der Intensivstation in einem Sessel, hatte die Beine lässig von sich gespreizt und scrollte mit dem Finger über das Display seines Handys. Wer ihn nicht kannte, sah einen relaxten Teenager, der mit dem wichtigsten Kommunikationsmittel seiner Generation beschäftigt war. Doch Jakob kannte seinen Sohn besser. Max' Gesicht war bleich und sein Blick auf das Handy verriet, dass er das Gesehene nicht wahrnahm. Als er seinen Vater bemerkte, sprang er auf, wobei seine Gesichtsfarbe um eine Spur blasser wurde.

Jakob hob beruhigend die Hände: „Alles ist gut! Mama wird schon wieder, sie ist noch bewusstlos, aber stabil."

Max warf sich erleichtert in die Arme seines Vaters und vergaß, cool zu bleiben, während er sich trösten ließ. „Ich hab gleich die Rettung gerufen, das Fenster aufgemacht und auch den Feuerlöscher geholt …", erklärte er zum widerholten Male mit erstickter Stimme.

„Du hast alles richtig gemacht! Ich bin stolz auf dich!" Jakob tätschelte den Rücken seines Sohnes und verkniff sich, die Tatsache anzusprechen, dass es nicht nötig gewesen wäre, die komplette Küche mit dem Feuerlöscher einzuschäumen. Er wiegte seinen Sohn im Arm, bis Simone mit drei Bechern, aus denen es dampfte, in den Wartebereich kam.

„Paps? Wie sieht es aus?"

Ihr besorgtes Gesicht entspannte sich, als Jakob erklärte: „Alles wird gut! Sie wird schon wieder!" Simone atmete hörbar auf.

„Ist sie wach? Darf ich zu ihr?" Sie stellte die Getränke auf einen Beistelltisch, und legte je einen Arm um ihren Vater und ihren Bruder.

„Sie ist noch bewusstlos, aber wir dürfen hinein. Der Arzt meint, wenn sie wieder wach ist, kann sie die Intensivstation verlassen." Jakob spürte einen Stich im Herzen, als er die erleichterten Tränen seiner Tochter bemerkte, die sie verbergen wollte. Er strich über Simones Haar: „Hat sich Alexandra schon gemeldet?"

Sie räusperte sich: „Ja! Sie sitzt noch im Zug und wird in einer Stunde in Dornburg ankommen." Simone zog das Handy aus ihrer Jackentasche: „Ich schreibe ihr, dass es Mama gut geht."

Jakob fand „gut“ eine verharmlosende Beschreibung für den Zustand seiner Frau, doch er schwieg. Seine Kinder sollten sich nicht noch mehr Sorgen machen. Normalerweise kam Alexandra am Freitagabend nach Hause. Aber sie hatte geplant, wegen der Geburtstagsparty einer Freundin in Innsbruck erst am Samstag anzureisen. Nach dem Anruf ihres Vaters hatte sie jedoch den nächstbesten Zug genommen.

Die Tür in den Wartebereich öffnete sich ein weiteres Mal, und Sandra rauschte schwungvoll herein. „Wie siehts aus?“, fragte sie ohne Umschweife.

Sie war vor ein paar Stunden von ihrer Kollegin Nora aus der Notaufnahme darüber informiert worden, dass ihre Freundin eingeliefert worden war. Die beiden kannten sich seit ihrer Ausbildung zur Diplomkrankenschwester, und Nora hatte Melanie beim Ausgehen kennengelernt. Sandra hatte sich von Jakob kurz schildern lassen, was passiert war, bevor sie wieder auf ihre Station zurück musste. Nun wollte sie wissen, was die Untersuchungen ergeben hatten.

„Doktor Geiger meint, dass sie wieder gesund wird. Sie hat nur eine leichte Gehirnerschütterung, und die Schnittverletzungen sind nicht weiter gefährlich. Sie bekommt vielleicht ein paar ‚schöne‘ Narben.“ Jakob lächelte schief.

„Und sonst?“ Sandra wusste über Melanies Promillewerte Bescheid.

Jakob fixierte sie mit hochgezogenen Augenbrauen.

Schon klar! Die Kinder sollen nichts vom Alkoholexzess ihrer Mutter erfahren. Sandra nickte kaum merklich.

„Sie bekommt Infusionen … es wird schon besser. Der Arzt meint, wenn sie aufwacht, kann sie die Intensivstation verlassen“, schilderte Jakob die familientaugliche Version des Zustandes seiner Frau.

Sandra nickte beruhigt: „Kling gut, ich werde mal nach ihr schauen.“

„Darf ich mit?“, fragte Simone.

Max schloss sich an: „Ich will auch zu Mama!“

„Natürlich, aber es sollten nicht zu viele Besucher gleichzeitig reingehen! Ich bin gleich wieder da, dann könnt ihr zu eurer Mama gehen“, erklärte Sandra. Sie wollte sich ein Bild machen und mit dem Arzt reden, ohne dass die Kinder dabei waren.

Jakob begriff sofort: „Genau, so machen wir das! Wir trinken inzwischen, was Simone uns gebracht hat."

Sandra wechselte einen Blick mit dem Mann ihrer Freundin, dann betrat sie die Intensivstation. Im Dienstzimmer fand sie den zuständigen Arzt. Sie seufzte lautlos, bevor sie sagte: „Hallo, Roland!"

Doktor Geiger löste den Blick vom Computermonitor und schwenkte herum: „Oh, hallo! Wen haben wir denn da?" Er lehnte sich in seinen Drehsessel zurück, hob die Arme, um sich ausgiebig zu strecken.

Vor einigen Jahren hatte sie sich mit dem gut aussehenden Doktor Geiger ein paarmal getroffen. Doch Sandra beendete die Affäre, da sich Roland als indiskret entpuppt hatte. Sie ignorierte sein anzügliches Grinsen und schluckte kommentarlos seine weiteren Worte.

„Das ist aber schon viel zu lange her, schöne Frau", er musterte sie unverschämt von Kopf bis Fuß. Scheinbar hoffte der selbstverliebte Roland auf einen Quickie im Dienstzimmer.

„Ich bin wegen Melanie Schindler hier. Sie ist meine Freundin." Sandra bemühte sich um Gelassenheit, blickte ihn aber kühl an.

„Genaugenommen bist du keine Angehörige! Ich glaube nicht, dass du …" Doktor Geiger wollte spielen, aber Sandra nicht.

„Lass den Quatsch, Roland! Muss ich erst ihren Mann reinholen, damit du mir Auskunft gibst?" Ihr kühler Blick wechselte zu eisig.

Doktor Geiger war ein wenig eingeschnappt, ließ sich jedoch dazu herab, sie zu informieren. „Deine Freundin hat eine leichte Gehirnerschütterung und ein paar harmlose Schnittwunden. Und großes Glück, dass sie nicht an ihrer Kotze erstickt ist! Aber dieser Promillewert, die muss eine ganze Flasche Schnaps gekippt haben! Gut, dass sie so ein Wal ist. Eine kleinere Frau wäre jetzt vermutlich im Koma oder tot."

Sandra widerstand dem Drang, Roland den vor ihm stehenden Kaffeebecher mit dem Aufdruck: Simply the Best an den Kopf zu werfen und fragte stattdessen: „Und die Bewusstlosigkeit?"

„Das ist sicher die Mischung aus Schlagtrauma und Alkohol. Wir warten, bis sie aufwacht. Die Frau wird einen Mordskater haben", er grinste schadenfroh.

„Dann weiß ich Bescheid, danke!"

Sandra wandte sich ab und stand bereits in der Tür, als Doktor Geiger ihr nachrief: „Ich vermute, das Schwerste wird noch auf sie zukommen. Wenn die keine Alkoholikerin ist, dann fresse ich einen Besen!“

Sie machte sich nicht die Mühe, sich umzudrehen, und sagte, während sie den Raum verließ: „Dann mach das doch!“

Als sie danach an Melanies Bett stand und in das kalkweiße Gesicht ihrer bewusstlosen Freundin blickte, dachte sie, dass Roland zwar ein Idiot war, aber möglicherweise nicht ganz unrecht hatte. Doch war Melanie tatsächlich eine Alkoholikerin? Sandra hatte sich nie Gedanken darüber gemacht, weil ihre groß gewachsene Freundin trotz deren ausgeprägtem Zuspruch zu alkoholischen Getränken immer wie ein Fels in der Brandung wirkte. Sie war eine liebvolle Mutter, führte scheinbar eine glückliche Ehe (abgesehen von dem Ausrutscher in Hamburg) und schien aus ihrem Herzen keine Mördergrube zu machen, da sie ihre Probleme offen aussprach. Dennoch würde Melanie wohl einiges aufarbeiten müssen, wenn sie ihr Leben wieder in den Griff bekommen wollte. Sandra streichelte den Handrücken ihrer bewusstlosen Freundin.

Kurz darauf verließ Sandra die Abteilung wieder, weil sie auf ihrer Station erwartet wurde. Mit den anderen Freudinnen hatte sie bereits telefoniert. Lilli und Marie wollten Melanie am nächsten Tag besuchen, falls sie bis dahin von der Intensivstation entlassen wurde. An Emma hatte Sandra eine Nachricht geschrieben, weil sie telefonisch nicht erreichbar gewesen war.

Ich hoffe, sie ist nicht beleidigt, weil wir sie mit ihrem schlechten Gewissen alleingelassen haben. Sandra wischte diesen Gedanken beiseite – sie hatte jetzt weder Zeit noch Energie, sich um eine weitere Freundin Sorgen zu machen.

Marie und Lilli stiegen, beladen mit einem Blumenstrauß und einer Schachtel von Melanies Lieblingspralinen, über das Treppenhaus in den vierten Stock. Sandra hatte geschrieben, dass ihre Freundin auf die Unfallstation verlegt worden war.

„Oh, Mann, wie hoch ist das denn?“, keuchte Lilli, die ausdauertrainierte Marie lief leichtfüßig vor ihr her.

„Nicht schlapp machen! Dein Po und deine Schenkel werden es dir danken!“ Marie beschleunigte das Tempo.

Lilli wurde langsamer und maulte: „Angeberin …“ Einen gehässigen Moment lang war sie versucht, Marie nachzurufen, dass ihr knackiger Po auch nicht gereicht hatte, um Johannes zu halten, aber sie biss sich rechtzeitig auf die Zunge. Stattdessen tätschelte sie der ruhig atmenden Freundin auf den Rücken, als sie keuchend im vierten Stock eintraf: „Okay, du hast gewonnen.“

Das Zimmer 414 befand sich am Ende des langen Flurs. Sie klopften an und hörten ein schwaches: „Herein …“, bevor sie den Raum betraten.

Melanie lag im Krankenbett am Fenster und blickte ihren Freundinnen mit einem schiefen Grinsen entgegen. Im ersten Bett döste eine Frau, deren Gipsbein unter der Decke hervorlugte. Das mittlere Bett war zerwühlt, aber leer.

Lilli, die voranging, entdeckte als Erste die Gestalt, die hinter Melanies Bett am Fenster saß. Sie zögerte überrascht, bevor sie stammelte: „Oh …, Emma, … du bist hier?“, und ärgerte sich über ihre unbeholfene Wortwahl.

Marie war abrupt stehen geblieben. Für einen Augenblick sah es so aus, als wolle sie sich auf der Stelle umdrehen. Dann setzte sie ihr unnahbar-königliches Lächeln auf und trat an die freie Bettseite. Sie ignorierte Emma wie einen Einrichtungsgegenstand und begrüßte ihre liegende Freundin mit übertriebener Herzlichkeit: „Melanie, wie geht es dir? Was machst du für Sachen?“

Die Angesprochene rollte mit den Augen langsam von Marie zu Emma, man sah Melanie an, dass die Situation sie überforderte. Emma stand benommen auf und drückte sich ans Fenster. Sie hatte noch keinen Ton von sich gegeben.

Nachdem sie ihre Sprache wiedergefunden hatte, antwortete Melanie mit krächzender Stimme: „Keine Ahnung, ich weiß nicht, was passiert ist. Ich war zu Hause in der Küche …, dann bin ich im Krankenhaus aufgewacht.“

Lilli und Marie warfen einander ungläubige Blicke zu. Wusste ihre Freundin wirklich nichts mehr? Sie behauptete auch, dass sie sich nicht mehr an die Bar in Hamburg erinnern konnte, wo sie vom Hocker gefallen war. Ob sie dem Arzt davon erzählt hatte?

„Echt jetzt, Melanie? Du weißt nichts mehr?“ Lilli hob zweifelnd die Augenbrauen.

„Echt jetzt, Lilli!“, schnaubte Melanie entrüstet. Sie schüttelte ihren Kopf, bereute es aber sogleich: „Auuuuweh … so ein Scheiß …“

Marie legte beruhigend eine Hand auf Melanies Arm, nebenbei streifte sie die vorlaute Lilli mit einem rügenden Seitenblick: „Sch… sch…, halt deinen Kopf ruhig. Du solltest dich nicht aufregen. Jetzt musst du dich erstmal erholen. Das wird schon wieder … alles wird gut.“

Es war eine kuriose Szene. Während Marie sich ungewohnt fürsorglich über Melanie beugte, die sich mit geschlossenen Augen ihrem Leid hingab, rang Lilli mit dem Bedürfnis, sich mit Emma zu unterhalten, die weiter schweigsam am Fenster ausharrte. *Die Arme sieht aus wie eine Angeklagte, die auf ihren Urteilsspruch wartet.*

Ein Schweigen, unbehaglicher als jedes hitzige Streitgespräch, breitete sich bleischwer im Raum aus. Sogar die Frau mit dem Gipsbein schielte verstohlen auf die plötzlich stummen Frauen.

Nach ein paar Schweigeminuten durchbrach Emma die Stille und löste sich vom Fenster. „Nun … ich gehe jetzt, Melanie. Gute Besserung!“

Melanie öffnete die Augen, sie krächzte: „Danke …, Emma“, und lächelte gequält.

Emma sah zu Lilli, die bloß ihre Lippen zusammenpresste, und suchte Maries Blick, die jedoch die Augen auf das Kopfteil von Melanies Bett geheftet hatte. Da die beiden keine Anzeichen zeigten, sich zu verabschieden, flüchtete sie aus dem Krankenzimmer.

Die bleischwere Stimmung im Raum verwandelte sich in ein betretenes Schweigen.

„Echt jetzt …?“ Melanie sprach als Erste wieder und verzog schmerzverzerrt ihr Gesicht. „Soll das jetzt so weitergehen?“ Da sie nicht wagte, ihren Kopf zu bewegen, rollte sie nur mit den Augen zwischen den Freundinnen hin und her, was trotzdem einen stechenden Schmerz auslöste. Melanie stöhnte, sie schloss die Lider.

„Jetzt ist nicht die Zeit für Diskussionen. Wir sollten gehen, du brauchst Ruhe!“, bestimmte Marie. Sie nickte Lilli auffordernd zu, nachdem sie einen peinlich berührten Blick in Richtung der lauschenden Gipsbeinfrau geworfen hatte.

„Genau, wir sollten heute nicht darüber reden. Erhol dich erst mal, du Sturzpilot!“, versuchte Lilli, die ernste Note aus der Situation zu nehmen. Sie beugte sich über ihre Freundin, und gab ihr einen Kuss auf die Stirn.

Ohne ihre Augen zu öffnen, hauchte Melanie: „Jaaa“, fügte jedoch blinzelnd hinzu, „danke für die Blumen, Mädels … und für die Mon Chéri. Sobald es mir besser geht, werde ich sie vernaschen.“

Ihre Freundinnen verließen winkend das Zimmer. Im Flur sah sich Lilli in der Hoffnung um, Emma vielleicht irgendwo zu erblicken, aber er war menschenleer.

„Das war aber nicht schön“, sprudelte es aus Lilli heraus, wobei sie mehr zu sich selbst, als zu Marie sprach.

„Es war in letzter Zeit einiges nicht schön!“, antwortete Marie schroff.

„Ich meine damit nicht deine Reaktion!“, beeilte sich Lilli zu erklären. „Ich meine diese ganze Situation. Ich verstehe, dass du gekränkt und wütend bist, Marie. Wirklich! Aber denkst du nicht, dass es besser ist, wenn man über Probleme spricht, versucht, zu vergeben, anstatt ewig eingeschnappt zu bleiben?“ Ihr Gewissen meldete sich mit einem unangenehmen Ziepen. Vielleicht sollte sie zuerst vor der eigenen Haustür kehren?

„Erstens würde ich nie vor einer unbeteiligten Person in einem Krankenzimmer ein solches Gespräch führen, zweitens kann man wohl nicht von ‚ewig eingeschnappt‘ reden, wenn das Geschehen erst ein paar Tage zurückliegt, und drittens fehlt dir möglicherweise das Einfühlungsvermögen, um mich verstehen zu können! Meine Freundin hat mich mit meinem Mann betrogen! Mit erscheint jede Minute, die ich rückblickend mit Johannes oder Emma verbracht habe, wie eine große Lüge! Unaufrichtig, geheuchelt, unehrlich und falsch! Wie soll ich da einfach verzeihen und zur Tagesordnung übergehen?“ Marie hatte sich in Rage geredet. Sie wandte sich von Lilli ab, und blickte aus dem Fenster am Ende des Flurs.

„Es tut mir leid, Marie! Ich weiß, ich bin manchmal ein Klugscheißer … und dankbar, dass ich nie in so eine Lage gekommen bin. Ich versuche, nachzuvollziehen, wie es dir jetzt geht. Aber denkst du nicht, es wäre besser, wenn du dich mit Emma aussprichst?"

Marie löste ihren starren Blick vom Fenster: „Ja, Lilli, vielleicht wäre es besser. Aber nicht ICH bin jetzt am Zug! Und ich weiß nicht, ob ich schon für eine Aussprache bereit bin." Sie wandte sich ab, lief ohne ein Abschiedswort davon.

Lilli blieb nachdenklich stehen. Sie bewunderte insgeheim, wie ruhig und analytisch ihre Freundin sich in dieser schweren Situation verhielt. Dennoch war ihr klar, dass sich die Wogen erst glätten würden, wenn Marie und Emma einen Weg der Verständigung zueinander fanden.

Gedankenkarussell

Als Emma das Gebäude verließ, wischte sie sich mit einem Taschentuch die Tränen aus dem Gesicht. Ein paar Krankenhausbesucher, die ihr entgegenkamen, blickten sie mitleidig an. Wahrscheinlich dachten alle, sie habe gerade eine schlechte Diagnose erhalten oder einen sterbenden Angehörigen besucht.

Emma schnäuzte in ihr Taschentuch und lief zu ihrem parkenden Auto. Sie wurde von Frau Hagen erwartet, die heute noch weitere Termine wahrnehmen musste und kurzfristig eingesprungen war, damit Emma ins Krankenhaus fahren konnte.

Nachdem sie gestern Abend Sandras Nachricht auf dem Parkplatz vor dem Swingerklub gelesen hatte, war sie nach Hause gefahren. Abgesehen von dem ersten Schrecken war Emma erleichtert gewesen, dass sie der Betreuerin nichts von einem schönen Tanzabend vorlügen musste und ihre wahren Gefühle hinter dem Unfall einer Freundin tarnen konnte.

„Das tut mir sehr leid für Sie!“, versicherte Frau Hagen voller Mitgefühl, als sie ihr von Melanies Sturz erzählte. „Nach einem schönen Abend so eine Hiobsbotschaft zu bekommen, ist wirklich gemein.“

Emma stimmte einsilbig zu und war dankbar, als sich die hilfsbereite Frau bald darauf verabschiedete. In ihrem Bett hatte sie versucht, die durcheinanderwirbelnden Eindrücke der vergangenen Stunden zu verarbeiten, bis sie in einen unruhigen Schlaf geglitten war.

Nun wartete Frau Hagen gespannt auf Emmas Bericht: „Und? Wie geht es Ihrer Freundin?“

„Sie hat natürlich starke Kopfschmerzen, sonst aber keine schlimmeren Verletzungen. Das wird schon wieder.“ Mehr brauchte die Betreuerin nicht zu wissen. Sie wusste, dass Frau Hagen Melanie nicht persönlich kannte und sich mit der Erklärung zufriedengab, dass eine Freundin zu Hause gestürzt war.

„Ich sags ja, Hausarbeit kann sehr gefährlich sein! Meine Schwägerin ist beim Fensterputzen vom Stuhl gefallen. Sie musste dankbar sein, weil sie sich nur die Hand und nicht das Genick gebrochen hat“, meinte Frau Hagen, bevor sie sich verabschiedete.

Emma gesellte sich wieder zu ihrer Mutter, die am Esstisch saß und ein in Streifen geschnittenes Marmeladebrot zu einem Turm stapelte. „Mama, spiel nicht mit dem Essen", seufzte sie. Emma griff nach einem Stück, um es ihrer Mutter vor den Mund zu halten.

Doch die alte Frau presste die Lippen fest aufeinander, schüttelte den Kopf und ordnete die Brotstreifen auf dem Teller zu einem Kreis.

„Trink wenigstens deinen Kaffee, Mama!" Emma führte die Kaffeetasse an die geschlossenen Lippen. Endlich öffnete ihre Mutter den Mund, doch sie trank nicht, sondern biss in den Rand der Plastiktasse. Nur mit viel Geschick konnte Emma die Tasse den Zähnen entreißen: „Nein, Mama! Du machst noch deine Prothese kaputt!" Entnervt knallte sie den Becher auf den Tisch.

Die alte Frau zuckte zusammen. Sie starrte ihre Tochter mit unergründlichen Augen an. „Du bist frech!", stellte sie fest.

„Du auch!", fauchte Emma zurück und konnte ein spontanes Grinsen nicht unterdrücken.

Ihre Mutter erwiderte das Grinsen: „Gehen wir hinaus spielen?"

Emmas Augen wanderten durchs Fenster nach draußen. Der Frühling zeigte sich heute von seiner Bilderbuchseite. Ein paar Schäfchenwolken zierten den blauen Himmel, vor dem einzelne Schwalben wie dunkle Blitze jagten, die jungen Blätter der alten Eiche tanzten im Sonnenlicht.

„Ja, wir gehen hinaus spielen."

Sie zog ihrer Mutter eine warme Strickjacke und feste Halbschuhe an, schlüpfte selbst in eine ärmellose Weste und ihre Sneakers. Arm in Arm traten sie ins Freie. Eine Windböe wirbelte Emmas Locken in die Höhe. Sie schloss die Augen und dankte dem schönen Tag, weil er es ermöglichte, sich mit ihrer Mutter an der frischen Luft aufzuhalten.

Die alte Frau blickte sich orientierungslos auf dem Kiesplatz vor dem Haus um. Vergessen war das „spielen gehen" oder scheinbar jede Erinnerung an diesen Ort. Doch sie strebte auf die Steinplatten zu, die um das Haus in den Garten führten. Emma hielt sie am Arm zurück.

„Wir gehen nicht in den Garten, Mama! Wir spazieren ein wenig in der Gegend herum, damit du mal was anderes siehst." Vielleicht trafen sie auf einen Nachbarn, den ihre Mutter möglicherweise wiedererkannte.

Aber die alte Frau schüttelte ihre Hand ab und steuerte weiter auf die Steinplatten zu: „Nein! Ich muss zum Pavillon! Ernst wartet!“

Emma erstarrte! Sie blieb stehen, die Worte ihrer Mutter hallten in ihren Ohren nach. „Ich muss zum Pavillon! Ernst wartet!“

Etwas kroch eiskalt über ihren Rücken. Emma zitterte, atmete ein paarmal tief ein und aus, um sich wieder zu beruhigen und blickte ihrer Mutter nach, die sich an den Forsythien-Büschen auf ihrem Weg festhielt. Die alte Frau strauchelte, behielt aber ihr Gleichgewicht, und schob ihre Füße weiter über die Platten.

Normalerweise wäre Emma an der Seite ihrer Mutter geblieben, hätte sie gestützt und aufgepasst, damit sie nicht hinfiel. Aber sie blieb reglos stehen, und fixierte weiter den Rücken der alten Frau, während die verschwommenen Bilder in ihrem Kopf nach einem Fluchtweg suchten.

Lilli suchte im Internet nach Flügen. Brian Air bot die günstigsten Tickets, aber der Flug war bereits am kommenden Freitag in der Früh. Am darauffolgenden Samstag hatte sie laut Dienstplan frei, aber sie brauchte eine Arbeitskollegin, die am Freitag für sie einspringen würde. Sie beschloss, Luisa anzurufen und ihr einen Tausch anzubieten. Lillis Wunsch kam ihrer Kollegin gelegen, da diese nun mit einer Freundin für einen Marktbesuch an den Lago Maggiore fahren konnte.

„Danke, Luisa, du bist ein Schatz! Jetzt kann ich gleich buchen!“

Lilli klickte sich durch den Fragendschungel der Homepage, bekam bald darauf eine Flugbestätigung und buchte ein günstiges Hotel in New York. Dann schickte sie eine E-Mail an Lockerby`s, und kündigte ihren Barbie-Vorstellungstermin an, wobei Lilli bewusst wurde, dass sie das vielleicht vor der Flugbuchung hätte machen sollen. Eine untrügliche Vorahnung jedoch sagte ihr, dass Lockerby`s ihre Barbie unbedingt haben wollte und jeden vorgeschlagenen Termin akzeptieren würde.

Ihr Handy piepte. Eine Nachricht von Laura. *So ein Zufall,* dachte sie und las die Mitteilung.

„Hallo, Lilli, wie geht’s dir?“

Lilli geisterten, als sie tippte, das verpatzte Treffen mit ihrem Vater, das Affären-Drama um Emma und der Unfall von Melanie durch den

Kopf, dennoch schrieb sie: „Hallo, Laura! Danke, mir geht's prima! Wie sieht es bei dir aus? Was ist los in Hamburg?☺"

Sie musste einige Minuten auf die Antwort ihres Schützlings warten.

„Einiges ist los! Mama hat sich, glaub ich, wieder mit Jürgen gestritten. Sie weint dauernd und sagt, dass das Leben scheiße ist – das sagt sie sonst auch, aber seit einer Woche geht sie nicht mehr aus dem Haus und die Wohnung ist der reinste Schweinestall …" Laura hatte sich keine Zeit für Emojis genommen, was ein noch eindeutigeres Alarmzeichen war.

Oh, Gott! Lilli zermarterte sich das Gehirn. *Was soll ich nur machen?* Vielleicht wäre es klüger gewesen, einen Flug nach Hamburg zu buchen! Doch was hätte sie dort tun sollen? Im Grunde genommen besaß sie außer ihren ‚Drohungen' keine Handhabe, um bei Lauras Mutter etwas zu bewirken.

Lilli wählte kurzerhand Lauras Nummer.

„Hallo, Kleines, so geht's schneller! Tut mir echt leid, dass du das durchmachen musst. Vielleicht gibst du mir die Nummer von deiner Mutter? Dann schreibe ich ihr mal. Manchmal braucht es einen Tritt, damit jemand wachgerüttelt wird."

Sie ahnte im selben Moment, dass Laura der Vorschlag nicht gefallen würde. Das Mädchen hatte schon beim letzten Mal nicht auf Lillis Vorstoß reagiert. Und was sollte sie ihrer Mutter sagen? Dass sie sich zusammenreißen sollte? *Dass sie ein verkorkster Junkie ist, und das Leben ihrer Tochter ebenfalls vermurksen wird, wenn sie so weitermacht?*

Eine Weile herrschte Schweigen am anderen Ende der Leitung, dann sagte Laura leise: „Ich glaub, das ist keine gute Idee. Wenn Mama dann durchdreht, muss ich vielleicht in eine Pflegefamilie. Das will ich aber nicht. Was soll dann aus Mama werden?"

Die Antwort des Mädchens überraschte Lilli nicht. Sie legte sich ihre Worte sorgfältig zurecht: „Gut, Laura, ich möchte natürlich nichts tun, was dir Angst macht, und du kannst dich jederzeit bei mir melden, wenn die Situation für dich schlimmer wird! Aber ich denke, dass das, wovor du Angst hast, möglicherwiese das ist, womit man deiner Mama Druck machen könnte! Wenn sie dich verliert, verliert sie auch das Kindergeld für dich! Ich weiß, das klingt nach Erpressung, aber deine

Mama ist drogenabhängig und braucht vielleicht einen Anstoß, um sich zusammenzureißen, um ihrem Leben endlich eine neue Richtung geben zu können." Lilli schickte einen stummen Wunsch ans Universum, damit ihr Vorschlag nicht mehr Schaden als Nutzen anrichten würde.

Offenbar benötigte Laura erneut ein paar ‚Verdauungsminuten'. Als sie endlich sprach, bestätigten sich Lillis Bedenken: „Hmmm, Lilli … ich weiß nicht … denk darüber nach … Hab jetzt leider keine Zeit mehr, ich bin im Laden, meine Pause ist gleich fertig! Bis dann!"

Super, jetzt hab ich den Salat! Hoffentlich schottet sie sich nicht von mir ab! Doch Lilli hatte noch einen Trumpf im Ärmel. Wenn ihre Barbie zu einem guten Preis versteigert wurde, konnte sie dem Mädchen zumindest eine neue Zukunftsperspektive bieten. „Na gut, Laura! Ich habs gecheckt, und werde nichts tun, was du nicht möchtest! Aber ich hab da eine Sache am Laufen, die dir vielleicht helfen könnte. Du musst noch ein wenig Geduld haben. Drück mir die Daumen! Bis bald!" Lilli hoffte, dem Mädchen mit ihrer kryptischen Ankündigung mehr Durchhaltevermögen zu verschaffen, und legte mit gemischten Gefühlen auf.

Etwas später überflog sie das Fernsehprogramm für den heutigen Abend. Obwohl Samstag war, würde sie nicht ausgehen – Lilli musste für die Reise nach New York sparen! Sie fand, dass Laura dieses Opfer wert war.

Sandra linste über die Schulter ihres Sohnes, der nichts davon bemerkte. Lukas tippte eifrig auf seinem Handy herum, sie sah, dass er Nachrichten versendete.

„Sollen wir was Spannendes anschauen?" Wäre Sandra nicht so müde gewesen, hätte sie vorgeschlagen, ins Kino zu gehen, aber sie war noch schlapp von den Strapazen des letzten Nachtdienstes und freute sich auf ihr Sofa.

Lukas zuckte ertappt zusammen: „Mensch, Mum! Schleich dich nicht so an!"

Jetzt würde mich wirklich interessieren, was du grad geschrieben hast, dachte sie, als ein Hauch Rosa über seine Wangen kroch. Sandra vermutete, dass er sich bei einem Freund über den langweiligen Abend hier beschwert hatte oder mit einem Mädchen flirtete. Ihr Mutterstolz ging von der zweiten Möglichkeit aus. „Wenn du schon mal da bist, könnten wir auch was zusammen machen, nicht?“, sie unterdrückte ein Gähnen.

„Jaaa toll, zusammen fernsehen …“, schnaubte Lukas verächtlich.

„Was hättest du denn gemacht, wenn du zu Hause wärst?“

Sie wusste, dass ihr Sohn am Samstagabend mit Rainer ebenfalls vor dem Fernseher saß, wenn sie nicht gemeinsam unterwegs waren. Allein fortzugehen, erlaubte ihm sein Vater noch nicht, obwohl Lukas bei jedem Anlass murrend auf die geltenden Ausgehzeiten in seinem Alter hinwies. Rainer und Sandra waren übereingekommen, bei diesem Thema am selben Strang zu ziehen.

„Wir spielen mit der Playstation“, murmelte Lukas trotzig, seine Mutter konnte den actionreichen Kampfspielen nichts abgewinnen.

Sandra seufzte. Sie freute sich auf die Wochenenden mit ihrem Sohn, aber es wurde immer schwieriger, die gemeinsame Zeit zu gestalten, und ihr war bewusst, dass Jungs in seinem Alter eher den Vater als die Mutter brauchten. „Aber wenn ihr euch was anseht, was ist es dann?“ Sie gab nicht auf.

Lukas überlegte. Wenn er noch einen spannenden Abend erleben wollte, musste er die Chance nützen: „Game of Lords!“

„Was ist das? Kenne ich nicht …“ Sandra hatte keinen blassen Schimmer, wovon ihr Sohn sprach.

„Das ist eine Serie über eine Fantasywelt – ist echt cool“, beeilte sich Lukas zu erklären. Er konnte kaum glauben, dass seine Mutter die Serie nicht kannte, doch sie war auch schon alt. Auf der anderen Seite kam ihm das gelegen.

„Und wo läuft das?“ Sie griff bereits nach der Fernbedienung.

„Im TV läuft sie erst später, aber du hast ja World-Prime! Da kann man die Serie streamen!“

„Na gut, dann mach mal …“ Sandra übergab ihrem Sohn die Fernbedienung. Sie blinzelte schläfrig, während sie zusah, wie er in die App einstieg. Auf dem Cover der Serie war ein stahlgerüsteter Kämpfer mit düsterem Blick abgebildet. *Was solls? Wenn es ihn glücklich macht.* Sie sank in das Sofa und wickelte die Kuscheldecke um sich. Noch bevor die Sendung startete, war sie eingeschlafen.

Lukas konnte sein Glück kaum fassen. Die Folgen im Fernsehen waren für eine Altersfreigabe ab zwölf Jahren geschnitten. Auf World-Prime konnte man die Originalversionen für Erwachsene ansehen.

Sein Vater kam ihm in den Sinn. Er hatte ihm verboten, die ungekürzte Fassung anzuschauen. *Was Papa nicht weiß, macht ihn nicht heiß!* Außerdem übernachtete heute Anita bei seinem Vater und Lukas konnte sich leider vorstellen, dass der Abend in seinem Zuhause auch nicht jugendfrei verlaufen würde. Er erschauderte bei dem Gedanken. *So alte Leute! Wäh, wie eklig!*

Dann versank er in einer virtuellen Welt aus Machtgier und Gewalt.

Sie war müde und zufrieden. Nachdem Marie gestern aufgewühlt von der Begegnung mit Emma nach Hause gekommen war, hatte sie ein unbändiges Bedürfnis nach Ablenkung verspürt. Obwohl sie bereits vor Ostern einen Frühjahrsputz gemacht hatte, stellte sie noch einmal die ganze Wohnung auf den Kopf.

Während Marie die Fenster geputzt, die Fliesen in Bad und WC abgewischt, die Schränke in der Küche gereinigt und die Matratzen gelüftet hatte, kam ihr der Gedanke, dass sie im Grunde genommen nur die Spuren ihres Mannes beseitigen wollte. Sie hatte die unnötige Putzorgie erschöpft beendet und war früh zu Bett gegangen.

Dieselbe Ruhelosigkeit hatte Marie heute dazu angetrieben, alles aufzuspüren, was ihr Mann zurückgelassen hatte. Sie durchforstete das Ankleidezimmer, schob die Kleiderbügel auseinander, bettete die gefalteten Kleidungsstücke hin und her, wühlte sogar in ihren Wäscheschubladen, die niemals ein Kleidungsstück von Johannes beherbergt hatten, und stopfte schließlich alles, was sie fand, in große Kunststoffsäcke. Marie holte seine verwaisten Schuhe aus dem Regal, dann suchte sie im Keller weiter. Sie fand Tennisschläger, ein Paar Skischuhe, ein nie benütztes Dartspiel und warf alles in seine alte Sporttasche.

Einen irrwitzigen Moment lang überlegte Marie, die Sachen in einen Spendencontainer zu werfen. Doch sie widerstand der Versuchung und stellte die gefüllten Säcke zu der alten Sporttasche in den Keller. Sie wollte nichts mehr davon in ihrer frisch geputzten Wohnung haben.

Nun war Marie müde und zufrieden. Heute würde sie ausnahmsweise auf den Crosstrainer verzichten. Als sie sich gerade ein entspannendes Lavendelölbad einließ, klingelte ihr Handy, aber der Anrufer legte auf, bevor Marie abnehmen konnte. Unmotiviert blickte sie auf das Display – ein Anruf von ihrer Mutter. Wahrscheinlich wollte sie Marie für den nächsten Tag zum Essen einladen, um herauszufinden, ob die Vorzeigetochter sich wieder mit dem abtrünnigen Schwiegersohn versöhnen würde.

Sie legte das Handy ungerührt zur Seite und holte ein paar Kerzen, um sie auf dem Badewannenrand herum aufzustellen. Das Telefon piepte wieder, ihre Mutter hatte auf die Mailbox gesprochen. Marie ignorierte die Mitteilung ebenfalls und schaltete ihr Handy aus. Sie würde es in nächster Zeit sowieso vermeiden, ihre Eltern zu besuchen.

Als Marie ihre müden Glieder in der Wanne entspannte, holte sie alles, was sie hinter ihrer Geschäftigkeit verdrängt hatte, wieder ein. *Ich muss einen Finanzplan machen, damit ich weiß, wie viel Geld für eine kleine Wohnung übrig bleibt! Werden Johannes und Emma sich wieder treffen? Hoffentlich stellt mein Chef den widerlichen Doktor Manzer nicht ein, sonst muss ich mir auch noch einen neuen Job suchen!*

Trotz ihrer aufwühlenden Überlegungen empfand Marie keine Furcht, denn unter den vertrauten Duft des Lavendels mischte sich das Aroma von Zuversicht mit einer Prise Freiheit.

Melanie wälzte sich in dem unbequemen Bett von einer Seite auf die andere. Ihre Familie war vor einer Stunde gegangen und hatte sie allein in ihrem Krankenzimmer zurückgelassen. *Was hätten sie sonst tun sollen?* Dennoch fühlte sich Melanie von ihren ‚Lieben' im Stich gelassen. Sie hatte sich mehr Mitgefühl erwartet, stattdessen wurde sie von ihrer Familie mit Zurückhaltung abgespeist.

Max murmelte zwar: „Gut, dass du bald heim darfst", beobachtete seine Mutter aber mit einem misstrauischen Ausdruck. Simone meinte gnadenlos: „Da musst du jetzt durch, Mama", als Melanie über ihre stechenden Kopfschmerzen klagte. Und Alexandra forderte sogar, ihre Mutter solle sich nicht in Selbstmitleid suhlen und dankbar sein, dass nicht mehr passiert war. Am meisten enttäuscht war sie jedoch von Jakob, der wortkarg an ihrem Bett gesessen war, sich mit einem unromantischen Kuss auf die Stirn verabschiedet hatte und den Kindern offensichtlich verraten hatte, warum ihre Mutter zu Hause gestürzt war.

Sie verdrängte einen Anflug von Scham und beruhigte ihr Gewissen, indem sie mit ihrer undankbaren Familie haderte. Melanie hatte ihre Freiheit geopfert, sich um ihren Mann und ihre Kinder gekümmert und jetzt, wo sie selbst nach Fürsorge lechzte, zeigte die Familie so ihre Dankbarkeit.

Ruhelos trommelte sie mit ihren Fingern auf der Bettdecke. *Was gäbe ich jetzt für einen Schlummertrunk?* Ihre Zimmergenossinnen schnarchten glückselig, Melanie wälzte sich zur Seite und holte so leise wir möglich ihr Handy aus der Nachttischschublade. Sie scrollte scheinbar absichtslos über ihre Kontakte. Als sie an einem bestimmten Namen hängen blieb, schimpfte sie stumm mit sich: „Tu nicht so, als wäre das ein Zufall!"

Seit Melanie aus Hamburg zurück war, hatte sie sich den Kontakt mit Jens verboten. Was hätte es gebracht? Er war dort – sie war hier! Sie würden sich ohnehin nie mehr sehen. Doch jetzt in ihrem einsamen Krankenzimmer – Melanie war zwar nicht allein, aber einsam fühlte sie sich trotzdem – und ohne Aussicht auf eine flüssige Ablenkung, dachte sie wieder an Jens. *Was er wohl macht? Ob er ein Konzert gibt? Möglich, es ist Samstag! Ob er gerade eine andere Frau beglückt?*

Melanie vertiefte sich in sein Profilbild, augenscheinlich ein Schnappschuss während eines Konzerts. Jens hielt seine Gitarre in den Händen und blickte hinunter auf die Saiten. Sie zoomte das Bild auf, bis sein Gesicht das ganze Display ausfüllte. In Jens' Ausdruck spiegelte sich die Hingabe und Leidenschaft, mit der er sich seiner Passion widmete. Melanies Herz zog sich zusammen, sehnsüchtig oder schmerzhaft – sie wusste es nicht. Ihre Augen wurden feucht, sie wischte eine verstohlene Träne mit ihrer Bettdecke weg.

Dann tat sie, was sie sich verboten hatte. Melanie schrieb: „Hallo, Jens, hab grad an dich gedacht. Wie geht's dir?"

Weggabelung

Sie streifte zwischen den Bäumen hindurch. Obwohl die ersten Maiglöckchen den schattigen Boden mit ihren weißen Blüten aufhellten, hatte Emma keine Augen für sie. Denn seit gestern Nachmittag krochen Worte wie Würmer durch ihren Kopf: „Ich muss zum Pavillon! Ernst wartet!"

Emma blieb vor den dichten Büschen, die den Pavillon beinahe vollständig umwuchsen, stehen. Irgendwo, tief in ihr, klopfte etwas an, während eine kalte Faust sich um ihr Herz legte. Emmas Magen krampfte sich zusammen, sie befürchtete, sich übergeben zu müssen, und schalt, weil es immer half, ihr inneres Ich: „Warum tust du dir das an?"

Voller Abscheu wandte sie sich ab, und flüchtete unter einen großen Laubbaum, der sein hellgrünes Blätterdach wie ein Schutzschild über Emma hielt. Sie ließ sich auf den weichen Boden sinken, und betrachtete die grünen lanzenförmigen, jedoch giftigen Blätter der Maiglöckchen, die im Frühjahr unkundigen Bärlauchsammlern manchmal zum Verhängnis wurden. Emma schenkte den zarten weißen Kelchen endlich ihre Aufmerksamkeit und strich sanft über eine der Blüten, bevor sie in die alte Ulme hochblickte. Der Ast war noch dicker geworden. Und sie erinnerte sich an den Sommertag zurück, an dem sich die Erkrankung ihrer Mutter zum ersten Mal bemerkbar gemacht hatte.

Es war gut zehn Jahre her, ihre Mutter feierte an jenem Tag Geburtstag. Emma stand früher auf, um den Frühstückstisch mit dem Sonntags-Rosenservice zu decken und einem Blumenstrauß zu schmücken. Als sie fertig war, herrschte im Haus noch schläfrige Ruhe, also begab sie sich ins Freie. Emma wollte den warmen Sommermorgen auf der Schaukelbank begrüßen, die ihr Stiefvater vor ein paar Jahren an einem starken Ast der alten Ulme angebracht hatte. Als sie sich dem Baum näherte, sah Emma, dass bereits jemand auf der Schaukelbank saß.

Im Nachthemd, barfuß, und mit zerzausten Haaren, schaukelte ihre Mutter darauf und sang: „Heissa Kathreinerle, schnür dir die Schuh, schürz dir dein Röckele ...“, wobei sie die Beine so kräftig vor- und zurückschwang, dass man ihre schmutzigen Fußsohlen sehen konnte.

Emma blieb erschrocken stehen. Nicht, weil ihre Mutter sang, sondern weil sie sich niemals in so einer Aufmachung außerhalb des Hauses gezeigt hatte – zumindest bisher. Ihre Mutter wäre noch nicht einmal auf die Idee gekommen, sich ungekämmt oder im Morgenmantel an den Frühstückstisch zu setzen.

„Mama? Was machst du hier?“ Sie trat vorsichtig auf ihre Mutter zu, spürte instinktiv, dass etwas Erschreckendes vor sich ging.

Die Frau auf der Schaukelbank sah fremd aus, nicht wie Emmas Mutter, und fragte mit einem entrückten Blick, als würde sie durch ihre Tochter hindurchsehen: „Willst du mitschaukeln, Kati?“

Trotz der wärmenden Morgensonne breitete sich eisige Kälte in Emma aus. Sie stand unter Schock, und wusste nicht, was sie sagen oder tun sollte, bis sie die Stimme ihres Stiefvaters rufen hörte.

„Gerda? Um Gottes willen, was machst du da? Komm ins Haus! Du hast ja nur ein Nachthemd an!“ Er eilte herbei.

Die Worte schienen Emmas Mutter aus einer Art Trance zu wecken. Sie sah entsetzt an sich hinunter, schlang die Hände um ihre Brust und stammelte: „Oh, mein Gott!“, dann ließ sie sich von ihrem Mann ins Haus zurückführen. Beim Vorbeilaufen kreuzte sich Emmas Blick mit dem ihres Stiefvaters, beide zuckten ratlos mit den Schultern.

Der restliche Tag verlief wie an allen Geburtstagen. Am Nachmittag kamen Verwandte zu Besuch, und ihre Mutter war wieder eine gut gelaunte Gastgeberin. Den Vorfall vom Morgen sprachen weder Emma noch ihr Stiefvater an. Und ihre Mutter schien sich nicht mehr daran zu erinnern.

Danach verlief eine Zeit lang alles wie gewohnt, bis immer öfter unerklärliche Dinge geschahen. Einmal servierte ihre Mutter rohe ungeschälte Kartoffeln zum Mittagessen, einmal grub sie einen Rosenstock aus, der gerade in vollster Blüte stand und eines Tages erkannte sie ihre Tochter nicht mehr: „Wer bist du?“

Zu diesem Zeitpunkt setzte sich ihr Stiefvater über den Widerstand seiner Frau hinweg und brachte sie zum Facharzt, der nach einigen Untersuchungen Alzheimer diagnostizierte. Emma hatte noch den verzweifelten Gesichtsausdruck ihres Stiefvaters vor Augen, als die beiden vom Arztgespräch nach Hause gekommen waren. Ihre Mutter hatte verwirrt umhergeblickt, war müde gewesen und früh zu Bett gegangen.

Emma konnte sich anfangs unter der Diagnose nichts Konkretes vorstellen. Natürlich hatte sie davon gehört, aber sich niemals damit befasst. Alzheimer – was bedeutete das? Vergaß man nur manchmal etwas? Erst nach einem Beratungsgespräch wurde Emma die Tragweite dieser Diagnose bewusst. Bei der neurologischen Erkrankung wurden Funktionsbereiche des Gehirns durch sich ausweitende Eiweißablagerungen zerstört. Ihre Mutter würde zunehmend die Fähigkeit verlieren, ein selbstständiges Leben führen zu können, bis sie eines Tages vollständig pflegebedürftig war.

Nachdem Emma mit ihrem Stiefvater vereinbart hatte, den Job in der Tischlerei aufzugeben, damit sie sich um ihre Mutter kümmern konnte, bereitete sie sich auf ihre zukünftige Tätigkeit vor. Sie las Bücher und besuchte Veranstaltungen, um mehr über diese furchtbare Krankheit zu erfahren. Bei einem Vortrag hörte sie, dass das Risiko, an einer Demenz zu erkranken, möglicherweise durch Verdrängungsstrategien der Betroffenen begünstigt wurde. Demnach führten unverarbeitete traumatische Erlebnisse dazu, dass Menschen sich irgendwann in eine Welt des Vergessens flüchteten, um sich mit der qualvollen Realität nicht mehr auseinandersetzen zu müssen. War ihre Mutter deshalb an Alzheimer erkrankt?

Während sie sich von den Maiglöckchen verabschiedete, überfiel Emma die schreckliche Vorstellung, sie könnte selbst einmal an Alzheimer erkranken. *Bin ich nicht auch eine Meisterin im Verdrängen?*

„WOHIN fliegst du?“, fragte ihre Mutter, als habe Lilli gerade erzählt, sie wolle eine Reise zum Mond machen.

„Nach! New! York!“ Sie betonte jede Silbe einzeln. Lilli saß mit ihrer Mutter vor dem Fernsehapparat, die sich einen Vorabendkrimi ansah, und spielte FreeCell auf dem Handy, als sie nebenbei die bevorstehende Flugreise erwähnte.

„Nach New York! Aber warum denn? Du warst doch grad in Hamburg! Du kannst wohl nicht oft genug von hier fortkommen?“

Lilli gestand sich ein, dass ihre Mutter mit der hämischen Anschuldigung nicht ganz falsch lag. „Weil ich dort einen Termin habe“, erklärte sie ungeduldig und warf ihr Handy auf das Sofa, weil sie sich in ihrem Spiel zu „No Moves Detected“ manövriert hatte.

„Einen Termin? In New York? Mit wem denn …?“

Natürlich! Lilli hatte geahnt, dass ihre Mutter damit kommen würde, sobald sie von der Reise erfuhr. „Nein! Nicht mit Papa!“ Sie warf einen finsteren Blick auf die schuldlose Decke.

Für eine Weile schwieg ihre Mutter. Dass sie so leicht zu durchschauen war, behagte ihr scheinbar nicht. Doch die Verschnaufpause war nur von kurzer Dauer. „Aber mit wem hast du dann einen Termin?“, fragte sie. Die Hartnäckigkeit hatte Lilli eindeutig von ihrer Mutter geerbt.

„Mit einem Auktionshaus – mit Lockerby`s!“ Jetzt war es raus. Und Lilli kam zu der Erkenntnis, dass es keinen Grund gab, warum sie ihrer Mutter den wahren Anlass für die Reise verschweigen sollte. Aufreibende Diskussionen ließen sich ohnehin nicht vermeiden.

„Was um Gottes willen tust du dort?“

„Ich bringe die alte Barbie, die mir Papa als Kind geschenkt hat, dorthin, um sie versteigern zu lassen.“

„Die alte Barbie, mit der du nie gespielt hast?“ Ihre Mutter hob die Augenbrauen.

Sie weiß, dass ich nie mit ihr gespielt habe, dachte Lilli verblüfft. „Ja, DIE!“

„Aber warum? Wer will so ein altes Ding schon haben? Lohnt es sich überhaupt, deswegen nach New York zu fliegen?“ Ihre Mutter musterte sie, als wolle Lilli ihr einen Bären aufbinden.

„Doch, das lohnt sich! Es ist die allererste Barbie, die auf den Markt gekommen ist. Sie ist noch originalverpackt! Sammler zahlen dafür ein kleines Vermögen!“ *Das hoffe ich zumindest.*

„Aber warum verkaufst du sie jetzt? Brauchst du Geld?“, bohrte ihre Mutter weiter.

„Ja, ich brauche das Geld“, seufzte Lilli ergeben und wusste im selben Moment, dass ihr ein Abend voller Erklärungen und weiteren Diskussionen bevorstand.

Es herrschte Funkstille! Dimitri ließ nichts mehr von sich hören. Obwohl es ihr widerstrebte, sendete Sandra noch ein paar Nachrichten und versuchte, ihn telefonisch zu erreichen, aber Dimitri war scheinbar untergetaucht.

Sandra war nicht naiv. Sie hatte geahnt, dass es so kommen würde, nachdem sie ihm ihre Einstellung zu seiner Lebenssituation klar gemacht hatte und eine Rückgabe des Geldes die logische Konsequenz gewesen war. Dennoch war Sandra enttäuscht. Sie hatte erwartet, dass der junge Mann sich nach ihr sehnen würde. Dass er wenigstens um Vergebung bitten würde, weil sie ihm etwas bedeutet hatte. Dass sie nicht nur die Geldgeberein für seinen Lastwagen gewesen war.

Denn abgesehen von dem Verlust des Geldes beschäftigte Sandra, ob sie nicht mehr attraktiv genug war, um einen jüngeren Mann zu halten. Die meisten ihrer Beziehungen hatte Sandra von sich aus beendet, und sie genoss das Buhlen der Männer um ihre neuerliche Gunst.

Das Geld werde ich wohl abschreiben müssen, dachte sie bitter. Warum hatte sie es ihm nur gegeben? Sandra konnte ihren Leichtsinn nicht mehr nachvollziehen. „Hormongesteuerter Teenager!" Lillis bissige Worte kratzten an ihrer Eitelkeit.

Aber es beruhigte Sandra, dass sie ohne ihre Ersparnisse über die Runden kam. Die Ausgaben für ihre Wohnung beschränkten sich auf die Betriebskosten und die vielen Nachtdienste stockten ihr Gehalt regelmäßig auf. Doch aus den Rücklagen hatte sie ihre Reisen, und die häufigen Besuche beim Friseur und im Kosmetiksalon finanziert. Und sie erfüllte ihrem Sohn Sonderwünsche, wie zuletzt ein neues Bike oder teure Markensportbekleidung. Sandra würde Einiges einschränken müssen. Der Gedanke an Lukas holte sie aus ihren leidigen Überlegungen, dafür stand sein eiliger Abschied am Vormittag wieder vor ihren Augen.

Nachdem sie gestern Abend vor dem Fernseher eingeschlafen war, erwachte sie heute Morgen mit steifem Nacken auf dem Sofa. Sandra erfrischte sich unter der Dusche, deckte den Tisch und freute sich auf das Frühstück mit ihrem Sohn. Es war bereits nach zehn Uhr, als sie Lukas aufweckte.

Er protestierte gähnend: „Was? Nein! Jetzt schon? Ich bin so müde, ich möchte noch schlafen …"

„Nein, Lukas! Nicht einmal ein junger Mensch wie du braucht so viel Schlaf." Sandra zog ihrem Sohn die Decke weg, er kroch grummelnd aus dem Bett.

Lukas verschwieg seiner Mutter, dass er bis vier Uhr in der Früh vor dem Fernseher gesessen war und sich Games of Lords einverleibt hatte. Als er seinen Serienmarathon erschöpft abbrechen musste, weil er die Augen nicht mehr offen halten konnte, hatte er seine Mutter weiterschlafen lassen, damit er keinen Rüffel bekam.

Beim Frühstück gab sich der Junge wortkarg, und er gähnte immer wieder demonstrativ. Sandra seufzte innerlich, wollte ihn mit ihrem Sonntagsprogramm aus seiner Trotzphase holen. „Was meinst du? Wir fahren nach Bregenz, essen irgendwo bei einem Italiener und machen danach eine Schifffahrt über den See", schlug sie vor.

Lukas wirkte überrumpelt. Er kaute ausgiebig an seinem Bissen weiter, bevor er kaum verständlich murmelte: „Nein, das geht leider nicht, Mama. Ich fahre nach dem Frühstück wieder nach Hause …" Er versteckte das Gesicht hinter seinem riesigen Honigbrot.

„Aber warum so früh heute?", fragte Sandra verwundert. Er verbrachte in der Regel den ganzen Sonntag bei seiner Mutter.

„Ich muss … ähm … ich möchte nach Hause, es gibt Schnitzel zum Mittagessen." Lukas legte sein Lieblingsfrühstück auf den Teller und wand sich unbehaglich auf seinem Sessel.

Sandra betrachtete ihren Sohn mit zusammengekniffenen Augen. Sie ahnte instinktiv, was er verbergen wollte, und fragte ohne Umschweife: „Und wer macht heute eure Schnitzel?" Lukas aufgeschreckter Blick gab ihr Recht.

„Ähm …" Seine scharfsinnige Mutter verblüffte ihn: „Anita, Papas Freundin", aber wenigstens musste er nicht herumflunkern. Er schlürfte aus seiner Kakaotasse.

Soso, Rainer hat eine neue Freundin. Sandra hatte bereits vermutet, dass es wieder eine neue Frau im Leben ihres Ex-Mannes gab, weil er in letzter Zeit über die Maßen gut gelaunt wirkte. Sie gönnte ihm sein neues Liebesglück. Rainer war ein Beziehungsmensch, kein Mann für zwischenmenschliche Abenteuer. Trotz dieser Einsicht hatte sich Sandra über den unerwarteten Anflug von Eifersucht gewundert, ihrem Sohn aber weitere Fragen erspart. Lukas war bald darauf nach Hause gefahren.

Sandras Gedanken schweiften wieder zu ihren aktuellen Problemen zurück. Sie wusste, dass es aussichtslos war, nach Dimitri zu suchen, um ihre Ersparnisse zurückzubekommen. Alle Bemühungen würden spätestens in Weißrussland an politisch-bürokratischen Hürden scheitern. Sie musste das Geld als teure Erfahrung in ihrem Leben abschreiben.

Na gut, ich versuch es noch einmal! Mit dem letzten Hoffnungsschimmer öffnete Sandra ihre Kontaktliste. Das Profilbild von Dimitri war jedoch verschwunden, nur noch das anonyme Standardprofil wurde in dem Nachrichtendienst angezeigt. *Nett*, dachte sie gekränkt. Dieses Tüpfelchen auf dem „i" hatte ihr heute noch gefehlt. Geknickt tilgte sie die letzten Spuren ihres weißrussischen Ex-Liebhabers aus dem Handy.

Mit großer Überwindung wählte Marie die Nummer. Nachdem sie gestern Abend und heute den ganzen Tag über erfolgreich alle Anrufe ihrer Mutter ignoriert hatte, bekam sie letztendlich ein schlechtes Gewissen. *Warum schickst du keine Nachricht?*

Aber ihre Mutter verabscheute dieses lockere Geschreibe, wie sie es nannte. „Niemand will mehr mit dem anderen reden! Was ist das für eine Gesellschaft, in der wir heute leben?"

Marie hätte lieber einen pseudolustigen Scherzanruf eines Radiosenders über sich ergehen lassen, als ihre Mutter anzurufen. Das Freizeichen in der Leitung hörte sich wie ein Countdown an.

Ihre Mutter nahm ab: „Endlich, Marie! Ich habe mich schon gefragt, wie lange du mich noch ignorieren willst!"

„Hallo, Mama …" Sie zwang sich, ruhig zu bleiben, bevor sie erklärte: „Es tut mir leid, dass ich nicht zurückgerufen habe, aber meine Freundin Melanie hatte einen Unfall", und war dankbar für das plausible Argument.

„Einen Unfall? Meinst du die … die große Melanie?"

Marie war froh, dass ihre Mutter heute auf die uncharmante Bezeichnung verzichtete, mit der sie Melanie ihr gegenüber sonst titulierte: Walküre. Das Wort „Unfall" schien eine einschüchternde Wirkung zu haben. „Ja, richtig, Melanie!“ Einen gereizten Unterton konnte Marie dennoch nicht unterdrücken: „Sie ist gestürzt und musste eine Nacht auf der Intensivstation bleiben, weil sie eine Kopfverletzung hat.“ Mehr brauchte ihre Mutter nicht zu wissen.

„Oh …, wie schrecklich“, tönte es, entgegen des Gesagten, teilnahmslos durch die Leitung, „… und geht es ihr wieder besser?“

„Ja, sie ist inzwischen auf der Unfallstation und wird vermutlich bald nach Hause können.“ Marie fiel wieder ein, dass ihre Mutter etwas von ihr wollte. „Du wolltest mit mir sprechen?“

„Ja, das möchte ich!“

Die Worte drangen mit einem bedeutungsschwangeren Unterton an Maries Ohr. *Und was kommt jetzt?*

„Ich wollte dir mitteilen, dass dein Vater ausgezogen ist!“

Marie war nicht überrascht. Sie wunderte sich nur, warum sie die Tatsache diesmal offiziell erfuhr. Vor einigen Jahren hatten Marie und Sandra erst beim obligatorischen Geburtstagsbesuch bei ihrer Mutter erfahren, dass ihr Vater nicht mehr dort lebte. Damals hatte ihre Mutter die Neuigkeit wochenlang geheim gehalten. Vermutlich in der Hoffnung, ihr Ehemann wäre wieder zurückgekehrt, bevor die Töchter etwas bemerken würden.

„Mama, das tut mir leid! Warum …?“ Diesmal konnte Marie nachvollziehen, wie schwer diese Situation für ihre Mutter sein musste.

„Er hat eine andere!“ Der Satz schoss wie eine Gewehrsalve durch die Leitung.

Natürlich hat er eine andere! Es gibt immer eine andere! „Aber warum …?“ Sie wusste nicht, wie sie fragen sollte, warum ihre Mutter diesmal freiwillig reinen Wein einschenkte.

„Du meinst, warum ich es dir überhaupt erzähle? Weil dein Vater sich scheiden lassen und die Frau heiraten will!“

WAS? Die Worte trafen Marie wie eine Breitseite im Seegefecht. *Er will sich scheiden lassen und wieder heiraten?* Sie fragte sich verwirrt, ob sie die Frage laut ausgesprochen hatte, aber ihre Mutter schwieg. „Oh, Mama, das ist ja unfassbar!“

„Wer ist sie? Wann heiratet er? Und warum?“, drängte es Marie weiter zu fragen, doch das waren keine Themen für ein Telefonat mit ihrer Mutter, falls diese überhaupt darüber sprechen würde. Darum schlug sie vor: „Es ist schon spät, ich werde morgen nach der Arbeit zu dir kommen, dann könnten wir in Ruhe über alles reden. Können wir es so machen, Mama?" Marie hoffte inständig, dass ihre Mutter die Beherrschung wahrte, wie sie es immer tat. Eine weinende oder gar hysterische Mutter war das Letzte, was sie heute vor dem Schlafengehen brauchte.

Leider torpedierte die Frau am anderen Ende der Leitung ihre Hoffnungen. „Gut Marie, dann sehen wir uns morgen. Und ich erwarte, dass du positive Neuigkeiten mitbringst! Eine geschiedene Frau in der Familie ist peinlich, zwei geschiedene Frauen sind ein Drama, aber drei geschiedene Frauen wären eine Katastrophe!"

Jens schrieb, seine Band würde nächste Woche als Vorgruppe bei einem Rockkonzert in St. Gallen auftreten, es freue ihn, dass sie auch an ihn gedacht habe und man könne sich vielleicht zu viert treffen. Seine Nachricht kam Melanie rätselhaft vor.

Was meinte er mit „zu viert treffen"? Sie kam zu dem Schluss, Jens musste damit seine Band meinen. Während sie mit dem Telefon vor ihrer Nase noch über den Satzteil: „auch an ihn gedacht", nachgrübelte, trat die Nachtschwester ins Krankenzimmer.

Sie huschte an Melanies Bett, und rügte ihre Patientin so leise wie möglich: „Jetzt schalten Sie bitte das Handy aus, gönnen Sie Ihrem Kopf endlich eine Pause! Vor zwei Tagen sind Sie noch auf der Intensivstation gelegen!"

Melanie nickte brav und wartete, bis die Schwester den Raum wieder verlassen hatte. Sie beschloss, ihre Fragen zu dem teilweise verwirrenden Inhalt der Nachricht zu ignorieren, bevor sie unter der Bettdecke eine Antwort tippte. Die Aussicht darauf, bald ein Abenteuer erleben zu können, hob ihre angespannte Krankenhauslaune in luftige Höhen. Die Stadt St. Gallen in der Schweiz war nur eine halbe Autostunde entfernt. Melanie schlug vor, sich dort nach dem Konzert zu treffen.

Jens antwortete umgehend: „Unser Gig ist erst am Donnerstag. Vielleicht könnten wir uns am Mittwoch treffen, wenn ich auf der Durchreise durch Vorarlberg bin?"

Melanies Herz hüpfte. *Ich könnte Jens schon vorher sehen!* Der Arzt hatte ihr heute bei der Visite erklärt, sie dürfe am nächsten Tag auf eigene Verantwortung nach Hause gehen. Morgen war erst Montag, also konnte sie sich bis Mittwochabend erholen.

Kurzentschlossen schrieb sie ihre Zusage. Ort und Zeitpunkt des Treffens würden sie kurzfristig klären. Melanie fühlte sich wie ein junges Mädchen, das ein verbotenes Treffen mit einem Jungen plante. Die lästige Stimme in ihrem Kopf, die ihr zuflüsterte: „Und was ist mit Jakob?", verjagte sie mit einer unwirschen Bewegung. Seit sie im Krankenhaus lag, hatte ihr Mann sie mit Missachtung bestraft, sie weder auf den Mund geküsst noch in den Arm genommen. *Das hat er nun davon!*

Dennoch konnte Melanie es kaum erwarten, wieder nach Hause zu kommen, die Hausbar schwebte wie der heilige Gral vor ihrem geistigen Auge. *Zum Teufel mit der Psychologin!*

Der Arzt hatte sich heute Morgen besorgt über Melanies Leberwerte geäußert, ihr geraten, den Alkoholkonsum einzuschränken, und gefragt: „Wie viel trinken Sie pro Tag, Frau Schindler?"

„Manchmal ein paar Gläschen, manchmal gar nichts!" Melanie erinnerte sich zwar nicht mehr daran, wann sie zuletzt einen Tag lang nichts getrunken hatte, aber das würde sie dem Arzt sicher nicht unter die Nase reiben.

„Und wie viel pro Woche?"

Frechheit! Das ist ja wie ein Verhör! „Keine Ahnung, ich habe nie mitgerechnet!", erwiderte sie pampig.

Der Mediziner blickte sie forschend über den Rand seiner Lesebrille hinweg an und runzelte die Stirn. „Wenn ich mir Ihre Leberwerte anschaue, ist die Alkoholmenge, die Sie konsumieren, gesundheitsschädlich, oder besser gesagt, sie schädigt Ihre Gesundheit bereits – Sie haben eine ausgeprägte Fettleber!"

Eine Fettleber? Unverschämt! Da konnte er doch gleich sagen, sie sei zu dick! „Ich trinke auch nicht mehr, als es andere tun!", verteidigte sich Melanie beleidigt. Sogar in ihrem Elternhaus wurde jedes Mal Alkohol angeboten, wenn Gäste da waren. Und meist blieb es nicht nur bei einer Flasche Wein.

„Eine ausgeprägte Fettleber arbeitet nicht optimal. Sie erhöht das Risiko für viele Erkrankungen wie Diabetes und alle Herz-Kreislauf-

Erkrankungen. Übermäßiger Alkoholkonsum kann auch zum Auslöser für demenzielle Erkrankungen werden."

Und jetzt noch Demenz? Vielen Dank auch! Das Damoklesschwert hatte der Arzt sich bis zum Schluss aufgehoben. „An etwas muss man ja sterben, oder? Man wird ja schon krank, wenn man den Beipacktext von Medikamenten liest!" Melanie hatte auch ein paar Geschosse in petto.

„Kommt immer darauf an, wann man sterben will und wie!" Der Arzt kritzelte auf der Krankenakte herum. „Wie ich sehe, haben Sie den Termin mit der Psychologin abgelehnt." Er bedachte sie mit einem besserwisserischen Blick.

Die Patientin beschränkte sich trotzig auf ein stummes Nicken. Sie hatte keine Lust mehr, über ihre Leber, ihren Alkoholkonsum oder irgendwelche Therapien zu diskutieren. *Soll er doch jemand anderen quälen!*

Melanie wischte die unbequemen Erinnerungen an das ärztliche Verhör wieder aus ihrem Kopf und kauerte erwartungsvoll mit dem Handy in der Hand unter der Bettdecke, bis die erhoffte Antwort eintraf.

„Klar, ich melde mich bei dir! Freu mich auf dich!"

„Hallo, du heißes Weib! Wie sieht es aus am Mittwoch? Jens und ich werden im Laufe des Nachmittags ankommen. Er will sich mit Melanie treffen und ich geh davon aus, dass die beiden nicht scharf auf einen flotten Vierer sind. Aber ich bin scharf auch DICH!!!"

Verwirrt schüttelte Emma ihren Kopf. Hatte sie etwas überlesen? Sie scrollte den Chatverlauf durch, fand aber keinen Hinweis darauf, dass Riesen-Lars Jens schon einmal erwähnt hatte. Was sollte das bedeuten: Jens trifft sich mit Melanie? Ihre Freundin lag doch noch im Krankenhaus? Falls sie bereits nach Hause entlassen worden war, so wusste Emma nichts davon. Sie hatte seit dem beschämenden Zusammentreffen an Melanies Krankenbett von keiner ihrer Chorfreundinnen etwas gehört.

Emma hatte nicht erwartet, dass Marie sich melden würde, und Sandra hielt sich vielleicht aus Loyalität zurück, aber Lilli oder Melanie hätten nachfragen können, wie sie nach den dramatischen Ereignissen zurechtkam. Von sich aus die Initiative zu ergreifen, hatte Emma verworfen. Was, wenn ihre Freundinnen sie ignorierten oder ihr eine Abfuhr erteilten? In dem schrecklichsten Szenario hätte sie alle Chorfreundinnen für immer verloren! Sie verbot sich, diesen Gedanken weiterzuspinnen.

Nur Johannes schien es zu kümmern, wie es ihr ging. Doch er war der Einzige, auf dessen Aufmerksamkeit sie gerne verzichtet hätte. Er hatte geschrieben: „Süße, ich weiß, dass es dir nicht gut gehen kann! Lass mich bei dir sein! Mir ist klar, dass ich Mist gebaut habe, aber irgendwann wäre es sowieso rausgekommen. Spätestens wenn wir uns zueinander bekannt hätten. Bitte gib uns eine Chance – ich vermisse dich!"

Ihre Entscheidung stand jedoch fest. Emma würde niemals eine feste Beziehung mit Johannes eingehen und wollte sich nicht mehr mit ihm treffen. Sie löschte seine Nachricht, vertraute darauf, er würde endlich akzeptieren, dass es vorbei war.

Nun zeichnete sich vor Emmas geistigem Auge eine neue Tragödie ab. Melanie war scheinbar mit Jens verabredet. Aber wenn ihre Freundin dieses Risiko eingehen wollte, obwohl sie bei Emma hautnah miterlebt hatte, welche Auswirkungen das haben konnte, dann war das ihre Entscheidung. Dennoch wollte sie Klarheit über Riesen-Lars' irritierende Zeilen haben.

Emma atmete tief durch, bevor sie die Nachricht schrieb. „Hallo, Melanie! Wie geht es dir? Bist du noch im Krankenhaus? Ich möchte dich nicht belästigen, aber ich habe eine Nachricht von Riesen-Lars bekommen. Er will sich mit mir am Mittwoch treffen und schreibt, dass Jens sich mit dir verabredet hat! Stimmt das?" Sie fixierte ihr Handy in der Hoffnung auf eine baldige Antwort, als ein lautes Rufen aus dem Wohnzimmer ihre Grübeleien unterbrach.

„Emma, aufs Klo! Aufs Klo!!!"

Emma spurtete ins Wohnzimmer. Erst gestern musste sie ihre Mutter wieder sauber machen, weil diese eingenässt hatte. Als sie bei der schräg auf dem Lehnsessel kauernden alten Frau ankam, roch sie bereits das unvermeidliche Malheur und seufzte frustriert. Wenigstens hatte sie, in weiser Voraussicht, seit Langem die Sitzfläche mit einer Schutzauflage abgedeckt.

Im Bad schälte sie ihre Mutter mit Einweghandschuhen aus der kotverschmierten Wäsche.

„Hab ich jetzt in die Hose geschissen?" Die alte Frau blickte verstört an sich hinunter, als sie ihrer Tochter bei der Arbeit zusah.

„Schon gut, Mama. Das kann passieren, ist nicht so schlimm." Emma bemühte sich um einen gelassenen Tonfall. Die Krankenschwester hatte ihr eingeimpft, in solchen Situationen ruhig zu reagieren, da jedes gestresste Verhalten die Orientierungslosigkeit ihrer Mutter verstärken würde.

Als Emma mit der Arbeit fertig war, entspannte sie sich bei einer Tasse Kaffee. Dabei huschten Wunschvorstellungen durch ihren Kopf, auf welche andere Art und Weise sie ihren Stress gerne abbauen würde …

Lilli las die Nachricht noch einmal in Ruhe durch, sie wollte sich ausnahmsweise kein vorschnelles Urteil bilden.

„Hallo, Liebes! Ich hoffe, es geht dir gut! Irgendwie ist das Treffen nicht so gelaufen, wie ich es mir gewünscht habe. Wir hatten kaum Zeit füreinander. Wenn ich das nächste Mal komme, machen wir was zusammen – nur wir zwei! Marlene hat es sehr gut gefallen, sie möchte beim nächsten Mal wieder mitkommen. Hab dich lieb!"

Das befriedigende Gefühl, weil Lillis Vater offenbar nicht entgangen war, wie wenig Zeit er für seine erste Tochter hatte, wurde von der Ankündigung getrübt, ihre Halbschwester komme bei seinem nächsten Besuch wieder mit. Lilli war eingeschnappt und schämte sich gleichzeitig dafür. *Wie jämmerlich,* dachte sie, *ein kleines Kind könnte nicht schlimmer sein.* Das Verhalten der kleinen Lena-Karina kam ihr wieder in den Sinn.

Sie warf das Handy entnervt auf das Sofa, und wandte sich wieder ihrer Beschäftigung zu. Lilli machte Delia für eine Ausfahrt mit Ken bereit. Sie zog der Puppe das pinkfarbene Regenmäntelchen an und streifte ihr die passenden Stiefelchen über. Während Lilli im Kleiderkarton nach Kens Jacke suchte, entschied sie, dass sie ihrem Vater nicht antworten würde. *Wozu auch? Er kapiert es ohnehin nicht!*

„Was? Nein! Tatsächlich?", fragte ihre Schwester fassungslos, nachdem Marie von der Neuigkeit berichtet hatte.

„Vater will sich von Mutter scheiden lassen und wieder heiraten!", wiederholte Marie und betonte dabei jede Silbe einzeln. Vielleicht, weil ihr das Vorhaben ihres Vaters selbst unwirklich erschien. Rückblickend wirkte der heutige Tag ohnehin wie ein einziger Albtraum.

Marie war am Abend, nach einem anstrengenden Arbeitstag, zu ihrer Mutter gefahren. Anstrengend war das falsche Wort – ereignisreich wäre zutreffender. Nein, niederschmetternd würde den Tag perfekt treffen!

Nachdem ihr Chef bereits am Morgen verkündet hatte, dass er den widerlichen Doktor Manzer als Nachfolger einstellen würde, saß Marie den ganzen Tag über wie unter Valiumeinwirkung an ihrem Schreibtisch. Besorgniserregende Überlegungen schwirrten durch ihren Kopf: *Soll ich mir gleich einen neuen Job suchen? Oder erst mal abwarten?* Dass ihre Kollegin Doris, die noch vor Doktor Bereuter in Pension gehen würde, alles über den neuen Notar wissen wollte, weil sie bei seinem Vorstellungstermin nicht da gewesen war, und Marie krampfhaft etwas Positives über den Mann zu berichten versuchte, zehrte ebenso an ihren Kräften. Sie verließ die Kanzlei früher als gewöhnlich und versuchte, den neugierigen Blick von Doris zu ignorieren, die heute wie eine Spinne über jede von Maries Bewegungen gewacht hatte.

Gut möglich, dass ich heute ein paar fehlerhafte Testamente erstellt habe und die alte Frau Küng das Haus statt ihrem Lieblingsneffen ihrem habgierigen Bruder vermachen wird. Marie nahm sich vor, die bearbeiteten Dokumente am nächsten Tag noch einmal zu kontrollieren!

Bei der Fahrt zu ihrem Elternhaus wappnete sich Marie. Sie ahnte, was sie erwarten würde, wenn sie ihrer Mutter gestand, dass sie sich scheiden ließ. Ihre Befürchtungen wurden dennoch übertroffen.

„Was? Nein! Das kannst du mir nicht antun, Marie! Du kannst dich nicht scheiden lassen! Sandra ist geschieden, dein Vater will sich scheiden lassen und jetzt auch noch du. Ich kann mich nirgends mehr blicken lassen!“ Ihre Mutter lief aufgebracht umher.

Marie beobachtete sie besorgt, und kam sich vor wie eine Verbrecherin, bis irgendetwas in ihr rebellierte. *Was soll das? Ich bin nicht schuld!* „Es hat keinen Sinn mehr – ich kann nicht bei Johannes bleiben, nur damit die Trennungsstatistik unserer Familie nicht aus dem Rahmen fällt!“, verteidigte sie sich.

„Aber du hast doch gesagt, dass er wieder zurückkommen will! Warum gibst du ihm keine Chance?“

Marie ärgerte sich über ihre eigene Dummheit! Warum hatte sie ihrer Mutter erzählt, dass Johannes bei ihr angekrochen gekommen war, bevor seine Affäre mit Emma aufgeflogen war? Marie hatte Trost und Verständnis erwartet, sie wollte damit die Unverfrorenheit ihres Mannes demonstrieren. Stattdessen pickte sich ihre Mutter die Argumente heraus, die sie für ihre Klagetirade brauchte.

„Dein Vater hat mich auch betrogen – und nicht nur einmal! Ich weiß, dass ihr das wisst! Wenn ich jedes Mal davongelaufen wäre, hätte ich schon lange keinen Ehemann mehr! Das gehört zum Beziehungsleben, man arrangiert sich und trennt sich nicht wegen jeder Kleinigkeit.“

Wegen jeder Kleinigkeit? Marie schwieg sprachlos.

Ihre Mutter setzte sich endlich und fixierte sie mit dem Das-tut-man-nicht-Blick, den ihre Tochter nur zu gut kannte. Marie fühlte sich in ihre Kindheit zurückversetzt, wo sie über die Werte einer Familie und den wichtigen Platz in der Gesellschaft belehrt worden war. „Hör zu, Marie! Du wirst es bereuen, wenn du dich übereilt entscheidest! Glaub mir, du und Johannes habt viel gemeinsam! Ihr seid beide anspruchsvoll, ihr habt den gleichen Geschmack, ihr ergänzt euch, ihr seid ein Vorzeigepaar!"

Vorzeigepaar! Wenn ich das noch einmal höre! Ein aufgewecktes Monster in Marie wollte sich befreien. Sie entließ einen Stoßseufzer, um nicht loszuschreien. Voller Widerwillen musterte sie die gepflegte Erscheinung ihrer Mutter, die jede Woche einen Termin bei der Kosmetikerin oder beim Friseur wahrnahm. Sie war die perfekte Dame im reifen Alter.

So werde ich auch einmal aussehen, dachte Marie begeisterungslos. Sie nahm sich vor, ihre Haare mindestens einen Monat lang nicht mehr schneiden zu lassen, bevor sie einen weiteren Versuch unternahm: „Aber, Mama, er hat mich mit meiner Freundin betrogen! Beide haben mich betrogen! Wie soll ich das einfach abhaken?"

Der Das-tut-man-nicht-Blick ihrer Mutter bekam einen säuerlichen Akzent. „Glaubst du, dein Vater hat mich nie mit einer sogenannten Freundin betrogen? Du kannst dich nur auf dich selbst verlassen, Marie! Gib deswegen nicht alles auf! Deine Ausdauer und deine Disziplin sind jetzt das Wichtigste."

Warum kannst du mir nicht sagen, dass du mich verstehst? Ihr inneres Monster war wieder zusammengesackt und kauerte kraftlos in einem Winkel. Marie behielt die aufsteigenden Tränen für sich, verschwieg, dass ihre Liebe zu Johannes gestorben, jedes Zusammenleben mit ihm unvorstellbar geworden war. Stattdessen rutschte aus ihrem Mund: „Liebst du Papa? Hast du Papa jemals geliebt?"

Der säuerliche Das-tut-man-nicht-Blick ihres Gegenübers verblasste zu einem unterkühlten Ausdruck: „Du solltest jetzt gehen, Marie. Ich habe morgen einen anstrengenden Tag vor mir." Ihre Mutter erhob sich, und schritt hocherhobenen Hauptes aus dem Esszimmer, um neben der aufgehaltenen Haustür auf ihre Tochter zu warten. Die Verabschiedung fiel beiläufig aus.

Der Besuch war ein Kraftakt gewesen – Marie fühlte sich ausgelaugt. Trotzdem rief sie, kaum in ihrer Wohnung angekommen, als Erstes ihre Schwester an. Sie war sicher, dieses Gespräch würde sie für alles entschädigen, was sie heute hatte durchleben musste.

„Er will wieder heiraten? Weiß du, wen?“, fragte Sandra. Sie hatte sich schnell von der Neuigkeit gefangen.

„Gute Frage, ich habe Mama nicht danach gefragt. Ich war damit beschäftigt, mich zu rechtfertigen, weil ich Johannes nicht zurückhaben will.“

„Du Arme! Das kann ich mir lebhaft vorstellen, aber lass dich bloß nicht weichklopfen. Bleib standhaft und tu, was du für richtig hältst. Ich werde dir beistehen!“

Maries Herz wurde von Dankbarkeit geflutet. Am liebsten wäre sie auf der Stelle zu ihrer Schwester gefahren, um sich in deren Arme zu werfen. Sie räusperte sich gerührt: „Danke, Sandra …“

„Dafür sind Schwestern da!“, bekundete Sandra ihre Entschlossenheit, bevor sie fragte: „Und was gibt es sonst Neues?“

Marie berichtete von ihrer Ausmistorgie am Sonntag und bekam dafür ein dickes Lob. Dann klagte sie über den widerlichen Notar, den ihr Chef einstellen würde, und ihre unsichere Zukunft in der Kanzlei. „Ich bin jetzt über zwanzig Jahre dort. Ich glaube kaum, dass ich in einem anderen Job wieder so viel verdienen werde, und ich muss mir Gedanken machen, wie ich eine eigene Wohnung finanzieren kann!“

„Jetzt wart erst mal ab, wie du mit diesem Doktor Manzer zurechtkommst. Er braucht eine erfahrene Mitarbeiterin! Doris ist ja bald weg. Und wenn er als Chef wirklich so widerlich ist, kannst du dir immer noch einen neuen Job suchen – das wird schon!“

Während sie den aufmunternden Worten lauschte, bedankte Marie sich wortlos bei einem höheren Wesen, weil sie eine Schwester hatte, mit der sie ihre Sorgen und Ängste teilen konnte.

Als Sandra aufgelegt hatte, fiel ihr ein, dass Marie noch nichts von dem endgültigen Aus mit Dimitri wusste. Doch es war ihr zur Gewohnheit geworden, ihre Angelegenheiten für sich zu behalten, sie würde es ihrer Schwester zu einem geeigneteren Zeitpunkt erzählen.

Die Trennung ihrer Eltern beschäftigte Sandra weit mehr. Ihr war klar, dass sich ihre eigene Lebenssituation ebenso drastisch verändern könnte wie die von Marie. Wenn ihr Vater sich scheiden ließ, würde ihn das eine Menge Geld kosten. *Wird Papa mir die Wohnung weiter ohne*

Miete zur Verfügung stellen können? Sandra musste schon mit dem Verlust ihrer Ersparnisse zurechtkommen.

„Ach herrje, Jakob! Du kannst morgen wieder arbeiten gehen! Ich bin doch kein Pflegefall!"

Melanie lag ausgestreckt auf dem Sofa, sie hatte sich von ihrem Mann in eine Kuscheldecke wickeln lassen. Er saß danebengequetscht auf der Sofakante und blickte besorgt auf seine Frau hinunter.

„Ich hab das schon geklärt. Ich kann den Rest der Woche freinehmen! Das ist ja eine Ausnahmesituation. Alle lassen dich lieb grüßen und wünschen dir gute Besserung!" Selbstverständlich hatte Jakob seinen Arbeitskollegen Melanies Sturz mit alkoholfreiem Hergang geschildert. Sie war demnach beim Putzen auf einen Sessel geklettert, abgerutscht und auf den Kopf gefallen.

„Mein Gott, Jakob! Es geht mir wieder gut, ich brauch keinen Babysitter! Es macht mich verrückt, wenn du den ganzen Tag um mich herumscharwenzelst."

Jakob war gekränkt. Seine Frau verhielt sich, als würde er sie mit seiner Anwesenheit belästigen. Die Familie hatte das ganze Wochenende über geschuftet, die Küche neu gemalt und geputzt, um Melanie die Heimkehr zu verschönern.

Als er seine Frau am Vortag aus dem Krankenhaus abholt hatte, hatte er sich vorgenommen, die abweisende Haltung, mit der er sie bestraft hatte, wieder gutzumachen und ein fürsorglicher Ehemann zu sein. Jakob hatte erwartet, dass sie seine Zuwendung genießen würde. Stattdessen war Melanie seit ihrer Heimkehr ungeduldig und schlecht gelaunt.

Jakob hob resigniert die Schultern: „Na gut, dann geh ich morgen wieder arbeiten. Jetzt bestell ich uns Pizza fürs Mittagessen." Er gab seiner Frau einen Kuss und erhob sich, um in der Küche nach der Menükarte des Pizzalieferanten zu suchen.

Melanies Blick folgte ihm augenrollend, bis die Tür hinter ihrem Mann zugefallen war. Sie nützte die Gelegenheit, griff nach ihrem Handy und las Jens' Nachricht erneut: „Hallo, Melanie! Super, dass wir uns treffen können! Wir fahren morgen Früh los und werden voraussichtlich um drei beim Motel an der Raststätte ankommen. Ich schreib dir, wenn ich es genauer weiß! Riesen-Lars hofft noch immer auf Emma!"

Melanies Herz pochte aufgeregt. Jens sehen zu können, fühlte sich nach wie vor irreal an. Viel Zeit für das Treffen würde jedoch nicht bleiben. Jakob kam in der Regel zwischen fünf und halb sechs nach Hause, aber das Motel war nur fünfzehn Autominuten entfernt. Für ein Gespräch und ein paar Getränke würde es reichen, wenn die Reisenden pünktlich waren.

Ob Jens mehr von ihr erwartete? Schließlich trafen sie sich in der Bar eines Motels, aber sie hatte den Vorschlag gemacht, weil sie dort, wie sie hoffte, keinem Bekannten über den Weg laufen würde. Und es war die einzige Gelegenheit, sich mit Jens zu treffen. Sie konnte unmöglich am Donnerstabend zu dem Konzert in St. Gallen fahren, wenn sie eine knappe Woche zuvor noch auf der Intensivstation gelegen war. Jakob würde denken, sie hätte den Verstand verloren. Und Jens fuhr am Freitag wieder nach Hause, da seine Band am Samstag ein Konzert in Hamburg gab.

Die Nachricht, die Melanie von Emma erhalten hatte, löste das Rätsel, was der Musiker mit „zu viert treffen" gemeint hatte. Natürlich ging er davon aus, die Frauen hätten darüber gesprochen. Sie hatte Emma aber nicht geantwortet, weil sie nicht gemeinsam mit ihr auftauchen wollte. Melanie nahm an, ihre Freundin würde sich mit Riesen-Lars für Sex in einem Motelzimmer treffen und Jens möglicherweise dasselbe von ihr erwarten. Doch wie es aussah, hatte Emma das Treffen ohnehin abgesagt.

„Willst du eine Pizza Diabolo?" Jakobs Stimmer wurde lauter, bevor er mit dem Telefon am Ohr durch den Türspalt linste.

Melanie ließ ihr Handy auf das Sofa fallen und sah zwinkernd zu ihrem Mann auf: „Aber klar doch – du weißt ja, dass ich es gern scharf mag!"

Jakob grinste frech zurück. *Gott sei Dank, sie wird langsam wieder die Alte,* dachte er und war froh, dass seine Frau die uncharmante Einschätzung nicht hören konnte.

Bewegungslos

Emma rang mit sich. Sie hatte Frau Hagen um Hilfe gebeten, damit sie Einkäufe erledigen konnte, und war jetzt unschlüssig, ob sie ihrem wirklichen Vorhaben nachgehen sollte.

„Ich hab gesehen, dass es im Mini-Cent-Markt günstige Inkontinenzeinlagen gibt. Die möchte ich für Mama kaufen", erklärte sie der Betreuerin. Emma hatte das Angebot in einem Werbeprospekt gesehen, sie hätte die Einlagen aber auch am Freitag besorgen können, wenn sie ihren Wochenendeinkauf erledigte.

Frau Hagen reimte sich ihre eigenen Schlussfolgerungen zusammen. „Gehen Sie nur! Dann kommen Sie wieder mal aus dem Haus!"

Es war ein lauer Frühlingstag, nur ein paar Schleierwolken zierten den weichblauen Himmel. Durch das gekippte Küchenfenster wehte eine sachte Brise den betörenden Duft des weißen Flieders herein.

Frau Hagen plante, mit Emmas Mutter einen Spaziergang zu machen. „Vielleicht laufen wir bis zum Stadtpark", meinte die Betreuerin. Sie stand neben dem Rollator, der schon eine Weile auf seinen ersten Einsatz wartete, und lächelte zuversichtlich. „Ich gebe nicht auf!"

Emma hatte bisher erfolglos versucht, ihre Mutter zum Laufen mit der Gehhilfe zu bewegen. *Wir könnten längere Spaziergänge in die Umgebung machen, wenn Mama ihn endlich akzeptieren würde*, war sie sich sicher. Ihre Mutter lehnte den Rollator jedoch vehement ab und schimpfte jedes Mal: „Ich bin doch keine alte Frau!" Sie war dankbar, dass Frau Hagen einen weiteren Versuch unternahm.

„Bis später! Ich beeil mich!" Emma eilte mit ihrem Einkaufskorb aus dem Haus.

Kurze Zeit später fuhr sie achtlos am Mini-Cent-Markt vorbei. Es war zehn vor drei, Riesen-Lars, Jens und Melanie würden sich bald an der Motelbar treffen. Sie war immer noch enttäuscht, weil Melanie nicht auf ihre Nachricht reagiert hatte, denn Riesen-Lars schrieb gestern, ihre Freundin habe zugesagt. Und er merkte an, er sei jederzeit für eine heiße Überraschung bereit, da Emma sich nicht festlegen wollte.

Während eine innere Stimme der Vernunft versuchte, sich Gehör zu verschaffen, lenkte ihre Hand das Auto zielstrebig auf die Autobahn, um bald darauf die Abfahrt in Richtung Raststätte zu nehmen. Emma schüttelte unwillkürlich ihren Kopf. Was erhoffte sie sich? Sex? So lange konnte sie nicht fortbleiben, doch Riesen-Lars hielt sich ohnehin nicht mit einem langen Vorspiel auf. Ein lustvoller Schauer trieb ihr den Schweiß aus den Poren.

Sie rollte über den großen Parkplatz und suchte nach einem Pkw mit Hamburger Kennzeichen. Die meisten Fahrzeuge hatten ein deutsches Nummernschild, dann entdeckte Emma einen schwarzen Kleinbus mit Anhänger, dessen Nummer mit HH begann. Melanies weißer Polo war nirgends zu sehen. *Hat sie ein Taxi genommen?*

Emma parkte zwei Reihen hinter dem Kleinbus aus Hamburg, blieb aber in ihrem Auto sitzen. Sie rang noch immer mit sich.

Lilli las schockiert die Nachricht. Sie hatte sich gerade über die Terminzusage von Lockerby`s gefreut, als Lauras Hiobsbotschaft eintraf. Ohne lange nachzudenken wählte sie die Nummer.

Das Mädchen nahm sofort ab: „Hallo, Lilli (schnief) …, es ist so (schnief) …“

„So ein Mist, Laura! Es tut mir so leid, erzähl mir alles.“ Lilli bemühte sich, ihren Tonfall auf Beruhigungsmodus umzustellen, reagierte sich jedoch ab, indem sie mit dem Fuß den Papierkorb neben ihrem Schreibtisch bearbeitete.

„Ich (schnief) … bin (schnief) …“ Das Mädchen verstummte und schnäuzte sich lautstark.

„Laura, beruhige dich erst mal.“ Der schuldlose Papierkorb war inzwischen umgefallen. Lilli trat nach den Papierknäulen, die verstreut auf dem Boden lagen.

„Als ich gestern Abend vom Arbeiten heimgekommen bin, ist Mama auf dem Wohnzimmerboden gelegen und hat geblutet … (schnief), Jürgen hat sie zusammengeschlagen … (schnief), ich habe die Rettung gerufen … (schnief). Mama ist jetzt im Krankenhaus. Heute Morgen ist eine Sozialarbeiterin gekommen und hat gesagt, dass sie es nicht gut finde, wenn ich allein zu Hause bliebe, weil Jürgen vielleicht wieder auftauche und Mama sicher länger nicht nach Hause komme, weil sie eine Therapie machen müsse … (schnief) und ich … (schnief) … ich muss in eine Pflegefamilieeee …“ Laura heulte laut auf.

„Sch… sch…, alles wird gut.“ Lilli wünschte sich, jemand würde sie ebenfalls beruhigen. Sie war voller Wut! Auf diesen Scheißkerl Jürgen, auf Lauras schwache Mutter, auf alle Ungerechtigkeiten dieser Welt!

„Aber ich will nicht bei fremden Leuten wohnen!“, waren die ersten Worte, die ihr Schützling wieder hervorbrachte.

„Du kennst die Leute ja nicht, zu denen du kommst“, warf Lilli ein, „vielleicht sind sie ganz ne…“

„Nein! Das glaub ich nicht! Jessie – mit der bin ich in die Schule gegangen – ist auch zu einer Pflegefamilie gekommen, nachdem ihr Vater ins Gefängnis und ihre Mutter in die Irrenanstalt musste. Und der scheiß Pflegevater wollte immer zu ihr ins Bad, wenn sie unter der Dusche war! Sie hat ihm einen Tritt in die Eier gegeben und wohnt jetzt in einem Jugendheim. Aber dort gefällt es ihr auch nicht!“

Lillis Wut steigerte sich ins Unermessliche. Sie würde diese triebgesteuerten Idioten, die sich an wehrlosen Wesen vergingen, niemals verstehen können! Hatten die ein T-Shirt mit dem Aufdruck an: Mach dich an mich ran, weil ich das brauche? *Was stimmt bloß mit diesen geisteskranken Typen nicht, die sich an Kindern aufgeilen und sie missbrauchen?* In Lillis Vorstellungen, die sie brauchte, um ihre Wut loszuwerden, wurden sämtliche Triebtäter auf einer Galeere ausgepeitscht und mit ihren offenen Wunden ins Meer geworfen, wo bereits hungrige Haie auf sie warteten. Sie kickte einen großen Papierknäuel quer durchs Zimmer und holte tief Luft, bevor sie antwortete: „Es sind nicht alle Menschen schlecht, Laura. Es gibt viele gute Menschen, viele gute Männer. Du hast vielleicht nur noch keinen kennengelernt. Sag der Sozialarbeiterin, wovor du Angst hast. Und du kannst dich jederzeit bei mir melden! Ich gebe denen schon Gas, wenn deine Pflegefamilie nicht gut für dich ist!“

Für einige Sekunden herrschte Stille am anderen Ende der Leitung, das Schniefen hatte aufgehört. Dann hörte Lilli ein leises: „Danke …“

Sie blinzelte, schluckte einen Kloß hinunter: „Schon gut, Kleine, das tu ich gern für dich.“

Nachdem Lilli aufgelegt hatte, las sie zur Beruhigung noch einmal die E-Mail von Lockerby`s. Der Termin am kommenden Samstag war fix und ein Mister Blackhill schrieb, dass er sich auf ihren Besuch freue. Wenn die Barbie ordentlich Geld einbrachte, konnte sie Laura wenigstens mit einer guten Nachricht aufmuntern.

Mit notgedrungener Zuversicht schloss Lilli das E-Mail-Programm. Dann robbte sie über den Fußboden und sammelte die Auswüchse ihrer Antistresstherapie ein.

Jakob hatte einen Strauß mit roten Rosen und eine Schachtel Mon Chéri gekauft. Obwohl die Pralinen mit Alkohol waren, hatte er die Lieblingspralinen seiner Frau besorgt. Und er hatte den restlichen Nachmittag freigenommen, er wollte Melanie mit seiner frühen Heimkehr überraschen.

Als er mit seinem Wagen in die Wohnstraße einbog, spürte er ein sehnsüchtiges Ziehen unterhalb der Gürtellinie. *Hoffentlich ist Melanie noch in derselben Stimmung wie am Morgen,* dachte Jakob, denn die Launen seiner Frau zeigten sich in den letzten Tagen unberechenbar. Aber ihr leidenschaftlicher Abschiedskuss war ein Versprechen gewesen, und die Chancen für vorabendlichen Sex standen gut. Es war kurz vor drei, Max würde frühestens in zwei Stunden nach Hause kommen – Zeit genug für ein ausgiebiges Schäferstündchen.

Jakobs erotische Tagträume wurden jäh unterbrochen. Als er knapp hundert Meter von seinem Haus entfernt fuhr, glitt Melanies weißer Polo rückwärts aus der Einfahrt. Reflexartig trat er auf die Bremse, und kam hinter einem am Straßenrand geparkten Fahrzeug zu stehen. Jakob konnte trotz der Entfernung die Umrisse seiner Frau erkennen.

Was ist los? Stimmt etwas nicht? Warum fährt sie allein mit dem Auto los? Sie hatten ausgemacht, Melanie solle sich melden, wenn sie etwas brauchte oder gesundheitliche Probleme bekam. Er wäre in Kürze zu Hause gewesen. Jakob blieb einige Sekunden ratlos in seinem Wagen sitzen, und blickte dem davonfahrenden Auto hinterher, bis es um die nächste Kurve verschwand.

Obwohl irgendetwas in seinem Inneren unbehaglich zu ziepen begann, drückte Jakob aufs Gaspedal. Er folgte seiner Frau, suchte in Gedanken nach plausiblen Gründen, warum sie allein wegfuhr. Vielleicht brauchten ihre Eltern Hilfe? Nein, die würden sich an Melanies Brüder wenden und nicht an die Tochter, die gerade aus dem Krankenhaus entlassen worden war. Vielleicht wollte sie etwas besorgen, von dem er nichts wissen sollte? „Alkohol?“, flüsterte er leise vor sich hin. Jakob hatte, als Melanie im Krankenhaus lag, in einem Anfall von Frust sämtliche Spirituosen aus der Hausbar entsorgt. Vielleicht war ihr seine Säuberungsaktion aufgefallen? Doch es lagerten noch jede Menge Wein, Prosecco und Bier im Keller.

Während er weiterrätselte, lenkte Melanie ihren Wagen in Richtung Autobahn. Er folgte seiner Frau automatisch und übersah beinahe, dass sie gleich die nächste Abfahrt zur Autobahnraststätte nahm. Das unbehagliche Ziepen verwandelte sich in ein Gefühl von Beklommenheit. Jakob fröstelte, und er drehte unbewusst die Heizung an.

Als Melanie das Auto vor dem Motel parkte, lenkte er seinen Wagen neben einen großen Mercedes. Durch die Scheiben der Luxuskarosse konnte er beobachten, wie seine Frau auf den Eingang zulief. Auch wenn Jakob sich die kuriosesten Gründe zurechtgebogen hätte, warum sie ausgerechnet hierhergefahren war, so zeigte ihm ihre Aufmachung, dass er nach keiner Ausrede suchen musste.

Melanie trug Schuhe mit hohen Absätzen und das knielange rote Kleid mit dem tiefen Ausschnitt, dass sie nur zu besonderen Anlässen anzog, wie zuletzt an ihrem Hochzeitstag. Und selbst aus dieser Entfernung konnte Jakob erkennen, dass die Lippen seiner Frau leuchtend rot geschminkt waren und ihr Gesicht strahlte, wie er es lange nicht mehr gesehen hatte.

Er starrte Melanie noch mit versteinertem Gesicht hinterher, nachdem sie längst durch den Eingang des Motels aus seinem Blick verschwunden war.

Marie war außer sich. Doktor Manzer verbrachte heute den ersten Tag in der Kanzlei, aber sie war sich jetzt schon sicher, dass sie keinesfalls mit ihm zusammenarbeiten konnte. Zornig hämmerte sie auf die wehrlose Tastatur des Computers, wobei der unerquickliche Dialog von eben durch ihren Kopf spuckte.

„Frau Gradenstein, ich möchte einen Kaffee!“, hatte Doktor Manzers Stimme laut durch die Sprechanlage gedröhnt.

Selbstverständlich servierten Doris oder Marie Kaffee, aber Doktor Bereuter bediente sich meist selbst, und wenn er seine Mitarbeiterinnen beauftragte, äußerte er den Wunsch mit einem höflichen: „Bitte!“

Doktor Manzer stand offenbar über solchen Höflichkeiten und warf als Sahnehäubchen eine uncharmante Bemerkung obendrauf: „Ich habe gesehen, dass es zum Kaffee auch Schokolade gibt – es wäre angebracht, wenn Sie mir die Süßigkeit nicht vorenthalten würden, Frau Gradenstein!" Ein Klacken aus dem Lautsprecher verdeutlichte, der zukünftige Chef würde nicht auf eine Antwort warten.

„Uuups …" Doris schielte zu Marie.

Obwohl sie das Benehmen von Doktor Manzer unmöglich fand, konnte sie eine gewisse Genugtuung nicht unterdrücken. Doris arbeitete schon länger in der Kanzlei als ihre attraktive Kollegin und musste irgendwann akzeptieren, dass diese im Sekretariat zur Nummer Eins aufgestiegen war. Marie durfte mit der Zeit alle wichtigen Kunden bearbeiten und repräsentative Aufgaben wahrnehmen. Doktor Bereuter hofierte sie geradezu. Doch mit dem neuen Notar kündigte sich in der Kanzlei scheinbar auch eine neue Ära an. Doris war beinahe enttäuscht, dass sie bald in den Ruhestand gehen würde.

Marie quittierte den Ausruf ihrer Kollegin mit einem bösen Blick, stapfte in die kleine Kaffeeküche und fluchte dort leise vor sich hin: „So ein Idiot! Dieser dicke kleine Widerling! Der Teufel soll ihn holen!" Sie stellte geräuschvoll ein Kaffeetablett zusammen und unterdrückte das Verlangen, die Schachtel mit den Schokolädchen im Mülleimer verschwinden zu lassen. Marie hegte den Verdacht, dass Doktor Manzer sich heute schon daraus bedient hatte, weil die Schachtel gestern noch voll gewesen war. Sie würde sich deswegen keine Blöße geben.

Hocherhobenen Hauptes stolzierte sie ein paar Minuten später ins Chefbüro, wo die beiden Notare mit ein paar Akten beschäftigt waren. Sie stellte das Tablett mit einem eisigen Blick vor Doktor Manzer auf dem Schreibtisch ab.

„Na, geht doch!", dankte ihr Doktor Manzer mit einem spöttischen Grinsen.

Marie krönte ihren eisigen Ausdruck mit einem verächtlichen Lächeln, bevor sie wortlos den Raum verließ.

„Was ist nur mit Frau Gradenstein los? Sonst zeigt sie immer nur gutes Benehmen. Aber musst du sie so behandeln, Matthias?" Doktor Bereuter blickte stirnrunzelnd auf seinen Nachfolger.

„Das ist wie bei einem wilden Pferd, dem man zeigen muss, wer der Boss ist, damit man es dressieren kann." Doktor Manzer schlürfte ungerührt seinen Kaffee, dann schälte er das Schokolädchen aus der Verpackung.

Doktor Bereuter war überzeugt, dass er die richtige Entscheidung getroffen hatte, als er sich für den Notar entschied. Obwohl Doktor Manzer viele Jahre außerhalb von Vorarlberg gelebt hatte, war er mit seiner Erfahrung und seinen guten Kontakten in der Branche der beste Kandidat gewesen. Aber es tat ihm leid, dass sein Nachfolger und die geschätzte Frau Gradenstein offenbar nicht kompatibel waren. Doch er hatte während seiner jahrzehntelangen Tätigkeit auch gelernt, dass man es nicht jedem recht machen konnte. Frau Gradenstein würde sich anpassen oder die Konsequenzen ziehen müssen. Beruhigt durch seine bewährt-pragmatischen Überlegungen wandte sich Doktor Bereuter wieder seiner Akte zu.

Marie saß derweil an ihrem Arbeitsplatz und bearbeitete ihre Tastatur. Obwohl sie innerlich kochte, ließ sie sich äußerlich nichts anmerken. Es reichte schon, Doris schadenfrohen Blick erdulden zu müssen. *Nein, ich kann das nicht! Ich muss mir einen neuen Job suchen!*

Die Aussicht, eine neue Wohnung und einen neuen Arbeitsplatz suchen zu müssen, machte Marie Angst. Doch im selben Moment fiel ihr ein, dass sie das nicht allein durchstehen musste. Dankbar griff sie nach ihrem Handy und tippte eine Nachricht an Sandra. Sie bat ihre Schwester, sich heute Abend mit ihr zu treffen, und wartete, indem sie das Display fixierte, bis eine Zusage kam. Den verwunderten Blick von Doris, die sie dabei beobachtete, ignorierte Marie gleichgültig.

Irgendeine Stimme der Unvernunft hoffte, dass es nicht so kam, wie Sandra befürchtete. Ihr Vater hatte sie um ein Treffen gebeten und wartete vor der Wohnanlage, als sie an diesem Nachmittag vom Frühdienst nach Hause kam.

Er ist grauer geworden. Sandra umarmte ihn, blickte in sein bedrücktes Gesicht, das bereits Bände sprach: „Hallo, Papa, wie schön, dass du mich besuchst!", und ärgerte sich über ihre vorgetäuschte Sorglosigkeit.

„Hallo, Liebes, wie geht es dir?"

„Danke, ich kann nicht klagen …“ Sie betraten das Haus, stiegen schweigsam zu der kleinen Wohnung hinauf.

Als Sandra ihn eintreten ließ, bemerkte sie den musternden Blick, mit dem ihr Vater die Wände und Böden begutachtete. In diesem Moment lösten sich ihre letzten naiven Hoffnungen in Luft auf.

„Möchtest du Kaffee?“

„Ja!“

Als sie mit zwei dampfenden Tassen aus der Küche zurückkam, stand ihr Vater am Fenster. Er bewunderte die Umgebung, die er heute nicht zum ersten Mal sah. „Eine schöne Aussicht hast du hier …“

„Ja, das stimmt.“ Sie setzte sich auf das Sofa, wartete, bis ihr Vater sich zu ihr gesellte und sah ihn erwartungsvoll an. „Du warst lange nicht mehr hier, Papa. Gibts was Neues?“ Die kleine Spitze konnte Sandra sich nicht verkneifen, schließlich würde sie ihr ganzes Leben umkrempeln müssen.

Er betrachtete sie mit gerunzelter Stirn: „Du weißt es doch schon! Ich werde mich von deiner Mutter scheiden lassen.“

Sandra hatte ohnehin nicht die Absicht, ihrem Vater etwas vorzumachen. „Ja, ich weiß es“, sagte sie schlicht und blickte in das faltige, jedoch immer noch attraktive Gesicht ihres Erzeugers.

Ihr Vater holte tief Luft, bevor er erklärte: „Ich habe mich wieder verliebt und ich möchte heiraten. Wir kennen uns schon länger, sind seit ein paar Monaten zusammen. Daniela ist meine große Liebe!“

Sandra war erstaunt – ein so emotionales Geständnis hatte sie nicht erwartet. Das war eine neue Seite an ihrem Vater, der seine wahren Gefühle sonst gerne hinter unverfänglichen Plattitüden verbarg. Trotzdem musste sie fragen, obwohl sie ihn verärgern würde: „Und? Wie alt ist sie?“

Aber ihr Vater blieb gelassen: „Sie ist etwas älter als du. Ich weiß, was du jetzt denkst, zweiter Frühling und so … Aber ich bin mir sicher! Ich liebe sie und möchte den Rest meines Lebens mit ihr verbringen!“

Sandra kam der Gedanke, dass dies eher sein dritter Frühling war.

„Deine Mutter und ich führen schon seit Jahren nur noch eine Zweckgemeinschaft. Du weißt das! Ich will mit der Frau, die ich liebe, zusammenleben! Ich möchte Daniela keine heimliche Beziehung zumuten."

„Kenne ich sie?" Sie war neugierig auf die Frau, die aus ihrem Vater einen liebenden Partner machte.

„Nein! Sie kommt aus Deutschland und lebt in der Nähe von Lindau. Sie arbeitet seit drei Jahren bei Immo-Reich als Assistentin."

Das war plausibel. Viele Deutsche arbeiteten im Ländle – Vorarlberg war eine erfolgreiche Wirtschaftsregion und profitierte von den gut ausgebildeten deutschen Grenzgängern.

„Immo-Reich? Dort arbeitet doch Johannes?"

„Ja! Sie kennen sich …"

Sandra widerstand dem Impuls, zu fragen, ob ihr Vater sich keine Sorgen darüber machte, dass der treulose Noch-Mann seiner Tochter mit seiner zukünftigen Frau zusammenarbeitete. Stattdessen half sie ihrem Vater, und stellte die brennendere Frage, die eigentlich keine war: „Und deine Entscheidung hat jetzt auch für mich Konsequenzen?"

Er musterte seine scharfsinnige Tochter, die scheinbar jedem Problem gelassen entgegenblickte. „Ja, es tut mir leid, Liebes! Ich werde dein Elternhaus verkaufen, deine Mutter bekommt diese Wohnung als Anteil am Erlös."

Sie hatte erwartet, er wolle die Wohnung verkaufen. Dass nun ihre Mutter einziehen würde, erstaunte Sandra. Die Wohnung war klein – es gab nur ein Schlafzimmer. *Mama wird mit dem gesellschaftlichen Abstieg hadern.*

„Bis wann muss ich raus?", fragte sie mit fester Stimme.

Ihr Vater schenkte ihr ein dankbares Lächeln.

Hat er geglaubt, ich würde in Tränen ausbrechen? Er kennt mich wohl doch nicht so gut.

„Das muss ich erst noch klären, Liebes. Danke, dass du so verständnisvoll bist! Aber du wirst das schon schaffen, du konntest schon immer gut sparen!"

Sandra setzte ein schales Lächeln auf. Sie würde ihm nichts von ihrem finanziellen Verlust erzählen. Es war ihre eigene Schuld und sie musste die Konsequenzen tragen.

Bald darauf verabschiedete er sich: „Ich muss leider wieder los, hab einiges zu erledigen. Bis bald, mein Schatz!" Ihr Vater umarmte sie erleichtert, verließ die Wohnung und düste mit seinem Mercedes davon.

Ich hätte ihn fragen sollen, wann ich meine zukünftige Stiefmutter kennenlerne, dachte Sandra mit einem bitteren Lächeln. Dann sah sie sich in ihrer Nicht-mehr-lange-Wohnung um und war dennoch glücklich, weil Marie am Abend vorbeikommen würde. Es gab einiges zu erzählen!

Stillstand

Emma blickte wie hypnotisiert auf den Wagen, der zwei Reihen vor ihr und einige Meter von Melanies Wagen entfernt in eine Parklücke gerollt war.

Sie war immer noch unschlüssig in ihrem Auto gesessen und hatte überlegt, ob sie ins Motel gehen sollte, als sie Melanies weißen Polo heranfahren sah. Es kam ihr wie eine Entscheidungshilfe vor. Sie wollte bereits aussteigen, da bemerkte sie ein anderes bekanntes Fahrzeug. Jakob lenkte seinen Wagen zwischen zwei größere Autos. Emma war sofort klar, dass das kein Zufall sein konnte, offensichtlich war er seiner Frau gefolgt.

Oh, mein Gott – was passiert jetzt? Emma kam sich wie eine Voyeurin vor, als sie beobachtete, wie Melanie in aufreizender Aufmachung mit einem erwartungsvollen Lächeln im Gesicht dem Eingang des Motels entgegenstöckelte.

Doch Jakob stieg nicht einmal aus, als seine Frau hinter der Tür verschwunden war. Still und abwartend stand das Auto auf dem Parkplatz, wie vermutlich auch sein Lenker. Emma fühlte sich gruselnd an einen Leichenwagen erinnert. Sie blickte gebannt auf den Hinterkopf von Melanies Mann und stellte sich vor, was in seinem Inneren vorgehen musste.

Was mach ich eigentlich hier? Mit einem Mal wusste Emma, dass sie nicht in das Motel gehen würde. Und sie wollte auch nicht dabei sein, wenn Jakob das tat. Sie empfand Mitleid für den Mann ihrer Freundin, aber sie würde ihm nicht helfen können. Und was war mit Melanie? Sie empfand kein Mitgefühl für ihre Freundin. *Mich hat sie mit meinem Drama auch alleingelassen.*

Emma startete ihr Auto und lenkte es vom Parkplatz, ohne einen weiteren Blick auf Jakob zu werfen.

Er fuhr nach Hause. Jakob war lange vor dem Motel im Wagen gesessen. Ein Teil von ihm wollte aussteigen, ins Gebäude laufen und seine Frau suchen. Doch er hatte Angst vor dem, was er dort vielleicht sehen könnte oder wie er darauf reagieren würde. Darum fuhr er wie ferngesteuert nach Hause. Selbst wenn brennende Häuser seinen Weg gesäumt hätten, der Feuerwehrmann wäre blicklos daran vorbeigefahren.

Jakob parkte sein Auto vor dem Haus und überhörte den freundlichen Gruß eines Nachbarn. Er öffnete die dunkle Haustür, trat in den kalten Flur, hängte sein schweres Sakko auf und schlurfte in die Küche. Dort legte er die roten Rosen, die ihn auf seiner Fahrt begleitet hatten, auf den Esstisch. Jakob setzte sich und sah, während er wartete, den Blumen beim Welken zu.

Max war hungrig. Er warf seine Schultasche im Flur auf den Boden und lief in Richtung Küche. Vielleicht würden seine Eltern heute wieder eine Pizza zum Abendessen bestellen. Sein Vater hatte am Morgen verkündet, dass sich Mama schonen müsse und heute nicht kochen würde. Max war happy! Pizza war ihm ohnehin lieber als eine gesunde ausgewogene Mahlzeit, wie sie Mama manchmal kochte. Er öffnete schwungvoll die Küchentür und erstarrte. Sein Vater saß am Küchentisch, hatte den Kopf in die Hände gestützt und fixierte einen vor ihm liegenden Blumenstrauß.

Als er Max wahrnahm, hob er erschrocken seinen Kopf: „Du bist schon da?“

Was für eine Frage. Er kam am Mittwoch immer um diese Zeit nach Hause. Aber ihn beunruhigte nicht die Frage, sondern das Aussehen seines Vaters. Sein Gesicht war bleich, die Augen gerötet – so, als hätte er geweint.

Verunsichert blieb Max an der Küchentür stehen und hielt die Türklinke fest umschlossen wie einen Sicherheitsanker. Aber erst jetzt fiel ihm auf, dass er die Stimme seiner Mutter noch nicht gehört hatte. Normalerweise begrüßte sie ihn lauthals, wenn er nach Hause kam, egal, in welchem Teil des Hauses sie sich gerade aufhielt. Ein grauenvoller Gedanke überfiel ihn: „Wo ist Mama? Ist was mit Mama?“

Jakob zuckte unter dem ängstlichen Tonfall seines Sohnes zusammen. Er bemühte sich, gelassen zu wirken, als er erklärte: „Mama ist nicht da, aber sie kommt sicher bald nach Hause.“

„Ist sie nicht mehr krank? Ich hab gedacht, sie muss auf dem Sofa liegen bleiben.“ Max war froh, weil sich der grauenvolle Gedanke in Luft aufgelöst hatte.

„Es geht ihr schon besser, sie ist nur schnell zur Apotheke gefahren."

Irgendwie fand Max das seltsam. Er fragte sich, warum sein Papa nicht gefahren war, wenn seine Mama doch liegen bleiben sollte, aber das Verhalten von älteren Leuten war oft undurchschaubar. Beruhigt lief er zum Kühlschrank und inspizierte dessen Inhalt. „Gibt's später eine Pizza?", fragte er hoffnungsvoll.

Sein Vater unterbrach die Suche: „Nein, Max! Ich gebe dir Geld, damit du bei McDonald's essen kannst!", er zog seine Geldbörse aus der Hosentasche.

„Ich hätte lieber eine Pizza!" Max wunderte sich, normalerweise durfte er nur einmal im Monat bei McDonald's essen. Am vergangenen Wochenende war er mit seinem Vater und seinen Schwestern dort gewesen.

„Heute gibt's aber keine Pizza." Sein Papa klang ungeduldig.

„Aber warum …?"

„Max, ich möchte, dass du zu McDonald's gehst!" Die Stimme seines Vaters wurde lauter.

Er wollte nicht fort, eine neue Folge seiner Lieblingsserie Big Bang Theorie lief gleich im Fernsehen: „Aber warum darf ich nicht …?"

„Max, ich sags jetzt noch mal. Ich möchte, dass du zu McDonald's gehst!" Das war alles andere als eine Bitte.

Max überlegte, weiter zu rebellieren, aber der Ausdruck seines Gegenübers sagte ihm, dass er besser darauf verzichten sollte. Irgendetwas war los und sein Vater wollte ihn aus dem Haus haben. Hatten seine Eltern Streit? Seine Mama zankte sich öfter mal mit seinem Papa, aber er war immer sicher gewesen, dass die beiden sich trotzdem mochten.

Sein Vater hielt ihm einen Zwanzigeuroschein entgegen, Max konnte sein Glück kaum fassen. *So viel kann ich gar nicht verputzen!* Er beschloss, sich keine Gedanken mehr zu machen. Das Küchenbranddrama letzte Woche war schon heavy genug gewesen. Max griff nach dem Geldschein, verabschiedete sich etwas patzig – wegen Big Bang Theorie – und machte sich mit seinem Fahrrad auf den Weg, um bei McDonald's so viele Hamburger, Pommes und Cola zu verdrücken, bis im fast der Magen platzen würde. Und wenn ihm danach schlecht wurde, durften sich seine Eltern nicht beschweren.

Eine Minute später wäre Max seiner Mutter begegnet, die aus der entgegengesetzten Richtung heranfuhr. Melanie parkte ihr Auto mit einem genervten Stoßseufzer neben dem Wagen ihres Mannes.

Verdammt, warum ist Jakob schon da?

Sandra umarmte ihre Schwester und bat sie ins Wohnzimmer: „Was möchtest du trinken? Kaffee oder vielleicht einen Wein?"

Marie überlegte. Sie trank sonst unter der Woche, außer bei den Chorproben, keinen Alkohol. Wenn sie aber an den Widerling (sie hatte Doktor Manzer längst umgetauft) dachte, der ihr morgen wieder den letzten Nerv rauben würde, verspürte sie ein dringendes Verlangen danach.

„Gerne ein Glas Wein und ein Wasser, bitte."

Wenig später kam Sandra mit einem Tablett zurück, auf dem ein Teller mit belegten Brötchen, zwei Gläsern Wein und ein Wasserkrug standen. „Du kommst von der Arbeit – du hast sicher Hunger?" Sie rauschte noch mal in die Küche, weil sie die Servietten und die Wassergläser vergessen hatte.

Marie war es nicht gewohnt, abends üppig zu essen. Sie war jedoch dankbar über die Fürsorge ihrer Schwester und griff nach dem kleinsten Brötchen, das mit magerem Schinken belegt war. „Danke, ich habe wirklich Appetit. Das schmeckt köstlich", lobte sie nach dem ersten Bissen.

Sandra freute sich ihrerseits über Maries rücksichtsvoll vorgetäuschten Hunger. Sie griff ebenfalls nach einem Brötchen, die Augen der Schwestern trafen sich beim langsamen Kauen. Beide mussten grinsen.

Als Marie einen weiteren Bissen geschluckt hatte, sagte sie: „Weißt du, du bist der Mensch, der mich grad am glücklichsten macht …", und blinzelte auf ihr belegtes Brötchen hinunter.

„Ich empfinde das genauso", gestand Sandra.

„Aber du hast doch deinen Dimitri", stellte Marie fest.

„Nein, den hab ich nicht mehr …"

Marie blickte überrascht auf: „Warum? Er war doch hier! Was ist passiert?"

„Er hat gebeichtet, dass er zu Hause eine Frau und kleine Kinder hat! Und er hat klargestellt, dass er sich niemals von seiner Familie trennen wird ...“ Sandra brach verlegen ab. Sie wusste, wie sich das anhören musste. Hatte es sie jemals gestört, wenn ihr Liebhaber eine Familie hatte?

Marie schwieg, während sich wieder Emmas Affäre mit Johannes in ihr Bewusstsein schob und klar vor ihren Augen prangte, dass Sandra im Prinzip nichts anderes machte. Aber sie hatte sich vorgenommen, sich nicht mehr über das Liebesleben ihrer Schwester zu mokieren. Dieses unerwartete Glück, ihre Freuden und Sorgen mit einem verständnisvollen Menschen teilen zu können, bereicherte Maries Leben mehr, als es jedes Gespräch mit ihrem Noch-Ehemann getan hatte. Sie wollte nicht riskieren, sich wieder mit Sandra zu entzweien, auch wenn sie dabei über ihren eigenen Schatten springen musste. Mit aller Macht verdrängte sie Emma und Johannes aus ihrem Kopf.

„Ich habe erwartet, dass Dimitri mich regelmäßig besucht, dass er vielleicht in unsere Gegend zieht. Natürlich wäre er mit seinem Lastwagen oft fort gewesen, aber wir hätten trotzdem eine Beziehung haben können. Doch Dimitri hatte nie solche Pläne, seine Familie ist für ihn das Wichtigste. Ich hätte ihn nur gesehen, wenn er eine Tour in der Nähe gemacht hätte. Ich wäre nichts weiter gewesen als eine willkommene Abwechslung nach einer langen Reise …“ Sandra nahm ihr Weinglas in die Hände und drehte es im Kreis, wobei sie sich fragte, welche Gedanken ihre immer noch schweigsame Schwester wälzte.

Es war schwer für Marie, Sandras Erwartungen an die Beziehung mit Dimitri nachzuvollziehen, dennoch wollte sie ihrer Schwester geben, was sie im Moment offenbar brauchte. Sie legte ihre Hand auf Sandras Arm und sagte: „Es tut mir sehr leid, dass er dich enttäuscht hat und …“, als ein spontaner Gedanke sie durchzuckte. „Aber was ist jetzt mit deinem Geld? Verkauft er den Lastwagen wieder?“

Sandra schüttelte ihren Kopf und zuckte resigniert mit den Schultern.

„Nein! Nicht wahr?“, rief Marie entsetzt.

„Doch! So siehts aus! Das Geld ist genauso weg wie Dimitri. Das kann ich auch abschreiben …“

„Kannst du nichts machen? Ihn wegen Betrug anzeigen oder so ähnlich?“ Aber sie ahnte die Antwort bereits.

„Nein, Marie – das kann ich nicht! Klar könnte ich zur Polizei gehen, aber das wäre nicht nur sinnlos, sondern auch blamabel! Ich hab ja nichts in der Hand. Ich hab Dimitri das Geld in bar gegeben. Er hat nichts unterschrieben und er hat es mir nicht gestohlen! Was soll ich der Polizei sagen? Mein Liebhaber hat mir verschwiegen, dass er verheiratet ist und seine Familie nicht verlassen will. Und, dass er mich nur für gelegentlichen Sex haben wollte! Dimitri hat mir nie Versprechungen gemacht …“ Sandra verstummte betreten. Ihr wurde erst jetzt bewusst, dass Dimitri ihr tatsächlich nichts vorgeschummelt hatte. Er hatte bloß nicht alles erzählt.

„Hast du ihn geliebt?“, wagte Marie zu fragen, nachdem beide eine Zeit lang geschwiegen hatten.

„Ich weiß nicht, ob man es Liebe nennen kann. Wir haben uns ja erst kurz gekannt. Aber ich habe ihn sehr gemocht. So sehr, dass ich mir eine längere Beziehung mit ihm gewünscht habe.“

Die Schwestern hielten ihre Weingläser in der Hand, nippten daran, während sie sich in die Augen blickten.

Dann fragte Marie: „Hast du jetzt Geldprobleme?“

„Nein! Aber meine Ersparnisse werden mir natürlich fehlen. Besonders jetzt, da ich ... Ach ja, das hab ich dir noch gar nicht erzählt! Papa war heute Nachmittag hier und hat mir von seinen Zukunftsplänen berichtet.“

„Was? Wirklich? Und was sagt er?“ Obwohl sie gekränkt war, weil ihr Vater zuerst mit Sandra gesprochen hatte, hing Marie interessiert an den Lippen ihrer jüngeren Schwester.

„Er hat zuerst erzählt, was wir schon wussten. Dass er sich von Mama scheiden lassen will und von seinen neuen Heiratsplänen.“

Marie nickte, Sandra hatte jedoch noch mehr zu berichten.

„Aber jetzt kommt mein Dilemma: Papa wird meine … die Wohnung Mama überlassen, weil er das Haus verkaufen muss und ich darf mir eine neue Bleibe suchen …“ Sandra wollte hinzufügen, dass sie die neue Wohnung nun selbst bezahlen musste, aber das wäre ihr angesichts Maries Situation rücksichtslos vorgekommen.

„Oje, ich verstehe“, ihre Schwester kannte die Tatsachen ohnehin.

„Ja, wir zwei ‚Sisters of Desaster' haben zurzeit ähnliche Probleme", stellte Sandra ironisch fest, bevor einen Wimpernschlag später eine naheliegende Idee in ihr aufkeimte. Und im Gesicht ihrer Schwester konnte sie lesen, dass Marie gerade derselbe Gedanke durch den Kopf huschte.

Lilli räumte das Frühstücksgeschirr in den Spüler, das seit dem Morgen verschmutzt im Waschbecken lag. Da ihre Mutter, wie es aussah, den ganzen Tag über nichts gegessen hatte, kochte Lilli einen Milchreis mit Zimtzucker. Sie schöpfte eine Portion und balancierte den Teller ins Wohnzimmer.

Ihre Mutter saß mit starrem Gesicht vor dem Fernseher. Seit Lilli von der Arbeit nach Hause gekommen war, hatte ‚Drama-Mum' kein Wort gesprochen, sie ließ sich nur zu einem Nicken oder Kopfschütteln bewegen.

„Mama, schau, deine Lieblingsspeise Milchreis." Sie stellte den Teller auf den Wohnzimmertisch und setzte sich neben ihre Mutter. „Hab ich extra für dich gekocht!", doch diese stierte weiter regungslos in den Fernseher, als hätte sie nichts gehört. „Komm schon, Mama!" Lilli füllte einen Löffel mit dem Reisbrei, hielt ihn unter ihre Nase: „Mmmmhh… riech mal!"

Ihre Mutter rührte sich endlich, sie zog die Mundwinkel empört nach unten. „Was soll das? Ich bin kein Kind!", schnaubte sie.

Tschakka! Lilli jubilierte innerlich, sie hatte ihr Ziel erreicht. „Ich hab schon befürchtet, du hast deine Zunge verschluckt!" Sie legte den Löffel in den Teller und ließ sich aufatmend in das Sofa sinken.

„Hey, wie sprichst du denn mit mir?" Nach einem strengen Seitenblick nahm ihre Mutter den Löffel dennoch zur Hand und tauchte ihn in den heißen Brei.

Lilli sah ihr eine Weile wortlos beim Essen zu, bevor sie fragte: „Was ist los, Mama?", und bereute, nicht länger geschwiegen zu haben, weil ihre Mutter das Besteck wieder in den Teller fallen ließ.

„Wann fliegst du nach New York?"

Aha – daher weht der Wind! Sie hatte geahnt, dass die Flugreise noch zum Zankapfel werden würde, doch sie hatte nicht vor, sich den Launen ihrer Mutter zu unterwerfen.

Ich will kein Dasein wie Emma führen, die ihr Leben den Bedürfnissen ihrer dementen Mutter untergeordnet hat, dachte Lilli. Obwohl sie, zumindest theoretisch, tun konnte, was sie wollte, und keinen anderen Hintern putzen musste. Sie bekam sogleich ein schlechtes Gewissen, da sie sich nicht die Zeit genommen hatte, sich bei ihrer Freundin zu melden. Aber die Ereignisse in Hamburg mit diesem grässlichen Riesen-Lars und die Affäre mit Johannes machten es ihr schwer, für Emma Verständnis zu haben und Mitgefühl zu empfinden.

Der Mann einer Freundin sollte tabu sein! Lillis Überzeugung wurzelte aus eigener Erfahrung. Vor Jahren hatte sie sich zu dem Mann ihrer Freundin Verena hingezogen gefühlt. Markus war ihr Seelenverwandter gewesen. Sie lachten über dieselben Dinge, konnten sich wortlos verständigen und wussten mit einem Blick, was dem anderen gerade durch den Kopf ging. Lilli liebte die Art, wie er die Stirn runzelte, wenn er mit etwas nicht einverstanden war, und wie er trotz seiner ruhigen Art keiner Diskussion aus dem Weg ging. Auch wenn sie ihre Zuneigung nie offen zeigten, konnte jeder halbwegs sensible Mensch die spannungsgeladene Energie wahrnehmen, wenn die beiden aufeinandertrafen.

Als ihr klar wurde, dass es nur noch eine Frage der Zeit war, bis sich beide dem gegenseitigen Verlangen hingeben würden, brach sie den Kontakt zu Markus und Verena ab.

Markus schrieb ihr: „Was ist los, Kleine?"

Lilli antwortete: „Stell dich nicht dumm – du weißt es!"

Von Verena kam aber niemals eine Reaktion, was Lillis Entscheidung bekräftigte. Dennoch hatte sie nächtelang darüber nachgegrübelt, ob sie richtig gehandelt hatte. Hätte sie ihrem Verlangen nachgeben und mit Markus schlafen sollen? Das Risiko eingehen sollen, eine Ehe zu zerstören?

Lillis Freundinnen waren das beste Beispiel dafür, was geschah, wenn man sich treiben ließ: Marie stand wegen Emma vor den Trümmern ihrer Ehe; für Melanie schien jede feuchtfröhliche Party wichtiger zu sein als ihr Mann; Sandra war bereits geschieden und konsumierte Männer als Selbstbestätigung und Emmas Sexkapriolen mit Riesen-Lars waren zum Abgewöhnen!

Ein Leben ohne Männer lebt sich leichter. Ihre Gedanken ruderten zurück. Sie blickte in das Gesicht ihrer Mutter, das von verächtlich zu trotzig gewechselt hatte und seufzte lautlos. Als wenn es nicht schon genug Stolpersteine gäbe. „Ich fliege am Freitagmorgen, komme am Sonntagabend wieder heim und fahre mit dem Zug nach Zürich zum Flughafen."

„Ach so! Na dann ..." Ihre Mutter verschränkte die Arme vor der Brust und drückte damit aus, dass sie nichts mehr von dem Milchreis essen würde. Lilli unterdrückte das Bedürfnis, ein Streitgespräch zu beginnen. Es würde weder das Problem lösen noch die Situation besser machen. Sie atmete tief durch, erhob sich vom Sofa. „Ich geh jetzt duschen!", und sie verließ das Wohnzimmer, ohne ihrer Mutter weitere Beachtung zu schenken.

Im Badezimmer atmete sie ihren Frust mit einem lauten: „Haaarrr!", aus, bevor sie sich die Kleidung vom Körper zerrte. *Ich muss trotzdem mit Emma reden! Vielleicht kann sich diese Frau Hagen auch mal um Mama kümmern.* Sie wusste zwar, der nächste Machtkampf wäre dann vorprogrammiert, aber einen Versuch war es wert.

Umbruch

Sie öffnete leise die Haustür, schlüpfte vorsichtig aus ihren Schuhen und tappte in Richtung Treppenhaus. Melanie hatte vor, sich nach oben zu schleichen und in Jeans und T-Shirt zu schlüpfen, um Jakob vorzuschwindeln, sie hätte etwas aus der Apotheke besorgt. Dazu würde sie die ungeöffnete Schachtel Aspirin aus dem Schrank im Bad holen und ihrem Mann als Einkauf präsentieren. Aber als sie ihren Fuß auf die erste Treppenstufe stellte, hörte sie Jakobs Stimme aus der Küche.

„Ich weiß, dass du da bist, Melanie …"

Sie erschrak, fasste sich jedoch gleich wieder: „Hallo, Schatz, ich komm gleich! Ich war in der Apotheke und muss zuerst aufs Klo!" Melanie hob ihr Kleid über die Knie an und nahm die nächsten drei Stufen mit einem gewaltigen Satz.

„Melanie!" Jakobs Stimme klang nicht mehr gedämpft, sondern laut und klar – er stand im Flur, direkt hinter ihr.

Sie erstarrte, ihr Gehirn ratterte fieberhaft. *Wie soll ich meine Aufmachung erklären?* Hastig legte sie einen Finger an die Lippen, bevor sie sich mit einem schuldbewussten Lächeln umdrehte: „Jetzt hast du mich ertappt – ich wollte dich überraschen." Melanie blickte in seine Augen. Doch sie strahlten nicht aus Vorfreude über ein unerwartetes Schäferstündchen, so wie sie es sich vorgestellt hatte. Jakobs Augen waren unergründlich und sein Gesicht kreidebleich.

Ist irgendetwas passiert? „Was …?", sie verstummte, weil ihr sein Blick Angst machte.

Jakob musterte seine Frau kalt und distanziert.

Weiß er was? Eine eisige Woge schwappte durch ihren Körper.

Ihr Mann wandte sich wortlos ab und lief in die Küche. Melanie folgte ihm wie ein dressiertes Hündchen, sah zu, wie er am Küchentisch Platz nahm. Darauf lag ein verwelkender Strauß mit roten Rosen. Jakob faltete die Hände zusammen, als wolle er beten, und starrte auf die bemitleidenswerten Rosen. Die Geste passte nicht zu dem kalten Ausdruck auf seinem Gesicht.

Melanie setzte sich ebenfalls, aber nicht auf ihren Stammplatz an der Seite ihres Mannes, sondern gegenüber an das andere Ende des

Tisches. Sie widerstand dem Bedürfnis, einfach drauflos zu plappern, um die niederdrückende Furcht zu verdrängen, die sich über sie gelegt hatte.

„Ich bin heute früher nach Hause gekommen und wollte dich überraschen. Da hab ich dich wegfahren sehen, ich bin dir gefolgt. Zuerst hab ich mir Sorgen gemacht …" Jakobs brüchige Stimme verriet, dass er aufgewühlter war, als sein kalter Blick vortäuschen wollte.

Zu Melanies Angst mischten sich tausend Fragen: *Wie weit ist er mir gefolgt? Was hat er gesehen? Was soll ich sagen?* Während ihr Verstand nach Ausflüchten suchte, sah sie, wie eine Träne aus Jakobs Augenwinkel kullerte. Er wischte sie nicht weg – er schien sie nicht zu bemerken.

Melanies Herz setzte eine Sekunde lang aus und sie wusste im selben Moment, sie würde ihm nichts vorlügen können. Unter Schluchzen sprudelte es aus ihrem Mund: „Oh, Jakob, es tut mir so leid! Ich wollte dir nicht wehtun, ich hab nicht nachgedacht! Ich hab Jens in Hamburg kennengelernt, wir hatten so viel Spaß …, ich hab mich so verstanden gefühlt. Jens macht Musik. Er hat mich beeindruckt, weil er tut, was ihm am Herzen liegt. Aber ich hab das nicht geplant, wir haben einiges getrunken und da ist es passiert … Dann hat er geschrieben, dass er in St. Gallen ein Konzert gibt, und wir haben uns verabredet. Aber wir haben nur geredet, wir haben nicht … ich hatte ja nicht viel Zeit ..." Sie verstummte, weil sich in ihr reuiges Geständnis die Enttäuschung über die verpasste Gelegenheit mischte.

Jakobs Tränen versiegten, er musterte Melanie, als sehe er seine Frau heute zum ersten Mal. Die Vertrautheit, die selbst bei lautstarken Meinungsverschiedenheiten als schützende Hand über ihnen gewacht hatte, war verschwunden, und der Küchentisch stand wie eine unüberwindbare Barriere zwischen den beiden.

In Melanie breitete sich Hilflosigkeit aus, die sie verzweifelt zu vertreiben versuchte, also beschwerte sie sich wütend: „Komm, Jakob, schau mich bitte nicht so an! Ich bins, Melanie, deine Frau! Ich war frustriert und hab nicht nachgedacht! Ich hab doch gesagt, dass es mir leid tut!" Sie hoffte, mit ihren groben Worten Jakobs distanzierten Blick zu brechen, damit er wieder ‚normal' reagieren würde – so wie früher, wenn er ihr pseudowütend eine Zeitung nachgeworfen und sie danach in seine Arme genommen hatte. Jeder Ausbruch wäre Melanie lieber gewesen als dieser abweisende strafende Blick.

Als ihr Mann endlich zu sprechen begann, stieß sie einen erleichterten Seufzer aus: „Gut, Melanie. Ich weiß jetzt, was ich wissen muss! Du bist frustriert und unglücklich in unserer Ehe. Und du trinkst, damit du dein Elend vergessen kannst. Und du vögelst mit anderen Männern, damit es dir besser geht … oder warum auch immer ...“

Melanies Erleichterung bröselte auseinander wie ein altersschwacher Verputz. Das beklemmende Angstgefühl machte sich wieder in ihr breit und ein Anflug von Panik ließ sie weiterreden. „Aber, Jakob, ich hab dir doch gesagt, dass es mir leid tut! Ich liebe dich! Ich habe dich immer geliebt!“ Sie sagte die Wahrheit. Jakob war ihr Fels in der Brandung, der Vater ihrer Kinder. Er war die sichere Zuflucht in ihrem Leben.

„Das glaub ich dir sogar – aber das ist mir nicht genug!“ Er nahm einen tiefen Atemzug und reckte sich in die Höhe.

„Aber was machen wir jetzt?“, fragte Melanie ratlos.

„Ich werde ausziehen, ich muss Abstand von dir haben! Wenn ich zu Hause bleibe, werden wir nie Klarheit darüber haben, ob unsere Ehe noch einen Sinn macht. Wir beide werden es nicht wissen!“ Jakob wirkte beinahe erlöst bei seinen Worten.

Melanie starrte fassungslos auf ihren Mann, gerade bröckelte ihr sorgloses Leben auseinander. „Wieso können wir nicht zusammen irgendwie …?“ Sie suchte nach den richtigen Worten. *Ich will nicht allein leben! Was soll ich tun, wenn Jakob nicht mehr da ist?*

„Nein, wir können nicht zusammen sein! Ich will nicht mehr!“, erwiderte Jakob mit fester Stimme.

„Aber …“ Melanie wurde von der mit einem lauten „Rumms“ zufallenden Haustür unterbrochen.

„Bin wieder da!“, tönte es fröhlich durch die halb offene Küchentür.

„Max, komm rein! Wir müssen mit dir reden!“, rief Jakob seinem Sohn zu und wischte mit dem Ärmel über sein feuchtes Gesicht. Und Melanie wusste augenblicklich, dass sie heute keine Chance mehr für ein „Aber“ bekommen würde.

Marie tippte ein Schriftstück ab, welches Doktor Manzer auf das Diktafon gesprochen hatte. Ihre Finger wirbelten über die Tastatur, wobei sie laufend vom Textprogramm rot markierte Zeilen korrigieren musste, da die Stimme in ihrem Kopfhörer sie in Rage versetzte. *Gott, wie ich diesen Doktor Widerling hasse!*

Und als wäre Marie nicht schon genug geplagt, drang jetzt seine leibhaftige Stimme an ihr anderes Ohr. Vor lauter Ärger über ihren zukünftigen Chef hatte Marie nicht registriert, dass dieser ins Vorzimmer gekommen war.

„Frau Gradenstein, bitte kommen Sie gleich in mein Büro!" Doktor Manzer strich nah an ihrem Schreibtisch vorbei, sodass sein wehendes Sakko ein frisch getipptes Blatt auf den Boden segeln ließ. Natürlich ignorierte der Widerling seine, vielleicht unabsichtliche, Tat und verschwand in Richtung Toilette.

Marie kochte innerlich, als sie das Papierstück vom Boden aufhob. Was sollte das? Sollte sie ihm vielleicht zum WC folgen? Sie beschloss, an ihrem Dokument weiterzuarbeiten, bis Doktor Widerling wieder vom stillen Örtchen zurückkam.

„Frau Gradenstein! Haben Sie mich nicht gehört?"

Marie zuckte zusammen. Doktor Manzer war geräuschlos hinter ihrem Arbeitsplatz aufgetaucht, normalerweise bewegte er sich polternd durch die Gegend. Sie erhob sich würdevoll und schenkte ihm einen Blick, der ausdrückte, was sie von ihrem zukünftigen Chef hielt. „Aber sicher Doktor Wid.... ähm Manzer!"

Doktor Manzer schlenderte vor ihr her in sein vorübergehendes Refugium. Ein zweites Besprechungszimmer, das nur selten benützt worden war, diente als Büro für den neuen Notar, bis Doktor Bereuter in den Ruhestand gehen würde. Er überließ es Marie, die Tür hinter ihm zu schließen, setzte sich und gab ihr mit einer Handbewegung zu verstehen, sie solle ebenfalls Platz nehmen. Der Notar lehnte sich entspannt in seinen Drehsessel zurück, hob die Arme hinter dem Kopf zusammen und fixierte Marie mit seinen dunklen Augen. „Frau Gradenstein – ich finde es wird Zeit, dass Sie sich meinen Namen merken!"

Sie spürte, wie ihre Wangen heiß wurden, und war froh, weil Doktor Manzer nicht wusste, warum sie sich bei seinem Namen verhaspelt hatte. Doch Marie entschuldigte sich nicht, sie blickte ihrem zukünftigen Vorgesetzten kühl entgegen. *Jetzt ist eh schon alles egal!*

„Wir scheinen irgendwie keinen guten Start hingelegt zu haben. Aber wenn Sie weiter in dieser Kanzlei arbeiten wollen, werden Sie sich schon anpassen müssen!" Doktor Widerling sprach Klartext, das musste man ihm lassen. Ganz anders als Doktor Bereuter, der seine Anliegen so umständlich formulierte wie manchmal seine Dokumente, an deren Unverständlichkeit jeder ‚Normalsterbliche' hilflos versagte.

Trotzdem gab Marie noch immer keinen Ton von sich. Es erfüllte sie mit Befriedigung, den Notar mit ihrem Schweigen zu verhöhnen. Sie erkannte sich selbst nicht wieder, so ein Verhalten wäre ihr früher niemals in den Sinn gekommen.

„Nun gut, Frau Gradenstein, ich gehe davon aus, dass Sie mich verstanden haben, und Ihrem peinlichen Schweigen entnehme ich, dass ich den richtigen Ton getroffen habe."

Marie entfleuchte ein: „Mpf…", als ihre Augen zur Decke rollten.

Doktor Manzer setzte das Sahnehäubchen auf seine Zurechtweisung. „Sehr gut, Frau Gradenstein, Ihr sensationeller Augenaufschlag ist mir auch schon aufgefallen! Und ich wünsche mir, dass Sie ihn nutzbringend beim Juristenempfang einsetzen werden, der nächste Woche stattfindet."

Wumm! Nun hatte er Marie tatsächlich sprachlos gemacht. Dieser Event fand einmal im Jahr statt, er war DAS Ereignis in der Branche. Doktor Bereuter hatte selbstverständlich immer seine Gattin mitgenommen. *Und er will mit mir hingehen?*

„Ich brauche eine Begleitung und da ist es naheliegend, dass ich jemanden mitnehme, der die Leute aus der Branche kennt."

„Oh … ähm … ja … danke!", stammelte Marie, sie ärgerte sich über ihre unbeholfene Art. *Was für ein Gebrabbel!*

Doktor Widerling schien den gleichen Gedanken zu haben. „Ich hoffe, dass Sie bis dahin ihre Eloquenz wiedergefunden haben, von der mir Doktor Bereuter bereits vorgeschwärmt hat." Doch er äußerte seine Bedenken eher belustigt, als besorgt.

„Ähm … natürlich!" Marie schluckte. *Das ist ja lächerlich, ich benehme mich wie ein gesellschaftlicher Tiefflieger.*

„Ich hoffe, Ihr Mann hat nichts dagegen?" Doktor Manzer wirkte zum ersten Mal unsicher. Sein Blick ruhte auf der Füllfeder, die seine Finger im Kreis drehten.

„Nein, das ist kein Problem!", sagte Marie mit Nachdruck und war glücklich, weil sich ihre Worte genauso entschlossen anfühlten, wie sie klangen.

Sandra seufzte. Sie hatte sich vorgenommen, an dem freien Tag ihren Haushalt nach unnützen Dingen zu durchforsten, als ihre Mutter sich kurzfristig für einen Besuch ankündigte.

„Ich möchte die Wohnung in Augenschein nehmen, um festzustellen, welche Möbel ich mitnehmen kann", hatte sie ihrer Tochter am Telefon erklärt und bissig hinzugefügt: „Ich habe nicht das Geld, um alles neu kaufen zu können. Das wird sich dein Vater mit seiner Neuen leisten müssen!"

Sie drückte auf den Türöffner und lauschte auf das langsame Klacken der Absätze im Treppenhaus Es wäre Sandra lieber gewesen, ihre Mutter hätte den Aufzug genommen, denn das Geräusch erinnerte sie an das Läuten einer Glocke. Sie mochte kein Glockengeläute – Sandra musste dabei immer an Beerdigungen denken. *Klingt wie das Totengeläut für meine Wohnung.*

„Hallo, Mama!" Sandra zauberte einen erfreuten Ausdruck auf ihr Gesicht, und ließ ihre Mutter, die löblicherweise beim Aufstieg kaum außer Atem gekommen war, in die Wohnung eintreten.

„Grüß dich, Sandra!" Ihre Mutter stöckelte in die Wohnung, sie blickte sich anerkennend um. „Ich habe ganz vergessen, wie hübsch es hier ist! Nun, ich bekam selten die Gelegenheit, hierherzukommen ..."

Natürlich! Ohne Seitenhieb läuft nichts. Sandra schluckte die Bemerkung kommentarlos. Stattdessen fragte sie: „Möchtest du etwas trinken?"

„Ja, gerne, eine Tasse Kaffee wäre nett."

Während Sandra in der Küche hantierte, hörte sie ihre Mutter durchs Wohnzimmer laufen. Als sie mit den Kaffeetassen auf einem Tablett zurückkam, stand ihre Mutter am Fenster und blickte hinaus.

„Eine schöne Aussicht hast du hier …"

Ein Déjà-vu schwappte über Sandra, dasselbe hatte ihr Vater vor ein paar Tagen auch gesagt. „Ja, das stimmt", antwortete sie automatisch und stellte das Tablett auf dem Sofatisch ab.

Ihre Mutter gesellte sich zu ihr, setzte sich ebenfalls. Sie nippte an der Kaffeetasse. „Wie geht es meinem Enkelsohn? Ich habe ihn schon lange nicht mehr gesehen." Heute war offenbar der Tag der Vorhaltungen. Sandra war bewusst, dass sie ihren Frust über die bevorstehende Scheidung und den damit verbundenen Unannehmlichkeiten einstecken durfte.

Lukas hatte kein inniges Verhältnis zu Sandras Mutter, weil diese nie einen Zugang zu ihrem Enkelsohn gefunden hatte. Was kein Wunder war, denn seine Großmutter äußerte beim Besuch an Sandras Wochenbett, sie würde sich schon auf ihr erstes weibliches Enkelkind freuen, und Sandra war der festen Überzeugung, das selbst das kleinste Wesen spüren konnte, ob es bedingungslos angenommen und geliebt wurde. Und als hätte der kaum ein paar Tage alte Lukas ihre Worte verstanden, blieb das Verhältnis zu seiner Großmutter distanziert. Ihr Sohn beschränkte sich auf die Höflichkeiten, die Sandra ihm beibrachte – grüßen, die Hand geben und fragen: „Wie geht es dir, Großmutter?"

Umso mehr liebte Lukas die Eltern von Rainer. Sein Großvater kam zu jedem seiner Fußballspiele und seine Großmutter kochte ausschließlich Lukas' Lieblingsspeisen, wenn er zu Besuch kam.

„Danke, es geht ihm gut! Er war letztes Wochenende bei mir." Sandra hatte nicht vor, auf den vorwurfsvollen Ton einzugehen oder entschuldigende Worte zu suchen, warum sie den Enkel selten zu sehen bekam.

„Nun denn …" Ihre Mutter wusste ohnehin, wann es Zeit war, das Thema zu wechseln, „… unterhalten wir uns über den Zeitplan." Sie stellte die Kaffeetasse ab und legte die gepflegten Hände zusammen. „Dein Vater hat bereits einen Interessenten für das Haus. Dieser kauft die Villa jedoch nur, wenn der Vertrag bald abgewickelt wird. Er will vorher ein paar Umbauten vornehmen. Johannes hatte schon immer ausgezeichnete Kontakte zu vermögenden Klienten!"

Sandra schmunzelte insgeheim darüber, wie aus ihrem großen Elternhaus plötzlich eine Villa geworden war. Aber sie fand es unpassend, dass ihr Vater Johannes mit dem Verkauf betraut hatte, und ärgerte sich über den auffordernden Blick, mit dem ihre Mutter sie musterte.

Was soll das? Erwartet sie, dass ich darüber diskutiere, warum Marie nicht mehr zu Johannes zurückkehren will? Sie schwieg beharrlich, genoss das Gefühl, ihr Gegenüber im Geiste zappeln zu lassen.

„Nun denn …“, wiederholte ihre Mutter pikiert, weil Sandra sich nicht auf diese Verhörstrategie einlassen würde.

Sandra konnte ein zufriedenes Lächeln nicht unterdrücken, dafür war ihre Schonzeit jetzt zu Ende. Zumindest empfand sie es so, als ihre Mutter kühl verkündete: „Du musst bis zum Ende des Monats ausziehen!“

Peng! Die Worte prasselten mit der Wucht einer Gewehrsalve auf Sandra ein, ihr zufriedenes Lächeln gefror. „Wie bitte? Das sind ja nur noch zwei Wochen!“ Sie konnte ihre Bestürzung nicht verbergen.

„Ja, so ist es! Ich brauche die ausgeräumte Wohnung schnellstmöglich, weil ich sie reinigen und die Wände neu streichen lassen möchte, bevor ich einziehe!“

Sandra war empört. *Glaubt sie, meine Wohnung ist ein Dreckloch?* Ein einfacher Wohnungsputz hätte gereicht, und die Wände hatte sie erst vor einem Jahr neu gestrichen. Sandra starrte auf ihre kühl blickende Mutter und wusste augenblicklich, auch wenn eine stressige Zeit vor ihr lag, sie würde um keinen Aufschub bitten.

„Kein Problem, Mama! Ich werde inzwischen zu Marie ziehen. Sie hat jetzt ja Platz genug, und danach werde ich mir in Ruhe eine neue Wohnung suchen.“ Dass sie mit Marie noch nicht darüber gesprochen hatte, sondern beide offensichtlich nur mit demselben Gedanken gespielt hatten, brauchte ihre Mutter nicht zu wissen. Denn Sandra wusste aus tiefstem Herzen, dass ihre Schwester sie mit offenen Armen aufnehmen würde.

Lilli wickelte die Barbie in Luftpolsterfolie und steckte sie in die Holzkiste, die ehemals eine Flasche Himbeerschnaps beherbergt hatte. Sie wollte auf keinen Fall riskieren, dass die Verpackung beschädigt wurde. Dann legte sie die Kiste mitten unter die Kleidungsstücke in ihren Handgepäcktrolley. Für die kurze Reise war das Köfferchen ausreichend, und sie hätte die Barbie niemals in einen Koffer gelegt, der vielleicht im Transportdschungel des Flugverkehrs verschwunden wäre.

Als Lilli ihren Beutel mit den Tiegeln in Handgepäcknorm oben drauflegte, seufzte sie zufrieden und blickte aus dem Fenster. *Jetzt muss ich nur noch Laura anrufen!*

Es war ein schöner Frühlingsabend. Lilli hatte ihre Mutter dazu überreden können, sich in den Polstersessel auf der Terrasse zu setzen. Sie ging ohnehin viel zu selten an die frische Luft, und Lilli war froh, wenn sie ihre Mutter mal ‚aus den Beinen' hatte. Das dauernde Gejammer über die undankbare Tochter, die sie wegen einer sinnlosen Flugreise alleinließ, ging ihr auf die Nerven. Lilli wünschte sich, ihre Mutter würde sich in den nächsten drei Tagen nicht allzu sehr hängen lassen. Sie hatte keine Gelegenheit gefunden, sich bei Emma nach Frau Hagen zu erkundigen, denn sie wollte mit ihrer Freundin zuerst einmal über die dramatischen Ereignisse bei der Chorprobe sprechen, aber dafür brauchte sie Ruhe und Gelassenheit, die ihr zurzeit fehlten.

Stattdessen hatte Lilli eine Nachbarin gebeten, ein Auge auf die Aktivitäten ihrer Mutter zu werfen. Jedoch möglichst unauffällig, da ihre Mutter Frau Weiland nicht besonders mochte. Sie hatte früher einmal behauptet, ihre langjährige Nachbarin habe ein Auge auf ihren Ex-Mann geworfen. Lilli wusste, dass sie sich das nur einbildete, denn Frau Weiland war alles andere als eine *Femme fatal.* Die Frau war bloß eine hilfsbereite Nachbarin, aber es hätte keinen Sinn gemacht, ihrer Mutter dieses weibliche Feindbild auszureden.

Sie bat Frau Weiland, zu beobachten, ob die Vorhänge abends zugezogen waren, das Licht ein- und ausgeschaltet wurde und ihre Mutter gelegentlich das Haus verließ. Falls sie keine solchen Beobachtungen machen würde, sollte Frau Weiland klingeln und nach Zucker oder Salz fragen. Lilli hoffte, es würde nicht so weit kommen, denn sie war sich nicht sicher, ob ihre Mutter der Nachbarin die Tür öffnen würde.

Müde warf sie sich auf ihr Bett und wählte Lauras Nummer. Lilli versuchte, ihrer Stimme einen fröhlichen Tonfall zu geben, als ihr Schützling abnahm: „Hallo, Laura! Wie geht's? Was gibt's Neues?"

„Hi, Lilli, die Sozialarbeiterin Sabine war heute da …", Laura klang verhalten. „Ich soll in eine Pflegefamilie! Die wohnen außerhalb und haben schon zwei kleine Pflegekinder. Ich hab meine Sachen zusammengepackt, Sabine kommt mich morgen holen. Ich hab irgendwie Angst, aber Sabine ist ganz nett …" Ihre Stimme zitterte ein wenig.

Lilli konnte Lauras Furcht nachvollziehen, dennoch war eine Pflegefamilie jetzt das Beste für das Mädchen. Sie sammelte all ihren Optimismus zusammen, bevor sie antwortete: „Hab keine Angst, Laura, das wird schon! Du wirst sehen! Lass es auf dich zukommen, und wenn was nicht passt, dann sag das Sabine. Ich fliege morgen nach New York und bin eine Zeitlang nicht erreichbar. Aber ich melde mich, sobald ich kann!"

Lilli konnte ein beeindrucktes: „Wow!", hören, bevor das Mädchen lossprudelte: „Nach New York? Das ist ja der Hammer, da möchte ich auch mal hin! Ich wünsch dir einen guten Flug! Ich muss jetzt noch was einpacken, also dann bis bald, Tschüss!"

Der Abschied fiel etwas abrupt aus, aber Lilli wollte und konnte sich jetzt keine Sorgen mehr machen. „Machs gut, Laura, ich umarme dich!"

Vielleicht würde ihr Schützling selbst einmal nach New York fliegen – als erfolgreiche Künstlerin. In Lillis Vorstellungen war alles möglich.

Sie hörte ihr Handy piepen, als sie ihrer Mutter beim Toilettengang half. *Eine Nachricht von Riesen-Lars?* Emma überlegte, ob der Hamburger Hüne einen weiteren Versuch startete, sie zu einem Treffen zu überreden. Eilig legte sie eine der Inkontinenzeinlagen, die sie im Mini-Cent-Markt erstanden hatte, in das Höschen ihrer Mutter und zog es nach oben.

„Au! Nicht so fest. Das tut weh!", protestierte ihre Mutter, griff in den Schritt des Höschens und zog es wieder nach unten, sodass die Einlage halb heraushing. „Was ist das?"

Emma war sich sicher, das Höschen nicht zu fest hochgezogen zu haben. „Das ist die Binde, von der ich dir erzählt habe, Mama!", erklärte sie ungeduldig. Am liebsten hätte sie ihre Mutter angeherrscht, sie solle sich allein anziehen. Denn Emma wollte ins Wohnzimmer laufen und nachsehen, ob Riesen-Lars geschrieben hatte.

„Ich brauche keine Binde – ich habe meine Regel nicht“, schimpfte die alte Frau, sie lieferte sich mit ihrer Tochter ein Gerangel um die Einlage.

„Aber du hättest sie schon längst bekommen sollen, Mama! Weißt du nicht mehr? Darum ist es besser, wenn die Binde drinnen ist, falls es losgeht. Dann bleibt die Unterhose sauber.“ Sie hoffte, ihre schnell konstruierte Geschichte würde funktionieren.

Die Augen ihrer Mutter leuchteten plötzlich auf. „Vielleicht bin ich schwanger?“

„Nein, sicher nicht!“ Emma betete, dass sie das leidige Thema wieder fallen ließ.

„Doch! Ernst will immer! Ich muss schwanger sein!“, rief die alte Frau, bevor ihr Blick an einem imaginären Punkt der gegenüberliegenden Wand verloren ging.

Emma atmete ein paarmal tief durch. Sie wollte den Ekel vertreiben, der sich überfallartig in ihr ausbreitete. *Gott, ich kann das nicht mehr hören! Sie vergisst sonst auch alles – warum vergisst sie DAS nicht?*

„Du hast gesagt, dass du Bauchweh hast, Mama! Weißt du nicht mehr? Da ist es besser, wenn du die Binde drinnen lässt! So groß ist sie nicht.“ Sie gab sich Mühe, gelassen zu wirken. Ihre Mutter hatte ein untrügliches Gespür dafür, wenn Emma die Geduld verlor. „Wenn sich in der nächsten Stunde nichts tut, kannst du die Einlage ja wieder herausnehmen.“ *In ein paar Minuten hast du sie hoffentlich vergessen.*

„Ja … vielleicht …“, endlich ließ die alte Frau zu, dass Emma das Höschen samt der Einlage nach oben zog.

Sie streifte die hellgraue Schlupfhose über die Hüften ihrer Mutter, die trotz Einlage locker saß, weil die alte Frau abgenommen hatte. *Wenigstens ein Vorteil.* Emma hakte sich bei ihrer Mutter unter und führte sie in den Flur. „Komm, Mama, gehen wir ins Wohnzimmer. Dann kannst du fernsehen …“

„Ich will nicht fernsehen! Ich will hinaus!“ Die alte Frau entzog sich ihr, und steuerte mit unsicheren Schritten dem Hauseingang zu.

„Nein, Mama! Ich muss jetzt kochen! Nach dem Essen gehen wir hinaus …“ Sie zog eine Spur zu fest am Arm ihrer Mutter, weil sie endlich zu ihrem Handy wollte, das auf dem Wohnzimmertisch lag.

„Ich kann allein nach draußen!“, protestiere ihre Mutter und schüttelte Emmas Hand ab.

„Du willst mich allein kochen lassen? Du hilfst mir nicht?“, bediente sich ihre Tochter eines fiesen Tricks, der meistens funktionierte.

„Ach so … ja … nein …“, während die alte Frau nach passenden Worten suchte, packte Emma die Gelegenheit beim Schopf. Sie führte ihre Mutter ins Wohnzimmer, wo diese sich mit einem ratlosen Ausdruck auf dem Lehnstuhl niederließ. Vergessen waren der Garten und die Küche. Emma machte den Fernsehapparat an und zappte durch die Sender, bis sie ein passendes Programm fand. Unsere kleine Farm war genau richtig, ihre Mutter versank in der nostalgischen Welt von Laura Ingalls Wilder.

Endlich konnte sie nach ihrem Handy greifen, doch Emma wurde enttäuscht! Die Nachricht war nicht von Riesen-Lars, sondern von Melanie. Sie öffnete die Mitteilung, und beim Lesen geisterte das Gesehene vom vergangenen Mittwoch durch ihren Kopf.

„Hallo, Emma! Ich weiß, ich hab mich in letzter Zeit nicht wie eine Freundin verhalten und dich hängen lassen! Ich möchte mich dafür entschuldigen – es tut mir sooo leid! Aber ich durchlebe gerade eine harte Zeit und mir graut davor, was vielleicht noch auf mich zukommt! Ich brauche jemanden zum Reden! Marie und Sandra arbeiten, Lilli sitzt im Flugzeug nach New York. Ich bin verzweifelt! Jakob hat mich verlassen!!! Bitte, bitte, bitte – darf ich zu dir kommen?“

Auf- und Untergang

Melanie stand mit verquollenen Augen und roter Nase vor der Tür, als Emma aufmachte. Sie ließ ihre schnüffelnde Freundin eintreten, knickte ein, weil diese sich schluchzend auf sie warf.

„Daaanke, dass ich kommen darf", brach es aus Melanie heraus, „Jakob ist weeeg … er sagt, dass er unsere Beziehung überdenken muss! Vieleeeicht will er sich scheiden lassen! Was soll ich bloooß …?" Die weiteren Worte ertränkten sich in ihrem tränenreichen Ausbruch.

Emma schob ihre Freundin beiseite, um die Haustür schließen zu können. Sie befürchtete, das Klagegeheul könnte bis zu den Nachbarn hinübertönen, obwohl deren Villa rund hundert Meter entfernt stand. Sie bugsierte Melanie in Richtung Küche, damit ihre Mutter im Wohnzimmer nichts mitbekam.

Auf dem Herd blubberte ein Kartoffelgulasch. Emma rührte kurz um und drehte die Temperatur vorsichtshalber zurück. Inzwischen hatte sich Melanie an den kleinen Küchentisch gesetzt. Ihre große Freundin wirkte deplatziert auf dem Jugendstilsessel. Emma überlegte, ob der Stuhl unter seiner Last wohl zusammenbrechen würde. Sie beruhigte sich mit der Tatsache, dass der Sessel zwar filigran, aber aus Eiche war.

„Möchtest du etwas trinken?", fragte sie, während Melanie in ein Taschentuch trompetete.

„Jaaa… vielleicht ein Wasser?"

Aus der zögerlichen Antwort schloss Emma, ihrer Freundin würde es nach etwas anderem gelüsten, doch sie würde ihr in diesem Zustand keinen Alkohol anbieten. In einer plötzlichen Eingebung fragte sie sich, ob Jakob Melanie vielleicht nicht nur wegen Jens verlassen hatte, sondern ihr übermäßiger Alkoholkonsum mit ein Grund gewesen war.

Emma brachte einen Krug mit Wasser und zwei Gläser. Nachdem sie eingeschenkt hatte, nickte sie ihrer Freundin aufmunternd zu. „Erzähl, was ist passiert?"

Melanie stürzte ihr Wasser hinunter und schenkte sich selbst nach. Sie wirkte einigermaßen gefasst, als sie antwortete: „Zuerst muss ich dir sagen, dass es mir sehr leid tut, dass wir …, dass ich nicht nachgefragt habe, wie es dir geht! So etwas sollten Freundinnen untereinander tun. Das war nicht okay und es tut mir leid …“ Sie blickte bekümmert drein und streckte ihre Hand über dem Tisch aus.

Emma hätte diese Entschuldigung als aufrichtiger empfunden, wäre Melanie nicht damit herausgerückt, weil sie selbst jemanden brauchte, der sich ihren Kummer anhörte. Sie nickte stumm, erwiderte die freundschaftliche Geste jedoch nicht.

Melanie nahm die Zurückhaltung ihrer Freundin als gerechte Strafe hin, bevor sie erklärte: „Ich habe nicht mitbekommen, dass Jakob mir nachgefahren ist! Natürlich muss er gedacht haben, ich treffe mich mit einem Mann für ein Rendezvous, weil ich mich herausgeputzt habe. Was hätte er sonst denken sollen?“ Sie hätte aufrichtigerweise zugeben müssen, dass sie darauf spekuliert hatte, es würde mehr passieren. Aber als sie mit den Männern in der Hotelbar saß, wäre sie sich wie eine Prostituierte vorgekommen, wenn sie sich mit Jens auf ein Zimmer zurückgezogen hätte. Obwohl sie ahnte, dass der Musiker beim kleinsten Fingerzeig mit ihr dorthin verschwunden wäre. Er hatte Melanie wie einen Leckerbissen fixiert.

„Aber es ist nichts passiert. Wir haben nur ein paar Gläser Wein getrunken und geredet. Übrigens, Riesen-Lars war sehr enttäuscht! Er wollte wissen, ob du einen Ehemann oder einen Freund hast, weil du nicht mitgekommen bist. Ich habe ihm gesagt, er muss dich das selbst fragen. Und ich habe ihm nicht erzählt, wo du wohnst! Das wollte er nämlich auch wissen …“ Melanie war stolz auf ihre Diskretion, weil sie trotz ihrer weinseligen Laune nichts verraten hatte.

Emma wusste, sie sollte über Melanies Loyalität froh sein, doch trotz eines Funken schlechten Gewissens – schließlich hatte sie beobachtet, wie Jakob seiner Frau gefolgt war – verspürte sie keinen Drang, ihrer Freundin zu danken. Sie erhob sich und rührte das Gulasch im Topf um.

Melanie starrte pikiert auf Emmas Rücken, sie hatte Entgegenkommen und keine zur Schau gestellte Ablehnung erwartet. *Du musst dich gar nicht so aufführen,* dachte sie empört. Riesen-Lars schien in Hamburg aus ihrer Freundin ein höriges Weibchen gemacht zu haben und die Affäre mit Johannes berechtigte sie auch nicht dazu, sich wie ein Moralapostel zu benehmen.

Emma entschuldigte sich, um nach ihrer Mutter zu sehen.

Während sie wartete, grübelte Melanie darüber nach, ob ihre undurchschaubare Freundin noch mehr Geheimnisse hütete. Stille Wasser waren bekanntlich tief.

Als Emma zurückkam, schien sie wieder ganz die Alte zu sein, sie setzte sich. „Und dann? Bist du wieder nach Hause gefahren?"

Melanie räumte ihre Überlegungen und Vorurteile beiseite. „Ja! Ich bin heimgekommen und Jakob hat auf mich gewartet. Ich hab ihm gesagt, dass im Motel nichts passiert ist, aber irgendwie ist mir herausgerutscht, dass in Hamburg was gelaufen ist … Ich bin so blöd!"

Wenn er mich bloß nicht überrumpelt hätte! Sie konnte nicht glauben, dass ihr Leben wegen eines schlechten Timings den Bach runterging. Stattdessen gestand sie ihrer schweigsam zuhörenden Freundin: „Es war so furchtbar! Jakob hat so enttäuscht ausgesehen! Vielleicht hätte ich es noch einrenken können, aber Max ist nach Hause gekommen und wir konnten uns nicht weiter unterhalten. Wir haben ihm erklärt, dass wir ihn lieb haben und uns trennen wollen, um etwas Abstand zu bekommen. Du hättest das Gesicht von Max sehen müssen – mein Kleiner hat mir so leidgetan! Er war total überfordert …" Nachdem sie über ihren Sohn gesprochen hatte, war es mit Melanies Selbstbeherrschung wieder vorbei. Sie vergrub das Gesicht in den Händen und schluchzte erneut los.

Emma kramte nach Papiertaschentüchern in einer Schublade und reichte sie ihrer Freundin, die sich geräuschvoll schnäuzte.

Nach ein paar Minuten erzählte Melanie weiter: „Dann ist Simone gekommen und hat das Ganze gelassen aufgenommen. Unglaublich! Sie hat gemeint, sie sei eh die Einzige in ihrem Freundeskreis, deren Eltern noch nicht geschieden seien …" Sie schüttelte ihren Kopf. „Und dann hab ich gedacht, wenn ich mit Jakob allein bin, könnten wir noch mal über alles reden …" Melanie verschwieg, dass sie gehofft hatte, ihren Mann mit einer heißen Nummer von seinen Trennungsplänen abbringen zu können. Sie hatte immerhin ihre Reizwäsche getragen und Jakob ließ sich gern verführen.

„Aber er hat in seinem Büro geschlafen und ich konnte die ganze Nacht kein Auge zumachen! Gestern Morgen bin ich früh aufgestanden, habe ein feines Frühstück gemacht, aber Jakob wollte nicht frühstücken. Er hat Max zur Schule gefahren und Simone ist auch gegangen und hat gemeint: ‚Alles halb so schlimm, Mama'. Den ganzen Tag über bin ich wie ein Zombie herumgelungert und hab mir vorgestellt, Jakob würde sich bis zum Abend wieder beruhigen. Als er endlich nach Hause gekommen ist, war er total abweisend, hat bloß ein paar Sachen zusammengepackt und ist zu seinem Bruder nach Waldschwende gefahren. Max und ich haben uns auf dem Kanapee zusammengekuschelt, ich hab mich für ihn zusammennehmen müssen, aber seit heute Morgen, als die Kinder aus dem Haus waren, hab ich nicht mehr mit dem Weinen aufhören können …" Das schien sie jetzt auch nicht zu können. Melanie vergrub den Kopf in ihren Armen, die auf dem Tisch lagen.

Emma beobachtete sie eine Weile wortlos, bevor sie aufstand und ihrer weinenden Freundin beruhigend über das Haar strich: „Sch… sch… Melanie, das wird schon wieder."

„Was ist los?"

Die beiden zuckten zusammen. Emmas Mutter stand in der offenen Küchentür und blickte ratlos auf die Szene.

„Mama! Warum bist du nicht im Wohnzimmer geblieben?"

Die alte Frau ignorierte die Frage und starrte auf die aufgelöste Melanie: „Bist du traurig?"

„Jaaa…", schnüffelte diese.

Emma eilte zu ihrer Mutter: „Mama, das Essen ist gleich fertig. Komm, setz dich! Es gibt Kartoffelgulasch – das magst du doch gern!" Sie führte sie zu dem freien Sessel.

„Ich hab keinen Hunger …" Die alte Frau rümpfte die Nase. Trotzdem ließ sie sich auf den Sessel sinken und betrachtete Melanie, die ihr gegenüber saß. „Du bist groß. Ernst ist auch groß."

„Möchtest du mit uns essen, Melanie? Es ist genug da!", beeilte sich Emma zu fragen.

„Nein, danke, ich muss nach Hause! Max kommt um drei von der Schule heim, und ich möchte vorher kochen." Sie erhob sich, reichte der alten Frau die Hand: „Auf Wiedersehen, Gerda!" Emmas Mutter griff nach der Hand und lächelte: „Auf Wiedersehen …" Sie erkannte Melanie längst nicht mehr, aber höfliche Gesten hatte sie noch nicht vergessen.

„Ich begleite dich hinaus. Einen Moment noch …“ Emma schöpfte eine Portion Kartoffelgulasch, in der Hoffnung, ihre Mutter würde inzwischen allein zu essen beginnen. „Das ist aber heiß, Mama! Du musst zuerst umrühren! Ich komm gleich wieder!“

Nachdem sie sich von Melanie verabschiedet hatte, kam Emma der Gedanke, doch kein so schlechtes Los gezogen zu haben, denn mit dem Leben ihrer Freundin würde sie gerade auch nicht tauschen wollen.

„Selbstverständlich kannst du zu mir ziehen!“ Marie saß in ihrem Trainingsoutfit auf dem Sofa. Früher hatte sie das Handy beim Trainieren abgeschaltet, aber mittlerweile war es ihr wichtig, erreichbar zu sein. Vor allem für ihre Schwester.

„Es ist nur vorübergehend und zwei Wochen sind einfach zu knapp, um etwas Günstiges zu finden“, beeilte sich Sandra zu erklären, „sobald ich eine leistbare Wohnung gefunden habe, bist du mich wieder los!“

Ein warmes Gefühl breitete sich in Marie aus, als sie den besorgten Unterton hörte. „Bitte, mach dir keine Sorgen! Ich freue mich, dass du zu mir ziehst. Ich werde mich irgendwann auch nach etwas Kleinerem umsehen müssen. Aber zuerst ist Johannes am Zug! Er sollte damit herausrücken, wie es nun weitergeht …“ Das klang, als liege es in der Hand ihres Mannes, wie ihr zukünftiges Leben aussehen würde. „Ich meine, sobald er die … die Angelegenheit in Angriff nimmt. Ich werde ihm dabei sicher nicht helfen. Das hat er sich selbst eingebrockt!“, erklärte Marie und ärgerte sich, weil das Wort Scheidung nicht aus ihrem Mund kommen wollte.

Sie hatte Johannes geschrieben, wartete schon seit Tagen darauf, dass er die Säcke mit seinen persönlichen Sachen, die im Keller standen, abholen würde. Seit dem Zusammentreffen bei Emma hatte sie nichts mehr von ihm gehört, was sie umso wütender machte, je länger die Schweigephase andauerte. Und es nahm Marie den letzten Respekt vor ihrem feigen, den Kopf in den Sand steckenden Noch-Ehemann. Er besaß immer noch einen Wohnungsschlüssel und sie war nicht glücklich darüber. Wenn sie zu Hause war, ließ sie ihren Schlüssel quer im Schloss stecken, damit die Tür von außen nicht geöffnet werden konnte. Aber sie konnte nicht verhindern, dass Johannes die Wohnung betrat, wenn sie nicht zu Hause war. Sie hatte zwar keine Anzeichen dafür gefunden, dass er das tat, dennoch bestand die Möglichkeit.

„Ich würde mich trotzdem nach einem Anwalt umsehen", unterbrach Sandra ihre Grübeleien. Sie wusste, wovon sie sprach! Obwohl sich viele Paare bei einer Trennung vornahmen, die beste Lösung für alle zu finden, blieb immer ein mehr oder weniger großer Scherbenhaufen übrig. Entgegen allen Vorsätzen wurde es plötzlich zu einem Streitthema, wer ein bestimmtes Möbelstück bekam oder wie das Sorgerecht für ein Kind geregelt wurde.

„Mir ist klar, dass ich einen Anwalt brauchen werde! Es reicht schon, wenn ich die Streitigkeiten bei einer Testamentseröffnung miterleben muss. Die Erben geben sich anfangs höflich und zurückhaltend, aber wehe, wenn der eine bekommt, was ein anderer haben will, dann ist es vorbei mit Wir-haben-uns-alle-lieb!"

Marie dachte bei ihren Worten an zwei reizende silbergelockte Damen um die siebzig, die zuerst vornehm auf den Sesseln im Besprechungszimmer gethront hatten. Nach der Testamentsverlesung jedoch waren sie verbal übereinander hergefallen, weil die jüngere von beiden ein wertvolles Gemälde geerbt hatte.

„Du falsches geldgieriges Flittchen hast Vater dazu überredet!", kreischte die ältere Frau, während ihre jüngere Schwester die Füllfeder nach ihr warf und schrie: „Du alter hässlicher Aasgeier hast nichts anderes verdient!" Der arme Doktor Bereuter hatte schockiert auf die beiden Kampfhennen geblickt und Marie hatte sich gewundert, wie die feinen Damen zu dieser Ausdrucksweise kamen.

„Oh, Gott – ich hoffe, es wird nicht so schlimm, wie ich befürchte!" Sie schickte angesichts dieser Erinnerung ein Stoßgebet zum Himmel.

„Ich will dir keine Angst machen, aber mach dich auf alles gefasst. Wichtig ist, dass du nicht aus den Augen verlierst, was du willst und was dir zusteht!"

Als Sandra und Rainer sich scheiden ließen, war von der anfänglichen gegenseitigen Rücksichtnahme, die sie sich vor allem wegen Lukas vorgenommen hatten, zum Schluss nur noch Enttäuschung und Frust übrig geblieben. Man hörte immer von Paaren, die sich einvernehmlich trennten und danach Freunde blieben, doch Sandra hatte niemals so ein Paar kennengelernt.

„Ja, aber …“ Maries Antwort wurde von der Türglocke unterbrochen. „Ich schau schnell nach, wer da ist!“ Sie lief zur Eingangstür, äugte durch den Spion. Johannes stand draußen und blickte ihr durch das Guckloch entgegen. Marie zuckte zurück: „Johannes steht draußen. Kann ich dich zurückrufen?“, flüsterte sie leise, obwohl er ihre Stimme durch die massive Wohnungstür sicher nicht hören konnte.

„Klar doch – Kopf hoch!“, puschte Sandra ihre Schwester. „Meldest du dich später noch mal?“

„Mach ich …“, flüsterte Marie und legte auf.

Einen Moment lang war sie versucht, zum Garderobenspiegel zu laufen und ihr Aussehen zu überprüfen. Doch sie hielt in der Bewegung inne. Marie strich eine gelöste Haarsträhne lässig hinter ihr Ohr und nahm einen tiefen Atemzug, bevor sie die Tür schwungvoll öffnete.

„Johannes?“

Mister Blackhill war begeistert: „Your exhibit is wonderful!“ Er klatschte in die Hände und es hätte Lilli nicht gewundert, wenn er die verpackte Barbie an sein Herz gedrückt hätte. Sie hoffte, der rosa behemdete Mann konnte auch Deutsch sprechen, sie besaß wenig Übung in der englischen Sprache.

Nach der Schule hatte sie mit dem Wunsch gespielt, einen Au-pair-Aufenthalt im Ausland zu machen. Kalifornien war ihr Traumziel gewesen oder alternativ irgendwo an die südenglische Küste. Es war jedoch bei einem Wunschtraum geblieben. Sie hatte nicht gewusst, wie ihre Mutter die Zeit ohne sie überstehen würde. Lilli hatte ihren Traum begraben.

Wenigstens erfüllte Mister Blackhill ihre Hoffnungen, er sprach einigermaßen gut Deutsch: „Wirklisch sehr gut die Barbiii, Originalpackung, nie offen – ausgezeischnet.“

Lilli vermutete, dass Mister Blackhill trotz seines Namens eher ein emigrierter Franzose als ein waschechter New Yorker war.

„Wenn Sie entscheiden möchten, könnten wir die Barbiii in unsere näschte Auktion nehmen. Wir aben next Woch ein with Toys – that would be perfect!", erläuterte Mister Blackhill enthusiastisch in seinem, wie sie fand, zum Schreien komischen Akzent.

„Das klingt wirklisch gut …", rutschte Lilli aus dem Mund. Sie presste verlegen die Lippen aufeinander, aber Mister Blackhill schien ihren Fauxpas nicht bemerkt zu haben. Oder er ließ es sich charmanterweise nicht anmerken.

„Wir aben gerade erst ein Anfrage über so ein Barbiii bekommen – wirklisch unglaublisch, aber manch…" Sein Telefon unterbrach ihn. Er entschuldigte sich, bevor er den Hörer abnahm. Während Mister Blackhill in seinen Hörer schnatterte – es war die richtige Bezeichnung, denn er sprach so schnell, dass sie außer einzelnen Wörtern nichts verstehen konnte – blickte Lilli sich im Büro des Lockerby`s-Mitarbeiters um.

Der blank polierte Edelholzschreibtisch war bis auf eine gläserne Skulptur, das Telefon, und ein auf einer eleganten Lederunterlage liegendes Apple MacBook leer. Die Wände zierten ein paar abstrakte Bilder, die Lilli bekannt vorkamen. *Vielleicht von Picasso?* Es fiel ihr kein anderer Künstler ein, der so etwas malen würde. Die Fensterfront des Büros gab den Blick auf gigantische Hochhäuser frei, die alle nur aus Glas zu bestehen schienen. Den Himmel konnte sie nur als Spiegelung auf dem gegenüberliegenden Gebäude sehen. Lilli war fasziniert und eingeschüchtert zugleich.

„Oui, oui, Jack!" Mister Blackhill, der sich nun endgültig als Franzose enttarnte, legte wieder auf. „Excusez-moi Madame, iist immer was los!"

„Kein Problem!"

Lillis Magen grummelte. Durch den Jetlag hatte sie am Morgen nichts essen können und sie hatte bei ihrer Ankunft im Auktionshaus den angebotenen Kaffee abgelehnt. Nachdem sich ihre Nervosität gelegt hatte, spürte sie die Bedürfnisse ihrer Körpers wieder. Lilli unterdrückte ein Gähnen, konnte aber nicht verhindern, dass ihr Magen laut knurrte.

„Möschten Sie vielleicht doch ein Tasse Café?"

Lilli fühlte sich ertappt. Offensichtlich waren dem Mann die Protestgeräusche aus ihrem Inneren nicht entgangen, trotzdem nickte sie dankbar.

Mister Blackhill flötete ein paar Anweisungen ins Telefon und nach ein paar Minuten – sie sprachen in der Zwischenzeit über ihre Heimat Österreich, der Kunstexperte kannte Wien, hatte von Vorarlberg aber noch nie etwas gehört, Lilli legte ihm die Bregenzer Festspiele nahe – kam eine Assistentin mit einem Tablett, auf dem zwei Tassen Kaffee, Wassergläser und ein Porzellanteller mit Keksen standen. Lilli bewunderte das wie angegossene dunkelblaue Kostüm der Frau und ihren sicheren Gang in den unglaublich hohen Schuhen.

Wow, dachte sie beeindruckt. *Die könnte als Model arbeiten!* In Sex and the City wurde also doch keine Pseudowahrheit gezeigt, New Yorker Businessfrauen sahen wirklich so aus! Sie freute sich darauf, ihren Arbeitskolleginnen diese modetechnische Erkenntnis mitzuteilen. Die Assistentin schenkte Lilli ein Lächeln, und zeigte ihr perfektes US-amerikanisches Gebiss, bevor sie mit einem höflichen Nicken wieder hinausschwebte.

Lilli äugte auf ihre eigenen silbern applizierten Sneakers, die zurzeit im Trend lagen. Dennoch kam sie sich wie eine Landpomeranze vor. *Bin ich eigentlich auch!* Sie seufzte ergeben und langte nach einem Keks, um ihn hinunterzuschlingen.

Mister Blackhill grinste: „Die Jetlag – macht misch auch immer fertig! Unger und schlafen, alles im Chaos …“

Lilli grinste zurück und futterte ungeniert den Teller leer, während Mister Blackhill ein paar Papiere vor ihr ausbreitete, sie zwischendurch an einigen Stellen unterschreiben ließ. Normalerweise war Lilli vorsichtig, bevor sie eine Unterschrift auf ein Dokument setzte, und diese Formulare verstand sie größtenteils nicht. Aber es handelte sich offensichtlich um übliche Vordrucke, und sie vertraute dem netten Amifranzosen. Lilli verstaute die Durchschläge, die er in ein großes Kuvert steckte, in ihrer Handtasche.

„Sind Sie next Week nosch in New York? Weil, wenn die Auktion ist, kann isch gern ein Platz für Sie reservieren!“, bot Mister Blackhill an.

„Nein, ich fliege morgen zurück, ich muss am Montag wieder arbeiten“, erklärte sie bedauernd.

„Oh …, soo kurz, schade! Offentlich Sie können schlafen in Flugseug.“ Er erhob sich.

Lilli verabschiedete sich von Mister Blackhill und ihrer Barbie, die sie vermutlich nie wieder sehen würde.

Kurze Zeit später lief sie durch die streets, die no names hatten und suchte nach einem Laden, weil sie ein Sandwich kaufen wollte. Aber Lilli konnte nirgends ein Lebensmittelgeschäft finden. *Merkwürdig! Bei uns stolpert man über die Filialen der Supermarktketten, aber in dieser von Millionen Menschen bevölkerten Stadt scheint niemand Lebensmittel kaufen zu müssen.* Scheinbar aßen die Leute in dieser Gegend ausschließlich in Restaurants. Doch Lilli wollte nicht allein in einem von Anzug- und Kostümträgern besuchten Lokal essen gehen. Abgesehen davon wäre es dort vermutlich sündteuer.

Sie ließ sich von der Menschenmenge, die sich durch die Häuserschluchten der Großstadt schob, mitziehen. Der ständige Lärmpegel durch hupende Autos, heulende Sirenen, Stimmengewirr und das Klappern unzähliger Absätze versetzte Lilli in eine Art Trance. Sie fühlte sich, als wäre sie keine einzelne Person mehr, sondern Teil eines stampfenden, hechelnden Organismus, der sich durch die Stadt wälzte.

Ich könnte hier nicht leben, war sich Lilli sicher. *Die Großstadt würde mich verschlingen!*

Als sie endlich eine McDonald's-Filiale entdeckte, kaufte sie ein Fastfood-Lunchpacket und ließ sich danach von einem gelben Taxi zum Central Park fahren. Vergessen waren alle Pläne, in denen sie so viel wie möglich von New York sehen wollte. Kein Empire State Building und keine Hop-on-Hop-off-Tour, all das reizte Lilli nicht mehr. Sie freute sich darauf, auf einer ruhigen Parkbank ihre Chicken Nuggets zu verspeisen und sich später im Hotelzimmer einzunisten, bis sie wieder zum Flughafen aufbrechen musste.

Angeflogen

Lilli gähnte, sie war total erschöpft. Sie hatte die zweimalige Zeitverschiebung während ihres Kurztrips unterschätzt. Es war bereits nach elf Uhr und morgen musste sie um sechs in der Früh wieder aufstehen. Sie ärgerte sich, weil sie nicht daran gedacht hatte, ihren Dienst zu tauschen. Die Kolleginnen waren ohnehin alle wild auf einen Frühdienst bei schönem Wetter, da man am Nachmittag früher gehen konnte.

Das Haus wartete still und dunkel. Vorsichtig hängte Lilli ihren Trenchcoat an die Garderobe und schlüpfte aus den silbernen Sneakers. Sie spielte mit dem Gedanken, einen Blick ins untere Schlafzimmer zu werfen, aber das Risiko, ihre Mutter würde aufwachen, hielt sie davon ab. Sie tappte über die Treppe nach oben, im Flur blieb ihr Blick an der Tür zu ihrem Barbie-Zimmer hängen. Lilli wollte wissen, ob man dem Raum ansah, dass die alte Barbie nicht mehr da war, auch wenn die Puppe ihr Dasein ausschließlich im Schrank verbracht hatte. Sie öffnete die Tür, drückte den Lichtschalter und erschrak.

Ein Eindringling lag schlafend auf dem pinkfarbenen Sofa. Lilli schnaubte empört auf, ihre Mutter war in ihr Paradies eingedrungen. Als Lilli noch ein Kind gewesen war, durften sich ihre Freundinnen nur solange hier aufhalten, bis sie sich eine Puppe, Kleidung und Zubehör ausgesucht hatten. Danach wurde in ihrem Schlafzimmer gespielt. Am liebsten hätte Lilli niemals jemanden in ihr Barbie-Zimmer gelassen.

Sie trat an das Sofa. Ihre Mutter hatte sich in Lillis rosa Kuscheldecke gewickelt und die kleine Kelly wie ein Kuscheltier unter einen Arm geklemmt. Auf dem Sofatisch daneben stand das Bettchen, in dem Barbies Cousine normalerweise schlief. Lilli sah, dass Kelly ihren Pyjama trug. Die kleine Puppe hatte zuvor ein hellblaues Sommerkleid getragen, weil sie mit ihren Geschwistern einen Ausflug im Cabrio gemacht hatte, und das Bettchen auf dem Sofatisch war in Kellys Elternhaus gestanden. Das Schnarchen ihrer Mutter steigerte Lillis Verärgerung.

Sie eilte zu der Schachtel im Regal, auf der Kelly stand. Das hellblaue Kleidchen lag zuoberst auf einem Kleiderstapel. Die anderen

Sachen waren ordentlich in den kleinen Fächern sortiert, so wie es Lilli bei jeder Puppe machte, damit sie den Überblick nicht verlor. Sie überprüfte ihre Schätze. Alles stand am selben Platz wie vor ihrer Abreise. Nein – etwas hatte sich verändert! Kellys Eltern, Alan und Midge, die zuvor eng nebeneinander auf dem Sofa in ihrem Haus platziert waren, saßen nun getrennt jeweils an einem Ende des kleinen Möbels.

Mein Gott, Mama! Hört das denn niemals auf?

Lilli verspürte den Drang, ihre Mutter wachzurütteln, doch die bevorstehende Diskussion hätte ihr sicher die restliche Nachtruhe geraubt. Sie zog die Kuscheldecke über die Schultern der schlafenden Frau, bevor sie das Licht löschte und ihr Barbie-Reich mit einem letzten wehmütigen Blick verließ.

Melanie riss wütend das Unkraut aus der Erde, das sich dank der frühsommerlichen Temperaturen rücksichtslos zwischen ihren Blumenbeeten vermehrte.

Das Wochenende war schrecklich gewesen. Melanie hatte sich noch nie zuvor in ihrem Leben so einsam gefühlt. Nachdem sie sich bei Emma ausweinen konnte, hoffte sie auf ein Wochenende im Kreise ihrer verständnisvollen Kinder. Doch ihre Hoffnungen hatten sich aufgelöst und weiteren Verlustängsten Platz gemacht. Alexandra war in Innsbruck geblieben, weil sie an einem Workshop teilnahm, Simone reiste für einen Wochenendtrip mit Freunden nach München und kam erst am Sonntagabend wieder nach Hause. Und Max hatte von Freitag bis Sonntag bei seinem Vater übernachtet.

Jakob wohnte jetzt im vorderen Bregenzer Wald. Sein älterer Bruder Stefan besaß dort ein Gästehaus und hatte ihm darin ein Appartement zur Verfügung gestellt. Melanie ahnte, dass Jakob seine beiden Töchter über den wahren Grund der Trennung informiert hatte. Aber sie würde sich eher auf die Zunge beißen, als nachzufragen, wie viel Simone und Alexandra tatsächlich wussten. Sie war sich jedoch sicher, ihr Mann würde seinen Sohn weiterhin nicht mit der vollen Wahrheit belasten. Mit einem herzzerreißenden Gefühl in der Brust erinnerte sich Melanie an das Gespräch von vergangenem Mittwoch …

„Komm her, Max, und setz dich bitte, wir müssen dir was sagen!"

Der Junge tappte zögernd in den Raum, er ließ sich auf der Kante des nächstbesten Sessels nieder, blickte verständnislos von seinem Vater zu seiner Mutter.

Jakob holte tief Luft: „Mama und ich werden eine Zeit lang getrennt leben. Ich werde ausziehen …" Die Worte prasselten wie Hagel auf Melanie ein, während ihr Sohn seine Augen angstvoll aufriss.

„Hab ich was falsch gemacht? Ich mein, wegen dem Brand …?", fragte Max mit bebenden Lippen.

Jakob sprang heftig auf, sodass sein Sessel auf den Boden knallte, machte sich aber nicht die Mühe, ihn wieder aufzustellen. Er stürmte auf seinen Sohn zu und schlang die Arme um ihn: „Nein, Max! DU hast überhaupt nichts falsch gemacht – ganz bestimmt nicht!" Über Max' Kopf hinweg fixierte Jakob seine benommen dasitzende Frau auffordernd.

„Nein, mein Schatz, das hat nichts mit dir zu tun …", bestätigte Melanie mit lahmer Stimme. Der Blick ihres Mannes verfinsterte sich bei diesen wenig überzeugenden Worten. Sie gab sich einen Ruck. „Es ist alles gut, Max! Du hast nichts falsch gemacht! Wir haben dich lieb, werden dich immer lieb haben!" Trotz ihrer eindringlichen Worte blieb sie apathisch sitzen. Sie starrte über Max' Rücken hinweg in Jakobs kastanienbraune Augen, die ihre warme Glut verloren hatten. Melanie fröstelte.

„Für uns ist am wichtigsten, dass es dir gut geht! Weil wir dich lieb haben!", beteuerte sein Vater. Er löste die Umarmung, und schob seinen Sohn ein Stück von sich weg, damit er sein Gesicht sehen konnte.

Max blinzelte heftig: „Aber … seh ich dich jetzt nicht mehr? Und wo wohnst du dann?"

Jakobs Stimme klang beruhigend: „Du kannst mich sehen, wann immer du willst! Ich werde bei Onkel Stefan wohnen, er stellt mir ein Appartement zur Verfügung. Und das ist ja nicht weit von hier! Nur eine halbe Stunde mit dem Auto und Busse fahren auch regelmäßig nach Waldschwende …" Jakob streifte Melanie mit einem prüfenden Blick, dann wandte er sich wieder an seinen Sohn: „Ich werde morgen nach der Arbeit mit dem Packen anfangen und spätestens am Freitagabend nach Waldschwende umziehen. Möchtest du mir helfen und mitkommen?"

Melanies Augen füllten sich mit Tränen. Als Max sich zu ihr umwandte, setzte sie schnell ein Lächeln auf ihr Gesicht und nickte ihrem Sohn aufmunternd zu.

„Jaaa, also dann möchte ich schon mit …" Er blickte unsicher auf seine Mutter, deren Lächeln ihm seltsam vorkam.

„Das passt schon, Max. Hilf deinem Papa!" Melanie raffte ihren letzten Rest Selbstbeherrschung zusammen, und zauberte einen zuversichtlichen Ausdruck auf ihr Gesicht.

Ihr Sohn atmete hörbar auf. Max freute sich darauf, nach Waldschwende zu fahren. „Super! Dann geh ich mit Thomas zur Bregenzer Ache, vielleicht bauen wir wieder einen Damm …"

Der Fluss, der das Quell- und Regenwasser vom Bregenzer Wald bis in den Bodensee leitete, führte in der Nähe des Hauses seines Onkels vorbei. Die Bregenzer Ache war ein beliebtes Naherholungsgebiet, durchsetzt mit großen Flusssteinen und sandigen Buchten. Max und sein Cousin Thomas waren im selben Alter, sie verbrachten die gemeinsame Zeit gern an dem breiten Flussbett. Im Sommer konnte man sogar in den von der Strömung geformten Becken baden.

Während Max alle weiteren Fragen verdrängte und sich stattdessen seiner Vorfreude widmete, blickte Jakob liebevoll auf seinen Sohn. Für Melanie jedoch schwamm das bisherige Leben in einem reißenden Strom davon.

Nun kniete Melanie in ihrem Blumengarten und hoffte, das Gefühl der Leere würde endlich verschwinden, das sich in den letzten Tagen in ihr eingenistet hatte.

Als Jakob am Freitagabend gekommen war, um Max abzuholen, stellte er eisern klar, sein Sohn würde das ganze Wochenende bei ihm in Waldschwende verbringen. Melanie schluckte ihren Protest hinunter und musste sich zusammenreißen, damit sie dem Wagen nicht nachlief, als die beiden davonfuhren.

Nachdem das Auto aus ihrem Blickfeld verschwunden war, stürmte sie ins Haus und riss im Wohnzimmer die Hausbar auf. Beschämt starrte sie in das leere Fach, weil ihr klar wurde, dass Jakob alle Spirituosen entsorgt hatte. Dann war Melanie in den Keller gelaufen. Beruhigt sah sie, dass die dort lagernden alkoholischen Getränke der Entsorgungsaktion ihres Mannes nicht zum Opfer gefallen waren.

Später, während Melanie auf dem Sofa lag, aus einer Weinflasche trank und dabei ihr Handy fixierte, wartete sie darauf, dass jemand auf ihren als harmlose Mitteilung getarnten Hilferuf antworten würde. „Hallo, wie geht's? Was machst du gerade?"

Mit ihrem distanzierten Verhalten hatte Emma Melanie nicht wirklich Trost spenden können. *Die Arme hat selbst genug Probleme um die Ohren,* verteidigte sie ihre Freundin in Gedanken.

Die Aussicht, ihren Kummer woanders loszuwerden, schrumpfte, nachdem sie die kontaktierten Personen der Reihe nach abhaken musste, weil scheinbar niemand Zeit hatte. Dennoch versuchte sie, Verständnis aufzubringen. Jens rührte sich vermutlich nicht, weil er ein Konzert in Hamburg gab. Lilli wurde in New York sicher von ihrem Barbie-Verkauf in Anspruch genommen. Marie schrieb für sich und ihre Schwester, dass beide mit Sandras Umzug beschäftigt waren.

Sie verwarf den Gedanken, sich an ihre Eltern zu wenden. Was hätte sie ihnen sagen sollen? Die Wahrheit? *Jakob ist ausgezogen, weil ich ihn betrogen, ihm unser gemeinsames Leben vor die Füße geworfen habe.* Sie stellte sich das enttäuschte Gesicht ihrer Mutter und das Unverständnis ihres Vaters vor. Also blieb Melanie nur ein einziger zuverlässiger Trostspender – ihr Freund Alkohol.

Am Samstag wachte sie gegen Mittag mit einem Mordskater auf und aß ein paar belegte Brote. Es war ein schöner warmer Tag, aber Melanie blieb den restlichen Tag im Haus, ließ die Jalousien unten und lag im abgedunkelten Wohnzimmer auf dem Sofa. Sie zappte blind durchs Fernsehprogramm, holte immer wieder Wein aus dem Keller, den sie aus der Flasche trank. Irgendwann schlief sie ein. Am Sonntag erwachte Melanie wieder zur Mittagszeit – verkatert und ungewaschen, sodass sie sich zuerst unter die Dusche schleppen musste. Hinterher trank sie literweise Leitungswasser, damit sie am Abend keine Alkoholfahne mehr hatte.

Als Jakob seinen Sohn nach Hause brachte, musterte er seine Frau mit einem prüfenden Blick. Er war jedoch kurz angebunden und brach bald wieder auf. Max schien seiner Mutter aus dem Weg zu gehen. Er murmelte etwas von vergessenen Hausaufgaben und sagte: „Ich hab schon bei Papa zu Abend gegessen“, bevor er in seinem Zimmer verschwand. Und heute Morgen hatte ihr Sohn hastig seinen Kakao hinuntergestürzt. Auf Melanies Frage, wie es bei seinem Vater gewesen sei, antwortete er einsilbig: „Gut, war toll … schön.“ Dann war er regelrecht aus dem Haus geflohen und zur Schule geradelt.

Während Melanie weiter in ihrem Garten wütete, um den Verlockungen des Weinkellers zu widerstehen, hörte sie eine bekannte Stimme von der Straße herüberrufen.

„Hallo, Melanie! Wieder früh fleißig?“ Ihre Nachbarin Waltraud saß auf dem Fahrrad und hielt sich am Gartenzaun fest, damit sie nicht absteigen musste. „Am Wochenende war niemand zu Hause bei euch, nicht? Seid ihr alle weggefahren?“

Mir bleibt auch nichts erspart! Melanie überlegte fieberhaft, als sie mit einer Hand winkte. Waltraud wohnte im Haus nebenan, zwischen den Grundstücken wuchsen üppige Stauden und Sträucher. Trotzdem gab es ein paar Stellen, zwischen denen man hindurchsehen konnte. Melanie erinnerte sich nicht mehr daran, ob sie am Wochenende überhaupt aus dem Haus gegangen war. „Ja, wir waren weg … sind zu Stefan nach Waldschwende gefahren, ein Geburtstag …“, behauptete sie so vage wie möglich.

„Ach so? Dann hab ich mich wohl getäuscht, als ich am Samstagabend Licht bei euch gesehen habe.“ Ihr Tonfall gab zu verstehen, sie würde sich normalerweise nicht täuschen.

Melanie quittierte die Aussage mit hochgezogenen Augenbrauen.

Ihre Nachbarin winkte ergeben ab: „Ich muss leider wieder los! Der Mini-Cent-Markt hat Bettwäsche im Angebot“, und strampelte mit einem, wie Melanie fand, besserwisserischen Grinsen davon. Sie blickte Waltraud hinterher, hätte ihr am liebsten einen Erdklumpen nachgeworfen. Und sie wusste, es lag nicht daran, dass sie ihr die günstige Bettwäsche missgönnte.

Emma kehrte die Treppe, die hinter dem Haus vom Keller bis in den Garten führte. Es lagen oft Blätter und abgebrochene Zweige auf den ausgetretenen Sandsteinstufen. Ihre Mutter schlief noch, sie hatte das Babyfon in Hörweite am oberen Treppenabsatz aufgestellt. Emma genoss es, sich allein im Freien aufzuhalten, weil sie nicht ständig ein Auge auf ihre Mutter haben musste.

Als sie fertig war, schlenderte sie zum Kräutergarten. Der kleine Garten, der vor über hundert Jahren angelegt worden war, wurde von einem verwitterten schmiedeeisernen Zaun eingefasst, der in Steinpfosten hing. Liebstöckel, Petersilie und Melisse wuchsen dort mit anderen Kräutern in der Morgensonne, umrahmt wurde das wuchernde Potpourri von alten Lavendelstauden.

Ihre Mutter hatte den Garten früher liebevoll gepflegt, die Kräuter zum Kochen verwendet. *Es wäre schön, wenn Mama im Garten arbeiten könnte.* Aber das Risiko, die alte Frau würde das Gleichgewicht verlieren und sich bei einem Sturz verletzen, war zu groß. Stattdessen pflückte sie einen Kräuterstrauß, und steckte ihn in ein mit Wasser gefülltes Einweckglas, das sie aus dem Keller mitgebracht hatte. *Vielleicht wecken die Kräuter ein paar schöne Erinnerungen bei Mama,* dachte sie hoffnungsvoll.

Sie seufzte, ihre Mutter hatte am Wochenende ständig über Ernst geredet, was Emma den letzten Nerv geraubt hatte. Abgesehen davon war es anstrengend, die alte Frau immer wieder von dem leidigen Thema abzulenken. Letztendlich entpuppten sich die vergangenen Tage als Kneippkur der Emotionen.

Am Freitag, nach Melanies kräftezehrendem Besuch, hatte sie mit der verlockenden Vorstellung gerungen, in den Swingerklub zu gehen. Sie wollte Frau Hagen kurzfristig bitten, auf ihre Mutter aufzupassen. Doch was würde die Betreuerin denken, wenn sie an zwei Freitagabenden hintereinander ausging? Dann, nach einer von ungestillten Sehnsüchten geplagten Nacht, überlegte sie am Samstag sogar, Johannes anzurufen. Aber Emma war bewusst, dass sie dann mehr als nur auf dem Vulkan tanzen würde. Sie hätte in Johannes falsche Hoffnungen geweckt und im schlimmsten Fall wäre das Intermezzo wieder zu Marie durchgesickert, was vermutlich das endgültige Aus ihrer Freundschaft bedeutet hätte. Denn Emma wünschte sich aus tiefstem Herzen, Marie würde ihr irgendwann verzeihen und sich mit ihr versöhnen können. Darum durfte sie nichts Unüberlegtes tun. Und der Sex mit Johannes bescherte ihr ohnehin nur einen Abklatsch des Lustgefühls, den sie mit Riesen-Lars oder mit Frank empfunden hatte.

Also wählte sie ihre einzige Möglichkeit, sie schrieb dem omnipotenten Hamburger und hoffte, dass er nicht anderweitig beschäftigt war: „Hallo! Wie geht's dir, Großer?"

Nach einer halben Stunde antwortete Riesen-Lars. „Hallo, Prachtweib! Jammerschade, dass ich dich am Mittwoch nicht vögeln konnte! Mein Schwanz war bis Hamburg hart und er ist es jetzt wieder! Telefonieren wir?"

Emma wählte seine Nummer und stellte das Handy auf Lautsprecher. Später, als ihr der Hardcore-Wortkünstler zu einem erlösenden Orgasmus verhalf, schrie sie so laut, dass sie befürchtete, ihre Mutter geweckt zu haben,

Bevor sie auflegte, fragte Riesen-Lars: „Sollen wir mal einen Skype-Fick machen?", doch Emma lehnte ab. Sie wollte nicht als Darstellerin auf einem Pornokanal im World Wide Web landen.

Ein kleiner gelber Schmetterling verscheuchte ihre Erinnerungen an das vergangene Wochenende, und holte sie in den Kräutergarten zurück. Er umschwirrte das duftend befüllte Einmachglas in ihrer Hand. Sie blieb reglos stehen, und beobachtete, wie der Schmetterling in dem Kräuterstrauß vergeblich nach Blüten suchte. Nach ein paar Sekunden gab das zarte Insekt auf. Es flatterte durch den luftigen Garten davon, um sich eine ergiebigere Quelle zu suchen. Emma blickte dem Schmetterling hinterher und wünschte sich, sie würde ebenfalls ein paar Flügel besitzen.

Sandra war müde, ihr Rücken schmerzte. Das ganze Wochenende über hatte sie mit Marie Umzugskartons geschleppt, um ihre Habseligkeiten in der Wohnung ihrer Schwester unterzubringen, und heute Abend musste sie wieder in den Nachtdienst. Bis auf die größeren Möbelstücke und ein paar Lampen war die zukünftige Wohnung ihrer Mutter leer geräumt. Zwei Krankenpfleger aus ihrer Abteilung halfen ihr in den nächsten Tagen beim Abmontieren und Transport der restlichen Sachen. Sandra übernahm als Dank jeweils einen ungeliebten geteilten Dienst der beiden und würde ihnen nach getaner Arbeit ein Essen spendieren.

Nun stand sie umringt von halb ausgepackten Schachteln in ihrem vorübergehenden Heim. Maries Gästezimmer war groß, und besaß ein breites Fenster Richtung Osten mit Blick auf die Gebirgsketten des Bregenzer Waldes. *Wie bei mir zu Hause,* dachte Sandra reflexartig, schüttelte diesen Gedanken sogleich wieder ab – es war nicht mehr ihr Zuhause. Für ihre Kleidung und den Hausrat gab es in diesem Zimmer genügend Stauraum, für ihre Möbel würde sie einen Stellplatz anmieten müssen, da Maries Keller zu klein war.

Natürlich war ihr auch Emma in den Sinn gekommen. Die große Villa hätte sicher genügend Platz geboten und ihre Freundin hätte ihr sicher gerne geholfen. Doch wie würde Marie darauf reagieren? Sie hatte den Einfall wieder verworfen.

Sandra bereute, den Kontakt zu Emma abgebrochen zu haben, aber sie wollte ihre Schwester nicht vor den Kopf stoßen. Ihre Freundin tat ihr leid. Selbstverständlich war es unverzeihlich, dass Emma ausgerechnet mit Johannes eine Affäre gehabt hatte, aber sie fühlte sich nicht berufen, den Moralapostel zu spielen. Auch wenn sie niemals mit dem Mann einer Freundin geschlafen hatte, gab es sicher einige Frauen, die ihr gerne ein scharlachrotes „H" auf die Brust tätowiert hätten. Sie konnte nur hoffen, Marie würde sich mit Emma versöhnen, sobald ihr klar wurde, dass der Bruch zu ihrem betrügerischen Ehemann keinen großen Verlust darstellte.

Sandra war besorgt gewesen, als ihre Schwester erzählt hatte, Johannes habe bei seinem überraschenden Besuch am Freitag angedeutet, er könne sich doch eine Zukunft mit ihr vorstellen. Aber Marie war eisern geblieben und hatte den Hausschlüssel zurückgefordert. Er wollte zuerst nicht damit herausrücken: „Es ist schließlich auch meine Wohnung!" Doch Marie ließ durchblicken, sie würde sich dann bei ihrem Vater Rat holen müssen. Diese unterschwellige Drohung gab den Ausschlag, er überließ ihr den Schlüssel zähneknirschend. Ihr Vater und sein Vorgesetzter waren langjährige Geschäftspartner und Golffreunde. Johannes würde nichts tun, was seiner Karriere schaden könnte.

Während Sandra voller Stolz an ihre raffiniert agierende Schwester dachte, klappte sie ein paar leere Schachteln zusammen. Bis ihr ein hemmungsloses Gähnen entwich. *Oje, es ist schon zwei – Zeit zu schlafen!* Am Abend musste sie in den Nachtdienst.

Marie hatte am Morgen angedeutet, dass sie vermutlich länger im Büro bleiben müsse, da Doktor Widerling ein richtiger Sklaventreiber sei. Ihre dunklen Augen funkelten und ihre Wangen leuchteten rosa, als sie sich leidenschaftlich beklagte. Sandra kam der Gedanke, dass der neue Notar gar nicht so schlecht für ihre Schwester sein konnte, wenn er sie zum ‚Köcheln' brachte. *Das schadet ihr nicht, wenn sie mal aus sich rauskommt!*

Ein weiteres Gähnen vertrieb ihre Überlegungen. Sandra schloss den Rollladen, bevor sie sich nackt in das frisch bezogene Bett legte. Sie nahm ein paar Baldriantropfen, damit sie leichter einschlafen konnte, und rollte sich wie eine Katze unter der weichen Decke zusammen. *Ich muss Rainer und Lukas noch meine neue Adresse geben,* waren ihre letzten Gedanken, bevor sie in einen traumlosen Schlaf sank.

Marie surfte im Internet. Sie suchte nach Bildern des letztjährigen Juristenempfangs. Da sie nie hingegangen war, wusste sie nicht, welche Garderobe angemessen war. Sie war unschlüssig, was in Sachen Mode bei ihr normalerweise nicht vorkam.

Allgemein fühlte sie sich in letzter Zeit bei vielen Tätigkeiten unsicher, die sie bisher problemlos gemeistert hatte. Doch sie brauchte nicht darüber nachzugrübeln, woran das lag. Seit Doktor Manzer in der Kanzlei arbeitete, unterliefen Marie immer wieder blamable Fehler. So, wie gerade eben.

Sie hatte die Vermögensaufteilung für das Testament eines betagten Fabrikanten abgetippt und das Dokument Doktor Manzer zur Beurkundung vorgelegt. Kurz darauf tönte seine Stimme aus dem Lautsprecher des Telefons.

„Frau Gradenstein, bitte kommen Sie mal zu mir!"

Wenigstens sagte er „Bitte". Marie erhob sich seufzend und begab sich in sein Büro.

Doktor Widerling saß mit einem, wie sie fand, listigen Grinsen hinter dem Schreibtisch und nahm sie über den Rand seiner Lesebrille ins Visier. „Frau Gradenstein, es würde mich interessieren, was Sie mit ‚einem Hektar Bauland im besten Wohn-g-e-b-e-t meinen'?"

Marie riss die Augen auf und stakste zu Doktor Manzers Schreibtisch, um die Zeilen, die er ihr entgegenhielt, selbst zu lesen. „Ähm …

da hab ich mich wohl verschrieben. Ich werde das sofort korrigieren!" Marie griff nach dem Dokument, doch der Notar gab es nicht frei.

„Das ist noch nicht alles! Unser Klient würde sich sicher freuen, wenn Sie sein Gemälde Zypressenallee nicht in Z-y-p-e-r-n-a-l-l-e-e umtaufen würden und aus den Jagdrechten im Schwarzforst kein Jagd-r-e-v-i-e-r machen würden. Obwohl das in diesem Fall kaum einen Unterschied macht."

Marie spürte, wie ihre Wangen zu glühen begannen, und sie verfluchte sich innerlich dafür. „Es tut mir leid …", stammelte sie, „ich korrigiere das sofort!" Marie zog erneut an dem Blatt, aber Doktor Manzer hielt es weiter fest.

Normalerweise hätte sie das Dokument losgelassen, doch irgendwie reizte sie der Gedanke, den Zettel so lange festzuhalten, bis der Notar nachgab. Doktor Widerling schien denselben Vorsatz zu haben, er ließ das Blatt ebenfalls nicht los.

Eine Weile starrten sie sich gegenseitig in die Augen – stur und abschätzend. Bis Marie bemerkte, wie sich sein listiges Grinsen langsam verflüchtigte und einem neuen Ausdruck Platz machte. Er wirkte irgendwie verwundert, so als sähe er etwas, das er nicht erwartet hatte. Seine dunklen Augen wurden eine Spur größer, Marie sah hellbraune Punkte in seiner Iris funkeln. Ein lautes Klopfen zerstob den zeitlupenhaften Augenblick.

„Matthias, ich sollte noch den Akt von … Oh, störe ich?" Doktor Bereuter war schwungvoll in den Raum getreten.

Marie und Doktor Manzer ließen im selben Moment das Blatt los. Es segelte, angetrieben durch den Windhauch der aufgestoßenen Tür, neben dem Schreibtisch auf den Boden. Als sie sich gleichzeitig danach bückten, wären sie beinahe mit ihren Köpfen zusammengestoßen. Beide kamen ins Taumeln. Marie, die das Blatt ergattert hatte, hielt sich am Schreibtisch fest, während der Notar die Lehne seines Bürostuhls zu Hilfe nahm.

„Ähm … Kein, kein Problem! Wir sind fertig, nicht Frau Gradenstein? Ach, Sie haben das Blatt schon … ähm … Sie wissen, was Sie zu tun haben?", stammelte Doktor Manzer, bevor er sich unbeholfen auf seinem Sitzplatz niederließ.

„Ja, sicher, ich erledige das sofort." Marie schenkte Doktor Bereuter, der sie verdutzt musterte, ein schiefes Lächeln und stob aus dem Büro. Nachdem sie die Tür hinter sich geschlossen hatte, lehnte sie sich an den Türrahmen. Sie atmete ein paarmal tief durch. *Was war denn das?* Doch der verwunderte Blick von Doris zwang Marie, sich wieder zu sammeln. Sie korrigierte das Dokument und wartete darauf, dass Doktor Bereuter das Büro seines Nachfolgers verließ, weil sie nicht vor beide Männer treten wollte.

Da es länger als erwartet dauerte, surfte Marie wieder im Internet und suchte nach Inspirationen für ihre Garderobe. In einem Onlinemagazin fand sie Aufnahmen des letztjährigen Empfangs. Die abgebildeten Frauen trugen meist klassische dunkle Kleider. Ein paar Fashionistas hatten sich an farbige Modelle gewagt. Und eine der Frauen trug sogar eine buntglitzernde Tunika. *Wie unpassend – das ist ja keine Party auf Ibiza!*

Marie nahm sich vor, Lilli in der Boutique zu besuchen. Dort gab es edle Teile für jeden Anlass. Sie scrollte versonnen durch diverse Mode-Websites, während sie von ihrer Kollegin verwundert beobachtete wurde.

Was war nur aus der pflichtbewussten Marie geworden? Sie legte sich ständig mit Doktor Manzer an und jetzt surfte sie schon seit einer halben Stunde im Internet. Es wurde Zeit, dass sie ihre Pension antrat, bevor hier das totale Chaos ausbrach. Kopfschüttelnd stöberte Doris weiter in den Rezepten einer Koch-Website.

Auf- und Abblühen

Johannes scrollte durch seine Kontakte. Eigentlich war es überflüssig, weil er die Nummer auswendig kannte. Was ihn wunderte, da er sich sonst keine Telefonnummern merken konnte. Er kannte nicht einmal seine eigene.

Doch Emmas Handynummer hatte sich ihm eingeprägt. Johannes wünschte sich, sie würde sich wieder mit ihm treffen – auch wenn sie eine Beziehung mit ihm ablehnte. Er hatte Sehnsucht nach Emma! Nach ihrer weichen Haut, nach ihrer Sinnlichkeit, nach der Intensität, die er beim Sex mit Emma empfand. Obwohl sie unschuldig wirkte, war sie für ihn die erotischste Verlockung. Seit ihre Affäre vorbei war, geisterte Emma ständig durch seine Gedanken.

Selbstverständlich schlief er auch mit anderen Frauen, er gönnte sich gelegentlich einen One-Night-Stand. Er kannte die Bars, in denen man Frauen antreffen konnte, die ebenfalls nur das ‚Eine' wollten. Und Johannes wusste, dass er gut aussah, er konnte sich die besten Frauen aussuchen. Aber es war jedes Mal nur Triebbefriedigung, niemals so erfüllend wie mit Emma.

Vielleicht liebe ich sie? Die Vorstellung machte ihm Angst. Warum reagierte sie nicht auf seine Anrufe und Nachrichten? Weil Marie von ihrer Affäre erfahren hatte? Sie könnten sich wieder heimlich treffen, das wäre nicht anders, als es bisher gewesen war. Emma musste einen anderen haben – diese Erkenntnis hatte sich in ihm manifestiert. Johannes konnte sich keinen anderen Grund vorstellen. Am Tag nach jenem verhängnisvollen Abend, als er den großen Fehler gemacht und alles riskiert hatte, war er wieder zu ihr gefahren. Er war davon überzeugt, Emma umstimmen zu können. Er hatte Blumen gekauft und sein Auto ein paar Straßen entfernt geparkt, so wie immer.

Als Johannes zu Fuß bei der Villa ankam, bemerkte er den Wagen von Frau Hagen. Er wusste, dass die Frau manchmal auf ihre Mutter aufpasste. Also verharrte er im Schatten der Mauer neben der Einfahrt und wartete, bis die Betreuerin wieder wegfuhr. Stattdessen trat Emma aus dem Haus. Mit wippenden Locken und hochhackigen Schuhen trippelte sie zu ihrem Auto. Er drückte sich noch enger an die Mauer. Als sie an ihm vorbeifuhr, sah er, dass sie auffallend geschminkt war.

Er hatte sie niemals derart herausgeputzt gesehen und war sich augenblicklich sicher, dass sie sich für ein Rendezvous auf den Weg machte.

Johannes war wütend gewesen, weil er ihr nicht folgen konnte, sein Wagen stand zu weit entfernt. Und am liebsten hätte er auf ihre Rückkehr gewartet. Doch es war eine ungemütliche nebelfeuchte Nacht und er konnte nicht abschätzen, wie lange sie wegbleiben würde. Nach ein paar Minuten zog er enttäuscht ab.

In den darauffolgenden Tagen musste Johannes einige abendliche Geschäftstermine wahrnehmen, und bekam keine Gelegenheit, sich wieder vor Emmas Haus zu postieren. Abgesehen davon wollte er nicht von einem aufmerksamen Passanten gesehen werden.

Am Freitag war er dann spontan zu Marie gefahren. Ihm war selbst rätselhaft, warum er das tat. Vielleicht, weil er hoffte, seine Frau wäre bereit, ihn wieder aufzunehmen. Sie brauchte doch ihren Status in einer geordneten Welt. Doch Marie hatte kühl auf seinen Besuch reagiert und gefordert, er solle seine restlichen Sachen mitnehmen, die sie respektloserweise in große Müllsäcke gestopft hatte. Es war entwürdigend gewesen! Besonders, da sein ehemaliger Nachbar mitbekam, wie er die Säcke ins Auto lud.

Aber am meisten ärgerte Johannes Maries offensichtliche Gleichgültigkeit. Das traf ihn mehr, als wenn sie hochnäsig oder beleidigt gewesen wäre, so wie früher, wenn ihre Beziehung nicht so gut gelaufen war. Sie war verschwitzt im Trainingsoutfit vor ihm gestanden und ohne Umschweife zur Sache gekommen.

„Johannes? Gut, dass du vorbeikommst! Im Keller lagern noch Sachen von dir."

Er hatte mit vielem gerechnet: Geschrei, Vorwürfe und Tränen! Doch seine Frau musterte ihn wie einen Bekannten, der zufällig vorbeischaute. Von ihrer Gelassenheit überrumpelt hatte er sich auch noch seinen Wohnungsschlüssel abluchsen lassen, den nun ausgerechnet Sandra benützen würde. Seine Schwägerin, die ihn vor Jahren hatte abblitzen lassen, obwohl sie sonst auch kein Kind von Traurigkeit war! Aber Johannes konnte sich nicht vorstellen, dass sie ihrer Schwester davon erzählt hatte.

Überhaupt, warum waren sich die beiden auf einmal so Grün? Marie hatte nie den Eindruck vermittelt, dass sie viel von Sandra hielt.

Und jetzt wohnten die beiden sogar zusammen! Dass seine Frau jedoch mit ihrem Vater gedroht hatte, weil er mit dem Schlüssel nicht rausrücken wollte, gab Johannes den Rest. Was war bloß passiert? Auf einmal schienen alle gut ohne ihn auszukommen!

Ich muss nächste Woche unbedingt mit Emma reden – am besten spät am Abend, wenn ihre Mutter schläft. Sie musste begreifen, dass er das Beste war, was sie sich erhoffen konnte!

„Wow! Du siehst klasse aus!“, rief Lilli bewundernd. Mit ihren Modelmaßen konnte Marie ohnehin alles tragen, aber in dem schwarzen Etuikleid mit dem tiefen Rückenausschnitt sah sie umwerfend aus.

„Meinst du wirklich, ich kann mit so einem tiefen Ausschnitt zum Empfang gehen?“ Marie drehte sich mit dem Rücken zu dem silbergerahmten Spiegel und linste über ihre Schulter.

„Aber sicher! Der Ausschnitt geht ja nicht bis zum Po, abgesehen davon hast du keinen Hintern wie Kim Kardashian!“

„Gott bewahre!“ Marie drehte sich noch einmal im Kreis. Das Kleid war schmal geschnitten, saß nicht zu eng und die Länge bis zu den Knien war genau richtig. Das ärmellose Oberteil brachte ihre durchtrainierten Arme perfekt zur Geltung.

„Ohne den Rückenausschnitt wäre es nur ein durchschnittliches Cocktailkleid.“ Lilli war wild entschlossen, ihre Freundin zu diesem aufregenden Modell zu überreden. „Nur eine Frau mit deiner Figur kann so ein Kleid tragen!“, setzte sie obendrauf.

„Ich werde einen speziellen BH brauchen.“ Marie überlegte, wie viel dieser wohl kosten würde, denn das Kleid war schon teuer genug. Sie konnte ihr Geld nicht mehr so leichtfertig ausgeben.

Lilli erriet, was ihrer Freundin durch den Kopf ging. „In der Dessous-Queen gibt es die, aber schau mal in den Wäsche-Markt, dort bekommst du sicher einen günstigeren BH. Ich hab in dem Laden schon tolle Sachen gekauft!“

Marie bedachte die scharfsinnige Lilli mit einem dankbaren Lächeln: „Das ist ein guter Tipp!“ Dann fiel ihr etwas anderes ein: „Wie war es eigentlich in New York?“

Früher wurden alle Neuigkeiten bei einer Chorprobe ausgetauscht. Aber Marie wäre ohnehin nicht hingegangen, wenn eine stattgefunden hätte. Sie konnte sich nicht vorstellen, Emma gegenüberzutreten. *Bin ich wütend auf sie? Nein, nur sehr enttäuscht!* Seit Marie sich emotional immer mehr von Johannes entfernte, kam das ihren Empfindungen am nächsten.

In Lillis Kopf kreisten ähnliche Gedanken. Irgendwie umschifften alle das Thema Chor, als würde es ihn nicht mehr geben. Lilli machte die Vorstellung, der Prosecco-Chor würde sich auflösen, traurig. Das wäre vermutlich auch das Ende der Freundschaft unter den Frauen. Der Ball lag jetzt bei Marie – solange sie Emma nicht verzeihen konnte, sah die Zukunft für den Chor jedoch schlecht aus.

„War super dort! Bei Lockerby`s ist man zuversichtlich, dass die Barbie einen guten Erlös erzielen wird ..." Doch Lilli wollte jetzt nicht über ungelegte Eier reden, sie wechselte das Thema. „Und du musst mir nach dem Empfang alles erzählen! Ich will wissen, ob Doktor Widerling der Mund offen gestanden hat und ob du die anderen Frauen mit deinem Kleid ausgestochen hast!"

Maries Blick huschte nervös durch die Gegend. Ihr war peinlich, dass Lilli kein Blatt vor den Mund nahm. Schließlich war Kirchfeld keine anonyme Großstadt. Da sie aber keine Zuhörer in der Nähe entdecken konnte, versicherte sie ihrer vorlauten Freundin: „Du bekommst einen ausführlichen Bericht, ich verspreche es!"

Melanie starrte auf das Fernsehbild. Gabrielle trieb es wieder mal mit dem jungen Gärtner, der unverschämt gut aussah. Trotzdem konnte sie die Latina nicht verstehen. *Warum tut sie das? Carlos ist doch auch sexy!* Sie griff träge nach der Fernbedienung, und zappte durch die Sender, doch überall kam derselbe Schrott. Melanie schaltete das Gerät aus, warf die Fernbedienung auf den Sofatisch und griff nach ihrer Hafenwelle. Das Glas war fast leer.

Die leer geräumte Hausbar hatte sie mit dem heutigen Einkauf wieder aufgefüllt. Zuerst wollte sie die Spirituosen verstecken, aber da Jakob nicht mehr hier wohnte, musste es ihn auch nicht kümmern, was sie trank. *Selbst schuld, wenn er abhaut!* Sie erhob sich mühsam vom Sofa, ihre Beine schienen aus Gummi zu bestehen. In Melanies Kopf drehte sich wieder einmal ein Karussell und es dauerte eine Zeit lang, bis sie aufrecht stehen konnte. *Verdammt! Wenn ich mich wieder verletze, wird sich der liebe Jakob wohl ins Fäustchen lachen. Ohne mich!*

Melanie verscheuchte den Gedanken an ihren abtrünnigen Gatten und steuerte konzentriert auf die Hausbar zu. Ihr fiel ein, dass sie das Glas auf dem Sofatisch vergessen hatte. Sie blieb unschlüssig stehen, es war umständlich, jedes Mal zur Hausbar zu laufen. *Ich stelle die Flaschen besser gleich auf den Sofatisch.*

Sie musste zweimal hin- und herlaufen, um Wodka, Gin, Tequila und weißen Rum zu transportieren. Danach schwankte Melanie in die Küche, holte Zitronensaft und Zuckersirup. Auf die Eiswürfel verzichtete sie – zu kalte Getränke bekamen ihrem Magen nicht. Sie ließ sich auf das Sofa fallen und starrte auf die Flaschenansammlung. *Ich muss unbedingt alles wegräumen, bevor Max heimkommt!*

Aber es war erst kurz vor Mittag, ihr Sohn kam heute nicht vor vier nach Hause. Melanie mixte die Hafenwelle und trank einen kräftigen Schluck, bevor sie sich wieder auf das Sofa legte. Sie drückte auf die Fernbedienung, um den verzweifelten Hausfrauen in der Wisteria Lane bei ihren Liebesabenteuern beizustehen.

Emmas Mutter tappte durch den schattigen Garten. Sie hielt sich beim Laufen an Baumstämmen und Ästen fest, die sich in ihrer Greifnähe befanden. Emma folgte ihr im Schrittabstand, denn die alte Frau ließ sich nur ungern führen und den hilfreichen Rollator lehnte sie noch immer ab.

Die Angst, ihre Mutter könnte sich bei einem Sturz ernsthaft verletzen, war stets präsent. Eine Schwester der Hauskrankenpflege hatte Emma erklärt, dass ein Krankenhausaufenthalt bei dementen Menschen oft eine Verschlechterung des Allgemeinzustands zur Folge hatte. „Für Demente ist eine neue Umgebung beängstigend. Das Fehlen von vertrauten Dingen fördert den Rückzug, weil sich die Erkrankten schützen wollen. Sie müssen aufpassen, dass Ihrer Mama das erspart bleibt!“, hatte ihr die engagierte Schwester eingebläut.

Nun schwirrten jedes Mal diese mahnenden Worte in ihrem Kopf herum, wenn sie mit ihrer Mutter ins Freie ging. Aber die betagte Frau wirkte im Garten viel munterer und der Aufenthalt draußen war auch für Emma eine willkommene Abwechslung. „Komm, Mama, lass uns in den Kräutergarten gehen."

Ihre Mutter blieb mit wackeligen Beinen stehen, blickte suchend umher: „Jaaa… Kräuter …, wo?", und hob endlich bereitwillig einen Arm, damit Emma sich unterhaken konnte.

Im duftenden Kräutergarten hielt sich ihre Mutter mit einer Hand am Eisengitter fest, während sie mit der anderen an den jungen Trieben eines Lavendelstrauches zupfte. Sie hielt sich die schmalen Blätter unter ihre Nase: „Mmmmhh… ich muss Lavendelkissen machen." Der bekannte Duft zauberte ein Lächeln auf ihre Lippen.

Emma war gerührt, obwohl sie die Wirkung, die der Kräutergarten auf die alte Frau hatte, nicht zum ersten Mal miterlebte. Sie zerrieb ebenfalls einen Trieb zwischen den Fingern, und als sie den vertrauten Duft einatmete, huschten Erinnerungen durch ihren Kopf.

Ihre Mutter hatte früher in sämtliche Wäscheschränke selbst genähte Lavendelkissen gelegt. Im alten Kellergewölbe der Villa lebten viele Motten, die manchmal ihren Weg bis in die oberen Stockwerke fanden. Emma hatte dabei helfen dürfen, die Lavendelkissen in den Schränken zu verteilen. Sie dachte an die Schublade mit den Ledergürteln ihres Stiefvaters, in die sie ebenfalls Lavendelkissen legen musste. Zu ihren Duftimpressionen mischte sich plötzlich der Geruch des alten Leders, der aus der Schublade herausgeströmt war. Emma schüttelte sich, weil eine Gänsehaut über ihren Körper kroch. Sie stellte jedoch bestürzt fest, dass diese Erinnerung sie auch erregte.

„Hallo, Rainer! Wie geht's? Du wolltest, dass ich dich anrufe?" Sandra hatte Rainers Nachricht erst gelesen, als sie ihr Handy nach dem Ausschlafen vom Nachtdienst wieder eingeschaltet hatte.

„Danke, dass du dich meldest! Es geht um das kommende Wochenende, an dem Lukas bei dir wäre …" Rainer hüstelte in den Hörer.

Sandra ahnte, dass ihr Ex-Mann sie etwas fragen wollte, was ihm unangenehm war. Da er vom kommenden Wochenende sprach, konnte sie sich den Grund vorstellen, aber sie schwieg.

„Äh … Lukas hat doch dieses Fußballspiel am Samstag und du müsstest ihn begleiten, obwohl du nicht so gerne …" Rainer stockte.

Sandra konnte ein gereiztes Schnauben nicht verhindern. *Was soll das? Ich geh immer mit Lukas hin, auch wenn es mir nicht gefällt! Wenn du was willst, dann sag es endlich!* Sie wusste, ihr Ex-Mann wartete darauf, dass sie ihm half, doch den Gefallen würde sie ihm nicht tun. Dafür stand wieder klar vor ihren Augen, was sie an ihm nie leiden konnte: seine mangelnde Selbstsicherheit!

Und Rainer schien all seinen Mut zusammenzunehmen, bevor er endlich lossprudelte: „Ich würde gerne am Samstag mit Lukas nach München fahren. Er hat ja bald Geburtstag und das wäre quasi ein Vorabgeschenk! Mit seinem Trainer hab ich das schon geklärt. In der Münchner Arena gibt's ein tolles Länderspiel – die Portugiesen kommen. Aber es wird spät werden, wir würden in der Nähe übernachten. Das wäre nicht so anstrengend für alle …"

Sandra wartete darauf, dass Rainer erklären würde, wen er mit „alle" meinte, doch er räusperte sich bloß.

„Wer fährt denn a-l-l-e-s mit nach München?" Sandra rollte mit den Augen, während sie darauf wartete, bis er die offensive Frage verdaut hatte.

„Jaaa… Ich glaub, Lukas hat es dir schon erzählt … ich habe eine Freundin, sie heißt Anita."

Na endlich, geht doch! Sie entließ einen lautlosen Seufzer in die Freiheit. „Schön, das freut mich für dich! Lerne ich sie mal kennen?" Sandra hätte gerne einen Blick auf die Neue ihres Ex-Mannes geworfen.

„Natürlich, es ergibt sich sicher mal die Gelegenheit. Du kennst sie vermutlich schon …" Er verstummte.

Was? Ich soll sie kennen? „Ich kenne aber keine Anita", erwiderte sie verwundert.

„Sie arbeitet auch im Krankenhaus", gestand Rainer.

Wen meint er? Sandra ging alle ihr bekannten Namen und Gesichter im Krankenhaus durch, aber eine Anita kam darin nicht vor.

„Sie ist eine Hebamme", half er ihr.

Eine Hebamme? Sie hatte selten mit der Geburtenstation zu tun, doch die Geburtshelferinnen, die sie kannte, waren meist ältere Frauen. Sandra hätte vermutet, seine Neue wäre in ihrem Alter. *Warum eigentlich?* Möglicherweise war ein mütterlicher Frauentyp genau das

Richtige für ihn. „Der Name sagt mir im Moment nichts, aber wir werden uns sicher irgendwann kennenlernen." Sie nahm sich vor, der Geburtenstation bei der nächsten Gelegenheit einen Besuch abzustatten. Auf allen Stationen im Krankenhaus waren Tafeln mit den Namen und Fotos der jeweiligen Mitarbeiter angebracht. Sie war neugierig auf die Frau, die Rainers Herz erobert hatte.

„Ja, sicher." Seine Stimme hörte sich erleichtert an, „dann ist es also in Ordnung für dich?"

Es nervte Sandra, dass ihr Ex-Mann voraussetzte, sie würde nichts dagegen haben, und aus einem Impuls heraus blaffte sie los: „Ich muss erst darüber nachdenken, ob das in Ordnung für mich ist! Wir haben vereinbart, dass Lukas jedes zweite Wochenende bei mir verbringt. Und es wird immer schwerer, die Zeit mit ihm zu gestalten, seit er in der Pubertät ist. Er war das letzte Mal ganz schön pampig zu mir!", beklagte sie sich.

„Ja, ich weiß! Aber du hast ihm erlaubt, Game of Lords zu streamen, obwohl ich es ihm verboten habe!" Rainer war ebenfalls zur Anklage übergegangen.

„Er hat nicht gesagt, dass er das nicht darf!", verteidigte sie sich. „Er hat behauptet, er würde die Serie bei dir auch anschauen!"

„Im Fernsehen laufen die entschärften Folgen! Online gibt es auch die Originalversionen und die sind erst ab achtzehn! Lukas hat sich verplappert, nur darum bin ich dahintergekommen!", schimpfte ihr Ex-Mann. Seine Unsicherheit war verschwunden.

„Ohhh… Das hab ich nicht gewusst – so ein Gauner!" Sandra spürte, wie sie in die Defensive rutschte. Bevor er weiter auf ihren fürsorglichen Unfähigkeiten herumhacken konnte, gab sie lieber nach. „Na gut, dann wünsch ich euch viel Spaß in München. Aber ich habe ein Wochenende mit Lukas gut!"

„Klar! Wir reden noch darüber, aber ich muss jetzt los! Bis bald, Tschau!"

„Tschau, Rainer …" Ein „Tut, Tut" sagte ihr, dass ihr Ex-Mann aufgelegt hatte. Sandra hielt ihr Handy weiter ans Ohr, als erwarte sie noch ein paar aufmunternde Worte wie: „Du bist trotzdem eine verantwortungsvolle Mutter!" Auch wenn es scheinbar nicht so war …

Ausufernd

Lilli wartete. Sie wusste, dass es irgendeine Möglichkeit gab, der Auktion online zu folgen, aber sie hatte vergessen, Mr. Blackhill zu fragen, wie das funktionierte. Also wartete sie darauf, endlich eine E-Mail oder einen Anruf von Lockerby`s zu bekommen. Mr. Blackhill hatte gesagt, die Auktion würde Mitte der Woche stattfinden, und heute war Mittwoch, vielleicht fand ihre Barbie gerade einen neuen Besitzer. Lilli trommelte mit ihren Fingern auf dem Handydisplay herum, bevor sie zur Ablenkung noch einmal die Zeilen las, die sie mit Laura vor einer Stunde ausgetauscht hatte.

„Hallo, Laura! Wie geht's?"

„Danke, passt schon …"

„Was heißt das: passt schon?"

„Jaaa, halt, dass es schon passt …"

„Jetzt komm mir nicht pampig!"

Nach einer längeren Pause – Lilli befürchtete schon, ihr Schützling habe beleidigt das Handy abgeschaltet, rief sie Laura an. „Was ist los, Laura?!"

„Sorry, aber ich bin genervt! Hab heute meiner Pflegemutter erzählt, dass in zwei Wochen ein Info-Tag in der Kunstschule stattfindet. Aber Heike hat gemeint, sie sehe da keine Chance für mich, ich solle besser die Ausbildung bei Münze machen. Überhaupt sei so eine Schule was für Kinder mit reichen Eltern, die sich das leisten können. Und Künstler gebe es schon mehr als genug. Also kann ich das Ganze vergessen …."

Der resignierte Tonfall des Mädchens tat Lilli weh, aber sie wollte bei Laura keine Hoffnungen wecken, bevor sie wusste, wie viel ihre Barbie einbrachte. Falls sie tatsächlich ersteigert wurde. Darum hob sie zu einer Durchhalteparole an. „Du solltest deine Pflegemutter auch verstehen. Ihr ist am Wichtigsten, dass du sicher bist und einen guten Platz hast, bis deine Mama ihr Leben wieder im Griff hat!" Es kam Lilli vor, als würde sie sich selbst Mut zusprechen. „Wie geht's deiner Mutter?"

„Ich hab sie gestern besucht. Sie ist jetzt in einer Entzugsklinik! Sie hat furchtbar geschwitzt und gezittert … und geheult. Ein Arzt hat später zu mir gesagt, es sei besser, wenn ich in nächster Zeit nicht mehr komme, weil mich das nur belasten würde. Hat der eine Ahnung, was ich schon alles gesehen habe!"

Lilli wollte sich nicht vorstellen, was Laura damit meinte, war jedoch sicher, dass das Mädchen nicht übertrieb. „Der Arzt meint es nur gut mir dir! Vielleicht braucht ihr beide etwas Abstand, damit ihr zu euch selbst finden könnt …" Sie schüttelte bei ihren eigenen Worten den Kopf. *Was für Binsenweisheiten!* Aber ihr fiel nichts Klügeres ein.

„Ja, sicher …", meinte Laura lapidar.

Darum gestand Lilli ein: „Ja, ich weiß, das ist eine abgedroschene Phrase, doch im Moment kann ich dir nichts anderes bieten. Glaub mir, es kommen wieder bessere Zeiten. Und du weißt, ich bin für dich da, wenn du mich brauchst!"

„Danke …, ich weiß." Das Mädchen gähnte: „Sorry, aber ich bin heute krass erledigt. Also dann, Tschüss!"

„Tschau, Laura!"

Lilli blickte nachdenklich auf ihr Handy. Wäre sie in Lauras Alter gewesen, hätte sie gesagt: „Was für ein Gelaber!"

Gott, was gäbe ich jetzt für eine Chorprobe! Hoffentlich renkt sich das zwischen Marie und Emma wieder ein! Eine Chorprobe mit ihren Freundinnen – um über all die Dinge zu reden, die sie gerade beschäftigten. Lilli hätte nicht erklären können, woran es lag, aber sie empfand diese Treffen wie eine Gesprächstherapie. *Wir sind ein Selbsthilfechor,* dachte sie schmunzelnd.

Sie warf das Handy neben sich aufs Bett, und lauschte auf die gedämpften Geräusche des Fernsehers aus dem Wohnzimmer unter ihr. Seit Lillis Rückkehr aus New York wirkte ihre Mutter ausgeglichener. Vielleicht, weil sie sich von der alten Barbie getrennt hatte? Der Puppe, die sie als den wertvollsten Schatz ihres Vaters gehütet hatte?

Lilli nahm einen tiefen Atemzug und streckte ihre müden Glieder in die Länge, als ein „Ping" ihres Handys ankündigte, dass soeben eine E-Mail eingetroffen war. Eilig fischte sie nach ihrem Telefon …

Eine schrille Stimme quälte Melanies Ohren und verursachte ein schmerzhaftes Brummen in ihrem Kopf. „Was? Auuu… Hör auf!" Sie wollte die lästige Stimme mit einer Handbewegung verjagen und zuckte gequält zusammen, weil neben dem Brummen im Kopf auch noch ein Stechen in ihren Schläfen einsetzte.

„Mama! Wach auf!"

Jetzt erkannte Melanie die Stimme, die normalerweise nicht schrill war und ihrer Tochter gehörte. Sie öffnete blinzelnd ihre Lider, erblickte Simone, die mit verschränkten Armen dastand und ihre Mutter anfunkelte. „Ach, du? Hallo, Simone ... Du bist schon da?" Sie rappelte sich hoch und unterdrückte ein Stöhnen.

„Was heißt schon? Es ist halb sechs am Abend!", schnaubte ihre Tochter.

„Wirklich? Ohhh… Ist Max schon da? Ich weiß nicht mehr, warum ich …?" Melanie verstummte. Ihr Blick wanderte über den Wohnzimmertisch, wo sich ein Arsenal an Spirituosen um ein leeres Glas gruppierte, das auf einer eingetrockneten Lake festklebte. Entsetzt starrte sie auf die Auswüchse ihres Alkoholkonsums, während ihr gemarterter Kopf fieberhaft nach einer Erklärung für Simone suchte.

„Ich weiß wirklich nicht, warum ich eingeschlafen bin. Ich habe eine Kochsendung angeschaut, die haben einen Longdrink gemixt. Da hab ich mir gedacht, ich probiere das mal aus. Der war offensichtlich zu stark für mich." Melanie grinste schief, betete jedoch lautlos, ihre Tochter würde ihr diese Geschichte abnehmen.

Simone ignorierte die Erklärung. Sie blickte angewidert auf ihre Mutter hinunter. „Max ist seit über einer Stunde zu Hause! Er sitzt in seinem Zimmer und isst ein Wurstbrot! Er hat gesehen, dass du schläfst, und wollte dich nicht wecken!", keifte sie mit einem bedeutungsvollen Blick auf den belagerten Wohnzimmertisch.

„Oh, das tut mir leid! Ich mach ihm gleich was." Melanie stemmte sich vom Sofa hoch, kam taumelnd zum Stehen. Dann sammelte sie so schnell es ihr möglich war, die Flaschen auf dem Tisch ein und verstaute sie in der Hausbar.

Simone half ihr nicht. Aber sie sagte leise: „So kann das nicht weitergehen, Mama …" Es klang, als spreche sie eher zu sich selbst.

„Was hast du gesagt?"

Melanie hatte die Worte sehr wohl verstanden, denn ihr Gehör funktionierte ausgezeichnet. Doch ihr war gerade bewusst geworden, dass hier etwas falsch lief. Sie wurde von ihrer Tochter zurechtgewiesen und das würde sie auf keinen Fall dulden. Grimmig fixierte sie ihren Nachwuchs.

Simone öffnete kurz den Mund, schloss ihn aber wieder, als sie das zornige Funkeln in den Augen ihrer Mutter sah. „Nichts, Mama, ich geh nach oben …, ich hab keinen Hunger." Sie floh regelrecht aus dem Wohnzimmer. Obwohl ihre Tochter gekniffen hatte, überkam Melanie der dringende Verdacht, auf der Verliererposition zu stehen.

Simone schloss die Zimmertür, lehnte sich mit dem Rücken daran und wählte die Nummer. Während sie wartete, verscheuchte sie alle Gewissensbisse und dachte an ihren Bruder, der sich im Zimmer nebenan vermutlich mit einem Computerspiel ablenkte.

„Hallo, mein Schatz!"

„Hallo, Papa! Wir müssen dringend reden …!"

Marie blickte genervt auf das blinkende Handydisplay. *Ausgerechnet jetzt!* Und wenn sie nicht abhob? Doch das war keine gute Idee, weil sie sich sonst später wieder Klagen über ihre undankbaren Töchter anhören musste!

Sie hüpfte auf einem Bein bis zum Bett und setzte sich. Marie hatte gerade ein Paar Strumpfhosen wegwerfen müssen, weil sie mit einem Zeh am Wäschekorb hängen geblieben war. So ungeschickt, wie sie sich heute anstellte, würde sie dieses Paar sonst auch noch ruinieren. Sie seufzte tief, bevor sie mit dem Finger über die grün blinkende Anzeige wischte.

„Hallo, Mutter! Was gibts?", stieß sie hervor.

„Was ist denn das für eine Begrüßung?", beschwerte sich ihre Mutter.

Marie bemühte sich um einen besänftigenden Tonfall: „Entschuldige, Mama, aber ich bin im Stress!"

„Gehst du aus?", folgerte ihre Mutter richtig.

„Ja! Heute ist der Juristenempfang, ich bin spät dran." Marie bereute ihre vorschnell geäußerten Worte und wusste eine Sekunde später, warum sie nicht so sorglos plaudern sollte.

„Oh, du bist dazu eingeladen! Respekt! Gehst du mit Johannes hin?"

Marie hätte am liebsten das Handy auf den Boden geworfen oder wenigstens ihre Mutter angeschrien. Da es aber ihre eigene Schuld war, atmete sie tief durch, bevor sie mit beherrschter Stimme antwortete: „Nein, Mama! Wie du weißt, leben Johannes und ich getrennt! Ich gehe mit meinem zukünftigen Chef, Doktor Manzer, hin!“

Nach der zu erwartenden Schweigesekunde fragte ihre Mutter überrascht: „Doktor Bereuter hört auf? Du bekommst einen neuen Chef? Das hast du mir nicht erzählt! Wer ist dieser Doktor Manzer? Ich kann mich nicht erinnern, diesen Namen schon einmal gehört zu haben.“

„Mama, es gibt Dutzende Anwälte und Notare im ganzen Land – du wirst sicher nicht alle kennen!“, sagte Marie, obwohl sie sich dessen nicht so sicher war.

„Naja, das könnte sein …“ Die gedehnte Antwort am anderen Ende der Leitung drückte ebenfalls Zweifel an der Behauptung aus. Doch ihre Mutter fing sich schnell wieder. „Und dieser Doktor Manzer nimmt d-i-c-h mit? Ist er nicht verheiratet?“

Obwohl Marie diese Frage bereits erwartet hatte, konnte sie einen gereizten Tonfall nicht unterdrücken. „Ich weiß nicht, ob er eine Frau hat! Wenn ja, dann kann sie offensichtlich nicht mitkommen! Doktor Manzer ist erst vor Kurzem hergezogen und ich soll ihm die Leute aus der Branche vorstellen.“

„Du brauchst gar nicht unhöflich zu werden“, antwortete ihre Mutter pikiert. „Aber er muss dein Wissen selbstverständlich für seine Karriere nützen“, fügte sie gnädig hinzu.

„Mama, ich bin wirklich in Eile! Bitte – was wolltest du?“

„Ach so, ja, ich möchte wissen, wann Sandra ihre restlichen Sachen abholt. Der Maler und der Elektriker stehen schon bereit. Dein Vater hat noch weitere Interessenten für die Villa und ich habe ihm klargemacht, dass ich es nicht dulden werde, wenn fremde Leute durch das Haus stapfen, solange ich noch dort wohne!“

Marie hätte gerne erwidert, ihr Vater würde sicher nur ausgesuchte Personen ins Haus lassen und ihre Mutter könnte sich inzwischen woanders aufhalten. Doch sie hatte keine Zeit für Diskussionen. Stattdessen fragte sie: „Warum fragst du Sandra nicht selbst?“, während ihre Beine ungeduldig wippten.

„Natürlich, weil ich sie nicht erreichen kann! Sie ruft nie zurück! Weiß Gott, wo sich deine Schwester wieder herumtreibt."

„Sandra hat bereits den dritten Nachtdienst hintereinander!", verteidigte Marie ihre Schwester. „Aber ich werde es ihr ausrichten!" Sie wünschte sich einmal mehr, ihre Mutter würde zur Abwechslung eine Nachricht schreiben, anstatt nur anzurufen. Aber das lehnte sie ebenso ab, wie einen Messenger zu installieren.

„Na gut, dann störe ich nicht länger. Ich wünsche dir einen erfolgreichen Abend. Gute Nacht!"

„Danke, bis bald, Mama!"

Sie warf das Handy aufs Bett, bevor sie vorsichtig den zweiten Schlauch ihrer Strumpfhose zusammenraffte. Ihr Blick glitt stolz über ihre langen Beine, die Johannes immer als Maries Markenzeichen bezeichnet hatte. Während sie die Strumpfhose langsam nach oben zog, nahm sie dankbar wahr, dass der Gedanke an Johannes weder Unbehagen noch Wehmut in ihr auslöste.

Sie erhob sich, um die Strumpfhose über ihre Hüften zu ziehen, als sie in einem plötzlichen Impuls innehielt und das seidene Teil ohne Rücksicht auf Verluste wieder von ihren Beinen zerrte. Marie spurtete zur Wäschekommode, und öffnete die unterste Lade. Hier verstaute sie Sachen, die sie selten trug, die aber zu schade zum Wegwerfen waren. Sie fand, wonach sie suchte! Obwohl Marie die halterlosen Wolford-Strümpfe mit dem edlen Spitzenabschluss ungern trug, weil Johannes immer mit offen gezeigtem Verlangen reagiert hatte, nahm sie das Paar aus der Lade. Sie streifte es über ihre makellosen Beine.

Eine knappe Stunde später hielt ihr Taxi vor dem Bregenzer Festspielhaus, wo der Empfang stattfand. Marie stieg aus und blickte sich suchend um. Doktor Manzer hatte nur die Uhrzeit, aber nicht den genauen Treffpunkt mit ihr vereinbart, und er brachte die Eintrittskarten mit. Sie wartete vor dem Eingang, beobachtete die elegant gekleideten Gäste, die über einen extra ausgerollten Teppich zum Eingang strömten.

Marie spürte, wie sie gemustert wurde, und rügte sich innerlich dafür, den Notar nicht vorab um die Eintrittskarte gebeten zu haben. *Wo steckt er bloß?*

Minuten später traf unter Blitzlichtgewitter der Landeshauptmann ein, und nickte Marie beim Herannahen unverbindlich zu. Ihr kam der Gedanke, sie könnte auf einem Foto in der morgigen Tageszeitung oder einer Presse-Website möglicherweise als einsamer Gast im Hintergrund stehen. *Wie grauenhaft!*

Marie studierte verlegen ihre Schuhspitzen, bis eine wohlbekannte Stimme hinter ihr sagte: „Entschuldigung, dass ich Sie habe warten lassen, aber ich bin nicht rechtzeitig aus dem Büro gekommen!“ Sie drehte sich, um Doktor Manzer mit einem tadelnden Blick zu bestrafen, als sie überrascht feststellte, wie auffallend gut ihr zukünftiger Chef aussah. Sein dunkler eleganter Anzug saß tadellos. Die Lackschuhe glänzten und die eisblaue Krawatte passte perfekt zum gleichfarbigen Einstecktuch. Ein angenehm unaufdringlicher Duft umhüllte ihn und er war offensichtlich beim Friseur gewesen.

Marie registrierte den bewundernden Blick, mit dem auch sie bedacht wurde, und wartete auf das obligatorische Kompliment, als der Notar mit lauter Stimme verkündete: „Aber so wie es aussieht, bin ich gerade rechtzeitig gekommen, bevor der Herr Landeshauptmann Sie als Begleitung an seine Seite zerrt.“

Sie erstarrte und wäre am liebsten im Boden versunken. Jeder im Umkreis von wenigen Metern musste die Worte von Doktor Manzer gehört haben. Und so war es auch! Denn neben schmunzelnden Gesichtern von ein paar Männern bemerkte Marie die spöttischen Blicke einiger Frauen. Noch mehr irritierten sie jedoch die Worte aus einem anderen Mund. „Hallo, Matthias! Schön, dass wir uns wieder einmal sehen! Entschuldige, ich werde erwartet! Aber später können wir uns unterhalten.“ Der Landeshauptmann schüttelte Doktor Manzers Hand und nickte Marie ein weiteres Mal zu – so, als hätte er die unangebrachte Bemerkung von eben nicht gehört.

Sie erwiderte den Gruß mit einem automatischen Lächeln, das sich in eine empörte Schnute verwandelte, als der Landeshauptmann mit seinem Gefolge weitergezogen war. „Was fällt Ihnen ein, mich so bloßzustellen?“, fauchte sie den Notar so leise wie möglich an.

„Frau Gradenstein, ich denke nicht, dass ich Sie bloßgestellt habe. Ich kenne den Landeshauptmann schon seit meiner Studienzeit und jeder hier kann sehen, dass Sie die attraktivste Frau weit und breit sind“, erklärte Doktor Manzer gelassen, wobei er bei den letzten Worten seine Stimme senkte.

Das unverhüllte Kompliment verblüffte Marie. Da sie jedoch keine weitere Aufmerksamkeit auf sich lenken wollte, fragte sie, ohne auf seine Worte einzugehen: „Sie haben die Eintrittskarten?“, und registrierte zufrieden seine kleinlaute Antwort.

„Ähm… Ja, hab ich! Bitte gehen Sie voran …“

Marie schritt hocherhobenen Hauptes vor Doktor Manzer ins Foyer. Als sie ihren Mantel an der Garderobe abgab und die silberne Kette der Abendtasche über ihre Schulter hängte, konnte sie seinen Blick an ihrem nackten Rücken spüren. *Blöde Idee mit dem tiefen Rückenausschnitt! Hätte ich bloß nicht auf Lilli gehört!*

Doch der Abend verlief großartig! Marie konnte sich nicht erinnern, jemals eine derart große Ansammlung an Vorarlberger Persönlichkeiten auf einem Fleck gesehen zu haben, und noch nie hatte sie so viele prominente Hände geschüttelt. Sie stellte Doktor Manzer bekannte Notare und Anwälte vor und plauderte mit deren Gattinnen.

„Ist Johannes auch hier?“, wurde Marie nicht nur einmal gefragt. Sie wich den Fragen aus und erklärte, im Auftrag der Kanzlei anwesend zu sein.

In einem ruhigen Augenblick meinte Doktor Manzer: „Ich hoffe, ich bekomme keinen Ärger mit Ihrem Mann …?“

Sie war überrascht, weil der Notar die lästige Fragerei scheinbar bemerkt hatte. „Nein! Darüber müssen Sie sich keine Gedanken machen!“, erwiderte Marie gelassen und ließ ihn stehen.

Später am Abend, als der Landeshauptmann und die wichtigsten Branchenpromis den Saal längst verlassen hatten und ihre Füße in den hohen Pumps schmerzten, kam der Notar mit zwei Sektflöten in der Hand angeschlendert. Er reichte Marie ein Glas. „So, jetzt habe ich endlich Zeit, mich in Ruhe mit Ihnen zu unterhalten.“ Doktor Manzer hob sein Glas, und nickte ihr zu.

Sie nippten an ihren Getränken, bevor er sagte: „Ich muss mich noch bei Ihnen entschuldigen! Ich habe mich Ihnen gegenüber respektlos und unhöflich verhalten. Es war nicht meine Absicht, Sie zu kränken oder Ihnen zu nahe zu treten.“ Das erste Mal, seit sie ihn kannte, lagen weder Belustigung noch Ironie in den Worten des Notars. Marie wich seinem Blick aus, und starrte irritiert in ihr Sektglas. Sie hatte eine unbestimmte Angst davor, was sie in seinen Augen lesen könnte. „Ich denke, wir sollten jetzt gehen!“, beendete Doktor Manzer seinen Monolog unvermittelt. „Wir nehmen ein Taxi, ich setze Sie zu Hause ab!“

Marie fühlte sich überrumpelt, aber natürlich war es höchste Zeit zum Aufbrechen. Am nächsten Tag mussten beide wieder in der Kanzlei arbeiten.

Als das Taxi nach einer schweigsam verlaufenden Fahrt vor der Wohnanlage stehen blieb, sprang der Notar aus dem Wagen, um Marie die Tür aufzuhalten. „Vielen Dank, dass Sie mich heute unterstützt haben, Frau Gradenstein! Ich wünsche Ihnen eine gute Nacht. Bis morgen.“

Marie brachte nur: „Gute Nacht!“, hervor.

Sie stöckelte über den Gehweg zum Hauseingang, sperrte auf und registrierte, dass das Taxi stehen blieb, bis die Haustür hinter ihr zugefallen war. Durch den Glaseinsatz in der Tür blickte Marie dem davonfahrenden Wagen nach. Irgendwie erinnerte sie Doktor Manzers Verhalten an die Geschichte von Dr. Jekyll und Mr. Hyde – nur ohne den gewalttätigen Part.

Emma blickte stirnrunzelnd auf ihre Uhr, als die Haustürglocke läutete. Es war fast Mitternacht! *Wer läutet denn um diese Zeit?*

Sie zögerte. Alle, die ihr einfielen, hätten angerufen oder eine Nachricht geschickt. Emma überlegte, im Bett liegen zu bleiben, doch möglicherweise war etwas in der Umgebung passiert. Und sie würde die Haustür ohnehin nicht aufmachen, wenn eine unbekannte Person davorstand. Sie war froh, dass sie vor ein paar Jahren einen Türspion und einen Bewegungsmelder für die Außenbeleuchtung hatte einbauen lassen. Es klingelte erneut! *Verdammt! Ich muss runter, sonst wacht Mama auf!*

Emma schälte sich aus dem Bett, schlüpfte in ihren Morgenmantel und in die weichen Plüschpantoffeln.

Als sie über die Treppe ins Erdgeschoss eilte, damit der Ruhestörer kein weiteres Mal läutete, kam ihr der verrückte Gedanke, Riesen-Lars habe ihre Adresse herausgefunden und würde sie mit seinem Besuch überraschen. Einen verheißungsvollen Moment lang glaubte sie diesem Wunschgedanken. Bis sie durch den Spion lugte. Dort erblickte sie ein anderes bekanntes Gesicht – Johannes schien Emma direkt in die Augen zu schauen. Sie zuckte zurück! Sollte sie ihn einfach ignorieren?

Doch Johannes hämmerte an die Tür und rief: „Emma! Bitte! Mach auf! Lass mich nicht vor der Tür stehen! Ich werde so lange läuten, bis du mich reinlässt!“

Sie überlegte fieberhaft! Das mit Johannes war vorbei – nicht nur wegen Marie! Er konnte ihr nicht geben, wonach sie sich sehnte.

„Emma! Bitte! Lass mich rein!“

Wenn er noch lauter schreit, hört man ihn in der Nachbarschaft! Sie seufzte ergeben, und öffnete die Tür einen Spaltbreit. „Was soll das? Was willst du um diese Zeit?“

„Mit dir reden! Du gibst mir ja sonst keine Chance! Das schuldest du mir!“ Johannes war ganz nah an die Tür herangetreten, ging aber nicht so weit, seinen Fuß in den Türspalt zu stellen. Stattdessen blickte er Emma flehend entgegen.

„Ich glaube nicht, dass ich dir etwas schulde, Johannes! Es war eine Affäre und es ist vorbei!“ Sie hoffte, ihre Stimme klang selbstsicherer, als sie sich fühlte.

„Bitte, es tut mir leid! Das hab ich nicht so gemeint! Kann ich trotzdem kurz reinkommen? Bitte …?“, winselte er.

Emma fand das noch abstoßender, als sein anfängliches Flehen, und sie spürte, wie sich die letzte Anziehung, die sie für Johannes empfunden hatte, in diesem Augenblick auflöste. Nur aus diesem Grund gab sie nach und ließ ihn eintreten. Nachdem sie die Tür geschlossen hatte, wollte er nach Emma greifen, aber sie hob die Hände und sagte: „Nein! Wir gehen ins Wohnzimmer, damit Mama nicht aufwacht.“

Ihre ablehnende Haltung kränkte ihn, dennoch nickte Johannes erleichtert. Er lief voran in das große Wohnzimmer, sie zog die Tür leise hinter sich zu.

Emma bot ihm nicht an, sich zu setzen. Stehend und mit verschränkten Armen forderte sie: „Bitte, sprich!“

Er war irritiert. Emma war anderes als früher – sie war nie so direkt oder bestimmt gewesen. „Du hast dich verändert! Was ist passiert?“

Und Johannes stellte, ohne zu überlegen, die für ihn wichtigste Frage: „Hast du einen anderen, der es dir besorgt?"

Emma fühlte sich überrumpelt. War es so offensichtlich? Sie schlug schnell einen Haken: „Ich habe dir doch gesagt, dass ich wegen Marie nicht mehr weitermachen möchte!"

„Aber warum? Erstens, hat es dich in den letzten Jahren auch nicht gestört, und zweitens habe ich mich von Marie getrennt!" Johannes war näher herangetreten. „Ich bin endgültig ausgezogen!", unterstrich er die Bedeutung seiner Worte und machte einen weiteren Schritt auf sie zu.

Obwohl Emma unbehaglich zumute war, wich sie nicht zurück. Sie hielt seinem Blick tapfer stand. *Hätte ich ihn bloß nicht hereingelassen!* Johannes stand nun ganz nah vor ihr. Er überragte sie um einen halben Kopf, und blickte mit funkelnden Augen auf sie hinunter. Sie spürte seinen heißen Atem auf ihrer Stirn.

Mit belegter Stimme flüsterte er: „Hey, Süße! Weißt du es nicht mehr, hier haben wir uns zum ersten Mal geliebt …" Er nickte zum Sofa, und legte seine Hände auf ihre Oberarme.

Emma reagierte nicht auf seine Berührung, sie starrte auf seine Kehle. Natürlich erinnerte sie sich noch daran!

Johannes hatte sie nach dem Tod ihres Stiefvaters einige Male besucht, um ihr Angebote für die Villa zu unterbreiten. Das Haus befand sich in der besten Wohngegend und war von einem weitläufigen Grundstück umgeben. Jeder Makler hätte sich um diese Immobilie gerissen. Er wusste, dass sie das Anwesen nicht verkaufen würde, solange ihre Mutter noch lebte. Aber Emma war klar, dass er sich die besten Karten sichern wollte, und ihre Freundschaft zu Marie nützte, um den Kontakt zu halten. Und er bot ihr seine Hilfe an, wenn sie mal eine starke Hand in Haus oder Garten brauchen würde.

Sicher, Johannes hatte mit ihr geflirtet. Doch sie nahm an, er wollte damit geschäftlich im Rennen bleiben, und seine Aufmerksamkeit tat ihr gut. Als Johannes ihr eines Tages half, einen schweren Schrank zu verschieben, damit der Lehnstuhl ihrer Mutter einen besseren Platz vor dem Fernseher bekam, war es dann passiert.

Es war ein schwüler Sommertag, ihre Mutter hielt gerade den Mittagsschlaf. Emma schwitzte – ihre Locken klebten im Nacken. Sie öffnete die obersten Knöpfe ihrer ärmellosen Bluse, um sich ein wenig Kühlung zu verschaffen, bevor sie über den Boden robbte und den Orientteppich zusammenrollte. Beim Aufstehen wurde ihr schwindelig, sie geriet ins Taumeln. Johannes fing sie auf, und hielt sie fest in seinen Armen. Seine glänzenden Augen wanderten über ihr erhitztes Gesicht bis zu ihrem Ausschnitt. Noch bevor er seine Lippen auf die ihren presste, wusste Emma, dass es geschehen würde. Sie erwiderte seine fordernden Küsse, ihr ganzer Körper lechzte vor Lust. Johannes riss ihr die Kleider vom Leib, stieß sie auf das Sofa und fiel sprichwörtlich über sie her.

Bei dieser Erinnerung wurde Emma bewusst, dass das erste Mal für sie der befriedigendste Sex ihrer ganzen Affäre gewesen war. Nun hielt er sie wieder fest umklammert. Aber diesmal war ihr die Berührung vollkommen gleichgültig und irgendwie machte sie das traurig.

„Weißt du nicht mehr?“, hauchte Johannes, er zog sie an sich. Ihr Busen berührte seine Brust, und er senkte den Kopf, um sie zu küssen.

Doch Emma stemmte ihn mit solcher Kraft von sich, dass er einen Satz nach hinten nehmen musste. „NEIN! Nein, hab ich gesagt!“

Sein hoffnungsvoller Ausdruck verdüsterte sich, bevor er schrie: „Natürlich hast du einen anderen!“ Er machte wieder einen Schritt auf Emma zu.

„Na und …?“ Sie wunderte sich, wie gleichgültig ihre Stimme klang.

Und wieder einmal ahnte Emma, was geschehen würde, bevor es geschah. Wie in Zeitlupe nahm sie wahr, dass sich Johannes Gesicht zu einer wutverzerrten Fratze verzog, und seine große Faust wie ein Vorschlaghammer auf sie zuflog. Obwohl eine Alarmglocke in ihrem Gehirn schrillte, hob sie weder die Arme noch duckte sie sich. Die harte Faust traf sie im Gesicht.

Emma wurde nach hinten geschleudert, krachte mit dem Rücken an die Wand, fiel wieder nach vorne und blieb regungslos mit dem Gesicht auf dem Boden liegen. Ihr Kopf dröhnte, sie spürte eine warme Flüssigkeit irgendwo aus ihrem Gesicht sickern.

„Oh, mein Gott! Emma? Das wollte ich nicht! Es tut mir so leid!“ Johannes wimmerte über ihr.

Er berührte vorsichtig ihre Schultern, aber sie konnte sich nicht bewegen. Die Zeit schien stehen geblieben zu sein, und es kam ihr vor, als beobachtete sie sich selbst. Ein schmerzhaftes Ziehen im Gesicht überwand den ersten Schock, es wollte jedoch kein Laut über ihre Lippen kommen.

„Süße? Hörst du mich?" Johannes klang ängstlich. Er kniete nieder, rüttelte sanft an ihrer Schulter, doch sie blieb wie betäubt liegen.

„Emma?" Eine andere Stimme weckte sie aus ihrer Schockstarre. „Du? Du darfst ihr nicht wehtun!"

Johannes schoss in die Höhe. Emma hob das geschundene Gesicht und erblickte die zerbrechliche Gestalt ihrer Mutter, die sich an der Tür festhielt.

Die kleine Frau richtete sich auf, als wolle sie ihm Angst einflößen. Sie starrte Johannes böse an: „Du hast es mir versprochen!"

Emma rappelte sich aus ihrer liegenden Position in die Höhe und stützte sich an der Wand ab, um ganz aufzustehen. Sie hob die Hand, hielt Johannes auf Abstand, der sie stützen wollte. „Mama … ahhh…" Emma atmete sich durch die inzwischen pochenden Schmerzen in ihrem Gesicht. „Ich bin nur hingefallen. Mir geht es gut und der Mann wollte gerade gehen."

„Soll ich nicht …? Es tut mir so leid!", setzte Johannes erneut an.

Doch Emmas verachtungsvoller Blick sprach Bände. „Verschwinde! Sofort!"

„Wenn ich etwas für dich tun kann – bitte melde dich …" Er schlüpfte an der immer noch böse starrenden alten Frau vorbei und verließ das Wohnzimmer. Kurz darauf schloss sich die Haustür mit einem dumpfen Klacken.

Ihre Mutter musterte sie mitfühlend. Emma war sich sicher, dass sie in diesem Moment voll orientiert war. Die alte Frau tappte auf sie zu, und berührte mit einem Finger vorsichtig ihr verletztes Gesicht. Emma zuckte unter der Berührung zusammen.

„Keine Angst, Schatz … ich mach alles, damit das nicht mehr passiert …", sagte ihre Mutter, während eine stille Träne über ihre Wange kroch.

Diese Worte schmerzten Emma mehr als die Wunde in ihrem Gesicht.

„Sandra! Da sucht jemand nach dir!"

Die Stimme ihrer Arbeitskollegin hallte ins Dienstzimmer, Sandra stöhnte auf. Sie war müde und wollte fertig dokumentieren, damit sie nach der Übergabe nach Hause gehen konnte. *Was ist jetzt schon wieder?*

„Aber ich würde einen Arzt draufschauen lassen", ermahnte Iris die ahnungslose Sandra, bevor sie wieder verschwand, weil ein Patient geläutet hatte.

Sandra blickte ihr verwundert hinterher. Sie erhob sich und trat in den Flur. „Emma? Oh, mein Gott!"

Mit einem blutverschmierten Handtuch, das sie vor ihre linke Gesichtshälfte hielt, stand ihre Freundin da und versuchte, ein Lächeln zustande zu bringen. Stattdessen gelang ihr aber nur eine schmerzverzerrte Grimasse. „Kannst du mir bitte helfen?" Emma nahm das Handtuch vom Gesicht.

Sandra überlegte nicht lange. „Selbstverständlich! Komm rein und setz dich!" Sie deutete auf einen Sessel im hinteren Bereich des Dienstzimmers und trat noch bevor Emma sich gesetzt hatte, an den Materialschrank, um Verbandszeug und Wunddesinfektion zu holen.

„Danke …", hauchte Emma. Das rotgefleckte Handtuch lag in ihrem Schoß.

„Was ist passiert? Wer hat …? Nein, lass nur! Ich versorge dich zuerst." Für Fragen und Antworten war hinterher noch Zeit. Ihre Freundin zuckte zusammen, als sie die Wunde säuberte. Nachdem Sandra das Blut entfernt hatte, sah sie, dass es sich um eine kleine Platzwunde über Emmas Augenbraue handelte. Die Blutung hatte aufgehört, der Bereich um das Auge war gerötet und geschwollen. Ihre Freundin würde ein Veilchen bekommen. „Du hast Glück – das muss nicht genäht werden! Ist dir schlecht oder schwindelig? Hast du Kopfweh?"

Emma schwenkte vorsichtig ihren Kopf: „Es brummt ein wenig, aber es geht schon … Ich hab gehofft, dich hier anzutreffen. Du hast bei der letzten Chorprobe erzählt, dass du diese Woche drei Nachtdienste hintereinander machen musst", erklärte sie.

„Aber du weißt schon, dass ich eigentlich einen Arzt holen müsste!", stellte Sandra klar.

„Nein! Bitte! Hol keinen Arzt! Ich will keine Fragen beantworten müssen …" Emmas Stimme zitterte.

„Und mir? Mir sagst du es auch nicht?" Sandra legte sanft die Hand auf den Arm ihrer Freundin.

Als hätten Emmas Tränen nur auf diese Berührung gewartet, lösten sie sich aus der Schockstarre und liefen haltlos über ihre Wangen. Sandra holte Papiertaschentücher aus einer Schublade und reichte sie ihrer Freundin, die sich damit das Gesicht abtupfte.

Als sie sich einigermaßen beruhigt hatte, hob Emma ihr verunstaltetes Gesicht und blickte Sandra eindringlich an. „Bitte glaub mir! Ich wollte Marie nicht wehtun! Wirklich nicht! Ich hab einfach nicht über die Konsequenzen nachgedacht. Die Affäre hat mich mein eintöniges Leben vergessen lassen. Ich hab Schluss gemacht mit Johannes …, doch er hat es nicht akzeptieren wollen!"

„Was? Johannes hat dir das angetan?", unterbrach Sandra ihren Wortschwall.

„Ja …", gestand Emma kleinlaut.

„Dieser Mistkerl! Du lässt ihn aber nicht ungeschoren davonkommen, oder? Du musst ihn anzeigen!", schimpfte Sandra aufgebracht.

„Nein! Das will ich nicht!", sagte Emma bestimmt. „Wenn ich ihn anzeige, zieht das seine Kreise und Marie ist wieder die Leidtragende! Dann wissen es alle – so was macht immer die Runde!"

„Aber …?" Sandra fand ihre Rücksicht lobenswert, aber auch riskant, „… wenn er dir wieder was antut?"

„Ich glaube nicht, dass es noch einmal so weit kommt. Er war schockierter als ich", erklärte Emma zuversichtlich und wünschte sich gleichzeitig, mit ihrer Einschätzung richtig zu liegen.

Sandra dachte nach. „Na gut, das ist deine Entscheidung! Aber ich werde es Marie erzählen müssen, ich finde, sie sollte es wissen!" In ihrer Vorstellung versöhnten sich die beiden Frauen wieder, wenn ihre Schwester von Johannes Entgleisung erfuhr.

„Eigentlich möchte ich das nicht …", wandte Emma kleinlaut ein.

„Marie hat ein Recht darauf, es zu erfahren! Wenn er bei dir Gewalt anwendet, könnte er das auch bei ihr tun!" Sandras Argument war einleuchtend.

Emma nickte, wenn auch zögerlich.

Sandra blickte auf die Uhr. „Jetzt kommt gleich meine Ablöse! Wartest du draußen auf mich? Ich könnte dich nach Hause fahren."

„Nein, danke, das ist nicht nötig! Ich bin mit meinem Auto hier und muss sofort nach Hause. Ich habe Mama eine Schlaftablette gegeben, aber ich möchte nicht riskieren, dass sie aufwacht, bevor ich zu Hause bin!“

„Okay. Schick mir bitte eine Nachricht, wenn du wieder daheim bist! Ich leg mich danach aufs Ohr. Falls du Probleme bekommst, dir schwindelig oder übel wird, musst du aber sofort zum Arzt gehen!“ Sie nahm sich vor, ihre Freundin anzurufen, sobald sie ausgeschlafen hatte.

„Danke! Danke für alles!“

Sie umarmten einander, Emma verließ die Station.

Sandra blieb nachdenklich zurück. *Johannes darf nicht ungeschoren davonkommen!*

Kurz darauf rauschte Iris wieder ins Dienstzimmer. Sie blickte sich suchend um. „Schon weg, deine Freundin?“

„Ja!“, sagte Sandra kurzangebunden und setzte sich an den Computer, um fertig zu dokumentieren.

Iris zuckte schweigend mit den Schultern. Sie wollte es sich nicht mit ihrer erfahrenen Kollegin verderben, die oft das nervenaufreibende Blutabnehmen für sie übernahm.

Bevor Sandra eine halbe Stunde später gähnend das Krankenhaus verließ, las sie beruhigt Emmas Nachricht. „Bin wieder zu Hause – es geht mir gut! Ich leg mich jetzt hin. Nochmals vielen Dank!!!“

Als sie in Gedanken versunken zu ihrem Wagen lief, hatte sie vergessen, dass sie vor dem Heimfahren einen Abstecher in die Entbindungsstation machen wollte, um die Fotos auf der Mitarbeitertafel zu inspizieren.

Nachhut

Noch immer fassungslos las Lilli die E-Mail von Mr. Blackhill ein weiteres Mal durch. Vielleicht hatte er sich vertippt?

Sehr geehrte Frau Hammer!

Ich darf mitteilen Ihnen, dass die Auktion ist sehr gut gegangen. Die Exponat hat fantastisch 70.000 Euro gegeben! Ein Käufer hat durch Vermittlung am Telefon ersteigert. Wollte anonym bleiben. Aber Geldtransferierung ist gelungen. All in Ordnung! Ich möchte sehr gratulieren! Verkaufsdokumente in Anlage!
Wir werden Geld, abzuglich Gebühr, sofort an Bank transferieren.

Mit freundlichen Grüßen
Jean Blackhill

Lilli vermutete, Mr. Blackhill hatte vor lauter Begeisterung über den Wahnsinnserlös die E-Mail selbst geschrieben, anstatt die Zeilen einer Assistentin mit besseren Deutschkenntnissen zu diktieren. Sie hatte die Unterlagen inzwischen ausgedruckt, aus Sorge, ihr Computer könnte Opfer eines Virusangriffs werden und damit der Beweis für den Erlös ihrer Barbie verschwinden.

Ihre Gedanken überschlugen sich. *Wer bezahlt so viel Geld für eine alte Barbiepuppe? Was für verrückte Menschen laufen auf dieser Welt herum? Ich muss es Laura erzählen! Ich muss es ALLEN erzählen!*

Nein, nicht allen! Ihrer Mutter, die sich heute wieder in einem Stimmungstief suhlte, würde sie vorerst nichts erzählen. Sie hatte Lilli kaum begrüßt, als sie nach Hause gekommen war, und es abgelehnt, sich auf die Terrasse zu setzen, um wenigstens ein paar Sonnenstrahlen zu tanken. Stattdessen saß ihre Mutter vor dem Fernseher und sah sich irgendeine schwachsinnige Serie an. Sie hörte das leise Dröhnen des Fernsehapparats bis in ihr Zimmer.

Nein! Lilli würde sich die Freude über diesen Erfolg nicht verderben lassen. Sie atmete ein paarmal beruhigend durch, dann wählte sie Lauras Nummer. Aber ihr Schützling nahm nicht ab. Sie tippte eine

Nachricht. „Hallo, Laura! Wie geht's dir? Kannst du mich zurückrufen? Es gibt tolle Neuigkeiten!"

Lilli wartete einige Minuten vergeblich auf einen Rückruf. *Verdammt, ich muss mit jemandem reden!* Spontan wählte sie die Nummer ihres Vaters.

Er nahm sofort ab. „Hallo, mein Schatz! Wie mich das freut, dass du anrufst! Wie geht es dir?"

Sie genoss die herzliche Begrüßung, sein Enthusiasmus überraschte sie dennoch. Als hätte er den ganzen Tag auf ihren Anruf gewartet. „Danke, Papa, es geht mir super! Ich habe eine unglaubliche Neuigkeit!" Sie erzählte ihm vom erfolgreichen Verkauf der Barbie. Ihr Vater hörte geduldig zu und Lilli war beinahe enttäuscht, weil sie erwartet hatte, dass er ebenso fassungslos reagieren würde, wenn er von der Höhe des Betrags erfuhr.

„Das ist großartig, Lilli! Ich gratuliere dir! Jetzt hast du ein gutes Finanzpolster, um deine kleine Freundin zu unterstützen", meinte er pragmatisch.

Aber er hat nicht vergessen, dass ich ihm von Laura erzählt habe, dachte sie verwundert, wo es doch bei seinem Besuch so geschienen hatte, als gehöre die ganze Aufmerksamkeit dem Enkelkind. „Wie geht es Marlene und Lena-Karina?", hörte Lilli sich fragen.

„Danke, beiden geht es gut! Die Kleine wird langsam ganz schön anstrengend. Gestern hat mich Marlene mit ihr im Büro besucht. Aber da Lena-Karina nicht alle Schubladen aufreißen und meine Unterlagen auf den Boden werfen durfte, musste ich mit ihr schimpfen. Du hättest die Kleine hören sollen, ihr Geschrei war ohrenbetäubend! Ich kann mich nicht daran erinnern, dass du oder Marlene euch jemals so aufgeführt habt."

Lilli besaß auch keine derartigen Erinnerungen, obwohl sie sich seit jeher leidenschaftlich für ihre Interessen einsetzte. Deshalb war: „Hmmm…", alles, was ihr dazu einfiel.

Ihr Vater schwieg kurz, bevor er weitersprach: „Es würde mich freuen, wenn du mich darüber auf dem Laufenden hältst, wie es mit dem Mädchen in Hamburg weitergeht …"

„Ja? Klar, Papa, das mach ich!", antwortete Lilli überrascht.

„Und grüß deine Mutter von mir …"

Sicher nicht, dachte sie, sagte jedoch: „Das mach ich, Papa."

Nachdem ihr Vater aufgelegt und Laura noch nichts von sich hören gelassen hatte, überlegte Lilli, welche ihrer Freundinnen sie zuerst anrufen sollte. Nur eine Nachricht zu versenden, wäre dieser fantastischen Neuigkeit nicht gerecht geworden.

Wenn wir bloß wieder eine Chorprobe machen könnten! Ich muss mal mit Melanie reden – vielleicht können wir uns ohne Emma treffen? Nein, das wäre nicht dasselbe! Sie seufzte und schüttelte ihren Kopf. Lilli fehlten die sinnvollen und manchmal sinnlosen Gespräche, das Gelächter, das Gezanke und die hitzigen Diskussionen – um wichtige Themen oder des Kaisers Bart.

Das „Plopp" des Handys unterbrach ihre sehnsuchtsvollen Gedanken. Eine Nachricht von Laura. Endlich!

„Hallo, Lilli! Ich komm grad von der Arbeit heim, hab den ganzen Tag Ware eingeräumt. Bin hundemüde und geh zuerst duschen! Kannst du mich später anrufen?"

Die Traurigkeit, die Lauras Nachricht in Lilli auslöste, verwandelte sich in Glückseligkeit, als sie eine halbe Stunde später dem sprachlosen Mädchen vom Erlös der Barbie und ihren Unterstützungsplänen berichtete.

Melanie schuftete schon den ganzen Tag über. Am Morgen war sie früh aufgestanden, und hatte für ihre Kinder ein feines Frühstück zubereitet.

Max fragte verwundert: „Hat jemand Geburtstag?"

Als seine Mutter: „Nein, das gibt es einfach nur so", antwortete, verdrückte er eine Riesenportion Eier mit Speck und schlang ein Croissant hinunter, bevor er mit vollem Bauch zur Schule radelte.

Simone hingegen knabberte bloß an einer halben Scheibe Toast herum. Melanie versuchte, ihrer ungewöhnlich stillen Tochter ein paar Worte zu entlocken. Aber die morgens sonst dauerquasselnde Simone vermied den Augenkontakt und brach nach ihrem spartanischen Frühstück hastig auf, weil sie angeblich vor dem Unterricht noch etwas erledigen musste.

Nachdem ihre Kinder fort waren, gab sich Melanie einer ausgiebigen Putzorgie hin. Sie staubte sämtliche Möbel im Haus ab, saugte alle

Zimmer und wischte die Böden. Melanie ging einkaufen, machte einen großen Bogen um das Spirituosenregal und besorgte Kalbsschnitzel.

Ihr Sohn liebte panierte Schnitzel, er verdrückte zum Mittag zwei Stück davon. Falls er sich wunderte, warum es nach dem fürstlichen Frühstück auch noch ein Sonntagsmittagessen gab, so ließ Max es sich nicht anmerken. Stattdessen kündigte er an, am Abend nach dem Training eine Schnitzelsemmel essen zu wollen. Melanie hatte so viel gekocht, dass es auch für ein Abendbrot reichte. Und sie nahm sich vor, am Nachmittag Schokomuffins zu backen.

Sie dachte ein paarmal daran, sich als Ausgleich für ihre Schufterei einen Drink aus der Hausbar zu genehmigen, blieb jedoch standhaft. Melanie ahnte, es würde nicht bei einem Getränk bleiben. Und sie wollte nicht riskieren, wieder von ihren Kindern ertappt zu werden. Dafür würde sie sich am nächsten Abend, wenn Max bei Jakob übernachtete und Simone mit einer Freundin ausging, mit ein paar Gläschen belohnen.

In ihrem Eifer bemerkte sie erst um drei, dass Jakob ihr vor zwei Stunden eine Nachricht geschickt hatte. Er schrieb, er wolle sie gegen vier besuchen, und fragte, ob sie zu Hause sei. Melanie tippte eilig: „Aber klar doch – ich bin da!", und betete, ihr Mann würde die Antwort rechtzeitig lesen.

Seine Zeilen weckten Hoffnungen in Melanie. *Vielleicht hat er es sich anders überlegt? Vielleicht hat er Sehnsucht nach seiner Familie? Sehnsucht nach mir?*

Sie beschloss, das Muffins-Backen auf den nächsten Tag zu verschieben, und eilte stattdessen unter die Dusche. In eine frische Duftwolke gehüllt, schlüpfte sie in ihre „Knackjeans", die Jakob so getauft hatte, weil er ihr Hinterteil darin so knackig fand. Und sie zog eine weiße Hemdbluse an, durch die ihr Spitzen-BH sexy hindurchschimmerte. Die gewaschenen Haare ließ sie lufttrocknen. Nur dann kringelten sich ihre sonst glatten Haare im Nacken. Jakob hatte immer betont, wie erotisch er das fand, und ihren Hals geküsst. Melanie trug ein paar Spritzer ihres Parfums auf – auch zwischen ihren Brüsten. *Wenn er früh genug da ist, bleibt vielleicht noch Zeit für Versöhnungssex. Max kommt ja erst später nach Hause …*

Als sie Jakobs Wagen vor dem Haus hörte, stürmte Melanie mit klopfendem Herzen auf die Terrasse und zupfte in einem Topf mit Margeriten herum, damit es so aussah, als hätte sie seine Ankunft nicht mitbekommen.

„Hallo, Melanie …"

Obwohl sie ihn erwartete, erschrak Melanie beim Klang seiner Stimme. Aber ein warmes Glücksgefühl breitete sich in ihr aus, bevor sie sich lächelnd umdrehte. *Gott, wie ich ihn liebe!*

Doch die warme Empfindung verebbte, machte ängstlicher Vorahnung Platz, als sie Jakobs distanzierten Blick bemerkte. Melanie lächelte dennoch tapfer weiter. „Hallo, Jakob! Wie schön, dass du da bist! Herzlich willkommen!" Sie ärgerte sich über ihre gekünstelte Ausdrucksweise. *Hilfe! Ich klinge ja wie eine der Frauen von Stepford!*

Noch bevor ihr Mann antworten konnte, tönte eine laute Stimme vom Nachbargrundstück herüber. „Hallo zusammen! Endlich sieht man euch wieder mal!" Waltraud lugte zwischen den grünen Büschen hindurch, und winkte mit einer Gartenschere.

Melanie bedachte die störende Nachbarin mit einem genervten Blick. Jakob hob seine Hand zu einem lahmen Gruß und forderte mit gesenkter Stimme: „Bitte, komm rein! Wir müssen reden!" Sie stakste gehorsam hinter ihrem Mann ins Haus. Waltraud starrte ihnen großäugig nach.

Jakob schloss die Terrassentür und schob den Store vor, bevor er ohne Vorwarnung loslegte: „Wie konntest du dich gestern nur so unmöglich verhalten, Melanie?"

Obwohl ihr inzwischen klar geworden war, dass ihr Mann sie nicht besuchte, weil ihn die Sehnsucht antrieb, blaffte sie zurück: „Was meinst du bitte, wenn ich fragen darf?"

„Herrgott, Melanie! Stell dich nicht blöd! Du bist besinnungslos besoffen auf dem Sofa gelegen und deine Kinder haben dich in diesem Zustand vorgefunden! Schämst du dich denn nicht?"

Melanie blieb beinahe die Luft weg. Jakob sprach ungewohnt direkt und grob. Aber am Schlimmsten war, dass er die Wahrheit sagte. Sie öffnete und schloss ein paarmal ihren Mund, brachte jedoch keinen Laut hervor. Als wären ihre Stimmbänder eingefroren.

„So kann das nicht weitergehen!“ Dieselben Worte, die ihre Tochter gestern geäußert hatte, schossen aus Jakobs Mund. Melanie wusste augenblicklich Bescheid.

„Aha! Simone hat gepetzt!“, klagte sie und bereute ihren Vorwurf im selben Moment. *Wie erbärmlich ich doch bin!*

„Wage es nicht, deiner Tochter einen Vorwurf zu machen! Sie ist dein Kind! Aber du hast offenbar vergessen, dass du Kinder hast! Dass du Verantwortung für sie hast!“

Aber es tut mir doch leid!

„Es ist eine Sache, wenn du mich betrügst, weil du gelangweilt bist, denn damit verletzt du nur mich! Aber es ist etwas anderes, wenn du dich vor deinen Kindern gehen lässt! Was bist du ihnen bloß für ein Vorbild?“

Melanie wollte erwidern: „Unsere Kinder sind doch wohlgeraten und ich bin stolz auf sie!“ Eine grausame Erkenntnis fesselte jedoch ihre Zunge. *Es stimmt – was für ein Vorbild bin ich für meine Kinder?*

„Da du offensichtlich nichts zu sagen hast, sage ich dir, was ich tun werde! Ich werde Max zu mir nehmen! Mein Bruder stellt mir ein größeres Appartement mit zwei Schlafzimmern zur Verfügung. Simone möchte vorerst noch bleiben ...“

Oh, Gott – Max! Mein Max! Nein!!!

„Nein! Du kannst mir meinen Sohn nicht einfach wegnehmen!“ Ihre Stimme klang schrill, als hätte sie eine Trillerpfeife im Mund.

„Ich werde jetzt Klartext reden, Melanie! Sei froh, dass ich nicht gleich zu einem Anwalt gehe und ihm den Sachverhalt schildere! Du könntest gar nicht so schnell schauen, wie Max dir offiziell weggenommen wird und ich das Sorgerecht bekomme! Ich brauche nur die Ereignisse der letzten Wochen darzulegen! Der Brand in der Küche, der ärztliche Befund, der gestrige Abend!“

Melanie ließ sich mit einem fassungslosen Blick auf das Sofa sinken, ihre Beine wollten sie nicht mehr länger tragen. Sie vergrub ihr Gesicht in den Händen. Ihr Mann stand unbewegt daneben, starrte mitleidslos auf sie hinunter.

Nach einer Weile legte Melanie die Hände in den Schoß, sah zu Jakob auf und fragte mit blecherner Stimme: „Du willst mir das wirklich antun?“

„Nein, Melanie, du hast dir das selbst angetan! Ich wollte dir helfen! Erinnerst du dich? Aber du hast mich nicht an dich herangelassen, hast dich stattdessen mit deinem Hamburger Lover getroffen. DU hast alles weggeworfen!“ Er klang verbittert.

Jakob atmete ein paarmal tief durch, bevor er weitersprach: „Ich hole Max heute vom Training ab und komm mit ihm her. Ich erkläre ihm alles und helfe ihm, die wichtigsten Sachen einzupacken. Und ich rate dir, dich einer Therapie zu unterziehen, oder lass dir von deinen Freundinnen helfen. Ganz egal wie! Aber wenn du so weitermachst, gibt es für uns ganz sicher keine gemeinsame Zukunft mehr …“

Melanie registrierte, dass seine Stimme nun traurig klang. *Ich bin auch traurig! Hilf mir doch! Bitte!*

Doch ihr Mann wandte sich ab und verließ mit festen Schritten das Wohnzimmer.

Die Haustür fiel ins Schloss. Für Melanie hörte es sich an, als wäre die Tür zu ihrem Herzen zugefallen. Es pochte kalt hinter ihren Rippen und sie wunderte sich, warum es nicht aufhörte, zu schlagen.

Marie betrat um halb neun die Kanzlei. Sie sah überrascht, dass Doris schon da war. Normalerweise traf die Kollegin erst kurz vor neun ein, aber heute schien sie auf ihre Ankunft gewartet zu haben.

„Guten Morgen, Marie! Na? Wie wars gestern?“

Aha! Doris will über den Empfang plaudern, bevor die beiden Notare eintrudeln.

„Guten Morgen! Es war ein großartiger Abend …“, erbarmte sich Marie ihrer Kollegin und gab ihr einen Überblick darüber, wer auf dem Empfang gewesen war, mit welchen interessanten Persönlichkeiten sie gesprochen hatte und was die anwesenden Damen getragen hatten.

Doris saugte alles auf, bevor sie gestand, dass sie sich bereits im Internet die Bilder dazu angesehen hatte. „Schau mal, Marie! Auf Vorarlberg NEWS gibt’s eine Bildergalerie … und da bist du!“ Ihre Kollegin deutete auf den Bildschirm, Marie blickte ihr über die Schulter. Auf dem Foto unterhielt sie sich mit der Frau eines Richters, Doktor Manzer stand direkt hinter Marie und hatte ihren gut sichtbaren tiefen Rückenausschnitt im Visier. Die Aufnahme war nach Papparazzi-Art untertitelt: „Ungewohnt spektakuläre Einblicke gab es gestern beim jährlichen Juristenempfang!“

Oh, Gott! Was hab ich mir nur dabei gedacht?

Doris registrierte zufrieden Maries Entsetzen und beschloss, ein wenig nachzulegen. „Wow! Was für ein Kleid! Du traust dich was! Und Johannes wird nicht eifersüchtig, wenn du ohne ihn s-o ausgehst?“

Natürlich entging ihr der sarkastische Tonfall nicht. Aber Marie ärgerte sich mehr über ihre eigene leichtsinnige Kleiderwahl als über die schadenfrohe Kollegin. Darum gestand sie spontan, was sie Doris sonst niemals anvertraut hätte: „Nein! Das kann ihm auch egal sein – wir haben uns nämlich getrennt!“ Sie bemerkte neben einem erstaunten Aufflackern auch Genugtuung in Doris’ Blick. Marie nahm ihrer Kollegin diese ungefilterte Reaktion jedoch nicht übel.

Aber ein unerwarteter Kommentar hinter ihrem Rücken warf sie aus dem Gleichgewicht. „Na, was gibt es denn da zu sehen? Ach so! Und wer ist dieser gut gekleidete Mann im Bild?“

Marie spickte wie eine Feder herum. Doktor Manzer stand grinsend vor ihr, seine dunklen Augen mit den hellen Sprenkeln blickten sie verschwörerisch an. Sie blinzelte verwirrt.

Doris schloss hastig die Website und stammelte: „Äh … wir haben nur kurz … Guten Morgen, Doktor Manzer!“

„Guten Morgen, meine Damen! Ich habe kein Problem damit, wenn Sie sich über gesellschaftliche Ereignisse informieren, die für unsere Kanzlei relevant sind“, meinte er gut gelaunt. Doris lächelte verlegen, öffnete die nächstbeste Akte auf ihrem Schreibtisch und blätterte hektisch darin herum.

Marie tappte an ihren Arbeitsplatz. Sie ärgerte sich, weil noch kein Ton über ihre Lippen gekommen war. Ihr wollten einfach keine passenden Worte einfallen, sodass sie nicht einmal daran dachte, ihren Chef zu begrüßen.

Das entging auch dem Notar nicht: „Sehr geehrte Frau Gradenstein, wenn Sie Ihre Sprache wiedergefunden haben, möchte ich die Sache Fleischmann noch einmal durchgehen. Herr Fleischmann hat mir gestern noch ein paar Änderungswünsche durchgegeben. Bitte kommen Sie in einer halben Stunde mit der Akte und Ihrer Stimme zu mir!“ Er streifte sie mit einem undefinierbaren Seitenblick, bevor er in sein Büro stapfte. Die Tür fiel hinter ihm zu.

Doris vermied es, Marie anzusehen, und öffnete ein Worddokument. Ausnahmsweise empfand sie fast ein wenig Mitleid mit ihrer Kollegin.

Schnaubend begab sich Marie zum Aktenschrank. Sie zog die gewünschten Unterlagen heraus, warf sie polternd auf ihren Schreibtisch. Dann setzte sie sich an ihren Arbeitsplatz und startete den Computer, während sie mit ihren Fingern auf dem Schreibtisch trommelte. Keine Frage – er war ein Widerling! Sie würde am Wochenende die Stellenanzeigen studieren müssen! *Wenn ich noch länger mit diesem Ekel zusammenarbeiten muss, bekomme ich ein Magengeschwür!*

Marie platzierte ihre Ellbogen auf dem Schreibtisch, legte das Kinn in die Hände und starrte abwesend in den Monitor, während Doris sich fragte, ob sie sich noch vor der eigenen Pensionierung von ihrer Kollegin verabschieden musste.

Als nach einer halben Stunde Doktor Manzers Stimme durch den Lautsprecher plärrte: „Frau Gradenstein, haben Sie die Fleischmann-Akte vergessen?“, hatte Marie noch immer keinen Finger gerührt.

Sie stand widerwillig auf, schnappte sich die Unterlagen und schlenderte in sein Büro. Marie öffnete die Tür, ohne anzuklopfen, und ließ sie hinter sich zufallen, so wie es der Notar vor einer halben Stunde gemacht hatte.

„Frau Gradenstein?“, fragte er stirnrunzelnd.

„Herr Doktor?“, erwiderte sie pampig und blickte ihm streitlustig entgegen.

„Irgendetwas in diesem Gemäuer muss Sie ungeheuer aggressiv machen!“ Doktor Manzer spielte mit seiner Füllfeder und wippte mit dem Fuß, während er Marie fixierte.

„Wenn Sie meinen!“ Ihre Selbstbeherrschung hatte den Tiefpunkt erreicht.

Der Notar ließ die Feder fallen und beugte sich nach vorne: „Gestern waren wir noch ein gutes Team und heute führen Sie sich auf wie meine pubertierende Tochter!“

Das war neu! Doktor Manzer hatte noch nie etwas von einer Tochter erzählt, aber er hatte auch noch nie eine Frau erwähnt. Trotz ihrer schlechten Laune musste Marie sich eingestehen, dass ihr Gegenüber leider recht hatte. *Ich verhalte mich unmöglich!* So würde sie bei keinem Arbeitgeber gute Karten haben.

Ihr Ärger verpuffte. Sie sagte: „Es tut mir leid!“, und gab mit einem Seufzer zu: „Ich durchlebe gerade eine ereignisreiche Zeit und verhalte mich wohl darum unprofessionell. Ich bemühe mich, wieder die Leistung zu bringen, die man hier von mir gewohnt ist.“ Die eigenen Worte entpuppten sich als Aha-Erlebnis: Sie hatte sich gerade eingestanden, was ihr Verstand bisher nicht wahrnehmen wollte.

Doktor Manzer schwieg, er betrachtete Marie interessiert. Ihre Augen versanken ineinander. Die ungewohnt vertraute Geste ließ beide verharren und kein Doktor Bereuter platzte dazwischen.

Nach gefühlten Minuten räusperte sich der Notar: „Frau Gradenstein, ich habe vorhin mitbekommen, was Sie Frau Vetter erzählt haben. Es tut mir leid, wenn Sie private Probleme haben. Als Chef muss ich Ihnen raten, was Sie selbst wissen – trotzdem professionell zu arbeiten. Aber als Mensch möchte ich Ihnen meine Unterstützung anbieten, wenn Sie die, wann auch immer, brauchen und annehmen möchten ...“ Er spielte wieder mit seiner Füllfeder.

„Ähm, ja, danke, das wird nicht … vielleicht …“ Marie verstummte, bevor ihr Gestammel noch peinlicher wurde.

„Wie immer Sie es wünschen.“ Doktor Manzer räusperte sich und gab ihr zu verstehen, sie könne jetzt Platz nehmen. Er zog die Fleischmann-Akte heran und schlug sie auf. Marie ließ sich verunsichert in den gegenüberliegenden Sessel sinken.

Sandra gähnte herzhaft und streckte sich in die Länge. Sie rollte sich auf die Seite, und angelte nach ihrem Handy. Es war bereits vier Uhr. *Oje, hab ich lange geschlafen! Ich muss aufstehen, sonst bring ich in der Nacht kein Auge mehr zu!* Sie schwang ihre Beine an die Bettkante und schaltete den Flugmodus ihres Handys aus. Sandra wartete, doch es gingen weder Nachrichten noch entgangene Anrufe ein. Sie wählte sogleich Emmas Nummer.

„Hallo, Sandra …“ Die Stimme ihrer Freundin klang verschlafen.

„Hallo, Emma! Wie geht es dir?“

„Danke, es geht mir schon besser. Ich hab mich ein wenig hingelegt. Um das Auge bin ich stark gerötet, aber die Schwellung ist mit den Eisbeuteln zurückgegangen – danke für den Tipp!"

„Gut! Hast du Kopfschmerzen, Schwindelgefühle oder sonst was Auffälliges?" Sandra wollte sichergehen, dass sich kein Arzt die Verletzung ansehen musste.

„Nein, hab ich nicht! Aber ich merke erst heute, wie mich das Ganze mitgenommen hat …" Emmas Stimme brach ab.

Sandra hörte sie leise schluchzen. „Du Arme, das glaub ich dir! Das wird schon wieder …", versuchte sie ihre Freundin zu trösten. Sie überlegte kurz, dann schlug sie vor: „Ich könnte dich morgen besuchen, wenn du magst? Ich hab ein paar Tage dienstfrei!"

„Oh, wirklich! Danke, Sandra, das würde mich sehr freuen!" Emma schnüffelte dankbar.

Sie verabredeten sich für den nächsten Nachmittag. Nachdem Sandra aufgelegt hatte, plagten sie Gewissensbisse wegen Marie. Aber ihre Schwester würde ohnehin nichts mitbekommen, da sie an ihrem Arbeitsplatz sein würde.

Sandra erfrischte sich unter der Dusche, bevor sie mit knurrendem Magen den Kühlschrank inspizierte. Darin befanden sich ein paar Karotten, Tomaten und ein Kopfsalat. Halbfettmilch, Joghurt und ein angebrochener Becher mit Hüttenkäse rundeten den kalorienarmen Inhalt ab. Wenn Eier da gewesen wären, hätte sie sich wenigstens ein Omelett machen können. Sandra biss in eine Karotte und beschloss, einkaufen zu gehen.

Als sie nach einer knappen Stunde mit vollen Tüten wieder zurückkam, war Marie bereits zu Hause. „Oh! Du warst schon einkaufen? Ich hätte das später noch erledigt." Marie trug ihr Trainingsoutfit.

„Ich war hungrig! Und außerdem teilen wir uns jetzt die Kosten! Immerhin gewährst du mir Unterschlupf …" Sie umarmte ihre Schwester zur Begrüßung. „Ich backe eine Quiche! Wir könnten gemeinsam essen, wenn du fertig bist?" Sandra lud ihre Einkäufe aus der Tüte. Als sie Maries Stirnrunzeln bemerkte, beteuerte sie: „Ich habe ein Rezept ohne Teigboden, mit wenig Mehl und viel Gemüse. Du wirst sehen, das schmeckt super!"

„Okay, danke! Ich kann ja morgen aufs Mittagessen verzichten“, sagte Marie lächelnd, bevor sie sich in ihr Schlafzimmer zurückzog, wo der Crosstrainer einen neuen Platz gefunden hatte.

Eine gute Stunde später ließen sie sich Sandras Kochkünste schmecken. „Mhh, das ist köstlich!“, gestand Marie neidlos ein. Sie hatte nie eine besondere Leidenschaft für das Kochen entwickelt.

„Danke – freut mich!“

Sandra nahm den letzten Bissen in den Mund und kaute ihn ausdauernd, während sie überlegte, wie sie am besten beginnen sollte. Sie wollte die gute Beziehung zu ihrer Schwester nicht mit Unaufrichtigkeit trüben. Außerdem brachte es nichts, lange um den heißen Brei herumzureden. Als Marie die Gabel auf den Teller legte und einen Schluck Wasser trank, sagte Sandra: „Ich habe gestern im Nachtdienst überraschenden Besuch bekommen …“

Wie erwartet blickte ihre ahnungslose Schwester auf: „Ja? Und wer ist gekommen?“

„Emma ist gekommen …“ Sandra sah zu, wie sich Maries Miene verschloss. Sie konnte förmlich Riegel klacken hören. Ihre Schwester lehnte sich in den Sessel zurück, verschränkte die Arme vor der Brust und machte sich nicht die Mühe, irgendetwas zu erwidern.

Genau diese Reaktion hatte Sandra befürchtet. Sie unterdrückte ein Seufzen, bevor sie weitersprach: „Emma war verletzt! Sie wurde geschlagen – von Johannes!“

Marie zuckte kaum merklich zurück und öffnete ihre Lippen, doch sie schwieg immer noch. Sandra wertete es als positives Zeichen, dass ihre Schwester keine Diskussion anfing, darum erzählte sie weiter. „Emma hat mit Johannes Schluss gemacht. Und zwar schon vor der letzten Chorprobe! Aber er wollte das nicht akzeptieren. Und weil er ein Mistkerl ist, hat er Emma geschlagen! Sie hat stark geblutet, wird ein ordentliches Veilchen bekommen! Emma ist zu mir gekommen, weil sie wusste, dass ich Nachtdienst habe und weil sie die Sache nicht publik machen will. Damit sie keine unangenehmen Fragen beantworten muss – auch, um dich zu schützen …“ Sie blickte in die unruhig zuckenden Augen ihrer Schwester, die diese Neuigkeit scheinbar erst verarbeiten musste.

Unvermittelt stieß Marie hervor: „Ich kann nicht glauben, dass Johannes gewalttätig geworden ist. Mir gegenüber war er nie aggressiv!"

„Ich bin sicher, dass Emma die Wahrheit sagt!", verteidigte Sandra ihre abwesende Freundin. „Du hättest auch nie gedacht, dass Johannes dich betrügen würde", fügte sie leise hinzu und hoffte, nicht zu weit zu gehen.

„Das mag stimmen", gab Marie zu. „Aber es ändert trotzdem nichts an der Tatsache! Beide haben mich betrogen – mein Vertrauen missbraucht!" Sie erhob sich und trug ihren leeren Teller zur Spüle.

Sandra ließ einen Seufzer entweichen. *Hätte ich besser nichts sagen sollen?* Doch für Reue war es jetzt ohnehin zu spät. „Ich fand, du solltest es wissen ...", sagte sie sanft.

„Danke, dass tu ich jetzt!" Marie begann damit, den Geschirrspüler einzuräumen.

Und Sandra wurde klar, dass sie das Thema vorläufig ad acta legen musste. Während sie ihrer Schwester bei der Arbeit zusah, rang sie mit sich, ob sie Emma am nächsten Tag besuchen sollte. *Was ist, wenn Marie hinterher davon erfährt?* Wäre Sandra dann eine weitere Person auf der Liste all jener Menschen, denen Marie nicht mehr vertrauen würde?

Emma holte den Kuchen aus dem Backofen, sie hatte für Sandras bevorstehenden Besuch einen Marmorkuchen gebacken. Der verlockende Duft erfüllte die Küche und weckte Erinnerungen an glückliche Kindertage. Damals hatte ihre Mutter jede Woche einen Sonntagskuchen gebacken, und die kleine Emma hatte bereits am Samstag das erste Stück davon essen dürfen.

Sie blickte zu der alten Frau am Küchentisch, die schnuppernd den Kopf hob und „Mhhm...", sagte, bevor sie weiter ihrer Tätigkeit nachging.

Emma hatte ihrer Mutter nach dem nächtlichen Toilettengang eine Schlaftablette gegeben, damit sie in der Früh, getarnt mit einer Sonnenbrille, ihren Lebensmitteleinkauf erledigen konnte. Sie wollte Frau Hagen nicht herbitten, weil sie ihr eine Lügengeschichte über irgendeinen Haushaltsunfall hätte vorlügen müssen, die ihr die scharfsinnige Betreuerin vermutlich ohnehin nicht abgenommen hätte.

Sie setzte sich. Ihre Mutter schälte Karotten für eine Gemüsesuppe und biss dabei in jede einzelne Karotte. Emma würde einiges wegschneiden müssen, bevor sie die Karotten weiter verarbeiten konnte, aber die alte Frau wirkte zufrieden bei der Arbeit.

Ihre Sorgen, ihre Mutter könnte verstört auf die Verletzung in Emmas Gesicht reagieren, hatten sich aufgelöst. Sie starrte sie bloß gelegentlich an und meinte: „Jaaa… das tut weh …" Dennoch lösten die Worte jedes Mal ein unbehagliches Gefühl bei Emma aus. Es hörte sich an, als wisse ihre Mutter genau, wie sich solche Schmerzen anfühlten. *Ich kann mich an keine derartigen Verletzungen bei Mama erinnern!* Sie blickte stirnrunzelnd auf die alte Frau hinunter, als sich plötzlich ein längst vergessenes Erlebnis in ihr Bewusstsein schob. Doch, das hatte sie!

Emma erinnerte sich an einen Sommermorgen zurück. Sie war vielleicht elf oder zwölf Jahre alt gewesen und früh aufgewacht, weil die Elstern in der Eiche vor dem Fenster sie mit ihrem lauten Geschnatter geweckt hatten. Sie musste auf die Toilette, tappte leise durch den Flur. Als sie an dem Badezimmer ihrer Mutter und ihres Stiefvaters vorbeihuschte, hörte sie ein gedämpftes Stöhnen. Emma erstarrte! Das Geräusch konnte nur von ihrer Mutter kommen. Sie stand unschlüssig vor der Tür, wagte aber nicht, sie zu öffnen.

Obwohl sich eine mulmige Empfindung in ihr ausbreitete, siegte ihre Neugier. Emma bückte sich und äugte durch das Schlüsselloch. Sie konnte ein auf dem Badewannenrand aufgestütztes Bein erkennen. Das Bein bewegte sich, ein Waschlappen kam ins Blickfeld. Offensichtlich wusch sich ihre Mutter. Sie wollte sich gerade abwenden, als ein unerwarteter Anblick sie verharren ließ. Der Unterkörper ihrer Mutter schob sich nach vorne, sodass Emma in ihren Schritt sehen konnte, wo wulstige rötliche Hautfalten von gekräuselten Härchen umrahmt wurden. Sie hatte den Intimbereich ihrer Mutter noch nie gesehen, und fühlte sich von diesem Anblick fasziniert und abgestoßen zugleich.

Darum dauerte es einige Sekunden, bis Emma die pflaumengroßen Blutergüsse bemerkte, die innen an den hellen Oberschenkeln ihrer Mutter prangten, als wären sie aufgestempelt worden. Auch ein paar rote Striemen waren zu sehen. Emma schreckte hoch, hielt sich die

Hand vor den Mund, weil ihr ein Keuchen entwischt war. Sie hastete in ihr Zimmer zurück und kroch verstört unter die Bettdecke. Emma konnte das Gesehene nicht begreifen. Woher hatte ihre Mutter diese Verletzungen? Sie war länger als sonst im Bett geblieben.

Später rief ihre Mutter sie zum Frühstück. Emma stakste zögernd nach unten, es gab jedoch nichts Beängstigendes zu sehen. Ihr Stiefvater war bereits zur Arbeit gefahren und ihre Mutter begrüßte sie wie immer mit einem Lächeln. Sie trug ein luftiges langes Sommerkleid. Emma hatte die beängstigenden Bilder aus ihrem Kopf verbannt. Vielleicht hatte sie das Ganze ja nur geträumt?

Merkwürdig, was plötzlich wieder hochkommt, dachte Emma und sah zu, wie ihre Mutter an einer Karotte knabberte. Denn erst jetzt wurde ihr bewusst: dieses Erlebnis war kein Traum gewesen. *Ja – das hat sicher wehgetan!* Emma verdrängte diese unwillkommene Erinnerung in eine dunkle Ecke ihres Gedächtnisses zurück.

Sie trat zu der alten Frau, und legte ihr eine Hand auf die Schulter: „Na? Schmeckts, Mama?“ Emma streichelte ihre Wange.

Ihre Mutter nickte, griff nach einer weiteren Karotte. Dann blickte sie ratlos von der angebissenen zu der neuen Karotte, als könne sie sich nicht zwischen den beiden entscheiden. *Jetzt ist aber genug!* Emma nahm die Schüssel mit den geschälten Karotten an sich, um sie nachzuschneiden, und legte die unberührten Karotten ins Gemüsefach. Sie griff nach den Kartoffeln.

„Mama, hilfst du mir beim Schälen?“ Sie hoffte, dass ihre Mutter nicht von den rohen Kartoffeln abbiss. Aber die alte Frau schälte das Gemüse bloß konzentriert, während Emma die weiteren Zutaten verarbeitete.

Als eine halbe Stunde später die Suppe in einem Topf köchelte, ließ sich ihre Mutter bereitwillig auf den Lehnstuhl im Wohnzimmer helfen, wo sie fernsah, bis das Essen fertig war.

Emma leerte inzwischen den Postkasten, warf die meisten Flugblätter in den Papierkorb und blätterte durch die Gratiswochenzeitschrift. Auf den hinteren Seiten gab es immer Beiträge über die letzten Veranstaltungen im Land. Emma erblickte Marie auf einem der Bilder. Sie betrachtete ihre Freundin, die von hinten fotografiert worden war. Man konnte ihr Gesicht erkennen, weil sie gerade zur Seite blickte.

Marie stach aus der Menge heraus, und sah mit ihrem tiefen Rückenausschnitt spektakulär aus.

Wie ein Filmstar, dachte Emma neidlos und fragte sich gleichzeitig, ob Marie ihr jemals verzeihen würde. Sie vermisste das Zusammensein mit ihren Freundinnen, und ihr wurde wieder einmal schmerzhaft bewusst, wie einsam sie war.

Nach dem Essen half sie ihrer Mutter für ein Mittagschläfchen ins Bett. Sie hoffte, die alte Frau würde lange genug schlafen, damit sie mit Sandra ungestört reden konnte. Emma legte sich auf das Sofa im Wohnzimmer, um sich kurz auszuruhen, bevor ihre Freundin eintraf. Trotz der vielen Überlegungen, die in ihrem Kopf herumgeisterten, sank sie in einen Erschöpfungsschlaf.

Ein aufdringliches Klingeln weckte sie wieder auf. *Oje! Das ist Sandra! Ich hab verschlafen!* Sie rappelte sich benommen hoch, taumelte zum Eingang und öffnete entgegen aller selbst verordneten Vorsichtsmaßnahmen die Tür, ohne vorher durch den Spion zu schauen. Emma setzte ein fröhliches Lächeln für ihre Freundin auf, blickte jedoch in ein anderes Gesicht.

„Du …?"

Ihr Lächeln erstarb, sie wich einen Schritt zurück. Obwohl Johannes Ausdruck alles andere als angsteinflößend war. Seine Stirn lag in Sorgenfalten und er zuckte zusammen, als er ihr verletztes Gesicht sah.

„Oh, Emma! Es tut mir so leid, Süße!", er klang verzweifelt. „Ich weiß nicht, was über mich gekommen ist! Ich wollte dir nicht wehtun! Ich bin nur hier, weil ich nach dir sehen wollte … weil ich wissen wollte, wie es dir geht!"

Bevor Emma Atem holen und zu einer Erwiderung ansetzen konnte, hörte sie ein lautes Schnauben hinter Johannes Rücken, der sich herumwarf und die Sicht auf eine kleine blondgelockte Person mit einem finsteren Blick freigab.

„Na, jetzt hast du sie ja gesehen! Und wie es ihr geht, kannst du dir wohl vorstellen!", bellte Sandra mit in die Hüften gestemmten Armen.

Johannes musterte seine Schwägerin überrascht: „Oh …, hallo …" Dann wandte er sich unentschlossen zu Emma um: „Vielleicht können wir ein anderes Mal in Ruhe reden?"

„Ich glaube nicht, dass Emma viel von einem weiteren Besuch von dir hält!“, stieß Sandra, die neben ihn getreten war, hervor.

„Was geht dich das an?“, warf Johannes wütend zur Seite, während er die schweigsame Emma mit seinem Blick gefangen hielt. Sie schien unter seinen Augen irgendwie zu schrumpfen.

„Und, Emma? Geht mich das was an?“ Sandra schluckte heimlich einen Kloß hinunter.

Erst diese Frage weckte die Angesprochene aus ihrer Starre. Sie fixierte den Ex-Liebhaber mutig: „Sie darf das sagen! Sandra ist meine Freundin, sie hat mir im Krankenhaus geholfen!“

„Aber, Emma ...“, unterbrach Johannes ihren Einwand. Er machte einen Schritt auf sie zu, doch sie hob abwehrend die Hände. „Du musst doch keine Angst vor mir haben ...“, stammelte er gekränkt.

„Das fällt dir ein wenig spät ein!“ Sandra schob ihr Kinn nach oben und blickte eisern auf den Mann ihrer Schwester, der einen Kopf größer als sie war.

Johannes schnaubte, man konnte ihm ansehen, was er von dieser unliebsamen Einmischung hielt. Wütend starrte er auf die kleine Frau hinunter, die seinem Blick tapfer standhielt.

Der Anblick ihrer entschlossenen Freundin spornte Emma an: „Ich will, dass du jetzt gehst, Johannes! Und ich will dich hier nie wieder sehen!“

Johannes klagte kopfschüttelnd: „Das sagst du nur, weil SIE hier ist!“ Er deutete auf Sandra.

„Nein!“, sagte Emma, nachdem sie tief durchgeatmet hatte. „Das sage ich, weil ich es so meine!“ Ihre Stimme zitterte ein wenig.

Johannes zuckte betroffen zurück, starrte jedoch ungläubig auf seine Ex-Geliebte.

Seine Schwägerin warf ihm ihre Trumpfkarte vor die Füße: „Und ich rate dir, dass du Emmas Worte ernst nimmst! Marie weiß bereits alles, aber sie muss nicht die Einzige bleiben, der wir es erzählen ... Und wir werden notfalls die Polizei verständigen!“

Johannes Augenbrauen wanderten nach oben. Sandra deutete an, sie würde ihrem Vater davon erzählen. Sie drohte, wie es Marie bereits getan hatte! Doch auch wenn sie ihn bei der Polizei anzeigen würde, wäre seine Karriere beendet! Mit hasserfüllten Augen fixierte er seine Schwägerin, und seine Hände ballten sich zu Fäusten.

Emmas Herz schlug bis zum Hals. Sie befürchtete, er würde ihre Freundin ebenfalls schlagen. Bis Johannes sich plötzlich abwandte und davonstapfte. Und mit einem letzten eiskalten Blick über die Schulter verschwand er hinter der Einfahrtmauer.

Ein paar endlose Sekunden lang sahen sich die beiden Frauen großäugig an. Dann fielen sie sich erleichtert in die Arme und schluchzten gleichzeitig los.

Nachwehen

Lilli wartete, bis die Gesprächspartnerin am anderen Ende der Leitung ihre Sprache wiederfand.

„Sie wollen WAS tun?" Lauras Pflegemutter zweifelte offenbar, richtig gehört zu haben.

Lilli unterdrückte ihre Ungeduld, was schwer genug war, weil sie mit dieser Reaktion gerechnet hatte. Nachdem sie der Frau ausführlich erklärt hatte, wer sie war und woher sie das Mädchen kannte, musste sie nun auch noch diese Hürde nehmen. *Gott – warum können Menschen nicht glauben, dass es Leute gibt, die jemandem freiwillig helfen? Einfach, weil sie es möchten, und nicht, weil sie es tun müssen!*

„Ich möchte Lauras Ausbildung auf der Kunstschule finanzieren, Frau Jansen." Lilli bemühte sich, ruhig zu klingen. Mit einem genervten Tonfall würde sie die Pflegemutter wohl kaum von ihrer Vertrauenswürdigkeit überzeugen können. „Laura hat großes Talent, ich möchte ihren Wunschtraum unterstützen. Sie hat so viel durchgemacht! Ich finde, sie hat es verdient, ihre Träume leben zu dürfen und nicht als Supermarktverkäuferin arbeiten zu müssen!"

Frau Jansen schnaubte hörbar auf. „Es gibt nichts gegen diese Ausbildung einzuwenden! Viele Menschen verdienen ihr Geld im Handel – ich habe auch als Verkäuferin gearbeitet!", sagte die Frau entrüstet.

Doch Lilli konnte mit einem glaubwürdigen Argument dagegen halten. „Bitte verstehen Sie mich nicht falsch! Ich bin selbst Verkäuferin und ich liebe meine Arbeit! Aber ich weiß, dass sich Laura nichts sehnlicher wünscht, als eine künstlerische Laufbahn einschlagen zu können. Darum möchte ich dabei helfen, ihr diesen Wunschtraum zu erfüllen."

Einen Augenblick lang herrschte Schweigen am anderen Ende der Leitung. Bis Lauras Pflegemutter mit neuen Bedenken auffuhr: „Aber wenn Sie selbst bloß eine Verkäuferin sind, woher haben Sie dann so viel Geld?"

Lilli gestand sich ein, dass sie sich an Heike Jansens Stelle auch gewundert hätte. Sie erzählte der Frau geduldig vom Erlös der versteigerten Barbie, dass sie auf das Geld nicht angewiesen war, weil sie keine Miete bezahlen musste und auch sonst problemlos mit ihrem Verdienst zurechtkam.

„Aber was ist, wenn Sie Laura aus irgendeinem Grund nicht mehr unterstützen wollen oder das Geld selbst brauchen?" Lauras Pflegemutter fischte aus einem unerschöpflichen Reservoir an Einwänden.

Diesmal entließ Lilli einen ungehemmten Stoßseufzer in die Freiheit, bevor sie erklärte: „Ich kann Ihre Einwände verstehen. Wirklich! Ja, das Leben ist manchmal ein Risiko. Ja, ich könnte das Geld plötzlich selbst benötigen oder Laura könnte die Kunstschule abbrechen, weil sie keine Lust mehr hat, oder ihre Mutter schafft die Therapie, möchte mit ihrem Kind zusammenleben und Laura verzichtet auf die Ausbildung … oder … oder … oder … Aber JETZT sieht die Situation so aus! Was die Zukunft bringt, weiß niemand, darum geben Sie Laura bitte eine Chance!"

„Sicher gebe ich Laura eine Chance! Ich möchte nur nicht, dass sie enttäuscht wird!", unterstrich Heike Jansen ihre pädagogischen Fähigkeiten, doch das nächste „Aber" ließ nicht auf sich warten. „Aber sie muss zuerst das Abi-Jahr nachholen und hat somit kein Geld für ihre Ausgaben …"

„Natürlich bekommt Laura ein Taschengeld von mir!" Und Lilli hatte auch noch ein „Aber" in petto: „Aber sie braucht ja sonst nicht viel Geld, weil die Kosten für ihre Versorgung durch die Beihilfe gedeckt sind, die Sie als Pflegemutter bekommen!"

Als sie am anderen Ende der Leitung den erwarteten Protest in Form eines: „MPF…!", hörte, fügte sie eilig hinzu: „Das Ihnen als Pflegemutter selbstverständlich zusteht! Falls Laura mit meinem Taschengeld nicht auskommt, könnte sie nebenher jobben. Das machen andere junge Leute auch. Ich habe während meiner Schulzeit in den Ferien und am Wochenende in einer Boutique ausgeholfen. Laura könnte vielleicht in einem Fachhandel für Künstlerbedarf arbeiten. Da kann sie nebenbei Leute aus der Branche kennenlernen."

Lilli betete, die wohl Täglich-ihre-Sorgen-zählende-Frau mit der Bemerkung über die Beihilfe nicht gekränkt zu haben. Doch Lauras Pflegemutter schienen endlich die Argumente auszugehen, am anderen Ende der Leitung herrschte Schweigen.

Und als im Hintergrund eine Kinderstimme kreischend rief: „HEIKE! Kevin haut immer auf meine Puppe!", wusste Lilli, das Gespräch würde ohnehin bald beendet sein.

„Frau Hammer, ich habe leider keine Zeit, mich weiter zu unterhalten! Ich werde Laura von Ihrem Anruf erzählen, wenn Sie nach Hause kommt. Ich möchte zuerst hören, was sie selbst dazu sagt und melde mich ein anderes Mal bei Ihnen. Vorerst vielen Dank für Ihr Engagement – auf Wiederhören!"

„Danke, Frau Jansen! Bis bald!" Lilli legte erleichtert auf. *Geschafft!* Dann schickte sie eilig eine Nachricht.

Sie bat Laura, die bereits über den Erlös der Barbie informiert war, sich ahnungslos zu geben, wenn Heike Jansen ihr die erfreuliche Neuigkeit mitteilte. Lilli ahnte, dass die Pflegmutter diesen geschenkten Glücksmoment brauchte, damit ihre Pläne für Lauras Zukunft unter einem guten Stern standen.

Melanie saß in der Küche ihres Elternhauses und knabberte lustlos an einem Apfel herum. Sie sah ihrer Mutter beim Einräumen des Geschirrspülers zu. *Kannst du das nicht später machen? Siehst du nicht, dass ich Kummer habe?*

Der vergangene Abend drängte sich schmerzhaft in ihr Gedächtnis. Der Anblick ihres Sohnes, der unentschlossen vor ihr stand, als wisse er nicht, ob er seine Mutter alleinlassen dürfe, und das aufmunternde Lächeln, das sie sich mit letzter Kraft abgerungen hatte, gingen ihr nicht mehr aus dem Sinn. Nachdem Jakob zum Abschied kühl genickt und Max mit sich fortgenommen hatte, gab sich Melanie ungehindert ihren Tränen hin.

Ihre in einer eisernen Umklammerung steckende Brust fühlte sich an, als erleide sie jeden Augenblick einen Herzinfarkt. Und sie war überzeugt, ihn verdient zu haben. Doch ihr Herz schlug gnadenlos weiter. Sie sank im Flur auf den Boden, und heulte sich die Seele aus dem Leib. Erst, als ihr Hals kratzte und sie auf dem kalten Untergrund fror, stand sie wieder auf.

Nur eine einzige Sache würde ihr Trost spenden können – Melanie rannte zur Hausbar. Sie öffnete die Wodkaflasche, hob sie an die Lippen und trank kräftige Schlucke der scharfen Flüssigkeit, bis sich eine alles Leid betäubende Hitzewelle in ihr ausbreitete.

Sie konnte sich nicht mehr daran erinnern, wie viel sie getrunken hatte, doch heute Vormittag war sie auf dem Sofa aufgewacht. Und sie wusste nicht, ob Simone etwas mitbekommen hatte. Die Möglichkeit beschämte Melanie. Zwei aufgelöste Alka Seltzer vertrieben die ärgsten Nachwehen ihres nächtlichen Gelages. Sie duschte und schlüpfte in bequeme Kleidung. Melanie räumte die Spirituosen weg und putzte das Wohnzimmer.

Danach überlegte sie, im Garten weiterzuarbeiten, die frische Luft würde ihr sicher guttun. Aber das Risiko, dort von Waltraud überrumpelt zu werden, war zu hoch. Die Nachbarin belegte zurzeit den ersten Platz im Ranking der aufdringlichsten Menschen, und Melanie fühlte sich außerstande, Smalltalk zu halten. Also streunte sie auf der Suche nach einer Tätigkeit unschlüssig durchs Haus. Schließlich fegte und wischte sie den Keller durch, was sie schon seit Jahren nicht mehr gemacht hatte. Zu Mittag warf Melanie ein paar Eier mit Speck in die Pfanne. Nach dem Essen hätte sie sich gerne auf dem Sofa ausgeruht. Aber Melanie befürchtete, wieder magisch von der Hausbar angezogen zu werden. Darum blieb sie am Küchentisch sitzen und beschäftigte sich mit ihrem Handy.

Seit gut einer Woche hatte sie nichts von Marie, Sandra und Lilli gehört. Doch außer Emma wusste keine ihrer Chorfreundinnen, dass Jakob sie verlassen hatte, und auch mit ihr hatte Melanie seit dem Besuch am vergangenen Freitag keinen Kontakt. Sie haderte mit dem ungewollten Verzicht auf eine Chorprobe. *Bloß weil Marie Emma nicht verzeihen kann, müssen jetzt alle darunter leiden,* dachte Melanie frustriert. Sie spielte mit dem Gedanken, einfach eine Probe anzusetzen und abzuwarten, was passieren würde, als ein „Plopp" ihr Vorhaben unterbrach.

Melanies Herz klopfte freudig, während sie die Nachricht von Jens las: „Hallo, Süße! Wie geht's? Ich denke oft an dich! Planst du wieder mal eine Reise nach Hamburg?"

Sie war gerührt. Jens war scheinbar der einzige Mensch, dem sie etwas bedeutete. Spontan schrieb sie: „Hallo, Jens – du bist mein Rettungsanker! Ich würde mich am liebsten noch heute in ein Flugzeug setzen und abhauen! Mein ganzes Drama hinter mir lassen! Das fröhliche Hamburg fehlt mir – du fehlst mir!" Nachdem sie jedoch auf ‚Senden' gedrückt hatte, ahnte Melanie bereits, dass dies nicht die Worte waren, die Jens lesen wollte.

Wie erwartet, dauerte es eine Zeit lang, bis er antwortete: „Hey, Mädchen – das klingt ja schauderhaft! Tut mir leid, dass es dir nicht gut geht! Aber du bist ja keine Feder im Wind – das wird schon wieder! Kopf hoch!"

Keine Feder im Wind? Blödmann! Das weiß ich selbst!

Melanie grübelte noch darüber nach, mit welcher Antwort sie ihre voreiligen Zeilen abschwächen könnte, als Jens bereits schrieb: „Sorry, aber ich muss jetzt los, hab einen Termin! Viel Glück für deine Zukunft! Machs gut!" Und mit ein paar angehängten Smileys machte sich der Hamburger Musiker, vermutlich für immer, aus dem Staub.

So ein Weichei! Das ist wieder mal typisch, wenns ungemütlich wird, sucht ‚Mann' das Weite!

Melanie suhlte sich daraufhin in Selbstmitleid, haderte mit all den undankbaren Menschen in ihrem Leben. Als ihre Gedanken wieder zur tröstenden Hausbar ruderten, gab sie sich einen Ruck und flüchtete aus dem Haus. Sie fuhr zu ihren Eltern.

Ihre Mutter reagierte verwundert auf den unangekündigten Besuch und murmelte: „Dein Papa macht gerade seinen Mittagsschlaf. Wenn ich gewusst hätte, dass du kommst, hätte ich vorher einen Kuchen gebacken …" Sie stellte eine Schale mit Äpfeln auf den Tisch, bevor sie weiter den Geschirrspüler einräumte.

Kannst du das nicht später machen? Siehst du nicht, dass ich Kummer habe? Melanie kam der Gedanke, ihre Mutter würde möglicherweise etwas ahnen, wollte aber lieber keine Fragen stellen. *Wer Fragen stellt, musste sich auch die Antworten anhören.*

In ihrer Familie war nie viel über Probleme geredet worden. Wenn es Unstimmigkeiten gab, brüllte jemand und ein anderer brüllte zurück. Das ging solange, bis jeder seinen Dampf abgelassen hatte. Die übrig gebliebenen inneren Konflikte begrub jedes Familienmitglied für sich.

Melanie war mit zwei älteren Brüdern aufgewachsen, hatte sich als Kind wie ein Junge verhalten. Sie kletterte auf die höchsten Bäume und ging keiner Rauferei aus dem Weg, da sie den Buben in ihrem Alter weder an Größe noch an Kraft unterlegen war. Ihre Mutter verzichtete darauf, ihrem Wildfang Kleider anzuziehen, weil die ohnehin nur zerrissen wurden. Manchmal vergaß Melanie beinahe selbst, dass sie ein Mädchen war. Auch ihr Vater schien sie eher als seinen dritten

Sohn wahrzunehmen und schlug immer wieder vor, Melanie solle im Mehrkampfsport Karriere machen. „Mit deiner Größe und deiner Statur solltest du Hammerwerfen oder Kugelstoßen!" Obwohl sie wusste, dass er sie nur anspornen wollte, versetzten seine Worte ihr jedes Mal einen Stich. Und sie ignorierte seine Wünsche aus Trotz.

Als Melanie in die Pubertät kam, entfernte sie sich immer mehr von ihrer burschikosen Rolle und lehnte sich an das, was ihr Herz am meisten berührte – die Musik. Sie nahm Gitarrenunterricht, spielte in der Schulband, sang im Schulchor. Und weil sie kompromisslos an ihrem Wunschtraum festhielt, durfte sie später das Musikkonservatorium besuchen. Nachdem Melanie die Ausbildung wegen ihrer Schwangerschaften jedoch abbrechen musste, trieb ihr Berufsziel, eine Musikerin in einem Orchester zu werden, in unerreichbare Ferne.

Melanie seufzte, verscheuchte die Erinnerungen. Sie legte das Kerngehäuse des Apfels auf eine Serviette und wünschte sich, ihre Mutter würde ihr etwas zu trinken anbieten. Vielleicht ein Glas Wein – im Keller ihrer Eltern lagerte ein ausgezeichneter Grüner Veltliner.

Eine Alarmglocke schrillte in Melanies Kopf! *Oh, Gott, ich muss hier weg!* „Mama, ich hab ganz vergessen, dass ich noch was erledigen muss! Ich komm ein anderes Mal wieder!"

Ihre Mutter drehte sich überrascht um: „Aber ich habe mich noch nicht zu dir gesetzt! Und Papa hat dich auch nicht gesehen!"

„Tut mir leid, Mama! Aber ich muss los!"

Melanie umarmte ihre verdutzte Mutter und stob aus dem Haus ihrer Eltern. Als sie den Wagen in der Einfahrt wendete, bemerkte sie den verstörten Gesichtsausdruck, mit dem ihre Mutter ihr nachschaute. *Mama, es tut mir leid! Alles, was ich kann, ist die Menschen um mich herum unglücklich zu machen!*

Sie raste mit ihrem Auto durch die Nebenstraßen davon und wich im letzten Moment einem Lkw aus, von dem gerade Möbel entladen wurden. Sie registrierte den erschrockenen Blick des Fahrers, sah im Rückspiel seinen in eindeutiger Pose erhobenen Mittelfinger.

Während Melanie zitternd weiterfuhr, ging ihr durch den Kopf, was passiert wäre, wenn sie den Lastwagen mit voller Wucht gerammt hätte. *Was für eine Erlösung!*

Marie überprüfte noch einmal das Dokument, das sie zuletzt abgetippt hatte. Es wäre ihr unangenehm gewesen, von Doktor Manzer wegen eines Tippfehlers wieder ins Büro zitiert zu werden. Doris war vor einer halben Stunde nach Hause gegangen. Sie hatte Marie mitfühlend gemustert und ihr auf die Schultern geklopft, bevor sie sich verabschiedet hatte.

Wenigstens hat sie das schadenfrohe Grinsen abgelegt! So ist das wohl, sobald man auf der Verliererseite landet, erntet man Mitleid.

Ein lautes Lachen drang aus Doktor Manzers Büro. Da er allein war – Doktor Bereuter hatte sich bereits für ein Wellnesswochenende mit seiner Frau verabschiedet – musste der Notar ein Telefonat führen. Vielleicht unterhielt er sich mit seiner Frau darüber, wie sie den heutigen Abend verbringen sollten. Oder er sprach mit seiner pubertierenden Tochter, die gerade eine hormonell ‚günstige' Phase durchlebte.

Und was soll ich am Wochenende machen? Ihre Gedanken wanderten ohne Vorwarnung zu Johannes. Sandras Behauptungen, er habe Emma geschlagen und verletzt, gingen Marie nicht mehr aus dem Kopf. Die Vorstellung war ungeheuerlich, ein Teil von ihr wollte nicht glauben, dass ihr Mann so etwas tun würde. Aber warum sollte Emma lügen? *Damit ich nicht mehr böse auf sie bin?* So viel Berechnung traute Marie nicht einmal ihrer treulosen Freundin zu. Auf der anderen Seite hätte sie sich auch nie vorstellen können, dass Johannes und Emma sie betrügen würden. Jedes Mal, wenn Marie daran dachte, schrumpfte ihr Selbstbewusstsein und sie kam sich vor wie eine Versagerin.

Was hat sie, was ich nicht habe? Immer wieder stellte sie sich diese Frage.

Emma besaß ein hübsches Gesicht, war jedoch klein und rundlich. Sie konnte Marie optisch keine Konkurrenz machen. Johannes legte doch so viel Wert auf das Aussehen! Es musste am Sex liegen – woran sonst? Was Emma wohl angestellt hatte, dass Johannes ihr nicht widerstehen konnte? Sie wollte sich darüber keine Vorstellungen machen. Und Marie wäre es niemals in den Sinn gekommen, mit einem anderen Mann außer ihrem Ehemann zu schlafen.

Ein lautes Geräusch schreckte sie aus ihren Gedanken. Die Tür zu Doktor Manzers Büro war aufgerissen worden. Der Notar trat vor ihren Arbeitsplatz und musterte sie erstaunt. Sie fühlte sich ertappt, spürte, wie Hitze in ihre Wangen kroch.

„Sie sind noch da? Ich habe gedacht, Sie sind gleichzeitig mit Ihrer Kollegin gegangen?" Ein belustigtes Funkeln lag in seinen Augen.

Marie fragte sich, ob ihre geröteten Wangen der Grund dafür waren. „Ähm … Ich habe noch dieses Dokument kontrolliert. Aber es ist alles in Ordnung", log Marie. Sie hoffte, Doktor Manzer würde heute keinen Blick mehr darauf werfen, da sie das Schriftstück über ihren Überlegungen ganz vergessen hatte.

„Ich denke, das können Sie auch am Montag erledigen. Schluss mit den Grübeleien!"

Marie kam der Gedanke, dass der neue Notar bedeutend mehr wahrnahm, als es Doktor Bereuter jemals getan hatte.

„Gehen Sie ins Wochenende! Das Wetter ist schön! Sie werden sicher etwas vorhaben, oder?" Seine beiläufige Frage kam überraschend.

„Ähm … ja, mal sehen", murmelte Marie.

„Ich werde mich in die Berge begeben, da mich meine liebe Tochter zugunsten einer Party bei ihrer Freundin diesmal nicht besucht", gestand Doktor Manzer freimütig.

Marie realisierte, dass er nicht „wir", sondern „ich begebe mich in die Berge" gesagt hatte, und seine Tochter offensichtlich nicht bei ihm wohnte. *Lebt das Mädchen bei der Mutter? Ist er geschieden? Hat er eine Freundin, die grad nicht da ist? Gott, was geht mich das an?* Sie nickte stumm, ihr fiel keine passende Antwort ein. Marie schaltete ihren Computer aus und räumte den Schreibtisch auf, wobei der Notar unerklärlicherweise davor stehen blieb.

„Und Sie? Sind Sie ein Wassersporttyp?", fragte er unvermittelt.

Sie sah irritiert auf. „Nein … nicht unbedingt. Ich halte mich gerne am Wasser auf, bin früher gesegelt, aber an Land kann ich meinen Bewegungsdrang besser ausleben."

Ihr Vater besaß eine Segeljacht. Als Sandra und Marie noch Kinder gewesen waren, hatten Segeltörns über den Bodensee auf dem Sommerferienprogramm gestanden. Später, nachdem die Ehe ihrer Eltern nicht mehr so gut gelaufen war, war ihr Vater meist allein segeln gegangen. Und nach dem unglücklich verlaufenden Urlaub mit Johannes hatte sie kein Segelboot mehr betreten.

„Ja, dann könnten wir vielleicht einmal einen Ausflug zusammen machen? Was meinen Sie …?“

Doktor Manzer wartete lange genug, bis Marie ihm einen verdutzten Blick zuwerfen konnte, bevor er weitersprach: „Ich habe an einen Kanzleiausflug gedacht, bevor Doktor Bereuter und Frau Vetter in den Ruhestand gehen.“

Das hat er absichtlich gemacht – er ist einfach unmöglich!

„Eine nette Idee“, erwiderte sie mit frostiger Miene. Marie wandte sich ab und griff nach ihrer Handtasche. „Soll ich absperren oder bleiben Sie noch?“

„Hm … Nein! Bitte schließen Sie ab! Danke, Frau Gradenstein und ja, … ein schönes Wochenende, Ihnen …“ Der Notar schien noch etwas sagen zu wollen, nickte jedoch nur unbeholfen und verließ die Kanzlei.

Idiot! Es erfüllte sie mit Genugtuung, seine Selbstsicherheit ins Wanken gebracht zu haben. Nach einem letzten Kontrollgang sperrte sie die Kanzlei ab.

Im Freien sah sie, wie Doktor Manzer zu seinem Parkplatz trottete. Marie lief in die entgegengesetzte Richtung davon. Deshalb entging ihr, dass der Notar sich noch einmal umdrehte und ihr mit einem reuevollen Ausdruck nachblickte.

Sandra wartete auf Marie. Sie rang mit sich, ob sie ihrer Schwester gegenüber noch einmal das Thema Emma ansprechen sollte, aber sie befürchtete, damit dem zarten ‚Schwesternliebe-Pflänzchen‘ ein paar Blätter abzureißen.

Seit dem heutigen Nachmittag hatte sie mehr Verständnis für ihre einsame Freundin, die ein Leben führte, das einem Pilgerweg glich. Obwohl Sandra selbst in einem Pflegeberuf arbeitete, wäre es für sie undenkbar gewesen, die eigene Mutter zu pflegen. Selbst, wenn sie eine andere Mutter gehabt hätte.

Sie war noch nie allein bei Emma gewesen. Der freundschaftliche Kontakt hatte sich auf die gemeinsamen Chorproben, Auftritte und Ausflüge beschränkt. Doch heute, nachdem beide Johannes ‚Überfall‘ abgewehrt hatten, konnten sie zum ersten Mal ein ruhiges, sehr persönliches Gespräch führen.

Emma hatte gebeichtet, wie die Affäre mit Johannes begonnen hatte, erzählte von ihren Zweifeln, dem Verdrängen, den Selbstvorwürfen und dass sie es nicht darauf angelegt habe. Obwohl es nicht entschuldigte, was sie Marie angetan hatte, wünschte sich Sandra, ihre Schwester würde endlich einen Schritt zurücktreten und ebenfalls zu dieser Erkenntnis kommen. Zumal sie Johannes ohnehin abgehakt hatte.

Als sie Marie an der Wohnungstür hörte, überlegte Sandra noch immer, ob sie von dem Besuch bei Emma erzählen sollte. Doch der abwesende Gesichtsausdruck, mit dem ihre Schwester grüßte, hielt sie davon ab.

„Hallo, Marie! Wie wars bei der Arbeit?"

„Danke, es geht …", erklärte Marie vage und streife ihre Pumps von den Füßen.

„Was ist los?" Sandra musterte ihre Schwester.

„Ach … Ich weiß nicht, wie ich das erklären soll. Mein neuer Chef treibt mich zum Wahnsinn. Er kommt mir vor, wie dieser Mann aus Dr. Jekyll und Mr. Hyde!", erklärte Marie seufzend und sprudelte weiter: „Ich meine, manchmal ist er echt nett, und beim Empfang hat er sich richtig professionell verhalten … fast immer …, aber dann führt er sich wieder auf wie ein Gefühlsamokläufer!" Dieses Wort war ihr gerade eingefallen.

„Gefühlsamokläufer?" Sandra lachte laut.

„Ich versuch, es zu erklären …" Marie erzählte von all den Situationen, in denen ihr zukünftiger Chef sie entweder kompromittiert, gekränkt oder geärgert hatte, um dann in unerwarteten Momenten wieder charmant oder zuvorkommend zu sein.

Sandra lauschte den leidenschaftlichen Ausführungen Maries und wunderte sich, warum ihre Schwester nicht selbst darauf kam, was hier ablief. Doktor Manzer stand auf Marie und irgendwie – Sandra war sich ziemlich sicher – fühlte ihre Schwester sich auch von dem Notar angezogen. Sie konnte sich nicht daran erinnern, dass Marie jemals so leidenschaftlich über jemanden gesprochen hatte, auch wenn es keine offensichtliche Zuneigung war.

Sandra kannte dieses männliche Balzverhalten noch aus ihrer Schulzeit. Die Jungs, die sie am meisten geärgert hatten, umschwärmten sie heimlich. Warum war ihre Schwester nur so unbedarft in Sachen Männer? Sie war doch keine naive Jungfrau mehr. Aber das konnte sie Marie natürlich nicht unter die Nase reiben. Darum wiederholte sie einmal mehr die Durchhalteparole, die sie ihrer Schwester in letzter Zeit immer wieder vorkaute: „Jetzt lass dich nicht unterkriegen! Ihr müsst euch erst aneinander gewöhnen!"

Marie nickte automatisch und Sandra wagte zu fragen: „Und? Wie sieht er eigentlich aus?"

Ihre Schwester bedachte sie mit einem argwöhnischen Blick, bevor sie stirnrunzelnd meinte: „Es geht … er ist nicht besonders groß und eher stämmig …"

Sandra ahnte, woher der Wind wehte. Maries verhaltene Beschreibung sollte sie davon abhalten, Interesse für den Notar zu entwickeln. Dieser Gedanke weckte einen boshaften Drang in ihr. *Wenn schon, denn schon!*

„Ich schau ihn mir mal im Internet an! Da sind sicher Bilder vom Empfang drin!"

Marie öffnete den Mund, als wollte sie protestieren, blieb aber stumm.

Als Sandra kurz darauf das Rückenfreifoto auf ihrem Handydisplay begutachtete, dachte sie: *Unglaublich! Das kann doch jeder sehen – er steht auf Marie!*

„Er sieht attraktiv aus! Es muss nicht jeder Mann groß und schlank wie ein Adonis sein! Ich finde eine tolle Ausstrahlung viel anziehender!" Sie bemerkte den argwöhnischen Ausdruck im Gesicht ihrer Schwester. *Ach Herrje, als wollte ich dir dein Lieblingsspielzeug wegnehmen.* Sie unterdrückte ein Seufzen. Sandra wusste, es war noch zu früh, um Klartext zu reden, und steckte ihren Zynismus weg, als sie sagte: „Mein Typ ist er aber nicht. Dafür siehst du spitze aus!"

Sandra klappte ihr Handy zu, und schielte auf Marie, deren Gesicht sich wieder entspannte. Höchste Zeit für ein unverfänglicheres Thema: „Was machen wir am Wochenende?"

„Genau, hab ich mir auch schon überlegt! Sollen wir bummeln oder shoppen gehen …?"

„Tut mir leid, aber just-for-fun-shopping verkneif ich mir! Ich möchte wieder ein Polster ansparen und brauchen tu ich eh nix …"

Den kleinen Stich, den sie wegen Dimitri spürte, steckte Sandra als gerechte Strafe für ihre Dummheit weg.

„Ich sollte auch auf meine Ausgaben achten", stimmte Marie zu und schlug in einer plötzlichen Eingebung vor: „ Wir könnten eine Wanderung machen?"

„Hey, das ist eine gute Idee! Wandern kostet nichts und ist gleichzeitig ein Fitnesstraining." Sie war dennoch erstaunt über den unerwarteten Einfall ihrer Schwester. „Wohin sollen wir laufen?"

„Hm, hast du eine Idee?"

Sandra dachte nach. Mit Rainer und Lukas war sie früher immer wieder auf die Hohe Kugel gestiegen. Es gab einige Wege auf diese Bergkuppe und von oben bot sich eine fantastische Aussicht auf das Rheintal, den Bodensee und viele Gipfel im Dreiländerblick. Sie schlug vor, diesen Berg am nächsten Tag zu erklimmen.

Emma betrachtete sich im Spiegel über dem Waschtisch, die Schwellung war zurückgegangen. Auf dem kleinen Riss über der Augenbraue klebte eine Kruste, die harmloser aussah, als es die Menge Blut, die daraus geflossen war, hatte vermuten lassen. Die Haut um das Auge schimmerte blauviolett. Sie trug regelmäßig eine Arnikasalbe auf, um den Heilungsprozess zu beschleunigen, und verzichtete auf Make-up, solange es sich vermeiden ließ. Emma würde sich erst wieder schminken, wenn sie Frau Hagen nächste Woche herbitten musste, damit sie den Großeinkauf machen konnte, und war zuversichtlich, die restlichen Spuren ihrer Verletzung dann mit Make-up tarnen zu können.

Emma überlegte, wie sie den Abend verbringen könnte. Es war erst kurz nach acht, aber ihre Mutter schlief bereits. Sie hatte keine Lust auf Fernsehen, das tat sie ohnehin viel zu oft. Aus Langeweile dachte sie daran, Riesen-Lars anzurufen, doch Emma verwarf die Idee, weil sie nicht in der Stimmung für Telefonsex war. Sie wollte auch den Dildo nicht benützen, der in ihrem Nachttisch lag. Ihr war überhaupt nicht danach.

Was ist los mit mir? Ist es, weil Johannes mich geschlagen hat? Er hat es ja nicht mit Absicht getan! Er war doch nur eifersüchtig! Wenn ich will, kommt er zurück! Sofort!

Ein Gefühl von Macht schwappte über Emma und erregte sie mehr als der Gedanke an Sex. Sie erschrak über das unerwartete Empfinden, genoss es dennoch. Es hielt aber nicht an. Der Impuls wurde von einer Gewissheit fortgespült. Sie würde ohne Zweifel die letzte Bastion ihrer Freundschaften verlieren, wenn sie sich noch einmal mit Johannes einließ. Keine ihrer Chorfreundinnen würde erneut Verständnis für sie aufbringen, und die Chance, dass Marie ihr irgendwann verzieh, wäre endgültig vertan.

Emma war wieder machtlos und ausgeliefert. Das machte sie traurig, nein, wütend! Sie war nichts weiter als eine Pusteblume im Wind!

Was erwarte ich eigentlich vom Leben? Sex? Eine Beziehung? Unabhängigkeit?

Sie dachte darüber nach, wie ihr Leben aussehen würde, wenn ihre Mutter plötzlich verstarb. Emma wäre unabhängig. Sie könnte die Villa verkaufen, sich eine schöne Wohnung zulegen. Sie könnte sich einen Job suchen, der ihr Spaß machen würde, und sich damit Zeit lassen, weil sie finanziell unabhängig wäre.

Würde mich das glücklich machen?

Nein, im Gegenteil! Die Vorstellung, plötzlich ganz allein zu sein, machte Emma Angst. Sie verscheuchte die zermürbenden Gedanken und verließ das Badezimmer.

Im Flur blickte sie sich unschlüssig um. Ihr fiel ein, dass sie schon seit Langem das alte unbenützte Schlafzimmer ihrer Mutter ausräumen wollte. Emma trug bereits ihren Pyjama, und würde heute nicht mehr damit beginnen, könnte sich aber einen Überblick verschaffen. In den Schränken lagerten noch Kleidungsstücke, die der alten Frau inzwischen viel zu groß waren, und die Bekleidung ihres Stiefvaters. Sie hatte nur seine Jacken an der Garderobe, die Kleidung im Schmutzwäschekorb und seine Schuhe in einem Müllsack entsorgt. Ebenso den antiken Bierkrug, aus dem ihr Stiefvater immer getrunken hatte, seine Pfeife und den Tabak. Die gerahmten Bilder, auf denen er mit ihrer Mutter oder mit Emma abgebildet war, hatte sie in der untersten Schublade der großen Anrichte im Esszimmer verstaut.

Emma begab sich zu dem Raum am Ende des Flurs im Obergeschoss, öffnete die Tür und blieb abrupt stehen. Es fühlte sich an, als würde sie vor einer Mauer stehen. Eine unsichtbare Barriere schien sie am Eintreten hindern zu wollen, die Luft roch abgestanden. Emma schob ihre Hand durch die imaginäre Wand und tastete nach dem Lichtschalter. Die Glühbirne flammte gelblich auf. Sie konnte sich nicht mehr daran erinnern, wann sie zum letzten Mal hier gewesen war.

Der Raum lag dämmrig da. Das dunkle Bett stand an der linken Wand, ein wuchtiger Schrank nahm die gesamte gegenüberliegende Seite ein. Neben dem Fenster thronte eine antike Nussholzkommode, über der ein altersfleckiger Spiegel hing. Emma starrte auf ihr Spiegelbild. Das blauviolett umrahmte Auge war der einzige Farbtupfer in ihrem bleichen Gesicht. Die Luft im Raum hing schwer in Emmas Lungen, nahm ihr den Sauerstoff. Sie gab sich einen Ruck, lief zu dem Fenster neben der Kommode und zerrte die vergilbten Spitzenvorhänge zur Seite. Emma öffnete beide Fensterflügel und ließ die frische Nachtluft einströmen. Sie atmete so lange tief durch, bis das schwere Gefühl in ihrer Brust verebbte.

Langsam trat sie an die Kommode und öffnete nacheinander alle Schubladen. Oben lag die alte Unterwäsche ihrer Mutter, teils aus Satin und praktische Baumwollwäsche. In der zweiten Schublade befanden sich die Nachthemden, ihre Mutter hatte niemals Pyjamas getragen. Daneben lagerten Strümpfe, Strumpfhalter, Strumpfhosen und zwei leere Kosmetiktaschen. In den nächsten zwei Schubladen lag die Wäsche ihres Stiefvaters. Emma prägte sich ein, ein paar Rollen mit Müllsäcken zu kaufen, als sie die Laden wieder zuschob. Dann öffnete sie die unterste Schublade.

Darin stapelten sich die alten Ledergürtel ihres Stiefvaters. Der bekannte herbe Duft strömte ihr entgegen, ein vertrocknetes Lavendelsäckchen konnte dem dominanten Geruch nichts entgegensetzen. Erst als Emma es an ihre Nase hielt, roch sie das flüchtige Aroma. Sie ließ das Lavendelsäckchen fallen und sank auf den knarrenden Parkettboden.

Emma griff zögernd nach einem der derben Gürtel und betastete die Oberfläche. Die Außenseite war glatt, innen war er rau. Sie ließ den Gürtel durch ihre Finger gleiten, strich damit über ihren Arm. Ein Schauer der Erregung durchlief sie von Kopf bis Fuß. Sie spannte den Gürtel zwischen beide Hände, und rieb damit über ihre steifen Brustwarzen. Emmas Verlangen steigerte sich. Sie schlüpfte aus ihrem Pyjama und legte sich nackt auf den kalten blanken Holzboden. Eine Gänsehaut überzog ihren Körper, doch Emma war nicht kalt!

Sie wanderte mit der rauen Seite des Gürtels von ihren Brüsten bis zu der lustvoll pochenden Stelle zwischen ihren Schenkeln und ließ sich in die dunkle Nacht fallen.

Lilli blickte überrascht auf ihr Handy – schon wieder eine Nachricht! So viele Nachrichten wie in den letzten Wochen hatte sie von ihrem Vater im ganzen letzten Jahr nicht bekommen.

„Hallo, Lilli! Wie geht's? Hat das mit deinem Schützling geklappt?"

Als wüsste er, dass ich gestern wieder mit Heike Jansen telefoniert habe! Lilli tippte an einer Antwort, brach jedoch kopfschüttelnd ab, um ihren Vater anzurufen. Er ging sofort ran.

„Hallo, Liebes! Schön, dass du mich anrufst!", sagte ihr Vater erfreut, eine warme Woge breitete sich in Lilli aus.

„Hallo, Papa! Ich hab gedacht, ich ruf besser an, bevor ich dir einen Roman schreibe …"

„Eine gute Idee!", meinte er lachend.

Lillis Herz klopfte aufgeregt, während sie ihrem Vater von der Neuigkeit berichtete. Sie hatte sich mit Heike Jansen darauf einigen können, Lauras Besuch auf der Kunstschule finanzieren zu dürfen. Wobei ‚dürfen' die richtige Wortwahl war, weil die Pflegemutter eindringlich auf eine traumatische Enttäuschung für das Mädchen hinwies, falls sie ihre Unterstützung wieder zurückzog. Doch Lilli hatte sich den Mund fusselig geredet und sogar Bedenken der Frau widerlegt, sie wolle Laura nur helfen, weil sie keine Kinder habe oder den ersten hormonellen Schub der Wechseljahre durchmache. Lilli war dankbar, dass sie wenigstens pantomimisch ihren ‚Empörungs-Dampf' ablassen konnte. *Ich habe kein Mutter-Teresa-Syndrom und bin sicher nicht in den Wechseljahren!*

Aber davon erzählte Lilli ihrem Vater nichts.

„Und wie läuft das Ganze jetzt?" Trotz seiner begeisterten Anteilnahme blieb ihr Vater pragmatisch.

„Laura wiederholt das letzte Schuljahr und macht das Abitur. Sie ist eine gute Schülerin, wird das locker schaffen und bewirbt sich bei der Kunstakademie. Laura bekommt das Empfehlungsschreiben eines Lehrers, der ihr zu diesem Studium geraten hat. Und sie darf meine Kontaktdaten angeben, damit die Hochschulbetreiber sicher sein können, dass das Studiengeld auch bezahlt wird. Die sehen ja in den Unterlagen, dass Laura zurzeit in einer Pflegefamilie lebt."

„Nach dem Abitur ist sie aber schon volljährig! Da wird sie nicht mehr in der Pflegefamilie bleiben können. Was macht sie dann?"

„Sie wird sich ein Zimmer in einer WG suchen, so wie es andere auch tun! Und sie kann nebenher jobben – das machen die meisten Studenten. Das Geld für die Ausbildung hat sie und es ist noch genug für Außerplanmäßiges da." Lilli war sich bewusst, nicht alle Eventualitäten vorausplanen zu können, doch was brachte es, sich über jedes mögliche Szenario den Kopf zu zerbrechen? Ein Ausspruch, der ihr gefiel, drängte über ihre Lippen: „Zu Tode gefürchtet ist auch gestorben!"

Am anderen Ende der Leitung herrschte einen Moment lang schweigen, bis ihr Vater leise sagte: „Ich kann gar nicht ausdrücken, wie stolz ich auf dich bin."

Lilli hörte den gerührten Tonfall und schluckte einen Kloß hinunter, bevor sie antwortete: „Ich hab immer tun können, was ich wollte. Auch als ich mir nach der Matura einen Job als Verkäuferin gesucht habe, warst du nicht dagegen. Du hast mich immer unterstützt …, obwohl du nicht da warst." Ihr Vater hätte vermutlich auch nichts eingewendet, wenn Lilli der Ruf ins Kloster ereilt hätte. Doch ihr hatte nicht seine Unterstützung, sondern seine Anwesenheit gefehlt.

Schluss damit! Ich bin erwachsen! Die Zeit kann nicht zurückgedreht werden! „Danke dafür, Papa! Vielleicht komm ich mal nach Wien. Dann könnten wir uns wiedersehen …" *Gott, das klingt wie Betteln.*

„Das würde mich sehr glücklich machen, mein Schatz!" Ihr Vater räusperte sich.

Wie schön – hab dich lieb! „Mich auch, Papa! Bis dann …"

„Bis bald, Lilli!"

Sie legte auf, blickte lächelnd aus dem Fenster. Nicht einmal ihre Mutter, die Lillis Drängen nachgegeben hatte und mit einem Märtyrerblick auf der Terrasse den herrlichen Frühsommertag ertrug, konnte ihre Euphorie trüben

Simone bot an, den Frühstückstisch abzuräumen, damit Melanie sich mit Alexandra im Garten in die Morgensonne setzen konnte.

Ein paar Spatzen zwitscherten ohrenbetäubend in den üppigen Büschen entlang der Grundstücksgrenze. Melanie hoffte, dass Waltrauds räuberischer Kater nicht der Grund für das Gezeter war. Es wäre nicht das erste Mal gewesen, dass Jacky die Überreste eines unvorsichtigen Vogels auf ihrer Terrasse hinterließ. Dennoch empfand Melanie mehr Argwohn gegenüber ihrer omnipräsenten Nachbarin, von der heute glücklicherweise nichts zu sehen war.

„Die Hortensien haben viele Knospen …", bemerkte Alexandra und legte ihre Beine auf einen Gartenstuhl, den sie zu sich herangezogen hatte.

„Stimmt, heuer sind sie viel schöner als letztes Jahr!" Melanie liebte ihre Hortensien. Inzwischen zierten fünf große Sträucher den Garten. Zwei weiße und je einer in Rosa, in Pink und in Blauviolett. Sie fühlte sich den großen Blütendolden zugetan – sie passten zu ihr.

„Und wie geht es dir, Mama? Jetzt, da Papa und Max nicht mehr hier wohnen?"

Wumm! Obwohl Melanie gewappnet war, empfand sie die unverblümte Frage ihrer Tochter wie einen Angriff aus dem Hinterhalt. Vielleicht, weil Alexandra sich harmlos im Gartensessel zurückgelehnt hatte und das Gesicht mit geschlossenen Augen in die Sonne hielt.

Ihre Tochter studierte im zweiten Jahr Psychologie. Melanie dachte entrüstet, dass Alexandra jedoch nicht viel gelernt haben konnte, wenn sie derart mit der Tür ins Haus fiel. Auf der anderen Seite kam ihre Älteste immer ohne Umschweife zum Punkt.

Sie ist wie ich!

„Es geht schon … es muss gehen …" Melanie bemühte sich, gelassen zu klingen und blickte weiterhin auf ihre Lieblingsbüsche.

„Blödsinn! Nix MUSS gehen!" Alexandra warf den Kopf herum, sie fixierte ihre Mutter: „Mama, du darfst traurig sein … und wütend!"

Ich weiß – das war ich schon und das bin ich noch! Doch sie antwortete nicht, starrte weiter auf ihre Hortensien. Sie wollte nicht darüber reden! Melanie würde ihrer Tochter nicht zeigen, wie verletzt sie war.

„Mama, du solltest darüber reden! Glaubst du, ich spüre nicht, wie unglücklich du bist? Du solltest herausfinden, was der Grund für dein Problem ist! Den Kopf einzuziehen und zu mauern, ist keine Lösung!", mahnte ihre Tochter.

Alexandra beugte sich über den Gartentisch, sie legte ihre Hand einladend darauf.

Melanie ignorierte das Friedensangebot, und warf ihrer Tochter einen entrüsteten Blick zu. „Was fällt dir ein, so mit mir zu reden? Du bist mein Kind, nicht meine Therapeutin!" schnaubte sie.

Aber es lag nicht in Alexandras Natur, sich einschüchtern zu lassen. „Ja! Ich weiß, Mama! Und weil ich dein Kind bin und dich lieb habe, ist es mir wichtig, dass es dir gut geht …"

Dagegen war nichts einzuwenden, Melanie verstummte. Ihre Tochter hatte geschickt den Wind aus den mütterlichen ‚Zurechtweisungs-Segeln' genommen.

Alexandra nützte diesen seltenen Moment: „Ich könnte dir einen guten Therapeuten in Dornberg empfehlen …, wenn du das möchtest", und sprach beiläufig weiter, um die Pferde – die in diesem Fall ihre Mutter waren – nicht wieder scheu zu machen, „du könntest mal hingehen und schauen, ob er dir sympathisch ist." Sie hätte gerne hinzugefügt, dass der Psychologe einen ausgezeichneten Ruf bei der Behandlung von Suchtpatienten hatte und in der Uni hochgelobt wurde. Aber damit hätte sie zweifellos den Bogen überspannt. Stattdessen sagte Alexandra: „Ich schreibe dir seine Kontaktdaten auf und du kannst damit machen, was du willst …"

Da ihre Mutter nicht reagierte, beschloss Alexandra, das Gesprächsthema zu wechseln: „Was machen wir heute Abend, Mama? Wie wärs, wenn wir drei zuerst chinesisch essen gehen und uns nachher was im Kino anschauen?"

Melanie kaute zwar noch an dem Vorschlag, einen Therapeuten aufzusuchen, Alexandras Plan für den Abend versprach jedoch Ablenkung. „Gute Idee, das machen wir!", sagte sie und lehnte sich in ihren Gartenstuhl zurück. Und während sie nun ebenfalls mit geschlossenen Augen das Gesicht in die Sonne hielt, kam Melanie der Gedanke, dass ihre Älteste auf der Uni vielleicht doch etwas gelernt hatte.

Marie stieg schwitzend hinter Sandra den steilen Hügel hinauf. Sie war erstaunt, wie sehr sie die Wanderung anstrengte, obwohl sie regelmäßigen Ausdauersport ausübte. *Ich werde älter!* Der Gedanke deprimierte Marie. Eine tadellose Figur zu bewahren und eine gute Kondition zu haben, war immer ganz oben auf ihrer imaginären Selbstdisziplinliste gestanden. *Ich muss mehr Intervalltraining machen – ist ja schrecklich, wie ich keuche!* Ihre Schwester schnaufte ebenso hörbar, blieb jedoch nicht stehen und gab ein ordentliches Tempo vor. „Sandra! Huch … Können wir bitte mal anhalten? Ich brauche eine kurze Verschnaufpause!" Marie blieb mit sprichwörtlich hängender Zunge stehen.

„Oh, tut mir leid! Warum hast du nicht früher was gesagt?" Sandra blickte besorgt auf das gerötete schweißnasse Gesicht.

„Weil ich mit dir mithalten wollte! Unglaublich, was für eine Kondition du hast!", hechelte Marie.

Sandra lachte: „Unglaublich? Soso! Erstens, muss ich bei der Arbeit den ganzen Tag rennen, und zweitens bin ich viel allein. Wenn das Wetter passt, gehe ich an meinen dienstfreien Tagen wandern, und wenn Lukas am Wochenende bei Rainer bleibt, laufe ich oft längere Touren."

Marie betrachtete das strahlende Gesicht ihrer Schwester, die freimütig erklärte, viel allein zu sein und alles andere als traurig bei diesem Geständnis wirkte. *Vielleicht gewöhnt man sich daran!* Manchmal dachte sie darüber nach, wie es sein würde, wenn sie wieder allein war – wenn ihre Schwester ausgezogen war. Aber noch lebte Sandra bei ihr. Marie schenkte ihr ein liebevolles Lächeln und schaute sich das erste Mal um.

Obwohl sie noch einige Höhenmeter bis zum Gipfel bewältigen mussten, konnte man bereits den Bodensee und das Rheintal sehen. Über dem Hohen Freschen, der scheinbar greifbar nah, aber zweitausend Meter hoch als nächsthöchster Gipfel in der Umgebung thronte, schwebte eine bauschige Wolke. Darüber hinaus trübte nichts den tiefblauen Frühsommerhimmel. Marie blickte hinunter auf den steilen Pfad, den sie mit Sandra erklommen hatte, und sah einen Mann mit Baseballkappe und khakifarbener Wanderhose, der ihnen mit großen Schritten entgegenstieg. *Bei dem Tempo wird er uns gleich einholen.*

„Wir lassen ihn vorbei …", beschloss Sandra.

Marie war über die verlängerte Pause dankbar. Sie beobachtete den Mann, der ihr irgendwie bekannt vorkam. Ein grüblerischer Ausdruck lag auf ihrem Gesicht, bis der Wanderer seinen Kopf hob. Es war Doktor Manzer. *Nein! Das glaub ich jetzt nicht!* Ein Hitzeschub erhöhte ihren gerade erst zur Ruhe gekommenen Pulsschlag wieder. Marie erkannte die Überraschung im Gesicht ihres zukünftigen Chefs, bevor er ein breites Grinsen aufsetzte und vor den Schwestern stehen blieb.

„Die Welt ist wirklich klein! Hallo, Frau Gradenstein! Sie wandern auch?“

Die rhetorische Frage zauberte ein Schmunzeln auf Maries Lippen. „Sieht so aus …“ Sie bemerkte, dass sie sich freute, ihn zu sehen.

Der Notar blickte neugierig auf Sandra und fragte: „Sie sind sicher die Schwester von Frau Gradenstein?“

„Jaaa…, das stimmt!“, gab die Angesprochene erstaunt zurück.

„Die Damen sehen sich ähnlich! Gehts mir gut – so viel Schönheit auf einem Fleck!“ Sein Blick schwenkte zwischen den beiden hin und her.

Sandra verzog ihren Mund zu einem selbstsicheren Lächeln.

Marie wirkte pikiert. *Was denkt er sich? Er wird mein Chef! Solche Kommentare sind nicht angebracht! Und seit wann sehen Sandra und ich uns ähnlich?*

Als hätte er Maries Gedanken erraten, beschwichtigte Doktor Manzer: „Sie müssen meinen spontanen Gefühlsausbruch entschuldigen! Ich habe mich wohl wegen der dünnen Höhenluft dazu hinreißen lassen …“

Da keine der Schwestern antwortete, lüftete er seine Kappe: „Gut, dann wünsche ich Ihnen noch einen schönen Tag!“, und lief zügig weiter den Berg hinauf.

Nachdem ihm zwei Augenpaare eine Zeit lang nachgeblickt hatten, stellte Sandra fest: „Das war also dein berühmter Dr. Jekyll! Von einem Mr. Hyde ist er aber weit entfernt. Scheint mir bloß ein forscher Typ zu sein!“

„Jaaa…“, gab Marie schwach zu, „aber vielleicht verstehst du jetzt, was ich meine …“

„Stimmt, er ist schwer zu durchschauen … Aber irgendwie auch interessant!“ Sie blickte auf Marie, deren Gesicht sich bei diesen Worten wie erwartet verschloss. Sandra fand, es war an der Zeit, Klartext zu reden. „Keine Angst, Schwesterherz! Ich steh nicht auf ihn! Ich will dich nur foppen!“ Sie sah zu, wie sich der Ausdruck ihrer Schwester in Empörung verwandelte.

„Was soll das heißen?“, bellte Marie.

„Dass du eifersüchtig bist! Dass du mir nicht traust! Dass du dir selbst nicht traust! Und dass du Angst hast und darum deine Empfindungen ignorierst!“ Sandra musste loswerden, was ihr schon klar gewesen war, bevor sie sich mit Marie versöhnt hatte. Ihr war jedoch bewusst, auf welches Glatteis sie sich begab. *Vielleicht ist es noch zu früh? Topp oder Flopp!* „Das soll heißen, dass du auf deinen Doktor Manzer stehst!", fügte Sandra mutig hinzu, hoffte aber gleichzeitig, dass ihre Schwester nicht auf der Stelle umkehren und den Berg hinunter flüchten würde.

„Wie bitte ...?" Obwohl Maries Augen zornig funkelten, klang ihre Stimme brüchig. Sie machte einen Schritt zurück und stolperte beinahe über eine Wurzel. Sandra griff hastig nach ihrem Arm. „Pass auf, Marie! Du brichst dir noch was! Das fehlt grad noch …" Sie verstummte, und blickte in die Augen ihrer Schwester, die einen emotionalen Squaredance vollführten.

Für einen Augenblick sah es so aus, als wolle Marie sich losreißen. Doch mit einem Aufschluchzen gab sie ihren Widerstand auf und warf sich weinend in die vorsorglich ausgebreiteten Arme ihrer Schwester. Sandra wiegte die hemmungslos schluchzende Marie und streichelte ihren bebenden Rücken: „Gut so, Schwesterchen … lass alles raus!"

Und während sie über Maries Schulter hinweg auf den Gipfel der Hohen Kugel blickte, bemerkte Sandra eine Gestalt mit Baseballkappe und khakifarbener Hose, die die Szene bewegungslos beobachtete.

Emma stopfte die alte Unterwäsche ihres Stiefvaters in den Müllsack, und stapfte mit dem Fuß darauf, um noch mehr Platz zu schaffen. Die Mülltüte spannte sich, drohte jeden Moment zu platzen. Sie zerrte einen neuen Sack von der Rolle, schüttelte ihn auseinander und füllte ihn mit weiteren Kleidungsstücken.

Ursprünglich wollte Emma alle gut erhaltenen Textilien in die Altkleidertonne werfen, sie entschied sich jedoch, nur die schönen Kleider ihrer Mutter auszusortieren. Alles andere und sämtliche Sachen ihres Stiefvaters warf sie in die Säcke, die sie zur Abfallentsorgungsstelle bringen würde. Die Ledergürtel ihres Stiefvaters lagen auf der Seite. Emma ahnte, warum sie noch nicht im Sack gelandet waren.

Das ist ja lächerlich! Nein, das ist traurig! Ich bin ein kranker Freak!

Sie ließ sich auf den Boden sinken, starrte widerwillig auf die Ledergürtel, die rau und steif neben ihr lagen. Emma wusste, dass sie sich nichts vorzumachen brauchte. Sie hatte durchschaut, warum sie die größte Wollust mit einem dominanten Partner empfand. Und ihr war bewusst, warum ihr ein alter Ledergürtel gestern Abend auf diesem Fußboden einen Orgasmus beschert hatte.

Sie schämte sich für ihre Bedürfnisse! Kein Wunder, dass sie Johannes nicht nachtrauerte. Er konnte ihr nicht geben, was sie wollte und von dem sie erst seit Kurzem wusste, dass sie es brauchte.

Emma legte den Kopf in die Arme, die auf ihren Knien ruhten. *Und ich hab niemanden zum Reden!* Nicht, dass sie darüber hätte reden wollen – Emma war es gewohnt, manche Dinge für sich zu behalten. Aber es wäre schön gewesen, sich über die Sorgen und Ängste von anderen zu unterhalten, und sei es nur, um ihre eigenen Probleme besser verdrängen zu können.

Gott, wie mir die Chorproben fehlen! Vielleicht könnte ich Melanie anrufen? Sie hat sich schließlich auch bei mir ausgeweint!

Emma nahm sich vor, ihre Freundin zu einem Kaffeeplausch einzuladen. Zufrieden über den Einfall erhob sie sich wieder vom Boden. Ihr Blick fiel auf die lauernden Ledergürtel. Mit einer schnellen Bewegung schnappte sie den Stapel und stopfte ihn seitlich in den Müllsack, sodass die Gürtel von oben nicht mehr zu sehen waren.

Danach eilte sie ins Bad, um sich ihre Hände gründlich mit Seife zu waschen. Nebenbei begutachtete sie im Badezimmerspiegel ihr Gesicht. Der Bereich um das Auge färbte sich inzwischen braungelb und die Kruste über der Augenbraue war bereits abgefallen. Falls sie das Hämatom mit Make-up bis dahin abdecken konnte, würde sie Frau Hagen bitten, am nächsten Freitag auf ihre Mutter aufzupassen. Das unwiderstehliche Verlangen, den Swingerklub zu besuchen, verfolgte Emma.

Nachdem sie die Hände abgetrocknet hatte, sah sie nach ihrer Mutter, die in letzter Zeit auch ohne Schlaftabletten länger schlief. Und Emma hoffte, der Versuchung zu widerstehen, einen dieser verteufelten Gürtel aus dem Sack zu ziehen, bis sie die Müllsacke endlich entsorgen konnte.

Nicht nur Gewitter reinigen die Luft

Melanie tippte eifrig an ihrer Zusage. Sie hatte nicht lange überlegen müssen, als Emma sie für einen Wann-immer-es-dir-passt-Besuch einlud.

„Hallo, Emma! Danke für die Einladung, hat mich riesig gefreut! Wenn es nicht zu kurzfristig ist, könnte ich schon heute zu dir kommen … Ich bin sowieso allein!"

Es war Vormittag, ihre Töchter würden am Nachmittag Jakob und Max im Bregenzer Wald besuchen. Ein Sonntag ohne ihre Familie war fatal. Melanie wusste, was sie dann machen würde. Die einzige Chance, dem Unausweichlichen zu entkommen, war, nicht allein zu Hause zu bleiben. Melanies Worte klangen zwar, als sei Emma nur ein Notnagel, doch sie las in deren Antwort, dass ihre Freundin darüber hinwegsah.

„Natürlich, das passt wunderbar! Ich freu mich sehr! Bis später!"

Gute Emma, du bist eine echte Freundin! Melanie nahm sich vor, diese Einsicht bei der nächsten Chorprobe – falls jemals wieder eine stattfinden sollte – zu verkünden.

Nach einem einfachen von Simone zubereiteten Mittagessen, Spaghetti al Pesto mit grünem Salat, und nachdem ihre Töchter aufgebrochen waren, setzte sich Melanie auf die Terrasse. Das Risiko, dabei ihrer neugierigen Nachbarin in die Hände zu fallen, nahm sie in Kauf. Denn die Gefahr, im Haus von der Bar angelockt zu werden, war zu groß. *Vielleicht trinken Emma und ich später noch Prosecco?* Sie schämte sich für diesen Wunsch, tröstete sich jedoch damit, dass sie dann nicht allein trank.

Ein Kitzeln an den Beinen schreckte Melanie aus ihren Gedanken. Der rothaarige Kater von Waltraud strich schnurrend um ihre Füße. „Na, du Killerkatze, heute schon einen Vogel abgemurkst?" Sie bückte sich, um das weiche Fell des Katers zu streicheln. Jacky sah schmeichelnd zu ihr auf, bevor er den Kopf an ihren Waden rieb, wo sein rosa Näschen eine feuchte Spur hinterließ.

Melanie mochte Katzen lieber als Hunde. Die Vierbeiner waren eigenwillig, ließen sich vielleicht bestechen, aber nicht dressieren. Sie beneidete Jacky. *Du tust nur, was du willst! Im nächsten Leben werde ich auch eine Katze!*

Ihre geliebte Tigerkatze Molly war vor fünf Jahren unter ein Auto gekommen. Melanie weigerte sich seither, wieder eine Katze anzuschaffen. Sie hatte wochenlang um Molly getrauert. Außerdem stand ihr noch vor Augen, wie viele Beschädigungen sie ihrem Liebling verdankte: zerrissene Vorhänge, zerkratzte Polstermöbel und angebissene Schuhe. Es streunten ohnehin jede Menge Katzen in der Nachbarschaft umher, die sich gerne streicheln ließen.

Sie gab dem Kater einen Klaps: „Los, zisch ab zu deinem Frauchen!"

Jacky warf ihr einen beleidigten Blick zu, bevor er gemächlich davonstreifte und im Dickicht der Büsche verschwand. Während Melanie ihm nachsah, hörte sie Waltraud nach dem Kater rufen: „Jacky ... komm, ich hab ein Leckerli für dich!"

Sie stand hastig auf, flüchtete ins Haus und blickte auf die Uhr – es war erst kurz nach eins! *Egal, ich muss losfahren, bevor Waltraud noch an der Haustür läutet.*

Melanie schnappte sich ihre Handtasche und eilte aus dem Haus. Als sie ihr Auto rückwärts aus der Einfahrt lenkte, sah sie ihre am Gartenzaun stehende Nachbarin mit dem Leckerli in der Hand winken. „Nein, danke, ich will keines", murmelte Melanie vor sich hin, tat jedoch, als hätte sie Waltraud nicht bemerkt und brauste davon.

Gut zwanzig Minuten später parkte sie ihren Wagen vor dem alten Herrenhaus. Einmal mehr beneidete sie Emma um den weitläufigen Garten, der sich hinter hohen Mauern versteckte. *So einen hätte ich auch gerne!* Melanie trat an die imposante Eingangstür. Nachdem sie die Klingel gedrückt hatte, dauerte es nur wenige Sekunden, bis die Tür geöffnet wurde. Emma blickte ihr freudig entgegen, sie umarmten sich. Die unausgesprochene Erwartung, endlich mit jemandem reden zu können, schwebte über den beiden Freundinnen wie ein Banner.

Und die Hoffnung erfüllte sich – sie schütteten sich den ganzen Nachmittag lang gegenseitig das Herz aus.

Als Melanie gegen Abend aufbrach, atmete sie zuerst tief durch, bevor sie sich in ihr Auto setzte. Sie blickte zurück auf das alte Gemäuer, in dem Emma mit ihrer pflegebedürftigen Mutter lebte, und verstand jetzt, warum ihre Freundin es als Mausoleum bezeichnet hatte. Hier lagen einige ‚Leichen' begraben. Es fröstelte Melanie, aber sie dachte dankbar, dass ihr eigenes Leben doch keine so große Bürde war. *Da verzichte ich gerne auf den großen Garten und ärgere mich lieber mal mit Waltraud herum.*

Am Schönsten war jedoch die Erkenntnis, dass sie von Emma nicht nur keinen Prosecco angeboten bekommen hatte, sondern gänzlich das Chorgetränk vergessen hatte. Und ihr Wunschtraum, die Beziehung zu Jakob könnte sich wieder einrenken, bekam zarte Triebe.

„Warum bist du nie arbeiten gegangen?"

Lilli lag träge auf der zwischen zwei großen Birken befestigten Hängematte. Ihr Vater hatte die Bäume vor Jahrzehnten gepflanzt. Der Windhauch von Norden kündigte einen kühlen Abend an.

„Redest du mit mir?", fragte ihre Mutter.

Nein, Mama, ich rede mit der Birke …

„Ja, Mama, mit dir! Es ist ja sonst keiner da!" Lilli rollte ihre Augäpfel unter den geschlossenen Lidern und bereute, spontan aus dem Bauch heraus gefragt zu haben, als die Frau auf dem Lehnstuhl neben ihr antwortete.

„Warum hätte ich arbeiten sollen? Dein Vater hat ja genug verdient, um sich zwei Frauen leisten zu können …"

Warum kann ich nicht meine Klappe halten?

Ihre Mutter verbarg die Augen hinter einer großen Sonnenbrille, doch ihre hängenden Mundwinkel zeigten ein spöttisches Lächeln.

Gott, sieht das unattraktiv aus! Lilli betrachtete sie gereizt, und spielte mit dem Gedanken, einen Schnappschuss zu machen, um ihn ‚Drama-Mum' vor die Nase zu halten, aber das hätte die Atmosphäre sicher nicht aufgeheitert.

„Meine Mutter ist auch nicht arbeiten gegangen! Sie hat sich um den Haushalt und die Kinder gekümmert und ist ihren gesellschaftlichen Pflichten nachgekommen."

Lilli seufzte ungeniert – sie hörte, was sie schon unzählige Male gehört hatte. Ihre Mutter stammte aus einer alteingesessenen Kaufmannsfamilie, die den finanziellen Wohlstand mit dem Handel von Stickereien verdient hatte. Onkel Hermann, der die Leitung nach dem Tod von Lillis Großvater übernommen hatte, musste das Unternehmen jedoch an einen Konkurrenten verkaufen, nachdem er das Firmenvermögen bei Börsenspekulationen über den ‚Jordan' gebracht hatte. Seine Schwester brach daraufhin den Kontakt zu ihm ab, und bezeichnete ihn seither als Versager und Verräter des Familienerbes. Lilli ahnte jedoch, was ihre Mutter ihm am meisten übel nahm. Kurz nach der der Scheidung ihrer Eltern verließ Onkel Hermann seine Frau Friedericke, die mit ihrer Mutter bis dahin befreundet gewesen war, wegen einer jungen Brasilianerin.

Lilli hatte ihn immer gemocht. Er steckte seiner kleinen Nichte oft ein paar Münzen zu, wirbelte sie zur Begrüßung durch die Luft und war stets gut gelaunt. Doch nach dem finanziellen Desaster und dem Bekenntnis zu seiner Gabriella war Onkel Hermann für ihre Mutter zu einer Persona non grata geworden. Und er war aus Lillis Leben verschwunden.

„Aber Oma hat in einer anderen Zeit gelebt ...", wagte sie, dem antiquierten Frauenbild ihrer Mutter entgegenzusetzen.

Lilli erinnerte sich kaum an ihre Großmutter, die gestorben war, als sie noch ein kleines Mädchen gewesen war. Einzig der misstrauische Gesichtsausdruck ihrer Ahnin, den sie gelegentlich auf dem Gesicht ihrer Mutter wiedererkannte, war in Lillis Gedächtnis geblieben. *Du meine Güte – ob ich manchmal auch so dreinschaue?* Sie nahm sich vor, ihre Fotoalben und die Galerie ihres Handys durchzublättern, und betete, keine erschütternden Entdeckungen präsentiert zu bekommen.

„Was soll die Fragerei? Ich habe nicht gearbeitet und ich musste nicht arbeiten!", unterbrach eine genervte Stimme ihre Grübeleien.

„Ich mein ja nur, vielleicht hättest du gerne etwas anderes gemacht, als nur Hausfrau zu sein?" Es reizte Lilli, zu sagen, worum es ihr wirklich ging: Wenn ihre Mutter arbeiten gegangen wäre, hätte sie vielleicht eine sinnstiftende Tätigkeit gefunden und würde nicht mit diesem missmutigen Ausdruck ihre Mitmenschen quälen. *Mich quälen!*

„Ich wollte nie etwas anderes sein als Hausfrau und Mutter!", stieß ihre Mutter unerwartet leidenschaftlich hervor.

Lilli blickte überrascht auf. Und im selben Augenblick stand ihr klar vor Augen, wo des Übels Wurzeln lagen. Als ihr Vater seine Frau verlassen hatte, zerstörte er deren Daseinsberechtigung, den Sinn ihres Lebens. Lilli hätte sich sogar vorstellen können, dass ihre Mutter eine Affäre geduldet hätte, wenn ihr Mann bei ihr geblieben wäre. Aber er hatte sie verlassen, ihr sicheres Konstrukt aus dem Gleichgewicht gebracht, ihr den Status der Ehefrau genommen – das konnte ihre Mutter nicht verwinden.

Meine Mutter hätte besser in die viktorianische Zeit gepasst.

Lilli seufzte lautlos, es gab nichts mehr zu sagen. Da ihre Mutter sich wieder hinter einer unnahbaren Miene verschanzte, schwang sie sich aus der Hängematte und stapfte ohne ein weiteres Wort zum Haus. Sie würde ein paar Nachrichten versenden und anschließend etwas Zeit in ihrem Barbie-Zimmer verbringen. *Hoffentlich haben wir bald wieder eine Chorprobe,* dachte Lilli sehnsüchtig, bevor sie die Terrassentür hinter sich zufallen ließ.

Und sie bemerkte nicht, dass die Frau im Gartenstuhl die Sonnenbrille abgenommen hatte und der Tochter mit einem nachdenklichen Ausdruck nachblickte.

Marie zog sich mehrmals um, bevor sie sich für einen weit schwingenden bunten Rock und ein cremefarbenes Seidentop entschied. Früher wäre sie nie so leger gekleidet zur Arbeit gegangen. Aber Marie musste sich nichts vormachen – sie wusste, warum sie sich so viel Mühe gab.

Seit der Begegnung auf dem Wanderweg spukte Doktor Manzer durch ihre Gedanken. Nachdem sie sich an Sandras Schulter ausgeweint hatte, war sie mit ihrer Schwester den Berg wieder hinuntergestiegen. Marie wollte auf keinen Fall bis zum Gipfel laufen und dort dem Notar erneut begegnen.

Doch Sandras ‚Unkenruf' hallte noch in ihrem Kopf nach. „Du stehst auf ihn!"

Obwohl sich etwas in ihr sträubte, sie sich in die Enge getrieben fühlte, wusste Marie, dass ihre Schwester richtig lag. *Aber was soll das bringen? Er wird mein Vorgesetzter! Und ich bin noch verheiratet! Und vielleicht ist er auch noch verheiratet oder er hat eine Freundin. Und was würde Mama dazu sagen?*

Lästige Überlegungen quälten sie, während Marie hastig in ihre Peeptoes schlüpfte, die passende Handtasche suchte und sich den hellen Blazer schnappte. Es fehlte noch, dass sie zu spät kam, weil sie ihre Zeit vor dem Kleiderschrank verbummelt hatte. Marie war dankbar, dass Sandra Frühdienst hatte und das luftige Büro-Outfit nicht sehen konnte. Ihre Schwester schien sie ohnehin viel zu leicht zu durchschauen. *Sie kennt mich besser, als ich mich selbst,* gestand Marie sich ein und schüttelte ihren Kopf. *Ich bin tatsächlich naiv!*

Mit dieser unrühmlichen Erkenntnis verließ sie die Wohnung. Sie trabte über die Treppe in die Tiefgarage und überlegte nebenbei, ob Doktor Manzer wohl auffallen würde, dass sie heute anders gekleidet war.

Eine halbe Stunde später stürmte Marie in die Kanzlei und ignorierte den verwunderten Blick von Doris, die mit hochgezogenen Augenbrauen ihren Aufzug musterte. „Guten Morgen, Doris!“, keuchte Marie und ließ sich auf ihren Bürostuhl fallen. Sie schaltete den Computer an, hoffte, ihre Kollegin würde keine neugierigen Fragen stellen. Doch dafür wäre ohnehin keine Zeit geblieben, weil einige Sekunden später bereits die interne Telefonleitung plärrte.

„Frau Gradenstein? Ähm … Könnten Sie bitte in mein Büro kommen?“

Marie fiel auf, dass Doktor Manzer nicht laut und bestimmt, sondern irgendwie unsicher klang. „Natürlich, ich komme sofort!“

Sie übersah Doris’ neugierigen Blick und stöckelte zum Büro des Notars. Marie klopfte und wartete, bis er sie hineinbat. Als sie den Raum betrat, trommelte Doktor Manzer nervös mit seiner Füllfeder auf der Schreibtischplatte. Er hob den Blick und ließ die Feder fallen, um sie ohne eine Spur von Zurückhaltung von Kopf bis Fuß zu mustern.

„Bitte setzen Sie sich …“ Seine Stimme klang heiser, er räusperte sich.

Marie nahm Platz. Aber sie verzichtete darauf, ihre Beine übereinanderzuschlagen, wie sie es sonst tat. Denn ein unbestimmtes Gefühl sagte ihr, sie würde nicht lange sitzen bleiben.

Ein paar Sekunden später wusste Marie, dass ihr Gefühl sie nicht getäuscht hatte, weil der Notar stammelnd erklärte: „Ähm … Frau Gradenstein, ich komme … ohne Umschweife zur Sache! Ich muss mich leider von Ihnen trennen … ich meine, als Mitarbeiterin!“

Wie? Was? Warum? Marie starrte verständnislos auf ihr Gegenüber, brachte jedoch kein Wort heraus.

Doktor Manzer hatte wohl mit einem Ausbruch gerechnet, denn er wirkte verunsichert, und schien darauf zu warten, dass sie antworten oder irgendeine andere Reaktion zeigen würde.

„Aha …“, war aber alles, was Marie nach einiger Zeit über ihre Lippen brachte. Gleichzeitig nahm sie eine Box mit Papiertaschentüchern auf dem Schreibtisch wahr. Als ihr deren Bedeutung klar wurde, überkam Marie das unerwartete Bedürfnis, loszulachen. Stattdessen straffte sie ihre Schultern und bedachte den Notar mit einem So-leicht-lass-ich-mich-nicht-aus-der-Fassung-bringen-Blick.

Doktor Manzer fuhr sich stirnrunzelnd durch die Haare, bevor er seufzend gestand: „Ich werde Ihnen etwas sagen, was ich nicht sagen würde, wenn ich mich nicht von Ihnen trennen müsste, und was mir hinterher wahrscheinlich leid tut, aber von dem ich genau weiß, dass ich es sagen muss, weil dann alles klargestellt ist, egal, was hinterher kommt …“

Maries So-leicht-lass-ich-mich-nicht-aus-der-Fassung-bringen-Blick wurde von einem Was-bitte-wollen-Sie-mir-nun-sagen-Ausdruck abgelöst.

Der Notar schien ihre Reaktion abzuschätzen, bevor er weitersprach: „Sie sind eine intelligente Frau, der ich nichts vormachen kann. Das weiß ich seit unserer ersten Begegnung. Darum wird es Sie nicht verwundern, wenn ich Ihnen unterstelle, dass Sie auch spüren, was sich zwischen uns abspielt … ähm … anbahnt … ähm … bewegt?“

Sein Blick folgte Maries Augenbrauen, die langsam nach oben wanderten. Er holte tief Luft und sprach tapfer weiter: „Und ich bin sicher, dass es eine gegenseitige Anziehung ist, die sich hinter Unsicherheit und Angst vor Verletzung verbirgt … und ich gehe davon aus … nein, ich weiß, dass diese Emotionen uns beide betreffen …“

Doktor Manzer wartete. Offensichtlich, um ihr die Gelegenheit zu geben, etwas zu sagen, aber Marie blieb stumm und starr, ihr Blick hing mit geweiteten Augen an seinen Lippen. Er holte erneut tief Luft, bevor er mit sanfter Stimme sagte: „Sie sind eine wunderschöne Frau und ich kann unmöglich mit Ihnen zusammenarbeiten, wenn ich Sie am liebsten jedes Mal, wenn ich Sie sehe, in meine Arme reißen und küssen möchte …“

Maries Mund klappte langsam auf, aber sie schien das Sprechen verlernt zu haben. Sie glaubte sogar, ihre grauen Zellen rattern zu hören, ihr Gehirn spuckte jedoch kein sinnvolles Ergebnis aus.

Doktor Manzer stand auf, machte Anstalten, um den Schreibtisch herum auf Marie zuzugehen. Doch er schien es sich anders zu überlegen, schwenkte zurück und hielt sich an der Tischplatte fest, als er sagte: „Ich habe mit Doktor Bereuter bereits gesprochen – er hat eine Anstellung bei einem befreundeten Kollegen für Sie gefunden. Sie werden mehr verdienen und der Anfahrtsweg ist etwa gleich lang. Selbstverständlich habe ich ein inkompatibles Arbeitsverhältnis als Grund für die Trennung von Ihnen angegeben …"

Marie nickte apathisch. Nicht, weil sie die Aussage seiner Worte verstanden hatte, sondern weil sie das Bedürfnis verspürte, sich bewegen zu müssen.

Der Notar ließ die Schreibtischplatte los, bewegte sich wieder auf Marie zu: „Frau Gradenstein … Marie … wenn Sie nicht mehr hier arbeiten, dann könnten wir …"

Was Doktor Manzer sonst noch sagen wollte, wurde von einem kurzen Klopfen unterbrochen, bevor die Tür aufschwang und Doktor Bereuter eintrat. „Oh …, Guten Morgen, Frau Gradenstein! Matthias? Du hast schon …?" Er erfasste die Situation und blickte peinlich berührt umher.

Jetzt endlich löste sich Maries Starre. Sie schüttelte benommen den Kopf, straffte die Schultern und sagte ruhiger, als sie sich fühlte: „Ich bin bereits von Doktor Manzer informiert worden. Ich danke Ihnen für Ihr Engagement, aber ich muss das Ganze erst einmal verarbeiten und möchte mir für den Rest des Tages freinehmen."

Zwei Augenpaare blickten ihr bestürzt entgegen, Doktor Bereuter beeilte sich zu erklären: „Ich weiß, was für eine großartige Mitarbeiterin Sie sind, aber in einem kleinen Team muss es harmonieren! Und bei Doktor Weber wird es Ihnen gut gefallen – davon bin ich überzeugt!"

Es war ein Glücksfall, dass er beim letzten Klubbesuch von seinem Golfpartner von der freien Stelle erfahren hatte. Der Kollege suchte eine neue Fachkraft, weil seine Assistentin nach der Karenzzeit nicht mehr zurückkommen würde. Mit dem stets korrekten Doktor Weber harmonierte Frau Gradenstein sicher besser als mit seinem recht unkonventionellen Nachfolger.

Doch Marie ging nicht darauf ein: „Danke! Aber ich brauche jetzt Zeit für mich, und morgen bin ich wieder voll einsatzfähig!"

Doktor Bereuter nickte ergeben, aber Doktor Manzer fragte: „Sind Sie sicher? Soll ich Sie vielleicht nach Hause fahr…?"

Marie würgte seinen Satz heftig ab: „Nein! Nein, danke! Sie können mir glauben, dass es mir gut geht!"

Er zuckte bei ihren Worten zurück.

Marie fing sich wieder und erhob sich würdevoll: „Nun gut, ich wünsche Ihnen einen schönen Tag … wir sehen uns morgen!" Und mit einem distanzierten Blick auf Doktor Manzer, der aussah, als wolle er hinter ihr herlaufen, und einem aufmunternden Lächeln für Doktor Bereuter verließ Marie das Büro.

Draußen erklärte sie ihrer neugierig dreinschauenden Arbeitskollegin: „Ich gehe wieder, bis morgen, Doris!" Sie griff nach Handtasche und Blazer, vergaß, den Computer auszuschalten, und lief davon, während Doris ihr großäugig nachstarrte.

Sandra beobachtete die neue Praktikantin, die mit ihrem knackigen Po in der schmalen weißen Hose den Gang hinunterwackelte. Sie blickte zur Seite, ertappte Doktor Mähr und ihren Kollegen Thomas dabei, wie sie der schönen Natascha verstohlen nachäugten. Sandra wandte sich grinsend ab. Als sie die Pflegeschülerin, die das dritte Jahr ihrer Ausbildung auf der Station absolvierte, das erste Mal gesehen hatte, wusste sie, Natascha würde das neue Objekt der Begierde aller männlichen Mitarbeiter werden.

Früher war ich das auch mal. Sandra fiel nicht ein, seit wann sich das geändert hatte, aber es war ihr merkwürdigerweise egal. Manches früher Wichtiges schob sich nun bedeutungslos an ihrem Leben vorbei.

Ich werde älter!

Sandra grübelte darüber nach, wie ihr zukünftiges Leben einmal aussehen würde, und wälzte die Möglichkeit, als alleinstehende Frau alt zu werden. Ihr war klar, dass sie nur vorübergehend mit Marie zusammenleben konnte. Obwohl sie die glückbringende Beziehung zu ihrer Schwester genoss, waren beide dennoch zu verschieden. Sandra lebte gerne unabhängig, ein gemeinsames Leben mit einem festen Partner kam in ihren Zukunftsvorstellungen nicht vor, während Marie früher oder später wieder eine feste Beziehung eingehen würde. *Vielleicht mit ihrem Doktor-doch-nicht-so-widerlich?*

„Machst du Pause?" Thomas unterbrach ihre Grübeleien.

„Nein … oder ja, gute Idee! Ist eh grad ruhig, ich lauf eine Runde ums Gebäude, ich brauche frische Luft."

„Yep – Stadtluft tut sicher gut!"

Thomas grinste lapidar und lief mit dem Blutdruckmessgerät im Gangsta-Style-Schritt den Flur hinunter. Da er dieselbe Richtung einschlug wie zuvor die schöne Natascha, vermutete Sandra, dass er sich im Rennen um die neue Praktikantin einen Vorsprung sichern wollte. Sie zuckte mit den Schultern, holte eine Flasche Wasser aus dem Kühlschrank im Dienstzimmer und machte sich auf den Weg.

Doch bevor sie das Krankenhaus durch einen Seiteneingang verließ, hielt sie abrupt inne. Sandra drehte sich um, und steuerte stattdessen den Durchgang an, der zu den anderen Stationen führte. Sie querte einen breiten Flur, lief durch das Treppenhaus in den zweiten Stock und betrat mit erwartungsvoller Anspannung die Entbindungsstation.

Neben dem Eingang hing eine große Tafel, auf der die Bilder aller Ärzte, Hebammen und Schwestern der Station abgebildet waren. Sandra trat näher heran, musterte die Fotos, las die Namen darunter. Es dauerte nicht lange, bis sie eine Anita Kohler fand. Auch wenn es mehrere Frauen mit diesem Vornamen auf der Station gegeben hätte, wäre sich Sandra sicher gewesen, die richtige gefunden zu haben.

Die Hebamme hatte ein offenes Lächeln, blonde Locken und blaue Augen. Und selbst Sandra erkannte, dass man diese Anita für ihre jüngere Schwester halten könnte. Möglicherweise handelte es sich um eine ältere Aufnahme? Sie betrachtete die Abbildung eingehend und konnte eine eigenartige Empfindung nicht zuordnen. *Bin ich eifersüchtig? Aber warum?* Sandra war sich sicher, nicht mehr mit Rainer zusammen sein zu wollen, die richtige Entscheidung getroffen zu haben. Sie gönnte ihm von Herzen, dass es eine neue Frau in seinem Leben gab. Oder?

Was mach ich hier eigentlich?! Jetzt brauch ich wirklich frische Luft! Sandra wollte sich gerade abwenden, als die automatische Tür zur Entbindungsstation aufschwang und eine zierliche Gestalt mit blonden Locken schwungvoll heraustrat. *Oh, Gott – das darf nicht wahr sein!* Ertappt zuckte sie zusammen und erhaschte einen überraschten Gesichtsausdruck auf dem Gesicht der Hebamme.

Doch die Frau lächelte sie sogleich erfreut an: „Oh! Ich wollte schon öfter zu Ihnen auf die Station kommen und ‚Hallo' sagen …" Sie streckte ihre kleine Hand aus: „Ich bin Anita!"

Sandra erwiderte den unerwartet kräftigen Händedruck: „Hallo! Und ich bin Sandra!"

„Schon seltsam, nicht?", bemerkte Anita schmunzelnd.

Sandra nahm wahr, dass das Foto nicht getäuscht hatte und die Hebamme tatsächlich um einiges jünger war als sie selbst. „Ich weiß, was Sie meinen … ähm … ich weiß, was du meinst! Ich denke, wir können uns duzen, nicht …?" Sie wollte von der jungen Freundin ihres Mannes nicht auch noch gesiezt werden.

„Aber klar doch … Sandra!", meinte Anita lächelnd. „Ich würde gerne weiterplaudern, hab aber leider keine Zeit! Ich muss in den Kreissaal! Wir könnten mal zusammen einen Kaffee trinken. Wenn du das möchtest?" Anita wartete, bis Sandra nickte und: „Sicher …", murmelte. Dann winkte die Hebamme zum Abschied und entschwand zielstrebig durch die gegenüberliegende Tür. Ihre Schritte wurden leiser.

Sandra blieb regungslos stehen. Was sich Anita wohl gedacht haben mochte, nachdem sie die Ex-Frau ihres Freundes vor der Fototafel ‚erwischt' hatte? *Natürlich muss sie annehmen, dass ich aus Neugier hierhergekommen bin. Und so ist es auch!* Sie schüttelte beschämt ihren Kopf und machte sich auf den Weg, um wenigstens noch ein paar Minuten frische Luft schnappen zu können, bevor sie auf die Station zurück musste.

Im Freien kämpfte Sandra mit dem unerwarteten Bedürfnis, sich hinter einem Busch zu verkriechen und ihren Tränen freien Lauf zu lassen.

Ihre Mutter strauchelte. Emma, die hinter ihr stand, breitete vorsorglich die Arme aus und wartete, bis die alte Frau das Gleichgewicht wiederfand.

„Mama, schau! Warum nimmst du nicht endlich den Rollator?"

Ihre Mutter versetzte ihr einen Rempler mit dem Ellbogen und beschwerte sich: „Lass mich! Ich mag den nicht … ich kann allein …“ Sie hielt sich dennoch an der Gehhilfe fest, weil nichts anderes in Greifweite war.

Emma atmete sich durch ihre Empörung hindurch, bis sie wieder ruhiger wurde. *Ich muss geduldig bleiben, sonst wird sie das Ding niemals benützen!* Sie hatte sich vorgenommen, mehrmals täglich einen Versuch zu starten, doch ihre Mutter schubste den Rollator zur Seite oder tappte um ihn herum. Es war ein mühevolles Unterfangen. *Ich muss mir was einfallen lassen!*

Sie überlegte nicht lange: „Ernst hat ihn extra für dich gekauft!“, und schluckte, nachdem die Worte herausgesprudelt waren.

„Ernst?“ Die alte Frau musterte die rot lackierte Gehilfe, als sehe sie diese zum ersten Mal. Was wahrscheinlich so war, weil sie den Rollator jedes Mal wie einen Fremdkörper ins Visier nahm. „Ernst mag Rot …“, sagte sie, ließ den Griff des Rollators jedoch wieder los und wischte sich die Hand an ihrer Kleidung ab.

Emma schloss die Augen. *Was hab ich mir nur dabei gedacht?* Seit ein paar Tagen hatte ihre Mutter nicht mehr über den verstorbenen Stiefvater gesprochen und Emma war erleichtert darüber gewesen.

Sie wagte einen neuen Anlauf und sprach betont langsam: „Nein, das stimmt nicht, Mama!“

„Was …?“ Die alte Frau sah verständnislos auf, ihr abwesender Blick ruhte auf Emma.

Gut! Sie hat es schon wieder vergessen. „Den hat Papa für dich gekauft!“, erklärte Emma laut und deutete mit einer Handbewegung auf die Gehilfe.

„Aha …“ Endlich schaute ihre Mutter neugierig darauf.

Emma nützte die Gelegenheit, griff sich den Rollator und lief damit den Flur hinunter. Am Ende angelangt legte sie die Zeitschrift, die sie zuvor an der Garderobe deponiert hatte, in den Korb der Gehilfe und spazierte wieder zurück. Sie spannte die Bremsgriffe an und setzte sich auf die Sitzfläche des Rollators, um in der Illustrierten zu blättern.

Und beinahe hätte Emma „Bingo“ gerufen, als ihre Mutter sie anherrschte: „Das da gehört mir!“

Emma sprang eilig auf: „Ja, das stimmt!“, und hätte am liebsten laut gejuchzt, als die alte Frau zuerst liebevoll den Handgriff streichelte und danach mit Unterstützung auf der Sitzfläche Platz nahm. Sie drückte ihr die Zeitschrift in die Hand. Ihre Mutter starrte zwar irritiert auf das Klatschheft, blieb jedoch sitzen. Auch wenn Emma am nächsten Tag wieder von vorne anfangen musste, eine kleine Gedächtnisbrücke hatte sie heute gebaut, und irgendwann würde der alten Frau die Gehhilfe vertraut werden.

Später, bei der Zubereitung des Mittagessens, beobachtete Emma glückselig, wie ihre Mutter am Küchentisch saß, in der Zeitung blätterte und den Rollator an ihrer Seite mit einem Fuß ‚festhielt‘. Sie hatte Frau Hagen bereits von ihrem Erfolg berichtet. Die Betreuerin würde am Nachmittag über die alte Frau wachen, damit Emma Besorgungen machen konnte.

Und wenn ich wieder zurückkomme, frage ich sie, ob sie am Freitagabend auf Mama aufpassen kann.

Sommererwachen

Einmal musste es ja so kommen. Nachdem Melanie ihrer patrouillierenden Nachbarin tagelang erfolgreich aus dem Weg gegangen war, geriet sie nun doch in die Fänge von Waltraud.

Es war ein warmer trockener Tag, sie arbeitete seit dem frühen Morgen im Garten. Zuerst hatte Melanie Unkraut gezupft und anschließend die Zwiebeln der Frühlingsblüher ausgegraben. Normalerweise ließ sie die Knollen in der Erde, aber ihr ruheloses Innenleben verlangte nach Beschäftigung. Den freigewordenen Bereich würde sie mit zweifärbiger Tagetes bepflanzen. Die Blumen sollten im Sommer das Beet mit Margeriten und Schmuckkörbchen einrahmen. Die grünen Triebe der Pflanzen lugten bereits aus dem Boden. Eine einzelne Sonnenblume, die sich unaufgefordert ihren Platz erobert hatte, ließ Melanie stehen. Sie würde im Spätsommer das ganze Blumenbeet überragen. *Gut so,* dachte Melanie und betrachtete das noch unauffällige Pflänzchen liebevoll, bis eine bekannte Stimme ihren Morgenfrieden störte.

„Hallo, Melanie! Endlich erwisch ich dich mal!"

Erwischt ist das richtige Wort! Sie rappelte sich ergeben von ihrem Kniekissen in die Höhe. „Hallo, Waltraud! Schon wach?", fragte sie mit wenig Begeisterung.

„Natürlich! Der Morgen ist doch am Schönsten!" Waltraud linste auf das Beet hinunter. „Du gräbst die Tulpenzwiebeln aus?", fragte sie überflüssigerweise.

„Ja, heuer schon … ich will Tagetes einpflanzen."

„Das sieht sicher schön aus! Leider mögen die Schnecken sie auch." Waltraud bekundete naserümpfend ihre Abneigung gegenüber den schleimigen Gartenbewohnern, bevor sie weitersprach: „Ich wollte dich schon lange mal was fragen, aber du scheinst immer auf Achse zu sein …"

Melanie gab jedoch keine Erklärung ab.

Ihre Nachbarin verzichtete gnädigerweise auf das Nachbohren und brachte ihr Anliegen vor: „Du kennst doch meine Nichte, die Leonie? Die Tochter meiner Schwester Susi. Leonie hat einen Platz am Musikkonservatorium bekommen, sie fängt dort im Herbst an. Aber irgendwie hat sie jetzt Panik, weil sie glaubt, mit den anderen Studenten nicht mithalten zu können. Sie will Gitarre studieren!" Waltraud sah besorgt drein.

Melanie antwortete stirnrunzelnd: „Darum geht sie ja ins Konservatorium – damit sie es bis zur Perfektion lernt! Beim Vorspielen muss sie gut genug gewesen sein, sonst hätte man sie nicht aufgenommen." Sie sprach aus Erfahrung.

„Jaaa… sie ist schon gut, aber sie möchte halt gleich Eindruck machen, wenn es im Herbst losgeht. Sie hat dich einmal spielen gehört und gesagt, so gut will sie es auch mal können. Sie möchte in den Sommerferien Gitarrenunterricht nehmen – und da bist du mir eingefallen! Du hast doch auf dem Konservatorium Gitarre studiert, bis du deine Babys bekommen hast, nicht?"

Das war eine rhetorische Frage, weil jeder in der Gegend davon wusste. Melanie hatte viele Male bei runden Geburtstagen in der Nachbarschaft auf Wunsch eine musikalische Einlage gestaltet. Und ihr Auftritt vor ein paar Jahren, als sie für eine Jubiläumsfeier des Bürgermeisters mit Simone, die damals noch Querflöte gespielt hatte, den *Bolero* von Ravel zum Besten gegeben hatte, war legendär. Sie wurde noch heute darauf angesprochen.

Da Melanie gedankenverloren in den Himmel blickte, hakte Waltraud nach: „Könntest du ihr vielleicht Gitarrenunterricht geben? Weißt du, es wäre nur über den Sommer, damit Leonie nicht so einen Bammel vor dem Musikkonservatorium hat!"

Das Wort „Musikkonservatorium" holte Melanie wieder auf die Erde zurück. Eine Zeit lang starrte sie nachdenklich auf ihre Nachbarin, bevor sie achselzuckend meinte: „Ich weiß nicht, ob ich Zeit dafür hab …" Denn sie wollte sich keine Blöße geben, nicht zeigen, wie gelegen ihr der Vorschlag kam. Seit Jakob und Max sie verlassen hatten, war sie oft einsam.

Und Waltraud war so klug, auf übliche Argumente wie: „Aber du hast ja keinen Job oder du musst nicht mehr auf deine Kinder aufpassen!", zu verzichten.

Stattdessen wartete die Nachbarin ungewohnt geduldig, bis Melanie sich erbarmte: „Aber warum nicht? Leonie soll mich anrufen und dann schau ich, was ich für sie tun kann …"

„Oh, danke, Melanie, du bist ein Schatz! Ich ruf sie gleich an! Sie wird sich riesig freuen!", rief Waltraud erfreut und winkte euphorisch, bevor sie mit einem: „Hab noch viel zu erledigen …", auf ihrem Grundstück verschwand.

Melanie nahm wahr, wie aufgeregt ihr Herz klopfte. Sie konnte sich nicht erinnern, wann sie zuletzt eine derartige Vorfreude empfunden hatte, die nicht mit der Aussicht auf ein Gläschen Alkohol zusammenhing. Eilig räumte sie die Gartenutensilien zusammen. Sie musste unbedingt in ihren alten Ausbildungsunterlagen nach geeigneten Notenblättern für den Unterricht suchen und ihre Gitarre stimmen.

Lilli hüpfte glücklich auf der Stelle! Sie würde demnächst ihren Vater in Wien besuchen. Nachdem sie ihm eine Nachricht gesendet und zwei Tage lang keine Antwort erhalten hatte, war sie eingeschnappt gewesen.

Doch jetzt schrieb er: „Hallo, mein Schatz. Ich war auf einer anstrengenden mehrtägigen Konferenz. Aber jetzt bist zuerst du an der Reihe!☺ Was hältst du davon, uns mal übers Wochenende besuchen zu kommen? Wir könnten Ausflüge machen, ein Musical ansehen? Alles, was du willst! Du könntest bei uns wohnen! Marlenes altes Jugendzimmer steht für dich bereit!"

Lilli wickelte ein Handtuch um ihre frisch gewaschenen Haare, das Föhnen musste warten. Sie antwortete: „Hallo, Papa, das ist eine tolle Idee! Danke für die Einladung! Ich checke mal meinen Dienstplan. Wenn ich am Freitag früher gehen kann, könnte ich am selben Tag in Wien sein! Ein Musical klingt super, das würde mir gefallen.☺ Und ich würde gerne bei euch übernachten!"

Ihr Vater schrieb wenig später: „Wunderbar! Marlene möchte uns einmal zum Essen treffen, aber sonst unternehmen nur wir zwei was! Ich werde mich nach Musicalkarten erkundigen.☺"

Dass ihre Halbschwester sich ‚eingeschlichen' hatte, dämpfte Lillis Glück ein wenig, doch sie würde mit ihrem Vater auch Zeit ohne seine neue Familie verbringen. Und sie war gespannt auf ihre Stiefmutter, die sie zuletzt als Teenager bei ihren seltenen Besuchen in Wien gesehen hatte.

Lilli schwelgte noch immer in Vorfreude, nachdem sie sich längst von ihrem Vater verabschiedet hatte. Die anstehende Hürde konnte sie jedoch nicht länger hinausschieben – sie musste ihrer Mutter von der geplanten Reise erzählen. Sie wollte ihr nicht vormachen, mit irgendwelchen Freunden einen Wochenendtrip zu unternehmen. *Mama wird sich daran gewöhnen müssen, dass ich wieder Kontakt zu Papa habe!* Schließlich war ‚Drama-Mum' dafür verantwortlich, dass Lilli jahrelang auf ihren Vater verzichten musste. *Damit ist jetzt Schluss!*

Als sie sich später zu ihrer Mutter ins Wohnzimmer gesellte, war ihr dennoch mulmig zumute. Im Fernsehen lief gerade eine x-te Wiederholung von Greys Anatomie. Lilli aß ein belegtes Brot und sah zu, wie Doktor McDreamy mit Glubschaugen auf Meredith schielte, obwohl er sich zuvor mit seiner Ehefrau Addison im Wohnwagen vergnügt hatte. Sie wunderte sich, warum ihre Mutter überhaupt Gefallen an dieser Serie fand. Es ging vor allem darum, wer mit wem gerade eine Beziehung oder ein Verhältnis hatte. Dazwischen operierte die verrückte Crew oder sie fochten ein paar Machtkämpfe um begehrte Positionen aus. Lilli kaute ein wenig schneller, bevor die nächste blutige OP-Szene ihr den Appetit verderben würde.

Als endlich eine Werbepause kam, erhob sich ihre Mutter, um ein Getränk zu holen. Lilli nützte die Gelegenheit. *Jetzt oder nie!*

„Mama, ich fahr bald einmal übers Wochenende weg … Ich fahre nach Wien – zu Papa!" Lilli betrachtete eingehend ihr Brot, als könne sie sich nicht entscheiden, wo sie als Nächstes abbeißen sollte, damit sie ihrer Mutter nicht ins Gesicht sehen musste. Dann wartete sie: auf ein paar gekränkte Äußerungen, auf eine hitzige Diskussion oder was auch immer …

Aber außer einem tiefen Seufzen gab die Frau keinen Laut von sich. Sie streckte ihren Rücken durch und verließ wortlos den Raum.

Lilli starrte ihr mit offenem Mund nach. *Ist das alles? Was ist los mit Mama?* Irgendwie konnte sie sich nicht vorstellen, dass ihre Mutter keinen Kommentar dazu abgeben wollte. Lilli traute dem Frieden nicht! *Vielleicht kommt das dicke Ende ja noch?*

Doch auch nachdem sie wieder zurückgekommen war, schwieg ihre Mutter, schaute weiter dem Beziehungsreigen der attraktiven Ärzteschar aus Seattle zu und wirkte gelassen.

Als Lilli eine Stunde später: „Gute Nacht, Mama, ich geh jetzt nach oben …“, sagte, verfolgte sie der unbehagliche Gedanke, ihre Mutter habe ihre Ankündigung vielleicht nicht wahrgenommen. Doch sie wollte sich nicht mit irgendwelchen beängstigenden Vermutungen herumschlagen. Zur Beruhigung staubte sie die Möbel in den Häusern ihrer Barbies ab und zog den Bewohnern die Pyjamas an.

Die Stunden vergingen wie in Zeitlupe und Marie kam es nach ihrem Auszeit-Tag vor, als beobachte sie sich selbst. Der Tag kroch träge dahin, die Tätigkeiten erschienen ihr sinn- und endlos. Sie hatte nicht den Eindruck, etwas Produktives leisten zu können. Marie tippte lustlos auf der Tastatur herum, korrigierte das vor ihr liegende Schriftstück bereits zum dritten Mal. Und natürlich entging ihr nicht, dass sie beobachtet wurde.

Doris war von Doktor Manzer über Maries baldiges Ausscheiden aus der Kanzlei informiert worden und ratlos, wie sie sich ihrer apathischen Arbeitskollegin gegenüber verhalten sollte. Sie hatte sich die letzten Monate in der Kanzlei gemütlicher vorgestellt. Doch anstatt sich auf ihre Pension einzustimmen, musste sie nun eine neue Mitarbeiterin einarbeiten, die nächste Woche anfangen würde und Maries Position einnehmen sollte. Sie hätte brennend gerne gewusst, warum ihre Kollegin gefeuert worden war, aber deren entrückter Blick hielt sie davon ab, Fragen zu stellen. Dafür beobachtete sie Marie beim jämmerlichen Versuch, ein simples Testament abzutippen.

Allgemein herrschte neuerdings eine eigenartige Atmosphäre in der Kanzlei. Als Doktor Manzer heute Morgen eingetroffen war, hatte er nicht wie üblich: „Guten Morgen, meine Damen!“, trompetet, sondern war mit einem kleinlauten: „Morgen …“, durch das Vorzimmer in sein Büro geschlichen.

Wobei Doris den hilflosen Blick bemerkte, mit dem der Notar Marie gemustert hatte, die sich ebenfalls nur ein knappes: „Morgen“, abrang und ihn keines Blickes würdigte.

Ich fresse einen Besen, wenn zwischen den beiden nicht was läuft! Seit dem Pressefoto vom Notariatsempfang hegte Doris den Verdacht, dass die Beziehung zwischen den beiden mehr als nur beruflicher Natur war. Vielleicht hatte Marie sich deshalb von ihrem Mann getrennt? Aber irgendwie schien es mit Doktor Manzer auch nicht zu klappen – sonst hätte er sie schließlich nicht gefeuert! Ihre Kollegin arbeitete noch bis zum Ende des Monats. Doris hoffte, die neue Mitarbeiterin würde mitteilungsbedürftiger sein als die alte. Ein wenig Tratsch hätten ihr die letzten Monate in der Kanzlei versüßt.

Maries vierter Druck enthielt ebenfalls einen Tippfehler. Sie seufzte und warf das Schriftstück auf den Stapel für den Reißwolf. *Ich kann hier nicht mehr bleiben! Vielleicht geh ich in den Krankenstand, wie es Sandra vorgeschlagen hat?*

Ihre Schwester hatte verständnisvoll reagiert, als sie Marie beim Nachhausekommen schluchzend auf dem Sofa vorgefunden hatte. Sandra hatte Marie in den Arm genommen, gewartet, bis sie sich einigermaßen beruhigt hatte, die Schilderung der Ereignisse – die Kündigung und Doktor Manzers überraschendes Geständnis – angehört, ohne ein Wort einzuwerfen.

Bis Marie fragte: „Und was meinst du? Was soll ich jetzt tun?"

„Ich glaube, dass es gut für dich wäre, Abstand zu bekommen! Du spürst ja, wie sehr dich die ganze Situation überfordert. Hör in dich hinein, mach, was du für richtig hältst! Auch wenn es dir unvernünftig vorkommt, irgendwann wird sich alles fügen ..."

Obwohl Marie dieser Rat kryptisch vorkam, ergab er einen Sinn, als Sandra vom unerwarteten Zusammentreffen mit der neuen Freundin ihres Ex-Mannes erzählte.

„Zuerst war es mir peinlich, dass Anita mich ertappt hat. Aber dann hab ich mir gedacht: Was solls? Ich kann es ohnehin nicht mehr rückgängig machen! Offensichtlich beschäftigt mich das neue Liebesglück von Rainer mehr, als ich jemals gedacht hätte. Aber ich steh zu meinen Gefühlen, meinem Handeln. Und es wäre gut für dich, wenn du das auch lernen würdest. Warum muss immer alles auseinandergenommen und analysiert werden? Warum soll man sich für alles rechtfertigen?"

Sandras Analyse verweigernde Ansichten stellten Maries vertraute Welt auf den Kopf, aber ihre Schwester schien gut damit zurechtzukommen.

„Kurz gesagt, Marie – hör auf deinen Bauch! Wenn dich die letzten Arbeitstage belasten, lass dich einfach krankschreiben! Niemand wird dir das übel nehmen …"

Dieses Gespräch geisterte durch Maries Kopf, als sie das verflixte Dokument erneut korrigierte. *Wie oft kann man einen rot markierten Fehler eigentlich übersehen?* Das Surren der Freisprechanlage schreckte sie hoch. *Nein! Auch das noch!*

Doktor Manzers Stimme tönte aus dem Lautsprecher: „Ähm …, Frau Gradenstein, könnten Sie bitte in mein Büro kommen?“ Er räusperte sich, verstummte wieder.

Einen Moment lang überlegte Marie, ob sie nicht umgehend zum Arzt gehen und sich eine Krankmeldung besorgen sollte. Aber Doktor Bereuter war heute nicht da und von ihm wollte sie sich wenigstens persönlich verabschieden. Sie spürte den lauernden Blick von Doris in ihrem Rücken, straffte die Schultern und stolzierte zum Büro des Notars.

Marie betrat den Raum ohne anzuklopfen, ließ die Bürotür mit einem lauten „Rumms“ zufallen und bemerkte mit Genugtuung, wie Doktor Manzer zusammenzuckte.

Und wer hat jetzt die Oberhand?

Sie wartete, bis der Notar sie mit einer unkontrollierten Handbewegung einlud, sich zu setzen: „Bitte!“

Marie nahm Platz, schlug die Beine übereinander und bemühte sich, einen gleichgültigen Ausdruck auf ihr Gesicht zu setzen. Der Saum ihres luftigen Kleides rutschte dabei über ihr Knie. Sie blickte herausfordernd in Doktor Manzers Augen. *Und was kommt jetzt? Hinauswerfen kann er mich nicht mehr!* Einen absurden Augenblick lang fragte sich Marie, ob der Notar sie jetzt an sich reißen und küssen würde. Und ob sie sich dabei gewehrt hätte. Doch ihre Vernunft dämpfte diese Vorstellung, versicherte ihr, dass er sich nur für seine Worte entschuldigen wollte.

Und als hätte Doktor Manzer ihre Gedanken gehört, sagte er: „Zuerst muss ich mich bei Ihnen entschuldigen, Frau Gradenstein! Es hat mich getroffen, wie sehr Sie meine Worte aus der Fassung gebracht haben!“

Marie hätte gerne gewusst, welche seiner Worte er konkret meinte. *Dass er mir gekündigt hat oder dass mit dem in die Arme reißen und küssen?* Obwohl sie mit dem Notar gelegentlich eine telepathische Verbindung zu haben schien, kam sein nächstes Geständnis dennoch unerwartet.

Er holte tief Luft: „Ich habe Angst, dass Sie sich eine Krankmeldung besorgen und die Kanzlei vorzeitig verlassen werden! Und ich habe die ganze Nacht nicht geschlafen, weil ich mir überlegt habe, ob ich jetzt das Richtige tue. Wenn ich frage, was ich gleich fragen werde. Aber ich will nicht riskieren, dass ich keine Gelegenheit mehr dazu bekomme …"

Marie starrte auf ihren Nun-nicht-mehr-zukünftigen-Chef, der genauso kryptisch sprach, wie es Sandra am Vorabend getan hatte. *Was?*

Doktor Manzer hielt sie mit seinem Blick gefangen, sodass sie sich fühlte, wie ein wehrloses Nagetier vor einem Fuchsangriff. Dann sprudelte es aus ihm heraus: „Frau Gradenstein! Ähm …, Marie! Ich möchte mit dir ausgehen! Ich möchte dich besser kennenlernen und ich möchte, dass du mich besser kennenlernst! Und ich hoffe, dass dabei herauskommt, was ich mir schon seit Wochen wünsche – dass wir vielleicht ... eines Tages … dass du vielleicht mit mir … meine Marie wirst!" Die letzten Worte hörten sich beinahe wie ein Befehl an, wäre da nicht der flehende Blick des Notars gewesen.

HUCH! Vor Maries Lidern flimmerte es und in ihrem Kopf surrte es. Das Störbild eines Fernsehers zog über ihr geistiges Auge. *Was? Wie?* Sie starrte verblüfft in das aufgewühlte Gesicht ihres Gegenübers.

„Hm …", ihre Stimme schien in einen Stummfilmmodus zu verfallen.

„Ja! Ja, ich weiß! Das war jetzt ein Überfall und es gibt geeignetere Orte für so ein Geständnis, aber ich musste das einfach loswerden! Bevor es zu spät ist!" Seine bittenden Augen unterstrichen die Bedeutung der Worte.

Maries Augen hörten auf zu flimmern und das Surren in ihrem Kopf verschwand. Stattdessen flatterte eine unerwartete Empfindung durch ihren Bauch. „Oh …", murmelte sie. Das flatternde Etwas setzte sich in die Nähe ihres Herzens, das gerade einen temperamentvollen Stepptanz vollführte.

Dann endlich fand Marie ihre Stimme wieder: „Das kommt so überraschend … und ich weiß nicht, was ich jetzt sagen soll. Ich muss erst darüber nachdenken ..."

„Natürlich …!" Er beugte sich ihr entgegen, hielt sich wie bei ihrem letzten Gespräch mit beiden Händen am Schreibtisch fest.

Ein Rettungsanker? Ohne Vorwarnung entschlüpfte Marie ein Grinsen, sie blickte auf seine verkrampften Hände. Doktor Manzer lehnte sich ertappt in den Sessel zurück, bevor er ihr Grinsen erwiderte.

Aber er sagte nichts, wartete geduldig, bis Marie weitersprach: „Gut, also ich komme morgen zur Arbeit … und ich werde Ihnen … ähm … dir sagen, was ich zu sagen habe …, Matthias!“ Das war zwar nicht ihre übliche Eloquenz, doch die schien ohnehin Pause zu machen.

Matthias und Marie blickten einander in die Augen. Doch es lag keine Verlegenheit in diesem Blick – der Moment war schön und tief und ehrlich. Und er schien endlos zu dauern.

Marie ahnte bereits, was sie am nächsten Tag sagen würde. Vieles, was sie bisher nicht verstanden oder ignoriert hatte, ergab plötzlich einen Sinn. Dennoch erhob sie sich und schlenderte scheinbar gelassen zur Tür. Bevor sie die Klinke drückte, blickte sie über ihre Schulter. „Vor Doris und Doktor Bereuter siezen wir uns aber weiter!“, stellte sie klar.

„Wie du willst!“, versicherte Matthias und entließ ein erleichtertes Seufzen in die Freiheit.

Marie schwebte schwungvoll aus dem Büro. Und mit einem Grinsen im Gesicht, das den ganzen Tag über nicht mehr verschwinden wollte, und einem Lied auf den Lippen, setzte sie sich an ihren Arbeitsplatz.

Als Sandra von der Arbeit heimkam und die Schuhe von ihren müden Füßen streifte, sah sie, dass Maries Laufschuhe fehlten. *Das tut ihr sicher gut,* dachte sie, war jedoch dankbar, allein zu sein.

Sie war nicht hungrig und begab sich ins Bad. Während Sandra den anstrengenden Tag mit einem erfrischenden Wasserstrahl von ihrem Körper wusch, spulte sie in Gedanken wieder das Erlebnis ab, das bis jetzt in einem Kämmerchen ihres Gedächtnisses warten musste.

Auf der Unfallstation war es hektisch zugegangen, weil sich ein Mitarbeiter am Morgen krankgemeldet hatte und die Ersatzkollegin noch nicht eingetroffen war. Zuerst wurde eine frisch operierte Frau auf die Station gebracht, die sich bei einem Autounfall einen komplizierten Armbruch zugezogen hatte. Die Frau musste sich, als Nachwirkung der Narkose, ständig übergeben. Sandra pendelte hin und her zwischen Nierenschalen entsorgen, einigen Patienten auf die Toilette helfen und zwischendurch dem genervten Doktor Fischer bei einem Verbandswechsel assistieren. Dann erwischte sie die Praktikantin Natascha beim Flirten mit dem Kollegen einer anderen Station, obwohl in zwei Krankenzimmern gleichzeitig die Glocke ging. Sandra kanzelte sie mit einem ordentlichen Rüffel ab.

Als endlich die Ersatzkollegin eintraf und sie sich verdienterweise mit einer Tasse Kaffee am Computer eine Verschnaufpause gönnte, hörte sie eine helle Stimme hinter sich.

„Hallo, Sandra! Hab gedacht, ich schau mal vorbei …"

Sie warf ihren Kopf herum und blickte in das fröhliche Gesicht von Anita, die den Kopf durch die offene Tür streckte. „Oh …, hallo …", antwortete Sandra lahm, sie fühlte sich überrumpelt. Das stand ihr wohl ins Gesicht geschrieben, weil Anita sich wieder zurückzog.

„Ich komm ungelegen! Entschuldige, aber ich war grad in der Nähe. Ich schau ein anderes mal vorbei …"

„Nein, nein! Es geht schon …, ich hab viel um die Ohren, aber wann haben wir das nicht?" Sie brachte ein schiefes Grinsen zustande.

„Das stimmt!", lachte Anita glockenhell.

Als Sandra noch überlegte, ob sie der Hebamme einen Kaffee anbieten sollte, kam Doktor Fischer ins Dienstzimmer gestürmt. „Sandra, Sie müssen mir assistieren! Die Patientin auf Zimmer 409 braucht einen Kathederwechsel!" Der Arzt rauschte, ohne eine Antwort abzuwarten, wieder hinaus.

„Tut mir leid, aber du siehst ja selbst …", entschuldigte sie sich.

„Kein Problem, irgendwann passt es sicher! Bis dann!" Rainers Freundin verließ winkend das Dienstzimmer.

Sandra erhob sich und stellte die leere Kaffeetasse mit einer fahrigen Bewegung in den Spüler. Als sie die Hände wusch, hörte sie, dass die Hebamme noch mit jemandem im Flur plauderte. Sandra konnte die Fragen der anderen Person nicht verstehen, aber Satzfetzen von Anitas Antworten schwebten klar und deutlich ins Dienstzimmer.

„Nein, noch nicht! … bin ja erst am Anfang … Genau … Ich darf nur noch eingeschränkt arbeiten. Rainer ist schon Mitte vierzig, aber er freut sich riesig darauf … ja, das planen wir vorher noch … danke … das mach ich!“

Anitas Glockenstimme und die gedämpften Laute ihres Gesprächspartners entfernten sich, doch Sandra blieb wie angewurzelt beim Waschbecken stehen. Auch wenn sie nur Bruchstücke des Gesprächs mitbekommen hatte, wusste Sandra mit Bestimmtheit, was sie gerade gehört hatte. Anita und Rainer erwarteten ein Baby. Und sie planten etwas – vermutlich würden sie heiraten. Das würde zu ihrem Ex-Mann passen!

Sandra beobachtete verwundert ihre Gefühlsregungen. Sie fühlte sich verletzt und betrogen! Aber sie verstand nicht, warum sie so empfand. Ihr blieb jedoch keine Zeit, weiter darüber nachzugrübeln, denn Doktor Fischer steckte seinen Kopf zur Tür herein: „Sandra! Kommen Sie jetzt endlich?“

Benommen folgte sie dem Arzt.

Der weitere Arbeitstag verlief ebenso hektisch. Sandra war froh darüber, weil sie das Gehörte in einen entlegenen Winkel ihres Gedächtnisses verbannen konnte. Doch jetzt rieselte nicht nur das Wasser aus dem Brausekopf über sie hinweg, sondern all die Empfindungen, die sie tagsüber erfolgreich verdrängt hatte, prasselten auf Sandra ein. Und sie konnte nicht verhindern, dass sich zu dem kühlen Wasser ihre heißen Tränen mischten.

Emmas Herz klopfte hoffnungsvoll, sie saugte die Nachricht förmlich in sich auf. Melanie hatte einen halben Roman geschrieben, und die Zeilen in eine schöne Briefform gesetzt:

> „Hallo, liebe Mädels!
> Schluss damit! Wir haben lange genug pausiert! Ich weiß, dass nichts, was geschehen ist, sich in Luft auflösen wird. Für manches gibt es vielleicht eine Lösung und für manches vielleicht nicht … Aber ich bin sicher, dass für einige Dramen in unserem Leben Verzeihen ganz sicher eine Lösung ist!
> Wir haben gemeinsam Freud und Leid durchstanden. Wir haben zusammen gelacht, geweint, waren nicht immer einer Meinung. Aber ich denke, das müssen wir auch nicht sein!

Was uns in jedem Fall verbindet, ist die Freude am Singen. Dass uns das so viele Jahre zusammengehalten hat, spricht für sich.
Also, Mädels, die nächste Chorprobe ist am kommenden Freitag bei mir und ich freu mich riesig auf euch ALLE!
Und ja, wie sagte schon John Lennon: Love is the answer! Aber bevor ich noch anfange zu heulen, mach ich jetzt Schluss!
Eure ziemlich sicher prämenstruelle ☹ und poesiegeschwängerte ☺ Melanie."

Emma wälzte schon seit Tagen Überlegungen, wie sie wieder einen Zugang zu Marie finden konnte. Selbstverständlich hätte sie ihr eine Nachricht schicken können, aber das wäre Emma zu platt, zu billig vorgekommen. Oder sie hätte Maries Schwester um Hilfe bitten können, doch Emma wollte Sandra nicht mit dieser Verantwortung belasten! Und einfach bei ihr zu läuten, hatte sie wieder verworfen. Was, wenn Marie die Tür vor Emmas Nase zuschlug? Der Gedanke versetzte sie in Panik – es hätte sicher zum endgültigen Bruch ihrer Freundschaft geführt.

Dass Melanie nun die Initiative ergriff, war für Emma wie ein Geschenk. Ihre Freundin hatte beim letzten Besuch angedeutet, wieder eine Chorprobe machen zu wollen, doch sie hatte nicht erwartet, dass Melanie ihr Vorhaben so schnell umsetzen würde. Emma fixierte ihr Handydisplay, und wartete gespannt darauf, wie ihre Chorfreundinnen auf die Einladung reagieren würden. Am liebsten hätte sie als Erste zugesagt, aber das Risiko, Marie damit abzuschrecken, hinderte sie daran. Denn ohne Marie machte diese Chorprobe für Emma keinen Sinn!

Während sie weiter auf ihr Telefon starrte, fiel ihr ein, dass sie am Freitag in den Swingerklub gehen wollte. Da Frau Hagen bereits zugesagt hatte, konnte Emma an diesem Abend unternehmen, was sie wollte. Der Swingerklub stand jedoch nicht mehr an erster Stelle. Sie fragte sich ohnehin, aus welchem Grund sie dorthin gehen wollte. Denn die Aussicht, Frank möglicherweise zu treffen, beflügelte ihre Fantasien mehr, als der Gedanke an anonymen Sex.

Auch Riesen-Lars hatte ihr am Vorabend wieder geschrieben: „Hey, du versautes Ding aus dem Süden. Wie stehen die Fahnen? Meine Fahne steht auf Vollmast.“

Sie musste über seine unverhohlene Ausdrucksweise schmunzeln, verspürte jedoch kein Bedürfnis nach einem telefonischen Intermezzo. Aber sie wollte dem Hamburger Hünen auch keine Abfuhr erteilen und beschloss, seine Nachricht zu ignorieren. Sie war sich sicher, Riesen-Lars würde jederzeit wieder ‚anspringen‘, wenn sie ihn brauchte. Und es erfüllte Emma mit einer nie gekannten Genugtuung, selbst bestimmen zu können, was sie wann tun wollte und mit wem sie es tun wollte.

Eine Nachricht ging ein! Lilli antwortete als Erste auf Melanies Einladung.

„ENDLICH! Hab schon gedacht, wir singen nie mehr. Es gibt jede Menge Neuigkeiten! Mädels! Ich freu mich!!!“

Melanie, die scheinbar auch vor ihrem Handy wachte, antwortete umgehend mit drei Daumen hoch.

Ein paar Minuten später meldete sich Sandra.

„Toll, Melanie, danke, dass du uns einlädst! Und mit Neuigkeiten kann ich auch dienen! Ich freu mich riesig!“

Emmas Herz klopfte aufgeregt – wenn Sandra kam, würde Marie vielleicht auch kommen. Sie schickte ein Stoßgebet zum Himmel! Und, als wäre ihre Bitte erhört worden, schrieb Marie in diesem Moment.

„Hallo, Melanie, danke für dein Engagement und deine berührenden Worte. Ich bin deiner Meinung! Nicht alles im Leben läuft so, wie man es sich wünscht. Doch manchmal bringen ungewünschte Veränderungen eine neue Sichtweise und vielleicht ein neues Glück ins Leben … Ich komme gerne!“

Nun hagelte es Antworten: rotbackige Smileys, lachende Smileys, Herzchen in allen Farben, Applaushände und Daumen hoch tummelten sich auf Emmas Handydisplay.

Ihr Herz galoppierte längst, als sie mit zitternden Fingern tippte. „Danke, Melanie! Ich freue mich unbändig! Ich danke euch allen, Mädels! John Lennons Worte werden mich zu euch tragen … “

Chorprobe IV

Melanie war hin- und hergerissen. Sie hatte sich vorgenommen, heute keinen Prosecco für die Chorprobe bereitzustellen. Aber ihre Freundinnen hätten sich sicher darüber gewundert.

Ich bin eine Frau, die gelegentlich Alkohol trinkt, die aber auch gut darauf verzichten kann!

Wie ein Mantra wiederholte Melanie diesen Satz den ganzen Tag über in Gedanken. Sie bereitete Kanapees mit Käse, Schinken und Lachs vor, legte frisches Obst auf einen Teller und stellte eine Schale mit Keksen dazu.

Wenn Melanie früher die Snacks für den Abend vorbereitet hatte, hatte sie nebenher ein paar Gläschen Prosecco getrunken. „Als Einstimmung", hatte sie ihrer Familie und sich selbst erklärt. Heute jedoch verscheuchte sie fortlaufend den Gedanken an das verlockende Getränk im Kühlschrank.

Ich bin eine Frau, die gelegentlich Alkohol trinkt, die aber auch gut darauf verzichten kann!

Simone war bereits fort. Sie hatte erklärt, mit ein paar Freunden ausgehen zu wollen. Doch Melanie vermutete, ihre Tochter ging zu einem Rendezvous. Das sexy anliegende Kleid und die hohen Schuhe, mit denen Simone heute davongestöckelt war, konnten nur den Zweck haben, einen Mann verrückt zu machen. Jakob hätte vermutlich einen Kommentar wie: „Tu nichts, was du später bereust!", abgegeben, wenn er seine Tochter so gesehen hätte.

Doch Melanie gönnte Simone, dass sie sich wieder mit jemandem traf. Die leidige On- und Off-Beziehung mit Manuel hatten alle in der Familie miterdulden müssen. Und als Simone verkündete, sich nie wieder verlieben zu wollen, predigte Melanie, was sie schon von der eigenen Mutter zu hören bekam: „Wart nur, bis der Richtige kommt, dann ist alles wieder vergessen!"

Aber noch mehr beschäftigte Melanie, dass Jakob ihren Sohn am nächsten Tag zum Mittagessen bringen würde. Ihr Mann hatte am Telefon erklärt, dass er Max die Entscheidung überlasse, ob er übers Wochenende bei seiner Mutter bleiben wollte. Melanie hatte ihm beigepflichtet, aber den beklemmenden Gedanken nicht aus dem Kopf bekommen, ihr Sohn würde wieder mit seinem Vater mitfahren wollen. Sie hatte sich geschworen, sich auf keinen Fall verkatert vor den beiden zu präsentieren.

Melanie öffnete den Kühlschrank, um Essiggurken zum Garnieren herauszuholen, und seufzte, als ihr Blick auf die eingelagerten Prosecco-Flaschen fiel.

Ich bin eine Frau, die gelegentlich Alkohol trinkt, die aber auch gut darauf verzichten kann!

Sie atmete tief durch und griff hastig nach den Gurken. Dann warf sie die Kühlschranktür wieder zu, hastete zur Spüle und schenkte sich ein großes Glas mit Leitungswasser ein. Sie trank es gierig leer.

Ich bin eine Frau, die gelegentlich Alkohol trinkt, die aber auch gut darauf verzichten kann!

Melanie wiederholte gefühlte Hunderte Male ihr Mantra, bis endlich die Türglocke schrillte. Sie stürmte zum Eingang und riss die Tür derart kraftvoll auf, dass Lilli, die mit einem Blumenstrauß davorstand, einen Satz nach hinten nahm.

„Gott, Melanie! Hast du mich erschreckt! Willst du mir einen Herzinfarkt verpassen oder haben die Zeugen Jehovas heute schon ein paarmal geklingelt?"

Melanie antwortete mit einem strahlenden Lächeln. Lilli umarmte die Freundin und drückte ihr die Blumen in die Hand: „Weil du uns wieder zusammenbringst ..., hoffentlich!"

Es war klar, was Lilli meinte. Nur weil alle zugesagt hatten, war noch lange nicht alles in Butter. Als Lilli die Schuhe von den Füßen streifte, sagte Melanie: „Das hoffe ich auch! Danke für die Blumen!", und lief in die Küche, um nach einer passenden Vase zu suchen.

Lilli folgte ihr. „Mmhh... das sieht aber lecker aus!", bemerkte sie und setzte sich an den großen Esstisch. Sie langte nach einem der Kanapees mit Lachs. „Ich hab noch nicht viel gegessen ..."

„Bist du hungrig? Soll ich dir was Warmes machen? Vielleicht ein Omelett?" Melanie steckte den bunten Strauß in eine Vase und platzierte ihn auf der Küchentheke.

„Nein, danke, ich hab mir schnell eine Fertigsuppe gemacht, weil meine Mutter nicht gekocht hat. Ihr Tag war wohl zu anstrengend ..." Sie verdrehte die Augen, nahm einen Bissen von dem Brötchen und kaute genussvoll daran. „Manchmal geht sie mir so auf die Nerven!", gestand Lilli spontan, nachdem sie geschluckt hatte.

Melanie betrachtete ihre Freundin. Sie ahnte, in welchem Dilemma Lilli sich befand. Mit ihrem Verkäuferinnengehalt konnte sie sich kaum eine eigene Wohnung leisten. Aber Melanie ging davon aus, ihre Freundin würde den Komfort des geräumigen Elternhauses ohnehin nicht mit einer kleinen Mietwohnung tauschen wollen.

Alles hat seinen Preis! Doch wer weiß, was mir noch blüht? Melanies Magen krampfte sich zusammen, und sie überlegte, wie ihr Leben weitergehen würde, wenn Jakob sich scheiden ließ. Sie würde sich zuerst eine Arbeit und eine Wohnung suchen müssen. Das Grundstück, auf dem ihr Zuhause stand, hatte Jakob von seinen Eltern bekommen, und Melanie gehörte nur die Hälfte vom Haus. Ihr Anteil reichte vielleicht für eine kleine Wohnung. Aber wo würden die Kinder dann leben? Bei ihrem Vater?

Melanie schüttelte den Kopf wie ein nasser Pudel. *Nein! Ich will mich jetzt nicht damit beschäftigen!* Ihr Blick wanderte unruhig durch die Küche und blieb beim Kühlschrank hängen …

Ich bin eine Frau, die gelegentlich Alkohol trinkt, die aber auch gut darauf verzichten kann!

Leider boykottierte ihre ahnungslose Freundin das Mantra. „Gibt's heute eigentlich keinen Prosecco?", fragte Lilli und schob sich ein Käsekanapee in den Mund.

Das erneute Läuten der Hausglocke rettete Melanie vor einer unbedachten Handlung. „Komm gleich wieder!" Sie stob aus der Küche.

Diesmal öffnete sie die Haustür behutsamer, Emma stand davor. Melanie registrierte den unsicheren Blick ihrer Freundin, die eine Schachtel Pralinen wie ein Schutzschild vor sich hielt. *Andere haben auch Probleme und müssen damit klarkommen!*

Vorbei war es mit der Behutsamkeit. Melanie warf sich ungestüm auf Emma, und umschlang sie mit ihren großen kräftigen Armen. Eine Weile wiegte sie die Freundin, bis diese erstickt murmelte. „Hmbf… Ich bekomm keine Luft …" Emma befreite sich mit zerzausten Haaren aus Melanies großen Brüsten.

Die stolze Besitzerin ließ die Freundin glucksend los. „Sorry, ich hab mich einfach so gefreut, dich zu sehen …"

„Danke, das hab ich gemerkt! Mir geht es ähnlich – ich kann gar nicht ausdrücken, wie viel mir dieser Abend bedeutet“, erklärte Emma. Ihre Augen huschten über den Vorplatz, wo neben dem eigenen Wagen nur der von Lilli stand.

„Ich weiß!“, versicherte Melanie und half ihrer Freundin: „Sie sind noch nicht da …“ Sie zog Emma in den Flur, gab der Haustür einen Schubs. „Nimm dir Stoffpantoffeln, wenn du willst.“

Emma bediente sich und folgte Melanie ins Esszimmer. „Hallo, Lilli …“ Ihre Stimme krächzte.

„Hallo, Emma!“ Lilli stand auf. Sie legte eine Hand auf den Arm ihrer bleichen Freundin, die aussah, als warte sie auf das Schafott. „Alles gut bei dir?“, fragte sie besorgt

„Ja … Nein … Ich weiß nicht! Vielleicht später …“, stammelte Emma und blinzelte heftig mit den Augen, bevor sie losschluchzte.

Melanie und Lilli umarmten sie gleichzeitig. Emma hing wie ein bebendes Häufchen in ihrer Mitte, bis sie schnüffelnd die Beherrschung wiederfand. „Ich weiß nicht, warum ich auf einmal Angst habe. Ich kann mich gar nicht erinnern, wann ich zum letzten Mal so viel Bammel vor etwas hatte! Ich bin einfach jämmerlich …“

„Nein, das bist du nicht!“, widersprach Lilli zornig. „Mach dich nicht klein!“

„Genau, Lilli, du sagst es!“ Melanies Stimme dröhnte über den Köpfen ihrer Freundinnen.

„Hey, ich krieg gleich einen Tinnitus! Schrei nicht so!“, beschwerte sich Lilli und befreite sich aus dem Umarmungsknoten.

„Weichei!“, schimpfte Melanie.

„Poltergeist!“, schnappte Lilli zurück.

Emma blickte die beiden Pseudokampfhennen nacheinander an. Ein dankbares Lächeln nahm auf ihren bebenden Lippen Platz, während Melanie und Lilli sich zufriedene Blicke zuwarfen.

Die Türglocke ertönte erneut, und Emmas Lächeln verblasste.

Lilli reichte ihr ein Taschentuch. „Kopf hoch! Sie wird dir schon nicht den Kopf abreißen!“ Emma schnäuzte sich, Melanie nickte ihr aufmunternd zu, bevor sie zur Haustür lief.

„Hallo, Mädels!“ Marie und Sandra standen mit jeweils einer Flasche Prosecco vor ihr. Normalerweise brachten sich die Freundinnen zu den Chorproben nichts mit, weil sie ohnehin abwechselnd die Gastgeberin waren, aber heute war offenbar der Präsente-Abend.

„Ihr seid aber durstig!" Melanie deutete auf die Flaschen. „Denkt ihr, ich hab nichts da?"

„Natürlich, aber heute war uns danach …" Sandra drückte ihr den Prosecco in die Hand. Marie tat es ihr gleich. Nachdem sich beide von den Schuhen befreit hatten, verharrten sie unschlüssig im Flur.

Melanie unterdrückte ein Schnauben und schwenkte ihren Arm einladend: „Bitte – ihr wisst ja, wo es langgeht!"

Sandra marschierte voran, ihre Schwester folgte ihr zögerlich. Als alle im Esszimmer versammelt waren, herrschte eine seltsame Atmosphäre im Raum. Ungewohnte Stille und Verlegenheit senkte sich über die fünf Frauen. Emma fixierte die Tischplatte. Lilli, die neben ihr saß, stierte vor sich hin. Sandras Augen zuckten unruhig umher, als wisse sie nicht, wohin sie sich setzen sollte, und Marie stand teilnahmslos wie eine Schaufensterpuppe da.

Nur Melanie unterdrückte ihr genervtes Schnauben nicht mehr, bevor sie befahl: „Also BITTE! Setzt euch endlich!"

Sandra machte einen hörbaren Atemzug, begab sie zu Lilli, umarmte sie. Doch sie nahm an Emmas freier Seite Platz und drückte zur Begrüßung deren Arm. Marie löste sich aus ihrer Teilnahmslosigkeit, nickte verhalten in die Runde und setzte sich an Sandras freie Seite, während Emma weiter die Struktur der Tischplatte analysierte.

Marie arbeitet wohl noch an ihrer Sichtweise. Melanie dachte an ihre vielversprechende Antwort auf die Einladung zur Chorprobe. „Wer möchte Prosecco?" Sie musste die unangenehme Stille durchbrechen.

„Ich glaube, wir könnten alle ein Gläschen vertragen …", bemerkte Lilli, der die erdrückende Stimmung aufs Gemüt schlug.

Melanie wiederholte innerlich ihr Mantra.

Ich bin eine Frau, die gelegentlich Alkohol trinkt, die aber auch gut darauf verzichten kann!

Sie öffnete den Kühlschrank und holte eine der gekühlten Flaschen heraus. Als sie die gefüllten Gläser auf einem Tablett zu der schweigsamen Gesellschaft trug, überkam Melanie das dringende Bedürfnis, alle der Reihe nach durchzuschütteln oder wenigstens ihr Glas mit Prosecco auf der Stelle hinunterzukippen.

Ich bin eine Frau, die gelegentlich Alkohol trinkt, die aber auch gut darauf verzichten kann!

Auf dem Tisch wartete bereits ein Krug mit Wasser und Trinkgläser. Melanie schenkte sich ein Glas voll, ließ sich auf ihren Sessel plumpsen und trank es in einem Zug leer. Und sie hätte ihre Freundin am liebsten abgeknutscht, als diese endlich die Stille durchbrach.

„Mein Gott, Mädels! Man könnte glauben, wir hätten ein Schweigegelübde abgelegt!“, blaffte Lilli in die Runde.

„Das würdest du nie durchhalten!“, nahm Melanie dankbar den Faden auf.

„Ja, das wäre mal eine Challenge …“, kicherte Sandra erleichtert.

„Wie soll ich das verstehen?“ Lilli tat erzürnt.

„Neeein! Natürlich nicht …“, plänkelte Sandra und schielte zu Marie, die zwar keinen Kommentar abgab, jedoch ein schwaches Lächeln zeigte.

„Du hast geschrieben, dass es Neuigkeiten gibt, Lilli!“, fiel Melanie ein.

„Ja, das hab ich! Und ich wollte es euch persönlich erzählen!“ Lilli strahlte in die Runde und machte eine bedeutungsvolle Pause.

Ihre Freundinnen starrten sie erwartungsvoll an.

„Und w-a-s?“, fragte Melanie ungeduldig.

„Meine alte Barbie ist ersteigert worden!“, erklärte Lilli voller Stolz.

„Super!“ Sandra klatschte begeistert in die Hände.

„Das ist toll!“, bestätigte Marie.

„Wow!“ Emma wirkte erleichtert.

„Und? Sag schon! Wie viel hat sie gebracht?“ Melanie trommelte ungeduldig mit ihrem leeren Wasserglas auf den Tisch.

„70.000 Euro!“ Lilli strahlte über das ganze Gesicht, als sie in die offenen Münder ihrer Freundinnen blickte.

„WAS? Das ist nicht dein Ernst! Für eine Barbie-Puppe?“ Melanie runzelte ungläubig die Stirn.

„Doch! So ist es – für eine Barbiepuppe! Offenbar hat ein Sammler schon lange auf diese Rarität gewartet“, erklärte Lilli zufrieden.

„Es ist nicht zu fassen, wie viel Geld manche Leute für solche Sachen ausgeben“, meinte Sandra und stupste Emma aufmunternd an.

„Jaaa … stimmt …“, gab Emma zu. Sie riskierte einen Seitenblick zu Marie, die gleichzeitig hochsah.

Maries latente Zurückhaltung ergab sich im selben Moment. Ihre Gesichtszüge nahmen einen harten Ausdruck an, bevor sie mit eisiger Stimme feststellte: „Nun, es kommt immer darauf an, was Menschen in ihrem Leben wichtig ist und welche Werte sie haben! Das ist ja ganz individuell, nicht? Aber ich denke, Respekt und Rücksicht anderen gegenüber sollten immer an erster Stelle stehen!“

Emma sah aus, als wäre sie geschlagen worden, ihr Blick sank wieder nach unten. Ein unheilvolles Schweigen breitete sich aus, und Maries Worte hingen bleischwer in der Luft.

Oh, Gott, jetzt geht's los! Melanie duckte sich unbewusst. Lillis Augenbrauen wanderten unwirsch zusammen. Sie war enttäuscht, sie hätte sich für ihre großartige Neuigkeit mehr Aufmerksamkeit gewünscht. Stattdessen ging nun der Konflikt zwischen Marie und Emma offenbar in die erste Runde. Sandra, die zwischen den beiden saß, fragte sich gerade, warum sie sich diesen Platz ausgesucht hatte. Sie hielt ihren zwischen die Schultern sinkenden Kopf starr geradeaus gerichtet.

„Ich habe dich immer respektiert …“, piepste Emma. Ein unbeteiligter Beobachter musste annehmen, sie spreche mit der Tischplatte.

„Das hab ich bemerkt!“, erwiderte Marie frostig.

Sandra schob sich mit ihrem Sessel zurück, weil sie nicht in der verbalen Schusslinie sitzen wollte.

Emma hob den Blick, in ihren Augenwinkeln funkelte es verdächtig. „Es tut mir so leid, Marie! Ich weiß, dass ich einen furchtbaren Fehler gemacht habe! Aber ich kann es nicht mehr ändern. Ich kann dir nur sagen, wie unendlich leid es mir tut, dass ich dir wehgetan, dich hintergangen habe ...“

Marie hielt Emmas Blick stand, doch sie sagte nichts und ihr Ausdruck blieb frostig.

Emma sprach weiter: „Ich habe nicht nachgedacht, als das mit Johannes begonnen hat. Ich war so einsam und Johannes war da. Es ist einfach passiert ... Und danach hab ich keine Schuldgefühle an mich rangelassen. Ich habe sie verdrängt …“

„Wie praktisch!“ Maries Stimme peitschte durch die Luft. Sie lehnte sich mit verschränkten Armen zurück.

„Ich weiß, wie das klingt! Das soll keine Ausrede sein, Marie! Ich möchte es dir nur erklären und wenn ich nicht mehr weiterreden soll, dann sag es mir! Ich will dich mit meinem Geständnis nicht belasten oder mein Gewissen reinwaschen. Ich möchte nur Klarheit schaffen. Wenn du das auch möchtest?“ Emmas aufrichtige Worte schwebten wie Seifenblasen im Raum. Melanie, Lilli und Sandra blickten einander verstohlen an, es wagte jedoch keine der Frauen, auch nur einen Laut von sich zu geben.

Und da Marie nichts erwiderte, erklärte Emma weiter: „Es ist manchmal so schwer mit Mama. Ich liebe sie – sie ist meine Mutter! Aber oft kommt es mir vor, als hätte ich kein eigenes Leben … Und als das mit Johannes anfing, war ich besonders verzweifelt, weil Mama nachts inkontinent geworden ist. Johannes hat mich abgelenkt. Auf einmal war mein Leben wieder lebenswert. Ich habe mich wie eine Frau gefühlt, nicht wie die Pflegerin meiner Mutter …“

Bei Emmas letztem Satz wich die Härte in Maries Gesicht einem nachdenklichen Ausdruck. Ihr Blick wanderte zu Emmas Auge, sie musterte die kaum sichtbare gelbliche Färbung, die leidlich mit Make-up getarnt war. Marie schauderte beim Gedanken daran, wie diese Verletzung zustande gekommen war. Ihre Arme lösten sich aus der Verschränkung und glitten in ihren Schoß, bevor sie mit leiser Stimme sagte: „Aber er ist mein Mann! Mein Ehemann! Welche Frau schläft ohne ein schlechtes Gewissen mit dem Mann ihrer Freundin?“

„Eine schlechte Freundin …“ Emma blinzelte. „Eine Freundin, die diese Bezeichnung nicht verdient hat! Das weiß ich! Aber auch eine Freundin, die alles dafür tun würde, wenn sie es ungeschehen machen könnte!“ Die Tränen kullerten über ihre Wangen, sie ließ sie ungehindert von ihrem Kinn tropfen.

Lilli kramte in ihrer Handtasche nach einem Papiertaschentuch und legte es vorsorglich auf den Tisch. Emma ignorierte es und blickte weiter unverwandt auf Marie. Ihre geröteten Augen flehten um Vergebung.

Wie auf Kommando blinzelte nun auch Marie. Sie versuchte mit bebenden Lippen, nicht zu weinen, jedoch vergeblich. Und mit erstickter Stimme brach alles heraus, was sie für sich behalten wollte: „Aber es hat so wehgetan! Es war so demütigend! Ich habe mich wie eine

Versagerin gefühlt! Und dann … und jetzt … jetzt ist mir auch noch gekündigt worden! Obwohl, eigentlich ist es ganz gut, weil der neue Job besser bezahlt wird … Und dann, das mit Matthias? Irgendwie hab ich Angst! Was ist, wenn aus uns ein Paar wird und es passiert wieder so was wie mit Johannes? Das könnte ich nicht noch einmal durchstehen …" Marie schluchzte haltlos und griff nach dem Päckchen Taschentücher, das Sandra inzwischen auf dem Tisch deponiert hatte. Sie trompetete in ein Taschentuch, ihre Schwester tätschelte ihr beruhigend den Rücken.

Lillis Lippen formten ein verdutztes: „Was?", in die Runde, sie wagte diese Frage aber nicht laut zu stellen. Melanie schielte mit hochgezogenen Augenbrauen zu Sandra, die ihren Kopf schüttelte, was so viel wie „wartet noch" bedeuten sollte. Emma wischte sich die Tränen vom Gesicht und blinzelte ebenfalls verwirrt umher.

Marie schnäuzte sich ausgiebig, verstaute das benützte Tempo in ihrer Tasche und griff nach einem neuen, auf dem sie nun herumzupfte. Ihre Freundinnen warteten geduldig, bis sie weiter sprach: „Ich muss euch das von Anfang an erzählen …" Marie berichtete alles, was sich ereignet hatte, seit sie Doktor Manzer zum ersten Mal gesehen hatte. Von ihrer anfänglichen Abneigung gegenüber dem Notar, von den Reibereien, den merkwürdigen Momenten, dem Treffen bei der Wanderung und seinem unerwarteten Geständnis. Das Taschentuch lag mittlerweile in seine Bestandteile zerzupft vor Marie auf dem Tisch.

Erstaunt und schweigsam verarbeiteten die anderen ihre Schilderungen. Bis Lilli sich nicht mehr zurückhalten konnte: „Ja, und jetzt? Seid ihr schon mal ausgegangen?"

Marie legte sich ihre Worte sorgfältig zurecht, bevor sie antwortete: „Zuerst hab ich ihn nicht ausstehen können! Er ist manchmal ungehobelt, aber er kann besser mit Menschen umgehen, als man vermuten würde. Er ist so natürlich, so ungekünstelt … Trotzdem bewegt er sich mit Leichtigkeit auf dem großen Parkett. Ihr hättet ihn auf dem Notariatsempfang sehen sollen! Sogar der Landeshauptmann kennt ihn – er hat Matthias geduzt!" In ihrer Stimme schwangen Stolz und Bewunderung.

„Wir treffen uns morgen Abend das erste Mal privat, wir gehen essen. Ich wollte eigentlich warten, bis ich nicht mehr in der Kanzlei arbeite, aber Dok… ähm … Matthias meint, da ich die Kanzlei ohnehin verlassen werde, sei es schade, wenn wir unser erstes Date hinausschieben würden. Und weil mich Doris jetzt schon anschaut, als wär ich des Königs Kurtisane …“

Während Melanie ein Grinsen nicht unterdrücken konnte und Emma großäugig lauschte, dachte Lilli glucksend: *Des Königs Kurtisane?* So einen launigen Ausspruch vernahm sie zum ersten Mal aus Maries Mund. „Wer weiß, vielleicht liegt deine Kollegin mit ihrer Vermutung ja bald richtig“, wagte sie anzumerken.

Marie lächelte bloß verschämt und langte erneut nach einem Taschentuch, das sie um das zerpflückte herumwickelte.

„Und ich möchte festhalten, dass ich morgen Abend nicht zu Hause bin. Ich hab Nachtdienst!“ Sandra warf einen vielsagenden Blick in die Runde. Marie bearbeitete weiter ihr Taschentuchknäuel, verzichtete aber auf eine Antwort.

Melanies Gedanken ruderten bereits fort. Versonnen blickte sie auf die Lampe über dem Esstisch: „Ich hoffe, ich bin morgen Abend auch nicht allein. Ich hoffe, Max bleibt übers Wochenende hier …“ Emma musterte ihre Freundin mitfühlend, während die anderen sie verständnislos anstarrten.

Nach einem großen Schluck Wasser berichtete Melanie von der Auseinandersetzung mit ihrem Mann und dass ihr Sohn zurzeit bei seinem Vater lebte. Dabei ließ sie Jakobs Sorge über ihren Alkoholkonsum aus und verschwieg, dass ihr Mann nur von der Eskapade mit Jens wusste, weil sie sich verplappert hatte. Sie erzählte, Jakob habe auf der Auszeit bestanden, weil er beobachtet hatte, wie sie sich mit einem anderen Mann traf. Emmas verdutzten Blick ignorierte Melanie.

„Abgesehen davon, dass alles ein unglücklicher Zufall war, warst du sehr unvorsichtig, als du dich mit Jens bei der Raststätte getroffen hast. Bei uns kennt doch jeder jeden und das Motel ist nur ein paar Kilometer von hier entfernt!“ Lilli blickte sie rügend an.

Sandra hielt sich mit einer Kritik zurück, obwohl sie ebenfalls der Meinung war, Melanie habe ihr Drama selbst verschuldet. Aber es stand ihr nicht zu, wegen eines Seitensprungs über ihre Freundin zu urteilen. Sie war schon dankbar, wenn niemals mehr die Sache mit Dimitri und dem Verlust ihrer Ersparnisse zur Sprache kam. Marie betrachtete ihre Freundin mit einem unbestimmten Ausdruck. Auf der einen Seite verabscheute sie, dass Melanie ihren Mann betrogen hatte. Auf der anderen Seite war sie selbst noch verheiratet und würde sich dennoch mit einem anderen Mann treffen. Und Marie wurde bewusst, wie schnell man die ‚Seite' wechseln konnte und sie sich gerade eine neue Sichtweise aneignete. Emma schwieg in Gedanken versunken, war aber froh, weil Melanie Riesen-Lars bei ihrer Schilderung nicht erwähnt hatte.

„Ich hab einfach nicht nachgedacht. Ich wollte bloß wieder Spaß haben, so wie in Hamburg …", rechtfertigte sich Melanie. Noch während sie sprach, fiel ihr ein, dass nicht alles in Hamburg ein Spaß gewesen war. Die Erinnerung an den Krankenhausaufenthalt drängte sich unbehaglich in ihr Gedächtnis.

„Ja, und jetzt? Triffst du dich wieder mit Jens? Und warum hat Jakob Max eigentlich mitgenommen? Darf er das überhaupt?", versuchte Lilli, den Überblick zu behalten.

Melanie stöhnte ungehemmt, bevor sie auf die unbequemen Fragen antwortete. „Nein – mit Jens treffe ich mich nicht mehr! Das ist vorbei!" Sie verschwieg, wie sich der Hamburger mit einer läppischen Nachricht aus dem Staub gemacht hatte, als er von ihrer Verzweiflung Wind bekommen hatte. „Es hätte sowieso keinen Sinn. Er lebt in Hamburg und ich bin hier …"

„Und was ist mit Max?", bohrte Lilli weiter.

Melanie musterte ihre Freundin genervt und dachte: *Was für eine Verbalklette!* Sie sagte jedoch: „Wir haben Max die Entscheidung überlassen. Ich wollte ihm kein schlechtes Gewissen einreden, weil ich weiß, wie gern er in Waldschwende ist. Und ein Junge braucht seinen Vater!", fügte sie bestimmt hinzu. Ihre Augen sagten etwas anderes.

„Und was ist mit dir? Was brauchst du?"

Melanie kam der Gedanke, Lilli könnte mit ihrem Verhörtalent ohne Weiteres beim Geheimdienst arbeiten. Doch sie gestand, was sie sich von ganzem Herzen wünschte. „Ich hoffe, dass Jakob wieder zurückkommt! Wir brauchen nur etwas Abstand, um wieder zueinander zu finden. Es wird alles wieder gut!" Sie starrte auf ihre großen Hände, die verloren auf dem Tisch lagen.

Lillis Hände wanderten über den Tisch zu denen von Melanie und die anderen Freundinnen machten das Gleiche. Eine Zeit lang betrachteten die Frauen stumm das Händeknäuel, wobei Marie und Emma es vermieden, sich zu berühren.

Sandra durchbrach unvermittelt die Stille: „Stellt euch vor – Rainer wird wieder Vater!" Die Bombe schlug ein! Das Händeknäuel löste sich auf, drei verwunderte Augenpaare richteten sich auf Sandra. Marie wusste bereits von der Neuigkeit.

„Rainer? Von wem? Ich meine, mit wem hat er …?", fragte Melanie begeistert, weil ihr eigenes Drama vom Tisch war.

Sandra erzählte, wie sie Anita das erste Mal getroffen und später zufällig von der Schwangerschaft erfahren hatte.

„Selbstverständlich eine Jüngere! Was sonst?" Melanie zog die Mundwinkel verächtlich nach unten.

Sandra zuckte mit den Schultern. „Als ich es erfahren habe, hat mich das schon getroffen, aber dann … Rainer ist Mitte vierzig und er muss wieder von vorne anfangen. Ich bin froh, dass ich das hinter mir habe …", erklärte sie ihren Freundinnen.

„Glaubst du, er wird sie heiraten?", fragte Melanie und verscheuchte die entsetzliche Vorstellung, Jakob würde möglicherweise einmal eine andere Frau heiraten.

„Für mich hat es sich so angehört und wie ich Rainer kenne, wird er sich nicht davor drücken, wenn Anita das will." Im selben Moment stand klar vor ihren Augen, was für ein wunderbarer Vater Rainer werden würde. Was für ein wunderbarer Vater er immer gewesen war. Er war der richtige Mann für eine Frau, die sich nach der Geborgenheit einer Familie sehnte.

„Ist wieder typisch Mann! Nimmt sich eine Jüngere und glaubt dann, er wäre selbst wieder jung." Lilli dachte an ihren Vater. Doch es wäre ungerecht gewesen, seine Beweggründe für die Trennung von ihrer Mutter auf dieses Klischee zu reduzieren.

Als Melanie wieder am Wasser nippte, fiel ihr Blick auf das volle Sektglas vor ihr. Es wartete noch immer unberührt, obwohl die anderen ihre Gläser bereits zur Hälfte geleert hatten. Im Hagel der Geständnisse und Neuigkeiten war niemandem aufgefallen, dass sich die

Freundinnen nicht wie üblich zugeprostet hatten. Sie betrachtete zufrieden ihr volles Glas und nahm sich vor, nicht damit anzufangen.

Ich bin eine Frau, die gelegentlich Alkohol trinkt, die aber auch gut darauf verzichten kann!

Morgenglühen

Marie erwachte blinzelnd. Sie nahm leuchtende Streifen an den Wänden wahr, die das morgendliche Sonnenlicht durch die Jalousien dorthin zeichnete. Marie fühlte sich wunderbar – entspannt und glückselig. Ganz anders als in den letzten Wochen, wenn die Gedanken nach dem Aufwachen sofort um ihre ungewisse Zukunft gekreist waren.

Als sie tiefe Atemgeräusche hinter sich hörte, wurde ihr bewusst, warum das heute anders war. Sie spürte wärmende Haut an ihrem nackten Rücken, und betrachtete den kräftigen Arm mit den dunklen Haaren, der sich von hinten um sie gelegt hatte. Marie wagte nicht, sich zu bewegen. Denn sie befürchtete, der Arm könnte sich zurückziehen und ihre Glückseligkeit mit sich nehmen.

Marie schloss die Augen wieder. Die Bilder und Gespräche des vergangenen Abends zogen wie Filmsequenzen an ihr vorbei: Das Essen in dem edlen Restaurant. Die tiefen warmen Blicke, die ihr Matthias zuwarf, bis sich der verhärtete Knoten in Marie auflöste, der sie vor weiteren Verletzungen schützen wollte. Ihr unterschwelliges Misstrauen, das sich unter seinen offenen Worten verflüchtigte, als er von der schmerzhaften Trennung erzählte, da ihn seine Ex-Frau mit seinem besten Freund betrogen hatte, und als er gestand, seine geliebte pubertierende Tochter würde ihm manchmal den letzten Nerv rauben. Maries Geständnis, dass sie den Erwartungen ihrer Mutter noch immer gerecht werden wollte und sie damit haderte, weil ihr treuloser Ehemann sie mit einer Freundin betrogen hatte. Und sie nicht wusste, ob sie Emma jemals vergeben könnte …

Matthias war ein geduldiger Zuhörer. Er predigte nicht, sie müsse Geduld haben und es würde sich alles wieder einrenken. Er nickte oder schüttelte den Kopf und bot ihr wortlos ein Taschentuch an, als sich ein paar verstohlene Tränen in Maries Augenwinkel drängten.

Irgendwann legte Matthias seine große warme Hand auf die ihre. Maries Herz pochte einen leidenschaftlichen Tango, obwohl sie sich vollkommen sicher und geborgen fühlte. Sie tranken roten Wein und Marie war bald beschwipst. Dennoch hätte sie die Hand dafür ins Feuer gehalten, dass Matthias keine Absicht verfolgte. Und als sie nach ein paar wundervollen Stunden das Restaurant verließen, lud sie ihn zu sich ein.

Sie hatte dabei keine Erwartungen oder Vorstellungen. Marie war sich nur sicher, sie hätte keinen anderen Mann mitgenommen. Matthias blickte sich entspannt um und lobte die Einrichtung. Dann saßen sie nebeneinander auf dem Sofa, tranken Cognac und beobachteten das Flackern der Kerze auf dem Tisch. Als Matthias näher heranrückte, sich mit seinem Gesicht dem ihren näherte, hielt er einen Augenblick inne, falls sie es sich anders überlegen würde. Doch Maries Vorbehalte hatten kapituliert, sie drückte ihre Lippen auf die seinen.

Dieser Kuss war Maries erster Kuss – als wäre sie noch nie geküsst worden. Matthias Lippen waren warm und feucht, herb vom Cognac. Sie wünschte sich, der Kuss würde nie enden. Und irgendwie tat er das auch nicht. Der Kuss zog beide ins Schlafzimmer, wo sie sich gegenseitig von ihrer Kleidung befreiten. Der Kuss wurde zu immer leidenschaftlicheren Berührungen. Der Kuss wurde fordernder, während sie sich eng umschlungen auf dem Bett wälzten. Und der Kuss explodierte, als Marie das erste Mal in den Himmel der Wollust flog.

Bei der Erinnerung an die letzte Nacht vergaß Marie, weiter ruhig liegen zu bleiben. Sie räkelte sich wohlig.

Der kräftige Arm bewegte sich, eine Stimme hauchte in ihr Ohr: „Guten Morgen, meine Schöne …“ Matthias streichelte ihre Hüften, wanderte bis zu ihren Brüsten hoch, spielte mit ihren Brustwarzen. Marie stöhnte, spürte die anschwellende Erektion an ihrem nackten Po. Ein sehnsüchtiges Begehren breitete sich in ihr aus.

Falls sie sich gefragt hatte, ob sie die überwältigenden Empfindungen der vergangenen Nacht bloß dem vielen Wein verdankte, so löste sich dieser Gedanke auf, als Matthias sie zu sich herumdrehte. Seine Lippen verschmolzen mit den ihren, während ‚tausend‘ Hände ihren Körper erforschten.

Maries Libido jubelte, schrie laut: „Ja!“, und öffnete sich bereitwillig dem gegenseitigen Verlangen. Dornröschen war endgültig aus dem Schlaf erwacht.

Sandra döste auf dem Balkon. Sie hatte den ganzen Nachmittag geputzt, der Rücken tat ihr weh. Und sie fragte sich, wovon sie sich freiputzen wollte, weil sie sich zwischen zwei Nachtdiensten sinnvollerweise erholen sollte. Stattdessen hatte Sandra ihr Schlafzimmer auf den Kopf gestellt.

Sie hatte die Bettwäsche abgezogen, die Matratzen zum Lüften auf den Balkon gezerrt, auf dem Schrank abgestaubt, den Boden gewischt und das Fenster geputzt. Nicht, dass es irgendwo nennenswerten Staub oder gar Schmutz gegeben hätte.

Als die Betten frisch bezogen waren und das Schlafzimmer jedem Fünfsternehotel gerecht geworden wäre, war Sandra jedoch noch immer ruhelos. Darum räumte sie sämtliche Küchenschränke aus, wischte alles gründlich, schrubbte die makellose Marmorarbeitsfläche mit einem Steinreiniger und polierte die ohnehin glänzenden Küchenfronten. Dabei fand Sandra weder einen Krümel noch irgendwelche Flecken, weil Marie die Küchenschränke fortlaufend sauber hielt. Überhaupt schien der Gedanke an ihre Schwester sie anzutreiben.

Als Sandra heute Morgen vom Nachtdienst nach Hause gekommen war, wusste sie sofort, was los war – Männerschuhe standen im Flur, ein elegantes Sakko hing an der Garderobe. Und falls die Möglichkeit bestanden hätte, dass Doktor Manzer, aus welchen Gründen auch immer, auf dem Sofa schlief, so gaben Sandra die Geräusche Gewissheit, die leise aus Maries Schlafzimmer drangen.

Sie war daraufhin ohne zu duschen und auf Zehenspitzen in ihr Zimmer geschlichen, damit sie das Paar nicht störte. Danach lag sie wach in den Kissen, weil sie sich vorstellte, was sich gerade im Bett nebenan abspielte. Sandra gönnte ihrer Schwester von Herzen, endlich freudvolle Erfahrungen erleben zu können und die moralischen Vorstellungen über Bord geworfen zu haben. Dennoch machte sich eine unbekannte Empfindung in Sandra bemerkbar, die sie beschämte, da es offensichtlich Neid war.

Irgendwann war sie eingeschlafen und als sie am frühen Nachmittag wieder aufwachte, allein in der Wohnung gewesen. Sandra nahm die überfällige Dusche, aß eine Kleinigkeit und widmete sich ihrer Putzorgie, die sie erst nach einem Appell an die eigene Vernunft beendete, um auf dem Balkon die letzten Sonnenstrahlen zu genießen, bevor sie wieder in den Nachtdienst musste.

Gegen sechs Uhr kam Marie nach Hause. Schwungvoll rauschte sie auf den Balkon und legte die Arme um ihre Schwester. „Hallo, Schwesterherz! Hast du gut geschlafen?" Marie setzte sich, ihr Gesicht strahlte.

„Danke, ganz gut! Aber du hast sicher besser geschlafen! Falls du überhaupt geschlafen hast?" Sandra lächelte wissend.

Marie errötete: „Oh …! Entschuldigung! Hast du etwas gehört?", und strich verlegen über den Saum ihres luftigen Kleides.

„Ja … nein … nicht wirklich", brabbelte Sandra. *Was soll das? Ich gönn es ihr doch!* Sie tätschelte beruhigend Maries Hand. „Liebes – du hast jedes Recht darauf, Spaß zu haben und mit dem Mann zusammen zu sein, der dich glücklich macht!"

Ihre Schwester lächelte verlegen: „Danke! Danke, weil du mich verstehst! Das gibt mir Hoffnung, dass mich die Stimme, die mir zwischendurch zuraunt: ‚Das tut man nicht!', endlich in Ruhe lässt!" Ein trauriger Ausdruck huschte über Maries Gesicht.

„Ach herrje, Marie! Sei kein Angsthase! Das Leben macht sowieso seine eigenen Regeln! Warum sollen wir es uns selbst schwer machen?" Sandra ahnte, wem die raunende Stimme gehörte, die ihrer Schwester die Freude vergällen wollte. Und ihr fiel auf, dass sie schon länger nichts mehr von ihrer Mutter gehört hatte.

Bestärkt durch Sandras Zuspruch packte Marie bald darauf ein paar Sachen zusammen, weil sie die kommende Nacht bei Matthias verbringen würde. Und sie erzählte kichernd, dass er scherzhaft angedeutet habe, beide sollten am Montagmorgen händchenhaltend in der Kanzlei auftauchen. Nur um den Anblick der sprachlosen Doris genießen zu können.

„Das machen wir selbstverständlich nicht!", stellte Marie klar. „Wir haben beschlossen, nichts publik zu machen, bevor ich die Kanzlei verlassen habe! Das sind ohnehin nur noch ein paar Wochen …"

Marie hatte sich verabschiedet, bevor Sandra zu ihrem zweiten Nachtdienst aufbrechen musste. Mit einem Summen auf den Lippen und strahlend schön war sie davongeflattert.

Sandra dachte an die aufmunternden Worte, die sie ihrer Schwester vorhin gepredigt hatte, und fragte sich, wann ihr eigenes unbekümmertes Weltbild sie verlassen hatte. Das Gästezimmer war sauber, die Küche blitzblank geputzt, doch in ihrem Innern herrschte freudlose Unordnung.

Lilli versuchte, Frau Dittrich davon zu überzeugen, dass ihr die dunkelblau gemusterte Tunika besser stand als die cremefarbene Variante. Die selbstbewusste Kundin hatte einen wogenden Busen, der unmittelbar in einen großen Bauch überging. Bei dieser Anatomie sollte sie ein helles Oberteil möglichst vermeiden, weil sie sonst einer Schwangeren im achten Monat ähnelte. Aber das verschwieg Lilli, als sie sagte: „Schauen Sie nur, Frau Dittrich, wie vorteilhaft die dunkle Tunika an Ihnen aussieht!"

„Ich weiß, dass meine opulenten weiblichen Kurven in etwas Dunklem besser kaschiert werden, aber das ist mir egal! Es haben nicht alle Frauen kleine Brüstchen …" Frau Dittrich streifte ihre bescheidene Oberweite mit einem vielsagenden Blick.

Lillis Augen funkelten und Protestworte lauerten auf ihrer Zunge. Sie presste die Lippen zusammen, während sie sich fragte, ob sie das Busen-Bauch-Problem doch laut ausgesprochen hatte. Es fehlte noch, dass sie wieder eine Kundin verärgerte.

Erst kürzlich war ihr bei einer Beratung rausgerutscht: „Sehen Sie bitte endlich den Tatsachen ins Auge – sie brauchen die nächste Größe!", als eine unbelehrbare Kundin darauf bestanden hatte, Lilli solle Hosen in Größe 42 anschleppen, obwohl die Frau wenigstens Konfektionsgröße 44 brauchte. Sie hatte sich gnadenlos in die kleineren Hosen gequetscht und sah darin aus, wie eine aufgeblähte Presswurst.

Die Kundin hatte sich daraufhin bei der Filialleiterin beschwert und Lilli musste einen mächtigen Anpfiff einstecken.

„Was ist los mit Ihnen, Frau Hammer? Wie können Sie so etwas zu einer Kundin sagen? Mir ist in letzter Zeit schon ein paarmal aufgefallen, dass Ihre Freundlichkeit zu wünschen übrig lässt! Es mag ja sein, dass Sie einen guten Geschmack haben, aber verkaufen tut man erst, wenn die Kundin zufrieden ist! Und wenn die Frau eine zu kleine Größe tragen will, dann haben Sie das zu akzeptieren! Verstanden?"

Noch nie hatte sie Frau Moser so wütend erlebt. Lilli fand die Reaktion ihrer Chefin maßlos überzogen und bezweifelte, der Boutique mit einer falschen Beratung einen Gefallen zu tun. Doch Frau Moser sah das offenbar anders. „Wenn so etwas noch einmal vorkommt, werde ich mir überlegen müssen, ob Sie für unser Geschäft noch tragbar sind!“ Ihre Chefin war wieder von dannen gerauscht und hatte Lilli geknickt zurückgelassen.

Was, wenn sie mich rausschmeißt? Ich liebe meinen Job doch! Sie dachte an die 70.000 Euro, die sie auf einem Konto für Laura deponiert hatte. Das Geld würde ihr jede Menge Unabhängigkeit bieten – sie könnte selbst eine Boutique eröffnen!

Schäm dich! Lilli verbannte den verlockenden Gedanken.

Stattdessen setzte sie ein übertriebenes Lächeln auf und flötete Frau Dittrich zu: „Nein, aber wirklich, wie kommen Sie auf die Idee, dass Ihr Busen zu groß ist? Jede Frau hätte gerne so ein Dekolleté! Ich war nur der Ansicht, Ihre blonden Haare würden wunderbar zu Dunkelblau passen. Aber mit Ihrem schönen Teint können Sie genauso gut helle Farben tragen!“

Die Kundin quittierte Lillis Schmeicheleien mit einem versöhnlichen Grinsen: „Oh, ja, danke! Das denke ich mir auch immer!“, und fügte hinzu: „Das mit den Brüstchen hab ich nicht so gemeint ... Mit einem guten Schönheitschirurgen ist das heutzutage ja kein Problem.“

Lilli versteckte ihr empörtes Schnauben unter einem imaginären Hustenanfall und stakste hinter Frau Dittrich her zur Kasse. Sie musste sich jedoch zusammennehmen, um die pralle Kehrseite ihrer Kundin nicht mit einem Kleiderbügel anzutreiben.

Melanie blickte stirnrunzelnd auf Leonie. *Das darf nicht so schwer sein! Schließlich willst du aufs Musikkonservatorium gehen! Da musst du einiges mehr können!* Aber sie sagte: „Schau! Du musst die Hand so halten, dann kannst du besser auf die Saiten greifen … so … ja, genau … geht doch!“

Leonie, die sich von den Ansprüchen ihrer strengen Nachhilfelehrerin anfangs überfordert fühlte, merkte bald, dass die Tipps von Frau Schindler hilfreich waren. Heute war ihre erste Gitarrenstunde, doch Leonie hatte bereits jede Menge gelernt. Mit den Anweisungen der großen Frau fielen ihr viele Griffe leichter und die Akkorde klangen schöner. Als Frau Schindler zum Schluss meinte, fürs Erste sei das gar nicht so schlecht gewesen, verließ sie glücklich das Haus. Dann lief sie noch hinüber zu Tante Waltraud. Leonie hatte zwar wenig Lust darauf, weil Mamas Schwester immer so neugierig war. Doch ihr blieb keine Wahl, da ihre Tante das Ganze organisiert hatte.

Melanie blickte hinter Leonie her, die wie erwartet folgsam zum Nachbargrundstück hinüber stapfte. *Na, wenn dir dann wohler ist, Waltraud,* dachte sie und ließ die Haustür zufallen.

Dennoch war sie nicht gekränkt. Im Gegenteil, sie war Waltraud dankbar dafür, den Nachhilfeunterricht für Leonie eingefädelt zu haben. Melanie hatte wieder einen Grund, sich mit ihrer Gitarre zu beschäftigen. Denn abgesehen von den Chorproben hatte sie ihr geliebtes Instrument kaum noch zur Hand genommen. Und obwohl Melanie sich oft ungehobelt zeigte, entwickelte sie unendliche Geduld, wenn sie jemandem etwas beibringen wollte.

Ich hätte Musiklehrerin werden können! Ich hätte das Studium weitermachen sollen!

Wehmütig erinnerte sie sich daran, wie sie an den Bettchen ihrer Babys Gitarre gespielt hatte. Die Kleinen waren eingeschlummert, während sie mit feuchten Augen Schlaflieder sang. Heute wusste Melanie, die Tränen waren nicht nur aus Freude über ihre gesunden Kinder geflossen. Das Gitarrespielen war ihre Passion!

Soll ich noch mal von vorne anfangen? Noch mal aufs Konservatorium gehen? Ich bin doch viel zu alt! Wozu auch? Ich will ja keine Musikkarriere mehr machen!

Melanie zog den Reißverschluss am Seitenfach ihres Gitarrensackes auf, verstaute den Capo darin. Sie legte die Übungsblätter in eine Mappe und klappte die Notenständer zusammen. Bevor sie die Gitarre verstaute, zupfte sie ein Lied, das sie auswendig spielen konnte: *Min Liebesliacht.* Das Mundartlied einer Vorarlberger Band war ‚der Song' für viele Verliebte im Ländle. Melanie hatte das Lied ihrem Mann zu jedem Hochzeitstag vorgespielt, während Jakob mit glasigen Augen zugehört und mit seinen Blicken wortlos mitgesungen hatte.

Sie blinzelte ein paar aufsteigende Tränen weg. *Was, wenn Jakob sich scheiden lässt? Nein! Das darf nicht passieren!*

Schnüffelnd schloss sie den Gitarrensack und dachte an das vergangene Wochenende zurück. Jakob hatte Max am Samstag zu Mittag hergebracht. Ihr Mann war jedoch nicht zum Essen geblieben, obwohl

Melanie ihn eingeladen hatte. Jakob erklärte, seinem Bruder beim Holzfällen helfen zu müssen, und verabschiedete sich bald. Melanie sah ihrem Sohn an, wie gerne er mit seinem Vater mitgefahren wäre.

Am Nachmittag schlug sie Max vor, eine Fahrradtour zu machen. Doch er traf sich lieber mit ein paar Freunden, die er nicht mehr so oft sehen konnte, seit er in Waldschwende lebte. Also war Melanie allein zu ihren ahnungslosen Eltern geradelt, die nicht wussten, dass ihr Mann und ihr Sohn sie verlassen hatten. Sie schwindelte ihnen vor, Jakob und Max seien bei einem Fußballspiel. Und Melanie hasste sich dafür, erzählen zu müssen, dass sie keine Ahnung habe, wo dieses Match stattfand, weil ihr Vater gerne zugesehen hätte.

Der Hausherr war nach dem Kaffee wieder in den Garten gegangen, um neue Holzpfähle für die Stangenbohnen in die Erde zu klopfen. Als ihre Mutter daraufhin das Geschirrtuch zur Seite legte und sich mit einem fragenden Blick zu Melanie setzte, war sie von plötzlicher Panik erfasst worden. *Sie wittert es!*

Melanie stammelte hektisch: „Ich muss leider sofort wieder gehen – hab was zu erledigen vergessen …!“, flüchtete diesmal mit dem Fahrrad und spürte wie beim letzten Mal den verwunderten Blick ihrer Mutter im Nacken.

Aber Melanie war nicht nach Hause geradelt. Sie radelte weiter bis in den nächsten Ort, dann quer durchs Ried zum alten Rhein, dort entlang zum neuen Rhein und bis zur Einmündung der Ill. Danach strampelte sie durch mehrere Ortschaften und Waldstücke wieder nach Hause zurück, wo sie schweißnass und keuchend ankam. Melanie konnte sich nicht erinnern, jemals so weit geradelt zu sein.

Als sie ins Haus trat, blickte ihr Max entgeistert entgegen. „Wo warst du denn so lange, Mama?“

„Bei Oma und Opa, dann bin ich noch eine Runde geradelt …“

Er äugte zweifelnd auf seine Mutter, fragte aber nicht weiter nach, als Melanie ankündigte, zuerst duschen zu wollen und danach Spaghetti zum Abendessen zu kochen. Nach dem Essen überließ sie ihrem Sohn die Wahl für das Fernsehprogramm. Max wollte Harry Potter ansehen und zog einen Stapel DVDs aus seinem Rucksack. Melanie war irgendwann während des Zauberstabmarathons eingeschlafen.

Den Sonntag verbrachten sie zu zweit, da ihre Töchter sich jeweils mit Freunden trafen. Max beschäftigte sich mit seinem Handy und Melanie las, bis Jakob seinen Sohn am Nachmittag wieder abholen kam. Dabei musterte er seine Frau mit einem prüfenden Blick, den sie ohne mit der Wimper zu zucken über sich ergehen ließ. Und Melanie glaubte, einen verwunderten, vielleicht sogar hoffnungsvollen Ausdruck in seinen Augen erspäht zu haben.

Als sie dem davonfahrenden Auto nachschaute, zog sich Melanies Herz sehnsuchtsvoll zusammen. Sie streunte im Garten umher, weil sie es nicht wagte, allein im Haus zu bleiben, bis ihre Töchter bald darauf nach Hause kamen.

Melanie verscheuchte den Gedanken an das Wochenende und verstaute ihren Gitarrensack im Schrank. Sie sah aus dem Fenster. Es war ein trüber Tag. Ihr Blick fiel auf den Fernseher und wanderte dann zur Hausbar, die sie seit über einer Woche nicht mehr geöffnet hatte. Sie schluckte trocken, atmete ein paarmal tief durch.

Ich bin eine Frau, die gelegentlich Alkohol trinkt, die aber auch gut darauf verzichten kann!

Melanie blieb dennoch mitten im Raum stehen. Sie fühlte sich wie das dreiköpfige Ungeheuer aus dem Harry-Potter-Film. Nur, dass sie nicht zwischen drei Hundeköpfen hin- und hergerissen wurde, sondern drei Alternativen vor ihrem geistigen Auge warteten: der Fernseher, die Hausbar und der Garten. Sie verharrte weiter auf der Stelle, aus Furcht, die falsche Entscheidung zu treffen.

Und sie stöhnte erleichtert auf, als in diesem Augenblick die Türglocke ging. Melanie löste sich aus ihrer Starre, stob in den Flur. Sie riss die Haustür schwungvoll auf und stand vor ihrer Nachbarin, die mit einem verdutzten Blick zurückwich.

„Huch, Melanie!“, keuchte Waltraud. „Hast du mich erschreckt! Stör ich gerade …?“

Sie strahlte ihre Nachbarin an. „Nein! Du störst mich überhaupt nicht! Schön, dass du da bist!“

Waltraud war einigermaßen verwundert über Melanies überschwängliche Begrüßung. In letzter Zeit hatte sie den Eindruck gewonnen, dass diese ihr aus dem Weg ging.

„Komm doch rein“, bot Melanie an. „Möchtest du einen Kaffee?“

„Danke, gerne …“

Kurz darauf saßen sie mit zwei Tassen Kaffee am Esszimmertisch und knabberten selbst gemachte Cantuccini. Nachdem Melanie mit dem Rezept herausgerückt war, fiel Waltraud wieder ein, warum sie hergekommen war. „Ach ja … ich wollte dich was fragen. Moment mal …“ Sie spülte den Mandelkeks hinunter.

„Jaaa… Was denn?“

„Leonie war doch heute bei dir im Gitarrenunterricht … und wie ich zufällig gehört habe, ist sie total begeistert!“, lobte Waltraud unverfroren.

Melanie lag auf der Zunge zu sagen, dass Leonies Berichterstattung wohl kaum zufällig stattgefunden hatte, doch sie schob sich schnell eine Cantuccini in den Mund.

„Und ich hab mich gefragt, ob du auch andere Interessierte unterrichten würdest. Wir haben im Frauenverein zwei Mütter, die für ihre Kinder eine Gitarrenlehrerin suchen! Die Kleinen müssten sonst immer bis nach Dornburg gebracht werden. Die Frauen wären dankbar, wenn ihnen das Hin- und Herfahren erspart bleiben würde und …“

Was sie sonst noch erzählte, entging Melanie. Sie unterbrach den Kauvorgang und starrte mit einem entrückten Ausdruck auf Waltraud. Melanie musste plötzlich an Harry Potter denken. Das dreiköpfige Ungeheuer war gerade von einem schillernden Phönix verjagt worden, der sich als ihre Nachbarin entpuppt hatte.

Emma dankte dem Universum. Nachdem ihre Mutter den Rollator endlich akzeptiert hatte – die Geschichte, nach der Emmas Vater ihn gekauft hatte, funktionierte prächtig –, schob ihre Mutter das Gefährt durch den Garten.

Sie wollte mit ihr im vorderen Teil des Grundstücks bleiben, wo keine wurzeligen Stolperfallen lauerten. Doch ihre Mutter lenkte den Rollator zielstrebig nach hinten. Damit sie nicht wieder den Weg zum Pavillon einschlug, versuchte Emma, sie abzulenken.

„Sollen wir heute zum Gerätehaus laufen, Mama?“

„Hmmm…“ Ihre Mutter sah verwirrt umher.

„Mama, ich mein den Schuppen! Dort!“ Emma deutete auf das verwitterte Gerätehaus, das sich hinter ein paar hohen Büschen duckte.

Der Schuppen, wie ihn ihre Mutter immer bezeichnet hatte, wartete schon seit Jahren auf eine Entrümpelung, zu der sich Emma bisher nicht aufraffen konnte. Er steckte voller unzugänglicher Ecken und war schlecht beleuchtet. Sie hatte keine Ahnung, was sich alles darin verbarg. Aber der Vorschlag schien der alten Frau zu gefallen. Sie zirkelte um die Büsche herum auf den Schuppen zu, blieb davor stehen und hob den Blick zum Türstock hinauf.

Sie weiß noch, wo der Schlüssel ist!

„Super, Mama, du hast es dir gemerkt! Ich hol den Schlüssel runter", lobte sie ihre Mutter.

Die alte Frau rammte mit ihrer Gehilfe die Tür und befahl ungeduldig: „Hinein!"

„Nein, Mama! Du musst wieder zurück, sonst kann ich sie nicht aufmachen!" Emma lenkte ihre Mutter samt Rollator zur Seite, die Holztür schwang auf. Eine staubige Wolke aus abgestandener Luft schwappte aus dem Schuppen. Emma musste niesen.

„Gesundheit!"

„Danke, Mama …"

Vorsichtig tastete Emma mit einer Hand die Wand entlang und fand, wonach sie gesucht hatte. Die Glühbirne an der Decke flammte auf, tauchte das Innere des Schuppens in dämmriges Licht.

„Warte, Mama! Ich geh voran!"

Da die alte Frau dennoch weiterlief, suchte Emma zuerst nach möglichen Gefahrenquellen auf dem Boden. Hastig hob sie eine Holzlatte auf und lehnte sie an die Wand. Eine alte Laterne, die im Weg stand, stellte sie neben den Rasenmäher beim Eingang. Dort befand sich auch die Holzkiste, in der Emma alles deponierte, was sie für die Gartenarbeit benötigte. Sie drehte sich um und bemerkte, dass ihre ungewohnt schnelle Mutter bis zum hinteren Teil des Schuppens vorgedrungen war.

„Mama! Bitte geh nicht weiter!" Emma hastete nach hinten.

Aber die alte Frau war bereits stehen geblieben. Sie blickte starr in eine dunkle Ecke und gab einen eigenartigen Laut von sich: „Auuu…"

„Was ist, Mama?" Emma wagte kaum näher heranzutreten. Trotzdem tat sie es und stellte verwundert fest, dass ihre Mutter auf eine alte verwitterte Gartenbank starrte. „Was ist damit, Mama?" Sie berührte den Arm der reglos verharrenden Gestalt.

Die Berührung schien die Starre der alten Frau zu lösen. Mit einem entsetzten Blick auf ihre Tochter rief sie: „Geh weg! Sofort!"

Oh, Gott – was ist jetzt schon wieder?

„Weg … sofort … du musst weg ... weg …!" Der Tonfall ihrer Mutter ging in eine Art Winseln über. Emma erschauderte. Und mit einem unerwarteten Aufschluchzen gaben die Knie der alten Frau nach.

„Mama! Nein!"

Emma stürzte sich auf ihre Mutter, und hielt sie unter den Achseln fest, damit sie nicht auf den Boden sinken konnte. Mit einiger Mühe schob sie den Rollator hinter die gekrümmte Gestalt, half ihr auf die Sitzfläche und zog die Bremsen an. Emma stellte sich schützend vor sie, damit sie nicht nach vorne kippen konnte. Ihr Gesicht war ganz nah an dem ihrer Mutter. Emmas Herz zog sich zusammen, als sie in die verängstigten Augen blickte, aus denen unablässig Tränen liefen. „Oh, Mama … was ist los?" Sie schlang die Arme um die alte Frau, begann ebenfalls zu weinen. Emmas Tränen tropften auf die schmalen Schultern und das graugelockte Haar.

„Sch… sch… Du bist doch mein Kind …" Die alte Frau strich über Emmas Haar.

„Wovor willst du mich beschützen?", flüsterte Emma. Sie schaute auf die Holzbank, die wie ein feindseliges Objekt dastand, und wischte sich mit einer unwirschen Handbewegung das Gesicht ab.

Nachdem sich ihre Mutter einigermaßen beruhigt hatte, führte Emma sie wieder aus dem Schuppen. Langsam trotteten sie zum Haus zurück.

Die alte Frau war so erschöpft, dass Emma ihr zum Ausruhen auf das Sofa im Wohnzimmer half. Als sie tiefe regelmäßige Atemzüge hörte, schnappte sie sich das Babyfon und lief wieder zum Schuppen.

Dort betrachtete sie die mysteriöse Holzbank, die ihre Mutter in emotionale Abgründe gestürzt hatte. Ein unerwartetes Gefühl von Abscheu kroch durch Emma. Trotzdem setzte sie sich auf die harte Sitzfläche der Bank. Ein paar feine Holzspäne piksten in ihre Oberschenkel. Emma strich mit den Fingern über die verwitterten Holzbretter, bemerkte, wie sich die Härchen an ihrem Arm aufrichteten. Sie nahm einen tiefen Atemzug, bevor sie die Beine zur Seite über die Lehne schwang und sich auf die Holzbank legte. Die raue Oberfläche fühlte sich wie Schmirgelpapier an, kleine Splitter stachen in ihre nackten Oberarme. Emma räkelte sich, weil sie noch mehr dieser Stiche spüren wollte. Ihre eben noch empfundene Abscheu wurde von unaufhaltsamer Erregung verdrängt.

Und scheinbar wie aus dem Nichts sickerte ein verdrängtes Bild in Emmas Bewusstsein. Mit einer jähen Erkenntnis schnellte sie von der Bank in die Höhe. Sie keuchte entsetzt auf, flüchtete aus dem Schuppen und warf die Tür hinter sich zu. Es kümmerte sie nicht, dass sie noch nicht abgeschlossen hatte.

Während Emma durch den Garten zum Haus hastete, hörte sie nicht das Rauschen der alten Tannen, die das Lied des Frühsommerwindes sangen. Sie sah nicht die freche Amsel, die hüpfend ihren Weg kreuzte, roch nicht die würzigen Aromen aus dem Kräutergarten, die eine Brise zu ihr herüberwehte. Emmas Sinne standen unter Betäubung – anders als die Erinnerungen, die sich gnadenlos aus einem Winkel ihres Unterbewusstseins zurück an die Oberfläche kämpften.

Barbie-World

Lilli blickte aus dem Zugfenster, in einer Viertelstunde würde sie am Hauptbahnhof in Wien ankommen. Ihr Vater hatte gerade geschrieben, dass er bereits dort wartete. Lillis Herz klopfte voller Vorfreude.

Sie würde das erste Mal das neue Haus ihres Vaters sehen, überlegte jedoch, ob sie nicht besser ein Zimmer in einem Hotel hätte nehmen sollen. *Wer weiß, ob Anneliese und ich überhaupt miteinander klarkommen?* Lilli hatte nur noch vage Erinnerungen an ihren letzten Besuch. Ihr Vater hatte mit Anneliese noch in einer geräumigen Innenstadtwohnung gelebt. *Ich kann mir morgen immer noch ein Hotelzimmer suchen!*

Wenig später rollte der Zug in den Bahnhof. Sie sprang hinaus, sobald sich die Türen öffneten und blickte sich suchend im Menschengetümmel um, bis eine Hand ihre Schulter berührte: „Hallo, mein Schatz!" Die warme Stimme zauberte ein Lächeln auf Lillis Lippen. Sie drehte sich um, und warf sich voll Überschwang in die ausgebreiteten Arme ihres Vaters. Er drückte sie an seine Brust, schwang sie sanft hin und her.

Lilli war wieder ein kleines Mädchen, erinnerte sich an eine ähnliche Umarmung. Ihr Vater war mit einem großen Koffer im Flur des Elternhauses gestanden, weil er für immer zu seiner neuen Frau nach Wien abreisen würde. Er hatte der bitterlich weinenden Lilli versprochen, er werde sie oft besuchen kommen und sie sei jederzeit herzlich Willkommen in seiner neuen Heimat. Er hatte nicht gelogen, die Zukunft war dennoch anders verlaufen.

Aber jetzt war sie kein Kind mehr, Lilli war nicht einmal mehr jung. Sie blinzelte heftig und löste sich sanft aus seinen Armen. Als sie ihrem Vater ins Gesicht blickte, bemerkte sie ein feuchtes Glitzern in seinen Augen.

„Das hätten wir schon viel früher tun sollen …", sagte er mit belegter Stimme.

„Ja, das hätten wir sollen …" Lilli lagen noch weitere „hätten wir tun sollen" auf der Zunge, aber sie würde mit jedem Wort nur diesen wunderschönen Moment zerstören.

Als sie später in der Limousine ihres Vaters durch das nächtliche Wien fuhr, betrachtete Lilli die Häuserschluchten der Großstadt, die immer wieder von Grünflächen und Parkanlagen durchbrochen wurden. Sie sprachen kaum miteinander, aber die Stille war nicht unangenehm. Es fühlte sich an wie ein gegenseitiges Ankommen. Nach einer halben Stunde fuhr ihr Vater durch eine noble Wohngegend und hielt vor einem großen Haus. Unter einem riesigen tief gezogenen Walmdach strahlten hell erleuchtete Fenster freundlich in die Nacht.

Lilli war beeindruckt. *Papa muss viel verdienen, wenn er sich so ein Haus leisten kann.* Aber es überraschte sie nicht – ihr Vater arbeitete seit Jahrzehnten bei einer großen Handelskette und hatte sich dort mittlerweile bis zum Prokuristen hochgearbeitet.

Er parkte den Wagen vor dem breiten Garagentor und holte ihr Gepäck aus dem Kofferraum. Lilli stieg beinahe schüchtern hinter ihrem Vater über die flachen Stufen zum Hauseingang hinauf. Noch bevor beide die letzte Stufe erreicht hatten, schwang die elegante Haustür auf.

Eine vom goldenen Licht des Flurs umhüllte Gestalt stand in der offenen Tür. „Hallo, ihr zwei! Willkommen, Lilli! Ich freue mich so, dass ich dich wieder einmal sehe!“ Anneliese trat mit ausgestreckten Armen ins Freie. Lilli blieb nichts anderes übrig, als die Umarmung ihrer Stiefmutter zu erwidern. Sie fühlte sich überrumpelt, und irgendwie noch nicht bereit dazu, aber es wäre unhöflich gewesen, die herzliche Begrüßung zu ignorieren.

„Hallo, Anneliese …“ Lilli zog sich zurück und ließ sich von ihrem Vater ins Haus führen. Nachdem er die Tür geschlossen hatte, küsste er seine Frau.

Erst jetzt konnte sie in das Gesicht ihrer Stiefmutter schauen. Die Frau ihres Vaters sah jünger aus, als man es bei einer Frau Mitte fünfzig erwarten würde. Das Gesicht wirkte unnatürlich glatt, die blondierten Haare waren lockig und für Lillis Geschmack zu lang. Und sie konnte sich nicht daran erinnern, dass ihre Stiefmutter früher so volle Lippen gehabt hatte. Der Mund sah zwar nicht aus wie manche Schlauchbootlippen, die man von altersverweigernden Stars und kamerasüchtigen Möchtegernsternchen kannte, aber er konnte unmöglich von Natur aus so sein.

Lilli zwang sich, den Blick aus dem Gesicht ihrer Stiefmutter zu nehmen, und sah sich im Eingangsbereich um. Das Haus sah innen so edel aus, wie es von außen wirkte. Der weiße Marmorboden erstrahlte durch die dunklen Holztüren, die sich rundherum reihten, noch heller. Eine geschwungene Marmortreppe mit ebenso dunklen Holzstufen unterstrich diesen Eindruck. Von der hohen Decke hing ein riesiger Kronleuchter, an dem funkelnde Kristalle baumelten. Der Leuchter erhellte auch eine Galerie in der oberen Etage.

Wie bei den Royals!

Lilli hätte es nicht gewundert, wenn die Queen von oben heruntergewinkt hätte. Sie dachte an ihr Elternhaus, das für zwei Personen mehr als geräumig, doch keinesfalls luxuriös war. Viele Möbel stammten aus der Zeit, als ihr Vater noch zu Hause gewohnt hatte. Und sie dachte an ihre Mutter, die sich beim Abschied ausnahmsweise zu keiner Szene hatte hinreißen lassen und jetzt allein in dem Haus war. Lilli nahm sich vor, sie gleich am nächsten Morgen anzurufen.

„Wie hübsch du bist! Noch hübscher als auf den Fotos – Josef hat nicht übertrieben!“ Anneliese strahlte sie an.

Lilli bemerkte den Beifall heischenden Blick, den sie ihrem Mann dabei zuwarf. *Aha, sie will ihm auch als gute Stiefmutter gefallen.* Sie lächelte, verzichtete jedoch auf eine Antwort. Und ohne, dass Lilli es hätte erklären können, wusste sie, dass sie weit mehr Selbstvertrauen besaß als die jugendlich zurechtgezimmerte Frau ihres Vaters.

Als würde ihr Vater den gleichen Gedanken wälzen, musterte er seine Frau mit einem nachdenklichen Blick. Dann wandte er sich an Lilli: „Hast du Hunger, Schatz?“

„Genau! Soll ich dir etwas zu essen machen?“ Anneliese wuselte um ihren Mann herum und lächelte entschuldigend.

„Nein, danke! Ich hab mir im Speisewagen etwas gegönnt. Ich bin nicht hungrig, nur müde.“ Sie bemerkte gerade, dass es wirklich so war.

„Aber natürlich, Schatz! Es ist ja schon nach elf … und du hast heute auch noch gearbeitet.“ Ihr Vater legte einen Arm um sie: „Ich zeige dir dein Zimmer, wenn du willst. Alles andere kannst du dir morgen ansehen.“

„Gerne, ich bin wirklich reif fürs Bett …“ Ohne es verhindern zu können, drängte sich ein Gähnen aus Lillis Mund. Sie folgte ihrem Vater, der sich das Gepäck geschnappt hatte, über die Treppe ins

Obergeschoss und registrierte, dass ihre Stiefmutter im Erdgeschoss stehen geblieben war.

Anneliese flötete: „Gute Nacht!“

Lilli quittierte höflich: „Danke!“

Als ihr Vater am Ende der Galerie eine Tür öffnete und das Licht einschaltete, entwich ihr ein spontanes: „Wow!“

Wenn Lilli es sich leisten könnte, würde ihr Schlafzimmer zu Hause genauso aussehen. Der Raum war riesig. Auf einem flauschigen Spannteppich stand ein großes weißes Himmelbett mit einem Baldachin. Die Wände waren mit edlen rosafarbenen Stofftapeten verkleidet und die weiß lasierten Kleiderschränke sahen nicht aus, als wären sie von IKEA. Seitlich neben dem Bett stand eine Kommode mit einem dreiteiligen weiß gerahmten Spiegel und einem mit hellem Kunstfell bezogenen Hocker davor. Ein frei stehendes, selbstverständlich ebenfalls weißes Sofa war mit rosageblümten Zierkissen belegt.

Lilli dachte an ihr Barbie-Zimmer zu Hause, dass neben diesem Gemach hier eher an einen Spielwarenladen erinnerte. Das hier war Barbie-World!

„Gefällt es dir?“ Ihr Vater musste wissen, dass seine Frage rhetorisch war.

„Gefallen? Ich will es!“

Sie grinsten sich gegenseitig an.

„Das musst du mit Marlene aushandeln …“, gab ihr Vater zu bedenken und stellte Lillis Trolley ab. „Ich lass dich dann allein. Das Bad ist dort …“ Er zeigte auf eine weiße Tür.

Natürlich, ein eigenes Bad!

„Schlaf gut, mein Schatz!“, er gab ihr einen Kuss auf die Wange und verließ den Raum.

Lilli blieb eine Weile mitten im Zimmer stehen und drehte sich langsam im Kreis. Dann erkundete sie das Badezimmer.

Statt Straßenlärm weckte Lilli am nächsten Morgen ein freches Vogelgezwitscher. Sie streckte ihre Füße unter der Bettdecke hervor und drehte sich wohlig zur Seite. Lilli hatte wunderbar geschlafen. Die Matratze war ein Traum und unter dem Baldachin fühlte sie sich wie eine

Prinzessin. Sie spielte mit dem verrückten Gedanken, Marlene darum zu bitten, ihr das Bett zu schenken.

Sie schläft ja nicht mehr hier!

Selbstverständlich würde sie das nicht tun! Aber Lilli bezweifelte, dass ihre Halbschwester wusste, was für ein komfortables Leben sie geführt hatte und wahrscheinlich immer noch genoss.

Sie wälzte sich widerstrebend aus dem Bett, trat ans Fenster. Lilli blickte in den großen von hohen Hecken gesäumten Garten hinunter. Auf dem gepflegten Rasen zierten wohl proportionierte Blumenbeete das grüne Freiluftparadies. Sie war sich sicher, dass hier ein professioneller Gärtner am Werk war. Zu allem Überfluss krönten ein blauschimmernder Pool und einige dick gepolsterte Liegebetten das prachtvolle Ensemble.

Zwanzig Minuten später musterte Lilli zufrieden ihr Spiegelbild. In dem rosageblümten Kleid, das sie extra für diese Reise gekauft hatte, passte sie wunderbar in das Zimmer.

Lillis Magen knurrte, sie löste sich aus ihrer Betrachtung. Es war erst halb acht. Für einen Anruf bei ihrer Mutter war es noch zu früh, sie würde das nach dem Frühstück machen. Ob ihr Vater und Anneliese schon auf waren? *Egal – ich geh jetzt mal runter.* Sie öffnete leise die Tür, und trat auf die Galerie, die nun durch eine riesige halbrunde Dachgaupe erhellt wurde. Sie blickte nach unten. Es war still, niemand außer ihr schien wach zu sein. So geräuschlos wie möglich glitt Lilli auf die frei stehende Treppe zu, als eine gedämpfte Männerstimme und ein Frauenlachen aus einem der Räume hinter ihr drangen. Doch Lilli wollte nicht als Lauscherin ertappt werden, also huschte sie eilig die Treppe hinunter und öffnete unten die erstbeste Tür.

Sie fand sich in einer großen eleganten Küche wieder, die nicht aussah, als ob hier auch gekocht wurde. Bei Lilli zu Hause hing ein Gewürzregal an der Wand, an den Fliesen waren Haken für Küchenbehelfe angebracht, ein Korb mit Obst stand immer auf der Arbeitsfläche und Geschirrtücher waren neben dem Abwasch deponiert. In dieser Küche deuteten nur der Herd und ein eingebauter Backofen darauf hin, dass man hier kochen konnte. Alles andere war hinter makellosen weißen Flächen verborgen. Lilli steuerte auf eine Tür zu, hinter der sie den Kühlschrank vermutete. Sie lag richtig.

Na, wenigstens gibt's hier was zu essen.

Im äußerst sauberen Kühlschrank lagerten die Lebensmittel sorgfältig in Plastikdosen oder Glasschälchen. Es gab keine Krümel oder angetaute Wassertropfen zu sehen. Lilli war sich hundertprozentig sicher, dass Anneliese eine ‚Hausperle' zur Verfügung stand.

„Ach, du bist schon auf – guten Morgen!"

Lilli schreckte zurück und ließ die Kühlschranktür zufallen. Sie fühlte sich ertappt. Doch Anneliese lachte bloß, schüttelte den Kopf. Sie trug ein weißes weichfallendes Kleid und war sorgfältig geschminkt.

„Du kannst dir selbstverständlich alles nehmen, was du willst, aber jetzt mach ich uns ein Frühstück. Was hättest du gerne?"

„Hm … Rühreier wären fein. Und ich esse gerne ein Marmeladebrot …" Rühreier machte sie sich zu Hause zwar nie. *Aber da ich schon mal gefragt werde.* „Wenn du mir sagst, wo die Teller sind, dann decke ich den Tisch", bot Lilli an.

„Nein, das mach ich selbst – du bist unser Gast! Nimm doch Platz oder geh auf die Terrasse. Ich glaube, es ist warum genug, um draußen zu essen …"

Lilli ließ sich das nicht zweimal sagen und öffnete die große Schiebetür, die von der Küche auf einen überdachten Sitzplatz führte. Die Sonne schien golden, der Himmel war blau und das satte Grün der Bäume rundete den perfekten Morgen ab. *Sogar das Wetter ist Luxus,* dachte sie und erkundete den großen Garten, bevor ihr Vater zum Frühstück rief.

Nach einer ausgiebigen Mahlzeit – Lilli konnte sich nicht vorstellen, mittags wieder Hunger zu haben – lud sie ihr Vater zu einem Sightseeing-Bummel durch die Wiener Innenstadt ein. Zum Essen würden sie sich mit Anneliese, Marlene und der kleinen Lena-Karina in einem feinen Restaurant treffen. Marlenes Mann, der die Exportabteilung eines großen Konzerns leitete, war gerade auf Geschäftsreise in China. Obwohl sie Anneliese mittlerweile ganz sympathisch fand – ihre Stiefmutter hatte ein herzliches Lachen, war fürsorglich und Lilli verstand, warum ihr Vater für Anneliese ihre Mutter verlassen hatte –, freute sie sich darauf, mit ihm ein paar Stunden allein zu verbringen.

Sie sahen sich die Altstadt an, besichtigten den Stephansdom und ihr Vater schlug vor, anschließend durch die Kärntner Straße zu schlendern. Doch Lilli wollte nicht shoppen gehen, obwohl sie sicher war, dass ihr Vater sie großzügig gesponsert hätte. Sie wollte lieber nach Schloss Schönbrunn! Lilli besaß eine Barbie, die wie Kaiserin Sissi in ihrer bekanntesten Darstellung ausstaffiert war. Mit einem weißen Ballkleid und Glitzersternen im langen dunklen Haar.

Sie buchten eine Führung durch das Schloss. Lilli stiftete währenddessen ihren Vater an, heimlich ein paar unerlaubte Fotos mit dem Handy zu machen, die sie zu Hause neben ihrer Sissi aufstellen würde. Sie lehnte sich an Möbelstücke, stellte sich vor ein Portrait der Kaiserin und drehte sich im Kreis wie die Tänzerin auf einer Spieluhr. Dabei wurden sie von einer anderen Besucherin ertappt, die eine fatale Ähnlichkeit mit Fräulein Rottenmeier aus Heidi hatte und die ‚Missetäter' mit einem entrüsteten: „Tztztz …", rügte.

Als sie zur Mittagszeit in einem der noblen Innenstadtrestaurants saßen und auf die restliche Familie warteten, kicherten sie bei der Erinnerung an Fräulein Rottenmeier noch immer.

„Sie hat ausgesehen, als würde sie uns am liebsten ein paar Strafarbeiten aufbrummen", grinste ihr Vater.

„Ja! Oder wenigstens Nachsitzen", kicherte Lilli und strahlte ihn glücklich an. Genauso hatte sie sich das Wiedersehen vorgestellt! *Genauso hätte meine Kindheit sein müssen.* Doch Lilli kämpfte dagegen an, sich diesen schönen Tag mit trüben Erkenntnissen zu vergällen.

Als bald darauf Anneliese, Marlene und Lena-Karina durch das Restaurant auf ihren Tisch zusteuerten, waren die sinnlosen Grübeleien ohnehin verflogen. Nach großem Hallo und Umarmungen wurde Lena-Karina in einen Kinderstuhl verfrachtet, der zwischen Marlene und Anneliese platziert war. Die Kleine bekam ein Stück Brot, das ihre Mutter beim Kellner geordert hatte, und nuckelte zufrieden daran.

„Erzähl, Lilli, wie geht es dir?" Marlene strich sich die Haare aus dem Gesicht, sie trug ebenfalls ein geblümtes Kleid. Es war blau und passte wunderbar zu ihrem blonden Haar.

Lilli bemerkte, wie sehr die Halbschwester ihrer Mutter ähnelte. „Danke, bei mir ist alles bestens …" Es lag ihr auf der Zunge, von der Versteigerung der alten Barbie zu berichten, doch irgendetwas hielt sie zurück. Stattdessen berichtete sie von ihrem Job – wobei sie ausließ, dass sie sozusagen auf Bewährung war – dafür unterhielt sie sich mit Marlene über die neuesten Modetrends und über die Fashion-Fauxpas mancher Promis. Nachdem sie das Thema ausgiebig besprochen hatten, kehrte eine kurze Pause ein.

Lilli überlegte, was sie sonst noch erzählen könnte. Was es vom Chor zu berichten gab, gehörte nicht hierher. Abgesehen davon herrschte unter den Freundinnen eine Art Kodex, der es verbot, aus dem ‚Chornähkästchen' zu plaudern. Und über ihre Mutter würde Lilli nicht reden. Darum übernahm Marlene das Unterhaltungszepter. Sie berichtete von den Fortschritten ihrer kleinen Tochter, die bereits die ersten Stehversuche unternahm. „Ich hoffe, Leonhard ist nicht wieder unterwegs, wenn Lena-Karina mit dem Laufen beginnt!" Ein Hauch Traurigkeit lag in ihrer Stimme.

Lilli blickte zu ihrer Halbschwester, und dachte an die alte Weisheit, dass man nicht alles mit Geld aufwiegen konnte.

„Vielleicht klappt die Finanzierung für das Ferienhaus auf Mallorca noch rechtzeitig und Lena-Karina macht die ersten Schritte im Sommerurlaub …" Marlene setzte einen Schmollmund auf und schielte mehr oder weniger dezent zu ihrem Vater, der sich plötzlich unwohl in seiner Haut zu fühlen schien. Er warf seiner jüngeren Tochter einen Muss-das-ausgerechnet-jetzt-sein-Blick zu, den diese mit einem Achselzucken quittierte.

Anneliese, die mit einer Hand das Brot ihrer Enkelin festhielt, weil die Kleine es ständig auf den Boden werfen wollte, versuchte, zu vermitteln. „Schatz, aber du weißt doch, dass Papa den finanziellen Verlust wegen der Finanzspekulation ausgleichen möchte, bevor er euch wieder unterstützen wird …" Anneliese hatte die Stimme gesenkt. Sie blickte sich besorgt um, ob andere Gäste das Gespräch möglicherweise mitverfolgten. Rundherum jedoch waren alle in fröhliches Geplauder vertieft.

„Ich hab mich nicht beschwert!", protestierte Marlene, wobei ihr Tonfall widersprüchlich zum Inhalt der Worte war. „Wir werden das auch allein hinbekommen! Wir haben bloß damit gerechnet. Aber ich verstehe nicht, warum du spekuliert hast, Papa? Du hast uns immer eingebläut, nicht in irgendwelche unsicheren Aktien zu investieren. Ich meine 70.000 Euro – das ist ein enormer Betrag! Und wenn ich …“

Während Marlene weiter auf ihren schweigsamen Vater einredete, der nun zu seiner älteren Tochter schielte, klickte es auch bei Lilli.

ER hat die alte Barbie ersteigert!

Lillis Gedanken überschlugen sich, und das Herz galoppierte in ihrer Brust!

Papa hat mir das Geld geschenkt! Er hat die alte Barbie ersteigert, anstatt es Marlene für ihr Ferienhaus zu geben!

Es kam gelegen, dass die kleine Lena-Karina in diesem Moment beschloss, zu rebellieren, weil sie lange genug in dem Kinderstuhl geblieben war. Sie heulte protestierend auf und biss ihrer Großmutter in den Finger. Marlene widmete sich mit beschwichtigenden Worten der Kleinen, während Anneliese die Bissstelle untersuchte.

Lilli und ihr Vater konnten sich nun unbeobachtet in die Augen sehen. Denn selbst einem vollkommen Unbeteiligten wäre nicht entgangen, wie viel Dankbarkeit und Liebe in diesem Blick lag.

Sommerwind

Marie holte tief Luft, bevor sie läutete.

„Ja, bitte?", fragte ihre Mutter durch die Sprechanlage.

Oh, Mama! Du weißt doch, dass ich komme!

„Ich bin es! Marie!"

„Ach ja … komm doch rauf!"

Es summte, sie drückte die Tür auf. Leichtfüßig lief sie über die Treppe nach oben und wurde von ihrer Mutter an der Wohnungstür empfangen.

„Hallo, Mama!" Marie umarmte sie, küsste ihre Wange.

Ihre Mutter entzog sich: „Komm doch rein …"

Während sie ihrer Mutter folgte, musterte sie die Einrichtung, die sie teilweise aus ihrem Elternhaus wiedererkannte, wie die antike Kommode im Flur und den prächtigen Mahagonischrank im Wohnzimmer. Sie dachte an Sandras schlichte Möbel, die viel harmonischer gewirkt hatten.

„Schön hast du es!", log Marie.

„Danke! Ich mache das Beste aus der beengten Situation …" Ihre Mundwinkel wanderten nach unten, als sie anmerkte: „Ihr habt ja reichlich Platz!"

Marie war sich nicht sicher, wen ihre Mutter mit „Ihr" meinte: Johannes und Marie oder Sandra und Marie oder gar ihren Vater, der mit seiner Freundin in einer geräumigen Penthouse-Wohnung lebte.

Es wird Zeit, ein paar Dinge zu klären.

Als sie kurz darauf vor einer Tasse Kaffee saß, kam sie ohne Umschweife auf den Punkt. „Ich werde mich von Johannes scheiden lassen!"

Ihre Mutter hielt kaum merklich in der Bewegung inne, bevor sie aus der Kaffeetasse trank. Sie setzte das Getränk wieder ab, und musterte ihre Tochter mit einem kühlen Blick. „Weißt du, was du tust und was auf dich zukommt?"

Zumindest wusste Marie, was jetzt auf sie zukommen würde. Sie bemühte sich, entschlossen zu wirken, obwohl ihre Nerven flatterten, als stünde sie vor einer Prüfung. „Ja, ich weiß, was das bedeutet – ich werde eine geschiedene Frau sein! Aber ich kann arbeiten und für mein Leben selbst verantwortlich sein!"

Der Blick ihres Gegenübers wechselte von kühl zu abweisend. Maries Mutter war nach der Geburt ihrer Kinder nie mehr arbeiten gegangen und bekam keine eigene Pension. *Wovon lebt Mama nun?* Marie hatte sich bisher keine Gedanken darüber gemacht. *Vermutlich zahlt Papa Unterhalt.*

„Aber du wirst dir die große Wohnung allein nicht leisten können, außer du heiratest wieder! Du siehst übrigens blendend aus – man würde nicht denken, dass du vor einer Scheidung stehst. Es gibt keinen Grund, warum sich nicht wieder ein interessanter Mann für dich begeistern sollte!"

Danke, Mutter! Marie fühlte sich jedoch nicht geschmeichelt. Sie wusste, was ihre Mutter mit „interessant" meinte: vermögend! Und sie würde sich eher die Zunge abbeißen, als zu verraten, warum sie blendend aussah. Die Beziehung zu Matthias war für Marie wie das kostbarste Geschenk, das sie jemals bekommen hatte. Sie würde sich die Freude über ihr neues Glück nicht durch Spekulationen ihrer Mutter verderben lassen. Wahrscheinlich hätte sie sich Ratschläge über den gesellschaftlichen Aufstieg anhören müssen und ziemlich sicher hätte ihre Mutter sie ermuntert, sich die hervorragende Partie mittels einer Heirat zu sichern.

Darum sagte Marie: „Stimmt, vermutlich werde ich mir die Wohnung irgendwann nicht mehr leisten können. Aber zurzeit ist das kein Problem, weil Sandra die Kosten mit mir teilt. Und wer weiß schon, was die Zukunft bringt …"

Marie registrierte den ungläubigen Blick ihrer Mutter.

„Wie bitte? Ich kann mir nicht vorstellen, dass es dir gefällt, dauerhaft mit deiner Schwester zusammenzuwohnen! Ihr seid doch so verschieden! Ist das nicht unangenehm für dich? Ich meine, wegen ihrer wechselnden Männerbekanntschaften …?" Die Stimme wurde leiser, verstummte.

Offenbar war ihrer Mutter die schlagartige Entrüstung nicht entgangen, die sich in Maries Gesicht zeigte, bevor diese schimpfte: „Mama! Wie kannst du nur so über deine Tochter reden? Du kennst Sandra nicht – weißt nicht, was sie bewegt, wie sie ist! Sie ist eine großartige Schwester, SIE hat mich in den letzten Wochen unterstützt. Ich mag mir nicht vorstellen, wie es mir ohne Sandra ergangen wäre!" Marie funkelte wütend und verschränkte die Arme vor der Brust. Nicht nur, weil sie sich gegen den erwarteten Protest ihrer Mutter wappnen wollte.

„Was fällt dir ein, so mit mir zu sprechen? Du hast dich oft genug über die Lebensweise deiner Schwester empört und jetzt seid ihr auf einmal die besten Freundinnen? So wie es aussieht hat sie dich angestiftet, dich scheiden zu lassen! Wenn das kein böses Erwachen gibt!"

Dass ihre Mutter auch noch einen Unkenruf draufsetzte, gab Marie den Rest und sie schnappte nach Luft, bevor sie ungebremst zurückgab: „Was mir einfällt, Mutter? Ich bin eine erwachsene Frau und ich weiß, was ich will! Ich lasse mich nicht beeinflussen – nicht mehr! Und ich finde es befremdlich, dass meine eigene Mutter scheinbar lieber zwei Töchter hat, die sich nicht leiden können, als zwei, die sich gern haben!" Bei ihrem zornentbrannten Antlitz wäre selbst Medusa vor Neid erblasst.

Ihre Mutter musste wohl eine Kostprobe des mythologischen Fluches abbekommen haben, weil die Erwiderung ausblieb. Ihr Gesicht war erbleicht, die Hände sanken kraftlos in ihren Schoß.

Marie bereute es, derart unbeherrscht gesprochen zu haben. *Ich weiß doch, wie Mama tickt!* Warum hatte sie sich auf einen verbalen Machtkampf eingelassen? Dennoch wollte und konnte sie sich nicht entschuldigen – es wäre Marie wie ein Verrat an ihrem neuen Leben und an ihrer Schwester vorgekommen.

Einige Minuten lang herrschte bedrücktes Schweigen. Marie beobachtete verstohlen ihre Mutter, die still dasaß und die gepflegten Hände im Visier hatte. Als sie endlich den Blick hob, hatte sie diesen ‚Felsenausdruck' im Gesicht, den Marie seit ihrer Kindheit kannte – harte Disziplin, kantige Unnahbarkeit und eiserne Kompromisslosigkeit!

„Nun gut – ich denke, jedes weitere Wort ist überflüssig! Ich kenne jetzt deine Meinung, doch ich werde mich nicht mehr dazu äußern!"

Vor Maries geistigem Auge entflammte ein Wunschbild: ihre Mutter, die schreiend durch die Wohnung lief, eine Vase an die Wand schleuderte und ein paar Kleidungsstücke aus dem Fenster warf. Die sich die ordentlich frisierten Haare raufte und weinte, bis ihr verschmiertes Make-up dem Joker aus Batman die Show gestohlen hätte. Doch vor ihr saß eine blutleere Statue, die auch in einem Wachsfigurenkabinett hätte stehen können. Marie empfand Mitleid, aber es gab nichts, was sie hätte sagen oder tun wollen.

Als die Gestalt sich wenig später erhob, stand sie ebenfalls auf und erwiderte die nichtssagenden Abschiedsfloskeln, bevor sie die Wohnung ihrer Mutter wieder verließ.

Vor dem Haus hob Marie den Kopf und blickte in den strahlend blauen Himmel. Sie spürte, wie der laue Sommerwind durch ihre Kleidung glitt, ihren Körper streichelte und ihre offenen Haare flattern ließ. Es fühlte sich an, als wolle er alles Belastende mit sich nehmen. Marie schloss die Augen, breitete die Arme weit aus und begrüßte mit einem Lächeln im Gesicht ihre unbekannte wundervolle Zukunft.

Hormone

Sandra fächelte sich mit dem Flyer Luft zu. Natürlich – warum war sie nicht selbst drauf gekommen? Sie war Krankenschwester! Manchmal wusste sie schon, bevor ein Arzt den Patienten untersuchte, wie die Diagnose lauten würde. Sie hatte jahrelange Berufserfahrung, war aber scheinbar ‚betriebsblind' gegenüber den Botschaften ihres eigenen Körpers.

Als ihre Frauenärztin bei der jährlichen Vorsorgeuntersuchung geraten hatte, Sandra solle auch den Hormonspiegel testen lassen, hatte sie erst abgewinkt. Aber Frau Doktor Fritsch war hartnäckig geblieben, da sie über vermehrte Stimmungsschwankungen geklagt hatte. Und die Ärztin traf mit ihrer Vermutung leider ins Schwarze – Sandra war in den Wechseljahren!

Nach dem ersten Schock und Schreckensvisionen: verminderte Libido, nächtliche Schweißausbrüche, überfallartige Hitzewallungen, Haarausfall am Kopf, dafür Haare im Gesicht, brüchige Nägel und so weiter, hatte Sandra sich an den einzigen Vorteil geklammert, der ihr einfiel – keine Periode mehr zu bekommen. Sie litt seit jeher unter starken Menstruationsschmerzen, die sie mit Tabletten bekämpfte. Die Pille hätte vielleicht geholfen, aber Sandra wollte nicht zunehmen, und die Spirale hatte sie wegen Unverträglichkeit wieder entfernen lassen müssen. Zur Verhütung bevorzugte Sandra ohnehin ein Kondom, weil es gleichzeitig der beste Schutz vor Krankheiten war.

„Frauen erleben die Wechseljahre recht unterschiedlich. Die bekannten Begleiterscheinungen können mehr oder weniger stark und in individueller Reihenfolge auftreten. Manche Frauen haben nur wenige Beschwerden, andere machen das ganze Spektrum der Hormonumstellung durch." Frau Doktor Fritsch, die einige Jahre älter als sie war, blickte ihr aufmunternd entgegen.

Sandra lag auf der Zunge, zu fragen, zu welcher Kategorie Frau Doktor Fritsch gehöre, aber das wäre vermutlich zu persönlich gewesen. Immerhin war die Medizinerin neben ihrer Tätigkeit in der Praxis auch Oberärztin in der gynäkologischen Abteilung des Krankenhauses, in dem Sandra arbeitete.

Sie kennt Anita sicher, huschte ihr durch den Kopf.

„Viele Frauen durchleben die Zeit ähnlich wie andere weibliche Familienmitglieder. Vielleicht tauschen Sie sich mit Ihrer Mutter oder einer Schwester aus, wenn Sie eine haben?“

Sandra hätte beinahe losgelacht. *Meine Mutter fragen? Ich weiß nicht einmal, was für Unterwäsche sie trägt …*

Aber die Ärztin hatte recht. *Mama müsste die Wechseljahre längst hinter sich haben!* Doch sie hätte beim besten Willen nicht sagen können, wann ihre Mutter, die stets ein unnahbares Wesen für sie gewesen war, diese Zeit durchlebt hatte. *Und Marie?* Sie war älter als Sandra. Aber nach ihrem neu entflammten Liebesleben zu urteilen, waren Maries Wechseljahre wohl noch in weiter Ferne.

„Ich habe eine ältere Schwester, denke aber nicht, dass sie schon so weit ist …“

„Auch bei Schwestern kann diese Phase in unterschiedlichem Alter beginnen“, gestand Frau Doktor Fritsch und erläuterte verschiedene Hilfsmöglichkeiten, die Sandra dabei helfen sollten, die kommende Zeit möglichst beschwerdefrei zu erleben.

Eine Hormonbehandlung lehnte sie ab, da sie bisher nur gelegentliche Hitzewallungen erdulden musste. Und wenn Sandra sich die ereignisreiche letzte Zeit ins Gedächtnis rief, bezweifelte sie, dass ausschließlich die Wechseljahre an ihren Stimmungsschwankungen schuld waren.

Als Frau Doktor Fritsch dann noch Hilfsmittel gegen Scheidentrockenheit anbot, eine Vaginalcreme oder prophylaktische Zäpfchen, hätte Sandra beinahe wieder losgelacht. Sie lebte schon seit Wochen wie eine ‚Nonne‘ und wusste daher nicht, ob ihre Vagina Gefahr lief, auszutrocknen. Dennoch steckte sie die kleinen Werbeflyer, nachdem sie sich damit Luft zugefächelt hatte, in ihre Handtasche.

Man weiß ja nie!

Wenig später verließ Sandra die Praxis. Nachdenklich lief sie durch die Fußgängerzone in Richtung See. Wenn sie schon mal in der Landeshauptstadt war, dann wollte sie auch den Bodensee sehen. Sie setzte sich auf eine Bank unter den üppigen Kastanienbäumen und blickte hinaus auf das tiefblaue Wasser des Sees. Segelboote schaukelten wie weiße Dreiecke in der Ferne, und ein Ausflugsschiff kündigte mit einem lauten: „Tuuut!“, die Einfahrt in den Hafen an.

Sandra dachte an das vergangene Wochenende zurück, als Lukas bei ihr übernachtet hatte. Ihr Sohn war anfangs etwas zurückhaltend gewesen, weil er Marie nicht besonders gut kannte. Er hatte seine Tante zuvor vorwiegend bei Geburtstagen der Großeltern und zu Weihnachten gesehen. Aber Marie punktete mit Lukas' Leibspeise: Spaghetti Bolognese. Matthias war diesmal auch zum Essen gekommen. Wie sich herausstellte, kannte er sich gut im Fußballsport aus und fachsimpelte mit Lukas über die verschiedenen Klubs, während Sandra und Marie sich verschwörerisch angrinsten.

Am Nachmittag verabschiedete sich ihre Schwester mit dem neuen Freund. Die beiden wollten sich ein Theaterstück ansehen und danach bei Matthias übernachten. Sie empfand so etwas wie Wehmut, als Marie glückselig strahlend und händchenhaltend mit ihrer frischen Liebe die Wohnung verlassen hatte.

Später begleitete Sandra ihren Sohn auf den Fußballplatz. Tapfer war sie auf einer Bank gesessen und hatte das Spiel verfolgt. Dabei musste sie sich konzentrieren, um nicht im falschen Moment zu jubeln oder: „Buh!", zu schreien. Denn der Ballsport war für sie so interessant wie ägyptische Hieroglyphen, doch sie wollte sich vor Lukas keine Blöße geben. Einzig der Trainer der Jugendmannschaft war sehenswert. Er war etwa in Sandras Alter, groß und dunkelhaarig. Der attraktive Sportler trieb seine Jungs durch Zurufe an oder gab irgendwelche Anweisungen. Dennoch hielt sich ihr Interesse an dem Mann in Grenzen. Allein schon der Gedanke an die anstrengenden Plänkeleien, die ein Flirt mit sich brachte, lösten bei Sandra Hitzewallungen aus.

Am Sonntagnachmittag war Rainer gekommen, um Lukas wieder abzuholen. Sandra lud ihn zu einer Tasse Kaffee ein. Gemeinsam saßen sie in der Küche, während ihr Sohn im Wohnzimmer die letzte Runde auf seiner Playstation spielte.

„Und dir geht's gut?", fragte Rainer. „Du siehst jedenfalls gut aus!"

Ihr Ex-Mann war schon immer ein Gentleman gewesen, doch heute wippte er bei seinem Kompliment nervös mit dem Fuß.

„Danke! Es geht mir gut ..." Sie ahnte, was Rainer auf dem Herzen lag, darum half sie ihm. „Wie ich gehört habe, wirst du wieder Vater?"

Er zuckte kaum merklich, blickte Sandra forschend an, als wollte er abschätzen, wie viel er berichten konnte, ohne ihre Gefühle zu verletzen. „Ja – ich werde wieder Vater!“ Ein Lächeln breitete sich auf seinem Gesicht aus. „Wir freuen uns sehr …“

„Na, das hoffe ich doch!“ Sie sah, wie Rainers Lächeln wieder zerfiel und war frustriert, weil sie sich den sarkastischen Tonfall nicht hatte verkneifen können.

Schrecklich, als wäre ich eine missgönnende Zicke!

„Es tut mir leid, Rainer – ich wollte nicht … so sein. Ich freue mich wirklich für dich!“ Sandra hoffte, glaubwürdig zu klingen und ihre wahre Empfindung verbergen zu können.

Er suchte ihren Blick, wie er es schon lange nicht mehr getan hatte. Sie erinnerte sich an seine unerschütterliche Treue, seine Loyalität, seine Sanftheit, und musste blinzeln, um ein paar aufsteigende Tränen zurückzudrängen. Rainer bemerkte es. Seine Hand zuckte, als wollte er nach ihr greifen, doch Sandra schüttelte abweisend den Kopf. Sie hatte sich Dutzende Male entschuldigt, ihm gesagt, dass es nicht an ihm gelegen hatte. Obwohl sie jeden ihrer Seitensprünge sich selbst gegenüber damit gerechtfertigt hatte. Heute würde sie ihrem Ex-Mann etwas zurückgeben!

„Ich wünsche euch von ganzem Herzen alles Gute! Ich wünsche dir, dass Anita immer klar sein wird, was für einen tollen Partner und Mann sie in dir hat. Ich wünsche euch alles Liebe für euer Baby und eure Beziehung. Du wirst ein perfekter Vater sein – du bist ein perfekte Vater!“ Sie blickte ihm offen entgegen, las in seinen Augen, dass er begriffen hatte, was sie ihm zwischen den Zeilen mitteilen wollte.

Einen Augenblick später kam Lukas in die Küche geschlendert: „Gehen wir jetzt …?“, und enthob Rainer einer Antwort. Kurz darauf waren die beiden aufgebrochen.

Sandras Gedanken schweiften zurück zu ihrem schönen Aussichtsplatz am Seeufer. Sie beobachtete ein paar Stockenten, die im seichten Wasser gründelten. Ein einzelnes Männchen stach mit dem grünschillernden Kopf aus seinem braungefiederten weiblichen Gefolge heraus.

„Ihr solltet eure Lebenssituation auch mal überdenken“, rief sie dem Harem zu.

Doch die Entenweibchen schwammen unbeirrt weiter und quakten euphorisch, während sie dem schönen Männchen folgten.

Zaubergitarre

Melanie schloss die Haustür. Sie lief ins Wohnzimmer, um die Notenständer und ihre Gitarre wegzuräumen.

Ich brauch einen anderen Raum für den Unterricht!

Inzwischen unterrichtete sie einen ehemaligen Finanzbeamten, der sich im Ruhestand seinen lang gehegten Wunsch erfüllte, ein Musikinstrument zu lernen, den Messdiener von Grünau, der davon träumte, in der Kirche nicht nur zu assistieren, sondern dem Herrn auch mit seinem Gitarrenspiel zu huldigen, und vier Schüler unterschiedlichen Alters. Außerdem hatte Waltraud erst gestern angekündigt, dass sich eine ihrer Cousinen bei Melanie melden würde.

„Leonie rührt eifrig die Werbetrommel. Seit sie bei dir lernt, sind alle begeistert von ihrem Gitarrenspiel. Letzte Woche durfte sie sogar die Sonntagsmesse in der Kirche begleiten!"

Melanie hatte bald erkannt, dass die Nichte ihrer Nachbarin kein außergewöhnliches Genie war. Doch Leonie war ehrgeizig, und hatte sich vorgenommen, aus der Masse an guten Musikern hervorstechen zu wollen. „Auch wenn ich dafür täglich mehrere Stunden üben muss!", erklärte Waltrauds Nichte heute leidenschaftlich, was in Melanies Augen die beste Garantie für Erfolg war.

Doch im Moment beschäftigte sie ein Problem. Das ständige Hin- und Herräumen der Sessel und Notenständer ging Melanie auf die Nerven. Absehen davon war es unangenehm, weil die Schüler in ihr privates Reich eindrangen. Simone hatte sich erst gestern beschwert, dass sie sich an ihrem freien Nachmittag nicht im Wohnzimmer aufhalten könne. Melanie hatte den fünfzehnjährigen Nils unterrichtet, der nach einem ‚sabbernden' Blick auf ihre Tochter versicherte, dass es ihm nichts ausmachen würde, wenn sie im Raum bliebe. Simone war schnaubend von dannen gerauscht, während der Pubertierende ihr enttäuscht hinterherschielte.

Aber Melanie kannte eine Lösung – Jakobs Büro! Das Zimmer war geräumig. Sie konnte ihr Unterrichtsequipment stehen lassen, ohne Jakobs Schreibtisch in die Quere zu kommen. Außerdem besaß das Büro einen separaten Eingang, ihre Schüler würden nicht mehr durchs Haus laufen müssen. Dass Jakob den Raum nicht mehr nützte, war natürlich ein Vorteil. Aber er hatte sich vor seinem Auszug auch nur am Abend oder an den Wochenenden darin aufgehalten und zu diesen Zeiten gab Melanie ohnehin keinen Unterricht.

Dennoch wollte sie Jakobs Zustimmung einholen. Ihr Mann würde gleich mit Max vorbeikommen, weil die Schulnoten ihres Sohnes in letzter Zeit zu wünschen übrig ließen. Irgendwo in Melanies Kopf unkte eine Stimme: *Aber was ist, wenn Jakob nicht mehr zurückkommt, wenn das Haus verkauft werden muss? Wo soll ich dann meine Schüler unterrichten? Nein, wie soll ich dann weiterleben?* Sie zwang sich, die Unkenrufe aus ihrem Kopf zu verscheuchen, und nahm sich vor, sich erst wieder damit zu beschäftigen, wenn die Zeit „für-was-auch-immer" gekommen war.

Melanie hatte einen gedeckten Apfelkuchen gebacken – den Lieblingskuchen von Jakob – und obwohl das Gespräch vermutlich alles andere als angenehm werden würde, freute sie sich darauf, ihre beiden Männer zu sehen. Fünf Minuten später klingelte es. Melanie stürmte zur Tür, riss sie mit einem Lächeln auf. Ihre Vorfreude bekam sogleich einen Dämpfer, als sie den betretenen Ausdruck ihres Sohnes und das strenge Gesicht seines Vaters wahrnahm.

„Hallo, ihr zwei! Kommt doch rein!", Sie nahm sich vor, ihre gute Laune zu behalten.

„Hi, Mum!" Max schlurfte mit gesenktem Kopf ins Haus. Er ließ ihren Kuss auf seine Wange über sich ergehen.

Für einen Augenblick standen Melanie und Jakob unbeholfen voreinander, weil sie nicht wussten, wie sie sich begrüßen sollten. Den üblichen Kuss gab es nicht mehr, eine Umarmung wäre zu vertraut gewesen und ein Händedruck zu unpersönlich. Darum machten sie es wie jedes Mal. Beide hoben mit einem Lächeln die Hand, um sich mit einem Winken zu begrüßen, was Melanie äußerst albern fand. Und sie vermutete, ihr Mann empfand ebenso.

Jakob räusperte sich: „Hallo!", und fragte, als wäre das sein einziges Anliegen, „ist das Heizöl schon gekommen?" Er bestellte das Öl immer im Sommer, weil es günstiger war.

Was für eine Begrüßung! Ist das alles, was du wissen willst?

„Auch hallo! Ja, gestern …" Melanies gute Laune verflog, sie lächelte jedoch tapfer über ihre Enttäuschung hinweg.

Nachdem beide am Esstisch Platz genommen hatten, fragte Melanie: „Wer möchte Kuchen? Ich habe Apfelkuchen gebacken …“

„Ja, ich! Bitte!“, rief Max begeistert.

Melanie hegte den Verdacht, ihr Sohn würde den ganzen Kuchen hinunterschlingen, wenn er damit das unausweichliche Thema hinausschieben könnte.

„Hm…“, zierte sich Jakob, aber mit einem Blick auf Melanies hochgezogene Augenbrauen meinte er: „Ja, gerne.“

Sie stellte drei Teller mit Kuchen auf den Tisch, brachte ein Glas Milch und zwei Tassen Kaffee. Eine Zeit lang aßen sie schweigend.

„Wir müssen über deine schlechten Noten reden, Max!“, unterbrach Jakob die Stille.

Melanie fand, ihr Mann hätte damit warten können, bis sein Sohn den Kuchen aufgegessen hatte. Max verschluckte sich prompt und hustete, seine Mutter klopfte ihm auf den Rücken. Als er sich wieder beruhigt hatte, grummelte er: „Ich weiß – ich hab Scheiße gebaut!“

„So kann man es auch nennen! Einen Fünfer in Mathe und einen in Geschichte!“ Jakob verschränkte die Arme vor der Brust und fixierte seinen Sprössling finster. Max rutschte mit seinen Knien unter den Tisch, bemühte sich, mit einem unterwürfigen Ausdruck dagegenzuhalten.

„Ein Fünfer in Geschichte ist Faulheit! Ein Fünfer in Mathe bedeutet, dass du faul bist oder dass du die Aufgaben nicht begreifst! Wenn du mit Mathe Schwierigkeiten hast, dann brauchst du Nachhilfeunterricht. Und was die Faulheit betrifft, weißt du selbst, was du zu tun hast!“, stellte Melanie fest.

Max blickte überrascht auf. Seine Mutter hatte noch nie so gelassen reagiert, wenn er Mist gebaut hatte. Bisher war sie immer sofort ausgeflippt und sein Papa hatte sich darauf konzentriert, sie zu beruhigen. Und Max kam meist mit einem blauen Auge davon, weil seine Mama bereits das ganze Pulver verschossen hatte.

In Jakob schwang Bewunderung, weil Melanie ihm gerade die Worte aus dem Mund genommen hatte. Sonst überließ sie ihm, nachdem sie sich ausgetobt hatte, gerne das Zepter bei unangenehmen Gesprächen. „Genau, wie deine Mama sagt! Du wirst Nachhilfeunterricht bekommen und dich anstrengen, damit deine Noten besser werden! Du willst das Jahr doch nicht wiederholen müssen?“

„Nein, sicher nicht …“, Max’ Kopf sank zwischen die Schultern. Dass seine getrennt lebenden Eltern plötzlich an einem Strang zogen, brachte sein geplantes Konzept ins Wanken. Trotzdem wagte er den Schachzug, mit dem er wenigstens ein paar Vergünstigungen für sich herausschinden wollte.

„Aber mein Leben ist so schwer! Einmal hier, einmal in Waldschwende … immer das Hin und Her … da komm ich kaum zum Lernen!“ Max starrte sicherheitshalber in seinen Schoß, weil er zu Recht befürchtete, dass sich seine Eltern nicht so leicht manipulieren ließen.

Melanie hätte bei dem offensichtlichen Manöver ihres Sohnes beinahe laut aufgelacht und im Gesicht ihres Mannes konnte sie dasselbe Bedürfnis erkennen. Ihre Blicke trafen sich zu einem wundervollen Moment. Melanie versank in Jakobs warmen Augen, deren braune Iris im Sonnenlicht die Farbe von Kastanien annahmen. Jakob bewunderte ihre graublauen Augen, die seinem Blick wissend und selbstsicher begegneten. Am schönsten war jedoch die Vertrautheit, die beide augenblicklich verband.

Ihr Sohn hob den Kopf, weil noch keine Reaktion auf sein Mitleidskonzept gekommen war, und musterte die schweigsamen Eltern neugierig.

Melanie widmete sich wieder ihrem talentfrei agierenden Sprössling. „Nun, Max, wir wollen sicher nicht schuld daran sein, wenn du wegen unserer Trennung nicht lernen kannst. Ich werde mit deinem Vater besprechen, wie dein Lernpensum aussehen soll, damit du lückenlos bei Papa und bei mir lernen kannst. Und selbstverständlich werden wir uns auch an die Empfehlungen deines Nachhilfelehrers halten.“

Jakob quittierte ihre Rede mit einem zustimmenden Nicken.

Auf Max’ Lippen lauerte ein Veto. Als er jedoch seine in völliger Einigkeit verschmolzenen Eltern ansah, schluckte er den Einwand hinunter und fragte sich, warum die beiden sich überhaupt getrennt hatten. Während der nächsten Stunde besprachen sie gemeinsam, wie seine Lernzeiten optimal eingeteilt werden konnten. Beruhigt stellte er fest, dass er noch mit seinen Kumpel baden gehen und Fußball spielen durfte. Max fand, es hätte schlimmer für ihn ausgehen können.

Die Zeit verging wie im Flug. Als es Zeit fürs Abendessen wurde, stellte Melanie einen Teller mit belegten Brötchen auf den Tisch, bei denen auch Simone zulangte, die inzwischen eingetrudelt war. Gemeinsam aßen und plauderten sie.

Wie in alten Zeiten, dachte Melanie und bemühte sich, weder Wehmut noch Übermut aufkeimen zu lassen. Jakob genehmigte sich ein Bier, während sie sich mit einem Glas Wasser begnügte.

Max, der angesichts der entschärften Lernsituation mit gutem Appetit das dritte Wurstbrot verschlang, fragte unbekümmert: „Trinkst du heute keinen Wein, Mama?"

Jakob und Simone starrten verlegen auf ihre Brote.

„Nein, heute mag ich keinen Wein …"

Melanie gab sich gelassener, als sie sich fühlte. Aber sie hatte wieder eine imaginäre Hürde genommen, die ihr die Kraft geben würde, die nächsten Herausforderungen zu bewältigen. Genauso, wie es ihr Doktor Wenninger, den sie seit ein paar Wochen regelmäßig besuchte, versichert hatte. Abgesehen davon schlug sich Melanies häufiger Alkoholverzicht positiv auf der Waage nieder. Sie griff nach einem Käsebrot, das Geplauder ihrer Familie setzte wieder ein.

Eine halbe Stunde später machten sich Jakob und sein Sohn zur Abfahrt bereit. Max musste am nächsten Tag in die Schule und ihm war plötzlich eingefallen, dass er noch eine „kleine Hausaufgabe" erledigen musste. Seine Eltern einigten sich mit einer wortlosen Geste darauf, ihn ausnahmsweise nicht zu rügen.

Dann fiel Melanie wieder ein, was sie mit Jakob noch klären wollte. „Ich wollte dich fragen, ob ich dein Büro für meine Gitarrenstunden nützen darf. Inzwischen hab ich so einen Andrang, dass ich meine Schüler nicht mehr im Wohnzimmer unterrichten möchte. Selbstverständlich werde ich den Raum freihalten, wenn du ihn brauchst!"

Ihr Mann wirkte überrascht, bevor er anerkennend meinte: „Wow – das läuft ja super! Natürlich, nimm das Büro! Deine Zaubergitarre braucht schließlich einen würdigen Rahmen." Und er fügte grinsend hinzu: „Vielleicht komme ich mal abends vorbei und bringe meine Unterlagen im Büro auf den neuesten Stand …"

Melanie wusste, es gab keine solchen Unterlagen, und verstand, was Jakob damit andeuten wollte. Eine warme Woge legte sich über ihr Herz, das eine hoffnungsvolle Melodie pochte.

Nachdem sie Max umarmt und ihm einen Abschiedskuss gegeben hatte, hob sie für das lächerliche Verabschiedungsritual mit ihrem Mann unschlüssig die Hand. Doch Jakob schlang spontan einen Arm um ihre Taille, zog sie zu sich heran und drückte ihr einen innigen Kuss auf die Wange.

Feuer

Emma seufzte frustriert. Ihre Mutter hatte außer der Nachtwäsche auch das Bettzeug und den Boden beschmutzt. Vermutlich war sie bei ihrer unkontrollierten Ausscheidung aufgewacht und hatte versucht, die unangenehme Füllung in der Einlage loszuwerden. Als Emma ihre Rufe hörte, war es bereits zu spät gewesen.

Sie gab den Johannisbeeren die Schuld daran. Ihre Mutter hatte am Nachmittag im Garten etliche von den säuerlichen Beeren genascht. Die alte Frau tappte zwischen den Sträuchern umher, und kicherte wie ein Kind, weil Schmetterlinge um ihre Nase tanzten und ihre Hände sich beim Pflücken rot färbten. Emma hatte es nicht übers Herz gebracht, ihr den Spaß zu verderben.

Das hab ich jetzt davon!

Zuerst beförderte sie ihre Mutter mit dem Badelift in die Wanne und spülte ihren Körper mit warmem Wasser ab. Überall klebten Reste des Stuhlgangs. Obwohl die alte Frau sichtlich froh war, die übelriechende Besudelung loszuwerden, hatte sie etwas gegen das anschließende Einseifen mit dem Waschlappen. Ihre Tochter musste dafür ein paar Schläge einstecken. Später, beim Abtrocknen, wäre ihre Mutter vor lauter Müdigkeit beinahe vom Stuhl gekippt. Nur mit Mühe konnte sie der alten Frau frische Wäsche anziehen. Emma bettete sie auf das Wohnzimmersofa, wo sie sofort einschlief und sich nicht einmal mehr rührte, als ihre Tochter sie wegen der vergessenen Schutzauflage zur Seite rollen musste.

Anschließend eilte Emma ins Schlafzimmer. Sie entfernte das Bettzeug, spülte die verschmutzte Wäsche in der Badewanne aus und weichte danach alles ein. Sie wischte den Bettrahmen sauber und schrubbte die Böden in Bad und Schlafzimmer, bevor sie das Bett wieder frisch bezog. Als Emma endlich fertig war, trat sie schweißgebadet an das weit geöffnete Fenster, durch das viel zu wenig frische Luft hereinströmte. Die erste Tropennacht des Jahres verschaffte kaum einen Luftaustausch. Sie beschloss, das Fenster über Nacht offen zu lassen, obwohl sie das im Erdgeschoss normalerweise vermied.

Letztendlich schleppte sie sich in ihr eigenes Bad im ersten Stock und wusch sich unter der Dusche die Anstrengungen vom Körper.

Emma streifte eine frische Shorts und ein Top über, war aber zu aufgewühlt, um ins Bett zu gehen.

Ich kann jetzt sowieso nicht schlafen …

Sie warf einen Kontrollblick ins Wohnzimmer – ihre Mutter schlief tief und fest. Emma schnappte sich das Babyfon, schlüpfte in ein paar Flipflops und verließ das Haus durch den Kellereingang auf der Gartenseite. Üblicherweise begab sie sich nicht in ihrer Nachtwäsche aus dem Haus, aber wer sollte sie schon sehen – es war mitten in der Nacht.

Emma blieb im nachtschwarzen Garten stehen. Sie hechelte eine Zeit lang durch Mund und Nase, bis sie den penetranten Stuhlgeruch aus ihren Sinnen vertrieben hatte. Eine schwache Brise trieb den Duft der üppig blühenden Heckenrosen vor sich her, im Gebüsch zirpten Grillen um die Wette. Die Konturen der Umgebung erhoben sich aus der Finsternis. Emma bemerkte eine Fledermaus, die sich vor dem Nachtblau des Himmels abzeichnete. Der fliegende Säuger flatterte vom Giebel des Hauses in den Wipfel der nächsten Tanne, um dort vermutlich nach Insekten zu jagen. In diesem Augenblick fühlte Emma sich unbeschwert.

Ihre Augen gewöhnten sich an die Dunkelheit, und sie gab einem unerwarteten Impuls nach, als sie dem erdigen Pfad folgte, der sie in den hinteren Teil des Gartens führte.

Der efeuberankte Pavillon leuchtete schwach, obwohl die Äste und Zweige der umstehenden Bäume ein Flickwerk aus Schatten auf seine Wände streuten. Sie erinnerte sich an die Zeit zurück, als der Pavillon noch in seinem ursprünglichen Zustand gewesen war. Die kleine Emma hatte Blätter unter den Bäumen zusammengerafft und durch die offenen Bögen in den Pavillon geworfen. Dann breitete sie eine Decke auf dem knisternden Laub aus, um darauf liegend die Deckenmalereien bewundern zu können.

Irgendwann hatte ihr Stiefvater hölzerne Fensterläden und eine Tür in den Pavillon eingesetzt. Genau genommen hätte er das nicht tun dürfen, weil der Bau unter Denkmalschutz stand. Aber ihr Stiefvater meinte, er würde sich von niemandem vorschreiben lassen, was er mit seinem Eigentum tun und lassen dürfe. Er baute die Läden und die Holztür selbst ein. Und da der Pavillon von außerhalb des Grundstücks nicht zu sehen war, bekam niemand etwas von der Veränderung mit.

Emma war enttäuscht darüber gewesen. In ihren Fantasien waren nachts Feen durch die offenen Fensterbögen geschwebt, so wie die kleine Tinkerbell aus Peter Pan. Der nun geschlossene Pavillon hatte ihren Feenträumen ein Ende gesetzt. Aber ihr Stiefvater stellte ein Liegesofa darin auf, damit Emma die Deckenmalereien bequemer betrachten konnte.

Und obwohl etwas in ihr dagegen ankämpfte, ihr Verstand sich weigern wollte, drängte sich eine verstörende Erinnerung aus ihrem Gedächtnis nach oben.

Es war ein warmer Sommertag gewesen. Emma lag mit einem leichten Kleidchen auf dem Sofa und hatte den Blick an die Decke geheftet. Ihr Stiefvater war überraschenderweise in den Pavillon gekommen. Er hatte die Tür hinter sich zugezogen und fragte, ob er sich zu ihr legen dürfe. Emma hätte am liebsten: „Nein“ gesagt, weil sie sich gerne allein hier aufhielt, aber das wäre ihr frech vorgekommen. Also betrachteten sie gemeinsam die Deckenmalereien.

Ihr Stiefvater lag eng neben ihr. Sein Körper glühte, und Emmas Seite brannte irgendwie. Er deutete nach oben: „Du bist auch unschuldig, so wie das Engelchen da oben. Du bist mein unschuldiges Engelchen …“

Und er begann, sie zu streicheln. Zuerst Emmas Haare, dann ihre Wangen, er fuhr über ihre Arme und ihre flachen Mädchenbrüste. Sie empfand die Berührung als unangenehm, ihr Stiefvater hatte sie noch nie so berührt, aber Emma wusste nicht, was sie tun, wie sie reagieren sollte. Als er mit der Hand zwischen ihre Beine tastete, versteifte sich ihr Körper. Und als er mit den Fingern unter ihr Höschen fuhr, stockte Emma der Atem. Ihr Stiefvater zog sie enger zu sich heran, sie spürte etwas Hartes an ihren nackten Schenkeln. Emma hatte keine Vorstellung, was das war, doch alles in ihr sträubte sich dagegen, hier liegen zu bleiben. Sie wollte sich loszerren, aber der kräftige Mann hielt sie mit einem Bein auf dem Sofa festgeklemmt.

Als ihre Lippen sich zu einem ängstlichen: „Bitte nicht …“, formten, schwang plötzlich die Tür auf. Ein heller Lichtstrahl schwang in den Raum, der Emma wie ein rettendes Schwert erschien.

Eine Gestalt stand im Türrahmen. Und mit einem eigenartig blechernen Tonfall in der Stimme fragte die Retterin: „Emma? Ernst? Was … macht ihr hier …?“

Die Umklammerung löste sich.

Emma sprang auf und stammelte: „Nichts … wir haben nur die Deckenmalerei angeschaut …“, während ihr Stiefvater an seiner Hose herumzupfte und sich ebenfalls hastig erhob. Dennoch fühlte Emma sich schuldig. Sie huschte an ihrer bleichen Mutter vorbei, rannte fort, vom Pavillon und den lauten Stimmen, die sich hinter ihr erhoben hatten.

Ihre Mutter sprach sie niemals auf das Geschehen an und Emma war froh darüber. Auch ihr Stiefvater verhielt sich zukünftig, als wäre nichts passiert. Aber Emma empfand von diesem Tag an eine tiefe Abneigung gegenüber dem Spielplatz ihrer Kindheit und begab sich kaum mehr in seine Nähe.

Nun stand sie in der Dunkelheit vor dem Pavillon, während diese Erinnerung wie Kleister in ihren Gedanken hing. Seit ihre Mutter immer öfter hierher wollte, behauptete Emma, sie habe den Schlüssel verloren, damit sie das Gemäuer nicht betreten musste. Sie angelte mit einer Hand auf dem Sims über der Tür nach dem metallenen Stift.

Emma schloss auf, die Holztür schwang knarrend beiseite. Zögernd betrat sie den finsteren Raum. Sie tastete sich mit beiden Händen bis zu dem Fensterladen an der gegenüberliegenden Seite vor und schob ihre Füße dabei vorsichtig über den Boden. Obwohl hier außer der schmalen steinernen Sitzbank, welche bis auf den Eingang die kreisrunde Wand säumte, kein Hindernis stand. Als Emma an ihrem Ziel angelangt war, öffnete sie den Laden. Ein blasser Schimmer huschte in den Pavillon. Die aufgegangene Mondsichel war über die hohe Mauer geklettert. Sie hing wie eine Laterne in den Ästen der luftigen Birke auf dem benachbarten Grundstück.

Ihr Blick fiel auf die Sandsteinbank. Emma berührte die glatte Oberfläche mit den Fingern. Die Bank war kalt – dennoch nahm sie darauf Platz. Ihre Augen wanderten nach oben. Die Deckenmalereien konnte sie nicht sehen, lediglich ein paar dunkle und helle Flecken waren zu erkennen, die man als farbige Darstellungen ausmachen konnte. Ein Windhauch strömte durch das Fenster herein, wehte durch die offene Tür wieder hinaus. Der Pavillon atmete die Nachtluft ein und aus wie eine steinerne Lunge.

Doch Emma spürte nichts davon – sie befand sich bereits auf einer Zeitreise …

Sie wusste nicht mehr, wie alt sie damals gewesen war, aber die Sommerferien standen vor der Tür. Emma war am Nachmittag früher von der Schule nach Hause gekommen, weil die letzte Unterrichtsstunde ausgefallen war. Sie wollte schnell ihre Barbie holen und danach mit dem Fahrrad zu Lilli fahren. Ihre Schulfreundin hatte ein neues Barbie-Haus bekommen, das sie ein paar Mädchen aus der Klasse zeigen würde.

Emma wunderte sich, warum das Auto ihres Stiefvaters vor dem Haus stand, denn er kam sonst immer erst gegen Abend heim. Auf ihre Rufe durchs Haus antworteten jedoch weder ihre Mutter noch ihr Stiefvater. Emma vermutete, sie waren draußen beschäftigt. Vielleicht arbeitete ihre Mutter im Kräutergarten und ihr Stiefvater reparierte etwas im Schuppen. Aber auch dort war niemand. Ein mulmiges Gefühl vertrieb Emmas Sorglosigkeit und es widerstrebte ihr, weiter zu rufen. Denn es blieb nur noch eine Möglichkeit, wo die beiden sein könnten.

Sie tappte über den Pfad bis zum Pavillon, wo sie aber nur von dem verschlossenen Gemäuer empfangen wurde. Wenn sich jemand darin aufgehalten hätte, wären ein Fensterladen oder die Tür offen gestanden, weil es in dem Bau kein Licht gab. Unschlüssig trat Emma näher heran. Der erdige Boden verschluckte ihre achtsamen Schritte. Sie blieb vor dem Eingang stehen und lauschte, doch sie konnte sich nicht dazu durchringen, die Tür aufzumachen. Emma verharrte auf der Stelle, bis sie einen schauerlichen Laut wahrnahm. Es hörte sich an wie das Winseln eines verletzten Wesens. Eiskalt kroch es über Emmas Rücken. Sie verspürte den Drang, wegzulaufen, doch sie wollte wissen, wer oder was dieses Geräusch verursacht hatte.

Vorsichtig schlich sie um den Pavillon herum. Sie suchte nach einem Spalt in den Holzläden, durch den sie hineinsehen konnte. Als sie rückseitig eine passende Stelle erspähte, musste sie sich zuerst durch das Gebüsch schieben, um zu dem verkleideten Rundbogen gelangen zu können. Emma linste durch die Lücke im Holz in den Innenraum des Pavillons. Sie blickte in samtene Schwärze, und schattete ihre Augen mit den Händen gegen das Tageslicht ab, bis sie Details durch den Spalt erkennen konnte. Emmas Blick wanderte an die Decke, wo das Flackern einer Lichtquelle über den blauen Badeteich tanzte. Sie senkte den Blick, um nach der Kerze zu suchen, als sich ihre Lider ungläubig weiteten. Ein verstörender Anblick klatschte Emma ins Gesicht.

In der Mitte des Raumes stand eine Holzbank anstatt des Sofas, das früher hier platziert war. Emmas Mutter lehnte mit dem Rücken unnatürlich über die Lehne nach hinten gebogen an der Bank. Sie war nackt und ein Stoffstreifen, der an ihrem Hinterkopf festgebunden war, steckte zwischen ihren Lippen. Emma fragte sich nicht, warum ihre Mutter nackt war oder offenbar eines ihrer Halstücher im Mund hatte. Sie fragte sich, warum sie in dieser unbequemen Haltung verweilte. Bis sie bemerkte, dass die Arme und Beine ihrer Mutter angebunden und die angespannten Fesseln hinter der Lehne zu einem Knoten zusammengebunden waren.

Emmas Mund öffnete sich, um ihrem Entsetzen Gehör zu verschaffen, es entwich ihr jedoch nur ein gehauchtes: „Mama …?"

Als sie der gehemmten Stimme mit einem Räuspern helfen wollte, sah sie, dass ihre Mutter nicht allein war. Es bewegte sich etwas auf die Wehrlose zu, das wie die Spitze eines Besenstiels aussah. Dieses Etwas gehörte zu einer nackten Gestalt, die sich in ihr Blickfeld schob – ihrem Stiefvater. Das Räuspern blieb in Emmas Hals stecken, ihr ganzer Körper schien in einer Schockstarre gefangen zu sein, während sie unfassbares beobachtete. Ihr Stiefvater hielt eine Art Peitsche in der Hand, womit er auf den Bauch, die Brüste und die Schenkel seiner Frau schlug. Erstickte Schreie drangen aus dem geknebelten Mund. Dann trat er ganz nah an sie heran, stieß in sie hinein und bewegte sich laut keuchend vor und zurück.

Emma verharrte an ihrem Platz. Ein Teil von ihr wollte wegrennen, bis zum Ende der Welt. Doch sie blieb versteinert stehen. Emma sah das schmerzverzerrte Gesicht der Gefesselten und konnte die Augen nicht schließen, sie hörte das grunzende Stöhnen des Quälers und konnte sich die Ohren nicht zuhalten.

Irgendwann war es vorbei. Die Frau wurde von den Fesseln befreit, der Mann zog sich wieder an, bevor er den schmalen schwarzen Riemen einrollte und einsteckte. Sie hörte ihn sagen: „Ich geh noch mal in den Betrieb, Emma kommt ja bald nach Hause. Wir sehen uns beim Abendessen."

Dann verließ ihr Stiefvater den Pavillon.

Emma wartete. Sie wartete darauf, dass ihre Mutter anfing, zu schreien oder zu weinen. Aber nichts dergleichen geschah. Sie rieb sich die Arm- und Beingelenke, streifte ihre Kleidung über und öffnete den Laden neben der Tür, wo sie ein paarmal tief durchatmete. Danach sammelte sie die Fesseln vom Boden auf, die Emma im einströmenden Tageslicht als Ledergürtel ihres Stiefvaters erkannte. Ihre Mutter schloss den Holzladen wieder, verließ den Pavillon und sperrte die Tür zu. Ihre gedämpften Schritte entfernten sich, wurden leiser, verstummten.

Etwas in Emma drängte, ihr hinterherzulaufen, doch sie kauerte weiter im Gebüsch. Denn sie wollte nicht, dass ihre Mutter jemals erfuhr, was sie gerade beobachtet hatte. Und als sie sich endlich aus ihrer Starre lösen konnte, übergab sie sich an der Gartenmauer. Sie blieb verborgen hinter dem Pavillon, bis man mit ihrer Rückkehr aus der Schule rechnen musste.

Emma wurde mit einem Kuss begrüßt und ihre Mutter verhielt sich wie immer. So, wie es Emma erwarten würde, bevor sie gesehen hatte, was sie niemals hatte sehen wollen. Und vielleicht bildete sie sich nur ein, dass ihre Mutter blasser war als sonst.

Kurz darauf kam ihr Stiefvater nach Hause. Auch er begrüßte sie mit einer Umarmung, die Emma heute starr über sich ergehen ließ. „Was ist los, Kleines? Du siehst bleich aus! Geht's dir nicht gut?", fragte er besorgt. Dasselbe hatte zuvor ihre Mutter gefragt.

„Ich weiß nicht? Mir ist heute irgendwie schlecht …", antwortete Emma vage. Was sollte sie sonst sagen?

„Komm mit mir mit, Schatz! Ich messe zuerst mal deine Temperatur!“, meinte ihre Mutter. Emma hatte zwar kein Fieber, musste sich beim Abendbrot dennoch mit Zwieback und Tee begnügen.

Später, als sie im Bett lag und auf den Eimer hinunterblickte, den ihre Mutter vorsorglich neben dem Nachtkästchen deponiert hatte, fragte sie sich, ob sie vielleicht an einer geheimnisvollen Erkrankung litt und das grauenvolle Geschehen im Pavillon nur eine Ausgeburt ihrer Fantasie war.

Denn es konnte unmöglich wahr sein, was sie gesehen hatte!

Sie war bald in einen unruhigen Schlaf gesunken, und hatte von finsteren Gestalten geträumt, die sie mit peitschenden Ledergürteln verfolgten.

Eine föhnige Böe holte Emma aus ihrer Zeitreise zurück. Ihr Po war kalt geworden. Sie erhob sich, und blickte sich in dem düsteren Gemäuer um, in dem noch immer die Geister der Vergangenheit lauerten.

Emma hatte diesen unwirklichen Nachmittag jahrelang erfolgreich verleugnet. Spätestens jedoch seit sie ihre Mutter heimlich beim Behandeln frischer Verletzungen im Bad beobachtet hatte, ahnte sie, dass die Erinnerung mehr war, als nur ein albtraumgefüttertes Konstrukt. Und nachdem sie die Holzbank im Schuppen entdeckt hatte, beförderte ihr Unterbewusstsein das traumatische Erlebnis wieder an die Oberfläche, während gnadenlos alle Zweifel an der Wahrheit zerrissen.

Aber Emma war kein Kind mehr. Sie war weder unschuldig noch ein Engelchen, hatte in den vergangenen Monaten mehr über sich gelernt als in den letzten Jahrzehnten. Auch wenn es qualvolle Vorstellungen waren, dachte sie darüber nach, inwieweit ihre Mutter von ihrem Mann zu seiner abartigen Triebbefriedigung genötigt wurde. Und warum hatte sie sich nicht dagegen aufgelehnt?

Doch diese Frage musste sie sich nicht stellen – Emma war sich sicher, dass ihre Mutter die Perversionen nur über sich hatte ergehen lassen, um ihr Kind zu beschützen.

Vielleicht haben die beiden eine Abmachung getroffen? Damit er mich in Ruhe lässt?

Auch viele Ermahnungen ihrer Mutter, an die sie sich zurückerinnerte, gaben nun einen Sinn: „Emma, lauf nicht in der Unterwäsche herum, wenn dein Stiefvater da ist! Emma, geh jetzt duschen, damit du fertig bist, wenn Ernst nach Hause kommt!" Ebenso wie Worte, die ihre Mutter gestern scheinbar zusammenhanglos geäußert hatte, nachdem sie genug Johannisbeeren gegessen und auf den Pfad geblickt hatte, der zum Pavillon führte: „Ich muss … Ernst will es! Wenns dir nur gut geht …"

Kein Wunder, dass Mama dement geworden ist!

Tiefer Ekel stieg in Emma hoch, als sie sich fragte, ob er seine Frau noch missbraucht hatte, nachdem sie bereits an Demenz erkrankt war?

„NEIN!", schrie sie in die Finsternis, sie wollte sich das nicht vorstellen! Dennoch zogen qualvolle Bilder vor ihr geistiges Auge. Emma hechelte durch eine Welle der Übelkeit, bis sie mit einem wütenden Schnauben die Luft aus ihren Lungen stieß und mit der flachen Hand auf den nächstbesten Holzladen schlug. Emma blickte sich hasserfüllt in dem steinernen Relikt ihrer Kindheit um … und traf eine Entscheidung.

Das ist Vergangenheit! Zeit zum Loslassen!

Sie verließ den Pavillon, und durchquerte zielstrebig den dunklen Garten, bis sie beim Schuppen am anderen Ende des Grundstücks angelangt war. Sie öffnete die Tür, schaltete das Licht ein. Die alte Holzbank starrte ihr schuldbewusst entgegen. Emma holte den Rollwagen, mit dem sie immer die Gartenerde beförderte, und stellte die Bank mit zwei Füßen darauf. Dann schob sie das schwere Sitzmöbel über den holprigen Pfad zum Pavillon hinüber. Die zwei Stufen hinauf konnte sie nur mit viel schieben und zerren bewältigen. Aber irgendwie schaffte sie es, die Eichenbank bis in die Mitte des Gemäuers zu befördern.

Danach eilte Emma zurück in den Schuppen. Im hinteren Teil fand sie, wonach sie suchte. Ein Stapel leerer Kohlensäcke aus vergangenen Tagen lag zusammengefaltet in einer Ecke auf dem Boden, darüber lagerte eine verstaubte Decke. Sie schleppte alles in den Pavillon. Dort verteilte sie die Säcke auf der Holzbank und dem Fußboden. Die alte Decke warf sie über die Bank.

Emma lief erneut zum Schuppen, öffnete die Schublade einer Werkbank, in der sich Zigarren ihres Stiefvaters und ein Feuerzeug befanden. Sie nahm beides, mitsamt einem alten Paar Arbeitshandschuhe an sich, bevor sie den Schuppen von außen zusperrte, und sich an dessen Außenwand entlang zur Rückseite vortastete. Dort fand sie die Metallschienen, mit denen ihr Stiefvater früher das Tomatenhäuschen zusammengebaut hatte, die seit Jahren vor sich hin rosteten, und die sie für ihr Vorhaben brauchte. Sie streifte die Arbeitshandschuhe über, nahm eine der kürzeren Schienen mit und begab sich wieder zum Eingang des Schuppens. Mit ein paar ungelenken Handgriffen schob sie die Stange seitlich zwischen Tür und Rahmen. Emma stemmte das metallene Teil solange dazwischen, bis das Schloss brach und die Tür aufsprang. Sie warf die Schiene auf den Boden, verstaute die Schutzhandschuhe wieder im Schuppen.

Erhitzt huschte sie ein letztes Mal durch die dunkle Nacht zum Pavillon. Emma zog den Fensterladen so weit zu, bis sie einen deutlichen Luftzug spürte und zündete eine der Zigarren an. Der bekannte Geruch des Tabaks ließ sie erschaudern. Angeekelt starrte sie auf den dicken glühenden Stummel. Sie warf ihn auf die alte Decke, blieb reglos stehen, und beobachtete, wie der Bereich um die Zigarre immer stärker zu qualmen begann. Die sanfte Brise fächelte den Brand weiter an.

Als sich kleine fröhliche Glutnester ausbreiteten und Emma sicher sein konnte, dass das Feuer nicht mehr ausgehen würde, verließ sie den Pavillon und ließ die Tür einen Spalt offen stehen. Sie entfernte sich, wartete im Dunkel der Bäume, bis sie die Flammen aus dem Türspalt züngeln sah. Zum zweiten Mal in dieser Nacht war Emma schweißgebadet, aber sie fühlte sich glücklich und befreit.

Nachdem das Feuer die Holzläden erfasst hatte und vermutlich bald von außerhalb des Gartens zu sehen sein würde, wandte sie sich ab. Emma schlenderte mit einem Lächeln im Gesicht über den Pfad zum Haus zurück.

Epilog – Chorprobe V

„Hallo, Melanie! Komm schnell rein!" Emma hielt die Haustür auf und ließ ihre Freundin eintreten.

„Brrr… Es ist saukalt draußen!" Melanie schüttelte sich. „Ich kann mich nicht erinnern, wann es das letzte Mal im Dezember schon so kalt war …"

„Ich auch nicht", bestätigte Emma. Sie schloss die Tür.

Melanie schlüpfte aus ihren Stiefeln, zog ein paar warme Filzpatschen aus ihrer geräumigen Tasche. In der Villa gab es keine Fußbodenheizung und obwohl die Räume gut geheizt waren, zog es immer ein wenig um die Füße. Sie fror leichter, seit sie einige Kilos abgenommen hatte.

„Ich hab jede Menge Stoffpantoffeln da!", versicherte Emma.

„Für meine Hobbitfüße auch?", fragte Melanie mit gespielter Verzweiflung.

Emma schmunzelte. „Ich hätte dir einfach zwei Kissenüberzüge aus Plüsch gebracht."

„Sind die anderen schon da?", wollte Melanie wissen, als sie ihrer Freundin ins Esszimmer folgte.

„Nein – du bist die Erste!"

Emma hatte hübsch gedeckt. Eine weiße Tischdecke mit roten Weihnachtsstern-Motiven, die ihre Mutter als junge Frau von Hand gestickt hatte, überspannte den großen Tisch. Festliche Teller mit Lebkuchen, Nüssen und Mandarinen waren darauf verteilt und eine Etagere mit Weihnachtskeksen lockte in der Mitte des Tisches. Dazwischen schimmerten kleine rote Gläser mit Teelichtern und weihnachtliche Servietten lagen vor jedem Sitzplatz.

„Hast du die alle selbst gemacht?" Melanie langte nach einem Vanillekipferl und schnupperte daran, bevor sie eine Spitze abbiss.

„Nein, nicht alle", gab Emma gleichmütig zu, „aber die Vanillekipferl sind selbst gemacht … sind Mamas Lieblingskekse. Sie hilft gerne beim Backen – die Kipferl, die wie ein Bumerang aussehen, hat sie geformt ..."

Melanie betrachtete ihre Freundin. Emma hatte sich in den letzten Monaten verändert. Sie war immer noch fürsorglich und warmherzig, strahlte jedoch mehr Selbstbewusstsein aus. Sie wirkte gelassener, warf sich nicht mehr als ‚Friedensapostel' zwischen jeden Konflikt.

Gut so, dachte Melanie und konzentrierte sich wieder auf das Keksangebot. „Mir ist die Form gleich. Hauptsache, sie schmecken gut! Ich habe heuer auch nur vier Sorten gebacken … weiß nicht, ob ich mir die Arbeit nächstes Jahr noch mal antue. Jakob meint ohnehin, ihm würden Rumkugeln reichen. Naja, typisch Mann! Und mein Gitarrenunterricht nimmt inzwischen jede Menge Zeit in Anspruch. Ich hab eine Warteliste anfangen müssen, weil ich keine neuen Schüler mehr aufnehmen kann."

„Ich finde es großartig, dass du jetzt Gitarrenlehrerin bist! Deine Schüler sind sicher disziplinierter und lernwilliger als dein ‚Schnatter-Chor' …", war sich Emma sicher. Sie erhob sich, um Zündhölzer zu holen und ein vergessenes Teelicht zu entflammen. „Möchtest du schon ein Gläschen Prosecco?"

„Nein, danke! Ich warte, bis alle da sind …"

Emma hätte nicht sagen können, seit wann Melanie ihren Alkoholkonsum reduziert hatte. Schon seit ein paar Monaten trank sie nur noch ein oder zwei Gläschen Prosecco bei den Chorproben. Obwohl es allen aufgefallen war, sprach niemand Melanie darauf an. Wozu auch? Sie schien glücklich zu sein und sah blendend aus.

Emma beschloss, ihre Freundin mit einem Kompliment zu belohnen: „Hast du wieder abgenommen?"

„Nein, das täuscht! Schwarz macht schlank …", gestand Melanie grinsend und deutete im Sitzen eine Modelpose an. „Ich habe immer noch genug auf den Rippen, aber es macht natürlich einen Unterschied, ob man Kleidergröße 48 trägt oder Größe 44." Sie verschlang ein Kokos-Busserl und fügte hinzu: „Ich habe aber nicht vor, aus mir eine Gazelle zu machen. Dafür esse ich viel zu gern!"

„Ich auch!", lachte Emma. Sie strich über ihr Speckröllchen am Bauch und streichelte ihre runden Hüften.

Ein paar Minuten lang schälten sie schweigend Erdnüsse, während sie ihren eigenen Gedanken nachhingen.

„Hast du noch Kontakt zu Riesen-Lars?", fragte Melanie unvermittelt in die Stille hinein und ärgerte sich gleichzeitig, weil sie diesen Gedanken laut ausgesprochen hatte. *Welcher Teufel hat mich jetzt geritten?*

„Manchmal schreiben wir uns …“, sagte Emma schlicht, als hätte Melanie nach der Uhrzeit gefragt. Sie musterte die Erdnussschale in ihrer Hand und dachte: *Wenn du wissen willst, ob ich was von Jens gehört habe, musst du mich schon danach fragen.*

Melanie schielte aus dem Augenwinkel zu ihrer Freundin, die vermutlich die tiefste Seele war, die sie kannte. Emma hörte sich bereitwillig jeden Kummer an, spendete Trost, wenn es nötig war und hielt sich mit Ratschlägen zurück. Sie selbst schienen jedoch Geheimnisse zu umschwirren, die sie niemals preisgab. *Das könnte ich nicht!* Melanie seufzte. Jedes Mal, wenn sie etwas zu verbergen versuchte, baute sich ein gewaltiger Druck in ihr auf, der sich dann wie ein alles verschlingender Vulkanausbruch entlud. Da war es besser, gleich die Katze aus dem Sack zu lassen. Melanies Überlegungen wurden von der Türglocke unterbrochen.

Emma eilte zum Hauseingang, bevor die Klingel ein zweites Mal gedrückt wurde. Ihre Mutter schlief noch nicht lange. Sie öffnete lächelnd die Tür: „Hallo, ihr zwei!“ Lilli und Marie standen bibbernd mit hochgezogenen Schultern draußen.

„Gott, was für eine Kälte! Man könnte glauben, wir leben in Sibirien!“, beschwerte sich Lilli. Sie stürmte noch vor ihrer Freundin ins Haus und drückte Emma kurz an sich.

Marie schritt gemächlich herein, und wartete neben der Tür, bis Emma sie geschlossen hatte. Es lag noch immer eine gewisse Zurückhaltung in Maries Verhalten. Emma fragte sich, ob sie ihr jemals wieder unbekümmert gegenübertreten würde. Als sich ihre Blicke trafen, erkannten beide, dass sie dieselben Gedanken wälzten.

Marie war bewusst, dass die Affäre zwischen Emma und Johannes ihrem Leben nicht nur eine qualvolle Zeit, sondern auch eine freudvolle Wendung gebracht hatte. Sie wäre sonst immer noch ahnungslos mit dem betrügerischen Johannes verheiratet gewesen und die glückliche Beziehung mit Matthias wäre niemals Wirklichkeit geworden. Dennoch benahm sich ihr Herz gelegentlich wie ein beleidigtes Klammeräffchen, das den erlittenen Schmerz nicht loslassen wollte. Aber ihr war auch bewusst, dass sie keinesfalls ein Abbild ihrer Mutter werden wollte, die sich niemals damit abfinden würde, dass Maries Vater jetzt mit einer jüngeren Frau verheiratet war, und die bei jeder Gelegenheit über das neue Eheglück ihres Ex-Mannes lästerte.

Zudem nervte ihre Mutter sie mit der Wunschvorstellung, Matthias bald als zukünftigen Schwiegersohn begrüßen zu können. „Du bist schließlich nicht mehr die Jüngste!", hatte sie ihrer Tochter erst letzte Woche gepredigt. Dessen ungeachtet würde Marie ihr niemals gestehen, dass Matthias bereits um ihre Hand angehalten hatte. Und sie hegte den Verdacht, seinen Antrag nur abgelehnt zu haben, weil sie ihrer Mutter keinen Gefallen tun wollte, und nicht, weil sie fand, dass es noch zu früh dafür war.

Matthias durchschaute sie ohnehin, ließ sich von ihrer Absage nicht einschüchtern. Er hatte angekündigt, Marie nach einer angemessenen Zeit wieder einen Antrag zu machen, und angeboten in Las Vegas zu heiraten, wenn ihr das lieber wäre. „Wir könnten ohne das ganze Tamtam heiraten, das wir beide schon hinter uns haben. Und zu Hause feiern wir im kleinen Kreis nach!"

Nun stand Marie einmal mehr verlegen vor ihrer Freundin. Doch als Emma einladend die Arme ausbreitete, erwiderte sie die Geste und die beiden umarmten sich.

Im Hintergrund spendete Lilli ihnen ein erleichtertes Seufzen, während sie die Schuhe abstreifte. Dann rief sie: „Auf geht's, Mädels! Jimmy Hendrix wartet schon auf uns!", und lief voran ins Esszimmer.

Emma wartete, bis Marie sich von den Stiefeln befreit hatte, bevor sie ihrer temperamentvollen Freundin folgten.

„Wenn schon, dann Mark Knopfler!", tat Melanie kund, als alle im Esszimmer eingetrudelt waren.

Lilli nahm neben Melanie Platz. Sie lehnte sich neckend an ihre Freundin: „Gibt es eigentlich keine berühmte Gitarristin?"

„Doch, mich!" Melanie schubste sie scheinbar entrüstet.

„Bescheidenheit ist eine Zier …", stellte Lilli fest und griff nach einem Windbeutel.

„Aber die gehört nicht mir!", sang Melanie.

„Das reimt sich ja! Wir sollten Songwriter werden", schlug Lilli vor.

„Jaaa, unbedingt … mit dem Text landen wir sicher einen Superhit!", gab Melanie augenrollend zurück.

„Sehr hübsch hast du gedeckt, Emma“, unterbrach Marie das plänkelnde Songwriter-Duo.

„Danke! Mamas altes Tischtuch bleibt etwas Besonderes.“ Emma strich mit den Fingern zärtlich über das Leinengewebe.

„Ich war nie gut im Handarbeiten!“ Melanie spülte ihren Keks mit einem Schluck Wasser hinunter. „Und meine Töchter sind handwerklich leider auch talentfrei.“

„Das ist doch egal! Jeder sollte machen, was er gern tut, dann ist man auch gut darin“, warf Emma ein, während sie sich fragte, welch besonderes Talent sie selbst besaß.

„Genau … wie unser Junior, der Profifußballer werden will.“ Melanie blickte vielsagend in die Runde. „Aber nicht, weil er besonders begabt dafür wäre, sondern weil Max viel lieber Fußballspielen geht, als für die Schule zu lernen. Gott sei Dank kann er die Ausrede mit der ‚Trennungslernbehinderung‘ nicht mehr vorschieben.“

Melanie und Jakob waren im vergangenen Sommer wieder zusammengekommen. Nach einem tränenreichen Abend mit klärenden Gesprächen war Jakob nicht mehr nach Waldschwende zurückgefahren, sondern wortwörtlich in den Schoß von Melanie zurückgekehrt. Auch wenn sie auf dieses tiefe Tal in ihrem Leben gerne verzichtet hätte, so wusste Melanie dennoch, dass sie ohne diese Erfahrung die Liebe und Loyalität ihres Mannes weiter als selbstverständlich hingenommen hätte.

„Wo ist eigentlich Sandra?“, fragte Marie und blickte sich suchend um.

„Na, wo ist sie denn nur?“ Lilli hob die Tischdecke an, schielte unter den Tisch.

„Ja, wo hat sie sich denn versteckt?“ Melanie stöberte in ihrem Gitarrensack.

„Kindische Bande …“, bemerkte Marie kopfschüttelnd, lächelte aber.

„Sie ist erst vor Kurzem nach Hause gekommen, wollte vor der Probe noch unter die Dusche“, klärte Emma die anderen auf und dachte wieder einmal, wie glücklich sie darüber war, dass ihre Freundin vor ein paar Monaten hier die Zelte aufgeschlagen hatte.

Spätestens nach Maries Scheidung von Johannes war klar, dass Sandra bald eine neue Unterkunft brauchen würde, weil deren gemeinsame Wohnung verkauft werden musste und Marie Matthias beharrlicher Einladung nachgab und zu ihm in sein großzügiges Loft zog. Die Schwestern wussten ohnehin, dass ihr Zusammenleben nur eine vorübergehende Lösung gewesen war. Emma bot Sandra an, bei ihr zu wohnen, bis sie eine geeignete Unterkunft gefunden hatte. Im oberen Stockwerk der Villa gab es mehrere unbenützte Zimmer und zwei Bäder.

Nach ein paar Wochen jedoch, in denen sie sich beschnuppert hatten, kamen sie überein, dass beide dauerhaft in dem großen Haus leben konnten, ohne ihre Privatsphäre einzubüßen. Sandra ließ eine kleine Kochnische in das geräumige Wohn-Ess-Zimmer am Ende des Flurs einbauen und gestaltete im Raum gegenüber ihr hübsches Schlafzimmer, an das ein Bad angrenzte. Lukas schlief an den Besuchswochenenden im Gästezimmer nebenan, das bisher nur von Frau Hagen benützt worden war. Sandra bezahlte ihren Anteil an den Betriebskosten und half bei der Gartenarbeit, wohnte aber mietfrei. Als Gegenleistung kümmerte sie sich um Emmas Mutter, damit ihre Freundin Besorgungen machen oder ausgehen konnte.

Sandra verstand sich gut mit der dementen Frau und war nicht überfordert, wenn einmal ein Malheur passierte. Die Freundinnen ließen einander den Freiraum, den sie brauchten. Und Sandra war eine diskrete Mitbewohnerin – sie fragte nie, wohin Emma an manchen Freitagabenden ging.

„Hallo, Mädels!“ Wie aufs Stichwort rauschte eine gut gelaunte, frisch duftende Sandra ins Esszimmer, wo sie mit großem: „Hallo!“, empfangen wurde. „Was? Noch kein Prosecco?“ Sie blickte ungläubig in die Runde.

„Nein – wir haben auf dich gewartet“, sagte Melanie gelassen und schälte eine Mandarine.

Ich glaube, sie hat es wirklich geschafft! Sandra widerstand dem Drang, ihrer Freundin auf die Schulter zu klopfen. In ihrem Beruf durfte sie einige Erfahrungen mit Alkoholismus sammeln, obwohl sie Melanie trotz ihres ausschweifenden Konsums nicht als Alkoholikerin eingestuft hätte. Aber sie wusste, wie schwer es war, Gewohnheiten mit

Suchtpotenzial zu ändern, ohne auf eine gelegentliche Erfüllung zu verzichten. Sie vermutete, ihre Freundin ging regelmäßig zu einem Therapeuten, auch wenn Melanie kein Wort darüber verlauten ließ.

„Aber jetzt hole ich welchen …", unterbrach Emma Sandras Überlegungen.

Die Gastgeberin erhob sich und lief in die Küche. Sie öffnete den Kühlschrank, holte eine gekühlte Flasche Prosecco heraus. Ihr Blick fiel aus dem Fenster – es hatte angefangen zu schneien. *Oh, wie schön!* Emma bewunderte die unzähligen weißen Kristalle, die bauschig vom Himmel schwebten. Der Garten strahlte bereits als zuckerbestreute Lebkuchenlandschaft in die Adventnacht. Doch auch ohne den hellen Überzug zeigte sich das Grundstück nicht mehr so düster wie früher.

Nach dem Brand des Pavillons im letzten Sommer nahm die Polizei an, dass ein Obdachloser zuerst den Schuppen aufgebrochen und sich danach in dem alten Gemäuer einen Schlafplatz eingerichtet hatte. Dass der Einbrecher mit einer glühenden Zigarre in der Hand eingeschlafen war und versehentlich den Brand entfacht hatte.

Die Polizisten wunderten sich zwar, warum der Dieb außer den Zigarren und dem Feuerzeug nichts aus der Schublade im Schuppen entwendet hatte, obwohl darin eine Blechdose mit alten Silbermünzen deponiert war. Auch fanden die Beamten merkwürdig, dass der mutmaßliche Obdachlose sich ausgerechnet in einer warmen Nacht einen Unterschlupf gesucht hatte. Zudem hinterließ der Unbekannte keine brauchbaren Spuren oder Fußabdrücke, was bei einem Landstreicher eher ungewöhnlich war. Da es jedoch keinen Grund für eine mögliche Brandstiftung gab – der Pavillon war nicht versichert gewesen – und der ermittelnde Polizist der Meinung war, dass die reizende Frau mit ihrer dementen Mutter schon genug um die Ohren hatte, wurden die Untersuchungen rasch abgeschlossen.

Nach der Besichtigung durch einen Mitarbeiter des Denkmalschutzes durfte Emma das Bauwerk abreißen lassen. Die erhaltenswerten Deckenmalereien waren bei dem Brand völlig zerstört worden. Der Sachverständige hatte zwar geraten, die angekohlten Wände dennoch renovieren zu lassen, weil der Pavillon immer noch einen historischen Wert habe, oder vielleicht das Fundament für einen Sitzplatz zu nützen. Aber Emma hatte ihre Entscheidung längst getroffen gehabt. Sie beauftragte ein Bauunternehmen damit, das Gemäuer komplett abzutragen und das entstandene Loch mit Erde zu füllen. Anschließend ließ sie auf dem gesamten Grundstück das dichte Buschwerk entfernen und einige große Bäume fällen.

Emmas Mutter verblieb in dieser Zeit tagsüber bei Frau Hagen, damit sie nichts von den Arbeiten mitbekam. Die alte Frau sah den neuen Garten erst wieder, nachdem alles fertiggestellt war. Als Emma mit ihr das erste Mal ums Haus lief, blickte sich ihre Mutter mit großen Augen um, blieb jedoch schweigsam. Emma war besorgt, dass sie den Garten vielleicht nicht wiedererkannte, und bereute, alles großflächig roden gelassen zu haben. Deshalb führte sie die alte Frau auch in den hinteren Teil des Gartens, wo vorher der Pavillon gestanden war. Emma hatte auf der frei gewordenen Fläche ein paar Hortensienbüsche gepflanzt. Es waren die richtigen Pflanzen für diesen Platz – starke Büsche, die gerne im Halbschatten der Gartenmauer ihre Pracht entfalten würden.

Als sie an der veränderten Stelle verharrten, starrte ihre Mutter zuerst auf die jungen Pflanzen am Boden und betrachtete danach die lichte Umgebung. Emma nahm an, ihre Mutter erkannte auch diesen Bereich im Garten nicht mehr, wobei das aus ihrer Sicht ohnehin das Beste gewesen wäre.

Doch irgendeine Erinnerung schien in der alten Frau zu schlummern. „Oh … Wo …? Weg …?“, fragte ihre Mutter leise, und ihr Blick wanderte suchend umher.

Emma war sicher, Erleichterung aus dem schwachen Tonfall herausgehört zu haben. „Genau, Mama! Er ist weg!“ Sie drückte lächelnd den Arm der alten Frau, konnte aber nicht verhindern, dass emporsteigende Tränen ihr die Sicht raubten.

Ihre Mutter musterte sie aufmerksam. Sie wischte die erste Träne, die über Emmas Wange rann, mit einem Finger weg. Dann lehnte sie den ergrauten Kopf an ihre Schulter. „Alles gut, mein Kind …“

Und ihre Tochter antwortete mit erstickter Stimme: „Ja, Mama! Alles ist gut!“

Die Erinnerungen an den vergangenen Sommer geisterten durch Emmas Kopf, bis sie ihre Augen von dem weißgezuckerten Zauberland lösen konnte. Sie nahm einen tiefen Atemzug, öffnete den Korken der Prosecco-Flasche mit einem „Plopp“ und begab sich zurück zu ihren Freundinnen.

„Draußen schneit es …“, informierte Emma die fröhliche Tischrunde.

„Wirklich?“ Melanie sprang auf und lief zum Fenster.

„Schöööön…“ Lilli, die ihr nachgelaufen war, blickte ebenfalls auf den immer dichter werdenden Schneefall.

Marie dachte dankbar an die neuen Winterreifen, die Matthias ihr im Herbst gekauft hatte, obwohl die alten noch für eine Saison gut gewesen wären. „Ich kann nicht zulassen, dass die Liebe meines Lebens mit abgefahrenen Reifen herumdüst!“, hatte er erklärt. Sie wäre nicht glücklicher gewesen, wenn er ihr ein neues Auto gekauft hätte.

„Oje…“, stöhnte Sandra, die einen anderen Zugang zu der weißen Winterpracht hatte. „Morgen geht’s wieder rund auf unserer Station! Beim ersten Schneefall passieren die meisten Unfälle!“

„Du Arme …“, bekundete Emma ihr Verständnis.

„Das wird schon, ist ja nichts Neues. Aber Lukas wird sich freuen – er liebt den Schnee!“

Lukas verbrachte das kommende Wochenende bei seiner Mutter. Seit sie bei Emma lebte, kam er viel lieber zu Besuch. Im Sommer durfte er im großen Garten Fußball spielen und Sandra hatte ihm sogar ein Tor gekauft. Sie nahm sich vor, mit ihrem Sohn einen Schneemann zu bauen, falls er so etwas noch machen wollte. Doch Lukas gab ihr manchmal ungewollt Einblicke in seine kindliche Seele. Bei seiner Mutter glaubte er, nicht beweisen zu müssen, dass er schon ein ‚richtiger Kerl‘ war. Wie zuletzt, als sie mit ihm eine Folge von Flipper im TV angeschaut hatte. Lukas war nach anfänglichem Protest: „So ein alter Quatsch!“, gebannt vor dem Fernseher gesessen und hatte beschämt ein paar verstohlene Tränen weggeblinzelt, als der Delphin verletzt im Fangnetz eines Fischkutters hing. Sandra legte daraufhin einen Arm um ihren Sohn, während dieser sich ohne Scheu an sie kuschelte, bis Flipper von seinem Herrchen gerettet wurde.

Seine Mutter wusste aber auch, dass es noch andere Gründe gab, warum Lukas sich gerne bei ihr aufhielt. Seit er eine kleine Schwester hatte, drehte sich im Haus seines Vaters alles nur noch um den kleinen

„Schreihals", wie er sich bei seinem letzten Besuch beschwert hatte. Die kleine Lina war erst ein paar Wochen alt und selbstverständlich der Mittelpunkt in ihrer Familie.

Als Rainer seinen Sohn das letzte Mal abgeholt hatte, erzählte er Sandra stolz von seinem wunderschönen Mädchen. Und dass seine junge Frau, obwohl Lina ihr erstes Kind war, ihre Sache ausgezeichnet machen würde. Sandra hatte milde gelächelt, sich verboten, darüber nachzudenken, was ihr Ex-Mann damit andeuten wollte. Sie würde keinen Vergleich zwischen ihren Mutterqualitäten und denen von Anita ziehen. Und sie fand es ganz natürlich, dass Lukas eingeschnappt war. Bisher hatte sich alles um ihn gedreht und jetzt musste er nicht nur die Aufmerksamkeit mit seiner kleinen Schwester teilen, sondern auch zurückstehen, wenn der kleine „Hosenscheißer" (Lukas zweite Bezeichnung für Lina) etwas hatte.

„Toll, dass Lukas kommt! Mama wird sich freuen!" Emma schenkte reihum Prosecco ein.

Glücklicherweise verstand sich Lukas ausgezeichnet mit der alten Frau. Emma hatte zuerst Bedenken gehabt, ihre Mutter würde verstört auf einen fremden Jungen reagieren, doch Lukas direkte, manchmal ungehobelte Art kam gut bei der dementen Frau an. Emma teilte sogar Sandras Einschätzung, ihre Mutter würde durch seine Anwesenheit die eigene Kindheit noch einmal durchleben. Die alte Frau sah zu, wenn Lukas im Garten Fußball spielte und feuerte ihn an. Und wenn die beiden zusammen vor dem Mensch-ärgere-dich-nicht-Brett saßen (ein Vorschlag von Sandra), pfefferte Emmas Mutter jedes Mal den Kegel auf den Boden, wenn sie Lukas vom Platz würfelte. Der hob ihn dann protestierend auf, doch er hatte sichtlich Spaß dabei.

Einmal hörte Sandra, wie ihr Sohn sagte: „Mensch, Gerda! Ich möchte lieber nicht so uralt werden wie du und mich dann nicht mehr bücken können!"

Sie hielt schockiert die Luft an, hatte bereits eine Rüge auf den Lippen, als Emmas Mutter kichernd erwiderte: „Stimmt, das möchte ich auch nicht!"

Daraufhin waren der Junge und die alte Frau in haltloses Lachen ausgebrochen, in das Sandra einstimmen musste.

Sandra hob ihr Glas, nickte in die Runde: „Gin, Gin, Mädels!" Sie trank einen kleinen Schluck Prosecco und fächelte sich mit der Serviette Luft zu. „Ich muss mich mit dem Alkohol zurückhalten, sonst wird mir noch heißer …" Sandra tupfte sich die Stirn ab.

„Oh, Gott – hoffentlich bleibt mir das noch lange erspart." Melanie beäugte die erhitzte Freundin wie eine tickende Zeitbombe, bevor sie an ihrem Glas nippte.

„Erzähl mal, wie das so ist … mit der verlorenen Libido?" Lilli, die einen ordentlichen Schluck Prosecco genommen hatte, wagte sich an ein Thema, dass alle brennend interessierte, bislang aber keine der Freundinnen anzusprechen gewagt hatte, schließlich war Sandra für ihr reges Liebesleben bekannt gewesen. Nun mussten ihr die Wechseljahre einen ordentlichen Strich durch die Rechnung machen. Lilli und Melanie warteten gespannt auf Sandras Antwort, während Emma das Kinn in ihrer Hand aufstützte und gedankenverloren an einer Erdnuss nuckelte. Marie überlegte derweil, ob es möglicherweise klüger wäre, den Heiratsantrag von Matthias anzunehmen, solange sie noch nicht in den Wechseljahren war.

„Keine Ahnung? Wie soll es damit sein?" Sandra äugte genervt zu Lilli. Sie war in den Wechseljahren und nicht in ein Kloster eingetreten. Ihre latente Gereiztheit jedoch ging ihr allmählich selbst auf den Wecker.

Lilli entschuldigte sich zerknirscht: „Sorry, Sandra! Ich möchte nur wissen, was auf mich zukommt, wenn es bei mir so weit ist. Obwohl mein Liebesleben ohnehin der Wüste Gobi gleicht …", gab sie zu.

„Jaaa… vielleicht liegt mein Liebesleben zurzeit brach, aber es macht mir nichts aus. Ich habe einfach keine Lust auf Sex, doch das muss nicht so bleiben. Und ich denke mir immer, dass ich schon auf meine Kosten gekommen bin. Uuups – das klingt jetzt, als hätte ich eine Festanstellung in einem einschlägigen Etablissement gehabt!"

Erleichtert stimmten alle in Sandras Lachen ein, bevor sie weitersprach: „Wenn ich wieder Lust bekomme, versage ich mir die Freuden der Liebe sicher nicht. Ich muss mir sowieso meine Energien für den Trainer von Lukas aufsparen …" Sandras Freundinnen wussten bereits, dass ihr Sohn sie unbedingt mit seinem Fußballtrainer verkuppeln wollte. Der attraktive Mann war geschieden und Lukas hatte gestanden, ihm berichtet zu haben, seine Mutter sei ebenfalls geschieden. Selbstverständlich war ihr aufgefallen, dass der Trainer oft ihren Blick suchte, wenn sie am Spielfeldrand saß, aber Sandra hatte nicht darauf reagiert.

Lukas wirkte dennoch wild entschlossen, seine Mutter und seinen Trainer zusammenzubringen, weil er bei jeder Gelegenheit dessen Qualitäten anpries. „Weißt du, Mama, Thomas ist doch nett, nicht? Und ich glaub, er verdient ganz gut, weil er einen BMW fährt. Er kennt sich super mit Fußball aus und schreit uns nicht an, wenn wir Mist bauen. Und er sieht doch ganz normal aus, oder?"

Sandra war beinahe erleichtert gewesen, als endlich die Winterpause kam und das erneute Zusammentreffen mit dem Trainer erst wieder in der nächsten Saison stattfinden würde. Aber ihr Sohn hatte sie vorsorglich darüber informiert, dass Thomas im selben Fitnesscenter trainierte, indem sie sich gerade eingeschrieben hatte. *Wer weiß, vielleicht laufen wir uns mal über den Weg …*

„Und was gibt's Neues von Laura?" Sandra griff nach einem Zimtstern. Sie blickte fragend zu ihrer Freundin, die ihrerseits froh war, dass Sandra ihr die Libido-Frage nicht übel nahm.

„Laura geht es wunderbar! Ich habe erst gestern mit Heike telefoniert und sie sagt, die Kleine lerne ständig. Die Aussicht, nach dem Abi auf die Kunstschule gehen zu können, sei ihr Antrieb …" Lilli klang wie eine stolze Mutter. Sie wusste immer, wann ihr Schützling Prüfungen hatte und welche Noten sie dafür bekam.

Lauras Mutter lebte inzwischen in einer betreuten Wohngemeinschaft. Das Mädchen besuchte seine Mutter regelmäßig, wohnte jedoch weiter bei Heike. Im kommenden Sommer würde Laura volljährig werden und ihre Pflegemutter hatte bereits angeboten, sie könne so lange bei ihr bleiben, bis sie eine geeignete Unterkunft in einer Studenten-WG gefunden habe. Und Lilli hatte die alte Barbie von ihrem Vater zum letzten Geburtstag wieder geschenkt bekommen. Falls die Rücklagen für Lauras Ausbildung nicht reichen würden, könnte sie die Puppe erneut verkaufen. Obwohl Lilli daran zweifelte, dass sie jemals wieder einen so hohen Gewinn erzielen würde.

„Jobbt sie immer noch in dem Laden für Künstlerbedarf?" Melanie knackte eine Erdnuss.

„Ja, es gefällt ihr super dort! Ich glaube, sie hat sich in einen jungen Künstler verguckt, der regelmäßig Farben für seine Kunstinstallationen kauft. Er baut irgendwelche Teile aus Sperrgut zusammen und malt sie dann an. Aber ich hab ihr gesagt, sie soll sich Zeit mit dem Verlieben lassen und bloß nichts überstürzen …" Lilli bemühte sich, zuversichtlich in die Runde zu blicken, wobei sie in den zweifelnden Gesichtern ihrer Freundinnen lesen konnte, dass das Gesetz der Anziehung eigenen Regeln folgte.

„Und wie geht es deiner Mama?", wechselte Emma das Thema. Sie hatte Frau Hagen als Gesellschafterin für Lillis Mutter empfohlen, nachdem ihre Freundin geklagt hatte, dass ihre Mutter kaum noch Interesse an irgendetwas außer dem Fernsehgerät zeigte. Da Frau Hagen bei Emmas Mutter nur noch zum Einsatz kam, wenn Sandra anderweitig beschäftigt war, hatte sich die Betreuerin dankbar über die neue Aufgabe gezeigt.

„Das klappt perfekt! Am Anfang war Mama natürlich skeptisch und hat Kommentare vom Stapel gelassen wie ‚Was will diese fremde Frau in unserem Haus?' und ‚Ich bin doch kein Pflegefall!' Aber Frau Hagen hat behauptet, sie würde nur im Haushalt helfen. Daraufhin ist Mamas Stolz zurückgekehrt. Sie räumt jetzt jedes Mal auf, bevor Frau Hagen kommt! Und wenn sie zusammen einkaufen gehen, glänzt Mama damit, dass sie die Einkaufsliste noch im Kopf hat, wohingegen Frau Hagen alles aufschreiben ‚muss'. Die Frau versteht ihren Job – ich werde dir auf ewig dankbar sein!" Lilli streichelte Emmas Arm, und drückte ihrer Freundin einen Kuss auf die Wange, was diese mit einem Lächeln quittierte. Dann lehnten sie sich aneinander und blickten sich wie zwei Verliebte in die Augen. Die beiden hätten ein wundervolles lesbisches Paar abgegeben.

Eine Zeit lang herrschte friedvolle Stille am Tisch, während der dichte Schneefall die Landschaft vor dem Fenster ebenfalls in Schweigen hüllte.

Bis Melanie einen Vorstoß wagte: „Jetzt mal zu was anderem! Sollen wir nächstes Jahr wieder eine Chorreise machen, Mädels?" Sie drehte ihr Prosecco-Glas im Kreis, vier verdutzte Augenpaare nahmen sie ins Visier.

„WAS? Bist du sicher, dass wir das Risiko noch einmal eingehen sollten?" Lilli beugte sich in gespielter Fassungslosigkeit der Freundin entgegen.

„Ich weiß nicht, was du meinst. Was denn für ein Risiko?" Melanie legte die Stirn in Falten, als wäre ihr Lillis Einwand ein Rätsel.

„Hm … mal überlegen. Vielleicht, weil unser aller Leben ordentlich durchgerüttelt worden ist!" Lilli gestikulierte wild mit den Händen.

„Das Leben hat sich doch für jede von uns zum Guten gewendet, nicht?" Nachdem sie in den letzten Minuten nachdenklich zugehört hatte, beteiligte sich Marie wieder an dem Gespräch. „Aber vielleicht sollte ich nur für mich sprechen? Sicher, ich würde nicht mehr alles durchleben wollen, was geschehen ist, doch es hat mich dorthin geführt, wo ich jetzt bin. Und ich kann nur sagen: Ich bin glücklicher, als ich es jemals war!"

Alle starrten auf Marie – und wenn gemeinsame Gedanken singen könnten, wäre jetzt *Freude schöner Götterfunken* erklungen.

Marie platzierte ihre Hände mitten auf dem Tisch und Emma legte die ihren mit wässrigen Augen drauf. Lilli seufzte glücklich. Sie sendete ein Küsschen in die Runde, bevor sie das Gleiche machte. Melanie und Sandra deckten das freundschaftliche Gemenge mit ihren Händen zu. Und mit einem lauten „Juhuuuu!", bei dem jede Cheerleader-Truppe vor Neid erblasst wäre, schwangen die Freundinnen gleichzeitig ihre Hände in die Höhe, bevor sie lossprudelten.

„Und wohin sollen wir fahren?"

„Bitte nicht wieder in einen Rotlichtbezirk!"

„Aber das war doch lustig!"

„Prag soll wunderschön sein!"

„Wer möchte noch ein Glas Prosecco?"